GONG LIU WENCUN
ZAWEN SUIBI JUAN

杂文随笔卷（一）

公刘文存

公 刘 著　刘 粹 编

时代出版传媒股份有限公司
安徽文艺出版社

图书在版编目（CIP）数据

公刘文存.杂文随笔卷：全2册/公刘著；刘粹编.—合肥：安徽文艺出版社，2018.6
ISBN 978-7-5396-5874-2

Ⅰ.①公… Ⅱ.①公… ②刘… Ⅲ.①中国文学－当代文学－作品综合集②杂文集－中国－当代③随笔－作品集－中国－当代 Ⅳ.①I217.2

中国版本图书馆CIP数据核字(2018)第054793号

出 版 人：朱寒冬		特约策划：万直纯	
选题策划：朱寒冬 岑 杰		丛书统筹：岑 杰	
本册责编：汪爱武 刘 畅		装帧设计：张诚鑫	

出版发行：时代出版传媒股份有限公司　www.press-mart.com
　　　　　安徽文艺出版社　www.awpub.com
地　　址：合肥市翡翠路1118号　邮政编码：230071
营 销 部：(0551)63533889
印　　制：安徽新华印刷股份有限公司　(0551)65859551

开本：700×1000　1/16　印张：321　本册字数：700千字
版次：2018年6月第1版　2018年6月第1次印刷
定价：880.00元(全9册，精装)

(如发现印装质量问题，影响阅读，请与出版社联系调换)
版权所有，侵权必究

MULU

目　录

001 / "一半"哲学

003 / 玻璃眼睛

004 / 井上之助君的悲哀

006 / 鞭尸论双卫

008 / 侯门似海

010 / 士

012 / 下　巴

014 / 也论中国人洋化

017 / 瞎子不需要光明吗？

019 / 从原子弹说开去

022 / 漫谈佛朗哥

024 / 我患了健忘症

026 / 茶壶以及它的茶杯们

030 / 熊猫与文化国债

032 / 妙论呢还是谬论？

034 / 文化人不应悲哀

036 / 谈　龙

039 / 《而已集》中的一句话

042 / 明年是什么年？

043 / "炉边谈话"

045 / 一九四七年"先知书"

047 / 到社会上去

　　　——送幼柏赴沪

049 / 甘地主义

051 / 醉眼蒙眬中的"信念"

053 / 夏夜谈飞盘

056 / 从"麦克阿瑟将军惠存"说起

058 / 闻日人庆祝原子弹投掷二周年

060 / 华盛顿之围

062 / 中元节杂感

064 / 九・三有感

066 / "吐出那颗炸弹来"

068 / 磨

072 / 睡垃圾箱的人

074 / 大官和摸骨星相家

　　　——拟寓言

076 / **孤注一掷论**

078 / **狐狸是怎样露出尾巴来的？**

　　　　——拟寓言

080 / **谈富人的行善**

082 / **老虎和苍蝇**

　　　　——拟寓言

084 / **谈桌帏政治**

086 / **十二年祭**

089 / **以"骗"治国**

091 / **论"陪人夜行"**

093 / **谈凶手**

095 / **我诞生在第二次**

　　　　——为一个有大觉悟的人而写

099 / **顽固分子**

104 / **关于"三八"的杂感**

111 / **孝道、兽道及人道**

117 / **兰方虎真是南方虎**

122 / **刑场归来**

127 / **酒的怀念**

134 / **被遗忘了的平反**

　　　　——《阿诗玛》琐忆

142 / 也说"镜子"

147 / 三祭岳坟

156 / 青海湖种种

158 / 陵园的厄运

161 / 塔尔寺联想

164 / 邂　逅

166 / 敦煌和敦煌学

169 / 令人惆怅的阳关

171 / 月牙泉与伪散文

173 / 阳关精神赞

176 / 杜公祠的文艺评论

178 / 一点祝愿

180 / 祝福你，金骆驼！

　　　——金川矿山见闻

186 / 岳飞与得得亭

189 / 端午，在屈原的家乡

199 / 戴姗卡·马克西莫维奇印象

　　　——访南散记之一

205 / 也算自传

209 / 伟大的一课

　　　——访南散记之二

218 / 往事若干

231 / 不可泯灭了爱国之心

234 / 大连随想录

237 / 新疆半月

240 / 还乡记——从忻州到太原

249 / 不说话的"先生"

253 / 忆秦似

265 / 也说"文革"博物馆

269 / 说讽刺

270 / 流浪汉话故园

273 / 谈谈退稿

276 / 论"中庸"与"非中庸"

280 / 访德（联邦）谈话录

    280 / 作者前言

    281 / 在 Leibnizhaus 少年儿童文学读物座谈会上致答词

    283 / 在 S 基金会的欢迎仪式上致答词

    284 / 在纺织印染工艺博物馆答 Bremen 广播电台记者小姐问

    285 / 在各界名流举行的鸡尾酒会上致答词

    287 / 在低地德语研究所座谈会上的发言

    289 / 在市长接见仪式上致答词

    291 / 在 S 基金会所设晚宴上致答词

292 / 在 Insel-Restaurant 午宴上致答词

294 / 在市长接见仪式上致答词

295 / 在凯尼克先生主持的晚宴上致答词

297 / 在下萨克森餐厅"朗诵与歌曲晚会"上致答词

298 / 在 Dr. Volle 先生主持的欢迎会上致答词

299 / 在"莲花饭店"午宴上致答词

300 / 在市长接见仪式上致答词

301 / 在大众汽车制造厂职工餐厅午宴上致答词

302 / 在市长接见仪式上致答词

304 / 在市长接见仪式上致答词

306 / 在 H. A. B 举行的"文学之友"集会上致答词

307 / 在女艺术爱好者之家举行的座谈会上致答词

309 / 在下萨克森州 Sparkasse 联盟总裁 Dr. Jur. Dietrich H. Hoppen-
　　　stedt 先生家宴上致祝酒词

310 / 在下萨克森州图书馆举行的"中国文学晚会"上致词

312 / 在市长接见仪式上致答词

314 / 在下萨克森州中小型出版社联合欢迎宴会上致答词

316 / 在市长接见仪式上致答词

317 / 在地方议会、市政府和 S 基金会联合举行的晚宴上致答词

319 / 在 Dr. Johannes Hesse 家宴上致祝酒词

321 / 在下萨克森州科学艺术部部长 Dr. Johann – Tonjes Cassens

先生接见时致答词

324 / 在 Yazhima 出版社的宴会上致答词

326 / 在青年汉学家 Dagmar Altenhofen 小姐家宴上致祝酒词

关于"文化大革命"与中国知识分子(存目)

327 / 关于丁玲女士

328 / 关于选择自由

329 / 关于诺贝尔文学奖

330 / 关于刘宾雁先生

331 / 关于遇罗锦女士

331 / 关于中德(联邦)文化交流的不平衡

333 / 关于《古船》

335 / 关于台湾的"阿城热"

337 / 坛外说酒

340 / 孽　缘

——我和杂文的一段亲情

343 / 龙的文章做完以后……

348 / "气球"被谁收起来了？

353 / 铁哥们儿扩大化

359 / 对《丑陋的中国人》一书的评说

364 / [附录] 从不认识郭衣洞即柏杨说起

比较丑陋学或曰：华日丑陋异同论（存目）

007

"读书无用论"寻根（存目）

367／欲与自由试比高

370／贺《中国诗人》问世

371／透明度与毛玻璃

374／小议"舆论一律"

382／密特朗当过战俘

385／正题歪做

388／"电影骗子"之类

392／荷李活　道旧事

398／青藤书屋小记

400／话说"全民皆商"与"脑体倒挂"

406／"高级牢骚"与"高级评论"

410／想起了缅甸

415／"短期行为"癖

418／望洋兴叹

421／访美谈话录

　　421／在洛杉矶朗诵会上的简短致词

　　422／在新墨西哥州圣菲朗诵会上的简短致词

　　423／在中美两国诗人座谈会上的发言

　　425／在纽约朗诵会上的开场白

　　427／接受《美国之音》纽约分台副台长格特鲁德·苔女士专访并

答问

427 / 在威斯康辛州密尔沃基朗诵会上的简短致辞

429 / 在威斯康辛大学中国留学生（包括交换学者）的招待会上答问

431 / **美国的住**

——美国见闻杂记之一

442 / **"墙文化"与龙头拐**

论"呸呸呸"与维持会（存目）

446 / **洋后门**

449 / **私家治史刍议**

452 / **哀科学**

455 / **包河综合征，或"开明专制"析疑**

458 / **联邦德国见闻录**

657 / **彼岸四题**

也来谔谔（存目）

677 / **论当今中国人所需要的"天天读"**

——纪念法国大革命二百周年

680 / **圣诞万花筒**

——美国见闻杂记之二

694 / **贺《人民文学》创刊40周年**

695 / **一则新闻和一本旧书**

699 / **不为已甚和见好就收**

"一半"哲学

孟子有"人之初,性本善"之说,荀子却力主性恶。经过了这两位哲人的分树一帜,各自标榜以后,关于人性的"善恶"二说便有了严重而显明的分野了。

这种争论相持了数千年,到今日仍不曾有个什么具体的超越的结论。而在这种"没有天才"的时代里,"一半"哲学的论者打着"替天行道"的杏黄旗,戴着漂亮的假面具,在我们学术思坛上出现了。他们既不承认"天赋"这一桩事,又压根儿否定了环境的感染作用。他们认为人只是一种没有定性的动物,道德、教条和法律不过是一些伪装物的名称罢了。基于这种说法,理智便成了情感的产物,人的行为完全系出诸自动,出诸欲望,出诸需要,人不是万物的主宰,人只是水般的活性底奴隶,他之所以生存,目的仅在供这种不可见的物质所驱使而已。

"一半"哲学还具有一个促成的主要因素,就是极端的享乐主义。人世是一个舞台,嬉笑怒骂每个人都得串演,但结果又是如何呢?平添了无数的闹剧,这不是可以想象的吗?而这又不正是永远无法想象的吗?"夫天地者万物之逆旅,光阴者百代之过客……古人秉烛夜游,良有以也","身后名,不如即时一杯酒",这些句子不都是人世万象,如烟如梦的最好的注脚吗?于是"一半"哲学论者说了:短短的几十年,何必不自在点呢?一切都应顺其自然发展,他们妨碍社会的时候,便不承认有社会,而当社会"妨碍"了他们的时候,他们却又承认社会之为物并且高声詈骂了。

"一半"哲学并没有倡导的首领，也不见有大理论家为它专著列论，然而它却拥有千千万万的忠实的执行者。

有杀人不眨眼的"大屠夫"，专门在庙堂佛寺里大写其缘簿；有日里勾引女人夜里却又拼命撞钟的和尚；有榨了老百姓的血汗钱而又送到救济院逼迫受施者登报谢恩的官吏……学生可以把一半的时间读书，一半的时间却用来做生意；保长可以把政府一半的恩惠交给人民自然也只把人民一半的疾苦告诉政府，至于接收物资，一半充公，一半充私，更是有例可援，理由充足。

天一半，地一半，人一半，鬼一半；一日廿四小时，日一半，夜一半；我们赖以生存的地球，东一半，西一半。一半一半，一半何其多也。无怪乎"一半"哲学立论之不谬，而"一半"哲学之执行，更属无懈可击矣。诸君读此或诽笑这篇短文的语无伦次，举例不当，殊不知诸君正是用一半的眼睛观看，一半的思索去研究，不自觉地做了"一半"哲学论的拥护者了，假如诸君能仔细推敲一下，你一定可以发现它们都是异曲而工同的。

1945年12月13日《中国新报·文林》

玻璃眼睛

富人在施舍一些食物给穷汉之前,他突然发问道:"你先得回答我一个问题,就是我哪只眼睛是玻璃做的?"

穷汉毫不犹疑地指出那只假眼睛,富人非常吃惊,并且问他何以知道得这般清楚。于是穷汉道:"因为你那只眼睛非常慈悲的望着我……"

这故事流传得很广。

据说某先生奉令视察某处,目的在"以甦民困",身边携了政府的巨额赈款,大概总在买烧饼散赈米的时候多多少少的救济了一下。受惠的人民,自然先则"受宠若惊",继则"铭感不忘",大人的恩德在这儿立下了基础。

可是人民太不识相了,满以为清官无情,执法无私,于是进状子告发县长,告发税务局长,居然满纸胡说,有辱官格。先生阅悉之后,静默三分钟,想来县长、局长待之颇厚,事之亦敬,况官辈不分大小,总是同一阶层,虽曰不合污,总系同流,于是决定压案不举,一走了之。人民等之又等,候之又候,不由得疑将起来,从此大人的威信开始动摇。

施舍小钱好比玻璃眼睛,姑息奸吏好比另外一只眼睛。

毕竟慈悲假,凶恶真;慈悲少,凶恶多。

1945年12月15日《中国新报·文林》

井上之助君的悲哀

由朋友处我听到这么一个故事。

在某一个日俘集中营里，新近发生了两桩惨剧：一个是中国百姓和"日本皇军"合演，一个却全部排定是日籍的主角。

有几十个日兵被分发到一座偏僻的荒岭上去驻住，想不到正碰上了意外的其实也是必然的打击。当他们在那残余的几间破屋中选择住址的时候，有几个荷锄归来的农人怒冲冲的走近他们。这时农人纯朴的心里燃起万丈的火焰，只认识那些丑恶的动物，以及那些丑恶的标识，并不曾考虑这镇上残破的景象是否即为这些家伙的杰作，于是挥起了八年不曾使用的锄头，心想你毁了我们的繁荣，你又想霸占我们这仅余的残破么？结果死伤好几个，其余的都抱头而窜了。

自从投降以后，日本历史上所夸耀的大和魂开始受着最严重的考验。过惯了养尊处优的"大东亚"式生活的日本士兵，自然无法忍受种种的约束。而这许多的约束中，最重大的莫如金钱挥霍的不称心了。在这种困窘的情况之下，"过江"便盛行了起来。所谓"过江"便是交换的意思。士兵先则将自己从前所强劫并囤积起来的东西换取法币，继则偷窃长官房中或是仓库里的公用物品，出卖私人的财产倒不受干涉，但是盗取公物的话，一旦查出，就要处以极刑了。为了防止这种风气的蔓延，这某集中营便藉着两个倒霉鬼开刀，处死的是一个军曹长和一个一等兵，刑法是用开水浇淋，一直到死为止！

前面所述的就是今天日本人在到处用着不同形式扮演的悲剧。

井上之助君是这一个集中营里的首长,为了这两桩事,他感觉到无限的悲哀。不信,请听他和这位朋友的谈话:

"你对这事(指老百姓锄击日兵之事)有什么感想?"

"我觉得这是不幸的事……"

"你认为对还是不对?"

"这个……报复是人类的本能……但,我们并不曾怎样十分厉害的烧杀呵(?)"

"呵,你既以为报复乃是人类的本能,那么,你们从前为什么要杀人放火呢?……"

"……那是因为'事变'……"

"呵呀——那末,你对'过江'是怎样一种看法呢?"

"你难道——这个很难说——你难道不知道我们已没有什么了不起的阶级区分了么?唉……"

说到这里,朋友用英文表达了他用日文无法表达的意思,谈不上几句,井上之助君却说:"中国的文字是大大的好的,请不要用英文美文。"

上面两个故事,都是朋友告诉我的,听了以后,颇有一些感想:

1. 第一个故事是象征中国精神的新生。

2. 第二个故事是象征日本精神的灭亡。

3. 日本民族是颇为聪明的,只要听他们把一切罪恶委诸"事变"的说法,就会五体投地的佩服的。

4. 他们痛恨英美人竟连带而恨起"英文美文"来,从这里我们也可以看出一些今后日本的动向。

最后一点也就正是题目所标示的,井上之助君是悲哀的。不,不仅如此,整个的日本军人都是悲哀的。

1945年12月18日《中国新报·文林》

鞭尸论双卫

不曾等到天亮,汪精卫就应召往森罗殿去了。

那和精卫合伙串演过双簧的近卫,日前又衔氰化钾疾走冥国,羞离人世。

闻当年汪逆出走河内,奸迹已露时,其知友某君曾赠古曲一首:"公毋渡河,公竟渡河!渡河而死,将奈公何?"言下颇有惋叹千载道行,毁在一旦之意。汪之不死于"慷慨歌燕市",又不死于南京遇刺,而竟因"渡河"以至于"惨遭灭顶!"此诚天网恢恢,疏而不漏,历史不容为贼人立言——书此又忆及高××陶××①等的"浪子回头""回头是岸";彼等尚可于国人前乞一立锥之地。设汪逆亦知"谁谓'渝'远,企予望之。谁谓河广,一苇杭之"。而"有所作为也"的话,或亦不致自绝于国族吧?

"周公惶惧流言日,王莽礼贤下士时。"汪逆之奸逆昭彰,乃是其毕生作为之必然结果,天理不绝,当为定论。

近卫自杀谢世人,其遗书有云:"余极感惶恐不安者,即余自中日事变发生后,处理国务之际,铸成若干错误……余尤觉对中日战事需负责任……美国此次列余为战犯一节,实为憾事(?)……"最后彼又要求在"安静与平衡之一日"(注意"平衡"二字!),请世界重新给他以"公正之判词!"。

读近卫绝笔后,任何人都会觉得有"鸟之将死,其鸣也哀;人之将死,其言也善"的感慨。基于这种感慨,无形之中便生出了所谓的恻隐之心。可是这

---

① "高××陶××",即指现代文人政客高宗武、陶希圣。——刘粹 注

得提醒国人一声,别忘了我们是中国人,是近卫之流的"日本英雄"借我们头颅换个人勋章的中国人!是被别人施以"若干错误"而且一直"错"了八年的中国人!

近卫先则以"重庆政权"为交涉对象,继则又拉了另一卫(汪精卫)来"跨"重庆的"台",结果,还是再做冯妇,让这幕历史上最大的悲剧,演出它的尾声。

近卫之死倒不是死于服氰化钾,自从1936年他发动侵华,便早已染上了法西斯细菌而注定了他的命运了。

太阳从中国升起来。

太阳照遍了全球。

我们要赶紧掩埋这两具发臭的死尸,好让太阳光下,尽是一片干净的世界。

1945年12月22日《中国新报·文林》

侯 门 似 海

从"侯门似海"这句成语,我们可以获得两个结论:一、就是这句话之所以流传至今而不曾泯灭,总有它能够存在的条件。二、虽然今天有海,甚至有太平洋般深的侯门,也不足为奇,因为这也是属于"古已有之"一类的。

翻开稗官野史之余,常常发现"门房钱"之类,在"大人""老爷"身边作祟,大则拦断了"贤路",小则也可归纳为"苛捐杂税"一流。总之,把它认作绿林好汉"买路钱"的兄弟大致是不会错的。里巷间最通俗的,莫如打严嵩的戏文了,邹应龙为"三百两银子"逼得大唱其"我东阁门下施一礼,我西阁门外打一躬",然而这毕竟是"野叟闲言"或"小说家言","不足凭信"的。

那末,我们还是看事实。

……

如此这般,事实是如此这般。

事实是不太多的,但似乎又比比皆是,我欲无言。

能近侯门的不多,能进侯门的更少,凡能排闼入侯门的,绝对不会有"深似海"的感觉,其所以会有"深似海"的惊叹者,大概不外是在山溪间长大的"土佬"。

我以为侯门为什么会变作(?)海,主要的倒不是说住在"门"里的"侯",不轻易见人,或存心在"芸芸众生"面前,摆什么架子,造成这样汪洋一片的,倒是站在"门"旁边的魔术家大耍其"无边法力"的结果。

这类耍把戏的人,比那些"家狗"们还可恶,因为狗子们不过叫你"心惊肉跳",而他们简直要叫你"啼笑皆'是'",结果仍非"望'海'兴叹"不可!

在这种情况之下,想见一见"侯"们的慈颜,自然不容易,难怪有人会聊以自嘲说,"上穷碧落下黄泉,两处茫茫皆不见"了。

长此以往,"侯"与那些在"门"外的人,距离一天一天的远起来,"门房""司阍"阶层,更像是高高在上,无法攀及了。坏官固会被人认作坏官,就连好官也会被人认为是坏官。因为官住的是"衙门",小民住的是"蓬门",一门之隔,自然难免有"海"在中间的。

至于为什么"下情"不得"上达",大概也不外乎这个道理。

1946年1月9日《中国新报·文林》

士

高渐离击筑,是为"志士",若依"风萧萧兮易水寒,壮士一去兮不复返"句,则又可称为"壮士"。大铁椎椎始皇于博浪沙,是为"力士",然则此与高力士脱靴之"力士"又不可混为一谈!

一言之出,价值连城者,或可名之"奇士";清操亮节,抱膝长吟者或可名之为"高士";不求闻达力耕而食者,或可名之为"隐士"。韩信精通韬略,出言惊人是前者;诸葛亮卧隆中,待贤而仕是第二类;严子陵寒溪独钓,避官不就是第三类。

宗教与封建势力笼罩下的古代欧洲,自言点石成金炼丹求仙者谓之"术士",是即宗教社会之产物。而素以尊女权重道义为保卫爵主不辞一死而声名中外令人向往的"骑士",却又正是封建制度的产物。

执干戈者叫"武士",大概次一等的叫"军士",现在又叫作"兵士"。至于"安得猛士兮守四方"的"猛士",那简直不仅是单会"抵抗"的意思,甚至有点"侵略"气了。

男性曰"男士",女性曰"女士",为革命而身死的曰"烈士",为国族而殉命的曰"国士",此即示"士"之以性质别者。

当今以学位言又有"学士""硕士""博士",然则此一"博士"与现在吃香异常待价而沽的"木匠博士"①,诚又不可以道里计矣。

---

① "木匠博士",系南昌早先的一种方言口语。——刘粹 注

有一技之长者都叫"技士",有权门可依者,尽成"名士",有木棒者叫"警士",有枪杆者叫"兵士",身穿法衣念念有词者是"道士",布衣皂帽有才无路者是"寒士"。总之,有所持而能持其持者为士,有所持而不能持其持者亦为士。士之所以为士,可以无惑矣。

苦读十载怀才不遇者,一旦灵机触动,大可以吹拍逢迎,不出三月,必可跃登龙门,此即由"寒士"而"有识之士"而"名士"之三部曲也。

士原别于庶民,既有别于庶民,是故庶民皆争欲为"士",士多矣,士多矣,士庶民之别乃泯泯然,欲求其显,必做"佳士"。何以谓之佳?有利则佳,有名则佳,有财则佳,此所以洺尔"多士",为庶民之前锋!

以上谬论,供我"朝野人士"一笑!

1946年1月18日《中国新报·文林》

下 巴

前几天听胡步曾博士讲演生命的意义,依据他那精湛而丰富的生物学知识,给"人"下了一个新颖正确的界说,就是:人是有下巴的动物。由这么个说法,我们才知道人之有别于其他的飞禽走兽,仅是在于他的下巴而已。

人是有下巴的动物,易言之,人是会用火的动物。因为会用火,所以有熟食方法的发现与使用,结果不再需要成排的"獠牙"了,牙床骨逐渐地退化而收缩进去,而下巴却不曾移动分毫,所以现在看起来,下巴还更形突出呢。

有了史籍的记载以后,人就以"气息相吹"了几千年,但远在有文字之前,无疑的,火是早被"燧人氏"之流所利用过了。但不管其历史如何,对于火,人类产生了"崇拜"与"畏惧"两种感情,这是事实;可惜经过了许多世代的递遭以后,这两种感情也慢慢地变了,前者变成了"喜欢",后者变成了"憎恶";喜欢火的看不见火,因为憎恶火的拼命在那儿扑灭火。

普罗米修士为了怜悯的爱,从天上盗了火种给人类(那时像那种长有"獠牙"的东西叫不叫作人类还是疑问)。有了火以后人们才有了下巴,才会有目前这种"尖头馒"的漂亮样子。可叹的是人类虽都感戴普罗米修士的恩典,却不晓得怎样去自爱。火是对付自然的工具,但又被用作打自己的东西,假如普罗米修士突然在"欲火""战火"烧焦的骨骼中发现了"下巴",那他真不知做何感想了。

现在我们从另外一个角度来看——

人类用火后,首先在他们的生活形式与内容方面,引起了一种划时代的

"蜕变",用火烧熟的东西,固然又卫生又好吃,可惜人的心中总不免有些原始的兽性在那儿作祟,啃不到血淋淋的东西时,便觉得自己的欲望不曾满足。基于这种要求,便有些"变态"发生了,咱们的同胞在这方面自不后人,譬如看杀头看枪决等,至于鼓动别人演"全武行"以及"隔岸观火"甚至"趁火打劫",那更是常事。

许多人看见杀猪宰羊,便会做一做"远庖厨"的君子。但当他们有了个什么"一官半职"后,那末纵就因有稍微捞了一点钱或压榨了一下百姓以至于造成别人的家破人亡,自然也是"眼不见为净"的。其实这样的做法或是看法,比起吃生食来是血淋淋地有过之而无不及。

无下巴的固然不是人,有下巴的也未必一定不像兽。

呜呼,下巴之所以为下巴者,系文明"实质"耶,抑系文明之"招牌"耶?

1946年1月23日《中国新报·文林》

也论中国人洋化

日前读贡鼎先生的《论中国人洋化》一文后，惹起了心中无限的感触。贡鼎先生的大作似乎旨在说明中国人徒然洋化其皮毛，而不务"洋学"之实际。假如我不曾猜错的话，甚至于我可以说贡鼎先生笔下的"中国人"仅仅是指"汉人"而已。

从"空见葡萄入汉家"的"葡萄"说到葡萄牙水手的梅毒，再又从梅毒说到滇缅路上的口红，上下二千年，诚是"吾国与吾民"洋化之三步曲也。姑不论鸠摩罗什挟的是大乘教义，利玛窦挟的是红夷大炮……其对"洋洋乎大观"的中国洋化结果总是有不可磨灭的"功勋"的。

譬如说，佛家学说一传进来，经过我们历代的"名流们"一番研究演绎之后，发现它原来竟和自己有的东西"差不多"，于是儒、释、道三者"同"一"流"。再说红夷大炮吧，红夷大炮由来并不久，可是它却抗过清，平过"回乱"，剿过"洪杨贼"，可见得在明朝或爱新觉罗皇朝，这种炮的确有些"汗马功劳"的。其次还得提一提梅毒这件东西，诚如贡鼎先生所说"变作了国产货"，正因为其列入了"国产"一类，是故也可以仿"外国也有臭虫"论，说一声："你不知道梅毒是文明的象征吗？"

海禁开后，中国人添加了一个升官发财的机关，就是"市舶司"；等到《南京条约》订立，于是既输来了鸦片，又造成了一批狭而言之是"买办阶级"，广而言之是"高等华人"的特等人物；等到清末民初则到处都有"吃教饭"者包庇烟赌，私通诉讼。那时大凡看见碧眼黄发的"大人"，总得"回避"一下子的,至于对那些"准洋人",自然更应该敬而畏之,"如侍鬼神如侍父母"的了。

我以为中西的主要分别在他们的思维方法与生活形式,中国人听见老子的"玄之又玄,众妙之门",就吓冷了半截。既是玄之又玄,何必去"弄玄虚"呢?可是洋人不然,他们都是庸俗得不懂"达观"两字作何解的"异类",所以这就影响到时代的前后不同了。欧美有铁床,中国还是竹床;欧美有铁槽,中国还是石槽;别人有原子弹,我们还在"太极起势",我可以大胆地说一句:中国还停滞在石器、木器、竹器的"进步的初民时代"!

可是话又得说回来,中国究竟也有一个上海,在上海电灯、电话、电车、电梯、电视、电影,不正是代表了中国的"进步"吗?更何况三轮卡、酒吧间、吉普女郎还远远地拉着古老中国向"富强"之路上跑呢?

张之洞等提出"中学为体,西学为用"的口号后,几十年来不少人攻击他的肤浅,可惜事实表现的证明,我们的"吾国与吾民"连"用"都不会"用",甚或不曾"用"哩!我不知道这到底是什么道理,我不知道这到底是谁的过错。

留美学生觉得美国好,留苏学生觉得苏联真不坏,留德学生跑回来,就宣传法西斯主义,而"留中国"的老百姓或者从未出"大门"的"元老",却抱着古董线装书不放。这样一来,洋化工作,或者叫作维新事业,就生毛病了。铁轨破坏了地方上的"风水",拿斯的克的人通通被阿Q视之为假洋鬼子,读了唯物论的就该戴"红"帽子,不过巧克力糖、华尔兹舞,是另当别论的。

学者先生们用"西法"来剖解中国历史,判断中国历史,而忽略中国的本质于不顾。时论家站在亚细亚的东南端大写其"远东""近东"的文章,东北可以叫满洲,所以猺、猂等字都从犬爪旁。

恕我不客气的指出来,贡鼎先生也犯了同样的错误,因为说胡琴、羌笛等等都是"外国的"。那么,请问胡和羌是今日的什么地方?胡和羌是不是中华民族的一分子?若说胡和羌不是中国的地方,又不是中国人,那末如今仕女们的"旗袍",又岂是"汉人"的?那末"满洲国"便该成立。

外蒙古独立以来,有几个中国人(汉人)觉得"若有所失"?这种痛心的事态，便正是"洋化"的真正结果。在许多的外人著述中，几乎很少没有含政治作用和帝国主义思想的，他们造出些"间岛""满洲""外土耳其斯坦"等诸如此类的名词，国人也就不知不觉跟上去喊，喊顺了口，也就变作"本来就是这样的嘛"了。

拉铁摩尔在他的巨构《中国的边疆》中，公正地客观地强调地指出中华民族的本来面目，就是中华民族无分汉、满、蒙、回、藏、苗、瑶①，他们都是同祖的后裔，所以会有这种分别，决不是血统上的差异，而是文化程度的高下，这和那些别有作用的论调比起来，真是忠奸分明，判若天渊了。

从某种角度看来，物质的洋化是必要的，可怕的就是精神上"洋"而不"化"，那就真是借别人的刀子来自杀了。

时代走得太快了，中国难道还不该洋化么？中国要洋化的，但是这得看到底是自动抑是被动，要是被动，那便不仅是"洋化"，简直是"化"而为"洋"了。但是究竟我们是自动还是被动呢，那末就——

请从"正名"始。

1946年2月12日《中国新报·文林》

---

① 瑶，瑶族，原为猺，为尊重少数民族，20世纪50年代国家统一颁布更改。
——刘粹 注

瞎子不需要光明吗?

前几天有一位先生写了一篇"民主"的文章,本来这年头阿猫阿狗都在谈民主,似乎这位先生的漫谈民主,原也无可厚非。

那篇文章主要的意思是说"民主"在目前还不是"时候"(?)。因为目前老百姓是饥饿的,贫穷的,痛苦的,而且压根儿就不懂什么"民主"。所以,这时候"给"老百姓以民主,足以坏事,跟老百姓"谈"民主,正如跟瞎子"谈"光明一样。这是结论。

这位先生大概不知道民主是包括政治民主与经济民主吧?假如把前者比作民权主义,后者比作民生主义,那末我们知道这二者是同等重要不可有偏的。国父孙中山先生并没有说过民生重于民权的话,何况民生并不是简单得仅仅是等于吃饭。

究竟今日中国需要的是不是民主,全国人民会起来回答的。现在仅就瞎子要"谈"光明这点来说一说。假如瞎子可以"谈"光明,那这位先生的譬喻可就打错了;又假如直指今日便不要民主,那错得尤其荒唐。

瞎子有先天的、后天的两种,先天的听见旁人"谈"光明,"谈"一切在光明中的事物,他不羡慕吗?后天的听见旁人"谈"光明,"谈"一切在光明中的事物,他不懊恼自己已是瞎子了吗?

还有一层,世界上的人并不尽是瞎子,只要世界上还有人可以睁开眼睛,那便可以看见光明,而且,其余的那些瞎子也必然渴求光明。

读过纪德的《田园交响乐》,谁个不为日特露德小姐重见光明而喜悦?

又谁个能不为她的喜悦而感动?

瞎子真的不需要光明吗?

1946年8月3日《中国新报·文林》

从原子弹说开去

很多人都说,日本完全是被原子弹吓坏的,所以——无条件投降了。这话说得究竟对不对,我们不便批评,因为人人都有他说话的目的,假如我们也使用一下自己发表意见的基本权力的话,给它注上四个字:"过分谦虚"。

自从有了原子弹以后,似乎连地球都沉重了好多;试着去想一想吧,原子弹这样东西,简直硬想不得,愈想愈糊涂,结果想来想去只落得在心上打了一个死结。至于那些完全否定了自己的力量的"唯武器论"者,更是觉得杀气腾腾,法力无边,最后硬非把它当偶像一样崇拜不可。

因原子弹而引起的国际争端,始终就未取决。对于它的管制方法,一个(美国)说应该在安全理事会外另外设一个原子能的处理机构,这机构应该不受《联合国宪章》中所规定的五强否决权的限度;而另外一个(苏联)认为这个建议有违《联合国宪章》的基本精神,于是乎加以坚决的反对,并且进一步的提出禁止原子武器制造的建议。

现在,既不能协调各方的意见,那末只好听其自然,距离愈拉愈远,猜忌愈来愈大。接着,比基尼礁湖附近的第四颗第五颗又爆发了。

爆发的结果,据美国国务院派去的参观团说是"大为失望",据苏联派去参观的人说是"不过如此";而有的电讯居然照实报道"牛羊悠然自得",这的确教许多对原子弹"有厚望焉"的人物"怒发冲冠"!这群该死的畜生也真是,连应应景的瞌睡都不装一下,真是煞风景!

轰炸之后,比基尼礁湖上的国王犹大颇懂得领会"主子"的意思,赶忙发表谈话说原子弹的爆炸"甚为美观"云云。可是这场伟大的试验的目的并不是拍电影,何来美观?应当换作"甚为壮观"才对。像这样,说得好虽好,总未免没有摸着真意及真心,不够"以张声势"。随后犹大又说:"对岛国幸未遭炸毁一事,颇表欣慰。"这的确太自私了,为了全人类全世界的"和平",这样一个湖礁都舍不得牺牲!真是百分之百的"土"人,太不懂得我们的"文明"了。

偏偏类似这种傻里傻气的事多,甘地先生又发表他的意见了,真是无独有偶。他说:"数世纪来维系人类之最佳情感,已因原子弹之发明而陷于麻木。"关于原子弹是否将毁灭人类一事,他又说:"由于世界对于原子弹破坏力量之厌恶,可能使世界暂时放弃暴力。"可是他接着打了一个绝妙的譬喻:"一如某人贪食美味过多,至于反胃程度,而一时予以厌恶,然俟反胃之作用消逝后,将以加倍之热诚享用美味,同样于厌恶暴力之效果消逝后,世界将以再接再厉之热诚,重新使用暴力。"依他的说法看来,真会弄得人疑信参半,不知所措。不过他是一个"可恶"的人道主义者,而且是一个"老亡国奴"。以我们堂堂"强"国国民的身份,他的话是大可以不听的!

此外,据说在比基尼礁湖举行的试验中,还有一桩不可与外人道的秘闻,就是哥伦比亚公司的记者莫拉德发出"山羊多头……安然在甲板上嚼其干草,在前认为毒水之中,亦仍有鲦鱼游泳"的报告后,即被当局检扣,而莫拉德氏亦不示弱,除了提出控告外,复宣称:"我现在可以直说,当时所乘坐飞机低飞于比基尼珊瑚岛上一小时余,并曾密切注意此次之损毁情形,目标舰队中之日本轻巡舰一艘(按:指已沉没之'佐川'号)全系受伤,然后由美军故意毁坏者。"

还有一件令人费解的事,就是这次比基尼礁湖的原子弹试验,原子弹的发明者欧本·海麦博士竟拒绝参加,并且唠唠叨叨地讲了一大堆,说这并非纯粹科学,而是军事性加上政治性的东西。的确,原子弹一出世,就被人家从"母亲"那儿抢来了。这个"抢法",很有点像我们黄河水灾时,日本带走灾童去养成打仗用的壮丁一样。想来欧本·海麦博士不久也要做诺贝尔第二了吧?

这世界的矛盾委实太多,不过幸好我们没有原子弹,也不想有原子弹,所以感受不到这种矛盾的苦恼。巴黎人听见法兰西广播公司报告原子弹来袭竟活活吓死了两个,这真是荒唐!要是同日中央广播电台也开这么一个玩笑的话,那准会因为我们大国民的"无动于衷"而自讨没趣的。谁都知道,现在世界上有原子弹的只有美国一国(惟据最新消息,苏联也打算在北极附近试验原子弹),而恰好他又是我们"伟大的盟邦",不会打我们的,所以,所谓"原子弹问题"对我们只是个不成"问题"的"问题"罢了!此其一。兼之我们大国民的神经又一向以粗疏呆滞而闻名全球,我们决不会像巴黎人那般敏感而脆弱,这一点点刺激,算不了什么,此其二。有了这两个保证,还杞忧什么?

际此全世界为原子弹而闹嚷不休之时,独有我们懂得自在之乐,茶余饭后,说说原子弹诚是新颖而又风雅之至,不愿说的时候,就想出一套"原子麻将"的新玩意儿来,与它在筑方城中相见。说得起劲的时候,大家尽管说开去,说开去,说——开——去——好了。

1946 年 8 月 17 日《中国新报·文林》

漫谈佛朗哥

关于佛朗哥,本来我们是很可以不谈的,一则他离开中国很远,二则他与我们之间并无何了不得的关系。而且我们有一位"先儒"大学士徐相原压根儿就否定了这个存在:"西班有牙,葡萄有牙,宁有是理?"那末依照朕即国家的说法,而今佛朗哥就是西班牙,西班牙就是佛朗哥。因此,佛朗哥不谈则已,要谈就等于承认他的地位。

佛朗哥这类人是很不好惹的,譬如,你不理他,他不但不稀罕你理,甚至还要羞辱你一场。过去我们中国不承认他,他倒承认溥仪与汪精卫的傀儡政权来了。

我没有见过佛朗哥,他的相貌也只是在电影上瞻仰过一两次,据我一时的印象是觉得他很像希特勒,也很像墨索里尼。船形帽子,义勇队式的制服,方头大靴,跟漫画中的希特勒墨索里尼的确一模一样。其实,他像谁倒也不是我的发现,本来,他也就很像老希老墨的。至于他的相貌是否仪表堂堂,这个我倒记不清了。纵就他有"两耳垂肩,双臂过膝"的帝王之相吧,我想也未必一定合得上"麻衣相法"。

佛朗哥总算很有本领,如今是独木支撑大厦。据说希特勒在地窖自焚,而墨索里尼则街头暴尸,虽然心里难免因唇亡齿寒而起过几个鸡皮疙瘩,可是总还是自炫骄傲的成分较多,青出于蓝,而竟胜于蓝,以新世纪救主自命的希墨,已有继承矣!可以瞑目矣!

佛朗哥的聪明也远过于希墨,他不过分自恃武力激起别人的反感,但也不惜以战争为要挟。尤其厉害的是他一瞬间便摸清了世界的风向,于是激流而勇退,轻飘飘地来一个两三度的转弯便加入进另一支浩浩荡荡的洪流里去了。所以他敢外则陈兵比利牛斯山麓,威胁法国;内则大捕共和党人,格杀勿论。

然而,他并不是一个完全硬性的汉子,除了刀枪剑戟之外,还有一套软的功夫在。譬如他近来放出空气说,西班牙王室要复辟了。自然,这是很合不列颠的"君主立宪"的口味的。于是乎佛朗哥做摄政王,做假皇帝,都有了法律的保障,更何况事实上需要他做西方民主主义的保镖!这真是"斯人不出,奈苍生何"!

大家都说这次是反法西斯的战争,结果却有偌大一个法西斯在世界上不愿廓清,这的确是桩奇怪的事。而更其奇怪的是有些国人,竟然忘了佛朗哥是第一个承认伪满的帮凶,竟然跟着别人屁股后大喊其"不干涉"政策,我想不久佛朗哥或许要来干涉中国了呢!

1946年9月10日《中国新报·文林》

我患了健忘症

最近,我曾应允过朋友一桩事,可是却忘了替他办到,结果落得他忿忿然地骂我一句:"你这个人真健忘!"人家骂我健忘,这我倒是第一次听见。本来我一向是以强于记忆而自许的,而且还这样斥责过他人,今天居然被人家骂了,不由得一震,私下可也就怀疑起自己的精神有无病态来了。

仔细想了一想之后,非但无法获得什么结论,抑且更加困惑,我不能确信我自己是否染上了这种精神上的病症,因之也就愈益感到忧虑。生性非常好强的我,这回子可失却自行判断的力量了,不得已只好付诸大家批评。现在且让我举一个例吧。

譬如丘吉尔,他就好像说过一句这样的话:"民主并非娼妇,不能以荷枪之士挟而调戏之。"但是曾几何时,彼一蹿而上美国富尔顿的讲坛,大喊其"第三次世界大战"的口号,再蹿而上英国国会的大厅,怒声詈骂艾德礼放弃了印度,宽待了埃及与希腊,等等。

从这里产生一个联想,我似乎又记得某人曾经在第一次世界大战甫告闭幕的时候就预言"将来有一团不比橘子大的炸药可以毁灭整个的城池"。这不正是原子弹么?而这个"先知"一般的某人亦就是丘吉尔。我真担心,莫非"第三次世界大战",一经过他的嘴,又要变作像符咒一样的"谶语"?

或许,丘吉尔是不曾说过这些话的,因为我不能保证自己的记忆无误。

或许,丘翁本人就是个健忘者(?)。假如他真是个健忘者,那也只能怪我"健忘"了他的"健忘"。假如他并不健忘呢?那当然还是我健忘了。——

因为,谁教我不确定一点呢?

有人说,一般人对健忘者反而具有好感,因为一个善记忆的人,总爱在谈话中提起一些令人不快的过去的史实来,以致大家都觉得厌恶。如今我把丘吉尔拿出来示例,这个举动不晓得有没有使"大家都觉得厌恶"?

其实,这也不独丘吉尔为然,多少宪章,诺言,神圣的保证,庄严的誓词,甚至遗教,都被人丢到九霄云外去了!依此而论,又岂可见怪于丘吉尔的一句轻飘飘的讲演词!又岂可责难于我的不曾为一桩小事如约守信!

要是这些事情都是因健忘而造成,那健忘可也的确有它的"妙"处,那末在这一个健忘的世界上,健忘也就可以称作"潮流"了。至于这健忘究竟是真是假,则不在话下,然而人总该顺乎"潮流"前进才好。虽然又有人说过:健忘不论是生性抑是装腔,终将变为麻木。而麻木者的好坏,那更不是本文所能论列的了。

话扯得很远,而且将区区来比丘吉尔,看来准免不了有点狂妄的嫌疑。自然,这样的辩护一定会恼怒我那位朋友,可是我还要说句开罪的话,当今之世,我倒很想真的患上健忘症呢!

1946年10月12日《中国新报·文林》

茶壶以及它的茶杯们

法国有一位叫作费洛的作家这样写道:"一夫一妻制,被当作对人间和对神的法则都合适的、基本的、有益的学说来宣扬。但在实际上,所谓一夫一妻制不过是不公开的,但是占胜利的一夫多妻制的简单的例外。"这句话确有相当的暴露力量,就其真实性来讲,一夫多妻制在资本主义社会的末期形态里,倒也是个铁的事实。若以我们中国为例,则更因为特别悠长深厚的几千年的封建历史积势,上层阶级的特权大可以至于邦畿千里,小可以至于生殖器,这种特权虽说没有"什么什么不上大夫,什么什么不下庶人"之类的礼则来规定和保障,可也依然如此地行了这许多年。漫说它不曾受到打击,而且据说有一位辜鸿铭还出来"仗义执言"过,他说一夫多妻制好比茶壶与茶杯,茶壶虽然只一个,而茶杯则决不应当限于一只的。于是乎夫与妻的关系,也就等同于茶壶与茶杯的关系了。妙哉!这样的解释谁敢说不通?

不知道是不是因为有了这种解释之后,一夫多妻制便愈益显得"堂而皇之"起来——或者,原就是古已有之的,辜鸿铭不过是晚近增加进去的一支援军而已;因为,经过他这么一声援,一夫多妻制在理论上似乎就站得更稳定了(?),谁要向这个制度攻击的话,那他们(自然有人啰!)一准搬出"茶壶与茶杯"的一套逻辑,振振有词地驳斥一番,甚至还可能笑话这位好事者:"你大概是因为只有一只茶杯,而来妒忌别人的吧?"

"哪里——他一定是一只可怜的缺嘴壶……"

"打单身的有漏的茶壶!哼!"

经过这样气势汹汹的一骂，这位好事者很容易"噤若寒蝉"，谁愿意做"关于茶壶与茶杯问题的阿Q"呢？假如他的好胜心很强，那么必然会有一股冲动的下意识的报复欲鼓励他，他马上也下去物色"茶杯"，最后自己也就变成了一只拥有许多"茶杯"的"茶壶"了。然而不管这个问题怎样开展与怎样解决，其中"茶壶"的数量总归是有一定限量的（"茶壶"是须要有资格做的，并不等于任何一个普通的男子），所以，问题的症结就落在"茶杯"头上来了。为何有偌多的"茶杯"呢？可见得在一只"茶壶"能具有两三个或七八个"茶杯"的今日，其间必有某种原因在。

据法西斯哲学体系的建立者尼采说，这个原因是这样的："男女对'恋爱'这个名词总是理解各不相同，妇女有些什么观念和'恋爱'这个名词发生联系呢？这是不难想象的。所谓爱在她们是一件无条件的、无反省的、奉献全部身心的事情，妇女期望自己成了为人'所有'的对象。她想进入'所有'这个概念中去，成为'所有'的构成部分。所以她们期望的，不是没有所有欲的，不是不坚固地占有自己的；或反过来说，是可由她们的力量、幸福和信仰使自己内部世界更加丰富的那样的人，妇女献身自己，男子则接受她的赠物……"

尼采的这段讲话虽也有其理由及事实的确定性，可是这只是资本主义时代的过渡现象；在将来，这理由必然不成立，而这确定性也必然会由于其片面而最后丧失殆尽的。

不过，自现阶段而言，它对所谓"茶壶茶杯"也都未尝不是一个注脚。

茶杯对于茶壶的关系，很有些一般人所说的"扈从"那种意思。不是吗？茶壶高高地立在茶杯们当中，多么像一只被一群卑顺的匍匐着的鸡婆所围绕的昂昂然的雄鸡啊。啊哈！

既然人间的一夫多妻制可以用茶壶茶杯来做比喻，那么他（她）们之间一些变故与事态，当然也可以利用这比喻来推论。

我就看过这么一位"男士"，他除了有一个"元配"之外，还要蓄妾养婢，左拥右抱;简单一点说,就是他有好些"茶杯"。我曾经开过玩笑说:"其乐何如?"不料他却忧郁地吐出几个意味深长的字眼,"苦中作乐"。后来私下一想,倒颇能体会出他的心情。这个"苦"字怎样构成的呢?不外是一、肉体上的拖累。二、精神上的不安。家庭里多养了太太,正如茶盘上多放了杯子,挤来挤去,终必有闯祸的一天,太太与太太之间的倾轧吵闹,自然是当事人双方都不客气,俗话说"一个杯子不会响,两个碰起来才响叮当"。若真依照辜鸿铭大师的理论,天哪,这可的确是"茶杯"了哩!

有些不甘示弱的"长老"们,虽说是"老树婆娑",却也未必"生意尽矣"。居然也豢养着妙龄的"女士",算是"松柏虽老,春意犹存"的一点绿意。这是什么话?不是小伙子的妒忌,它确实是违背了一般的伦常原则的!可是,这类的事情却多着呢。以年龄来看,有的像父亲与女儿,有的简直是祖父与孙女,这样的结合,完全是扛着"异姓则异德"的招牌的罪恶。那末,我们于苦笑之余,也只好把他们看作一只古色古香的宜兴陶器伴着红得透明的玻璃"茶杯"罢了。

在这种"阳衰阴盛"的地方,很容易闹出所谓的"家丑"来,也就是指"私奔""通奸"而言。这假如要用"茶壶"与"茶杯"的理论来解释,那很可以将它比作许多茶杯中的某一只,为了某种关系,它却离开了自己的"茶壶",跑到别处装茶去了。

还有,现在有不少统计家说:"经过八年的战争,直接间接地影响到男女人口数字的不平衡了。现在——女多于男。"所以,也就有很多人在做"茶壶与茶杯"的梦了,而且还口口声声的宣称:"这是慈善事业!"寓救济于"茶壶与茶杯"。这些人真是积德行善哪!阿弥陀佛!

写到这里,记起了我小时候的一桩事情,就是我们家曾经有过一套精致的茶具,半实用半摆设地被放置在正堂的条桌上。当我们小孩子偶一走近的时光,大人们便威吓地叫骂着。多么珍贵的一套把戏!有一次,不知怎的被一只猫带翻了,全部变成了块块的瓷片,那时我虽对一切的见解都很幼稚,可是我也晓得表示惋惜。然而在现在,我倒希望从哪儿跳来一只巨猫,把这些"茶壶"们以及它们的"茶杯"们全都拖个粉碎才好……

1946年10月14、15日《中国新报·文林》

熊猫与文化国债

我们中国究竟举了几多外债,谁也不知道,就纵有官方公布的数字可依据,亦未必翔实可靠。但不论这笔国债如何庞大,总可以用金钱实物一折一的还清。而唯有文化方面的负累,才足以造成一笔更为巨大更难清偿的外债,这种债务无以名之,就管它叫"文化国债"好了。

以文化国债来讲,我们中国在近代遭遇了一个剧变,海禁开前是出超,海禁开后是入超;换言之,即是从前为债权人,现在为债务人。举凡声、光、化、电,以至于典章制度都是舶来品,如今,则更是到了一个无"美"不备的境地了。

这并不是鼓吹国粹论,时至今日,关起门来扎辫子踱方步固不可能,但说是已经"世界大同"了,所以文化绝对无国界,则亦不敢苟同。抱残守缺诚然没道理,但生吞活剥也就未免太"前进"了。

国家正同个人一样,难免有拮据周转的一日;不过,有借有还,才是正理。别人贷以资本,就该好好利用以产生新的资本。否则,一种文化失去了创造精神,必因衰老而致死无疑。

学政治的人往往嘲笑工科,笑他们是"造汽车阶级",而自己是"坐汽车阶级"。其实,这种观念是荒谬的,有汽车固然一坐便是,轻飘之至。殊不知自己正向他人举债,在整个社会的功能上,自己必须为这坐汽车的动作创造并付出与之同等的代价。设不如此,便是赊账不还,赖债不还。

那么,依此而论,我们中国既向外举了一笔如是之巨的文化国债,是否我们曾利用它有所新的发展和贡献呢？答案是否定的，因为我们虽也有某种努力，但大多都被主观上的以及客观上的原因抵消了。

或者有人说，林语堂之流人物不很替祖国效劳过吗？尤其是对于文化的传播与介绍方面。阿弥陀佛，林语堂的野人头的确是卖够了；为着要投外国"主子"所好，便硬抓着郑板桥袁中郎不放，说是代表了东方艺术。像这种"买办式"的"文化商人"，徒然是增加了债务的纠纷而已。

听说四川当局为了"造就人才"起见（我们记得没有多久前，成都就有一个留法的工程师因无路可走而自缢），有意将境内捕获之特产熊猫送美，以换取留学生之费用，而有关方面则认为"此举苟经实现，熊猫势必绝种"。至于下文如何，则未见报。

留学生是借文化债，赠熊猫是抵"动物"债，看来似乎风马牛不相及，借文化便以文化偿付，别人并未送来什么花猫麻猫之类，奈何以熊猫抵之？

一面是熊猫，一面是文化国债，能抵么？又抵得了么？万一熊猫真到了"绝种"之日，又如何？

这可真是"生财无道"，而又"还债乏术"了。

1946年10月17日《中国新报·文林》

妙论呢还是谬论？

最近,有这么一位名叫王共辛(Gung-Hing Mang)的先生,他用英文写下一本书,题目直译是《中国人的灯塔》(The Chinese Minar),国内中文本子是没有,而且英文本也还不曾见到过。可见得作者的原意是写给外国人看的,因此,其间也就难免多多少少的有点宣传作用。

它的内容却是意指思想的灯塔,牵涉极广,且又干系到当今中国民主问题,所以,在关心中国政局的美国,激起了极大的反响。

笔者并不曾读过这本书,不过在看到拉铁摩尔夫人的一篇批评文字之后,算是窥见了一斑。而且还感觉到:凡是介绍一种事物到国际上去,介绍者应该负有道义上以及法律上的责任。我们固然希望有宣传工作,但决不愿再有黄柳霜(好莱坞华籍明星,专演辱华影片)的鸦片、小脚、辫子及与烂水手胡行乱为的镜头的宣传,也决不愿有林语堂式的,用晚明小品去代表整个中国文化的宣传;像这样一本书,既然题名为《中国人的思想》,那末,每一个中国人便都有顾问的权利。

这位作者先把中国人的思想做了一番历史的检讨,他说中国在公元前二百年思想有五个大宗派,但到以后二千余年,则卒汇于儒家而定于一。至于最近,则有孙文主义作为新中国的蓝本。

其次他又提出了解中国人的思想前必先明了的三个观念,就是中国人所谓的"天"与家族制度及"宿命论"。由于这三个传统的力量,乃似乎构成了中国政治上的不成文法,无论官民,一体遵行。结果,便推论中国永远不需要代议政府,原因是虽然各国人民往往因为过度的压迫而产生自治的要求,但中国人民却相反,并未发现有自治的必要。

他又说"我们的当局既采纳民意,就不致怎样抹杀民意。而学者政治足以向人民保证行政效率而关切民情"云云。自然,他所指的学者政治就是儒家的人治,礼治,而并非为儒家(或承儒家道统者)所斥为异端邪说的法治。在这一点上,拉铁摩尔夫人认为,用"孔子的道德思想能造成善良而有效力的官德,并使人们于紧张中力持镇静,这说法与非基督教已创造了一个由基督教义统治的社会,一样的难圆其说"。

笔者以为这本书的内容是有毒的,至少是不健全不纯正不人民的。这位作者完全否认了中国全部历史上的事实,以及它的一般的发展逻辑法则。譬如说学者政治吧,哪一朝哪一代有"学者政治"?周武王吗?他是封建地主的代表;汉高吗?他与强豪富户相结托;唐太宗吗?他是割据一方的藩镇;宋太祖吗?他是善用权诈的军阀。而今,很不少人犯了一种理论上的错误,或者,也有人故意这么"犯"上的,以为只要真命天子一出来,一统江山,天下太平。从此又可以官牧民,民牧牛,大家都有饭吃了。其实,问题简单地说起来固然是"吃饭",可也并不仅仅就是"吃饭"而已。中国人民要求的是怎样"吃饭",怎样吃得好些,怎样永远有饭可吃,怎样吃得有"不虞匮乏的自由"。

据拉铁摩尔夫人说,作者王某是官员之一。既然如此,那就该是属于"官方消息"了。立论如斯,倒也难怪。不过,中国人民的记忆还很新鲜,中国人民永远记得有过一个名叫古德诺的英国人,为了要和拥袁世凯为帝的筹安会一唱一和,丧绝良心的写过一篇中国不适于民主的文章。然而,话又得说回来,古德诺始终是 个不明中国"国粹"与"国情"的外人呀!而这位工共辛先生呢?

1946年10月18日《中国新报·文林》

文化人不应悲哀

汉司马迁受了腐刑之后,受尽抑郁,乃闭门书愤,完成了寄情抒志的史记巨著,而在《报任安书》一文中,有两句"女为悦己者容""士为知己者用"的话,更是道尽了满胸的积悒,而成为同病者千古慨叹的名言。

这里所谓的"士",大概就相当于今日的文化人。"士"要有"用",便必须"为知己者用"。因之,在这一个"用"字之下,就必然产生两大前提:第一,要真正有可"用"之处,鸡鸣狗盗不是这一行。而万一竟无人是"知己",那便只好愤世而独立,以示清高,这是第二。

表示清高的方法很多,"不事家人生产"是,"不为五斗米折腰"是,甚至屈原贾谊等因为"怀才不遇"而又不愿同流合污终至于死也是。而从后面这个例子看来,亦就可以发现所谓"知己者"亦即指"统治者"。因为楚怀王汉文帝不够"知己",所以屈贾二人就要一以投水一以郁终了。

可是,不论"士"也好,文化人也好,总归是人。也一日都离不了柴米油盐酱醋茶,也无法脱得净人间烟火气。简单一点说就是也要生活。自视清高可,但个个都爬上首阳山去采薇则未必可。

这样一来,务必有"知己者"则"用",无"知己者"呢? 则标榜"一箪食一瓢饮"了。但是平心而论,通常人总不能免除一些本能的以及物质的欲望(所谓"士""文化人"并不是"超人"),然而又不得不用"清高"来自慰,似乎这其中便产生了文化人的悲哀。

我看文化人的悲哀并不在此。

有些人物以"清高自许"甚且已经"归隐"的人，往往因为一二特权人物一时所好，而被三顾"茅庐"，亦于是便引以为"知己"，狐媚以事之，大呼"吾皇万岁"。依此而论，"士为知己者用"，倒真与"女为悦己者容"成了正比例的发展了。还有，另一些人则因才自炫，处处现出一股"举世皆浊我独清"的神气，认为人间事是俗物；这样一来，便不知不觉地把自己抛出了世界之外。前者卑劣后者孤癖，都不是健全的态度。

由于后者，人世的纯情与正气便爬上了云端，成了一些缥缥缈缈的东西。由于前者，便把文化造成了数十年来的政治附庸。文化不能自立，文化不属于全民，这才是所谓"士"所谓文化人的悲哀。

如今，文化人还有这种悲哀么？没有，文化人不应该悲哀，要有悲哀，也不是这些，而且，文化人正在努力地向一条永无悲哀的路上走去。（略一段）①

近代，日本有个叫作厨川白村的文学家他写了两本书，一册命名为《出了象牙之塔》，一册命名为《走向十字街头》。我认为这两个书名颇能指示出今后文化人应走的道路。所以我呼吁文化人真正地全部地"出了象牙之塔"，而"走向十字街头"。在十字街头，人民全体会和文化人握手，在十字街头，文化人没有悲哀！

1946 年 11 月 22 日《中国新报·文林》

---

① 原报刊载如此。文章中标明"（略一段）"或"（略数字）"，想来此举或正是当年报馆和报人的一种"明示读者"与"曲线担当"之法罢。——刘粹 注

谈　　龙

中国人的许多奇怪的传统观念中,关于龙这种东西的也可算是一个。

一般物种学家与历史学家都认为在我们赖以生存的地球上,曾经有过一帮名叫恐龙的统治者。自然,在它们占有世界的时候,人类没有出现,不然的话,我们目前的这些统治阶级也就一准流血革命过来。不过,这些恐龙与通常所谓的龙也迥然有异,这是由一些先后发掘出来的恐龙化石所证明了的。恐龙中,又有一种别为食肉恐龙的,据说食量很大,每日吞没在它胃囊里的动物要以吨计,这的确是桩很可惊的事。设想平地里突然跳出这么一个怪兽,漫说是被它吃掉,恐怕吓都会吓死不少吧!这也正是人类愚蠢的地方;人们是过分地相信自己的眼睛的,可是不愿意思索,所以像恐龙这类有形的实体见了就觉得害怕,可是一连串的战争席卷了多少血肉之躯,造成多么巨大而普遍的恐怖与灾害,人们反而没有看到这个。因为,战争是没有有形的实体的。真正的战争不在疆场,而在一些操纵这无形机器的少数人手中。这些人有时也会抚摸抚摸人们的背脊,他们心里在说:"真傻得可爱!"吝啬于思索的必定挥霍于感情,于是人们疯狂了,于是最自私的命令上装饰着最正义的名词了;好战者的胃口比恐龙还更大,填进他们的无底欲壑的,又岂仅是几吨重的壮丁、孤儿和寡妇?

所以,有人说我们至今还处在恐龙时代。

现在是否仍系恐龙时代,我们不管,但至少中国还处在一个龙的时代倒很真确。这个龙,自然指的是"国粹式"的龙。

"国粹式"的龙,不同于恐龙,这非但由考古而有所判别,而且就从它们二者之间的生活方式也可以知道。前者在天空里飞,餐风露宿,清高之至。后者在地上爬,茹毛饮血,暴戾异常。恰巧碰上我们中国人又最重尊卑、上下,若要真的把龙与恐龙混为一谈,说不定国粹家还会提出严重抗议呢。

相传从前有个名叫叶公的人,好龙成癖,居室之中,满墙满壁画的都是,栩栩如生,呼之欲出。不料由于这种爱好,倒感召了真正的龙。一天,真龙下界,叶公在窗前猛地瞧见这么一个奇形怪状的庞然大物,当然吓得魂不附体。这种真龙大概不和他想象中的龙一般模样,或许不很美,或许不很合人的胃口。人常常会患上这个毛病,就是喜欢托客观的事物来配上自己预先框定的道理。总之,叶公好龙,还是好他自己的龙,于是既不管真龙面目,而他所好的那种似是而非的东西,居然也就唤作龙了。

这是一个滔天的大谎,奇怪的是连说谎者自己都几乎要忘记这是一个谎话了。

在此,不由得联想到一个故事。据说曹聚仁有一天遇见了他的老友施复施亮,说:"你们××社的人最会撒谎!"而曹亦不假辩驳,即坦然承认,但却回敬一句:"不过,你们也是一样。"依此看来,这真是一个说谎世界啊!一些好龙的叶公们,明晓得自己的所好是假的,可是硬不敢实事求是,硬要这样互相哄骗地打发着日子!

还有一层,也不可不提。中国人心目中的龙本是归于天将一属的,它职司农事,敬之则风调雨顺,逆之则灾荒频年。可见得它对于农民是具有生杀大权的,而农民又是构成我们国家社会成员的绝大多数,结果,龙,自然而然地就变成为统治者的象征了。汉高祖的母亲说是就因为遇见一条赤龙,乃有感而生刘邦,于是这位亭长先生也就变成了所谓的"赤帝子"了。我们中国人总把"真命天子"比作真龙,不晓得是不是自此始。

结果,皇帝的袍上盘九条龙,称作龙袍;床上画九条龙,称作龙床;脸叫龙颜,眼叫龙目,心叫龙心。最后皇帝同龙,龙同皇帝,简直分也难分了。

龙被夸张成莫名其妙的不易一见的神灵,目的在造成人们的恐惧;建筑在这种恐惧上的,亦正是帝王的心理控制。换句话说,龙也变为御用的武器了。

其实,谁也不曾见过龙,可是时至今日,却还有不少人相信龙,并且还日夜祈求迷信它的出现。

这是否也是"时代的悲哀"?

1946 年 11 月 25 日《中国新报·文林》

《而已集》中的一句话

鲁迅先生在《而已集》中一篇题名《小杂感》的文章上写道:

"人往往憎和尚、憎尼姑、憎回教、憎耶稣教而不憎道士。懂得此理者懂得中国大半。"

笔者认为这句话很值得研究。因为一来是自己见闻孤陋,不知道有没有人将它探释过;二来中国这个国家的确是很难懂的。虽然自己也是中国人,却连她的一小半也不明白。

依照这句话的上半截,可以知道和尚、尼姑、回教徒、耶教徒之与道士是有分别的,由于这一个分别,乃发生了"憎"与"不憎"的两种感情。下半截的原文是:"懂得此理者懂得中国大半。"换言之,就是只要懂得中国人对和尚、尼姑、回教徒、耶教徒及道士如何运用其两种感情的话,那末便可以说很了解了中国之所以为中国的道理了。

于是,问题之症结在"分别"。

究竟其分别之点在哪里,颇难断言。不过据个人想来,大概第一个原因是在于道士是"国粹",而和尚、尼姑、回教徒、耶教徒等等却是"异端"。谁都知道,中国人是特别爱惜并珍重"国粹"的,所以一旦碰上了所谓的"异端邪说",则自然是"深恶而痛绝之"了。

道士在中国,土生土长,其势力当然是根深蒂固。他们奉的牌位虽说是黄老,但究竟黄老的学说是什么倒也未必个个明了。所以道士之流向于"方士"——今日的道士依然有重大的"方士"气,若无大变,将来恐怕仍是如此——处处表现一种较低级的形态，实有其必然。中国人信的是多神，而且简直是多得古怪。不过妙处是在不管什么神仙菩萨，可总得染上一丝儿道家的气息，不然，就未必行得通。譬如，"佛教初来时，便大被排斥，一到理学先生谈禅，和尚作诗的时候，'三教（儒、释、道）同源'的机运就成熟了"（见鲁迅《华盖集》）。

可见佛教（就是和尚、尼姑）是在道士的掩护下，挂了与"国粹""同源"的招牌进来的。

根据这一推论，又可以发现另一"分别"。

原来中国人一向就很中庸的。中庸者，是妥协也。"譬如你说，这屋子太暗，须从这里开一个窗，大家一定不允许的。但如果你主张拆掉屋顶，他们就会来调和，愿意开窗了。"（见鲁迅《三闲集》）道士正是这么一个东西，他的立场是很折中的，既可以转俗人更接近（？）鬼神仙界，又依然可以娶老婆，吃荤腥，甚至玩女人。居在此种阶级的确是够引人钦羡的了。

与其相反的，和尚尼姑首先就得消除七情六欲。不准伤生之外，还要受戒。最后宣告圆寂，又用火葬。凡此种种莫不痛苦之至。谈到耶教徒，则其一神观念基本上就有了冲突，信了耶教，自然不好意思再去拜观音、关公、城隍。但凡此种种都是"国粹"之一，结果，耶教也就成为百分之百的"异端"了。设若是碰上清净徒，修身苦行，更其可怕。至于回教徒，除上述相同的诸原因外，不吃猪肉，恐怕也是荦荦大者。中国有许多前圣后贤，说是吃肉要吃方方正正的一块一块，或者说是上等人要远离庖厨；不过，话虽如此，猪肉总归是要吃的。

最后，还有一点必须加以指出来。

道教的广大根据地是在农村，它不像耶教徒大多限于"高等华人"，也没有佛教那样以庙宇为据点。它只是自然而然地潜伏地散布在大多数的农民的生活中间。道士之不被人所"憎"，这种感情在乡村里表现得更为明显。

中国的历史证明了，大凡农民暴动或聚暴动而成的全面的农民革命运动多般与"道"相结托。这时,许多道士往往也就变作了谋士。不过,中国的农民革命运动在本质上始终是消极的;因为道家的最高原则是无政府;无政府不过是对现实虐政的一种抗议罢了,它是没有积极的目标的。像这种缺乏正确意识的行动,自然容易为野心家(如刘邦、朱元璋等)所利用,结果这行动的本身也就变质了。

这些,说明了"道"与中国农民革命运动的结合之无益,可是中国农民仍对道士表示好感,又说明了中国的历史还停留在怎样的一个可悲的阶段。

拉杂的写了这些,不知说错了没有?笔者愿意虚心地接受指正,并热切地盼望引出一些可贵的意见来。

1946年12月6日《中国新报·文林》

明年是什么年？

社会上有一种人物，专门在元旦日提倡什么年什么年，自己既显得得了风气之先，又可以叫人家去身体力行，真是一举两得、皆大欢喜的事情。

不过，去年是个例外。去年据说是胜利年，但似乎没有人有过先见，倒是去年以前的几年，年年都有不少人在喊胜利年胜利年的。或者正因为年年喊的缘故，听的人固然腻了，喊的人也未必不累，兼之中原湘桂，一败涂地，对比起来，当然更不好意思。说也奇怪，哪晓得鞭炮一打，胜利虽来得很突然，但是胜利硬来了。

胜利年一过，立刻就有人宣布"建国年"来了！

但事实如何呢？

天晓得，地晓得；喊声的人物自己固然晓得，听喊的老百姓更晓得。

明年不知又有人定为什么年否？不过，喊"建国年"者怕还是免开尊口的好罢！

1946 年 12 月 31 日《中国新报·文林》

"炉边谈话"

照例,今天应该说吉利话。

中国人是很看重开头的,盖取其兆也。不过这和外国人所说的,一个好的开始等于成功了一半,倒又不同。中国的吉利话说说而已,要开始做则又未必也。

吉利话很多,但要归结起来,总不外乎升官发财二途。而且,想稳当一点,也就必须如此。这道理很简单,就是忌讳太多,吉利话往往被人认为不吉利,岂不以少说为妙?

所以,今天便只说一句吉利话:"升官发财!"升官的固然再升官,当然也可以发财。发财的固然更发财,当然也可以升官。

其次,又是照例,今天应该结结账。

所谓结账,无非是寓一点策励之意。一般称呼虽有不同,点点滴滴谓之为流水账,盖厌其烦琐也;乱七八糟,谓之为糊涂账,盖讥其莫名其妙也。但不管它点点滴滴也好,乱七八糟也好,各人肚里总有个数。

兹摘录一些街巷俚谈,以供国家史家参考,并聊尽结账之责。

①某市某处打了一个灯谜悬赏,曰:"彼美人兮。"据说,谜底是"马歇尔"。

②某市某公发明了"原子麻将"。

③长江中部某大都会,大雨三日,堤防决口,于是有人实行"科学考据",结果测得为受比基尼湖礁原子弹试验之影响云云。

④某夜,"天狗吃月",全中国皆一片漆黑,无知百姓,均以天变异象,惊扰不已。

⑤……

⑥……

再者,还是照例,今天应该有点感想。

可是,我有太多感想,我又没有感想。我怕感想,我写不出。

且抄一段吧:

"虽过年而不停刊的报章上,也已经有了感慨;但是感慨而已,到底胜不过事实。有些英雄的作家,也曾经叫人终年奋发、悲愤、纪念。但是,叫而已矣,到底也胜不过事实。……

"叫人整年的悲愤、劳作的英雄们,一定是自己毫不知道悲愤、劳作的人物,在实际上,悲愤者和劳作者,是时时需要休息和高兴的。古埃及的奴隶们,有时也会冷然一笑。这是蔑视一切的笑,不懂得这笑的意义者,只有主子和自安于奴才生活,而劳作较少,并且失了悲愤的奴才。"

这是鲁迅先生一九三三年二月十五日因过废历年而写的文章。

最后,想说明一下"炉边谈话"这个题目。

虽已是的的确确的冬天,可不像某些人物的用美国电炉,就连用一只普通的泥巴炉的资格也没有;所以要用这么一个题目,不过是因为见了某代表在联合国大会里赞成"国际裁军",而联想到"打肿脸充胖子"的故事。于是,谨仿其意,无炉而作"炉边谈话"。嘻嘻!

1947年1月1日《中国新报·文林》

一九四七年"先知书"

1

老百姓辞职老百姓上任,老百姓又辞职。

2

中国人吃中国人。

中国狗吃中国人。

外国人吃中国狗。

3

大多数印刷品变成无字天书。

4

杜鲁门三颁"训词",上海某报标题为《奇文共赏》云云。

5

一日,小孩携猛虎,猛虎带绵羊,自峨嵋山岭中来举行"和平示威大游行"。

6

诺亚的方舟在昆仑山发现。

罗马教皇特为此事广播,题为:"怎样苟且偷生"。

7

莫名其妙的,有洪水自东方海上来。

8

然后,"泰山获麒麟"。

而且,"有凤来仪"。

1947 年 1 月 17 日《中国新报·文林》

到社会上去[1]
——送幼柏赴沪

许多人把大学当作宝贝,许多人把大学当作登龙的门径,许多人欲进不得而徘徊在大门外嗟叹,但你,现在却轻描淡写地(?)说声"走了",就走了。

你的家境逼你必须半途退学,眼看就将踏入社会,而且恐难回返了;但你竟没有难过,你早知道有这一天要到来,从前你怕这一天到来,现在来了,你反而欢笑如常。你是有理由的:"像目前这样的教育,能给我什么呢?我毫无留恋。"

就这样,你便单枪匹马冲向乌烟瘴气的社会了;而且一开步,就投向了罪恶的都会上海,而且听说是上海的税务机关……

怎能怪朋友们为你担心呢?在那种非"同流合污"就不能"生存"的环境里,孤单的你,如何生活?如何奋斗?

但是,谁也留不住你了。

你这一走,你的热情,你的笑语,你的踏实和你的苦读的精神,也都要走了!当然,临别洒泪,对于我们是可羞的,但我们仍不能不感到难过。在一起时,我们共同学习,共同生活,什么都是一致的,而现在,却只有你一个人单独地向着黑暗的社会去艰苦的迎战。我们怎能不叮咛又叮咛的表示我们的关切呢?

你就要走了,你这一走,真像寒冷的冬天,从我们的身边移去了火盆。

---

[1] 本文署名的另一作者为白怀。——刘粹注

但我们仍要欢送你。

欢送你：不用浮词和客套，不用西餐和大菜，我们是交给你两只手和一颗心，我们是在送一个战士远征，我们是在送一只小海燕，飞向了风雨。幼柏，你是我们的先锋。

不会久的，我们将随着你来。

我们相信你，像相信我们自己。一个人如果始终具有一种不可克服的崇高的人格，追求着人生的新境界，他将永远是一个不可克服的力量。

那么，幼柏，你就勇敢地去吧！

1月18日夜

1947年1月25日《中国新报·文林》

甘地主义

这时候还来谈甘地主义,似乎有点不合时宜,一则我们中国早已忝居四强之一,二则连甘地先生自己都许久没有替它鼓吹了,所以,此刻想做这位圣人的徒弟,纵对自己大国民的身份不合有所辱没,也已经是迟了。

何以会"有所辱没"或"迟了"呢?这就不得不归功于我们的大翻译家了,原来甘地的"非暴力运动"或"不合作运动"竟被解作"不抵抗主义",但这种解释,也是到了中国以后才有的事。

结果,以讹传讹,张学良倒做了甘地的第一名入室弟子。

但是,我们抗战也抗了,日本帝国主义竟然无须乎再"抵抗"了。甘地既是因"不抵抗"而出名,那末,我们曾经奋起"抵抗"过的英雄们,自不屑与甘地为伍。倘若硬迫而与之为伍,那自然是"有所辱没"的。

还有一层,甘地自己就久已不喊此口号,而且印度似乎也快成"一强"了(以中国为标准),所以,甘地主义早已是明日黄花,此刻来研究,当然迟矣!

可是,说甘地主义已完全无用,亦嫌太早。

记得战前日本挟浪人走私,以致入超甚巨,民间受不住了,也曾有谁喊过"打倒××帝国主义""抵制×货"的口号。口号颇动人的,因为,据说这就是"不合作运动"。

又时常看得见,报纸上每逢刊载了"反日"(尚不敢言"抗日"也)的文字,便容易被检掉,因为,那是"有碍邦交"的。于是报馆当局他就来一个索性开天窗,检掉多少地方就让它空白多少地方。据说,这也就是所谓的"非暴力"。

　　甘地主义在中国,如此运用,虽说并无不正确之处,可也的确显得怪可怜的了。——但,当时,这种做法亦未必有多少人认它为甘地主义,因为叫叫口号开开天窗也该算是"抵抗"的一种。而中国人的甘地主义,根本就是崇拜"不抵抗"的。

　　假如,万一今日又来了个什么帝国主义之类,它用浪人或者用更高明的方法走私,我们是否敢叫口号或开天窗,倒也的确是个疑问!

1947年1月29日《中国新报·文林》

醉眼蒙眬中的"信念"

有些人自命有"信念",可惜有点醉眼蒙眬。

因之,信念也就被灌醉了似的,在醉眼中看来,竟成了可望而不可及的玄妙东西。于是有的就叫喊起来了:一则以表白自己;二则以告诫后进,说是"信念"不可恃,据说是因为"信念"本身太飘忽不定云云。

自己醉了,反咬定"信念"在恍惚如雾中,由此可见,在彼等心目之中,所谓"信念"也者,已是个什么样的东西了。而这帮人自己是具有怎样的一副嘴脸,也不难于想象。

例如胡适博士,回国以来,走马上任,一跑进北大就大谈其"糊涂哲学"来了,说是"此亦一是非,彼亦一是非",是是非非,亦是亦非。似乎在今日已经是没有是非的世界了,但是,不分是非这桩事的本身,又是是抑是非呢?胡适博士没有下文。

或者,博士自己就分不清是非吧?

或者,博士自己就已"非"了吧?

尝闻有替其辩护的人说:"老矣!"诚然,胡适老矣,比起五四时代的胡适,的确是太没有长进了;但,这也难怪,君不见博士荣归以来,三日一小宴,五日一大宴,席间茅台酒少不了几杯,淡淡醉意,当然是在所难免。

还有,就是沈从文先生。

不甘寂寞,又自恃清高;爬在云端写什么"向现实学习",无形中就落入周作人的"苦茶斋"里去了。不在现实中学习现实,却想用苦茶的涩味来冲淡现实的血腥,宁非"反动"乎?

沈从文先生高居云头,俯视芸芸众生;心中或者忽然来了点"烟士披里纯",于是乎鸟瞰一番"学习""学习",于是乎便有大量之"信念"问世了。

他把所谓的"信念"从天上抛下地来,然而,芸芸众生需要信念却未必如此。

沈从文先生的"向现实学习",毋宁说是"对现实施舍",自然,善人善举,他心中是颇为陶然的。

——然而,他的"信念"却无法脱售。沈从文先生不禁要有点"蒙眬"了吧!

"信念"一并浸在酒里,发酵了、膨胀了,然而也就空虚了。

"信念"还它"信念","醉眼"还它"醉眼",只是——

"借问酒家何处有?"而且,酒从何处来?

元月 10 日夜,乡居。
1947 年 2 月 2 日《中国新报·文林》

夏夜谈飞盘

夏天的夜晚,是繁星的夜。坐在院子里纳凉,看见流星是常事,司空见惯,毫不足奇。但是,时在 1947 年 8 月,可就不这么寻常和平凡了。

小妹妹看见一颗流星,竟也会气色败坏地叫起来:"呀!飞盘!飞盘!"我自然也吃了一惊。不过幸好我也清清楚楚的看见了这颗流星,凭我的经验和常识,还可以断言它是流星,而不是什么飞盘。这倒是桩很值得庆幸的巧事,假若我这儿不曾看见它,那我的确是无法否认小妹妹的话的。——因为我根本也就不晓得飞盘是个什么东西呀!不过,从此我倒知道,大凡活在今日的中国人,多半总是神经紧张惶惶不可终日的。小妹妹居然会"飞盘!飞盘!"的嚷着,那当然要归功于做大人的近几个月来忧国忧世的结果。

就我个人而言,对于这类怪力乱神的事情,泰半是抱着"子不语"的态度。可是在全世界都传播着一片"飞盘"之声的当口,要完全置身事外,那除非是葛天氏之民,才办得到。更何况身为五强之一的大国民,对于这个"我们的世界"上发生的一切不加过问,尤其毫无道理。

据说,头一个报告发现飞盘的,是美国爱达荷州的亚诺德,这位先生在华盛顿附近飞行,看见九个似茶碟的物体,以每小时一千二百英里的速度排队掠过天空,而且毫无声音。亚氏说:"我不相信有这种东西,但是我亲眼看到。"

从此而后,便闹得天翻地覆,疑神见鬼。纽约有人看到,旧金山有人看到,斯波根有一个女人看见五个"洗衣盆",每个都有"五间房子大",西雅图海岸巡防队的一个水兵更拍下一张照片，洗出来的东西是一片漆黑，中间一个白点。

过了不多久，加拿大也发现了，法国也发现了，中国也发现了。在这方面，我们中国倒表现得很好，一则是不落人后，二则到底还超人一等；不看见"飞盘"则已，一看见单东北就几十个。其他天津、泗安、成都、南昌等处，数目也颇可观。这般纷至沓来的情形，的确是近代科学史上应该大书特书的一页。

究竟"飞盘"是什么样的东西呢？谁也答不出。在美国东部有人"捉"住一个，结果证明是高空测候器，在西部也有人"捉"住一个，却是一块铁片。同时，又有一位名魔术师特地拍电报给杜鲁门总统，劝他不需惊慌，谓那所谓的"飞盘"不过是他所玩的法术之一而已。据此公解释，飞盘之所以飞遍全球，是因为他赋它以魔力灵咒，但又不知何故而失去了控制，以致造成这么一个不可收拾的局面。这样看来"飞盘"也者，大不了也不过是魔术师家中用的茶碟之类，被他祭起，腾空而已，没有什么稀奇。但是，科学家偏来大煞风景，说是什么"眼花"云云，另外一部分人则又疑是星尘、陨石、冰雹受了阳光反射的作用。

不管揣测之词如何纷纭，好事而有赀者依然拿出五千元美金来悬赏拾着"飞盘"的人。就这桩事而论，粗看固然是某些人的好奇心驱使，细察则不免象征某些人在极力追求什么，最妙者莫如我们中国，美国人看见了，我们也就跟着看见了，而且在东北竟一次看见数十具。上海新闻报的驻美特派员敏求先生对这问得很天真，他说："真把我们什么事都跟美国学，还是另有宣传作用，可以写在'某国'的账上？"他问得对不对，姑不置论，然而个中微妙，的确值得深思。

近周来，"飞盘！飞盘！"之声似乎已稍收敛。报载美国人开始埋怨新闻界，有的更率直指摘，说是时值夏令，各报稿荒，于是便来这么一套制造电讯充塞篇幅的把戏。但站在普通中国人的地位看来，倒是真有飞盘的好。因为,我辈闲来无事,不妨仰观流云,万一眼花之余,竟然拾着了一个飞盘,五千元美金折合法币,可算是发了一笔"天财"。

然而,话虽如此,仔细思量一下,却又耿耿于怀:怕的就是此后中国人不个个变成疯子,便个个变成傻子;要不,至少有一部分变成疯子,一部分变成傻子。我这个意见,除了唯武器论者以外,大概不会有人反对的吧?

唉。——

最后,我想起了已故罗斯福总统的名言:要有免于恐惧的自由。

8月6日夜

1947年8月9日《中国新报·文林》

从"麦克阿瑟将军惠存"说起

还是很久以前,读报总会读到则这样的消息,说是有一个日本妇人将一个新生的美日混血种的婴儿送到麦帅总部,附以字条,文曰:"麦克阿瑟将军惠存。"当时并不曾怎样的细想,一带过便把它忽略了。

今天有个朋友来访,闲来聊天,不知怎样一谈便谈到日本问题上去了。朋友对麦帅的管制政策发了一大通牢骚,这倒触动了我的深思。猛然间想起了这则过时的新闻,咀嚼之余,颇能体会出今日日本人的心境呢。

"麦克阿瑟将军惠存",这的确是一个小小的,然而动人的故事。记得当时拍发这段电讯的人并未加什么按语或评论,只是拖了一个尾巴而已。这尾巴是:"麦帅部下咸表惊异"。同样的只是寥寥数字,也道破了美国占领军的心境。

的确,麦克阿瑟所表现的作风,至少站在一个中国人立场看来,是不敢恭维的。不仅中国人,就连美国国内为文指摘的也已不在少数了。他专门搞那些装点门面的一套;实则在处处打击自由分子,保留军事的经济的法西斯残余。自然,美国也认定了"日本是扶得起的阿斗",而日本则更加乖巧,跟着麦帅脚下大喊其"民主"。他们的目的还不是在复活那帝国旧梦。不过,在现实的环境中,不得不事事加盖一个"美国经营"的图章罢了!

当然,为了换得这颗"美国经营"的图章,是不能不受点委屈的。而这桩"麦克阿瑟将军惠存"的故事,大概也就可以归之于委屈的一类。

至于何以"麦帅部下咸表惊异"呢?这内中也有道理。原来瞥见美对日管制政策的危机者固不在少数，但终究不是实力派的人物。一般美国军人，大都认为这种"占领"是"恩惠"，而且美国利用利用，又可以使日本爬起来拍拍灰重新做人。岂不皆大欢喜？这种观点早已变成公开口号，不信，请看麦帅总部某高级人员对合众社记者的谈话："我们对日的政策在使日本不足以威胁美国，但足以威胁他人。"这个他人是谁，固然不问可知，但真正受到威胁的恐怕还是中国！当然，也可能是美国自己。

养虎伤生，倒是祸有应得，但公开的叫出什么口号来，甚至连累第三者，却未免有伤厚道，这应该为"自由民主"的美国人所不取的。

话扯远了，究竟如何"麦帅部下咸表惊异"呢？那末，答案就与前面一段衍文有关了，就是他们以为今日美人所做之种种均系"恩惠"，因之，产下了美日混血儿也未尝不可如是解释。但居然遭遇了日本妇女的抗议，能不"咸表惊异"？

"麦克阿瑟将军惠存"，多么平凡而又简洁的字句！可是含蓄有力，余意不尽，既表现得十分谦仰，又不失惊人的勇敢！

这才是真正日本人民之声，尽管片山哲之流对"美日亲善"如何欢迎之不暇，但这字条后面还是饱含着眼泪的。

1947年8月13日《中国新报·文林》

闻日人庆祝原子弹投掷二周年

大凡最大的作伪,都是最甜的糖衣中包藏一颗毒药。

恭顺到了一个非普通人所能想象的程度,那定然是装腔作势。

这,今日的日本为我们提供了一个最标准的范例。

日本人的心悦诚服,早就表演过火,令人怀疑,令人心悬。而近来更变本加厉,令人长叹,令人骇绝。

这话是有凭证的,不信,请看法国新闻社电讯,说是日本广岛市民竟在美国投掷原子弹的二周年纪念日举行庆祝,跳舞、唱歌、放焰火,节目之多,必须连续三日。广岛市长还拟请日皇参加盛典呢。

怪不得麦克阿瑟特别相信日本,以为日本真的忠厚可怜,真的痛改前非了。或者说,麦帅并不蒙蔽如此,他不过利用利用日本做他马前卒子而已。可是,我们敢说,被利用的,虽不能断定是美国自己,但至少不会是日本。聪明的麦帅,你受愚弄了!

我们读了这则新闻,想不出日本人所以值得欢欣鼓舞的理由安在;相反的,倒每每感想到越王勾践的那一段故事,于是我们不得不追问:这庆祝是由衷的吗?

这典礼可能是一种悲愤的发泄,也可能是一种仇恨的铭记;日本人选择了这件痛心事,配合这痛心的地点,痛心的时间,多么深长的意味啊!多么重大的刺激啊!

至于,邀请日皇参加,这又是什么象征? 武士道、忠君、爱国,一概都要复活了!借昭和这具木乃伊还魂而已。

因之,今日日本的"民主"云云,"改革"云云,在我们都是一个"?"号。

1947 年 8 月 16 日《中国新报·文林》

华盛顿之围

记得小时候读过一篇题名《柏林之围》的文章,这篇文章与《最后一课》《二渔夫》等,在法国是家喻户晓的。它描写一位爱国的退伍老将,日夜盼望祖国胜利,进兵柏林。一直到了普鲁士军队开进巴黎,他的孙女儿仍然噙着泪,把报纸上每一节沉痛的消息都颠倒过来念给老祖父听,说是:这是法兰西勇士在凯旋门的号声。

这篇文章不知感动过多少人。法兰西人民是永志不忘,把它当作历史教材。弱小民族读来,更能引起无限痛切的身世感。它所以能赚得千万读者盈握的热泪,乃是在它没有对战败的屈辱做直接的描写,但却写出了一个伟大希望的幻灭,一颗伟大良心的被损害,没有眼泪,没有叹息,甚至没有咒诅,而能使人体会出那震动心弦的亡国的悲哀!这也正是作品本身的成功之处。

想不到的事情是,在二十世纪近五十年代的今天,我们又读到了一幕活生生的新"柏林之围"!翻阅八月十六号的《中国新报》,有一则中央社东京十五日的专电:它报道"侨居巴西之日本侨民二十万人,此刻正进行小规模内战"。为什么会内战呢?"据日本政府接获巴西来讯称:居于圣保罗所之许多日侨,仍相信已故联合舰队司令长官山本五十六,已完全操纵太平洋,其总部则设在夏威夷,彼等相信日本最近会在华盛顿举行胜利检阅"。日本顽固派的死硬程度的确教人吃惊!像这样的传说,真是荒谬得可以了!"而竟获得该区许多日侨之信仰,此辈不信日本业已战败之日人,迄与相信日本已战败之阵营,作白刃战,在暴动中,已有少数日人丧命,受伤者更多,日本政府虽曾将日皇之投降照片多帧,送予巴西日侨传阅,但……仍不予置信,且谓此乃欺骗彼等之阴谋而已"。真的,像这样能化愚昧为力量的日本神道联盟,又岂仅是阴谋而已!

　　巴西政府已经通过盟国关系,向日本政府非正式的建议,请其派遣代表前往巴西日侨区调停了。令人关切的是,日本政府接获这通知后做何感想呢?依战后日本的种种表现看来,恐怕还是同情那些死硬派——神道联盟的可能性更大吧。美国呢?大概也是同情这批"顽固的可爱"的人吧。这道理固然一方面要向美国会推行的政策中求解释,但一方面也得从美国人的性格中谋答复。费孝通先生在《负了气出的门》一文中讲了一个故事,说是这次大战中,丘吉尔说了一句"英国被美国占领了"的俏皮话,便轻易地换来二十万血肉之躯。美国是正在被一股好胜的心和优越感冲动着,这些"小山本五十六"的"华盛顿之围",不也正添加了美国人的自豪处么?

　　可是,站在我们中国人的地位看这出"华盛顿之围",却丝毫不感觉悲壮。自然,粗浅一点看,它是类乎于插科打诨式的噱头;深刻一点看,它是包藏着无限危险的警告。总之,对这桩事情,没有哀戚,没有激动,只有鄙弃、发笑,但心上也会恐怖的一震。从华盛顿之围想起柏林之围,又从柏林之围谈到华盛顿之围。然而,华盛顿之围毕竟是不同于柏林之围的。

1947年8月22日《中国新报·文林》

中元节杂感

还是元旦日我就有这一个预感,总觉得今年过时节都不会很热闹,这倒并非是我懂得推算年,而是我的偶像崇拜心理作祟。如何扯到偶像崇拜上去了呢?那可就说来话长了,不过简单言之,就是一元复始的日子,大人物们不曾喊"今年是什么什么年"的缘故。

既然没有人出来倡导"今年是什么什么年"之类,人心无所依归,那是自然得很的事。大凡潮流所至,总有一二杰出者得了风气之先,芸芸众生才好跟着去身体力行。今年缺乏了这个纲领,也就无怪乎百姓彷徨而继之以沮丧了。

沮丧之余,当然大家泄气,所以人节不很轰轰烈烈。至于鬼辈所享受的吉日遭了冷淡过去,更是意料中事。否则这世界便无道理。

所谓鬼节,一句话说穿了就是人节,还不是人节太多,不好意思再添名目,兼之也无法安排,于是乎来这么一套,假情假意地纪念死者,好借此大嚼一番。我这种论调实在丝毫也不刻薄,君不见今年许多人因为买不起东西嚼便冷淡了过去么?可见嚼,原来是热闹之所以热闹处,是节日唯一重要的点缀。

嚼不成(或者说纪念不成)是因为买不起,买不起是因为钞票不成了钞票。钞票不成了钞票,固不自今日始,但视今日为最烈。所以过去多少总还有一点嚼,今年则干脆什么也没有得嚼,这便是分别之所在。而且,过去还不免有人发牢骚,做感慨文章,说什么一定量的钞票还换不到等价的冥国银行通货。如今一张钞票据说单印费也需三千元,是故五千以下的票面不会发行。同一道理,冥国银行通货也就以万元大钞为最低"小钞"了,于是一定量的钞票还换不到等价的冥国银行通货云云,早已不成其新闻。这还其次,最要紧的是,根本感情已告麻木,对于什么通货膨胀,已经失却了反应。至少是视膨胀为当然,不过希望它慢一点、小一点罢了。这正像一个患鼓胀病而无力求医者,只好望"肚"兴叹,不堪回首了。

1947年8月30日《中国新报·文林》

九·三有感

《文林》编者嘱我为九·三写篇东西,纪念纪念这个日子。但提起笔来,写什么好呢?对于这样一个有意义的日子,我竟然没有培养一点情绪。这多半也是怪自己终日为读书、职业、生活三件事穷忙,天天如此,不知不觉间九月三号也就来了。而另外的原因就是:似乎也没有什么值得特别庆幸或愉快的地方;面对着这一时代,苦味好像更浓重了。

我想,与我同样遭际,从而同样感觉的一定还有千千万万人。我虽然不知道他们怎样度过这一天,他们在这一天是否还有细腻的思想的闲情?但无论如何,我可以大胆肯定一个结论,即大家在沉闷与苦恼中,在纷扰与纠葛中,必然期望着一样东西,或者说,都在梦想着一样东西,因为这样东西在目前是不可能实现的。

九月三日,他存在,他不过存在于日历上罢了。一切的光荣,一切的名誉,一切的功绩,一切的美,都不过是一丝烟、一阵风、一片夕晖。"胜利在哪里?胜利在哪厢?……"这是一个被遣散,而流落,而乞求在上海屋檐下的失业者在街头写的句子,的确,胜利,像一两点遗漏在大森林里的阳光,倏忽之间便消失在黑暗里了。

睁眼看瀛洲,哪里有败象?太阳旗仍然完整如初,而且,经过麦帅的粉刷,封建的蜘蛛丝网上,装饰了民主的水珠,更显得清丽耀眼。清夜幽思,谛听那远方的巨响,心地猛烈一震,谁分得清那是"戡乱"的炮火抑是日本工厂的马达?

只觉得眼前一片昏黑,中国是大厦将倾了;好似一位末路王孙,耗尽家资以后,又付之一炬。……

时间真过得快,世事也真变得快;短短两年,简直是沧海桑田,面目全非。仅仅有一样东西不变,那就是战神舍不得离开这块多难的土地。但是,谁又能说得出这个所以然来呢?

不提笔则已,提起笔来,倒给我以思索的机会,这时是百感交集;有千言万语,呼之欲出,可是减去了多少不好说的,说无益的,又剩下几何?算了吧,感慨文章是不用做了,浑浑噩噩,九月三号也终须打发过去的。

1947年9月3日《中国新报·文林》

"吐出那颗炸弹来"

好早,就想用这个题目写篇把东西。可是,惟恐按捺不住火气,想想还是把笔搁开了。但昨日披读报纸,倒发现许多文章,笔调深沉,感叹也深沉;那却是些纪念九一记者节的稿子,大概是因为出自衷心的缘故吧,其感人也至深。

"吐出那颗炸弹来",是六月间,重庆《时事新报》一节短评的标题。该文大意是说:渝市某机关首长,于米价高涨之际,囤积食米三千多石,又某处存有大量鸦片、毒品,准备运渝销售,并且挪动职工薪金,派人赴香港收购黄金,事为港政府查获悉数被扣,以致无法发出职工薪金云云。这段短文一经刊出,立刻引起市府及行辕的"注意"与"重视",一致认为陪都所在,居然都有此等事件,那末"为整肃官常,惩治贪污"计,自然"亟应彻查"。于是乎首先就"彻查"时事新报馆,追究消息的来源,并且要馆方明白说出这位违背"官常",实行"贪污"的某首长究竟是哪一个。好像大有打老虎的气概与决心。

可是,时事新报馆却不知是何道理,忽然都说不出事实了。大概是编辑先生夜间沽了二两黄酒喝,一下子就"造谣生事"起来,或者他误解了"新闻自由"的意思,再不就是"事出有因",然而"查无实据"了。

这家报馆很倒霉,先在短评栏内,打了自己一个嘴巴,说是什么"该项消息,得之传闻确属捕风捉影无稽之谈"。后来复又"自行刊登更正启事"并且撤换副总编辑汪难庸。到了最后,还是被判定违反《出版法》第二十一条第三款的罪名,奉命停刊三日。

故事到了这里,自然是完了。

《时事新报》挨了这一下,复刊以后,也就小心谨慎起来;"造谣生事",那是更加不敢。或者从此以后,杀一儆百,重庆的社会秩序一定要安定得多了吧。其实,《时事新报》也真傻,堂堂"陪都所在",怎么会有"此等事件"呢?君不见重庆连乌鸦也是雪白的么!

就这桩事而言,事情虽属过去了,但却给予我们一个颇有意义的教训,就是一家报馆发表言论,首先要尽可能的打听确实,事事拿得出道理,否则,事后"更正"得虽快而勇敢,但终是失光彩的事。还有一层,即必须估量自身力量以及权衡社会上的各种条件。没有成功的把握是少管得好。万一弄得别人的脓疱不曾揭开,自己喉管倒先给人割断,那是更为不美。这年头风波又多,忽然间半空里掉下一群"天兵天将","捣毁"以后飘然逸去,那也是大有可能的。

不过,话又说回来,报上满纸打哈哈说今天天气好之类也不行呀,做社论短评文章之难也在此处。或者说,还可以谈夏令卫生,现在新秋了,夏令卫生不好再谈。不过,预防白喉还是很应时的。

说过不写不写的,又写了这么多。这只能算是读了各报九一纪念特刊所引起的感想。这篇东西本来是不得出世的,其所以还能"难产"了出来,当然要谢谢九一纪念特刊上撰稿的各位。好,就此打住。

1947 年 9 月 6 日　《中国新报·文林》

磨

> 这不是失望,
> 相反的,而是充满希望;
> 这不是挽歌,
> 相反的,而是对祖国的赞歌。
>
> ——题词

在我破败的居所的隔壁,有一所破败的磨坊。

从黄昏磨到半夜,从半夜磨到天亮。"呢哩哑——呢哩哑——",磨子老是响着单调的声音。

这声音,叫我烦躁。

黄昏,是我刚刚把一切白昼的忙碌和委屈收拾起来的时候,我渴望一点之宁静。因为在我这样卑微而烦琐的生活里,宁静,就是生活中的一点蜜;然而,我却来不及尝到这一点蜜,那该死的磨子又响起来了。

于是,从黄昏起,我耳边就一直黏着一个声音,它在重复唠叨:"呢哩哑——呢哩哑——"。

于是我只得带着这个声音去设法睡着,不,不,应该说是这个声音带着我去设法睡着。

当我从一个噩梦里翻身醒来,哎,又是那"呢哩哑——呢哩哑——"在号!或者,当我根本就永夜失眠的时光,磨子却也永夜响着、响着"呢哩哑——呢哩哑——",它顽强地一千遍一万遍还是这么响着!"呢哩哑——呢哩哑——"。

真是该死的磨子哟!

我恨恨地想:"你磨吧,你磨吧,你索性把我的身体也拿去磨了吧!……"

我愤怒的咒骂着,我甚至看得见自己愤怒的四溅的口沫,的确,我当时,冒火的程度自己后来还深为吃惊;自然,也深为惭愧。但是,隔壁磨坊老板和他的家主婆却丝毫不反抗我的诘骂,他们只是说:"先生,生活难呵,生活难呵!唉……"以后便跟随着一串没有终止的叹息。

什么?这是什么声音?他们说了些什么?怎么这样严重地伤了我的心?为什么会如此的令人感动?

这是"生活"么?呵,这就是"生活"么?

——不错,这就是生活,正是生活。

"生活难呵,生活难呵,唉……"

我带着万分的惭愧与惶悚,接受他们的话语。

他们对我的宽宥,使我感激。但最令我激动的却在于他们这句话是我以前没有留意听过的,是我不曾深思过的话呵。

这才是人的声音!伟大的控诉!庄严的叹息!

我狠狠地撕抓着自己的头发:"混蛋!生活不准许他们睡眠,而我,却不过是因磨子纠缠而不好安眠而已;那末,我为什么不应该分摊他们一部分痛苦?凭什么权利,我可以咒骂他们?应该被咒骂的不是他们,应该是这万恶的生活呀!

"他们被迫只能在生活与睡眠面前做一种选择,他们选择了生活,只好取消了自己的睡眠。而生活对待我却比较客气,像一个雇主对待苦工,总算还为他预备了吃不饱也饿不死的口粮;生活也只是偶尔把我的睡眠夺去,作为它的超额利润,但至少尚未达到剥夺我作为一个人的全部的睡眠的地步。……"

想到这里,我真悲哀,我真要痛快地大哭一场。

我赶忙用棉被蒙住自己的头,用手紧捺着上下眼皮。

突然,我不愿意哭了,我不能哭!我惟恐这哭声会被魔鬼窃听去,又当作了他的新闻资料。

不错,我的生活原也就是一座磨!

然而我却不是这磨的主人!

生活它在抽我的筋,剥我的皮,挖我的血,还要把我这副硬骨骼磨成齑粉!

生活!是它!是它!是它教我痛苦、烦躁、悲哀、失望、灭亡!

生活!生活!这真不是人的生活!

哼!我也得深切知道!谁是主使者,谁是推磨的人。

好可怕的声音呀,"呢哩哑——呢哩哑——",它响在四周。

而且,许多的呻吟和哀号也响在四周。

我知道这是因为有许多磨子在转动的缘故。这时,一定有血在渗流,肉酱在飞迸,骨骼在拆裂,如同我所遭受的一样。

千万被迫害者同一命运。"呢哩哑——呢哩哑——",这就是生活对他们的款待。

千万个小磨子,合成一个大磨子。

然而,千万个呻吟也汇合成怒吼,正如千万支岩隙里的涓涓细流终极也会汇合成大的海洋一样。

磨吧,磨吧——

磨吧,磨吧——

"推磨的!有一天会轮到磨你自己的!"我仿佛听见谁在愤然诅

咒。(下略)①

2月23日夜急写于欲倾楼

1948年3月18日《中国新报·新文艺》

---

① "(下略)"二字,同样是原报刊载如此。"略"了多少,不得而知。——刘粹 注

睡垃圾箱的人

"哥哥！哥哥！垃圾箱里有个小毛毛！"小妹妹跑来告诉我这个消息。她大概是因为上楼跑急了，脸孔红喷喷的，喘着气，很是兴奋。我听了没有多大反应，但小妹妹并不恼火，或许她自己过度的激动以致没有留心我的漠不关心的态度吧。或者她根本就不知道这样注意别人的反响和脸色吧。

"是楼上王嫂去倒垃圾才发现的，毛毛在垃圾堆上睡着了，肚兜上还插了一个写了字的牌儿哩！"小妹妹依然一口气说下去。

"什么？还有个写了字的牌儿吗？写些什么？"我突然听说还有个牌儿什么的，觉得应该去看一下，于是便径自下楼。下楼的时光，似乎听见妹妹的叫喊声："哥哥，慢一点，我也去，我也要去！"不过，我并没有等她一步，还是自个儿往巷口垃圾箱那儿跑出。

出门便远远地望见挤着一群人，大喊小叫的，大概是他们的拨弄与呼喊，把小孩儿骇醒了吧，我听到在一片喧嚣中，混有嘹亮的啼声。待我挤入人群中间，才发现那小孩在舞着小手，哭着。身下是垃圾堆，什么破布片呀，烂瓦罐呀，臭袜子呀，以及生了锈的洋钉，发了霉的果皮，等等，正在随着小孩的号哭挣扎而压迫着，蠕动着，坠落着。

人群中充满了叹息，以及某种愚蠢的议论，偶尔又夹杂着央求与詈骂的调子：有的说是请前边的别踮起脚，让他看一看啦；有的埋怨旁人瞎了眼，踩痛了他的脚啦，诸如此类。

我不管这些，一直钻到最前面，一心想看那牌牌儿写些什么。不久，我终于看到了,那牌儿上写了两句话,颇不俗气,很有点知识分子的味道。它说:"这个小孩子睡在垃圾箱里了,但是他应该睡垃圾箱么?"照这字句来判断,毛毛的父母可能是什么公教人员,有文化的。

有的看客说:"好人家的哩,爹娘一定都是满干净的出身,你看相貌多清秀……"我不知道为什么这话听来刺耳,于是愤怒地望了那人一下。我想:难道还有一种是坏人家的么?而什么叫干净?什么又是不干净呢?孩子无罪,无论谁的孩子!我不懂什么清秀不清秀,我只晓得这是一个人,一个实实在在有血有肉的人!

"这个小孩子睡在垃圾箱里了,但是他应该睡垃圾箱么?"我暗自默诵着。不错!难道他应该睡垃圾箱么?这是控诉!伟大的控诉!然而睡垃圾箱的孩子,全中国该有多少?这该算是其中幸运的一个了,那些连一声控诉都没有的,又何止千千万万?

这几年来,我看见睡垃圾箱的婴儿、孩子,甚至成人,天知道有过多少!这是什么一个世界?你说它不公平吗?说它太残酷吗?事实告诉我们:这样的人还多着,还多着!世界并没有因善良者的祈祷与诅咒而改进丝毫!渐渐地,我对这世界失去了信任,没有了爱,只有恨,只有捣毁它的誓愿与决心!刚才小妹妹喊我,我不是没有愤怒,更并非麻木自私,我只是觉得,在这样的国度里,这种事太多了,光是愤怒和叫骂,已经根本不能发生作用,更何况感伤与叹息!

记得《迎春曲》这部片子里有这么一个镜头,它描写一个蜷缩在垃圾箱里的乞丐,当听说是"春天来了,春天来了"的时候,也不禁把盖子揭开探首出来张望,脸上泛出一片疲倦而充满渴望的微笑。因此,我想,到了时候,所有睡在垃圾箱里的人,怕都会拥进暴动的广场去,争取春天吧!

1948 年 4 月 15 日　香港
刊于香港《大公报·大公园》

大官和摸骨星相家

——拟寓言

有一个大官,奉命治理一个地方。据说那地方给他治得很好,因为他是极力反对黄老的无为而治,而极力主张无所不为的。

他出巡的时候,要三十二个人抬轿子,一方面是他太胖;另一方面呢,则要怪老百姓太瘦弱了,人少了就抬不起,更谈不上动脚开步走了。

后来,渐渐地,三十二个人也抬他不动了,他很生气,只好再找一批夫子凑。这样一天一天地过去,到了一个相当的时候,简直没有六十四个人就莫想上肩了。大官心里很奇怪,也很得意,他想,"为什么必须这么多家伙来才抬得起我呢?这一定是官之所以为官的缘故啦!"

他愈想愈确定,不错,我准是有什么与他们不同的地方。于是,他便乘兴跑进一个以摸骨而著名的星相家屋里去,对星相家说:"给我摸一摸骨吧。"

摸骨者是一个瞎子。他照往常接生意似的,慢慢走近来摸。当他一接触到大官的身体时,就不禁抖了一下,心里暗自吃惊,本地怎会有这样一个胖子呢?因为他是瞎的,所以他不曾见过这样一个胖子,虽然在地方上,实际上胖子也只有这么一个。

他摸索了半天,简直摸不着一根骨头;他几乎要恼火了,心想,从来也不曾接过这样的生意呀!最后,他只得低声说道:"先生,摸不着骨头。"而且语调显然有点愤懑。

大官不听这话犹可,一听之下,大发雷霆啦!"妈那个巴子!老爷连骨头也没有?你可晓得老子是什么人!哼!"一个巴掌打得瞎子倒地不起。瞎子不敢作声,他猜着来头不对啦,只希望不打第二下便算祖宗保佑了。

其实,我们都知道,瞎子并不是骂他没有骨头,而只是说摸不着骨头。但被摸者心虚,误会了别人的话。然而事实也往往如此,那班最没有骨头的人最自命有骨头,尤其以"做"官者然。

1948年5月2日刊于香港《华商报》

孤注一掷论

押下最后一笔赌本,谓之孤注。大凡是输局已定,回生乏术的时候,赌徒乃挣红了脸,涨粗了颈,尽其所有,一起掷下。

这时,是无所谓"技巧"与"机会"的,全凭不可知的命运;甚至连"尽人事"的最后一点责任感都已丧失殆尽。

设若赌博捉弈之徒,能够玩弄一套"技巧",度力以取,或者能够知己知彼,把握一二"机会";虽然事属损人利己,但除却法律和道德上的问题外,总可以有所收获。固然是非黑白,下赌注者是不闻不问的;他只是财迷心窍,一味对大利做疯狂的追求!

任何一嗜赌者,终必遭逢厄运。

赌徒所理解者在将"偶然"误解为"必然",而不理解者在,其所谓之"必然",实系"偶然"!

因之,他挥起铁拳(拳中握有那有限的赌本),猖猖然向所有的人威胁,意图恫吓。但可悲亦复可怜的是赌场中的英雄,屡次都吓不倒众人,要挟既不得逞,只好沉住气忍住痛将一"铁拳"捶落在桌上,虽然是铿然一声,震动四壁,仍然不失英雄的威风,可是,仔细一听就觉察那激烈中实在包含了许多的颤抖!

最后的一笔赌本被掷在变幻无常的骰盘中去了;赌徒睁大充满血丝的眼睛,在等待那千万次中也难逢到一次的侥幸!

骰子在滚,赌徒在一秒钟内脸上变换了几十种颜色!他已非但不知彼,抑且不知己了。他在等待命运之神烧大火，帮他煮熟好梦。

窗外风雨如晦。

1948 年 7 月 10 日重删旧作
1948 年 7 月 12 日香港《大公报》

狐狸是怎样露出尾巴来的?
——拟寓言

在兽类当中,狐狸是比较机灵的一种,为此,所以他常常以学者博士自居。

每天傍晚时分,狐狸便招拢一群山羊、兔子、野鸡、花蛇、刺猬之类,在一个河滩上开演讲会,至于主讲者,当然是舍他莫属啦。

照例,他总是谈人。而且照例,他总是一开腔就说:

"哎,人是一种多么高贵的东西呀!"

接着他又像是向听众发问似的说:"你们之中,有谁晓得人之所以高贵……究竟高贵在哪儿吗?"随即,他又自己作答,"人之所以高贵,就在于他们没有尾巴!"

说着,他就故意扭动屁股,意思是唤醒别人的注意啦!他是一向把尾巴藏在屁股下面的,这意思就是说:你们瞧,我的确没有尾巴,我也十分高贵了呢!

听众每次听了这个,就不禁看看他,也互相看看彼此的大小尾巴,接着一定羡慕一番,叹息一番,然后散开。

狐狸每次都坐在那儿守着,一直等所有的听众都走远了,他才站起来,满意地笑着回去。

可是,有一次,很不幸的,演讲会开得太晚啦,等到大家刚刚分手时,潮水涌上河滩来了,狐狸因为坐在那儿候听众散去,来不及跑开,于是他就被卷进河里去了;这一下子,不免喝了几口泥巴水。但,为了求生,他也只得向同伴呼救了。

"救命呀！……喂，救命呀！"

山羊们和兔子们走得不算远，听见呼喊就立刻赶回来。可是狐狸的耳朵太短，就是伸出脚来还差一点点，山羊和兔子们站在堤岸上，纵就弯下腰身去依然够不到；这样挣扎了好几次，眼看就要灭顶啦；这时狐狸顾不了许多，便向岸上叫道：

"我头朝下——快抓牢我的尾巴！"

于是，狐狸尾巴终于露出来了。

有尾巴的东西终究是要露出尾巴来的，尤其是当他到了那生死攸关的时候；否则，他就只好在落水后让水淹死。

1948年7月20日　香港《大公报·大公园》

谈富人的行善

俗话说:"穷沾富恩,富沾天恩。"这个"天"在中国人的天道观念中是被认为有眼睛的,于是它在冥冥中观察一切,"善有善报,恶有恶报"。为富而不仁,那准会因为"天晓得"了而突然破产以致打入穷人之列。如此看来,似乎天——富——穷三者之间有一种什么神秘的关系在。为富不仁,竟就会遭到天谴,一变而为穷措大,可见得所谓的"天"是很加青睐于穷苦者的。但这种处罚亦不无蹊跷的地方,为何"天"要把"穷"认作一种刑法呢?设若视"穷"为刑罚,则穷者之穷便是罪有应得,又何须乎对他们心怀恻隐?那末,依此而论,富人之乐善布施最多亦只能当作一己的嗜好。因为,即就道德的范畴言,所谓乐善布施,也已经是多此一举了。结果,富者自富之,穷者自穷之。穷人是哪里来的?穷人是穷人生的。富人是哪里来的?富人是富人生的。诸如此类的话,都可以自成一套逻辑。

通常困窘交迫的穷人呼天曰"天老爷",呼富人曰"大老爷","天"字与"大"字,虽有一横之差,而其为老爷则一。一大为天,从字面看去,似乎"天"是唯一的大老爷,是大老爷们的大老爷。但这里也并非考据,究竟做此解否,不必追问。不过就下述之另一事实而言,或许亦可增进探究问题之乐趣。按中国人向把天当作神灵,是一种超乎世俗的存在。而富人则多般称为富翁,翁者,尊敬之辞也。但是,没有钱的可就糟了,谁都可以叫他"穷鬼",人虽存而名实亡,以肉身而竟跻于鬼列,悲夫!

由此,亦可见前面所说的天——富——穷的关系也就等于神——人——

鬼的三个阶级。

又有谚云："天人同心。"所以，天是站在富翁一边的，关照穷人是鬼话；而穷鬼，既名为鬼，那他究竟居十八层地狱的哪一层当然是无关宏旨。

因之，富人的善行大半是由于惮惧"因果报应"之说而向天施的贿赂，是自私心理的表现，巴不得自己香火不断，富贵久长；再不，就是和收藏古董一般既可视之为癖好，亦可视之为奢侈（虚荣的满足），假若这二者都不是，那一准是出诸婆婆妈妈的心肠了。《红楼梦》中的贾母，见了穷途薄命的人便会眼红鼻酸，总是用银子打发了事。殊不知其手中布施的钱财正是宁荣二府压榨千万人的血汗所得；掠夺大多数人，周济极少数人，而且也未必用得了多少款子；可是，贾母哪里懂得？有人说，富人的珍珠就是穷人的汗珠，正是如此。

现在，这种把戏耍得更其妙，贪污盈亿万，无人告得动，而捐几件破棉衣，居然轻飘飘地买到美誉。像贾母这等人，倒反而不可多得了。

帝俄有句有名的口头语，就是"石头房子造成石头心肠"，意思是指富多不仁。而民间流传的一个故事，是更其深刻地讽示了富者善行的真义。

故事是说有一个配有一只假眼睛的富翁在"善行"之前，询问受他周济的"穷鬼"道："我哪一只眼睛是玻璃做的？"那个"穷鬼"毫不迟疑的指出来："这个。"

"你怎么看出来了？"

"因为它很慈悲地望着我。"

这是一个很有名的叫作玻璃眼睛的故事。

假如这故事是有充分的正确性的话，那末，关于富人的善行，也就大可不必再谈了。

1948年8月9日　香港《大公报·大公园》

老虎和苍蝇
——拟寓言

古时候,相传有这么一个国家。

在这个国家里,国王养了一批猎人,但是不发枪支给他们,只给他们苍蝇拍子。

自然,这个国家有许多许多的苍蝇,不过除了苍蝇而外,也还有其他的生物,这里面包括小得不可名状的微生物细菌,以至庞大的老虎。

苍蝇到处乱飞,东家搓搓脚,西家扇扇翅膀,因之各式各样的疾病传布不少,此起彼伏,彼伏此起,很害死了一些人。还有老虎更是饕餮异常,不吃则已,一吃就是七八个,老百姓给它搅得不成模样了。报纸呼吁了几年,总算是人民的苦衷已经"下情上达"了,于是国王下令打老虎。

可是不知怎么的,这个国家的猎人们大概是武器不够使,硬是不敢上前。老虎坐在城门口,虎视眈眈地望着走近来的猎人,胡子一翘一翘的,似乎很为慎重,又很为悠闲。

猎人中也有一二位勇敢一点的,走到大队人马的前面(虽然也只是上前一两寸而已),义愤填膺地把苍蝇拍一扬。然而,就在这几乎要打将过去的一刹那间,苍蝇拍猛的落在地上,就近打死了一只倒霉的苍蝇。

老虎不禁笑了起来。

猎人们所以竟然打苍蝇而不打老虎者,当然是因为:(1)苍蝇终究是苍蝇。(2)身体小。(3)就近在身边。(4)打苍蝇还有点小小的经验。(5)就是没打中,苍蝇也决不至于飞起来吃人。

苍蝇们经这一打,可也就学乖了,立刻召集了个秘密代表大会,决议联络大老虎,来救亡图存。一方面号令全体会员切勿大意从事,一方面就火速派了代表团去拜访老虎。

结果良好,缔结了蝇虎同盟。

于是乎苍蝇躲在老虎耳朵里。

猎人奈老虎不何,只好拾起几只打得稀扁的死苍蝇,回禀上峰去了。

后来,老虎一吼,苍蝇齐飞,而且苍蝇们嗡嗡嗡的叫得更得意了,凛凛然似乎平添了些虎威。而与这完全无关的一方面,是民间流传着一个谣言,他们说:"国王就是老虎精变的!"

8月4日,删定于香港
1948年8月18日　香港《大公报·大公园》

谈桌帏政治

"民可使由之,不可使知之。"我们的前圣先贤早就定下了这么一条做官秘诀。自然,这种告诫并非无的放矢,而实在是经验之谈。譬如夫子大人就很发过一顿牢骚,说什么:"女子与小人为难养也,近之则不逊,远之则怨。"表面上看去,这句话虽是"齐家"格言,但实际上也是"治国"方针,而"齐家""治国",原属一理,所以在家庭中,一样得保持一个距离,而在政务上,便该遮一条桌帏。

昔时新官上任,鸣锣喝道,肃静回避,吓得一般小民魂不附体,胆大的究其极也只敢躲在门缝后屏息看上几眼。这样做作,固然威风十足,是所谓"君子不重则不威"也(?),但可也就把人民赶跑了。

抑有道者,官不但是"民之父母",而且要"牧民",前者还只把芸芸众生当作儿女,而后者则简直将老百姓视同牛羊了。既是牛羊牲口,自然需要"牧",一"牧"之后,不就乖乖的"可使由之"了吗?!这就是中国人的全部"做官哲学"。

通常,老百姓总把县太爷比作城隍;自此与菩萨并列,做官的也就神化起来。这种比喻未必可以尽视之为地方父老感戴"德政"的表示,而把它当作愚民政策的执行后果,这看法似乎还更公允。

可是,翻开历史来看,愚民政策是行不通的,老百姓是最现实的,今天没有饭吃,统治者便绝无法用大流年年夜有鱼肉佳肴的空头支票诱惑到他;这也就是说,桌帏政治终究是要破产的。事情一拆穿了,结果必定是引起更大的反感。

相传有这么一个怕见官的人,听说官来了就会发抖,因为在他的观念中,认为官是超越凡人之上的一种神灵,可是不幸(应该说是大幸)为了某桩事件必须见官,这一见,便给了他一个骇人新闻。原来,他在磕头下跪之余发现桌帏下露出来的竟是一双普通的肉脚!

这故事说明了人民在统治者彻底执行愚民政策下所造成的无知;故事的本身,并非是嘲笑这种无知,而实在是对"桌帏政治"做有力讽刺!本来,桌帏后面,还不知藏有多少真正的"骇人新闻",岂仅在一双肉脚?由此,也就可以明白官之需要桌帏犹之乎变戏法者需要魔障一样,要不然,便无法遮盖丑态罪行,掩尽天下耳目了。

今天,时代虽说是进步了,但所谓的"桌帏政治"在本质上依然广大地存在着。其与昔时的不同点,不过是取消了那条桌帏而改用了其他的方式而已。以中国之大,竟然到处都充塞着迷信"文王一怒而安天下"的"桌帏政治家",把人民大众、民生民主,都变成他们桌帏上的绣花时款,美则美矣,其奈老百姓早已了然于心何?环顾四方,客观的条件正在起着空前的急剧变化;在真正的人民历史上,"官",这个名词将永远消失;官是什么?也是人。何以神化?那是因为他背后的权力以及御用帮闲者的鼓吹。

人民有选择官吏的权利,当这种权利的行使受阻时,便不能不令人怀疑到那幕后权力的性质了。若果这怀疑竟又被证明为事实,那末流血将不可免,人民在这个时候将被迫宣告行使更大的权利了。

8月9日重删于香港
1948年10月15日　香港《大公报》

十二年祭

那还是在对日战争的年代,我听过许多则有关鲁迅先生的故事。

有一对年轻夫妇,在浙赣大撤退时要翻过江西东南部的崇山峻岭到福建去。300多里的长途跋涉,敌人紧紧在背后追赶。军队早已崩溃了,好的换了便衣混在老百姓堆中逃命,坏的则做了"兵来如剃"的剃刀,把沿途难民抢个精光;在这样的情况下,真是一夕数十惊。

这一对夫妻是这样出发逃难的,女的背了个才生下来不久的小孩子,手中还提个小包袱;男的则挑了一担,前面是铺盖,几件衣服,后面是一只锅子,一袋米,一包盐和《鲁迅全集》。然而,他们在中途一样免不了被抢,衣物可说是大部分被拿走了;对于《鲁迅全集》,那些二尺半们只是胡乱拨弄了一番,便一脚踏了开去,目睹这种情景,女的骇极而哭,男的却非常感激地收拾起摊满一地的书,目送那些"保卫人民"的军队远去。可是,《鲁迅全集》终于随枕头、毯子等等之后一册一册地抛弃在路上了,因为他实在挑不动了,而风声又那么紧,枪声在丛山中回声一如小炮那么响,才走过的桥立刻被烧掉更是常事。

好不容易,他们到了建阳,找到了当地朋友的家,朋友招待他们,供给他们衣服,烧起热水来要他们洗澡;当这个男的脱下他仅有的而且已经又脏又破的外衣时,一只抖索索的手探向口袋,半晌,才从里边摸出一张折皱了的人像来,这个人不是别的,就是鲁迅。

"这就是我的《鲁迅全集》!"男的说,苦笑了一下,然而那笑很坚定。

他的太太首先红了眼睛,接着,便全都哭了!

另外,还有一则,也是关于鲁迅的书的故事。不过这书已不是全集,而是瞿秋白编的《鲁迅杂感选集》,同时,还有一点不同,就是这书并不曾丢掉,却一直到今天还保存着。事情是这样的,有对兄弟在逃难中拆散了,几次因为传闻失实的关系,做弟弟的听到了哥哥的噩耗,一向以为他们今世永远见不到了,岂料惨胜之后,突然获悉哥哥健在某处的消息,便赶去看他,然而在没有接得兄长的亲笔信以前,路上总还免不了有点疑虑不定;到了目的地后,恰巧又碰上人已外出,于是他只好坐在房中等候,首先映入眼帘的,就是置在案头的《鲁迅杂感选集》!做弟弟的禁不住衷心的喜悦,便捧住那本书狂吻!

过了一会,哥哥回来了,弟弟迎了上去,但他忽然并没有说:"哥哥,你还活着?"而说了:"哥哥,这本书还在!"

"呵,弟弟!我一直带着它!"

"别的呢?"

"全丢了!"

"就只剩下它?"

"对了,就只剩下它。"

"它伴着你逃难。……"

"不,它不是伴着我逃难,它是教我怎样活下去!活下去之后又应该做些甚么!"

上面两则故事,不过是就我所知道的许多则故事中举出来说一遍。这样的故事在全中国是太多了,而且太平凡了。在艰苦的战争年代,比这动人千万倍的故事还更多着呢。

鲁迅先生说过:"死者倘不埋在活人的心中,那就真正死掉了。"在这里,若说是要用前面两则故事来证明鲁迅先生是"埋在活人的心中",那毋宁是太无意思的事,鲁迅先生在活人心中活着,而且要一直活下去,活到永远,这已经是不用说谁都知道的事了。不,不是证明他活着,不用证明他活着,我所以拙劣地讲述这两则故事,目的是在于请大家看看鲁迅先生在我们这一代人的生活中,影响是如何的深远和铭刻肺腑。

我们常有这样的机会,就是每当几个青年朋友在一道谈到鲁迅先生时,有时总会情不自禁的,甚至重复这样的话有一千遍一万遍仍然觉得新鲜的互相问道:"假如鲁迅先生还活着,他看见新中国诞生了,该有多么高兴啊!"这样的叹息是永远不会令人丧失兴趣的。因为我们都了解:这是力量,这是力量,这是督促我们上进的永恒的力量啊。

我们这一代,认识人生、认识社会、认识中国,往往自鲁迅先生的杂文始。

在我们终于走上斗争之路时,鲁迅的书,往往是我们最后的、基本的战略典范和读本。

鲁迅先生用过的墨汁,往往是我们脉管中跃动的血液,而且,我们引以为骄傲和光荣。

"青年们先可以将中国变为一个有声的中国,大胆地说话,勇敢地行进,忘掉了一切利害,推开了古人,将自己的真心话发表出来"。鲁迅先生又这样教导了我们。

不错,战争并没有终止,我们已经、正在、并且还要继续扫荡一切狗子、豺狼与狐狸的声音;在中国有马达声、曳引机声、劳动人民的歌声前,我们首先要肯定和保证:让中国有人的声音。

我们发誓:要在新中国到处竖起你的铜像。

1948年10月16日　香港
刊于香港《大公报·大公园》

以"骗"治国

南京的一班官僚党棍子们,总是口口声声的"以党治国",仿佛这句话就是张天师的符咒似的,只要一念,便"正统""法统"概当诸己,统治四亿人民固然是替天行道,面对一些"叛逆""暴乱""危害国家"者也就自然会收消灾除祸之效。——的确,这道咒也实在吓唬、迷惑过不少的中国人,虽然,到今天这咒是毫无用场了。

我们且来大略的算一算国民党"以党治国""治"了些什么成绩罢,换言之,就是看看它把中国"治"成了一个什么模样。首先,它"训政"了二十几年,又"宪政"了两年;其次,它把银圆变成了法币,又把法币变成了金圆券;而它在前半段时期是尊日本为"友邦",后半段是尊美国为"友邦",最近则几乎要奉阿尊阿积们的正朔了;它说要"耕者有其田",人民实行了,它却要"十年剿匪""八年戡乱";它说要"二五减租",人民实行了,它却要"清剿""三光";这里不过是举其荦荦大者而已,其他如将东北学生饵入关内然后加以"诱杀"之类,那简直是写十万本书都记录不尽。再说,它在一党专政委实"专"不下去了的时候,便随便拉民青小丑来做配角,等到配角反倒碍手时,又来一套什么"举党一致"内阁,花样虽多,而骨子里却从来就是"以不变应万变"的。因之,若果把这三十年的"以党治国"史提炼一次,那得出来的结晶体大抵准是一个大"骗"字。若果有人问所谓"以党治国"的意思是什么,那也就可以回答:其精髓即在于一个大"骗"字。

好在人都有记性,俗语云:"上一回当,学一回乖。"中国徒有民国招牌,给这些官僚党棍大小骗子们扛着招牌骗了三十年,几乎没有一个善良的中国人没有被骗过一次、两次、三次甚至成十次的。但也正因此,这一回全国人民觉醒得才能如此齐心合力,大彻大悟。最近上海市民间流传着一句话,"只有孔家的人才逃难"!平津各大学教授学生反对"迁校"等等,都足以证明。

无疑的,南京的骗子们如今是心术已穷,气数将尽了!

1948年12月5日　香港
刊于香港《大公报·大公园》

论"陪人夜行"

四日的某党报登了一则青年党粤穗党部集会,粤主委池在青"潜然泪下",三百多党员"无不怃然"的消息;同时,又记录了该党穗主委黄晃对记者的谈话,据说"青年党不参加内阁,绝非对国事前途表示悲观,而系因自觉近年来经先后参加张、翁两内阁,但对国家均无特殊贡献,究不如退而让贤。唯本党将始终以友党之地位,尽力协助国民党主政,此正如陪人夜行,虽未必于人有助,然亦可壮其胆,而冲破黑暗之前途"。

读了这一则报道,倒使人猛然想起已经有许久不听到青年党人的新闻了。虽然又仿佛在什么报屁股上见过"曾琦出国考察宪政"的小小简讯,但那终究是太不惹人注意了。有什么办法呢?人总是这样趋炎附势的,想当年"庙堂初入泪双流"的时代,哪一张党报准党报不竞相刊载曾党魁的"即景诗"呢!哪一张新闻纸不充塞着大小贪官们对"陈启天把持中纺"的吃醋攻讦呢!今日池在青的"潜然泪下",毋宁是无怪其然的。

不过,据报上说,池在青的哭实在是为了"悲怀国事"。这末说来,这一哭倒是大义凛然了。可是,说三百多党员都"无不怃然"却有了漏洞。以常情推测,假如青年党真是一个爱"国"的集团,同时又有这么擅长"悲怀国事"的立委来领导,倒是应当"怃然"但却不应当止于"怃然"的。这意思就是说,他们应当成为今日之田横三百壮士,或者至少也应当全体"潜然泪下"的;由此,或许不难看出青年党的主委和党员们的差别,原来他们之间爱"国"的程度也是有差异的,官愈大的愈爱得厉害,悲怀得厉害;他们所谓的"国"究竟是怎样的"国",是谁的"国",从此也可以了然了罢。

至于那位穗市党部主委黄某的谈话,更是情不由衷。他的话叫我想起前几天朋友间一段闲谈,有个朋友说,民、青两党这次无法入阁另有内幕,简单说来,就是孙科报副总统竞选的结果。他又说,为了此事,民、青两党在完全绝望之际还由一些立委之类的党员发表了"好自为之"式的悃言发泄发泄怨气。这"好自为之"式的悃言,究竟内容如何,刊在什么报上,没有兴趣去理它,但无论如何,总反证了黄某所云各节的矫情与虚饰。

要说国民党如今是在"黑暗"中"夜行",那青年党"陪人夜行"的确也算不得是功劳。不过,既然晓得"未必于人有助",却又说"然亦可壮其胆";这还是丑表功,是小丑天性的流露。当两个作恶多端的伙伴走向地狱的时候,说小伙伴还可以"壮"大头目的"胆"是虚妄而又荒谬的事,这正如同大小渣滓一同沉向历史深渊时,说依附于大渣滓的小渣滓不至于加重大渣滓的重量一样虚妄荒谬。小丑与大班,奴才与主子,往往总难逃其相继倒败的命运;而且,纵然明知前面就是倒败,就是覆灭与坟墓,那也是扭不转身的。历史的选择因于你如何选择历史;到了最后关头,再十倍的"潜然""怃然"也不会发生丝毫作用,以青年党这样的"政党"论,在后世的史书上,大抵连做"牺牲"的资格都没有的。

本来,对青年党这一类的货色,是不妨以最坏的可能去测度它的。它是扮鬼的狗,是鬼狗;其实,它做狗的时候已经就可以害人,更何况又带了一副贪馋的性子去扮鬼。它的眼泪是很丰富的,卑劣的情操与饕餮的欲望也是很丰富的,但独有人世间的羞耻之心,它却几乎自来就恒常的缺乏着。

算了吧,"前途"既已"黑暗",那就不会在"黑暗前途"之外更有其他"前途",要有,就是更深更深的黑暗。新中国的天在亮了,奉劝"夜行"者与"陪人夜行"者,还是快点走吧!

1948 年 12 月 5 日　香港

谈凶手

记得在克鲁泡特金的《互助论》中,曾经读到这么一段记载:他说非洲某一部落处决人犯时,枪手有十多个,但却只有一杆是实弹的,大家朝目标射去以后,彼此便都以为自己干干净净,不是刽子手,好落得个心安理得。

我想,这虽则事属欺骗,但仍不失其天真可爱之处。比起我们中国来,非洲究竟太落后了;"谁是凶手呢"?是谷巴?乞米加?抑是阿巴利乌巴?那些非洲的土著人当然以为除了自己以外全有可能。其实,只要他们肯再走近一步想想,以他们的质朴和善良,那一定会得出这样一个结论来的,就是:大家都是凶手,而大家又都不是凶手。因之,那责任问题也就很明确起来,大家都有责任,要不就大家都没有责任。可是,人犯已死去却无论如何是铁的事实,说大家都没有责任是明明不通的,所以,也就是大家都有责任了。在这里,我们不难看出,非洲土著人虽极不愿做凶手,但最起码的责任感还是有的,而事实上,怕做凶手也就正是责任感的表现。

那末,反过来看我们这个号称有五千年悠久历史的文明古国吧。谁都知道,在我们这个黑暗的国度,是一向以实行暗杀政治和特务统制出名的。对于过去,这固然是"古已有之",但对于现在,也的确是"于今为烈",然而"谁是凶手呢"?我们倒也常常发生过这样的疑问的。是张三?李四?抑是王七?所以,我们先前有所谓"自行失足落水"的说法,在段祺瑞执政府时代,又有闯入"死地",误触刺刀的故事;到了"一二·一"血案,复创办了一种"你有开会的自由,我有开枪的自由"的自由比赛;及至近来,则更有人倡导"×

×非租界,好汉做事好汉当"论了！因此,这样说来,凶手是哪一个就似乎很明白了,起先当然是怪那只该死的"足",接着便应当埋怨倒霉的"头",后来,凶手换成了一种叫作"自由"的东西。而这半年来,根据流行的说法,自然又该由"好汉"来负责了;谁叫你做"好汉"呢？总之,致死之道虽多,但说来说去总是咎由自取的。

于是乎:我就是凶手,凶手就是我。

然而,终究是我们国家比非洲土著人文明的缘故吧,统治者虽比部落酋长聪明,但被统治者也一样比非洲土著人聪明。结果,我们发现了下面一连串的事实:"落水"诚然有人落了的,但却是"自行捆缚双臂"(!),或者"自行扎入麻袋"(!);刺刀也的确"误触"的,但居然站着不动,或者望风而逃,却也一样跑不出"死地";至于"自由"与"好汉"之类,那就更令人吃惊害怕了。因为只要"自由"或"好汉"一来,竟然是欲求做鸵鸟那样的蠢子,埋"头"缩"足"亦不可得,并且仍然不免于死祸的。

"谁是凶手呢?"——中国人民已经了然。现在要紧的是发给他们实弹吧。退一万步说,假如杀凶手者仍然叫凶手,那起码还有四万万人拍胸出来,愿意全体负责的。

1948 年 12 月 26 日 香港

我诞生在第二次
——为一个有大觉悟的人而写

我不知道我刚才做了些什么,我努力企图恢复思索,我究竟做了些什么呀,就在刚才,一切都发生在几分钟以前,不错,几分钟以前。

对,首先,我应该平稳自己的情绪,不要激动,更不能哭泣,不哭,不哭,哭是可耻的呀!试一试,听听自己的呼吸吧!唔,很急喘,这是干吗呀!心跳得紧,像胸前放了一面鼓,鼓打得真响真快呀,一如密雨洒上窗帘,我环顾四周,呵,这是何处?石崖!什么?是海的岸岩么?还有冰浪拍击的声音!真好听,像谁躲在暗角谈那谈不完的传奇,又像是有人在低语独白,祷告天地,又像是几千里路外的低音歌唱家,借空气送来了微弱然而不朽的音波;这是什么时候了,微潮初泛,该是午夜时分了吧。

不,不,我刚才还听过一个异样的声音,没有来源,空洞洞的,或是出自海底吧,然而字音清晰,我还模糊记得呢,说的是:"你不能死!唔,唔,你不能死!"

午夜的时分,我一个人躺在荒凉的岸崖上面,觉得像在世间做了一场梦似的,普天下就只剩下我一个了吗?抑是我被人间所遗弃所放逐呢?"你不能死!唔,唔,你不能死!"哎,难道我已经死过一次了吗?或者试着死过一次而不曾成功?

这推测或许全部对的呢!对于自己的事情,竟需要像猜谜一般的揣测,多么荒谬呵!我没有哭的情绪,我完全丧失了它。现在,我只想笑,大声的放声的甚至狰狞的狂笑一次。

笑了，我就爬起来，离开此地。

笑吧，爬起来吧，走吧！

然而不，我不能，我忽然又笑不出。

我还要躺着，好好地想一想，把前后想通，究竟我刚才做了些什么？我摸了摸头，觉得头上很凉、很湿，于是看看手，唔，手也凉、也湿，而且还有血，这是什么道理？赶忙吮吸着流血的地方，不对，我发觉了手上的气味有一点儿腥，一点儿咸，还不对，不仅手上，全身都莫不如此，有点儿腥，有点儿咸。

我开始断定，自己一定跳过海，海，就在下面，就在岸崖的根部。

是的，我跳了海，愈来愈像了，记忆一点一滴的凑合起来，愈来愈完整了，我异常高兴，我竟追究到了问题的全貌与根源，但复又异常吃惊，发觉自己整理这破碎了的思想竟像是整理毫不相干的别人的一只破花瓶瓷片一样。

难道，我已不复是我了么？什么东西叫我如此荒唐？或者说，如此超脱？

我已能记得十分仔细了，我失了业，我被老板辞退，我已三天并一餐的挨了许多日子，我求过善心人的布施，我受过几万对以上的白眼，我挨过巡警的呵斥与干涉，我没有地方住，我什么东西都已卖光、当光，我觉得这个社会也不需要我了，我觉得世界早已抹杀了我的存在，我受了侮辱，我受了损害，我无路可走，我决定自杀，并且我已经企图自杀过好几次，但都被好事者看破拉走，我冷笑，哼！连死的自由都不准有吗？我偏偏要死给你们看！死只能有一次，一次就一次吧，我要抗议这个冷酷而不公平的人间！光给我劝说有什么用？我也有肉体，我也一样有生理的心理的情欲与需求，你们把我挽留在活人堆里，好当社会学者的研究对象吗？好让富人用来发泄他的偶然的"慷慨"吗？好叫文学家描写吗？好让扮得花枝招展的姨太太吐一身口水骂声猪猡来反衬出她的"高贵"吗？

于是，我终于跳了海。

我自杀了，就算这是自杀吧，其实我是实实在在甘心情愿的自杀吗？！我难道不是被迫害被人借刀杀死的么？！哼，那班可怜的记者又不知怎样安排他的新闻了，会说"漂来浮尸"吧，"致死原因不明"吧，慨叹一声吧，或者为了报纸的销路，不惜用文字来为我重画脸谱吧，说我"酒醉失脚"啰，"恋奸精热，未尝心愿"啰，不管哪，不管哪，随他去吧，横竖死了，荣辱又何必计较，笑骂又何必计较。

可是，我却没有死成，我依然活着。

我依稀记得，有一个决心在我腹腔里面很重，很顽强，它一定要出来逼着我纵身一跃，扑通，浪花四溅，我觉到一阵震动，彻骨的冷，随后我就闭住眼，张开嘴，沉了下去，呀，有一声音在耳边响了，起初很缓很低，后来就愈变愈快，愈变愈高，最后简直是呼天抢地的叫号了。它说："你不能死！唔，唔，你不能死！"这样的话，不知重复了几十万次。

我突然觉得，这话很对，我的确不曾说服自己，没有充分的理由，证明死比活着强，所以我决定要活了，再想一想，或许更周到一点，同时，似乎又想起了不知哪儿听来的话，一生也只死一次呵，爬起来吧，爬起来吧，我不会游水，但我一跳，伸手就抓住了一块石头，上面生满粗粝的海草，像荆棘，手刺得很痛，我就想，生也委实不容易咧，一动手便是棘草缠身，荆莽塞路。

不错，我是这样一步一步攀缘而上的，等到完全登上崖岸，已经疲倦得不知人事了。

此刻，无疑的，我已完全清醒。

我刚才死过了一次，现在是第二次的诞生。爸呀，妈呀，你们在遥远的地下可知道这个？你们的爱儿，在诞生第二次！爸，妈，这一次完全不同哪，我已经有了预感，我觉得自己孔武有力，新鲜活泼，对于过去的诞生与死亡，以及诞生与死亡中间一段被凌辱的生活，都只有冷笑，冷笑，第三个还是冷笑！

我完完全全是一个新人，新人需要新的天地，旧的天地没有资格容纳我，它也容我不下。我爬起来，抖一抖身上的海水，拍落到处牵扯着的水藻，我这才是从旧世界走来，向新世界走去！

问我到哪儿去吗？好，我可以拍胸告诉任何一个人，我敢大叫：我要去做强盗,我要造反!我也是个人,我也要活得像个人,我要消灭所有的剥削者与摧残者!我要号召一切被压迫着想自杀者起来参战!我有二千年来千千万万被迫"自杀"的冤鬼助威!我们一定会胜利,新世界一定会胜利!

原载《人民的旗·荆棘文丛第一辑》,1948年12月

顽 固 分 子

一

接到朋友鹿君的来信,他说:"'顽固分子'终于生下来了,男的,母子俱安。附上小东西的照片一张,你看看觉得怎样?可爱吗?替他祝福吧。……"

下面跟着的是一大串诉苦话,报告柴米油盐都涨价的消息,妻子因生产而失业,以致生活困难万分,等等。

这个"顽固分子"不是别的,正是鹿君新养的小儿子;"顽固分子"是我为他取的一个名字,这名字也是有一段来历的。说来话长,但也没有什么稀奇,这不过是大时代中一个平凡而又极平凡的小故事而已。我所以管他叫"顽固分子"这么一个意味严重的名字,是因为他叫我吃过惊;在他体态尚未成型的时候,他就用无声的倔强宣告了他的存在和不可侵犯。他的父亲奈他无何,母亲更奈他无何,而我,堕胎的帮凶,除了说一声"我从来没有见过这样坚韧的生命"之外,也同样是奈他无何。

二

那是一九四七年十二月间的事。我还在内地滨湖的一座省城里,鹿君和我同在一间报馆工作，两人思想脾味都很相投，所以较之一般泛泛的同事更谈得来些。他有一贤惠的妻子，并且已经有了一男一女了，日子虽然过得苦，大小四口倒是满安贫的。而我是一个单身汉，家又离得远，于是就把他们的家当作自己的家一样，逢年过节也就不用招呼都在那儿的了。

有一次，照例我在他家坐；他似乎有什么话要对我说，但又期期艾艾的不开口，面孔红红的，眼睛放射一种异样的光芒，好像在等待，恳求着对方的回答，好像在问："假如我说了，你还一样帮忙么？"

我完全看出来了，便使劲地摇了摇他的肩膀，"既然彼此都相信得过，今天有什么不好商量的呢？说呀！"我催促着他。

于是他低声讷讷地说明了一切，他的妻子有了孕要打掉，因为他们再也没有资格去充当另一个孩子的父母。换句话说，他们没有足够的钱，他们太穷。

我沉吟了半晌，最后还是同情了他们夫妻俩的打算，赞成堕胎。虽然，我觉得很悲哀，但鹿君不更悲哀么？而这位小母亲不是尤其悲哀么？不错，我赞成堕胎，就等于赞成扼杀一个初来者，说严重一点，就是杀人犯。可是，事实上我和鹿君夫妇都无罪啊。我想，假如我们所在所处的是一个和平幸福的国度，大家听说是又有一个活泼可爱的小同志来了的时候，那该是多么高兴！我们燃鞭炮欢迎他犹恐不及，还用得着这么偷偷地不敢声张，在暗中噙着泪来阻止他不要他诞生！

想到这里，我异常激动；但鹿君的话打断了我充满愤怒的思路，他要求我去找某医院的院长，请他设法帮助。鹿君提起的这家医院是私人开的，主人和我是不生不熟的朋友；开初我有点犹豫，自忖他不肯答应帮人堕胎的，但忽又想到，只要把鹿君的家庭困难情形告诉他，人非木石，他哪有不感动的道理？于是便应承下来，起身便去医院了。

失望得很，这位院长先生却硬是一万个不肯；他说堕胎是违法的，他决不能做违法的事。我说这不要紧，万一出了什么三长两短，不用你负责，关于产妇安全问题,可以由当事人自己和她先去一同具结,一切与你无涉。可是,这般那般的什么都讲尽了,他依然是办不到,办不到,第三个还是办不到。

回到鹿君那儿,告诉他们夫妻俩我辱命归来,他们脸上立刻都黯然失色。

"因为孩子是合'法'的,所以不要孩子就是违'法'的!天啊,不是我们不要孩子啊!"

"——法!法!这么多法,都是逼人走死路的!"

鹿君悲愤而无力地咒骂着。

大家闷坐许久,谁也生不出办法来。

三

第二天,鹿君一上班,才见我便把我拉出去,说:"有了办法了,我另外找到一个朋友,是在市立医院当大夫的,也就是那个常投稿的江河,他说他可以暗中帮忙。不过——不过需要一张肺炎或者旁的什么病的证书,便好通过门诊部一径抬到病房。他说:只要这一关通过了,那就毫无问题了。"

"唔,那当然好。就是……这张肺炎证明书哪儿去搞呢?"

"是呀,正就是为了这个,我想请你再去那家医院跑一趟,他不愿亲自动手打,帮这个忙总可以的罢。"

"这——也很难说。"鉴于昨日的经验,我已不敢肯定回答。但我终于答应愿意去碰碰看,也许鹿君运气好,搞得到也未可知。

不幸,一碰之下,又失望了。

这位院长先生始终百分之百地拒绝了我的请求,他表示不能与我共同作弊,而且最后还愤愤地说:"堕胎是有背人道的犯罪行为!"他这话不听犹可,一听他居然提出什么人道什么罪恶来,我几乎恨得要大骂他一顿。我想,人道!什么是人道?武断地禁止堕胎是片面的人道!是假人道!医生,你怕犯罪么?这位受苦受难的母亲的血是圣洁的,孩子的血也是圣洁的;你的手染上这血绝不是犯罪！假如你能帮助她堕胎，你才是一个真正伟大的人道主义者！只有你才最有资格。那迫使千千万万母亲堕胎、千千万万的下一代夭折的万恶暴君才是真正的刽子手！杀人犯！

但是，跟他说这些有什么用呢，他根本就不懂也不愿意懂这些道理啊。

"哼！"我只好狠狠地冷笑了一声，退了出来。

听了我的报告，鹿君痛苦地扭曲着嘴唇，突然又爆炸似的叫了起来："假若这是在苏联！……大革命时代，苏联是承认堕胎合法的。没有钱！没有食物！怎么养得活？你有托儿所吗？你有母亲奖金吗？你有婴儿保健的设备吗？你没有，你连大人都逼上梁山，为什么还不准别人堕胎？——这是禽兽畜生的世界，不革命，怎么成？"

"嘘！"我赶紧制止了他，"怎么？你打算进集中营啦！"

他经我这样一提醒，也吓了一跳，赶紧看了看房屋四周，随即低垂着头，颓然地倒进一张椅子里。这一切，就像是一种先天的本能反应似的。

出乎意料的倒是做母亲的很坚强，她并不因失望而哭泣，相反的，她的眼神直愣愣的盯着远方的天，我看出那是一种伟大的、凛然的、以前绝不曾见过的光芒，掺和着凝练了的母爱，有一点委屈，但有着更多的愤怒和仇恨。

日子很难过，但终于一天天的挨了过去。在这一段时间内，据鹿君告诉我，他们试过许多方法，吃过量的奎宁，吃一种不知名的草药，故意楼上楼下的乱跑；最后，甚至听说有的孕妇会因打个喷嚏而致小产，便也捻些小纸捻来使自己喷嚏不止。但是，这些全都无效，这个小生命实在比什么都更顽强，他是一定要出来的啊！

"真是个'顽固分子'！"有一回，我这样说了，而且带着惊异的、恨恨的感情。

四

阴历年底,我离开他们到南方来,分手的时候看见鹿君太太的肚子已经相当隆起了,就问道:"怎样?快了吧?"

她点了点头,又下意识地望了望自己的腹部,然后不好意思似的说:"我觉得他在动了咧。"

今天收到信,知道"顽固分子"终于还是生下来了,不由得深深地透了一口气,竟觉得心头如释重负似的,轻松了许多。因为我一直在担心生下来的可能是死胎哩,真的,天知道他受了多少摧残折磨……

仔细端详"顽固分子"的相貌,紧闭双眼,嘴角平稳,没有哭或笑的表情,奇怪,哪儿来的这么严肃的小东西呀!我不知道他会不会记他爹妈和我的仇;我不知道他睁开眼睛后对这世界的印象如何。然而,无论如何,这回他是赢了,他如此倔强的挣着出世,大概是已经预知幸福就在眼前,他才不愿放弃权利的吧。

我此刻已经做了这么一个决定:就是三五年后,当他由人民国家的托儿所走入幼稚园时,我见着他,一定还要对他说一个堕胎的故事。虽然这不过是万千故事中的平凡的一个,虽然完全幸福的时辰讲述昨天的悲苦就像是几十万年以前的历史一样,但却仍然要他记牢;记牢保卫他们这一代的幸福和幸福的来源——人民民主共和国。

1948年4月初稿,6月再改,12月删定于香港

刊于香港《大公报·大公园》

关于"三八"的杂感

论"解放"

香港的晚报很多,但到底有多少,没有统计过。我之所以有这个"很多"的概念,不过是由于我不看的晚报就有很多的缘故。

但"三八"节那天,却很例外的在我平常所不看的晚报中看了两张,其中(略二字)①晚报的港闻头条赫然标着六个大字,曰:"妇女今天解放。"

我于是乎猛地觉出:这标题当然是一位男士做的,因为大有"看你们搞得出什么花样来"之慨也。再想一下,便又觉出:说他是一位男士还嫌不够,应该加点形容,要说做"一位标准的现代男士"才对;为什么,因为古中国的男士,虽也有过什么"唯女子与小人难养也"的感叹,其实那也只是做作,女子实际上是关在屋子里的,虽然有点吵闹,也不过是所谓茶杯里的风波而已。然而,现代的标准男士却不同了,他们之间对妇女解放的看法虽也偶有小小的差异,譬如有主张让她们在某些地方"解放"一下的,有主张用"解放"太太来证明自己是老爷的,自然也有主张"妇女今天解放"即每逢三月八号特准"解放"一天的……总之,这一类的标准现代男士们,的确是比祖先们聪明得多,虽然他们预为布置了陷阱,但,无论如何,人们总不能不承认他是放任谁

---

① "(略二字)",原报刊载如此。——刘粹 注

呀！至于放任之余，亦即"解放"之余，你做女人的踏不踏入陷阱，男士是没有责任的。

论"还要什么解放"

然而，当我再仔细一想，复又觉出：无论某位男士是如何的放任法，或者放任派包括多少的各式各样的男士，若要把他们提炼一下，大致都可得出下列的公式，那就是：一张网同一声从鼻根深处抽出来的冷笑。如此而已。

可怕的事倒是出自女界内部。女界内部，据我的观感，似乎有一种并非女人的女人，或者是，有女人面孔的男人。她，或她们，竟是代男士立言的，这种不三不四的人，无以名之，暂叫"人×"。

人×的言论，大致都有点邪气，不信请听。

"中国妇女根本用不着解放"。理由呢？据说是"因为中国妇女原就没有束缚"。有位记者听了，写道："这言论倒是十分惊人！"其实，又岂仅是惊人而已？惊人的"言论"还在后头呢！

接着，这位女界"代表"又说："中国妇女之所以成问题，是中国妇女自己束缚自己，那能怪谁呢？要怪也只好怪自己了。所以，只要自己不去找（注意！）束缚，根本就没有束缚，还要什么解放？"

"还要什么解放？"，堂堂哉斯问！

由此想到佛家净土宗的一个传说，说是他们的六祖之能以一个挑水做饭的和尚身份得传五祖的衣钵，完全是因了他能否定一切。有诗为证："菩提本非树，明镜亦非台，不需勤拂拭，何处染尘埃。"我们这位女界同胞，以其如此博大而彻底的胸襟，说句轻薄话，她要是能遁入空门，削发为尼的话，怕至少也能搅个把八祖、九祖做做吧。

然而，她将永生永世不会做尼姑的，我敢断言。

因为她舍不得口红、香水和尼龙丝袜。不过，这还在其次，不妨再戳穿了说，她舍不得的是：能给她口红、香水和尼龙丝袜的男人。

论"解放什么呢？"

前面介绍了一位女界"代表"的言论；这里，再介绍一位女界"代表"的言论。

据记者的报道，这位"代表""认定女子只要自爱，问题就可以解决，解放什么呢？倒是多余的事"。

自然，这一位的"解放什么呢"的确比起前一位"还要什么解放"论来，确乎对现实让步了一些。因为，她至少还承认现实中有一点问题，至少还提出了一个办法。这办法，就叫作"自爱"。

"自爱"这种东西，法力恐怕是很大的。譬如，提倡"自爱"的"代表"就给人们举了一个例子，主题是"我不反对男子纳妾"。据她的解释，理由是这样的："男人们能够纳妾是因为女人中有愿意为妾的。""这样看来"，结论自然是由于那"愿意为妾"的女人太不"自爱"。设若，天下女子都忽而"自爱"起来了，哪怕没有饭吃，也誓不为妾，这自然最好。不过，不敏如我者，却不免从此发生了疑问，姓志于后，敢请"代表"暇时一答：

一、既然为妾者是"愿意为妾"，那末，是否可以建议女界，索性在明年三八节时，于一切有关文件中注明"凡愿意为妾的除外"？或者另外来一个"自爱"妇女节，以有别于不"自爱"者？

二、假如能够通过一项立法，请求权力当局将"愿意为妾的"杀干净，是不是能保证剩下的便全体都会"自爱"起来呢？又，这项立法，男士们会不会代为力争？万一不争，岂非又要兜个圈子，回头从争取"解放"争取男女平等做"立委"开始？这是否又与"解放什么呢"有所抵触？

三、对那些貌似非妾而实则为妾，嘴上不妾而身上已妾了的女子怎么办呢？

四、……

五、……

不问了,盖问多了,也有不"自爱"之嫌也。

还是关于"解放"

报载:有一位国民党"代表"参加某一妇女团体的"三八"大会,在会上他说:"没有国民党的革命,便没有中国妇女的解放,所以,说妇女解放,勿忘国民党。"(大意如此,因为当日鄙人来不及洗耳朵,故未克赶去恭听。)

这简直是愈搞愈不清楚了,依照女界"代表"们的言论,有一说是中国妇女根本从古到今就"解放"得不能再"解放"了;另一说是,不错,或许有些妇女是没有"解放"的,但是,那是因为她不"自爱",与已"解放"者无关。

然则,半中间杀出来的党代表,却又说中国妇女是国民党"解放"的,那末,以之与第一说比较,则前后时间相差至少四千年,以之与第二说比较,则似乎连不"自爱"的都早已"解放"过了。

到底怎么一回事呢?

我想,唯一的答案该是他们事先不曾商量妥的缘故吧。

煞一次风景

这一回,不再是香港的报了,而是上海的报和成都的报。

李"代总统"的夫人在三八节,由中央社拍出了一篇"感言",里边有十分精彩的一段,照抄如下:

内战带来的灾害,使妇女们较男子感受的痛苦更为深巨,因此我们求和平的心也愈切……我们运用智慧能力,本妇女界柔和慈爱贤良的天性,妻劝其夫(!)母诫其子,共同为和平而努力,一定可以化戾呈祥……

另据三月一日成都新民报载："大邑讯:县属三元镇发生一悲剧,主角三元镇贫民杨吾元,家有一母一新妇,赤贫如洗,每月一家生活,全仰给于杨吾元做米生意过活,本月(指二月)十三日杨吾元到邛崃卖米,适在李家碾处被部队拉去,因同行人还有一老者与杨同邻,所以杨被拉时,请烦转告他母,伊母闻后,顿时昏倒在地,不省人事,其媳良言劝慰其母,几日后,媳妇另嫁,老母日夜哭爱儿,并绝食待死,邻人痛其可怜,劝其进食,未果,三日而死。"

李"代总统夫人"的"三八"感言,想来一定是没有看到新民报时写的,或者,看到了却装作没有看到。

不过,可以相信的是,这个母亲虽未必懂得三八节与和平有关的一番大道理,但"诫其子"总还会"诫"的。可惜,她"诫"的不是因为儿子好战,相反的,只是"诫"儿子路途小心,别被人"拉"去了！然而,奈何群魔塞道,终于无力反抗,还是被人"拉"了去！

母诫其子是没有用的了！还是请夫人自"妻劝其夫"开始吧！

纳妾问题

在"论'解放什么呢'"一节,我已提到过纳妾与"自爱"的关系。自然,这其中的关系并非我发现的,要说这发现真有什么价值,那也得归功于该"代表"。

这位"代表"当记者去访问她的时候,据说是不待来人提出问题就慷慨发言的,不但发言,而且还要形诸笔墨,大块文章,说来说去不外是那句轰轰烈烈的口号："我不反对男子纳妾。"

她的逻辑是十分可笑的,不,也应该说是十分惊人的。譬如,你听她说"不反对",那么翻成肯定的语气,就应该是"拥护"或者"赞成",至少也是"默认"啰,可是,又不然,她又"反对"女子不"自爱"而甘心为妾,结果,便完成了这样一个论点:不反对纳妾,但是反对为妾。

于是乎,这位女界"代表"的巴掌,竟落在女界的脸上。

我不知道这是否就是该"代表"所说的,"女子该检讨自己"的"检讨",设若就正是所谓的"检讨",那末,作为男人的我也要举手赞成了,理由有二:

一、大凡男子纳妾,那是有很多颇为充分的理由的,如"繁衍人类种族之生命"等等,而今,则当又加上一条,即身为女界"代表"的人亦"我不反对男子纳妾"是也。

二、同时,这"检讨"的机会并不多,除了在每年三月八日可以看到听到外,大概其余的三百六十四天,"代表"们未必会如此激昂的,这道理也十分明显,因为其余的三百六十四天并非三八节也。所以,不免还是回到——

看你们搅得出什么花样来!

小统计

有这么一种"三八节大会特刊",计其十九页,其中计广告十页有奇,"代表"玉照一页,秩序、歌曲、名单共一页,题字一页,真正实在的"特刊"五页不到,内中尚包括"我不反对男子纳妾"之类。

兹统计如上,聊备将来史家考证。

正名及其他

据我所知,三八节的正名应该是国际劳动妇女节。

因此,需要正名,不劳动者不得"过节"。

其实,她们大可不必参与进节日里来,因为她们的生活和享受,实在每天都是节(就庸俗的意义讲)。

然而,最终她们将走向没有节的。

而同时,那些诚心诚意庆祝三八节的人有福了,她们最终将获得全年三百六十五日,天天狂欢如节。

世界有两个,一个上升,一个下堕;每一个节日,都正好用来标志着上升者的度数和下堕者的度数。三八节,也决不例外。

我的文章投向下堕的一面,然而我的心却投向上升的一面。妇女真正解放了,那末为妇女迟迟不得解放而痛苦的男子们的心灵也将随之而解放了。愿我的文章与那些为男界所选出来的"女界代表"一道灭亡。

1949 年 3 月 10 日

1949 年 3 月 12 日刊于香港《大公报·大公园》

孝道、兽道及人道

大约是前一个月光景,香港曾经举行过一个"孝道是否有害?"的辩论会,有几家报纸还把辩论的经过及内容详细记录了一遍,用很大的篇幅刊布出来;细看参加辩论者的名单,更有洋人在内,其结果,自然是认为孝道有益的一方占了胜利,而且胜利的一方,亦有洋人在焉。

这位洋人论孝,居然引了许多中国古书上的大道理,最后"驳倒了"认为孝道有害的一位华籍教授,奏凯而归。对于这一桩事,起初是不甚了然,继之便特别引起了我的疑心,待我多疑了几阵之后,更不禁愈想愈为之毛骨悚然了。这个毛骨悚然的道理,我想,应该打从我在兵头公园的遭遇说起——

有一天,我在兵头公园通衢的石凳上闲坐,忽然前面来了一位欧籍老妇,年纪在七十上下,十分艰难的佝偻着身子像爬行一般地走上山路,待她走到我身边时,已是面如死灰了,她不再前行了。她颓然的与我坐在一起,朝着我看了看,然后伸过痉挛的手来,递给我一张胡乱画了几条街道的图形,要我告诉她西摩道怎么走,离此有多远等等。我一面解说指引,但又唯恐自己蹩脚的英语并不一定能使她了然,于是一面又陪她走了一程,直到西摩道口才独自回头。在路上,不知怎么的我问起她的年纪和亲人来了,她说她已六十六岁,亲人呢,有儿子、女儿和女婿,还有近半打的"小把戏们"。"为什么他们让你这样辛苦呢?"她的回答很简单,说:"他们有他们的事情。"说这话的时候,她面部表情十分淡漠,亦似乎十分当然而平常的样子。

我在兵头公园的遭遇就是如此。的确,这故事也太平淡无奇了,但在我却永远忘记不掉。为什么呢？难道是脆弱的哀矜之感支配了我么？难道仅仅是为了对老妇人的同情和怜悯么？难道是为了有感于此而觉察到中国讲求"孝道"的伟大和值得骄傲么？难道是因为曾经搀扶过老者便自以为得到了"人生中博厚悠久之乐"（钱穆语）么？不是的，我否认。我只觉得这故事像一枚利钻，结实刺疼了我。

这疼，是由于我感到：在我们中国，近百年来所接触所身受的"西方文明"实在太令人寒心了。本来，像我前面所说的那种故事，在欧美资本主义社会中，实在毫不稀奇；而我们在国际资产阶级的电影艺术和文学作品中，也不知看过多少，听过多少。商品和金钱的利害关系，代替了一切，不，是淹没了一切，什么亲子、夫妇、朋友、职业、国族……都成了"取与予"的铁则下可以当作砝码用的东西。但同时，像香港一直在举行的如辩论"孝道是否有害？"之类的辩论会，也正是众所周知的所谓西方民主、自由的精英。这里且不管"孝道是否有害？"这样提问题的方法对不对，因为它原就是在唯心论的历史观与形式逻辑的思想方法上建筑其推理基础的，它一开始就认定"孝"是一种抽象的，不变的"道"，它只容许你说一声是或者否，A 或者非 A，如果你反问他：孝道基本上是什么社会的道德？它在封建社会发生了些什么样的作用？谁对提倡孝道特别感兴趣和事实上也不遗余力？它在资本主义社会里还存在吗？假如不存在，那又是什么缘故使然？假如跨过资本主义再向前，又将如何？（这一问他定要生气了！）为什么外国人都"赞美"中国的"孝道"而且甚愿尽义务的代为宣扬？（这一问他必定要破口大骂了！）恐怕不等你问完，绅士们早已不屑与你辩论了，"西方文明"原就是规定这样辩论的呀，你越出"文明"的范围，那你便只好被骂作"野蛮"或者"极权"了！

讲这么一大段，我的意思只不过是要揭破隐藏在这些"西方文明"中的某种丑恶。现在请看吧，资本主义是那样的破坏了封建道德之一的孝道，而且破坏得那么"彻底"，最后连一点点仅有的人性也带根挖出来加以糟蹋了。这个，正是国际资产阶级在他们所有的一切意识形态中有意无意地颂扬和宣传过的。但同时,他们又利用另一种"西方文明"的形式——辩论会——在落后地带、在殖民地歌颂孝道,到了中国,就甚至不惜从发霉发臭的字纸篓里翻出什么"五刑之属三千,而罪莫大于不孝"来,"证明""孝道有益"了。

诚然,孝道岂仅"是否有害"哉,益处大得很。在我们"有汉一代",不是有过这么一位向大人向栩么?他给皇帝老子上了一本奏章,建议朝廷不必兴兵动众的去讨黄巾,只消站在黄河边上,把《孝经》读一遍,贼便自然会受到"精神感召"而自动消灭。这史事到如今看来似乎可笑,但在反证古今中外的统治者,为了企图千年万世骑在老百姓头上,实在不惜想尽主意打尽算盘,而有时竟不免表现得近乎迂腐拙劣的一点上,倒是饶有意味,值得我们深思的。至于孝道究竟为什么被统治者列为"主意"之一、"算盘"之一呢?我想,这也不妨戳破,这戳破仍是在古书上找到的,曰:"君子之事亲孝,故忠可移于君。"君者,统治者之别名也,君和父母是一样的,忠和孝也是一样的,提倡莫名其妙的孝即是提倡糊里糊涂的忠。(当然,严格的说起来,忠是重于孝的,君也是重于亲的,所以,我们中国又有所谓"忠孝不能两全"的说法。但是统治术却是自"家"进于"国",目的是要忠,孝不过是手段而已,换一个说法就是家内奴才是国内奴才的"先修班"。)然则,从这个说法看去,古人似乎要比今人老实些,这真是当今黄脸皮白脸皮的统治者们在开完辩论会之后大可转过头去嘲笑一番的地方。

我古书读得太少,然而却依稀记得零星看到的一点,好像有这么一句:"夷狄之进于中国,则中国之。"但已不清楚出自何处了。这句话本来是颇为自大的,骂人家夷狄犹不足,还居然一口断定人家"进于中国"后,"则中国之"。事实上究竟如何呢?元与清且不去说它,近代的国际帝国主义倒确确实实是做到了"进于中国,则中国之",建孔庙,尊儒术,提倡孝道,哪一点不够"则中国之"呢?不过,中国可就险些儿给失掉了。

话扯远了,还是说回孝道来吧,这里且就四月二十日报上所载的一段新闻来谈谈。

本港讯：男子徐某，17岁，昨受审于九龙裁判署寇司庭，被控在避风塘内，盗窃他人之毛毡一张罪，据主控帮办申述案情称……（中略）……被告不忍其母痛苦呻吟，乃至避风塘一小艇上探访其友，拟借款以医母病，其友以无款拒之，被告乃乘友不觉之际，潜窃取毛毡一张而遁，质诸长生库。正拟延医返家诊视母病时，已为其友发觉，报警将之拘捕。寇司判入苦狱三周，并谕将被告之母送入医院疗治。

不知道旁人读了有何感触，至于我，第一个感想却是断定：虽然"被告之母送入医院疗治"，但绝不至于很快康复，甚至可能更沉重一点。因为，她的儿子徐某已被"判入苦狱三周"了啊，做娘的又哪能放得下心？又哪能不心疼？

我想，假如要说"孝道有益"，那徐某不可谓不孝，而徐某的母亲和徐某自己却先蒙其害，这将如何解释呢？于是我想了又想，这只有一种解释：盖某些人士所提倡之孝道并非此种真正有益之孝道是也。

由孝道忽而想到另一道：人道，由人道——这回不是"忽而"的却是"必然"的了——又想到另外一道：兽道。在香港这个地方，我以为即使就是在脑子里想想吧，也是应当先想兽道的。

据说此地有些法律专门为维护兽道而定；例如买一只鸡，那"拿"法也就大可考究，否则便难免要捉将差馆去，罚五十大洋或者入狱两周，还得听一顿什么司庭的庭训，上帝云云，博爱云云，万物云云。

口说无凭，还是举一个例吧，就在前引四月二十日同一张报上，登着如下一条新闻。

本港讯：31岁水客叶苏，前(18)日晚6时半携带大小猫53头分盛六个狭小之竹笼,拟乘盛兴轮运往广州,在轮上被本港工商业管理处(即前出入口署)外籍缉私帮办发觉,认为笼狭猫迫,犯有虐畜行为,乃将叶苏连同六笼猫儿带到警署查究,昨解中央裁判署亚司庭审讯,法庭主控官称:29头大猫分盛4个小圆笼,24头小猫分盛2个小方笼(长2尺,阔9寸,高1尺)因挤迫之故,曾有一猫毙命,(此处略23个无关紧要之字)被告认罪,谓属初犯,求法庭轻办,法官谓初次被检举是实,并谓被告不应如此虐畜云。结果判被告罚款250元或入狱两月,并须签保250元,保证一年内不得再犯,猫儿发还,但需备适当之笼而饲畜。

"29头大猫分盛4个小圆笼,24头小猫分盛2个小方笼(长2尺,阔9寸,高1尺)",调查研究,不能不说相当精细。然而,我却忽发奇想,以为:假如每个木寮大小贫民的体积是大小猫体积的100倍,不知道他所占的空间有没有这只小方笼小圆笼的100倍?而且木寮贫民亦常有"毙命"者,虽然未必都是由于木寮"挤迫之故",但他(她)们活着的时候,常常感到全社会的"挤"与"迫",也的确是无法掩饰的事实。何况,他(她)们的笼子似的木寮还得被不断"扫荡"呢!这就难怪使人有何厚于猫而薄于人之叹了。

而为何厚于兽而薄于人呢?我想有两点理由可供解释。第一,兽者,一般是指小动物,那班不分贫富都一样吃的老虎豺狼是不在内的(马戏班除外),而畜养小动物,大致总是当人能养活自己一家而有余时才有可能。因之,根本上说,维护兽道即所谓"从各方面保障私有财产"者也。

第二,抑有进者,兽是兽,人是人,对生牲谈博爱于人(阔人)无损,但对整个社会谈博爱可就不得了,岂不是"要反了"么?所以,君子远庖厨,绅士讲兽道,此皆系曲异而工同之妙者也。

依题目,似乎还应该谈谈人道,但是,已没有什么可谈了。难道还有谁(包括将来履行审案手续的什么司庭在内)不心安理得的明白:小贩吴深是"自行失脚堕楼"的么?假如不是,那么吴深便应当如中国民间故事所传,变厉鬼去吹讼师的灯(无奈如今是电灯,怕是吹不熄的。)但纵是如此,那也是属于阴世间的事,成了"鬼道"了,如此,当更无从说起了。

4月21日傍晚,闻解放军渡江南扫时
1949年5月10、11日香港《大公报》

兰方虎真是南方虎

咬字不准，L、N 不分的人们往往把战斗英雄兰方虎叫成了南方虎。一字之差，错得倒满有意思，兰方虎真是南方虎。

我认识兰方虎同志，是今年三月间的事。精瘦结实的身材，眼睛常常盯住什么就不移开，然而，反应极度灵敏，沉静中蕴蓄着某种好斗的气质。这给我留下了一种类似小而猛的华南虎的印象。

兰方虎的家乡是湖北公安县。水乡泽国，使得他从小练就了浪里白条的过硬功夫。尤其惊人的是他的踩水本领：上半身直立在水面，两只脚却仿佛在陆地上行走。参军后，在一次武装泅渡的实战演习中，他竟依托着极其简陋的筏子支撑住一挺轻机枪，既保持人、枪平衡，横越宽阔的江面，还进行水上射击，命中目标。自然，不久前这些本领在红河上都派了用场：他不但帮助许多"旱鸭子"学会了游泳，而且担任了救护员。

兰方虎的其他军训项目也都称得上优秀和良好。一九七七年一月入伍后，第一次打靶就打了八十三环的出色成绩。手榴弹投掷也很快由三十米提高到五十二米。在国防施工和营房建设任务中，表现也是相当突出的。他曾以不到一天的时间，完成深一点五米、长二十三点四米、底宽零点五米、面宽一米的土石方作业，大大超过了上级规定的标兵日进尺水准……

然而，这样一个同志，却几乎没有得到过表扬和嘉奖。他三次申请入团，就是没有被批准。一直到部队进入一级战备，他才被接受为共青团员。

这是为什么呢？兰方虎当然不是完人。比方说，他平日活泼有余，严肃不足,这在某些场合的确是不相宜的。但问题显然不是这个。正如大家都知道的,这些年,连队里吸收了不少知识青年。在兰方虎身上,突出地体现着这一批新兵的共同特点:敢提意见。看见什么不对的事,他就公开评论,发觉有人不搞五湖四海,专拉同乡关系,他表示反感;有人不干实事,光说空话,他也忍不住用鼻子哼上两声……这样一来,就招致了不少非议。于是,他又像任何一个政治上很不成熟的青年人一样,采取了对抗性的"强硬措施":申请复员。

其实,他这样做,不过是一时的冲动。他是热爱人民解放军的。他的父亲兰良荣是新四军的老战士,一九四八年负伤致残,一九五一年退伍了。先后在公安县水泥厂、砖瓦厂工作,一九六二年退休。奇怪的是,这么一位残废军人,在"文化大革命"中也惨遭迫害,吐血而亡。兰方虎为他有这样的父亲而自豪。当部队移防云南边境时,他给哥哥写了一封信,大意是这样的:"爸爸为革命流过血,我也愿为革命流血。要打仗,就免不了死人。我不怕死,我要继承父亲的遗志,当一辈子和平兵,太没有意思了,也对不起党和人民对自己的教育和培养。"然而,他又申明:我不写决心书,上了战场,请同志们看实际表现吧。另一方面,却又悄悄地找平日比较了解他的班长罗会水商量,要班长替他递一份入党申请。看,这是一个性格特点多么鲜明的战士!

部队是二月十七日投入战斗的。兰方虎回忆此后短短的一段行军作战生活,总是带着孩子般的兴高采烈的心情笑起来:"哎呀,要不是二十三号柑糖外围捞上打了一仗,就怕白白跑一圈吧。我们是预备队呀,世上再也没有比打不上仗更不是滋味的了!"

兰方虎正是在二十三号这一天攻取无名高地和二一九、三六九高地的恶战中,成为战斗英雄的。他们的对手是越军三四五师一一八团三营的营指挥所和一个加强连。在我方阵地与敌人盘踞的三个高地之间,交叉着老街至柑糖、老街至巴沙两条公路,还夹着一条宽约二十米、深约两米的小河。

兰方虎是火箭筒手,配属在主攻排一排三班。副手况云和他紧紧相随,始终保持着三至五米的距离,这天早上八点钟光景,他们在炮火掩护下穿越公路,徒涉小河后,就遇上了敌人的阻击。近四十度仰角,雾大草深,不易判明目标。突然,在他身边的张方平中弹倒下,几乎是同一时刻,他听见了敌人拉枪机、换弹夹的声音——原来离敌人这么近呀,他立即就地一滚,滚到了低处,抓紧敌人射击的间隙,他替张方平包扎了伤口。接着,他揭开了手榴弹盖,两眼盯住前方一眨也不眨。一会儿,那边草棵窸窣一动,他立刻跳了起来瞄准方向投去,当场击毙敌军一名,炸伤一名。他趁爆炸的烟雾正浓,一个箭步跳进草丛,一眼就发现了那个还在哼哼的越寇。兰方虎在知青点上学过一点拳术,他知道有一种用两拳夹击对方两耳,致敌死命的打法,叫作"贯耳"。他回忆这段的时候,又像孩子般笑了:"现在不能贯耳,我的一只手还必须抓住火箭筒哩,先打他一只耳朵吧,这叫'灌耳'。"这一拳正中左耳,千钧重量,直打得那家伙双目紧闭,抱头大叫。兰方虎不等对方清醒过来,又飞出右脚,踢中该敌的咽喉。说时迟,那时快,兰方虎一个鹞鹰捕食,夺过敌人手中的冲锋枪,补了十五发子弹,崩了那家伙的天灵盖。一颗手榴弹换了两个敌人和一支冲锋枪,这买卖划得来!

  前面是二一九高地了。首先,必须通过大约五十米的开阔地。光秃秃一片山坡,无遮无拦,居高临下的敌人很容易杀伤我们,这使兰方虎和他的战友们都处于相当不利的地位。兰方虎心想:保存自己是为的消灭敌人,在目前条件下,我应该怎样保存自己呢?他决定弯弯曲曲地跑,迷惑敌人,根据敌人的每一次枪击做出刻不容缓的抉择,向左,或者向右,反正不让敌人掌握规律。就这样,他和敌人的子弹捉着迷藏,跑了大约四十米,就势滚进了一个敌人遗弃的单人掩体。他侧过脸去观察了一下敌情,发现咬住他打的是一挺轻机枪。兰方虎不禁怒火中烧,与其被动挨打,哪如主动还击。想到这里,他腾地跳出掩体,端起枪对准敌人的轻机枪就是一阵猛扫。敌人完全被这出乎意料的果敢行动吓傻了。等到醒悟过来再来打他时,他已经又向前窜了几大步,卧倒在一小块洼地里,敌人的子弹落空了。

他再一次跃起,再一次卧倒,这样连续了两次,终于钻进了丛莽。兰方虎回头一看,敌人的子弹还在那儿和泥土砂石过不去,打得它们四处飞溅。"你就这么一直打下去吧!"他差不多要笑出声来。这时,全排正像一群老虎似的扑了上来,拿下了二一九高地。

三六九高地的山势更陡,总有六十度,很不好打。敌人感到自己末日来临,便疯狂地发射起燃烧弹来。山上的树林杂草全都点着了,又赶上刮五级风,真是火光冲天。兰方虎经过一瞬间的紧张思索,决定从左侧冲过火墙,那边的火势虽然同样惊心动魄,但敌人的火力似乎不如右侧密集。这时,他并不知道,他的战友李启已只身带伤冲破了右侧的两道火墙,边爬边打,把敌人注意力全吸引过去了。当他转过身迅速追上大部队时,一看不好,连长王华金和扑在他身上保护连首长的通信员曾德忠都叫敌人的炮弹炸伤了。兰方虎一边赶紧分别替他们包扎,一边咬牙切齿地说:"连长,你放心,我会给你们报仇的!"说这话的地点是在三六九高地的主峰底下。

包扎完毕,他匆匆离去,跑不多远又遇上了协同连长指挥作战的副营长周洪达。他向副营长报告了连长负伤的消息,副营长只是点了点头,便立即对他发布命令:摧毁主峰下方仍在继续顽抗的火力点!兰方虎一手提着冲锋枪,一手勒紧火箭筒,绕到了正在不断喷射毒焰的石壁后方。他叫六班的战斗小组长王立掩护自己,迅速确定了构筑在两层悬崖之间的暗堡的位置。直线距离是三米!只有三米!这是完全违反火箭筒手的射击规范的呀!但他这时已经根本忘记了自己在第一次实弹训练时的体验:三百米的距离,仅仅发射了一枚火箭弹,右耳便失听了一个星期。现在,他不能后退半步,他只有一枚火箭弹,同时,地形也决定了既不能卧射,也不能俯射,他必须立射,失掉了这个机会,部队就不知道还要付出多少血的代价!他挺身而起,不顾高地右侧山头上敌人的侧射威胁,对准了暗堡的顶部,一扣扳机,一声惊天动地的巨响:轰隆!事后查明,暗堡中有越寇四名,均已毙命,重机枪一挺、冲锋枪两支,其他弹药一箱,全都炸了个稀巴烂。这时,兰方虎的战友们已经从侧后方发起突袭,一举攻占了三六九高地主峰。

兰方虎昏倒了。是巨大的两千六百摄氏度的高温气浪和瓢泼大雨般的碎石把他推倒了吗?又是又不是。他是负伤了。一块火箭弹的碎片从崖石上弹了回来,从他的下巴骨左侧划过,只差几毫米没有割断动脉血管,击中了火箭筒的筒尾,再蹦回来钻进了后颈窝右上侧。很快,他就醒了过来,他叫过六班的新战士詹美同替他拔出弹片。一看,这东西竟像车床上的切削金属似的,弯弯曲曲,可又四面带刃!他的三个急救包都用去救了战友,临到自己负伤,只好解下绑腿草草一裹了事。第二天,他的伤口已经感染化脓。了解情况的同志疼爱地责难他:"傻瓜!你怎么不把伤口包扎得紧一点?反正是个化脓!"他就笑嘻嘻地回敬一句:"你才是傻瓜呢!我伤的地方那么缺德,一包扎紧了就马上出不来气了,还上医院干什么?!"这就是兰方虎!什么时候都忘不了开玩笑!

到此,读者也许会说,兰方虎的故事该暂告一个段落了吧,不,还有。他两天两夜转了三个医院,最后来到了昆明近郊。在这里,他却和医生言语顶撞了起来。当他一旦了解到医院的工作量很大时,他跑去找医生道歉;而医生也立刻明白过来:呵,原来,又碰上了一个想回连队想得快要发了疯的小伙子!

这就是我要介绍给读者的战斗英雄兰方虎!但愿在我们光荣的人民解放军中,涌现出更多的东北虎、华南虎、北方虎和南方虎!

1979年5月19日　前线归来,写于昆明

刑场归来

一九七九年八月十二日,对我来说,乃是一个异常沉重的日子。这天一大早,一位老诗人便来到了我的住地,几天以前,我们约好了由他领我去凭吊张志新烈士殉难的那一片旷野。

我知道,有一个悲壮的大潮正席卷着辽宁的文艺界,许多作家和诗人都在以虽则音色各异但感情却同等强烈的歌声,赞颂着这位伟大的先驱。老诗人本人就在写一部长诗。正是由于这个缘故,他曾经多次来过这个叫作大洼的可怕的处决"思想犯"的秘密场地。而陪伴过他的司机同志对这一带似乎更加熟悉。因此,他们二位,不仅是话语和脚步,就连一个眼神和一阵沉默,都是我的极可靠的向导。大洼,位于沈阳北郊,离市区大约四十里,附近没有多少村落;站在土坡上远远能望见虎石台,那倒是一个可以从地图上找得见名字的集镇。在大洼与虎石台之间,横亘着长满苞米、高粱的田地,一片森林和几个浑浊的水塘,刑场的地点就选在这一带,那里是少有人烟的。

一块里程碑闪过了车窗,我注意到上面标着的数目字:17,也就在这时,车子离开了柏油公路,插入左侧的一条斜径,杂草长得如此之茂盛,几乎要遮断这条本来就很狭窄,而且丝毫也看不出修葺痕迹的小路了,然而,前面又豁然开朗起来,简直能容得下两部卡车。司机同志熄了火,叹了一口气说:"到了。"稍停,又仿佛很不情愿地补充了一句,"他们,就停在这儿。"

不必再问,"他们",是指的那些处死张志新同志的人,我宁愿猜想,这些人都是一群奉命执行者。于是,我看见了那部卡车。我是清醒的,可我不能同意说这是我的幻觉。不是吗？来东北半个月了，没有一天没有人不对我说起张志新。张志新的牺牲，是我们国家的奇耻大辱，但也是我们人民的无上光荣。我体会到，在同志们的每一句话语中间，都充溢着这样两种极端矛盾的感情——这该就是近半年来一直在中国人民心上爆炸着的悲愤反应堆吧。

听说，张志新同志是被人从卡车上一脚踢下去的。为什么要踢她？因为她站着。站着，当然就意味着反动；在那些年，这算得上是一条"革命"常识，张志新说完了生命的最后一句活："我的观点不变"，就失去了喉管，她忍着剧痛，更坚定、更顽强地挺直了身子，走完了自己的最后一段生命之路：从这一小块沙地起步，翻越浅浅的一道土岗，到达前方不远的草丛，有七八十米。她立即被数名大汉按倒在地，子弹也立即直接射进了她的头部。为什么要瞄准她的头部打枪？大概是由于这个头脑居然产生了思想。在林彪、"四人帮"看来，一个公开声明自己有思想的革命者必定是"恶毒攻击"犯；这一点，由于有超越宪法一切法律的《公安六条》，所以也早已变成了人所共知的"真理"。

大地将自己的女儿紧紧地搂在了怀中。我们的国家幅员辽阔，有九百六十万平方公里；但是，孝顺的谦虚的不知私心为何物的张志新，仅仅要求给她六尺。妈妈本想把九百六十万平方公里都给了她，可是，魔鬼却连最低限度的六尺也不让她享有。她的遗体被"消灭"了，如今，只有一个空空的骨灰盒。关于这件事，有一些传说，一些在有着高度文明的二十世纪七十年代产生的可怕的民间传说，但那是不堪形诸笔墨的。

我问我自己：一九七五年四月四日上午十时十二分，你在干什么？我久已不写日记了，实在无从查考。然而，刑场执行记录上，却分明有例行公事的冷漠的记载："一枪毙命。"可到底我那时候在干什么呢？但愿我不是在吃，在喝，在游山逛水；但愿那时候我没有渺小的烦恼和愚蠢的念头……应该说，正是在那个时候发生了一场秘而不宣的遍及全国的大地震，它的强烈的震波迄今才为人们所感觉，而且一直颤动到了心灵深处……

后来，这一片土地是耕耘过了。大概是开垦苗圃吧。我们在深可没膝的草丛中，发现了依稀可辨的亩垄和瘦弱的槐树秧子，至于烈士饮恨的地方，则清一色栽上了杨树！杨树还小，不过一人高，三指粗。杨树和野草都绿到了古诗中描写过的"伤心碧"的程度，生命十分旺盛。只是令人纳闷儿的是，我们在那儿徘徊盘桓了那么久，竟听不见半点声响，草叶儿不作声，树叶儿也不作声，这使我不禁好一阵战栗：莫非它们也一概被割断了喉管么？果真中国是无声的么？后来，我用一些诗句记录了这种战栗。然而，现在毕竟到了大声呼喊的时候了，可以呼喊，应该呼喊，必须呼喊！

在早，老诗人就告诉过我：春天一到，刑场上会开满许许多多五彩缤纷的小花。不过，此刻并非春天，在这北纬四十二度线上，甚至已是寒风如剪了，何以竟依旧盛开着这么些个花朵?！老诗人惊讶极了，我也惊讶极了。我们采撷了满满一把：其中白色的一种，小如米粒，单独开放的话，怕是未必能看得真切。然而，它们却团结在一起，像天上的一个一个的星座，使得任何人也不能无视其存在；罕见的一种则如蓝宝石，闪着一种寒冷的磷光，令人欲行又止，避开了还偏想回眸细看；黄的笼统说黄固然可以，细细一辨，又可以分别为浅黄、深黄、赭黄，还有一种近似失血者的青黄。不过，不管怎样，它们都是朴实而深厚的，一如我们的土地、黄河和皮肤；最揪心的莫过于猩红的一种了，我们不敢去触它，其原因，是大家都能想见的。我们捧着这一束花回到了沈阳。车子经过市区的大街，大街上张贴着即将公演的戏剧海报：《张志新》《她没有死》《谁之罪》。我默念着这一批剧目，忽然想到，这岂不正是千百万人天天悬在嘴边压在心头的一个大问号么？张志新没有罪，谁之罪？其答案，也是大家都很清楚的。我曾听到过某些关于宣传张志新烈士过程中发生的事情，不少从事这一写作的同志至今不但"余悸"不已，而且"预悸"重重。怎么办？我想，办法恐怕只有一个，这就是学习张志新，拿出张志新精神来宣传张志新，否则，我们就只好搁笔。

人们已经越来越详细地知道：在林彪、"四人帮"的封建法西斯暴政面前,张志新依据党的一贯教导,独立思考,对许多理论问题、政策问题和历史与现实中存在着的问题,做出了马克思列宁主义的高水平的解答。她在狱中写下的数万言书,我以为,就是和那些指导革命的理论家的著述摆在一起,其思想锋芒也毫不逊色,有关张志新烈士的案卷,例如《质问、控诉、声讨》这样大气磅礴的檄文,总有一天,会作为我们党的光辉文献而载入史册!当年,季米特洛夫同志面对着希特勒法西斯制造的所谓"国会纵火案",在公审法庭上慷慨陈词,揭露了纳粹分子的卑劣阴谋,向全世界展示了共产主义者的磊落胸怀!那些辩护词激励了并且还在激励着为生活所教育而走上革命道路的千百万男女。和季米特洛夫一样,张志新在邪恶和谬误审判她的时候做出了对邪恶和谬误的审判,她的全部"交代材料",也必将是一卷最新的革命教科书。

不是有人大声疾呼,号召"歌德"吗?雪片一般飞向报刊的读者来信,正在歌颂张志新于险恶中见忠贞的共产党人的大德、美德、至德,不知道自诩为"歌德派"的同志看见了没有?我深信,随着历史的向前推进,张志新之所以伟大,必将更加完整、更加深刻地为世人所充分认识。毫无疑问,斗争将是长期的,张志新同志不是早在一九六九年八月二十五日,就以她深邃的马克思列宁主义的眼光预先写下了这一点么?"矛盾在短期内难于揭晓,揭露矛盾的阻力在短期内难于清扫"。天啊,我们多么希望她没有做过这样的预言!我们又多么希望她这个预言不要成为生活的实际历程!然而,这一切竟不幸而言中!

大家也都知道了这样的斗争故事:管教人员睁着眼睛瞎说"四人帮"横行的日子"形势大好",张志新起来驳斥。于是,管教人员便破口大骂她是死硬而又死硬的反革命,要带着花岗岩脑袋去见上帝。这时,张志新又凛然宣告:不去见上帝,要去见马克思!她说得多么好啊,真是字字金石,掷地有声!是的,见上帝去的人是有的,但那理应是告密者和刽子手,因为上帝从来就庇荫他们,他们也是上帝恭顺的子民。而我们的张志新烈士,却只能属于马克思。

　　当夜,上另一位朋友家辞行,我把这些想法对他谈了,他说:"让我领你再去看看红旗广场的'党史雕塑群'吧。"他并未多加解释,我也就随他挤上公共汽车去了。果然,气势雄伟!只是不明白为什么台阶之上,四面都挡着这样一个木牌:"请勿近前"。这可难为我了,视力不济,兼之夜深灯暗,怎么欣赏呢?我终于鼓了鼓勇气,拉上这位朋友闯了这个"禁区",凑近一看,原来竟赫然刻有"打倒党内走资派"字样以及塑有与之相适应的"各色高大形象"。我不禁咋舌惊叹,不知怎么在背后却出现了一位民警,他挥手叫我们走开,不过,倒也并不疾言厉色。我自然不想怪怨他,也不忍怪怨他,他不过也是个执行者罢了。

　　我们离开了那儿,但我蓦地又想起了张志新。我想,张志新是不需要纪念碑的,正如同真理从不为自己竖碑一样。然而,她为探求真理而生,又为保卫真理而死,又必然会得到一座理应属于她的纪念碑的……

　　接着,我又想起了布鲁诺,那个因为坚持太阳中心说而不见容于主教和教士们的意大利科学家布鲁诺。当布鲁诺镇静自若地走向火刑场时,他看见了一个可悲的景象——一位衣衫极其褴褛、表情极其虔诚的老妇,抱起一块木柴填进了火堆……布鲁诺大喊一声:"神圣的无知!"由张志新想到了布鲁诺,这是无端的思绪吗?不!极"左"路线是可憎的,而在极"左"路线下久而久之训练出来的愚昧、盲从和麻木,恐怕也是可怕的吧。应当更好地运用文艺手段,尽可能迅速和尽可能彻底地消除这种愚昧、盲从和麻木。然后,我们才可以指望最后从林彪、"四人帮"为代表的极"左"路线桎梏下解放出来,为真正实现社会主义民主和四个现代化而奋斗。这,也许是作为革命文艺战士的我们,对于张志新烈士的最好的纪念。

1979年8月30日

酒 的 怀 念

在我们这儿,今年的中秋节没有月亮。

这会儿都快十点钟了,天空中还挤满了墨黑墨黑的云团。我坐在窗口等待着与月亮相见,听着远处什么地方有人吹起了笛子。"横笛送晚延明月",想必吹笛者也是盼望得久了,着急起来,才决心用竹管清音去频频邀请吧。不过,我的邻居们倒无一不讲求实际,且不管有月无月,他们早已都在劝酒把盏了,前后左右是一片欢笑之声。

这样的人间是美好的,虽然没有月亮。

今年,安徽是个大丰收的年景。由于落实了农村经济政策,社员们的衣兜里不再是空空如也的了。近一周来,这座城市的郊区农民几乎每天都成群结队地忙着进城置办节日的食物用品。当他们归去的时候,你看吧,在那竹篮篾篓之中总是不会忘记带上几瓶酒的。

这是生活之酒。对于立足于泥土的劳动者,喝了它是不会产生什么羽化登仙的幻觉的。不过,血液肯定将奔涌得更为欢畅,因而有更充沛的力量去迎接新的劳作。可惜我始终不会喝酒。

三月间,我去中越边境采访,有一位曾经跟随贺老总多年的军首长,邀我为庆祝自卫还击战的重大胜利干杯,我把脖子都憋红了,才抿了一小口。他不无扫兴地开玩笑说:"你不知杜康三昧,何以言诗?"是啊,我为自己的无能深深感到遗憾了。不过,当时实在不曾料到,半年以后的今天,我竟会再一次地深深感到遗憾——假如我能像李白、刘伶那样豪饮,那么,即便中秋节天不作美,在四溢的香醪之中,也早该荡漾出一轮满月来了吧。

然而,我之于酒毕竟有了特殊的感情。

话还要从云南前线说起,自从四月九日这一天,我在边防某部一营一连看见了一种无与伦比的美酒之后,每次再见到酒,就都不禁要把瓶子着实摩挲一番,并且觉得别有一番滋味在心头了。的确。有生以来,我是第一次见到那样一种酒;而且我敢断定,虽以中国之大,也绝不会有多少人能有幸见到那样一种酒的。

记得很清楚,那时候中央慰问团刚刚离去,从成都奔赴南疆的川剧院正在为暂时安营深山的这支部队做最后一场慰问演出。这天一大早,教导员杜生富同志跑来通知我,快下一连去吧,一连来了个家庭慰问团哩。我一听,觉得事非寻常,中央慰问团才走,怎么家庭慰问团又到? 何况,这究竟是一个什么样的家庭呢? 他们和一连又有什么关系呢? 应该去了解。

于是,我立刻赶到一连连部。推开房门,只见指导员王华兴同志重叠着两只巴掌,托住两颗高射机枪子弹,他一动不动地沉默着,仿佛不胜其沉重。和他并排坐着的一位五十岁左右的男子也沉默着,目光盯着那两颗又长又粗的子弹,仿佛也不胜其沉重。男子对面的一张床上,一位中年妇女,背部佝偻着,用揉成一团的小手绢紧紧地捂住自己的嘴,似乎是唯恐飞出什么声音来。房门背后还架着一张床,有两个女孩子挤在一起,只能看见她们瘦削的肩背。原来,人们已经知道我要来,正在这里等候。

毫无疑问,这就是那个组成了慰问团的家庭。男同志自我介绍说,他叫黄衡草,中年妇女的名字是官长英,是他的妻子,两个女孩子是他们的女儿,还有一个小女儿留在家乡。此行是遵从光荣牺牲了的唯一的儿子黄南翼烈士的遗愿,给他生前所在的连队送庆功酒来了。他们从四川沱江东岸的富顺县带来了满满的一箱酒,千里迢迢,完好无损,此刻,就放在桌子下面。

应该交谈,不应该沉默。当我们开始交流感情时,空气就在不知不觉中流动起来,父亲、母亲和两个女儿都活跃起来了。衡草同志从箱子里取出一瓶泸州大曲来,递给我鉴赏,但他的手微微有些战栗。我赶忙接过,举瓶齐眉,管不住自己的手也战栗起来。酒啊,酒啊,你像烈士的心一样清澈透明!你像烈士的心一样温柔如水,又炽热如火!当然,你也像这个男子汉及其妻孥的眼泪一样珍贵和圣洁!

母亲从一个小包里取出来儿子的遗书,这是黄南翼烈士一九七九年一月二十三日下午二时写的一封家信——

亲爱的父母、妹妹:

……战争是要流血的,下封信不一定是我亲手写给你们。但不管咋个说,你们将得到安慰和快乐。死是烈士,活下来是英雄,我绝不会给你们带来耻辱。当兵两年来,我已写下了一九七七年元月入伍,一九七八年五月任班长,八月加入组织,十一月任排长的历史。下一步也不会注记上叛徒、逃兵的污点。

望你们接到这封信后,不要感到空虚;如果得到我牺牲的消息,双脚不要颤抖,不能伤悲,坚强地挺起胸来,端起酒杯,用笑脸告慰亡灵。我是相信自己的父母的,所以把话说在前。……妹妹要奋发上进,努力攀登科学文化、本项业务的新高峰,确实做到:"回首往事,不因虚度年华而悔恨。"……

这封信邮到富顺是大年初三。黄衡草读罢便收藏起来,没有让官长英过目。两个月后,部队发来了正式的阵亡通知,他再也不能向妻子隐瞒了,这才翻了出来。在证实了儿子为国捐躯的消息以后,再来读这封信,简直像亲耳听见了英雄决死的誓言。官长英放声痛哭了一天一夜,黄衡草一旁悄悄弹泪。怎么能节制孩子他妈的悲哀?衡草同志想起了儿子自参军以来的所有的书信。因信引起的伤痛,只能用信去医治。南翼烈士前前后后写下的几十封信,是一宗多么令人自豪的革命记录啊!透过蒙眬的泪眼,老两口终于在灯下一封一封地检读完了全部的信件，一个可亲可爱可敬可佩的崇高形象越来越明晰、生动、具体地矗立在纸上了。"不能用泪水玷污了儿子！"于是，第二天一早，他们带着红肿的眼睑和苍白的面庞准时出现在各自的办公室。黄衡草来到了人民银行，官长英来到了糖业烟酒公司。从此以后，官长英不再轻易落泪了。

他们失去了的儿子是个好儿子。

黄南翼烈士出生于一九五七年七月一日。父亲是共产党员，上海市金山县人，解放大西南时随西南服务团进川。母亲则具有典型的四川妇女的性格：勤快、热情而倔强，对周围发生的一切，是非曲直，有极鲜明的反应。这是一个有民主作风的、对我们的社会采取负责态度的家庭。父母对孩子们从不娇惯溺爱，也从不恶言相加。南翼就是在这样一种严肃、朴素而又十分温暖的气氛中成长起来的。然而，与他的一代同龄人遭遇相同，他的青少年时代赶上了真正堪称"史无前例"的"文化大革命"，也正如大家都听说过的，在四川，这一场"革命"更是十足的血雨腥风。他的父亲，论地位虽然算不上什么走资派，却也终因不愿阿附新贵，被关进了"牛棚"，每月只给十五元生活费。母亲对落在丈夫头上的这种不公正的命运拒绝逆来顺受，便同时遭到了揪斗和殴打，头发被剪光了，香烟头烙下的伤痕至今斑斑可见。她的工资更是分文不发，全家只好每天吃一顿稀饭。……孩子们受到株连，经常被陌生人打骂，几乎不敢去学校了，南翼是长兄，他勇敢地承担起保护几个妹妹的责任。武斗，饥饿，人身凌辱，这样的岁月对于自己还是一个儿童的南翼来说，委实太严酷了！然而，他既不和那些成群结伙的堕落集团同流合污，更不悲观绝望，无所作为。只要开课，他就坚持读书，他学俄语，学英语，拼命想多占有一点当时已被判作"革命"对象的文化。他相信，一定会有专心建设社会主义的一天，这一切将来都用得上的。十年动乱，对他完全不是浪费和悔恨，他写得一手漂亮潇洒的钢笔字，就是一个明证！

"文化大革命"给黄南翼烈士的一家正像给别的千千万万的家庭一样，

制造了数不尽的灾难和创伤。无罪遭非,有头脑的青年对此怎能不思之甚多!所以,他的战友们一致公认,在揭批林彪、"四人帮"的"民主派就是走资派"这一反革命纲领时,黄南翼同志的发言稿曾经在整个团队造成了轰动。毫无疑问,这种轰动不是别的,乃是长久积聚、深深埋藏在他心头的阶级仇恨的一次大爆炸。然而,一旦外敌当前,他又能最坚决地做到:把个人的痛苦记忆都扔在脑后,而舍生赴死,义无反顾。在他短促的一生里,因为赶上"文化大革命",祖国的社会主义不曾带给他更大的幸福。而他却用自己年轻的生命保卫了祖国的社会主义。我们的青年一代中有许多这样的人,他们是社会主义的希望,我们的文学艺术家有责任去熟悉他们,了解他们,表现他们,歌颂他们。他们是新时期的英雄,他们不同于四十年前参军闹翻身的大春,不同于三十年前霓虹灯下保持革命本色的陈喜,不同于二十年前甘当螺丝钉的雷锋,他们身上有一九六七年至一九七六年的时代瘢痕,我们绝不能简单地用他们父兄的形象来代替他们自身的形象。同样是革命英雄主义精神,但它的内涵,它的侧重面,它的道德标准都起了变化。不把握住这种变化,是连歌颂也会流于一般化、公式化的。

  南翼是诚实的。在可以用弹弓打老师的眼珠子的可悲岁月,他因为玩耍失误打碎了一只灯泡,竟自动去向学校"投案"。南翼是坚强的。他被骚乱的人群推倒地上,让一块瓮片割断了右腿韧带,做罢手术出院以后,便默默地坚持长跑、冬泳,担上百十斤稻谷一口气走十几里路故意不休息。……直到参了军,战友们还无人知道他曾经落过残疾。南翼是刻苦的。他第一次打靶成绩不好,就把靶了贴在厕所的墙头,避免干扰同志们的午休,独自每日"加班"一小时练习瞄准,直到获得优秀成绩。他是关心别人比关心自己为重的。所有和他一道去越南打过仗的同志都记得:他的嘴唇因为焦渴而皲裂了,但是,他的水壶里总有留下来给别人喝的"多余的水"。他保存的压缩饼干也总是比别人多,是他不饿吗?不!是他想到了别人会饿。

  这样的战士,不可能不英勇无畏。三月六日凌晨一时,我军攻打一四八高地,黄南翼率领的一排接替了二排的主攻任务。他是在带伤发起冲锋的情况下壮烈牺牲的——先后为高射机枪弹和炮弹弹片所击中,左腿,左手,右手和背部四处负伤。他倒下去了,却依然保持着向敌人据点跃进的姿势:右脚绑腿上插着一把缴获的匕首,手里紧紧地握着冲锋枪,帽檐被拉向一侧。……战斗胜利结束了,同志们给他们的好排长请了一等功。

四月十三日,也就是访问过这个家庭慰问团以后的第五天,我转到了前沿城市金平。金平有一座烈士公墓。当覆盖着伪装网的小吉普刚刚在军供站停稳,我决定要做的第一件事就是:请人领我们去瞻仰陵园。陵园位于这座边城的西北角的一架山梁上,从那儿可以俯瞰坝子里不大倒也整齐的街市和生机勃勃的亚热带树林。不是吗?烈士们以带血的衣襟搂抱着金平。这个地点选择得太好了,陵园是一个象征,烈士们屹立在制高点上,无论是生前或者死后,都在镇守着万里南疆。

从掩埋忠骨的墓葬中间,我找见了黄南翼烈士的一抔黄土。我发现,和他同排并卧的是已为全国军民所熟知的英雄蒋金柱。

我在黄南翼烈士坟前,代他的父母妹妹默哀,这原是我答应过他们一家的。在我耳边,同时也就响起了黄衡草同志坚定而诚挚的声音:"向儿子学习!"是的,我们大家都应该向烈士学习!这时候,我是多么希望身边有一大瓮美酒啊!在黄南翼碑前,在蒋金柱碑前,在所有这儿安息着的烈士们碑前,都恭恭敬敬地浇上三盅。

而今天是中秋节。按照我们民族的传统风习,这一天该是团圆的明月照见团圆的家人的美好节日。因此,我又多么希望向黄衡草同志、官长英同志以及其他许多我不认识的烈士的父母们敬一杯酒啊!愿他们习惯于这没有了儿子的中秋节,愿他们以天下人的儿郎为自己的儿郎!而且我不能不想起那来自四川富顺的一箱酒:那既是为父母者献给至亲骨肉的酒,也是代表死者献给生者的酒。除了中国,除了中国人民解放军,我不相信世上还会有什么地方能有这样的酒。

在这节日之夜,这酒正在为千家万户所分享。

如今,我们的生活又逐日好转了,生活之酒又变成清冽冽和火辣辣的了。让我们永远记住酿酒者的光辉姓名吧。笛声不知何时消失了,我铺开稿纸,写下这篇《酒的怀念》,思绪绵绵……

1979 年 10 月 合肥

被遗忘了的平反

——《阿诗玛》琐忆

在前不久召开的第四届文代会上,周扬同志表彰了我国多民族文学事业的巨大成绩,他的长篇报告中有一段话是这么说的:"……虽然遭到林彪、'四人帮'严重的几乎是毁灭性的摧残,但由于这些文化是千百年来植根于各族人民生活的土壤中的,像长流的河水一样,永远不会干涸。《阿诗玛》长期为人民所传诵。世界上最长的著名长诗《格萨尔》的手抄本,在濒于绝灭的境地中被歌手们冒着生命危险保存下来。流传千余年的东方音乐史上的巨大财富《十二木卡姆》,在继续得到整理。史诗《江格尔》和《玛纳斯》也正在整理。"

参加过《阿诗玛》整理工作的四个人(黄铁、杨知勇、刘绮和本文作者),除杨知勇同志外,都亲耳聆听了这个重要的报告。我们的心情实在是不可名状的。约而言之,一方面固然深深感到欣慰,另一方面却也深深感到遗憾。

《阿诗玛》这本书以及《阿诗玛》的整理者经历了坎坷的道路,那情况是远远较之其他民族民间文艺作品要复杂得多的。当然,这种复杂是历史的产物。令人百思不得一解的是,那些对这一段历史应该承担部分责任的同志,在粉碎"四人帮"三年之后,仍旧不愿廓清他们参与制造的种种迷雾,因而许多问题迄今似乎还是一堆疑团。文艺界有些知道底细的同志曾为此鸣不平,我们四个人也一直期待了又期待,可是……谁也猜不透,阻力究竟在哪里。

我想,在这种情况下,把自己能回忆起来的事情公之于众,对于在六十年代以后才接触到《阿诗玛》的青年读者来说,将有助于他们了解事实的真相。

不过,由于毕竟是个人的回忆,视野所及,不能不带有一定的局限性。这是必须事先申明的。

回首往事,宛如昨日。

我最初知道《阿诗玛》是在一九五〇年,当时,我在云南部队《国防战士报》工作。昆明有一种名叫《诗歌与散文》的刊物,虽然办得不算出色,但在到处闹土匪,不易读到内地的文学期刊的半隔绝状态中,倒也不失为一种精神粮食。这年九月号上发表的杨放同志记录翻译的《阿诗玛》片断,更使得《诗歌与散文》成为大家争相传阅的读物。虽然它并非这部口头文学作品最精彩的部分,那质朴而又奇异的荚已经闪射出富有魅力的光芒了。而且,这光芒立即吸引了北京的视线,《新华月报》很快加以转载。到了一九五三年五月,朱德普同志的另一份简略的整理稿又登在了《西南文艺》上。同年,我所在部队的京剧团也通过金素秋同志和吴枫同志的努力,把《阿诗玛》故事搬上了舞台。尽管这一尝试没有取得轰动性的成功,但确也唤起了军队和地方文艺工作者们更加高涨的热情。身为省委宣传部文艺处负责人的黄铁同志,力排种种消极的和陈腐的意见,响应了群众的普遍呼声,倡议发掘,并责成省文工团组成工作组,深入撒尼人聚居的圭山区,进行搜集和记录的工作。起初,目的是创作一部歌剧,作为继京剧《阿诗玛》以后的再一次试验。因此,参加工作组的十位同志中间,包含了文学、音乐、舞蹈各方面的专门人材。他们是:杨知勇(组长)、刘绮、杨放、马绍云、徐守廉、杨瑞冰、杨戈、朱虹、杨素华、陈雄。此外,还配备了翻译。经过了两个半月的艰苦努力,得到了二十部"异文"和若干音乐资料。这是整个工作组和翻译们的劳动成果,而在初步归纳为文字素材方面,自然首推杨知勇和刘绮两位贡献最大。必须确认,如果没有他们,就没有《阿诗玛》的雏形。黄铁同志则不仅亲自组织和领导了这件具有首创精神的工作,而且亲自参与了第一稿和第二稿的讨论修改,她是动过笔墨的。

他们的整理工作会遇到困难,这是可以想见的。最大的困难之一是如何把散文体的韵味淡薄的口译笔录变成诗。于是，云南省委宣传部就出公函给军区，商量借调我去帮忙。这时，正好我调到了新成立的文化部。冯牧同志是军区文化部的领导人。他本来就是《阿诗玛》的最热心的支持者和鼓吹者之一，因此，军区政治部首长也就非常爽快地答应了地方的要求，我算是暂时"借"出去了。可是，我虽说自学过些许诗艺，对民间文学却一窍不通，对彝族支系的撒尼人的社会历史状况更毫无所知。印象中，只记得我们从横越广西取道贵州册亨、安龙、兴义进军云南罗平、师宗、陆良、路南、宜良一带后，那大面积的喀斯特地貌和方圆数万里星罗棋布的"石头的树林"（那时候我还不曾听见阿诗玛的余音袅袅的回声）；只记得那包着绣花头帕，穿着麻布褶裙，沿途献歌献舞的姑娘们（那时候我还不知道她们就是阿诗玛的活在世上的姊妹）；只记得我们和坚持游击战争的滇桂黔边纵同志们会师时，笼罩着整个联欢晚会的雄武而又忧郁的歌声（那时候我还不理解它正是撒尼人的灵魂的呼号）……显然，单凭这么一星半点"知识"是无法完成任务的。怎么办？只好补课，一是力求全面掌握现有的材料，二是去圭山亲眼看一看。这一切都是在匆匆忙忙中做的，很不细致。那时的我不过是一个二十三四岁的青年，坦白地说，还缺乏十分严肃的思想准备，面对如此陌生而复杂的问题，不犯错误恐怕也是不可能的。

果然，很快我就出了一个洋相。我删去了口译材料中关于阿诗玛的头发"梳得像落日的影子"的描写，而代之以不忍卒读的"闪亮像菜油"。我为自己的粗暴无知找了两条理由，其一是所谓的不科学，其二是和诗中其他的一些形容，例如说阿诗玛的手和脚像萝卜一样白，像白菜一样白之类格调不够统一，"不够劳动人民化"。这样的辩解受到了有识之士的理所当然的讥评。如果有人问我：你在《阿诗玛》整理工作中有什么收获？那么，我就会告诉他：这个强加于人的做法已经不是修改，而是妄为了。它的教训，我将终生引以为戒。

我参加了第三、第四稿的修改和后来的全篇"诗化"定稿的工作。一千八百余行的《阿诗玛》就这样诞生了。但,我们四个人都完全缺乏这方面的经验。我们办了一些事情,现在听起来简直是笑话。举例说,当《云南日报》以整版篇幅首次将它介绍给读者的时候,大家竟不知如何评价自己的工作,结果是在黄铁、杨知勇和刘绮同志名字下边写上"改写"二字。在我的名字下边写上"润色"二字。看,该是多么滑稽!等到《人民文学》向全国推荐时,竟又采用了另外一个不得体的字眼:编译。仅此端,不难看见,我们是在走前人没有走过的路,按理说,是应该允许我们跌跤子和走弯路的。

很快,《阿诗玛》受到了我国各族人民群众的充分肯定和一致赞扬,一方面固然淹没了评论界个别人的非难谩骂,但是另一方面也似乎"原谅"了包括我的过失在内的全部整理工作中的缺点和不足。这是撒尼人民的伟大创造力量起了作用,与我们四个人的绵薄之力其实是没有多大关系的。中国青年出版社率先出书之后,云南人民、少年儿童、人民文学、外文等出版社也相继印行各自不同的中文、英文版本。画家黄永玉同志为它绘制了极其美好的插图。日本、苏联、东欧和西方不少的民间文学专家纷纷著书撰文,加以研究,至此,《阿诗玛》作为我国多民族文学遗产中的一件珍品,已为举世所公认。

一九五四年秋天,主持文化部电影局工作的陈荒煤同志请冯牧同志转给我一封信,建议我将《阿诗玛》改编成一部音乐片,"最好全部对话都是诗"。这是一个艰难而又光荣的使命。我怀着与我当时的年龄相称的以冒险为乐事的心情应承下来了。于是,我给自己安排了将近一个半月的时间再度去到了圭山。这不但是为了准备电影《阿诗玛》的再创作积累感性的东西,而且为了实地考察一下为什么撒尼人要用"落日的影子"去比喻阿诗玛的头发,以便在长诗再版时改正自己的谬误。结果,我发现撒尼女子的头发真的几乎无一例外的略带暗红,并且显得干燥而蓬松(这透露着她们生活的艰辛),同时,当落日晚霞照射在圭山的红壤土地上,也真的会呈现出一片暗红的影绰(这反映了当地地理的特点),我不免暗暗吃惊了:啊,生活与艺术的关系原来竟至于这样的密切与忠实!

一九五五年初,我到了北京,住在西单舍饭寺电影剧本创作所开始写剧本。然而,反胡风运动和接踵而至的肃反运动,中断了起草提纲的进程。因为,差不多和文化部电影局约我去改编《阿诗玛》的同时,总政文化部也下了调令,要我进创作室从事专业创作。部队把一大批文艺工作者集中在广安门外的莲花池,我在那儿整整待了一年。一九五六年秋,才又遵从文化部电影局的意见去上海写《阿诗玛》的电影文学剧本,负责抓这个本子的是袁文殊同志。一般说来,写作是比较顺利的,只花了不到三个月的时间便写了出来并且获得了通过。

在讨论文学剧本的时候,也有过一种关于是不是可以把阿黑与阿诗玛由兄妹关系改为爱人关系的意见,我没有同意这种意见。记得在讨论《阿诗玛》长诗的第二次稿的一个座谈会上,李广田同志也提出过这种意见。他的根据是,有一份"异文"中把阿黑比作帽子,盖在妹妹阿诗玛的头上,这是不是性行为的隐喻?他还认为,在人类的远古时期兄妹是可以结婚的。我们不赞成这种看法,因为,第一,长诗《阿诗玛》明明写的是有阶级压迫和阶级剥削的封建社会,不存在血缘婚媾的可能;第二,帽子与头的关系只是说明保护,而并非另有暗示,这是从通贯全篇的叙述中都能得到旁证的。改编电影时,有人旧话重提,尽管我在圭山区也曾了解到额勺衣村有一种把阿黑和阿诗玛当作情人来歌唱的说法,可我还是坚持了必须忠实于长诗的原则;如若不能,就大可不必改编,索性另起炉灶创作一个好了。

电影剧本发表在一九五七年四月号的《人民文学》上。上影成立了摄制组,导演是凌子风同志,他很兴奋,打电话告诉我要去云南看外景。《大众电影》则向全国的观众做了报道:《阿诗玛》将是我国第一部彩色宽银幕影片。中国电影出版社也通知我,已经把《阿诗玛》编入电影剧本丛书。似乎一切都在有节奏地进行……我也去到了敦煌,着手写另外一个本子……突然,风暴袭来了,我被卷进了旋涡,一沉水底二十年。而在另外的地方,被另外的波浪吞没了的,还有黄铁同志和杨知勇同志。也就是说,《阿诗玛》长诗的四个整理者当中,除了刘绮同志得以幸免外,竟都遭到了灭顶之灾。人们不是爱讲什么比例吗?我想,从我们四个人的遭遇上看,文艺界的"比例"之可观大致也可见一斑了。

个人的吉凶祸福,姑且不论,莫名其妙的是株连了并非"右派"的刘绮同志,株连了《阿诗玛》这部撒尼人的长诗。根据前云南省委宣传部负责人的指定,把我们四个人的名字一笔抹去,而代之以体现集体主义精神的"中国作家协会昆明分会"。我们由于没有经验而造成的少数几处失误,一夜之间也全都变成了"罪行"。为了进一步肃清我们的"流毒",他以组织的名义要求前云南大学校长、作家李广田同志在原整理本上"略加修订"(见李广田序),就公然宣布这是"重新整理"本。在这位宣传部负责人导演的一场动用报纸、刊物、漫画和广播的闹剧中,先用"剽窃"的罪名把整理者通通打倒,然后,再用革命的剽窃去推行剽窃的革命,委实有趣得很哩。

对于李广田同志,我历来是很尊敬他的,我想,黄铁、杨知勇、刘绮同志也是很尊敬他的;李广田同志后来被林彪、"四人帮"迫害致死,我们更感到十分的震惊和愤怒。平心而论,他的确是被别人,更准确地说,是被一股政治力量推进这样一种不愉快的处境中来的。如果在经历了这一切之后他还活着,他一定也有许多话要说的。在过去了的无论什么都可以上到阶级斗争这个纲上去的年代,知识分子和工人、农民之间演了多少萁豆相煎的悲剧!知识分子与知识分子之间又演了多少萁豆相煎的悲剧!而在我们这个因文废人或因人废文已成为"无产阶级道德"和不成文法的国家,当事人又怎能据理申诉?第三者又怎敢仗义执言?

在有了一九六〇年的所谓"重新整理"本之后,我们的嘴巴就彻底被堵起来了,我们连自己动手改正自己某些过失的权利也被剥夺了。如果有一部多民族的中国文学史,我们当然也就只好被坚决、彻底、全部、干净地"歼灭"掉了。

不妨再说说电影剧本的命运。比之于长诗《阿诗玛》,它不是死在吵吵嚷嚷之中,正好相反,它死得悄悄密密;谁也说不清它是在什么时候,什么地点被什么"群众""埋葬"的。只是等到另一个《阿诗玛》出世,那些还多少有点记忆力的同志才恍然大悟,原来早先宣传过的那一个已经夭折了。顺便可以提到,打倒"四人帮"以后得以公映的爱情故事片《阿诗玛》,编剧之一的葛炎同志是从前那个摄制组当中的作曲家。

历史的车轮终于走到了一九七六年十月,生活的辩证法终于战胜了多少年来的倒行逆施,成千上万的死者得到了昭雪,成千上万的另一种"死者"宣告了复活。感谢敬爱的党中央,使得黄铁同志、杨知勇同志和我本人,以及被株连得对《阿诗玛》丧失了发言权的刘绮同志,能重新理直气壮地为保护真正的《阿诗玛》而战斗。

起初,我们到处求告,到处申诉,指望别人来听一听我们的声音。然而,一试再试,三试四试,都证明了它的完全无效。惯性的力量真大呀,特别是惯性被"政治"武装起来之后。于是,我们就在彼此的通信中商量妥当:扎扎实实地劳动吧,越过那些人,用劳动去直接争取人民的支持与同情。

去年,我参加了作家访问团,在对越自卫还击保卫边疆作战的西线部队中下连采访;任务告一段落后,回到阔别二十四载的昆明城,就立刻投入了紧张的修改《阿诗玛》的工作。我们四个人聚首把晤,发现彼此早生华发,只能无言以对!那一些日子,我们不是在黄铁同志住的招待所逐字逐句地讨论,就是在刘绮同志住的小楼上研究新的序言。其实,长诗本身的增订工作早就开始了。黄铁同志一九七八年因病住院期间,已经考虑了一个方案。这时,刘绮同志正是根据这个方案,对照所有二十份"异文",仔细选择当年被我们遗漏了或者看差了的珍宝,写成了真正的重新整理本的初稿,然后交由我最后改定。而在这一道工序中,我又把所有的素材,连同李广田同志删改本,以及一些有代表性的正反两个方面的评论文章都找来一一认真阅读过,其目的在于吸收其中的任何一点合理的正确的见解。大家公推杨知勇同志作序,序文的产生也同样经历了上述的类似过程。

六月间，我取道上海回安徽，对上海文艺出版社的同志们详细汇报了重新整理的经过，竟至于令他们受到了感动。他们当场表示：一定要为《阿诗玛》和《阿诗玛》的整理者落实政策。他们坐言起行，没过三天，就真的做出了果断的决定，改变原定重版所谓一九六〇年"重新整理"本的计划，抽回旧的稿样，立即排印我们这个真正的重新整理本。于是，马上轮到我们被上海的同志们所感动了，不，我们是被上海的同志们所教育了，教育我们应该有更大的勇气，更大的信心。因为，我们党的实事求是的光荣传统终究是要恢复的！我们党的实事求是的革命精神终究是无敌的！

最近，中国青年出版社也写信通知我，他们——第一家传播《阿诗玛》的出版社——决定按这个重新整理本排印第二版了。在纸张缺乏的今天，要下这样的决心，如果不是对我国多民族的社会主义文学事业抱有责任感，如果不是对《阿诗玛》这样一部曾经为国争光的长诗具有远见卓识，如果不是对所有在《阿诗玛》的发掘与整理工作中做出了自己一份贡献的同志具有落实政策的同情心，这是不可想象的。我向这两家出版社的同志们鞠躬致敬。他们大概料想不到，假如他们不出书，我也许未必能站出来这样大声宣告：既然《阿诗玛》的平反被人遗忘了，那么，就让我们自己替自己平反吧。

1980年1月19日 合肥

也说"镜子"

一月二十六日的《人民日报》上,有一篇配有漫画的杂文:《照哈哈镜有感》,前半部分记述了作者亦木同志本人在上海青年宫"花钱买票"照哈哈镜,"一笑了之"的经过;后半部分才引出"有感"的"感"来,算是主旨的所在。

我却以为,那主旨大可斟酌。

为了不制造"哈哈镜",以免产生"歪曲形象"的"社会效果",我想,原文照抄了吧?好在不长。

然而最近看了一篇文章,里面有一段话:文学是一面镜子。当这面镜子中反映出来的东西是生活中那些不太美好,不如人意的东西时,不应该责怪这面镜子,而应该追究和消灭生活中那些令人不快的事。

这段话从一个方面说是有道理的。但我又想:如果照上述理论来推理,我虽然生相不像牛头马面,但因为镜里"反映"出来的是牛头马面,当然也就在"消灭"之列,毛病只会出在长相上,而绝不会出在镜子上。因为制造镜子的人一定是正确的,绝不会把镜子做坏。但如果照的是哈哈镜呢?能认为反映出来的就是本来面目吗?显然,镜子和镜子是不全一样的,这中间难道没有镜子本身的问题吗?

这篇杂文,就这样在提出了一个"如果是哈哈镜"的问题之后,戛然而止了。

然而,余音袅袅。

要是我没有领会错误的话,亦木同志的用意许是提醒读者:如今的文学作品中,又出了并非"并无他意"的东西了吧?

情况究竟如何,自有公论。我所不敢苟同的,倒是另一个问题,即:亦木同志对"文学是生活的镜子"的非难。

亦木同志所引的那篇文章,我也见过;不过,认真统计起来,阐发同一观点的,又何止百篇!粉碎"四人帮"以后的三年,"镜子"说之所以为论者所乐道,其原因盖出于人民群众对"造神文艺"和"假大空"的深恶痛绝;拨乱反正,此之谓也。党中央不是一再强调要恢复和发扬实事求是的革命传统么?镜子,我以为,也就是实事求是。

更何况"镜子"一说,并非自"最近"始。亦木同志当然知道,列宁有一篇著名的论文,那题目恰恰就干脆标着:《列甫·托尔斯泰是俄国革命的镜子》。这篇论文写于一九○八年九月,掐指算来,恐怕是很难纳入"最近"的范围的。尤其有趣的是,列宁开宗明义就问道:"把这位伟大艺术家的名字同他显然不了解的、显然避开的革命连在一起,初看起来,会觉得奇怪和勉强。分明不能正确反映现象的东西,怎么能叫作镜子呢?"[①]接下去,列宁便对托尔斯泰及其作品做了精辟入里的分析,终于得出了如下的结论:他"恰恰表现了我国革命是农民资产阶级革命的特点。从这个角度来看,托尔斯泰观点中的矛盾,的确是一面反映农民在我国革命中的历史活动所处的各种矛盾状况的镜子"。[②]人们注意到,列宁在这里不但提出了"文学作品是现实生活的镜子"这样一个光辉命题,而且明确指出了:某种"分明不能正确反映现象的东西",只要尚能(哪怕只是在客观上)作为人民群众的"思想和情绪的表现者",也不失为镜子,而绝非什么哈哈镜。由此可见,列宁所说的镜子,也就是

---

① 列宁:《列夫·托尔斯泰是俄国革命的镜子》,《列宁选集》第二卷,第369页,人民出版社,1972年10月版。

② 同上书,第371页。

我们这些普通人在普通情况下所说的普通的镜子,这和那种为现代中国人听得耳熟了的"难道生活是这样的吗?"以及"歪曲形象"等等之类的哈哈镜,的确是两个不相同的概念,是不应该轻易用"如果"的假设去加以混淆的。而一旦混淆了,那岂不也就该从列宁的"上述理论中推理"出一种"哈哈镜"来了么?我想,这在亦木同志,当也不会首肯。

其实,镜子不过是一种比喻;而比喻既为一般人所接受,那就证明了这种比喻乃是立足于生活常识和普遍情理之上,而不应受到挑剔的。有一个例子是大家都知道的,列宁首先在《党的组织和党的文学》一文中,把文学比作党所开动的整个机器中的"齿轮和螺丝钉"。可是,紧接着,也是列宁自己引用了一句德国俗话:"任何比方都是有缺陷的。"(或译作:"任何比方都是跛脚的。")他并且进而解释道:"我把文学比作螺丝钉,把生气勃勃的运动比作机器也是有缺陷的。"请看,列宁就是用这样一种既是科学的又是合乎人情的态度来看待比喻的,难道这还不足以给我们以启示么?不幸的是,我们中间却有人在那里品头评足,硬说主张"文学是生活的镜子"的同志是在宣扬自然主义,云云。这大概也是由于他们对镜子这个比喻做了完全静止的、消极的理解吧?(真是没有办法!任何比方都是有缺陷的啊!)但还是要看事实。三年来,我们的文学创作已经形成了建国以来所仅见的"生气勃勃的运动",这就是无可否认也无法贬低的客观事实。这里,还不妨介绍列宁对托尔斯泰所作的评语之一:"最清醒的现实主义"。是的,我们的文学创作——当前中国革命的镜子就其主流而言,正是充满了"最清醒的现实主义"!而不是自然主义,更无论那种以"歪曲形象"为目的的"哈哈镜"了!"如果"有人制造"如果……是哈哈镜"的舆论,去"责怪镜子与镜子的制造者",怕也未必是公正的吧。

然而,到底有没有"哈哈镜"呢?我以为,"哈哈镜"诚然是有的,但它肯定与一般人所理解的镜子无关。

试举例言之。

其一,一部《重放的鲜花》,其中所收的作品,当年无一不被判为"歪曲形象"的"哈哈镜",而作者们也无一例外地非"牛头马面"莫属,虽则那些照出了这帮"牛头马面"的,都自封为"照妖镜";不待说,所谓"照妖镜"当然与"哈哈镜"是有原则区别的。不过,时至今日,用实践检验一下,到底谁是"哈哈镜"呢? 是"镜子"的确是"哈哈镜"呢,还是所谓的"照妖镜"才真是"哈哈镜"呢? 我想,凡是严肃的人,是都一定能做出严肃的回答的。

其二,后来的"反右倾""拔白旗"……更后来的十年浩劫,又究竟是谁们使用了"哈哈镜"把彭德怀、贺龙、陶铸和被扣上"叛徒、内奸、工贼"三顶帽子的刘少奇同志通通照成"牛头马面"的呢? 又究竟是谁们使用了"哈哈镜"把可能包括亦木同志在内的老干部和千千万万的革命知识分子、革命群众通通照成"牛头马面"的呢? 难道林彪、"四人帮"们用最最最革命的玻璃和最最最革命的水银制造的"写走资派","写××要革命",写各式各样的"样板"作品的"镜子"(而且据说是"源于生活,高于生活"的镜子!),不正是地地道道的哈哈镜吗? 看来,找哈哈镜也有一个方向问题:在日用百货店只能买到镜子,只有去上海青年宫才能照哈哈镜,虽则要"花钱买票"。

艾青同志有一首诗,那题目——我简直有点遗憾了——正好又是"镜子"。诗的寓意极深,像是一则铭文,也不长,借来作为本文的结束吧。

  仅只是一个平面
  却又是深不可测
  它最爱真实
  决不隐瞒缺点
  它忠于寻找它的人
  谁都从它发现自己
  或是醉后酡颜
  或是鬓如霜雪

有人喜欢它

因为自己美

有人躲避它

因为它直率

甚至会有人

恨不得把它钉碎

1980年1月30日 合肥

三祭岳坟

算上去年年尾至今年年头的这一次,我已经先后四次到杭州了。除了一九四八年初的那一次外,每次去,我都是必定首先要瞻仰岳飞墓的。

一九四八年,那时候的杭州还在蒋家王朝统治下。我作为一个逃亡者,且不说身无分文,游兴索然,更可怕的是再被特务盯上——后来得知,这当儿老家南昌的叭儿狗们已经登门恐吓我的父母,追查我的行踪了——杭州既有钱塘江,又有里西湖和外西湖,按照惯例,完全有可能"自行失足落水"的。所以,尽管我有心凭吊,考虑再三,终于没有敢离开蛰伏的亲友家,直到接上学联的关系,匆匆离去。

就这样,虽然是四过杭州,专程谒鄂王庙却只有三次。现在回忆对比一下,这三次谒墓,还真有一点意思,它仿佛是一面镜子,能照见解放后新中国的历史。

第一次是一九五六年,那一年我重新拾起了被反胡风运动和肃反运动打断的电影《阿诗玛》的写作,到了上海。总共只花了三个月的时间,剧本就得到了通过,并迅速组建了以导演凌子风为首的摄制组,开始选演员,看外景,《人民文学》的一九五七年四月号也发表了最后定稿。那个时候的电影不像如今这种拍法,第一是没有这么多"婆婆",制片厂基本上可以当家做主;第二,各方面都支持,而且都讲道理,允许作者坚持自己的意见,现在扯皮一年半载的事,当时三下五除二就能解决了,不留什么"后遗症"。所谓"触电"一说,谁也没有听说过。然而,我这个本子到底没有拍出来,因为我被错划了

"右派"。稿费倒是领了,也分给了原来共同整理那部同名长诗的同志们;不过,随着我的获罪,忽然又被判定是"不义之财",在说这话的人看来,大概我是抢了上海人民银行,或者在什么弄堂里杀人越货了。所幸话虽这么说,倒并不像后来的"史无前例",比较文明,既不抄家查封,也不宣布冻结。不过,即使如此"革命",我也耗费得所剩无几了——因为我去杭州旅行过一次。同行者都是原来昆明部队中的战友,其中有最近以《西线轶事》在全国小说评奖中得票二万多张而夺魁的徐怀中,有长篇小说《鹿衔草》的作者彭荆风,还有主编《个旧文艺》的蓝芒,和新近平反调到江西省电影制片厂工作的陈希平。都是青年军人,血气方刚,好在他们几个不和我争,于是一致通过了我的提议,日程中的第一项便是参拜三十九岁含冤死去的岳飞元帅——我们把他当作了八百一十四年前的一位可敬可爱的首长。那时候的岳坟和今天不同,没有这么浓重的商业气味,庙就是庙,坟就是坟,没有许多可卖的东西,当然更没有外汇券一说。然而,今天也确有改善了的一面,比如,陵墓不再是个大洋灰包,而是铺上一层草皮,青青的,显得朴素庄严,富有老百姓的人情味。岳飞本人的塑像也讲究造型,脱尽了昔日的菩萨格调,像个艺术品了。我记得旧像一律都很粗糙,匠气十足,特别是配殿上的夫人、公子等,尤其拙劣。不过,那时候旅游事业远不发达,还没有想到请岳飞来帮忙赚外国花票子或者回笼人民币,推动四化大业。我想,这种事只要做得不出格,倒也无伤大雅而又有利可图。岳飞是爱国的,想必也会欣然同意的。

一九五六年的气氛,给我留下了极其深刻的印象。气氛,这种东西原本是难以捉摸的,至今依然说不清楚,只记得风萧萧而柏森森,各处的铁门环不断发出叮当之声,我们这支小小的然而颇为雄赳赳的队伍,仿佛是在行军当中传达了噤声的命令,谁也不说话了,直到走出那座沉重的红门为止。但如今却再也找不见这种气氛了,那么多红男绿女,那么多照相机,那么多杂沓喧哗,那么多愚蠢无知数典忘祖令人脸红的谈吐(如果还配得上用"谈吐"这个词儿的话)……不说了,这些留到下边再说吧。

有一段古柏的化石吸引了我的视线，也激发了我的想象力，我摩挲着，摩挲着，仿佛那是鄂王岳武穆的英烈遗躯。我当然不相信那个古柏与岳飞同年同月同日死去的离奇故事，然而我又的确希望真是这样！甚至认为不可能不是这样！于是，回到旅舍便一口气写下了一首小诗，题目就叫作《岳王坟前，有一段古柏》，先后收入了一九五七年作家出版社印行的《在北方》，和一九八〇年人民文学出版社印行的选集《离离原上草》。

万万不曾梦到的事发生了，不满一年，也就是一九五七年九月，这首诗和其他二首怀念白居易和苏东坡的短歌，被当作了第一批活靶子，优等射手们都竞相前来一显身手，固然，枪法各有不同，有由诗而及人的，也有由人而及诗的；人既然被判作反党反社会主义的"右派"，诗自然难逃"毒草"的恶谥了。很快，我就被发配山西。奇怪，整天价宣传劳动光荣的是这些同志，把劳动当作惩罚乃至变相肉体消灭的也是这些同志。文网一说，史不绝书，于今信然！我的错误在于天真，竟以为公元一九四九年十月一日以后，历史就绝不会倒退了。岂知岳飞以"莫须有"饮鸩身亡，而像我这样成千成万个无名后辈又因为涂鸦了几行诗，或者一篇文字，甚至干脆就是几句谏言，打入另册，可以长达二十一载。由此，我倒长了一点见识：原来，追念枉死者，是极可能招来枉死的。

谁能相信呢？人们义愤填膺地批判我：借古讽今，恶毒攻击伟大的反胡风运动和伟大的肃反运动，我起先还不免暗自吃惊，莫非岳飞也是胡风余党或者台湾蒋特？这可是任何一本历史教科书上都未曾记载过的呢，我腹诽着，又默然低头了。不然，是绝对过不了"关"的。这诚然是一件很不光彩的事，我当了自己根本不愿当的两面派，为的是怕升级为极右分子带着花岗岩脑袋去见上帝。

那时候我很糊涂，很不觉悟。我完全没有意识到，这哪里是个人的灾难的开始，这实在是全民族的灾难的发端呢——它一直演变成为后来的十年浩劫，难道那最初的一朵乌云不正是文字狱么？

记不清是什么人说过,苦难的岁月过得特别慢,所谓度日如年,所谓熬,都是这个意思。然而,奇怪的是,从一九五八年开始,据说中国进入了"一天等于二十年"的历史时期,何等壮丽!何等豪迈!的确,翻一翻那些日子的报纸吧,热气腾腾,雄风嗖嗖。我在劳改工地上,每日挖山不止,就这样,还几乎要再拔一拔我的"白旗"!莫非我这以前是红旗么?反正一样,再拔,又有何妨!想通了也就豁出去了,但不知何故,竟不了了之,大概主事者也感到有点"文法不通"了吧?好不容易活到了一九六六年,新的风暴又把刚刚盛满饭的碗给打翻了,我立刻成了"横扫"的对象,而且,这一回更为彻底,不仅将剩下的好人,而且也将那些曾经不公正(这种不公正,也是由于各种各样的原因造成的。)地对待自己同志的人,都一锅端了。政治万花筒以疯狂的速度旋转着,变幻着,铺天盖地的大字报……烧书……烧字画……砸唱片……拆招牌……撬墓碑……刨老坟……烧寺庙……改路名……高帽子,破鞋子,黑牌子,阴阳头……真真假假的"北京来电"……江青、张春桥、康生之流这儿那儿的重要讲话……狗屎堆……臭婆娘……黑五类,黑七类,黑八类,乃至于臭老九……东南西北的致敬电……革命委员会好……新发明的张贴超级标语的机器(外带升降梯子)……大联合……文攻武卫,流弹横飞……大动荡,大分化,大改组……到了小将犯错误的时候了……工人阶级领导一切……军宣队进驻,不介入是假的,早就介入了……传达最高指示不过夜,全城停电也得整队游行,在马路上敲锣打鼓,高喊口号……姚文元以无性繁殖的方式在各地孵化着他的第二代,第三代……样板戏……庄严的两报一刊社论……上山下乡……再教育……有人愕然,有人木然,有人昏然,有人飘然,而就在这几个"然"字中间,滋生了败坏党风的一堆一堆的两脚蛆虫,"谁有能耐谁蹦跶!"哀莫大于心死啊!然而也有生机,但生机却包藏在沉默的外壳之中。人们从"九一三"事件中识破了真相,又在所谓"批林批孔"中积蓄了愤怒,乃至"批邓"的引信一旦烧着,火药桶就在天安门广场轰然爆炸了。周恩来同志成了一面旗,一面有别于"红海洋"的真正的红旗!虽然时值清明,连红心也必须裹着缟素挂在纪念碑上,扎在松柏枝头,裸露在悲壮的泪光中,似乎倒成了白的世界。

在这一切发展到最高潮的时刻,我被遣送下乡种地,得以苟全了性命。这,大概也证明了坏事变好事的普遍真理吧。否则,我就永远失去了第二次,更无论第三次上岳坟的机会了。

"上有天堂,下有苏杭。"当整个中国都变成了炼狱的时候,杭州怎么可能还是天堂?然而,我还是愿意去看一看,须知那是我们祖国的明珠一颗啊!她如果被践踏了,弄破碎了,我难道不更应该去最后诀别一番!一九七四年,这时我又得到了一次宽大处理——分配到一个寒阴的北方山城的文化馆打杂,报到不久,忽然老家拍来电报,我那寡居数十年,一直由我奉养的婶娘,也是我家最后一位老人下世了。当时我女儿为了照料久病偏瘫的叔祖母,兼顾自己借读一所初级中学,人在南昌,这时便失了依靠,连临时户口也无处可报,我也应该去接她回来,处理完丧葬的善后事宜,我便和孩子商量,是不是多绕一段路,上杭州去看看?大不了再借一笔债罢了。北方农民不是常说吗,虱多不痒,债多不愁嘛,这句话她也是听过的,所以笑了笑,表示同意了。其实,我的内心活动是瞒着她的,我承认,这时我是相当悲观的:党章和宪法草案里写着的那位"接班人"虽然摔死了,但是女皇还在,看不出有哪一个大人物能阻挡她的登基(事实上早已经垂帘听政了)。那么,在这种情况下,像我女儿这样的"狗崽子"焉敢奢望再游江南,重睹芳华?摆在她面前的命运将是什么呢?我眼前不断闪过的一个又一个的北方妇女的影子,衣衫褴褛,形容憔悴,黄风搔弄着枯焦的发髻,她们手挽荆条编的篮筐,漫山遍野地挑苦菜……我女儿大概也只能最终走上这条道路。我尽量不叫自己的声音发抖,虽然心儿凝缩成了一团冰。我已经连累她十几年了,她自打来到人世就跟着爸爸受罪。我感到欠了她一笔债,这辈子是还不清了。那么,不如让她去"天堂"逛上一回,多少能使我得到些自我安慰吧。孩子很聪明,也很乖,她完全信任我,眼睛是那么清澈,像两泓山泉。然而,这天半夜我却听见了她的哽咽之声——哦,这个人小心大的姑娘,她猜到了她爸爸也想到了这些!但是,我没有说话,我们父女之间相互进行着善良的欺骗,我怕戳破这层透明的薄膜……

我们是在一个深秋的日子到达杭州的。深秋,本来就不是好的季节,为了尽可能节省费用,按照我的习惯,最初的一个目标又是岳坟。才动身走几步,天不作美,下雨了,而且越下越密——可我们的伞又捆在别的手提行李上,送进了小件寄存处,无奈何一老一少只得冒雨前进,希望雨能停下来。不料,它根本没有停的意思,反倒更大了。我们是步行的,浑身冻得起鸡皮疙瘩。我苦中作乐,一边向她描绘着当年上岳坟的情景,一边诅咒老天:为什么哭?是哭岳飞,还是哭我们?好不容易迈进了岳庙的大门,我傻眼儿了!怎么搞的?在女儿怀疑的目光中,我听出了一句问话:爸爸,你为什么要撒谎?我是撒谎大王吗?是的!因为的确什么都没有了,一切的一切。不仅坟墓、塑像荡然无存,秦桧、王氏等四座跪着的铁人被"解放"了,那么多好的楹联竟一件不剩;几间破破烂烂的屋子,贴着封条,绕着蛛网。有一条脏得发黑的红布横幅在半空中哗啦哗啦淌着眼泪,上边还有"阶级教育展览"几个大字依稀可辨,一问,说是展览《收租院》泥塑。我一气之下,拉上孩子扭头就走。《收租院》泥塑本来是挺不错的一组艺术作品,但此时此地却令人厌恶。(咱们中国历来有个传统,一旦有个什么东西被上边肯定了,立刻地无分南北东西,人无分男女老幼,一哄而起,众星拱之。粉碎"四人帮"以后,类似的情况也并未绝迹,例如好端端的一个话剧《于无声处》,非演到没人愿看为止,我疑心,这大概也是反面文章正面做的妙用,即鲁迅所说的捧而杀之是也。)女儿扫兴,我更丧气,因为我解释不清这个"革命"。我也不晓得自己嘟囔了一些什么,反正一会儿骂南宋小朝廷,一会儿骂江青几个,好在苏堤之上,行人绝迹,不用怕别人听了去记在小本本上。我絮絮地讲着,女儿默默地听着,四周是风,是雨,是水,是树,它们全是无害的。我想过,即使撞见一个行人,他也分不清我们脸上是雨水还是泪水。这一段经历,我在一九七九年写了一首诗,题名《回答》,就是记述它的。为什么要叫《回答》呢?我发现,时至今日,在中国竟还有这么一部分人,他们通过或明或暗的方式,反对别人替岳飞叫屈,替张志新鸣冤。因此我就是要行使辩护权——替古人,替烈士,也替自己的行为辩护。我认为我哭得有理,我不觉得害羞,倒真替他们的不哭害羞!

这首诗,已收在人民文学出版社印行的《离离原上草》和四川人民出版社印行的《仙人掌》中。而最初在《星星》诗刊上发表出来,曾不出所料地引起了"不哭派"的好一阵窃窃私语。不过,究竟没有哪一位好汉敢站出来"批判"。毕竟时代不同了。以鸣鞭为业绩者不能不有所顾忌了。

这时候,我获悉了岳坟已全部重建的消息,正期待着第三次出游,却又来了一个"没有想到"——一九八〇年四月,我在广西参加当代诗歌讨论会,突然患脑血栓昏迷失语,送到桂林住了三个月医院,经过医生护士们的精心治疗,抢救过来了,而且,没有留下十分明显的后遗症,可惜的是始终不能恢复到以前的样子,组织上和同志们、读者们都切盼我尽早重新执笔,千方百计地安慰我,开导我"风物长宜放眼量"。就在这一片关切声中,浙江省作协想了个办法,以邀请我去参加他们组织的诗歌作品加工会为名,实际上是为我创造继续休养的条件,让那幽美的湖光山色来巩固前一阶段的疗效,并使我在轻松愉快中完全忘记自己是个病人。于是我又由女儿陪伴着再度到了杭州,我们的住地安排在与岳坟接邻的华北军区招待所。这真是令人既高兴又感激。闲来无事,便可以买一张参观券进岳庙走上一遭。那些用玻璃框保护起来的碑帖特别催人泪下,历经浩劫,真不容易啊!特别是其中有一块明代诗人文徵明的亲笔真迹,居然全文一字不损地逃脱了翁森鹤之流那帮文盲加流氓的造反铁拳,不能不为之深深庆幸!文徵明的诗是这样的:

满江红

题宋思陵与岳武穆手敕墨本

拂拭残碑,敕飞字,依稀堪读。慨当初,倚飞何重,后来何酷!果是功成身合死，可怜事去言难赎。最无幸堪恨更堪怜，风波狱！

岂不念，中原蹙；岂不惜，徽钦辱；但徽钦既返，此身何属！千古休证南泪错，当时自怕中原复。笑区区一桧亦何能，逢其欲。

文徵明真不愧目光尖锐的思想家！老实说，八百年过去了，君主专制早已为人民共和所取代，然而，像文徵明这样有胆有识一针见血的人又有多少？好不愧煞人也！禁锢已化作美德，愚昧可冒充忠贞。只有年轻一代无所忌讳，他们告别了成为民族遗传的惶恐与迷信，因此我才能不止一次地听到胆大妄为的评论：四个铁人不够数，那个真正为首的倒叫他给溜了！我心上清楚，所谓那个真正为首的，岂不就是指的高宗皇帝赵构！是的，赵构才是风波狱的幕后策划者和头号刽子手！秦桧之流固然难辞他们的一份罪责，但说到底，不过是迎合了赵构的不可告人的私欲和执行了赵构的朕即国家的旨意而已！虽然赵构终其生也坚决不让岳飞平反，一直拖到孝宗赵睿兴隆元年七月，在强寇压境，思将若渴的情况下宣告昭雪，冤案历时二十一载。

我女儿当然不是七年前的那个小姑娘了。她回家以后，立即写了一组诗，题目叫作《岳飞坟沉思》，诗写得不见得出色，但最后一行却别具一格：

思想，成熟在心底。

我不掩饰自己对这一行的欣赏之情。她是属于在血里浸了三遍，在泪里浸了三遍，在汗里浸了三遍的新一代，至少，她以及像她这般年龄的男女青年在有一点上是肯定超过了上一辈——学会独立思考了，知道自己肩膀上扛着一个脑袋了。如果还有什么人梦想再次欺骗、愚弄他们，他们是决计不会那么容易轻信和盲从的了。

我希望有生之年还能第五次、第六次去杭州。更希望能亲眼看到那儿跪着的铁人不仅仅是三男一女，还能添上那不向人民认罪却向敌人屈膝但又神圣不可侵犯的偶像——宋高宗。当然,这也许永远是一种幻想,因为我也清楚,在中国,最强大的势力是习惯——即我们大家习惯了几千年的习惯。

1981 年 5 月 1—10 日客寓合肥

其时热风如火,汗流浃背

青海湖种种

主人邀请我去青海湖一游,他们说:"到了青海,不去青海湖,那算白来!"然而,当话题扯到有名的鸟岛时,我不得不在表示感谢之余,坚决声明不去了。

听人讲,某电影制片厂为了拍一部纪录片,给鸟岛造成了惊人的损失——打那以后,据观察,每年来此间产卵的各种飞禽大约减少了十万只;且不论禽蛋和幼雏曾经蒙受的无妄之灾了。

我不愿意为了满足个人的好奇,或者猎取日后的一点谈助,去做飞鸟王国的不速之客;一想起还可能踩碎鸟妈妈们珍爱的鸟蛋,我会连脚也抬不动的。

不过,据我所知,游人还是络绎于途,有的甚至带枪进去。特别是由于几十年持续不断的水位下降,如今的鸟岛已经和北岸连成一片,所谓的岛事实上成了半岛,进进出出更方便了。

不过,青海湖我是一定要去的。由于不去鸟岛,便决定不走北线,而走南线。南线取道日月山和倒淌河,是唐代文成公主进藏的老路。那儿海拔三千二百五十米,不但有历史意义,而且我私下也想检验一下自己,看血压通得过通不过。这天,我和导游的同志来到了湖东南角上的一个大渔场,只见四外静悄悄的,更增加了高原上的寥廓之感。一经了解,原来除了一艘大修中的渔轮外,其余的船队全部出海了。真可惜,失掉了一个饱览湖光山色、参观捕捞作业的机会。

鳇鱼是本地特产,它不像马哈鱼那样富于油脂,味道却鲜美可口。在渔场吃的一餐,就差一点不是以鱼代饭。收费低廉,大约是七角钱一斤吧,据说,市面上的售价也只是略高一点。

　　要来一些资料总结和表格、统计数字等,看了看,知道渔场建场已二十余年,但发展似乎不够理想。看得出来这儿的生活是相当贫乏的——我指的主要是文化生活,没有图书,没有电影,没有体育活动,也没有看到有什么文章写过这儿的渔工们以及他们家属子女的生活,他们有些什么欢乐,什么痛苦,什么愿望……为什么他们的事业前进的步子不大?

　　我猜想,这儿渔工们的性格一定是有棱角的。因为,青海湖的性格就很有特色——平日间,它碧蓝碧蓝,简直像一面纤尘不染的大镜子,鸟儿飞过,都能照见影子。湖水是如此清澈,岸边的一群一群小鳇鱼,尾尾可数。但是,当它突然变成了墨汁一般,尽管天上并没有乌云,那也预示着一场大风暴即将降临。为此,好心的主人替我准备了皮大衣,虽说时在七月下旬。我无缘见到真正的捕鱼人,我却相信:他们应该和自己的母亲青海湖一般,透明而深邃,安详而刚烈,腼腆中积郁着愤懑。我为自己的不能久留而深深惋惜。

陵园的厄运

到西宁的第二天,利用开会中途别人做长篇发言的空隙,我独自去烈士陵园盘桓了近一小时。关于这个陵园,在先我听说了一个极其悲愤的故事——工农红军西路军在甘肃高台一役弹尽援绝,军长董振堂同志英勇阵亡后,残暴的马家匪帮将部分的我方俘虏(包括伤员)驱赶到青海。女的卖了;男的统统活埋,一说是杀害了三百,一说为六百,另一说则逾千。这个故事太可怕了,我忘不了它。我决定去祭奠英灵。

一进大门,抬头就能望到后面高地上矗立着的一方纪念碑,上面镌刻着朱德同志的手迹。陵园的右半部,茂密的大树围绕着一栋平房,这是灵堂兼骨灰盒安放处。但那批惨遭活埋的同志的骸骨并不在这儿。只是靠近入口的显眼地方有一个玻璃框,其中摆满了帽徽、皮带扣、军用水壶、铜板、麻钱、烟锅、烟嘴以及兽骨打磨的串珠和绿松石雕饰。据说,这都是解放后从乱葬坑中挖掘出来的。根据后两种遗物判断,烈士当中除了汉人以外,显然还有为数不少的兄弟民族。

我请陵园工作人员详细介绍,他竟然连一句也答不上来,再要求提供文字材料,又说是片纸无存。倒也难怪,这位同志才调来不久,前任什么也不曾移交——都弄丢了。我感到十分遗憾,便对他说,希望转告有关方面,能趁知情人还有少数活在世上,速速补救。

纪念碑的下方,两侧各有一个墓葬群,长眠在这儿的都是当年解放西宁战斗中为人民捐躯的指战员,大抵都是河北籍贯,看得出来,有人细心规整过,很是清洁。然而,比比皆是的断碣残碑却令人纳闷。询问之下,陪同凭吊的那位管理人用手指了指林木掩映中露着许多豁口的围墙说:"'文化大革命'中,叫人偷了。"我不禁大为惊讶,偷墓碑去干什么?于是他告诉我,可以派多种用场:修堰、垫路、砌圈、压酸菜,甚至索性将它磨平,重新刻字,为行窃者已故的亲属立碑,当然,也不妨转卖……总之是无奇不有。他的叙述越是平静,我的心肠越是翻腾:烈士们地下有知,该当怎样斥责啊!所谓"灵魂深处爆发革命",竟败坏人心,一至于斯!我又提醒他找一找早年修建时的档案和图籍,复查一下,再申报民政部门,重新镌刻补立。他双手一摊,答道:"怕是没有了!就是找到,又有谁管?"

固然,在我们漫长而艰苦的革命史上,没有留下名字的献身者多的是,不过,像这样由原来可以稽考一变而为无从揣度,却不能不教活着的人寒心。

这是林彪、江青一伙的罪恶。

但罪恶又不止于此。

陵园下方右边的一块空地上,有一座被毁坏了的坟,从那规模能猜见当初必定相当气派。我问葬的是谁,答曰:门合。原来是他!七十年代,这两个字不是也曾响彻云霄吗?门合到底有什么问题,以致罪当掘墓,我不清楚。但是,我认为,无论如何也不该这样对待死人。我们对蒋介石的原配、蒋经国的生母毛氏尚且修葺墓园,妥为保护,充分地体现了宽以待人的传统美德。何况,门合不过是一个普通指挥员,那个充满中世纪宗教色彩的现代迷信在他身上打下若干烙印,能完全责备他一个人吗?罪账,应该算在林彪、江青一伙头上。

这一件事,使我联想到了许多。人们往往说,中国人历来崇尚中庸之道,我看也不尽然。有些人思想方法片面、爱走极端,并不是一切恪守中庸,特别在政治生活中,非神即鬼,唯独不允许有血有肉、有长处也有毛病的人存在,这种现象,它不正是一个不怎么讲中庸的例证么?当然,在大是大非的原则问题上,是绝不应该"保持中立"和模棱两可的。

本来还计划去高台走走,除了追悼董振堂同志外,还想顺便访问几位流落河西、祁连一带的西路军老战士,终因种种不便,未能如愿。后来在兰州不期遇见了专程前来采访的电影剧作家叶楠同志和导演吴贻弓同志,相见之下,彼此唏嘘不已。我对他们谈了死不瞑目的陵园的厄运,他们对我谈了幸存者在十年浩劫中蒙受的灾难。他们有志于拍一部电影向全国人民描叙那一部分同志的生前遭际,因此,我觉得,我也有责任报道一下另一部分死后的劫磨。

塔尔寺联想

金碧辉煌的塔尔寺,果然名不虚传。这个占地六百余亩,迄今寿命已达六百余岁,体现着汉藏两大民族文化交流的建筑群,结构繁复,依山崛起,堪称雄伟瑰丽,气象万千。它是喇嘛教黄派的重要寺院,历史上名声煊赫的宗教领袖宗喀巴与之有很深的渊源关系,以至于这儿的大经堂上,始终供奉着他的一座鎏金铜像。尽管酥油灯灯火摇曳暗淡,我仍旧能领略到这件雕塑精品的庄严妙像。酥油花、堆绣和壁画,本来是所谓的塔尔寺三绝。很可惜,那天我去的时候,没有电灯,无论大金瓦寺还是小金瓦寺,都是一片香火氤氲的幽明,壁画几乎完全无由欣赏了。然而,五彩缤纷、栩栩如生地"表演"了全本文成公主进藏故事的巨型酥油花,以及部分富丽堂皇的堆绣(一种颇具立体感的绸质"浮雕")和剪堆(一种类似内地的布贴画式的佛像),倒是看得比较分明。由于有熟悉情况的同志指点,我还看到了挡在黄绫子帷幔后面的欢喜佛。当然,大门外一字儿排开的八座如意宝塔十分壮观,屋顶平台上的全幢造型也极其端丽;不知道是什么缘故,它们在阳光下却又使人产生恍惚正在悄然漂移的错觉。还有那许多牦牛的故事,不但没有给人留下不协调的印象,反而教我更深切地感觉到了生活本身力量之不可抗拒——顽强而具有心理权威如喇嘛教者,毕竟也离不开尘世啊。

我是把这一切都当作艺术杰作来赞美的。

然而,寺院内外川流不息的藏胞可就不同了。他们(有的是全家扶老携幼不远千里而来)一个个口诵佛号,手转法轮,拴结起一绺绺祈求福佑的头发，贡献出大量的酥油和钱财，在大殿正前方廊檐之下，排长队等候履行那最虔诚最隆重的"五体投地"仪式——全身趴倒地上，同时捻着念珠，很久很久方才起立，恋恋不舍地离开。那整块整块的大木板，被蹭得油光水滑，磨出了人体各个部位的关节凹印……这些，虽然过去我曾在五台山见识过，但那规模远远不及这般盛大，这般肃穆。

我一路行走，一路观察，也一路思索着神之所由产生和人之作茧自缚。

毫无疑问，我拥护宗教信仰自由的政策，因为它标志着马克思主义者的明智和远见，体现了党的实事求是精神。听同行的"老青海"们介绍，在"文化大革命"以前，特别是在五十年代，这儿并没有出现过如此兴旺的景象。因此，可以断言，目前的种种，实际上是对我们工作失误的惩罚，也是对我们的某些背信行为的揶揄。

当然，我绝对无意于主张在那些存在着复杂的内部关系和微妙的民族感情的地区，来一个不择对象的无神论宣传运动。不过，如果把无神论教育放在全局的范围内加以考察，就不能不使人感到相当大的失望了。毋庸讳言，近年来，我们在这方面的工作主要做得太不及时，太不得力，太不充分，太缺乏自信心了。特别是在党、团员中间，在汉族地区，在青少年一代中，为什么不可以理直气壮地为无神论大造声势呢？真是百思不得一解。

记得一九七九年，我刚从进行了自卫还击作战的中越边境回到昆明，云南省作协的同志建议我松弛一下身心——去游览阔别多年的西山龙门；不料，才到山下太华寺，却遇上了实在教人难堪的场面：一个小伙子跪在韦陀菩萨脚下烧纸上香，而身上穿的竟是拉毛翻领茄克和酱色喇叭裤！他旁边还肃立着三四个年纪和打扮都相仿的同龄人。不知是已经祝祷过了，还是正在等待"接班"。人们告诉我，这尊造型优美的韦陀全靠和尚们钉上一圈木板才得以逃脱"破四旧"的洗劫，但西厢的四大金刚则被砸了个粉碎，以致"四人帮"覆灭后不得不由政府拨款重修。论长幼齿序，眼前这一群小伙子正好是那一批"红卫兵"的兄弟，一个砸，一个拜，中国啊中国，这些年，你走的那是一条什么路啊？能不教人感慨系之吗？可虑的是,这股倒退之风还在蔓延。一九八〇年,我去杭州看病,在灵隐寺又亲眼看见了几个干部模样的中年男女,从僧人手中买来香烛,旁若无人地相继叩头咚咚……

　　我是深信无神论终归会获得最后胜利的,有的地方可能早些,有的地方可能迟些吧。关键是要提醒人民,把注意力放在防止我们的社会再度发生倒退的现象上,不仅仅是反对泥胎木偶而已。我以为,以这种长远的战略目光去建设精神文明,才是不至于再反复的治本的态度。

邂 逅

到达酒泉,宾馆已经客满,几经联系,才通知住进去。为什么这么拥挤呢？原来,来了一个庞大的日本早稻田大学自行车旅行团。他们在此地要住一些日子,一方面游览名胜古迹,一方面等候我方做出下一阶段的安排。自行车旅行团,乍听之下十分新鲜。因而对这包括老人和妇女的一大群"当代遣唐使"们,不免有点肃然起敬了。

去酒泉我只停留了两天,就乘一辆丰田产品,所谓的"巡洋舰"面包车西行了。万万没有想到,车行不远,竟然遇上了我们中国的一位好汉——骑自行车从南昌出发准备直奔乌鲁木齐,然后再循原道返回家园。他是江西财经学院三年级学生,23岁的万新华同志。

我们是在一家不起眼的饭铺里相遇的。司机同志要灌水箱,建议休息片刻。我发现这里有几排难得一见的杨树和榆树,组成了一片赏心悦目的绿荫,便下车信步漫游起来。待走进客店,见屋内仅有一位主顾,身着蓝色运动服,正伏在小桌上吃饭。米糙菜粗,他却狼吞虎咽,嚼得津津有味。攀谈之后,我立刻从口音中听出他是老乡,不禁喜出望外。一个江西人,跑到戈壁滩上来干什么？他向我通报了姓名、身份,同时掏出一张打满了大小公章(都是他沿途经过的城市体育机构)的介绍信说,这不是头一次远征,去年利用暑假跑过一趟哈尔滨哩。万新华的父亲是一位老工人,母亲是家庭妇女,可以想见,经济不会宽裕。因此,他几乎从不住旅馆,吃食也非常粗劣,而体力消耗却十分惊人。这需要一股什么样的牛劲啊！我佩服他的决心与毅力,鼓励他坚持写日记,为后人留下一份珍贵的资料。当我向他了解这样自讨苦吃的动机时,他漫不经心地只说了三言两语:"我唯一的愿望是亲眼看一看我们祖国的美好河山和各族人民如何生活。"这是两句朴素的话,唯其朴素,才愈见其真诚。我仔细看过他所带的行李,只有一些修车的工具和零件,一本地图、一本拍纸簿、一架旧照相机,差不多没有什么衣服。我问他:"胶卷要自己买吗?"他答道:"是的,这是最大的一宗开支。"我又问他:"路上是否顺利,人们对这样的行动理解吗?"他低头想了想,说:"多数场合都不错,我的要求并不高,不过是借住一夜。当然,也遇上过……"至于遇上过什么,他没有往下说,其实又何须细说。在我们这个刚刚从长时间的迷乱中苏醒过来的中国,市侩哲学还有它广大的市场;到底什么人是英雄,什么事是英雄行为,有的人早已忘却了,或者私下换了另一套标准了。"可能有人会议论你怪吧?"万新华豪爽地一笑:"我不在乎!"

他提议我们在这个小饭铺门口合影留念。照了一张怕不保险,摆弄了好大工夫,又照了一张。我记起来了,他带的是一架破机子啊。

"巡洋舰"风驰电掣,当天下午就到了敦煌,可我们的小万在哪儿借宿呢?我忍不住胡乱猜测起来。

第二天下午,我去到莫高窟,宛如天外飞来,居然又碰见了他!还是那身蓝色的运动服,还是那架破照相机,真是飞毛腿啊!这样快!他至少每天得不停地蹬200公里吧?

我的激动非笔墨所能形容了。多么可爱的小伙子!多么可贵的奋斗精神!年轻人有这种精神,中国就大有希望!归来的路上,在玉门镇又遇上了终于成行了的"当代遣唐使"们;只见他们携带着尼龙帐篷和各种现代化的装备,再加上中国配置的公安保卫、医疗保健、翻译和办事人员,那队伍真可谓浩浩荡荡,规模之宏大,气氛之热闹,与万新华的孤军奋战,无人理会,形成了强烈的对照;又使我在激励之余,兴起了无法描述的感慨。

敦煌和敦煌学

"敦煌在中国,敦煌学在日本。"

这不是一句话,而是一把刀子,深深地刺伤了我的心。面对学有专长、无从施展的"敦煌通",如段文杰同志等,被刺伤的又岂止是爱国心?

二十四年前,我与段文杰同志见过一面。那时候,他是常书鸿同志身边的一名助手。从他登上敦煌研究院招兵买马的卡车到达莫高窟的那个中秋之夜算起,迄今已有三十五年。像他这样一待就是二十多年、三十年或三十五年的同志,多得很。这些艺术家们像苦行僧一般早晚修行,图的是什么呢?无非是一件东西:建立我们中国人自己的敦煌学。

解放后,他们本来几次三番有可能"得道"的,但是,由于众所周知的原因,大好机会不幸错过了。其结果是除了一两本介绍敦煌文物的小册子以外,可谓一片空白。而海天之外的日本,反而大卷大卷、成套成套地编印了许多专著和图册,产生了一大批世界知名的敦煌学者。

粉碎"四人帮"后,一切有了转机。如今段文杰同志实际上担负起了敦煌研究工作的领导责任。他和他周围的同志们,开始了名副其实的惨淡经营。他们以罗振玉、王国维、陈垣、刘复、向达、陈万里、王重民、宁仲勉、贺昌群等先辈的终点为起点,努力为中国的敦煌学做进一步的开拓。在十分艰难的条件下,他们不得不采取某种变通的办法,一边开路一边前进。例如,无法自己印行文集,便与兰州大学挂钩,争取外援,借用该校《学报》的名义,出版《敦煌学辑刊》。已经出了两期了,内容相当可观,引起了中外人士的广泛兴趣。

关于这个辑刊,我亲身经历的一件事,可以作为佐证。在我下榻的敦煌宾馆内,刚到达的那天下午,小卖部还有高可盈尺的一摞第一期;我因为杂事缠身,一时大意,没有去买。等到第二天大早前去,一看,居然连影子也找不见了!服务员告诉我,都给外宾(不只是日本人)抢购一空了。由此可见,日本有"敦煌热"——著名作家井上靖写过一部中篇小说,书名就叫《敦煌》——西方各国同样有"敦煌热"。

我们再也不能像过去那样,对这个国宝熟视无睹,或者"慢慢来"了。

建立中国人自己的敦煌学,用马克思主义观点解释的敦煌学,条件是具有的。第一,我们有搬不走的敦煌。第二,我们有人才,而且是革命的,能自觉运用辩证唯物论去解剖美术、建筑、宗教、中(国)西(域)交通、历史沿革、方兴变迁、民族、民俗、考古、音乐、乐器、唱词、变文、舞蹈、服饰、工艺、官制、礼仪等等各类学问的人才。

像这样的人才,不但有业已成熟的和接近成熟的,而且有一大批正在成长的。这次在敦煌,我就有幸遇上了一位。此人系嘉峪关中学教师,名叫牛龙菲。他根据当地出土的魏晋墓砖壁画所绘乐器,对我国古代音乐史、乐器发展史、乐律沿革史,做出了言之有据的考证,提出了新颖独到的见解,不仅在卧箜篌、阮咸等乐器的迁递演化问题上,自成一家之言,而且论证了实行对外开放的魏晋音乐在秦汉与隋唐之间的承上启下的关键地位。甘肃人民出版社已经出版了他的这一著作。

然而,说起来又十分可笑,牛龙菲的这些观点,起初并未得到应有的重视;由于一个偶然的机缘,他结识了一位日本专家,在彼此闲谈中,他说出了自己的看法,竟使那位日本专家大为折服。这样,经过外国人的宣传,他才受到中国人的注意。当然,注意终归比漠视强。令我叹息的是,为什么一定要等到外国人肯定以后才批准呢?假如不碰见这个热心的日本朋友,牛龙菲同志还要孤军奋战多久呢?我们的有些同志老是闭着眼睛嚷嚷:"我这儿没人才!"其实,只要他睁大眼,认真挖掘,正确估量,人才原来就站在他的鼻子跟前!

汉代的应劭解释"敦煌"二字说,敦,大也;煌,盛也。我想,有党的十一届三中全会路线,从今而后,敦煌学在中国这片大地上,一定会蓬蓬勃勃发育成长。可是,鉴于牛龙菲同志类似的经历,在别的领域中,是不是还存在着和"敦煌在中国,敦煌学在日本"相似的现象呢?有心的同志,大家都来查一查吧。

令人惆怅的阳关

这是我第二次来阳关。

一九五七年夏天,曾经来过一次,这一次的同行者远比上一次多,有男有女,十分热闹。尤其是几位四川籍的同志,一个个谈锋甚健,彼此不断地以乡音打趣,氛围是轻松而又活跃的。

然而,我的心情却很不好。

敏感的旅伴估计我可能联想起了什么往事,便故意找我逗趣,同时不断用照相之类的事情来提起我的兴致。可是,他们猜错了。因之,他们的努力也就失败了;一回到敦煌,我始终沉浸在惆怅之中。

惆怅什么呢?同行者们都是头一回来,对他们来说,不存在任何对比,从而也就无法理解我此时此地的心情。一般说来,景物依旧,人事全非,最易撩人愁尽;不过,我的惆怅恰恰与人事变迁无关,使我感到抑郁的,反而是景物本身——阳关老了,比起二十多年前,它矮了大概不止一米吧?至于瘦了多少,就估计不上来了。总之,它已越发显得破败与猥琐。我默默地绕行一匝,只见四周沙浪之中,残坯碎泥,不可胜数。

特别令人心绪恶劣的是,和我们几乎同时到达的一部大轿车上,有几十名某国游客,下得车来,竟像听到了冲锋号令,一拥而上,爬的爬,蹬的蹬,鼓噪呐喊,俨然攻占了一个什么制高点。(我也批评过自己,做这样的联想是不必要的;可我看了那个场面,尤其是他们之中不少位头戴着有长长的护耳的帽子,就是不由得不产生这样一种印象。)这时间,只见烟尘滚滚,迎风四扬,我猜,那遍地的土坯泥皮,多半是这么造成的吧?

不远处,竖着一块写有"重要文物保护单位"字样的标志——一张锈迹斑驳、油漆剥落、笔画模糊的铁皮,风刮起的大颗大颗砂粒打得它当当作响。

于是,除了刚才的厌恶外,又兴起了一种莫可名状的悲哀。像阳关这样的名胜古迹,在那帮旅游者的本国,想必早该作为神圣不可侵犯的"一级文化财产"而严加防护起来了。可是,我们却……

不错,我曾从书本上读到过,有人论证,这个阳关并非真迹,历史上一再记载的和诗歌中不断咏叹的那个阳关实在还藏在现今的玉门关附近。然而,我既缺乏这方面的专业知识,又没有机会专程上玉门关周围去做实地的勘察和比较,只能存疑。可我自己二十多年前,曾经于距这个阳关一箭之遥的古董滩挖到过汉五铢钱,却是事实。(听说,那一阵子,每当狂风过后,还经常有人拾到竹简。)因此,我的看法是,即便别有一个真阳关,这儿也不失为我们民族的一宗文化遗产,它无疑是古代的边塞,甚而很可能充当过丝绸之路的驿站,退一万步说,姑且承认发现了真正的阳关,如果仅仅依样画葫芦,挂上一张铁皮,号"重点"而不"保护",其命运又当如何?

我把这些感想照实地告诉了县委宣传部门的负责人,建议立即采取切实措施,制止这种夷为平地的破坏行为。否则,不用多久,阳关三叠势将变成阳关绝唱。他们听了,也为之频频叹息,沉吟良久,却喟然叹曰:没有钱,不好办。

也许我这个人太死心眼儿了,我想,其实有的事并不需要花钱,或者花也不多。譬如,禁止任何中外旅游者举行"占领仪式"之类,不是一纸通令就可以解决的吗?问题的关键,恐怕还是在于:是不是真正当作自己的家业,看见它被糟蹋是不是真正感到心疼。

月牙泉与伪散文

我这次去到月牙泉,是旧地重游。

不曾料想的是,也和阳关一样,月牙泉使我感慨万端。她瘦了,枯了,浑了,同时也根本不成其为月牙儿形状了。早先那个小山上的道士观,已经不见踪影,一了解,原来是那位老道当年受不了"造反派"的人身污辱,一天黑夜,突然放把火烧了庙,随后自沉于湖水之中。

只有鸣沙山依旧是老样子,那么高耸,那么沉默,那么不可捉摸。风刀一刻也不停地雕琢它,又刮平它。可以说,没有一秒钟的鸣沙山是本来的那座鸣沙山。看来它倒信守着向造物主许下的神圣诺言,半点也没有起过歹心,趁势排挤和迫害月牙泉;糟蹋了美丽、纯洁的月牙泉的反而是人——"四人帮"在甘肃的那个代理人。

正是那个代理人的一句话:"这不是一眼不掏钱打下的水井么?为什么不利用呀?"于是,"溜派"和"拍派"(他们都自命为响当当的"左派")一律福至心灵,接踵计上眉梢,调动民工,夏战"三伏",冬战"三九",挖成了一道渠,开始了所谓改天换地、变沙漠为良田的"伟人事业"。结果,不到二十亩的沙荒薄土,稀稀拉拉的几穗麦苗,毁灭了一个好端端的月牙泉。

自古以来,月牙泉就是一个奇迹。查遍《敦煌县志》,历史上还没有一个人说得清她活了多少岁,虽说面积不大,也似乎无源无流,却始终保持着透明的水色和稳定的水位。庞大的鸣沙山近在咫尺,任凭金浪翻滚,昼夜不息,她却坚贞不屈,寸水不让,充分显示了生命的庄严与从容。的确,水就是生命,尤其在沙漠上，瞎子也能感觉到这个真理的形象。

可叹，如今她却变得这样衰弱可怜，这样奄奄一息，简直成了一只快要哭干的泪眼。一丛丛的芦苇嚣张地霸占了将近四分之一的水面，大群癞虾蟆的放肆鼓噪，破坏了垂钓者（居然还有人耐心垂钓！）恬静的心境……何况还有不知公德为何物的游客，把自己喝完了的啤酒瓶子击得粉碎，玻璃碴抛撒于湖岸，割脚，更割心。

渐渐的，几位陪同我前来的本地同志——他们都是文艺爱好者——把愤慨的情绪从泉眼堵塞、月牙残缺转移到了某些作家描写月牙泉的散文上来了。他们纷纷质问我（仿佛我是写了引起反感的不负责任的"客里空"的文章的人）：为什么避而不提"四人帮"的罪行呢？为什么硬要假装不知道人民的心愿呢？为什么偏要"妙笔生花"呢？在提出了这么一连串问题之后，他们不无讥讽地评论道：想必那是坐在飞机上看到的吧？飞机太快了，看不真切？……一位青年啐了一口："什么散文？伪散文！"乍听之下，我吓了一跳，睁大眼直勾勾地望着他，竟说不出话来。不过，事后细细品味，倒也不能不同意这一批评。是的，没有真情实感的、矫揉造作的、闭门造车的、与群众的心思背道而驰的所谓散文，不正该被叫作伪散文么？！

近年来，我们的散文作品中，的确有这么一些赝品混迹其间；有的还博得一阵又一阵的喝彩之声，某些刊物甚至忘不了为作者发一帧照片，"以广招徕"。听说，散文作家们开过会，讨论过如何提倡和繁荣散文创作的问题，这当然是必要的，是办了一件好事。然而，像这种伪散文的问题，是不是也应该及时注意和认真揭露一番呢？我以为，这股作伪之风，就其本质而言，正是反散文的歪风，是真正的散文健康成长之大敌。大敌不除，谈何发展？

阳关精神赞

阳关,在我们民族漫长历史的卷帙中,在我们人民浩瀚生活的海洋里,一向是和一句古诗以及一句俗话紧密联系在一起的,这一句古诗是,"西出阳关无故人";一句俗话是,"阳关大道"。

"阳关大道"四个字,明明白白,指的是一种勇往直前的实践和一派光明乐观的景象,它历来是一根重要的精神支柱,于坎坷颠踣中保护与扶持我们这个东方古国不致仆倒。这,该是没有什么可争议的。渐渐似乎成了问题的是"西出阳关无故人"这句古诗。众所周知,这句诗原出于唐代大诗人王维的名篇《送元二使安西》:

> 渭城朝雨浥轻尘,
> 客舍青青柳色新。
> 劝君更尽一杯酒,
> 西出阳关无故人。

就诗论诗,我以为,其实倒是充满了勃勃生机和丈夫豪情的。你看,地点是渭水之滨的一家客店,时间是春天的一个清晨,雨后初晴,柳色含烟,诗人向他即将远行的朋友殷殷祝酒:让我再敬你一盅吧,须知此去出了阳关,就不容易遇见中原的熟人了。在那个时代,关山阻隔行路难,这本来是一番实心实肠的知心话,虽则免不了带点依依难舍的离愁别绪。但离愁别绪也属人之常情，不值得大惊小怪（正是在这个"共振点"上，拨响了千秋万代无数读者的心弦）。无奈何后世的人们入谱度曲之不足，竟一唱三叹，添枝加叶，掺进去了不少诸如"……不忍离，泪滴沾巾"和"思君十二时辰"（见古曲《阳关三叠》）之类的文字，把这首诗渲染成了悲悲切切的调子。公平地说，这笔账是不能算在王维名下的。因此，我觉得，有必要廓清后人所加的感伤沉重的迷雾，重新肯定原作中固有的又慷慨又唏嘘的正常人的正常情怀。

何况，王维的时代早已结束了。今日的中国已是二十世纪八十年代的中国。"阳关"一词，当然不会引起任何黯然伤神的反应。恰恰相反，这只能作为一种义无反顾，奋然前行的象征；义无反顾，奋然前行，这正是传统的阳关精神，更是我们当前的时代精神。

数千年前，阳关就是中国开向世界的一扇窗户。阳关既有爱国主义的传统，又有国际主义的传统，也有追求真理的传统。正如现今的小学生都背得烂熟的：汉唐盛世，烽火边塞，丝绸之路，交通西域，张骞去国不思家，班超只身度大漠，而玄奘，作为一定历史局限条件下的伟大人物，为了一个理想，竟不惜身经九九八十一难。这些，都是值得我们自豪，值得我们效法的光荣祖先。没有他们，就不但没有棉花和苜蓿，没有胡桃和葡萄，没有大宛马，没有佛教经典，没有敦煌艺术，而且也没有中西文化的交流，没有四大发明的西渐，没有欧洲的崛起和世界的剧变……阳关，的的确确是别在全人类胸前的一枚光辉灿烂的勋章，它所标志的功业将永世不可磨灭。

十一届三中全会以来，党领导我们的人民共和国，在坚定贯彻独立自主、自力更生方针的同时，坚决执行了对外开放的政策。再度焕发起来的阳关精神又大放异彩。一个敢于对外开放的国家必然是信心十足的国家，一个敢于对外开放的民族必然是自强不息的民族。所以，不妨说，抛弃甚或扼杀阳关精神，就不可能指望四个现代化。现代化是脚踏实地而又要冒点风险的事业。在这条征途上，处处都是阳关。

由于自然的和社会的情况变化，阳关这个地方已沦为荒碛废墟。然而，阳关精神却是永存不朽的,而且是应当发扬光大的。尽管实行对外开放可能带来某些消极的颓废的和不合我们国情的东西,但证之往古,不是也从阳关道上混进来一批"胡僧",引进过什么"房中术"和"淫药"吗?那毕竟是统治阶层内部少数人的事,无损于整个中华民族的肌体。因之,我想,如果仅仅因为从阳关进来的并非一概都有利于中国,便要求下令将阳关堵死,那实在是因噎废食的无知议论和蠢人行径。它的不足取,是不言自明的。

要而言之,所谓阳关精神就是进取的精神和献身的精神,就是向前看的精神,就是承认自己也有所短、尊重别人也有所长的求实精神,就是跻身于世界民族之林的图强精神,也就是鲁迅先生毕生倡导的"拿来主义"的主人翁精神;要振兴中华,必先振兴阳关精神,故为之赞。

1981 年 8 月 12 日写于兰州

杜公祠的文艺评论

西安城南有一座杜公祠,也就是史书上著名的杜曲。我们按图索骥,硬是找不到。问来问去,才弄清楚,它和杨虎城将军等先烈的陵墓合用一个没有任何文字标记的大门。进得门来,陪我的同志——算是向导——还是不辨东西,只得瞎碰,反正杨虎城将军墓也应该瞻仰。

后来,好歹在山坡上找到了杜公祠。一看,竟十分破败,正堂的大门之上横着一把锈锁。所有的道路都长满了厚厚一层青苔,森冷得吓人。正茫然四顾,忽听厢房里传出来洗刷倒水之声,上前一问,原来并非文物管理单位的工作人员,而是教育部门上这儿来借住的一位同志。谈话之间,他对杜公祠的现状也颇为扼腕。

什么都看不成,这位同志不掌握钥匙。我暗自苦笑,这可真是应了一句古话:"不得其门而入。"正打算离去,就在经过一个既像亭子又像廊子的建筑物时,意外地发现墙上嵌着两块不大的石碑。一块叫作《新修杜工部祠记》,康熙四十一年立。另一块标题差不多,叫作《重修杜工部祠堂记》,清光绪十三年立,不觉精神为之一振。细读一遍,后者对我很有一点触动,摘抄一段如下:

士无忠爱国之忱,而徒抒写性灵,流连光景,思以文章名后世,使人人瓣香传视,俨大雅之重生也难矣!若杜工部子美者,绍承家学,其诗宗三百篇及楚骚汉魏乐府,故气格苍古;酝酿深醇,卓然为有唐之冠。元稹谓为集诗家之大成,洵千古定评也。然公不仅以诗鸣也;以一小臣,旋遭罢黜,困苦艰难,流离于成都同谷羌村之所,而犹忧时感事,每饭不忘朝廷。噫!非一片忠爱出于天性者,能如斯之倦倦乎?而可弗视乎?……不能免妻子之冻馁,弭骨肉之流离,岂果诗以穷而后工,天之厄之,即以成之,困踬于生前者,乃能食报于身后耶?后之诵公诗,公祠者,当悯公之遭,知公之志,勿等忧危于讦激,视忠爱为刺讥也。(着重点为笔者所加)

这实在是一篇相当有见地的文艺评论,可惜湮没无闻。我觉得,它开宗明义就反对一味"抒写性灵""流连光景"。这对于当今某些同志鼓吹的"表现自我"无异是兜头一盆冷水!诗,从古到今,的确是不能不与人民的命运休戚与共。虽然,它并不排斥诗人个人的经历、教养、观点、气质等等因素。杜甫的诗就是杜甫的诗,别人无法取而代之,就是一个铁证。另一方面,这篇刻在石头上的一百多年前写下的诗论,其实也应该刻在某些同志的心上:切莫要把"忧危"等同于"讦激",将"忠爱"混淆于"刺讥";目下不正有少数人,一看见敢于针砭时弊的作品,立刻斥之为"持不同政见""毒草"吗?

尽管杜公祠几乎成了毫无"保护"的"文物",教人很是伤心,但能从这位不见经传的安徽人叶伯英撰写的碑记中得到启示和教益,应该说是不虚此行。

一点祝愿

《丑小鸭》创刊了。中国又多了一家以培养青年作家和青年诗人为宗旨的文艺刊物,值得庆贺。

编者约我写一首诗,并且提示:不妨根据安徒生的著名童话《丑小鸭》改写。我冒失地答应了,随之而来的惩罚是:憋了四五天,竟不知从何下笔。

在构思过程中,我碰到的困难,归结起来不外两个方面:一个是我不忍心用拙劣的韵文糟蹋了那么好的一篇童话;另一个是童话毕竟是童话,它经不起我们的某些同志的"剖析"。比方说吧,如果我强调"只要你是天鹅蛋,就是生在养鸡场里也没有什么关系"。那么,这些同志可能要问了:这是什么意思?是不是诗人和作家都是天生的呢?如果我强调小天鹅不但一度被错划为"小鸭",而且被鸭子们按照它们的美学标准被宣布为"丑",那么,一旦人们认起真来:鸭子们是影射谁?我怎么回答?那么,问题岂不更大了?想了想不写也罢。这么说,难道就不能选择一条比较保险的路子去处理这篇童话吗?单说小天鹅从蛋壳里爬出来,毛色发灰,论色泽光鲜,甚至连鸭崽子的黄毛都不如,及至它后来长大了,却成了灼目的雪团,行不行?这当中不正暗示着一个锻炼的历程吗?……不过,细想之下,又不尽然,因为由灰色的小天鹅变成纯白的大天鹅,与安徒生在《丑小鸭》里关于九九八十一难的描述,不是一码事。总之,翻来覆去,掂掇再三,诗,终于不曾写成。

我读过一本《安徒生传》,我明白,童话《丑小鸭》实际上是安徒生的自传。内容写的是他,一个鞋匠的儿子,在既有封建主义,又有资本主义的丹麦上流社会中遭受过的数不尽的迫害与折磨。

安徒生当年生活过的丹麦和我们今天生活着的中国,的确是大有区别的。尽管在诗人和作家成长的道路上,我们有我们的难处。这点难处,凡是有志于文艺创作的同志,迟早都会亲身体验的,用不着我来多嘴。我也相信,一般说来,大家也是有这个精神准备的。

还是祝愿我们的"丑小鸭"们都更快地以真实的内在的谁也抹煞不了的美来证明自己是天鹅吧。

1981年10月2日写于北京

祝福你，金骆驼！
——金川矿山见闻

前不多久，朋友给我来信，报告了一个喜讯：国务院已经批准了金川公司"借镍还镍"的申请，同意以借用库存精矿的方式，向他们提供基建贷款，这样，盼望已久的第二期工程的投资就有了着落。待到各项工程建成投产，一九八五年，仅电解镍一项，产量就能达到×万吨！在第三者听来，这几句话也许十分枯燥乏味，对我却有特殊的魅力。因此，我还没有读完信，心就飞了，飞回那个连新版地图都来不及明确标出方位的金昌市去了。

我是去年七月间在兰州第一次听说有这么个冶金基地的。八月初，我专程前往，正赶上方毅副总理在那儿主持一年一度的、有全国各地专家参加的、研究有色金属资源综合利用的科学会议。于是，我抓紧机会听了一些报告，同时见缝插针地进行参观访问，并且直接向"开国元勋"们了解金川的历史和现状。我在金川住了一个星期，我觉得，那一个星期的每一天都过得十分充实，既长了见识，又长了志气。

金昌市的主体是金川矿区，附近原来有一个永昌县，前者取其首，后者取其尾，便合成了这座名叫金昌的新兴的工业城。

金川有色金属公司是一九六〇年正式成立的，不过，准备工作是在头两年就着手进行了。当时，为了保密，代号807矿——迄今他们的银行账号沿用的这个数码，就是这么来的。什么矿？现在可以公开了，主要是镍，品位居世界第二，储量是世界第三的镍。所以，人们亲昵地叫它镍都。我转了一圈，感觉到也理解到它的确当之无愧，便写了一首诗赞美它，题目叫作《镍都颂》,《人民日报》一发表,《甘肃日报》立即转载,而且矿山的广播电台随之播放,据说同志们听了颇为振奋。我当然也很高兴,不是高兴诗写得有多么好,而是高兴自己为工人弟兄做了一点事情。

咱们中国,一向号称地大物博;毫无疑问,这是事实。然而,认真追问下去,地大,大到什么程度?物博,又博到什么程度呢?即以矿藏资源而论,究竟有哪些金属矿和非金属矿?有多少石油和天然气?全都是未知数!固然,这方面的统计是永远也达不到极限的,但正如俗话所说,心里总该有个谱儿吧?很遗憾,恰恰没有这个谱儿。

镍,就是一个例证。

说起镍,我们一向依赖从苏联、古巴等国进口。六十年代,随着国际关系的变化,这宗战略资源也就和石油一样,成了人家卡中国脖子的手段。应该感谢一九五八年全民报矿热潮,应该感谢那位始终不曾留下姓名的老羊倌,是他记住了党的话,把拾到的二块沉甸甸、蓝莹莹的孔雀石送给了地质队,这,才揭开了金川勘探的序幕。可以想见,在当时那种几乎濒临绝境的情况下,一探明这儿不但有丰富的镍,而且有铜、有钴、有号称工业维他命的可以保证上天、入地、探海、登月之需的铂族元素,我们的国家领导人该是何等欣慰!我们的全体开发者该是怎么狂喜!

创业难,在阒无人烟的沙漠上创业尤其难。戈壁瀚海的脾性,我个人也曾略有领教。五十年代,我去过一趟敦煌,沿途印象颇深,而这番到金川的前夕,刚好又重游了阳关、古董滩。因此,当我登上筑有电视转播塔的龙首山高峰,鸟瞰眼底鳞次栉比的矿井、厂房和棋盘格子似的街市园囿时,就怎么也抑制不住自己的心潮澎湃了。

讲故事的人总是这么开头:从前哪,有一个国王……可这儿没有什么国王,何况国王住的是豪华的宫殿……对讲金川的故事的人而言,他就必须这么开头:从前哪,这儿有一个帐篷。是的,正是帐篷,先是地质勘探队的帐篷,后是矿山建设者的帐篷,虽然远不止一个。我们特别应该牢记的是,这些帐篷是搭在大漠之中！最近的一个庄子叫白家嘴子，当时总共不过十来户人家，还有一个名叫下坝的居民点，和白家嘴子不相上下。在中国，只有宁远堡公社的干部知道，天底下还有这么些个地方。如今不同了，你瞧，金川公司就像一个身着工装的巨人，周围的村落倒变成了一群仰着头牵扯着大人衣角的小娃娃。可谁能相信，当年的创业者们却和这里的老乡，和属于老乡的牲口以及不属于老乡的野兽共饮一池水哩（西北广大地区的农民，往往在地上挖一个大坑，接蓄雨水，名曰：涝池），直到搬进"十八栋高楼"。

所谓十八栋高楼又是什么呢？我很幸运，居然看到了它的最后一角姿影。原来，这是建设者们互相打趣喊出来的诨名，不但不是什么高楼，连平房也够不上，只不过是些无门无窗，土坯作墙，苇箔当帘，芨芨草搭了个顶的地窝子！其中，最高级的也不过是在油毛毡上糊一层沙泥，压两块石头罢了。现在，他们为了建设名副其实的大楼，决心把它扒平。公司党委派人拍了几张照片，送进展览馆留作纪念。果然，到我离开之日，连那最后一角也荡然无存了。用他们的话来说，这叫作：要起飞就要修跑道，要修跑道就得清除一切障碍。金川人这种毫不恋旧的革命精神，怎么能不使那些视老祖宗的破烂为神圣的改良主义者脸红！

从昨天所谓的十八栋高楼到今日真正的数不清的大厦，这当中发生了多少可歌可泣的故事啊。那些难忘的年代，我们有过多少一心为公的同志们。人们含着热泪告诉了我许多许多……

身为矿山最高领导的白炳昕（现任省人大常委会顾问），硬是自己掏腰包悄悄地收购粮票，为的是给打混凝土的工人们加四两馒头——三年困难时期，这儿的黄豆论个儿卖，山药蛋每颗售价五角，大米饭每碗售价十元——然后，又主动向组织做交代：买了不让买卖的无价证券。事过近二十年了，听听工人们是怎样评论白炳昕的吧：

"一不搞投机倒把，二不顾自家性命，他体贴的是工人的饥寒，他关心的是工程的进度，这样的干部越多越好！他就是犯法，值！俺们就是豁命，也值!"

有一个名叫杨玉麟的清华大学毕业生,自己身患严重的浮肿病,却接受了青年团组织交给的一项重要任务:看守放在抽屉里、准备节日分发的两斤糖块。不幸的是,第二天他再数一遍,发现竟少了一块!杨玉麟又屈又恼,找支部书记结结巴巴地再三检讨:我警惕性不高,我责任心不强……语气那么认真,措辞那么严重,以至于他的原支部书记张志海今天还喟然长叹:"那时候的小青年,有多么纯洁!"

开巷工程师林跃青是归国侨生,父亲在海外拥有规模不小的轮船公司,称得上万贯家产。也是在饿死人的年头,组织上批准他出国探亲。他走以后,有些人私下议论:林跃青肯定不会再来了,然而,他偏偏置富贵于不顾,回到了这块不毛之地,按期销假。这样的选择和当今某些人的言行两相对照,又怎能不令人感慨万端,深长思之呢?

一九六〇年五月六日,一熔炉突然失火。艾景恺刚从医务所打罢治浮肿的针,走在回家路上,这时,他跟上同志们扭头就往现场跑;他忘记了自己是病号,奋勇争先,参加抢救,从两米高的地方不慎摔到地上,立刻死去了。他是死于火灾么?不是!他是死于饥饿!然而,他既然不怕饥饿,也就不怕火了。

还有分房子的动人故事,从经理到工人一律六平方米;还有搪瓷脸盆脱销的故事,人人都把馍馍捏碎兑上水做"小灶饭";还有每逢改善生活,必定大张旗鼓贴海报的故事,其实,不过是一顿羊胡子(野韭菜)包子……

当然,谁都会向任何一个来访者指点金川矿的起家资本:一部苏制五〇车、一部美式小吉普、两台九立方米辊压机……

金川矿的起家资本,果真限于这点东西吗?最大的"资本"他们没有讲,也不会讲,因为那是不言自明的:党风正,人心齐,天灾不怕,人祸不怕,一群用棒子也打不散的金川好汉才是最大的"资本"!

正因为打下了这么一个过硬的底子,十年动乱中,这儿没有流血武斗,没有停工下马;"四人帮"被粉碎后,很快就走上了正轨。近年来,更不断清理"左"的错误,落实各项政策,初步尝到了"科学是生产力"这一马克思主义真理的甜头。

然而,毕竟有创伤。一位党委负责同志说得好:再厉害的细菌,放在显微镜下凭肉眼能看得见,可"文化大革命"滋生的社会性病毒却是无形的,只能用心去感觉它。比方说,党群关系不那么亲了,组织措施不那么灵了,工人阶级的思想不那么纯了,人们的私心都比较重了。地冻三尺,非一日之寒;要化开这些冰疙瘩,也不能指望朝夕成功。从这个意义上讲,建设精神文明甚至比建设物质文明还要艰难。

我十分同意这一论断。而令人感动的是,他们并不止于发议论。经过努力,从去年夏天开始,社会治安情况大有好转;在新成立的市委关怀下,工人们吃芽面①的苦恼逐步有所消除。还有问题没有呢?有,据我浮光掠影的了解,至少还有这么几个:普遍希望多办一些公共福利事业,减轻家务劳动,多办几所学校,培养好下一代,开展业余教育,用新的知识武装自己;同时,进一步丰富文化生活。此外,单身青年职工找对象困难,应该有人关心,部分技术人员旷日持久地两地分居,亟待搭桥。

至于生产本身,前面自然还有许多难关等待他们去一一攻克,但是,借用公司副总工程师王德雍的话来回答,那就是:过去那么难,都没有难倒我们,现在有总结了历史经验的党中央做靠山,还怕什么!我们有信心达到自己的目标!

"我们有信心达到自己的目标!"在金川的日子,我几乎每天都要咀嚼这句话。我觉得,龙首山脉仿佛活了,它像一队骆驼,一队金骆驼,正一步一个脚窝,稳健地顽强地跋涉向前。

凡是走过戈壁滩的人都听过一句谚语:骆驼就是希望。尽管如此,我还

---

① 芽面,即用长了芽的小麦磨成的面粉,十分难吃。

是愿意遥望西北,默默祈祷:祝福它走向水草丰美的明天。

1982年1月27日写于合肥

岳飞与得得亭

江南三月,草长莺飞,我来到了池州。一路之上,菜花生金,莲荷吐翠,稻浪绿尽天涯,不必劝农农自忙,而且一个个乐在其中。实行双包到户的责任制以后,山区农村和平川农村,的确都充满了勃勃生机。

池州,是一座历史悠久的古城。汉元封二年已经初见兴图,当时叫作石城。唐武德四年,才正式命名为池州,设"治秋浦、属宣州都督"。梁昭明太子在此食了一条味美无比的鱼,乃更名贵池。解放后,作为地区,称池州;作为县,仍旧沿用贵池。

池州之所以颇有名气,实在得力于诗人们的宣传。与它结缘的大家有李白、杜枚、杜荀鹤等。而历代骚人墨客趋之若鹜,又大多为这儿的秋浦河与齐山所吸引,说到底,贵池之贵,贵在山水,非贵鱼也。

李白反复歌唱过的秋浦,暂且不表。

现在,知道齐山的人恐怕不太多了。然而,齐山真为风水宝地,如果辟为旅游区,我相信,大有前途。从安庆过江,无论乘汽车或江轮,不用三个小时都可到达,而且妙在能作为上九华山登山的第一台阶与休整小憩的中途站。

我去齐山做了一日游。

齐山,实在应该名之曰奇山,一奇奇在十三座山头基本上一般高低,都在八十米上下,小巧纤丽,错落有致,煞像一堆头角峥嵘的石头盆景。二奇奇在洞多,共计七十有二。人云:"他山之奇奇在貌,齐山之奇奇在腹。"真是一语破的。我亲自探察过一处名叫石燕洞的地方,洞口稍稍宽裕,可容三四人,但若要下去,就只好单人侧身攀援而进了,漆黑一片,冷气森森;手电一照,惊起成千上百只倒悬于岩壁之上的蝙蝠,夺路而飞,声若松涛,倒也是一大奇观。像这样的溶洞,在科学昌明的今日,当然容易解释,因为它属于喀斯特地貌,即大家知道的石灰岩。清人姜文彪曾经这样吟咏道:"山离南郭两三里,景胜西湖六七分。彼以人工加点缀,此因天趣绝尘氛。无岩不是玲珑体,有石皆成皱波纹。最爱翠微亭上望,岚光连水水连云。"我游过齐山以后,觉得这个评价是比较公允的。可惜的是,东湖与西湖由于"农业学大寨",实行愚蠢的围垦,已经全部被填死。现在人们呼吁:应该尽快退地还水,如此方可与已经成为渔场的白沙湖形成一个大水环,把齐山像岛子一样怀抱起来,恢复它山色湖光相互辉映的本来面目。

特别值得一提的是,齐山与宋朝的天才将领、爱国英雄岳飞有一段宿缘。在齐山留名的宋贤不少,如司马光、朱熹都是,然而,他们是文臣。身为武将,而又工诗擅书的鄂王爷,却别有轶事趣闻,他的脍炙人口的《满江红》慷慨激烈,在中国民主主义革命阶段,不知鼓舞了多少志士仁人。巴金同志在他的名著《家》中,对此曾有描写,觉民、觉慧等主人公,就很爱引吭高歌,抒发壮志。这是忠实的历史记录。余生也晚,却仍旧从小就熏陶于这一支古曲的悲壮氛围之中,待我读到岳飞的为数不多的传世之作,那已是稍为长大以后的事,记得其中便有这一首《齐山》:"经年尘土满征衣,得得寻芳上翠微。好山好水观未足,马蹄催趁月明归。"诗中所说的翠微亭,乃是西峰峰顶的唐代建筑,早已圮败无存。杜牧任池州刺史时,曾与客携壶来到这儿,插菊饮酒,吟诗联句,写下了《九日齐山登高》一诗。相传岳飞的部将牛皋屯兵在此山中,日夜操练,准备渡江北上,收复中原,岳元帅的大本营设在江西的庐山,相去也不算远。因此,他常来这一带巡视,虽然戎马倥偬,当他一旦发现齐山秀色可餐时,也曾动了雅兴,流连徘徊,乃有上述诗作。

据老乡回忆,大约是一九三八年,抗日军兴,当时有一位姓孟的国民党师长率部进驻池州,大概也是出于对岳飞的仰慕,下令兴建起一座得得亭,取名自在月夜深山听马蹄,亭内还竖了一块诗碑。镌刻的正是上引的七绝。

"文化大革命"消灭了这座得得亭,其时,邪风陡起,谬论横行,忠奸不辨,人妖颠倒。杭州砸了岳庙,池州砸了得得亭。那块诗碑当即被断为数截,不知所终。当时念念有词的是,"造反有理",理在何处? 曰:"凡是反动派留下的东西,都有毒。"这帮"左"得可爱的先生们,莫非真的不知中南海也是清朝皇朝的遗产,他们"敬爱的旗手"江青住的"官园",不也是封建官僚的府第么? 但,他们是无理可讲的,因为,反正"造反派的脾气"正该这样,而且"就是好"。

原来以为,那块诗碑早已粉身碎骨,烧成石灰了(齐山有一小部分遭到破坏,原因就是附近的生产队把它当作石灰窑,有些碑刻已被炸掉,所幸现已制止),没想到,前不久忽然由一位住在山脚下的农民献了出来。据管理人员谈,稍加修补还可依稀得窥残躯。我听了,不禁大喜过望。心想,杭州的岳庙早已恢复,并且更加壮观了,但愿池州也能尽快重建得得亭,以慰岳武穆的忠魂:一赎疯狂岁月的罪孽。

从游齐山说起,引出了岳飞和纪念他的得得亭来,正是本文的主旨。胸中块垒既已吐净,这一则随笔也就可以结束了。

端午，在屈原的家乡

我这一辈子，还从来不曾有这样饱和的充满诗意的经历——在屈原家乡秭归过端午。

一九八二年农历五月初五（公历六月二十五日），天刚薄晓，同伴们已经在略带凉意的山岚中匆匆忙乎起来了。我想，大家肯定跟我一样，兴奋得一宿无眠吧。七点整，我们准时登车，一刻钟以后，便都上了早已准备好的一条旅游船。这个"我们"，指的都是些什么人呢？其中有诗人严辰、徐迟、骆文、方冰、曾卓、蔡其矫、未央、王维洲、熊召政等，也有作家及评论家胡沙、程云、安危、齐克、祖慰、唐因、陈丹晨……以及许许多多编辑和记者，如果要一一列举出来，这张名单就太长，反正是够得上称作"浩浩荡荡"了。

船到江心，下锚了。之所以要停泊在这个位置，完全是为了便于向四面八方观望，特别是对马上就要出阵的龙船赛能看得更真切。主人的安排，确是煞费苦心。我心中蠕动着一团感激的柔情——人与人之间的关系都能像这样体贴入微，那该有多么好啊。

举目四望，正南是莲花峰，"牛角朝云"和"楚台暮雨"这两大美景，充分显示了西陵峡的气象奇观，竟集中在这一带，形成了有趣的对比。偏东一点有块高山台地，那就是传说中的楚王城——熊氏王朝的发祥地。解放后，经过发掘，找到了不少汉代的文物，至于战国时期的，却迄今尚无线索。我看定它，眼前仿佛燃着了一片希望的火光，真巴不得早日查明屈原故国的遗址，替我们解开那《天问》一般的谜语啊。与楚王城隔水相望的是早已湮没无闻的夔城（大致是在鲤鱼山下），它更神秘，什么也没有，莫非是又一座埋在地底的庞贝？由鲤鱼山往前行十二里，便是大名鼎鼎的香溪。香溪不但是秭归的吞吐港口，而且身边日夜流着一条清澈见底的同名字的小河，沿着这条小河上溯，便可到达王嫱的故里。王嫱，就是怀抱琵琶千里和亲的昭君，晋以后由于避司马昭之讳，改称明妃。古往今来，有多少骚人墨客托意寄情，把她写入诗歌？编成戏文，得出了各个时代、各种观点的大异其趣的结论。可是，昭君还是一个昭君，还她以本来面目，其实也不难。想到这一点，忽然生出许多感慨。但是，不管怎样，男有屈原，女有王嫱。这荆山楚水，也真不愧是人杰地灵了。因屈原的姐姐女媭回娘家来安慰被贬弃的弟弟而得名的姊归——秭归，这会儿在船首的正前方右侧，其下是"九龙奔江"的奇观，我经过仔细审察，不得不为这一个"奔"字叫绝！你看，九道石梁，从城墙脚下斜向平行潜入水中，方向是一致的，一股摇头摆尾顺流而下的气势，青灰色的脊背全部暴露在水面——下游修筑起葛洲坝，整个水位上升了，仍旧无法淹没它——千年万载，纹丝不动，那么整齐，那么庄严，那么肃穆，使你感到它们的负责态度和认真精神。它们是天然的防波堤。当然，也正是因为这个，妨碍了上、下水船只的停靠，转而促成了香溪的繁荣。现在，我的视线落到了最近的陆地，在我们船只的正北，有一个突出江中的"半岛"，上边堆满了神农架砍伐下来准备转运的木材。关于它，人们告诉我一个曲折动人的悲惨故事（不记下这个故事，未免太可惜了）。据说幼年时代的屈原在香炉坪山村耕读。有一天，他在响鼓溪里拾到一枚宝石，通体光洁如玉，中间却嵌着一颗红心，灼似火炭，令人炫目。屈原万分珍爱它，日夜揣在怀中，从不轻易让人把玩。随着岁月流逝，屈原的体温竟使那一颗红心孵化为一条小金鲤，红头赤鳞，尾与鳍简直就是缕缕金丝；屈原一见，惊喜不胜，更加着意惜护了。后来屈原做了官，将它携入郢都。楚王听信奸佞谗言，放逐了他。他在忧愤之中，披发佩剑，行吟于云梦大泽，这尾小金鲤也一直渥在滚热的胸窝。公元前二七八年，秦将白起攻占楚京，屈原眼见山河沦丧，又转念自己报国无门，便负屈含冤怀石自沉于汨罗江。这时,奇迹出现了,这颗宝石訇然迸裂,小金鲤从中一跃而出,转瞬之间就变成了一条身长数丈的神鱼。它十分细心地将三闾大夫的遗体背负在身,入湘水,出洞庭,一直溯江而上,游到了这儿才停下;直等到乡亲父老把体态修长、面目清癯的诗人抬上坡岸,引幡而去,遂了他生前在《哀郢》一诗中吟唱过的心愿:"鸟飞返故乡兮,狐死必首丘。"神鱼在完成了这一神圣任务后,倏然不知去向。从此,这个半岛得名为屈原沱。

神话消失了,现实中的屈原沱却比神话还要美:到处彩旗飞扬,鞭炮撒着大把大把的花瓣,长着黑发的头与长着白发的头在各处攒动,欢声鼎沸;人之河不断地从那象征着屈原的切云冠式的城堞下流出来,其汹涌澎湃之势绝不亚于长江。环顾水面,也着实精心打扮了一番:所有的轮船都扯起了花花绿绿的信号旗,像一群头戴凤冠的新娘;在那安装了高音喇叭的"旗舰"上,正播放着柔曼忧伤的乐曲,间或也发布一两道指令,大抵都是调度船只航向和保障观众安全的。我在船舷边绕圈儿走,极目眺望,两岸的山头上都出现了一条条蜿蜒的长龙——那是附近的农民,为悼念三闾大夫,他们怎么能不赶来呢?本地的同志兴奋地说:"这么大的规模,自解放以来还属头一回哩!"因此,用"盛况空前"来形容,绝非陈词滥调。

大约八点钟,三声号炮,鼓乐齐鸣,"旗舰"上主持盛典的负责同志在简短的致词中,还专门提到了我们这一批"屈原的后代和同行",他代表秭归全县人民表示欢迎,这使我感到既高兴又惶愧。的确,我们如果不在新的历史条件下继承并且发扬屈原精神,像他那样写出无负于人民的好诗来,又怎么对得起今天?

"游江"开始了。这是一个精彩的节目。一共有七条龙船,比去年多两条:金、红、青、白、乌、黄、紫,按照当地的称呼,橘红为金,深蓝为乌。因此,三闾公社一色橘红,用意在于礼赞诗人的处女作——意气昂扬的《橘颂》。这个主意很好,南国嘉树,秋实累累,香风似醇!火球一般的甜柑蜜橘压弯了枝条,万山尽染,而且论素质,确也宝贵,无怪乎屈原说它有一种"内美",这样看来,把橘红认作金,岂不是最恰当不过了?

龙船一只接一只,在辽阔的江面组成了一个花环。这条龙首咬定那条龙尾,巡行一周,然后再各归各位——南岸莲花峰下的莲花漩,沿着沙滩等距离地一字儿排开,准备竞渡。每条龙船的泊位,都飘着一面红旗,与之遥遥相对的是,北岸也有七面红旗,很规整地划出了七条看不见的航线。

如果不是细致地而是粗疏地描绘这七条龙船,在我,就是严重的失职,请读者同志允许我先灌输给大家一个总的印象吧,两个字:壮美。

秭归的龙船,在狭长与轻巧上,和我家乡江西甚而至于整个南方,没有什么两样,龙首和龙尾的彩色木雕,也不一定显出多少特殊之处。富有魅力的和无法与之比拟的是人,是龙船上所有的人。布局和格调是这样富于巧思:龙是什么颜色,人的衣着也是什么颜色,由此而产生的效果(这里用得上"通感"一词了),自然是更逼真、更栩栩如生了。唯一的例外是紫龙,人们并没有穿紫衣,而是在浅紫色的底上边加织了深紫方格,质地疑是土布,这一变化,就更别具风韵了。每一条船上都有一位站立在尖尖的船头上的,那威风俨然是三军阵前的上将军,还配备一位掌艄的,两位舞旗的(腰旗和尾旗);另外一位鼓手,地位也十分重要,他不但击鼓,还要领唱或者带头吆喝;而排满两舷的十四对桡手,仿佛都成了连体人,站在船头上的七位"上将军"各自手执不同的兵器:刀、剑、斧、钺、铜……包括这些"上将军"在内,全体"指战员"人人头上都缠着一块头帕,上身都是一件小坎肩,裸露在阳光下的胳膊和胸肌直如紫铜铸就。不知道为什么,我老觉着他们的眼睛也是规格化了的,又大、又明亮,放射着一种奇异的光芒;也长着一样的牙齿,又密,又洁白。力在他们身上流动,流到哪儿,就鼓凸到哪儿。手执兵器者本领最为高强,不断地挥舞,同时做着种种凛然不可侵犯的表情,而且有时就在那方寸之地手之舞之,足之蹈之,甚至拿大鼎,竖蜻蜓;其中有两位须发皓白的长者,想必在六十岁开外了,精神矍铄,一丝不苟,博得了大众的赞叹与欢呼;说他们是最机智、最勇敢、最尚武的水手中的水手,实不为过。击鼓者也不示弱,除了两臂不停地捶击外,那一阵阵的激越的鼓点,都直接转化为电能、光能和热能,使得周围的几万颗心都呼呼地着了火。旗子也耍得极为活跃多变,他们的口哨就是命令,旗帜就是方向。二十八位桡手的协同和谐,配合默契,达到了集体主义精神的最高境界。特别值得称道的是,他们快而不乱,重而不狂,像大雁掠翅似的——飞过波峰浪谷……我当时几乎引起了超越时空的幻觉,仿佛眼前一个个全是断发文身的上古勇士,我甚至怀疑自己是不是回到了列祖列宗身旁:"楚虽三户,亡秦必楚。"我相信,如今我更懂得这句誓言和预言的活生生的意义了。

最撩人遐思的是歌声!是地地道道的举世无双的标准的楚音!伴着鼓,伴着锣,伴着鞭炮,伴着吆喝,伴着欢呼,人们唱起了招魂的挽歌,如泣如诉,如怨如慕,呼天抢地,摧肝裂肺。请听这洒血而祭的呼唤吧:

> 我哥哟,回哟嗬,嘿嗬也,
> 大夫大夫哟,听我说哟,嘿嗬也,
> 天不可上啊,上有黑云万里,
> 地不可下啊,下有九关八极,
> 东不可往啊,东有弱水无底,
> 南不可去啊,南有豺狼狐狸,
> 西不可向啊,西有流沙戈壁,
> 北不可游啊,北有冰雪盖地。
> 唯愿我大夫,快快回故里,
> 衣食勿须问,楚国好天地……

听了这发自心底的声音,铁人也要落泪!

人民的心声,多少代,流传至今,永不寂灭,永不低回,这才是真正的万寿无疆啊!

我哭了。

透过蒙眬的泪眼,我坦然地欣赏着这一切。包括和我同样俯伏在栏杆上凄然凝神的朋友——原来,他们的眼眶也发红了。是的,没有什么可以害臊的,尽管我们当中的大多数人都已年过半百,鬓发飞霜。

这是给一切为人民的利益而死者,或者准备随时为大众献身者的最大慰安!

这样的歌,是抚慰灵魂而又激动灵魂的歌。凡有灵魂者,岂能不战栗,岂能不自问:我像屈原那样热爱自己的祖国、自己的百姓吗?我能做到在必要时牺牲一己的生命吗?(这当然不应理解为提倡投江自沉,哪怕是身殉理想的自尽;我们生活的时代与社会完全提供了更为积极的条件。)

因此,我要说,最难忘的是这些普普通通的农夫和普普通通的舟子,他们都是我的老师,是他们给我上了一课;爱国的最高标志是爱人民,而爱人民者最后必然为人民所厚爱。

接着,稍事休整后,便开始了竞渡。出发点是莲花三旋,终点是屈沱三泡。"旋"和"泡"都是水手们的行话,前者指的是一种平面的涡流,后者指的是立体的翻涌;而这两处都山势险峻,江水湍急,连有几十年丰富经验的船老大也不得不为之皱眉蹙额。竞渡期间,上下游的航运也宣告暂时中断,以保证竞赛的顺利进行。一条龙船与另一条龙船之间,虽然保持着同等距离,但由于"旋"和"泡"的情况和程度有差别,为了机会均等,采取了逐次轮换停靠点的办法。

这天的阳光分外强烈,七条龙船宛如七条真龙,躁动着,跳跃着,款摆着,又宛如倒映在水面的灿烂的霓虹。船上的壮士们全部各就各位,咬紧牙,瞪大眼,准备随时扑上去一决雌雄。果然,启动的号令一响,它们便像箭一般由南岸直射北岸。这时节,争先者勇气倍添,落伍者奋力追赶;大概是水情的关系,那位置居于最下游的一条往往都在竞赛中也居于最下游。尽管这样,而每当此时,这条不幸越来越偏离航线的龙船,也毫不气馁,拼命向前……

我没有记下每一次比赛中的优胜者的颜色,反正如此反复了七遍;体力的消耗越来越大,在这个普遍的难题面前,指挥员的机敏、果断和信心,战斗员的技巧、纪律观念,当然,还有熟谙水性的实际水平,以及坚韧不拔的意志,就占了越来越大的比重。一定得这许多方面加在一起,构成优势,才有指望夺标。

两岸的观战者情不自禁地为胜利者欢呼!为后进者鼓劲!

七龙闹江,一直持续到将近下午二时才结束。濒临长江的归州镇——即秭归县城城关——荣获冠军。

事后了解,才弄清楚这一天的活动大有文章。首先,程序上就很讲究,共有六道:起鼓,祧桡(即用长桨做着一种祭奠屈原的规则动作),然后才是游江,招魂,竞渡,回舟。我对这一套委实生疏,同时心跳眼热,第一道和第二道仪式竟被完全忽略了,很是遗憾。

在这个全过程中,都有人向江中投掷粽子。秭归的粽子做工特别考究:先要把洁白如玉的糯米淘洗干净,贴上楝树叶子,再用蓼叶包扎成三角形,缠上五彩丝线,甚至还编织出各种图案花纹,留下绡穗,然后煮得糜熟喷香,最后除了自己吃一部分,许多都喂了鱼鳖。这是为什么?我想,不用解答,无论谁都能从中体察到,人民群众对他们的诗人倾注了何等丰富何等深厚何等温存的情愫!这,本身就是一首好诗。

薄暮将临,人们才恋恋不舍地离去,一步三回首,也许是还希望出现什么奇迹吧?这时,你且听吧,大街小巷,都有喝了并且在脸上、耳朵上、手上和脚上涂抹过雄黄酒的孩子们,不约而同地唱起了老奶奶的老奶奶的老奶奶传下来的童瑶:

> 月亮茫茫,
> 眼泪汪汪,
> 淹死楚王,

莫死忠良。

好一片赤子之心！再简单不过的四句歌谣，说明了：人民自有选择，自有标准，自有裁判，这是任谁也无法改变无法强加的，对于昏庸暴虐的楚王和忠贞为国的屈原，千百年来的是非曲直，公断就是如此！

整个白天的活动确是足够紧张的了，我还有病，显然是违犯了医生的命令；然而，我有一个也许是狡猾的答辩：我只是眼睛疲劳，心却一点儿也不疲劳呀。

入夜，又通知去县委大院，参加诗歌朗诵会。主办人有两家：一家是当地的十三位农民和农村工作干部、农村学校教员组成的骚坛诗社；另一家就是我们这个诗人访问团。

提起骚坛诗社，其实下午在船上已经认识了，我们的几位主要负责人还在一起合影留念。社长叫谭光沛，篾匠；理事杜青山，农民；他俩都六十出头了，还有一位屈原大队的小学教师徐正瑞，中年人。据他们介绍，这个骚坛诗社已经有了六百年的历史，有口碑可传的，最早是在明朝，以朱元璋及其儿孙的文网之密，居然还能容忍这么一个纯粹是下里巴人的文学社团存在，不能不使我大吃一惊。断断续续，明明暗暗，历经清朝和民国，都始终有活动；然而，奇怪的是，解放之后，反而出乎意外地消失了，只是在江青反革命集团覆灭之后，才又宣告恢复。现在他们和县文化馆合作得很好，为了迎接今年的端午节，居然专门出版了一张小报，内容全部都是与此有关的诗文，我想，这显然是加强和改善党对文艺领导的成果，令人十分高兴。

但也有一层淡淡的阴影。拿杜青山来说吧，他和老伴两个，不但无人照料，反倒需要养着一个因病丧失了劳动力的儿子。他本人是唯一的劳力，加上投粪投草，每年全家仅得一千余个工分，可拿款三十元，一旦扣除了口粮、菜蔬，终年辛苦只能换到一个零蛋。这次让他进县开会，一位公社干部见他穿着过于破烂，便脱下自己的的确良衬衫，借给他装点门面。因为会期共有七天,弄得老倌一直背着思想包袱——唯恐误了活路,影响生计,而这个县(也许还有更上层一点的某些人)一直"顽抗"到去年秋天,才不得不在大势所趋的压力下,同意实行双包到户的责任制。如今杜青山承包了三亩地,水、旱各半,种了水稻、玉米、胡豆、洋芋、红苕、高粱……简直开了杂粮铺,他苦笑着解释,不这样不行啊,高寒山区,无霜期短,多留几手,东方不亮西方亮嘛。

我注意到他一起一坐,动作特别小心,甚至连沙发上也要摸一摸,怀疑有钉子、毛刺,他实在是怕扯破了或者弄脏了借来的"戏装"啊。这时,我心头真有说不出的滋味——难道这就是屈原的后裔?他们在经济上还远远没有翻身啊!但转念一想,三中全会以来,毕竟是希望在人间了。杜青山,我多么希望听到你秋后丰收的喜讯啊!

我猛然惊觉,自己的这种苦闷和晚会的愉快气氛极不协调,于是,赶紧收拢了整个纷纭的思绪。不一会儿,报幕的同志叫到我的名字了,我只得上台去献芹一首。我写的是《龙舟竞渡》,是仓促中赶出来的,因此,也就好不了,全诗如下:

七条蛟龙闹大川,金、红、青、白、乌、黄、紫,锣鼓,刀剑,旌旗,桨橹,如此奇妙地交织;所有善良的灵魂都在波涛上来回奔跑——为的是寻找两千二百六十年前失去的儿子。

如今不是连屈原本人也在盼望现代化吗?然而,我却要含着眼泪歌唱这种原始;人民就是长江啊,柔顺而暴烈,强大又固执,不到明天,她,绝不会停止呼唤被放逐的诗!

第二天大早,由湖北省社会科学院分院发起的屈原学术讨论会正式开始,第一个仪式是为新建的屈原纪念馆落成剪彩。我们也应邀去凑热闹。这座纪念馆坐落在城东的一处山岭,有一条尚未铺好的盘山公路直达,我们诗人代表团和学术界的专家名流在鞭炮声中合影,然后进行参观。陈列室不大,布置得也处处露出匆忙的痕迹,说不上十分可观。除了陆游的两首七绝《楚城》(江上荒城猿鸟悲,隔江便是屈原祠。一千五百年间事,只有滩声似旧时。)和《屈平庙》(委命仇雠事可知,章华荆棘国人悲。恨公无寿如金石,不见秦婴系颈时。)引起了一阵阵唏嘘感叹外,最引人注目的当推谭光沛老人和杜青山老人合撰的《重修三闾屈原庙记》碑文了。我把它一字不落地抄在笔记本上:

　　楚三闾大夫屈原,公元前三四〇年庚寅岁生于归乡乐平里之香炉坪。

　　公自幼躬耕勉学,壮而出仕,官居左徒,明"举贤授能"之治,奉"联齐抗秦"之策,身事怀襄,行廉志洁。孰料君王昏聩,奸佞进谗,孤忠见妒,累遭放逐,于公元前二七八年五月五日冤沉汨罗。

　　公文思高远,辞章瑰丽,著《离骚》等二十六篇抒忧国之志,哀生民之艰,历朝推尊孤忠,谥号清烈;乡里父老,立祠而祀。人民政府彰公乃中华民族不朽之诗魂,重修屈原庙,以志人民感公之伟烈耳。

　　　　　　　　　　　　　　　　公元一九八〇年孟秋吉日立

满共不到二百字,饱含血泪,也满怀希望,如此言简意赅、朴实无华的得体文字,你能相信它是出自两个所谓的"野老村夫"之手么?不知道别的同志做何感想,在我仅有二字:叹服!

秭归的端午,我将终生难忘。

荆楚的古风如此,湘沅的民心怎样?我真巴不得明年的五月初五,再上汨罗江畔,听一听那儿的又一种歌哭。

　　　　　　　　　　　　　　　　1982年9月14日追记于北京

戴姗卡·马克西莫维奇印象

——访南散记之一

有缘万里来相会,能在南斯拉夫结识著名女诗人戴姗卡·马克西莫维奇,我感到十分的荣幸。

九月份,为出访做准备,我先期到北京住了十天,看了一些材料,却大都不得要领。最令人焦急不安的事情,莫过于找不到当代南斯拉夫诗人们的作品,而预定在十月十八日于贝尔格莱德开幕的第十九届国际作家大会,议题恰恰是"二十世纪末的诗歌"。当然,作为中国代表团,我们应该着重介绍本国的诗歌运动概况。但是,如果对东道主的现状一无所知,岂不是既荒唐而又失礼!

于是,我找《诗刊》当时正主持编务、又去过南斯拉夫的邵燕祥同志求援,承他介绍,又拜访了为刊物代管翻译稿件的女诗人陈敬容同志。正是从她的文件夹中,我生平第一次接触到尚未来得及发表的戴姗卡·马克西莫维奇同志的一组抒情诗。译者是我国为数不多的精通塞尔维亚文的专家之一——文化部的柴盛萱同志。乍一读,立刻感到有一股荡气回肠的力量吸引着自己的眼睛和心。我爱不释手,便借回旅馆选抄了其中特别令人激动的两首:《血的故事》和《纪念起义》。到南斯拉夫之后,对人谈起这些,才了解到,自己没有看错。这两首诗,尤其是前者,可谓家喻户晓,至今的小学生们还都能背诵。后来,我们去克拉古耶瓦茨参加一年一度的"伟大的一课"纪念活动,又看见那儿的石头上也刻着其中的诗句。据同行的南斯拉夫同志解释,如果能译作《血的童话》,似更符合本意。同一代表团的马识途同志和刘绍棠同志读了这两首诗,无不击节赞赏,并且立即转抄在各人的纪事册上。马、刘二位是以专攻小说创作知名海内的。然而,戴姗卡·马克西莫维奇的诗居然如此打动了他们,这足以说明,戴姗卡的诗是真正的诗。而真正的诗,其特征正是在于具有摇撼灵魂的魅力,这种魅力是可以超越国界的。

会议正式举行的日子到了。步入会场,才坐下,我就急着请翻译刘鑫泉同志替我寻找戴姗卡(刘鑫泉同志是我驻南大使馆文化处的工作人员,他对社会名流的情况比较熟悉)。正询问间,大会执行主席、塞尔维亚共和国作家协会主席米拉·阿历契科维奇宣布了第一项议程:"首先,请戴姗卡·马克西莫维奇同志讲话。"她的目光是那么尊敬而亲切,仿佛凭视线就可以搀扶起众望所归的大诗人。与此同时,大厅中爆发了一阵热烈的掌声。三十几个国家的诗人、作家和翻译家们纷纷起立,朝着前排坐着的一位头发花白的老太太报以欢呼。只见这位老太太慈祥地欠身向大家微笑致意,然后健步登上讲坛。啊,她就是戴姗卡!精神矍铄,虽然瘦小,却显得硬朗!戴姗卡的讲话是清晰的、温暖的,像夏日的多瑙河水,潺潺地流过耳旁……她说:"我很遗憾,今天太阳没有出来欢迎你们,但是,贝尔格莱德的新鲜美好的空气拥抱了你们。你们来自世界各大洲,是你们——南斯拉夫的朋友们——使得这次会议具备了国际的和劳动人民的联欢性质。"接下去她又说,"南斯拉夫人民曾经遭受苦难,无数城市被夷为废墟。然而,通过我们自己的双手,不但写诗,还把丛林变成新的漂亮的房屋。由此,今天,黑种人、黄种人、白种人,才有可能在这儿聚会,并且充分交换各自对我们所从事的工作意义的理解……"

第二天,即十月十九日出版的权威性的《政治报》关于这次国际聚会做了长篇报道,但是,既没有配以我们所习惯的主席团和麦克风的镜头,也没有各国来宾握手言欢的场面,唯独刊登了一幅三寸大的照片,不是别人,正是戴姗卡·马克西莫维奇!因此,不难想见,她在南斯拉夫有着何等崇高的威望!报道用非常简洁的文字写道:"八十四岁高龄的南斯拉夫著名女诗人戴姗卡·马克西莫维奇以自己诗一般的讲话,揭开了会议的序幕。"这自然也就是向公众介绍,手持锋利明亮的诗的剪刀为这次国际性典礼剪彩者是德高望重的戴姗卡。

在整个会议中,人们围绕着戴姗卡,而作为一个只可意会无法言传的中心,她是周到的,稳重的。不过,她毕竟是诗人,不是外交家,她毫不掩饰自己对中国代表团的"偏爱"(这当然是她对伟大的中国人民和中国革命充满感情的体现)。就在开幕式的当天上午,利用大会发言中途的休息时间,她专门邀请我们喝了冷饮,对我们这些来自古老而又年轻的中国的诗人、作家表示由衷的欢迎。此后,凡是开会,只要中国代表在场,她一定都要和我们亲切交谈一番。

她穿戴大方、朴素,完全是一位普普通通的外国老太太——一件暗花绸子的连衣裙,外面罩上黑丝绒坎肩,头上是一顶黑毡帽,脚上是一双黑皮鞋。用中国人的标准看,"奢侈品"大概应该算上那箍住右手腕的象牙镂花手镯和左手无名指上套着的一枚戒指了。她从不拿手杖,而装着诗稿、信札和文件的提包倒是形影相随。我的身材属于中等偏矮,戴姗卡同志比我还略低一点。即便你不知道她是名震遐迩的大诗人,只要她往你身边一站,也能使你信赖这位老祖母。她的肤色微微发黄(这一点令我感到惊喜!),脸上和脖子四周有那么多的褶皱,那么多的老年斑。她说起话来,那浑厚的音色和急促的节奏是悦耳动听的。这时,你不难想象出她半个世纪以上的吟哦。特别是那眼神,奇妙地交织着疲倦和昂奋,还有那令人永远难以忘怀的仁慈的微笑。这一切,包含着多少动人的故事啊!

就是这么一位可以当我妈妈的著名诗人,竟一连三次到我们下榻的斯拉维亚饭店看望我们:一次是十月十九日下午,送来了她新近出版的诗选;一次是十月二十二日黄昏,赠给我们有趣的工艺品;紧接着在二十三日夜间,我们看话剧归来,服务台上又存放着她亲自留交给我的一封信,里面是她在文学晚会上朗诵过的一首新作的打印稿(我曾经向她索取过这首诗)。大概是为了避免翻译上的理解偏差,她另外附了一张纸片,像看图识字课本似的做了许多幅表意画,亏她的好记性!亏她竟至于如此认真到了一丝不苟的地步!我捧着信,心里热乎乎的,忍不住泪水涌上眼眶。最使我惶恐的是,戴姗卡同志跑了三趟,不凑巧,我们谁也不在。我兴起了回拜的愿望,也想做些道歉的表示。可是,一了解,女诗人新近遭逢丧事,她不能在自己家中接待宾客,悲哀的地方是不适宜于欢笑的。我们中国人,应该最能理解这个了。孔夫子说过"有朋自远方来,不亦乐乎"!可也是这位孔夫子又教给我们以守丧之礼。这的确是一个大矛盾。我终于管住了自己的双脚,没有去打搅老人。

十月二十二日下午,贝尔格莱德时间四时十分,会议举行了闭幕式。当夜,有鸡尾酒会。戴姗卡同志出席了这个酒会。在济济一堂的客厅里,她和我们中国代表团互相举杯祝贺,交谈分外欢惬。我告诉她,我们还将在这里进行为时一周的双边活动,但也许看不见她了,然而,我可以天天在想象中与她会见。戴姗卡听到这里,非常激动,立刻离开椅子站起来,双手捧住我的头,吻了一下我的左颊。这时,四周响起了一片友好的笑声。坐在她一旁的画家巴乌诺维奇·西卡奇亲切而幽默地解释道:"她这是吻中国!"这话说得很对。她正是为了爱社会主义中国才吻我的啊!事后许多天,直到回国,直到如今,我都在懊恼地责备自己:为什么不报以儿子对妈妈似的一吻!我完全可以亲一亲她那充满智慧的前额嘛!该死的东方人气质,竟使我徒自陶醉于幸福,而不敢大胆回答!

在整个会议期间,凡是有她在场,我们都能从会场的气氛中和各国代表的表情上,感觉到戴姗卡·马克西莫维奇的分量。我私下曾对马识途同志和刘绍棠同志说:单是能认识她,也就不虚此行了,何况还有克拉古耶瓦茨的伟大一课!他们二位表示,这也正是他们的心思。同时,我们三个也不下十几次地感到遗憾:对于这么一位不仅在南斯拉夫,而且在全欧洲都极有声誉的大诗人,为什么我们出国之前竟读不到有关她的片言只语?

我把她在文学晚会上朗诵的新作带回国来,请柴盛萱同志译成汉文,全诗是这样的:

爱克斯光片

在爱克斯光片上
我看到了我的臂骨,
白白的,仿佛山毛榉的枯枝,
我也依稀望见了
一旦剔除了污泥
它那躺在土里的样子。

我看到这人骨,
这细细的手臂,一些棍棒
何等巧妙地
结构成为夹钳、
剪刀和杠杆。

爱克斯光片摆在我的面前,
像学校里的一张地图。
这能给人以爱抚的手臂啊,
究竟藏了些什么秘密?
明天,当死神君临,
它又会有些什么遭遇?

假如我现在把手臂伸给你,
我愿将地下的幻影忘却,
然而,即使手腕上脉搏怦怦作响,
我仍旧认定它是一根骨骼。

毋庸讳言,按照我们中国的文艺评论的惯用术语来说,这首诗的"调子"不高,因为它描写了死,又写得那么凄婉。不过,我又想,为什么当诗人用平静的语调读完这首诗,连喘口气的工夫都没有,就轰动了整个会场?那些热情澎湃的、人数众多的罗马尼亚朋友们,一个个竟从座位上跳起来,狂热地挥舞双臂,不停地喊着:戴姗卡!戴姗卡!这又该做何解释?的确,仔细品味一下,这首诗固然情绪忧伤,却也气度豁达。它并没有流露对死的畏惧,相反,却充满了对生的留恋——她爱的是我们大地上的生活!分析起来,戴姗卡写出这么一首诗来也是自然的,第一,她本人年事已高,难免会想到生老病死规律之不可抗拒;第二,目前又正逢居丧,感情倾向于悲哀与压抑是人之常情。因此,我认为,就诗论诗,它仍不失为老诗人的佳作。何况,我们还亲眼看到了,诗人在实际生活(包括社会活动)中的表现:热心,专注,周密,反应是那么敏锐,思维和语言是那么生机勃勃。这远比诗更重要,更根本。

戴姗卡同志对我们谈过她的一个心愿:希望在有生之年,能看一看中国。为了这件事,我和马识途同志、刘绍棠同志交换过意见,我们愿意郑重建议,最好能由中国作协发出正式邀请,安排一个适当的季节,帮她插上波音七四七的钢铁翅膀,飞向东方!

我,等待着这一天的到来。

1982年12月12、13日 合肥

也算自传

编辑部要求我写自传,不写不行,而字数又有限制;这类文字从前写过不少,有详有略,极少数的公开印出来了,大多数装了档案袋。我想,这一回不如索性变一变格式,侧重回答几个问题,也算向读者同志做了交代。凡是这里没有谈到的,如个人经历等等,请参阅《中国现代作家传略》一书。

先谈名字。近几年,大概也是一股风吧,我收到了不下五六处关于编纂作家笔名词典的通知,纷纷叫我填表。起初,我认真地填了,后来因为精力不济,便未再遵命。现在把我用过的名字,凡属记得起来的通通开列出来,以后碰上这一类信件,恕我就不一一做复了。

一九二七年三月七日,即农历二月初四,江西南昌添了一个乳名杏宝的男孩儿,"正是杏花二月天",故曰:杏;我排行老五,前面四个都是姐姐,重男轻女,概莫能外,故曰:宝。发蒙上学,必须起个大名,依照刘氏宗祠的族规,轮到我一辈,得一"仁"字,我父亲大概是希望我做一个勇者,便缀一"勇"字,成了刘仁勇。无奈这个名字既受同学们奚落(说什么像二等兵),又不被自己承认(我很反感这种硬行摊派某一个字的陈规陋习),长大以后,便改名为刘耿直,沿用至今。其间,在一九四八年至一九四九年这两年当中,因为参加了地下全国学联宣传部的工作,组织上规定每个成员都得负责与某几所大学保持联系,为了不致暴露,又随便从金尧如同志(现任香港《文汇报》主编)和汪汉民同志(现在陕西汉中党校工作)的名字中各取一字,凑成了一个刘尧民,一些当年在学生运动中与我有过接触的同志,想必还能记得。

至于笔名,十三岁开始用的是流萤(刘仁勇的谐音),我父亲知道了,批评道,萤火虫太小了,光也极其微弱,不好。于是,我便改用了刘铁男,心想,铁,总够劲儿了吧?不料老人家还是摇头。直到一九四六年,我从《诗经》上袭用"公刘"这两个字,他才莞尔一笑,表示认可,从此,一直使用到现在。当然,由于当时还处在国民党的黑暗统治之下,文章往往犯禁,不得不经常变换名字。说起这种化名来,那就多了,江流(据《说文解字》诠释,江,形声字,从工;江流,还是可以念作公刘,只有我自己知道这个"秘密")、K.L、雷电、李甲、杨卡、廖廓、白金汉、杨戈、龙凤兮、赣人、周密等等。解放三十二年来,仅有过一次化名撰稿的事,那就是一九七九年匆忙赶写的批评《"歌德"与"缺德"》的文章《论题目的学问》,因为在同一期《安徽文学》上已先发排了我的一首歌颂对越自卫还击作战的《七公尺、一百二十公尺和四千公尺》等,兼之自己当时在编辑部还负有一定的责任,像这样同一期上登出两篇自己的稿子,恐招异议,才临时在这篇文章上署名"眉间尺"。

再谈作品。一些不甚了解二十世纪五十年代情形而又关心我的创作近况的青年,老是惊讶地提问,你怎么能写这么多?这个问题其实好回答,也很好理解。第一,我曾经白白丧失了二十年的大好年华;失去了当然就是失去了,谁也无法补偿。所以,只有像古人说的那样,惜寸阴,抓紧每一个"现在",多干一点活,多出一点活。第二,一九八〇年的一场脑血栓病,对我无异于又是一个警告,其含义是:日过中天,西山在望,被迫搁笔的将近一年里,我学了一点乖:懒惰诚然不对,拼命也不足取;光知道绷紧弦不行,还应该适当地松弛。于是,我便利用下去生活的机会,把采访和谈话一概化为休息。也就是说,只开动"入库"的机器,而平日间把烧饭、洗衣服、读报、看电视当作一种特别方式的休息一样。这么做,尽管脑子照旧不曾闲着,毕竟将外来的负荷派给各个部分轮流承担了,自觉比紧张万分的"全体总动员"来得稍有节奏和缓冲。

一部分偏爱于我的读者,买不到我写的书,不断来信查问,甚至汇款来,对此,我深深感动,但却无法解答——我的确不知道书籍发行部门下了什么决心。粉碎江青反革命集团以来,我一共出了四本诗集:《尹灵芝》,五万册;《白花、红花》,一万九千册;《离离原上草》(选本),一万一千册;《仙人掌》,七千册,看样子真是每况愈下。然而,明年很可能会成为我个人文学生涯中的一个丰收年。江西人民出版社和花城出版社将分别出版我的两个评论集《诗路跋涉》和《诗与诚实》;《母亲长江》已收入《诗刊》的《诗人丛书》第三辑,交由黑龙江人民出版社出版;上海和四川还要去了我的两本诗集:《骆驼》和《大上海》;另外,一本散文集亦将由湖南人民出版社印行。收进这些小册子的文字,并非全是这两年写下的。有一篇最早的读艾青诗作的心得,甚至是写于一九四六年。那时候,我不过是个大学一年级新生。

记得高尔基说过大意如下的话,人活在世上,怎样来证明他的存在呢?一种是腐烂,另一种是燃烧。我是不愿意腐烂的,甚至连冒烟我都不甘心,我希望的是燃烧,痛痛快快地燃烧,让自己和别人都得到一点光和热。真的,我唯一的祈求是:让我燃烧的时间尽可能长一些,程度尽可能充分一些。

最后谈生活态度,所谓生活态度,不是指的人生态度,不是指世界观。我认为,今日的革命者理所当然地确立了唯物主义的世界观,否则,于己则一切无从谈起,于人则找不到共同语言。

我指的是创作与生活的关系,即:诗人应该如何对待生活。

有人常说,甚至文艺界的行家里手当中也有人这么说:写诗嘛,走马观花就行了。我觉得这是一种有害的言论。

若把诗歌与小说、戏剧做一比较,不难找出许许多多不同之点。然而,在这许许多多不同之点中,什么是最主要的呢?我以为,最主要的是,诗歌必须毫不吝惜地将一切旁枝末节都删削以尽,只撷取那最有本质特色和最有象征意味的内心活动和外在行为加以歌咏或叹唱。这个删削是建筑在大量占有的基础之上的。而在这一过程中,选择的准确性和解剖的精确性,无疑是诗人的一项特殊的劳动本领。这种劳动本领,离开了长时期的艺术锻炼固然不行,离开了对生活的全身心的感受和理解更加不行。因此,结论只能是,诗人同样需要到沸腾的生活中去,到群众中去,到社会的底层去,而绝不是游山玩水、赏花拈草,或者陶醉于"表现自我"。

我历来主张多跑路,多看,多听,多想;这都不是轻松的娱乐,是要吃苦受累怄气的,甚至还要担各种风险。在我的青年时期,我努力寻求这种机会;在我的中年时期,一场持久的厄运反而"玉成"了我;如今步入晚年,恢复了政治名誉,当了作家,条件自然要好得多。不过我仍旧不敢贪图安逸,反而经常自讨苦吃。即以一九八二年为例,以抱病之躯,先后仆仆风尘于皖南和皖东的工厂、农村和矿山,旋又溯江西上,由吴头楚尾而巴山蜀水,度秦岭,入关中,接着又第二次去到镍都金川(甘肃),然后还出了一趟国。总之,坐在家里的时间,不及全年的四分之一。跑路、看和听是要花时间的,想,却基本上用不着划出专门的时间来,见缝插针可矣,关键在不要偷懒。相反,要不断自己鞭策自己,驱使自己前进,什么时候没有倒下,什么时候就得继续赶路。我个人的体验是:被消耗了的生命是可以通过别的途径和方式得到充实的。

明年,我还打算去几处我不曾到过的地方,看一看也听一听那儿的人们都在干些什么和说些什么。我有一种恐惧感,深怕一旦完全力不胜任了,这些地方会像西藏一样,一辈子留下遗憾。(进军之初,当时的西南军区曾经指名借调我和白桦同志进藏。可是,云南军区以为这可能是"借荆州",便回报说,两个人都病了,不能参加,让别人顶替,事后才又实话告诉了我,令人哭笑不得。)

自传,是写不完的,因为人还活着,还在工作。这一次,只能拉杂写到这里,不能再占更多的篇幅了。

1982 年 12 月 29 日

伟大的一课
——访南散记之二

十月二十一日的大清早,我们的车子就飞驰在从贝尔格莱德通往克拉古耶瓦茨的公路上了。公路修得很漂亮,车子开得更漂亮——简直像自动滑行一般。一路之上,丘陵起伏,树林疏密相间,房舍错落有致,它们都一齐向后飞,向后飞……越发增添了这种自动滑行的、令人心旷神怡的快感。

我们一连追过了好几部大轿车。轿车里坐满了天真活泼的孩子们。他们发现了我们是中国人,高兴地挥着手,并且尖声喊叫着什么,因为在行进中,又隔着玻璃窗,听不清楚。但是,看见那一张张明眸皓齿、肤色红润的笑靥,的确是叫人非常愉快的事——显然,他们不但都营养良好,而且无忧无虑,像童话中的快乐王子和美丽公主。

这些天,青年们和儿童们特别激动,他们如同潮涌一般从塞尔维亚共和国各地奔向克拉古耶瓦茨会合。在克拉古耶瓦茨,一年一度的"伟大的一课"即将揭幕,谁不希望自己有幸参加呢?

我们,几个中国人,今天也是去听"伟大的一课"的。我们也是学生。

公路伸进了漫长的丛莽,这儿昨夜肯定下过一场好雨,草尖上至今还挑着晶莹的水珠,到处弥漫着初秋的凉爽宜人的清新空气。主人告诉我们:目的地不远了,就隐藏在前面一片高大的橡树林后面。果然,林间空地上,开始时不时冒出来青铜的和花岗岩的大大小小的纪念碑,形状没有一个是重复的,真可谓百花齐放。这个以造型优美见长,那个以构思奇特制胜,其中有一个——尽管车子一闪而过——给我留下了极深极深的印象,那是由上十具烈士的身躯组合而成的一棵青铜大树：无畏的胸膛、挺拔的脊梁、坚定的腿脚、激奋的手臂，一个拉着一个，一个撑着一个，形成了树干和枝丫。这是一棵万古长青的生命之树，它凝聚着不屈不挠的集体主义之光，放射着无私无畏的英雄主义的能量。由于时间已经快到了，我们没能下去仔细摩望和拍照留念，真是太可惜了。

车子驶进了停车场。这儿有多少各色各样的汽车啊！人们告诉我，这个停车场不过是大会开辟的临时停车地点之一，推算下来，该有上千部车吧。

走进会场一看，那儿已经是万头攒动了。椅子不多，绝大多数人都是肩并肩站着。我们被尊为上宾，安排在第一排就座。我们的左边、右边和后边，都是神色凛然、身穿军服、佩戴勋章的游击队老战士，以及别着一块黑纱的死难者的家属及后裔。而在他们的后面，才是其他的与会者，其中，有塞尔维亚共和国总理和政府的各级官员。

没有舞台，只能感觉到前面的一块开阔的坡地就是"舞台"。那儿，由六个文化团体选拔组建的大合唱团排列着整齐的队伍，队伍前方坐着庞大的乐队，各色乐器的金属管、琴弦连同镀铬的谱架一起在阳光下闪着耀眼的光芒。有一个魁伟的男子的背影朝着我们，他穿着上身海蓝色、下身藏青色、沿着裤缝镶有两道猩红条纹的校官制服，肩膀上盘着一圈金黄的丝绦，一直连接着崭新的色泽鲜艳的绶带，右手拿着一根指挥棒——指挥合唱和演奏的权力的象征。合唱团的其他团员们的服装则是另一种美：男的一律白衬衫，黑领带，黑西服；女的也一律白衬衫，不过领口是圆的，另外配上长及脚面的蓝褶裙。只有两位女同志加上了一件红披肩，后来，我才知道，她们是担任领唱任务的出色的女高音。这样有气势的大合唱团，精神饱满地摆在"舞台"中央，显得格外庄严肃穆和典雅大方。而在"舞台"的左角，靠近 V 字碑——下面我将要专门介绍它的地方，不整齐地站着一群各种服饰的男男女女，各种年龄都有，仿佛是一群无意中聚集在一块儿的普通观众。然而，他们却并不是观众，他们是朗诵者，和早已肃立在六个麦克风后面的著名演员（包括来自萨格勒布的全南斯拉夫的优秀表演艺术家)一道,在整个的节目中承担着背诵诗歌的责任。当然,他们的这种身份,我也是事后才"明白"过来的。

离我们的座位不远,在绿茵如毡的草地上,在苍翠的柏树环抱中,矗立着一座气宇不凡的诱发凭吊者想象力的 V 字碑。V,是英语"Victory"(胜利)一词的缩写;曾经在第二次世界大战中,通过中指和食指走遍了全球。然而,经过有头脑的雕塑家的处理,在这儿,它却不仅仅是一声欢呼,而且同时是一声悲叹,因为它象征着一只羽毛丰满、等待展翅翱翔、却没有来得及起飞的纯洁的小鸟。它的左翼倾斜度较小,右翼倾斜度较大,左翼较小,右翼较大,远远望去,真似正在冲天一跃。而在乳白色的双翼上,布满了隐约可见的浮雕群,虽然性别、身份、年纪不同,那表情的刚毅、悲壮则一。这是牺牲者的代表。整个碑刻的风格颇近似鼎鼎大名的巴黎公社墙。仪式是从献花圈开始的。献花圈的队伍由当地十五所学校的优秀学生组成。我看了一下表,时针刚指着贝尔格莱德时间上午十时整。而一到十一点——不多也不少一分钟,纪念大会就宣告结束,准确得如同电子计算机一般。

在整整一个小时内,通过一部由朗诵、独唱和合唱,以及管弦乐的奏鸣构成的大型诗剧中,再现了一九四一年十月二十一日的惨烈往事。这是惊心动魄的一个小时。使我为之倾倒的,不仅仅是它的大气磅礴的声势,而且有它的简朴厚重的格调,慷慨悲歌的气氛。

一九四一年十月二十一日,在克拉古耶瓦茨发生了什么事情呢? 这一天,从上午七时到下午二时,德国法西斯匪徒,借口他们有五十名士兵被游击队击毙,还有大约四十名受伤,桉打死一个德国人需要一百个南斯拉夫人偿命,打伤一个德国人需要五十个南斯拉夫人偿命的"原则",以二百人左右为一批的进度,用机关枪进行了一次血腥的游戏;七个小时总共杀害了七千三百余人! 平均每小时杀害一千余人,每分钟杀害十七人! 在这场灭绝人性的屠杀中,被抓起来的七千三百余人中,仅有一人逃脱了死神的魔爪,奇迹般地幸存下来,这就是现任克拉古耶瓦茨革命展览馆馆长的列贝·约万诺维奇,他当时只有十六岁。

下面是从这部交响音乐诗剧中撷取的许多英雄故事中的几个音符——

冶金工人德拉果维奇痛斥刽子手,他喊道:"疯狗们!你们喝饱了塞尔维亚人民的鲜血,且慢得意!我们的红军和我们的游击队马上就要来消灭你们了!"最后他高呼口号,"自由万岁!南斯拉夫共产党万岁!"同他一道被挟持的几百名矿工,也振臂呐喊,并在敌人的罪恶射击下纷纷饮弹而亡。朗诵和音乐的效果是这样的逼真,以致我们仿佛亲耳听到了密集的枪声和就义者的呼号。

在一位共青团书记身上,藏有他临刑前写给妈妈的信,信是被血染红了的,因而也就是用血写的。他在信中辛辣地嘲笑了疯狂而无能的敌人,表示了自己对祖国光辉未来的无限向往,最后说了一声:"我看不到这一天了,我要走了。永别了!妈妈!"这时,少年朗诵者们发出了号哭声和哽咽声,把听众的心都投入了沸腾的悲哀与憎恨之中,哭泣在这儿不是软弱,而是控诉!

接着是一首诗,其中有这样一些朴素然而十分有力的诗句:

> 一个小时杀死一千人,
> 七个小时杀死了七千人,
> 我是七千人当中的一个,
> 我又代表着七千人。
> 儿子在这边就义,
> 父亲在那边遇难,
> 不知道谁是儿子或父亲的敌人,
> 并不想知道他们的姓名……

另外一首诗,以坦然赴死的开朗心情描述了一位刚刚参加游击队的知识分子,题目就叫作:《我昨天才加入游击队》。

敌人打碎了我的眼镜，

我仍旧看得见未来的光明。

多么豪迈！多么乐观！多么坚定！谁听了这些诗句能不落泪？

特别感人肺腑的是，三百名学生和十八位教员英勇献身的经过，包括校长在内的十八位教员都不是本地人。法西斯分子想利用这一点进行挑拨离间，他们抛出了"与你们无干"的可耻诱饵，企图达到贬辱全体南斯拉夫人民的民族气节的卑鄙目的，不料，却遭到了教员们全体一致的严拒和痛斥。教员们庄严宣布："不许德国佬踏进教室一步！等我们上完这一课，我们和学生一道去死！"校长破例让孩子们抽了一点他自己的烟，嘱咐孩子们保持心境的平静，然后，待学生们一如既往，有条不紊地做完了这一节功课，才结队步出校门，手挽手地走进德国人的火网，用胸膛蔑视了敌人的扫射。当"舞台"上表演到这一段时，三四十名少年齐声高喊："妈妈，不要哭！"是的，妈妈不哭，假如洒下了热泪，那也是一种铭心刻骨的骄傲：祖国，您有多么可爱的儿子啊！

我不由得想起了法国著名作家都德的脍炙人口的名篇：《最后一课》。那些教员和学生诚然是可尊敬的，然而，较之克拉古耶瓦茨的革命的最后一课，就未免相形见绌了。这不正好说明了，无产阶级的爱国主义远比资产阶级的爱国主义更为丰富、更为深厚、更为强烈吗？克拉古耶瓦茨的牺牲了的同志们，你们的崇高榜样，鼓舞着一切真正的爱国者。你们把爱国主义的情感从沙文主义的囚笼中解放出来，赋予了共产主义的夺目光彩，这一点必将永远教育所有热爱自由、和平与社会进步事业的人们，不论他是来自哪个国家。

然后是逐一公布那些参与大屠杀的刽子手的名单。长长的名单念完了，音乐立刻转入抚慰性的曲调，开朗而愉快。这时朗诵的一首诗，是告慰死者在天之灵的诗,大意是告诉他们:在克拉古耶瓦茨,生活正日新月异地向前迈进,不但当年的献身者有了安息的墓地,而且今天活着的建设者们也有了更舒适的住所。死者应当看见这一切,因为生者在思念死者。也正因为如此,呼吸尚存的人们将更加倍深情地拥抱生活,把斗争推向新的阶段!

据说,无论东德和西德,都有代表被邀请来参加纪念活动,他们都默默地谛听那每年不忘记复述的一大串耳熟的日耳曼名字,显然,并没有谁受到了什么刺激(即使认为是"刺激"),南斯拉夫人也泰然处之。南斯拉夫历来把人民之间的友好交往与历史上曾经有过的敌我矛盾区分得一清二楚,该说的照旧说,毫不含糊。这又使我不能不暗自"对比"——我想起了我们某些患了严重健忘症的电影和其他文艺作品中一讲友好,就什么都"宽大为怀";一讲认同,就什么都是"历史误会"。我觉得,在这方面,南斯拉夫的同志们是正确的,值得我们学习。

整部诗剧的音乐效果好极了。在演奏和歌唱的全过程中,不断地出现沉重的金属撞击声、枪弹迸裂声、呼喊声、口号声、啜泣声,再伴以忧愤难言的浓重鼻音,形成了一股揪心的力量,悲抑、沉重,却希望在前。难怪人们称之为"粉碎性音乐"。听说这是一位青年作曲家的作品,一时匆忙,不曾了解到他的大名。又听说,朗诵诗部分,也每年轮换着请一位诗人执笔重写。也许正是由于这种纪念活动越来越带有浓厚的文学艺术色彩,因此,历届"伟大的一课"纪念活动的结束,便是文学和音乐评奖的开始。

共和国总理没有发表讲演,其他任何官员也一概不见抛头露面。仪式完成之后,我们立刻看到了现场拍摄的电视录像,总理的镜头还没有我们这批客人多哩。从这里,似乎也透露着南斯拉夫的某些区别于世界其他地方的价值观念,不能不引起人们的注意和思考。

主人引导我们来到了革命展览馆的一间大屋子里稍事休息。刚才那些担任主要朗诵者的著名演员们已经先我们一步在那儿聊天了。一一介绍过后,我们有幸认识了前面提到的那位馆长,大屠杀的唯一见证人列贝·约万诺维奇。市议会的代表特拉格普窝·约维契奇同志专门向我们扼要地描述了克拉古耶瓦茨的历史和现状。

他说,克拉古耶瓦茨,行政上属于舒马迪亚区,战前只有四万人口。而现在一个"红旗"汽车制造厂的工人就有四万,全市则将近十四万人了。克拉古耶瓦茨不但以拥有全塞尔维亚第一所中学、第一座剧院和第一家印刷厂而闻名遐迩;尤其全市市民们感到光荣的是,伟大的工人运动活动家和思想家马尔科维奇的名字,和这座城市不可分割。一百年前,马尔科维奇的拥护者们在市政选举中获得了多数票,兴高采烈的工人们把红旗插在了市政府的门口。他们的红旗上面写了"自治"一词,因此不是普通的红旗。由马克思首先提出来的自治概念,也是马尔科维奇的思想组成部分。所以,直到今天,南斯拉夫人都把克拉古耶瓦茨看作社会主义自治制度的发祥地,每年都要在这儿举行"红旗"会议,交流全国各地实行自治的经验。像这样一个富有革命传统的英雄城市,一旦当祖国沦为希特勒进攻的第十二个欧洲国家的危急存亡之秋,最早起来响应以铁托同志为首的南共中央号召,发动武装起义,建立自己的游击分遣支队,就是理所当然的了。如今,市内设有政法学院、财经学院和机械制造学院,有一个气魄宏大的占地三百五十公顷(约合五千余亩)的十月纪念公园,还有一座别具一格的、由三十三个象征三十三处烈士陵的土黄色方柱体建筑组成的革命展览馆,论规模称得上中等工业城市。

列贝·约万诺维奇亲自陪同我们参观。真的,我在国内还没有见过布置得这样匠心独具的革命展览馆。

走进大厅,迎面看见的是墙上有一个用武器组合的法西斯德国的国徽。既是一些炮筒、枪管、钢盔和刺刀,又是一只虎视眈眈的猛禽,仿佛随时都会扑下来吃人饮血。

接下去一步一步地回顾以全南形势为背景的克拉古耶瓦茨工人阶级的斗争、共产主义运动、人民解放战争的全部历程。在琳琅满目的图表、模型、照片、实物面前,解说词是有加倍的说服力的。不知不觉到了出口处,那儿的墙上却可怜巴巴地趴着一只千疮百孔的秃鹫,砸毁了的枪炮刀剑在那儿垂头丧气地听候审判,一如残爪铩羽。这就是侵略者的下场!解说员同志特别强调指出:这些武器,全是从战场上缴获的胜利品。好聪明的主意!

不能不着重说一说有关克拉古耶瓦茨的十月二十一日血案的专门陈列室。那儿的墙头与天花板之间,插满了直指参观者头颅的刀枪,逼面而来,杀气腾腾,这无疑是要让人们都体验一下当年的恐怖感觉和不容选择的环境。最引人注目的是有一堵墙,每块砖上都用红漆书写着一位就义者的名字,密密麻麻的,像天上灿烂的河汉;我觉得,这是红色的星斗在微笑,他们在高兴地接待来宾。还有一幅大型油画也是难忘的,画面上有一只手掌做出拒绝的姿势。勇士们当然不屈死亡,然而这边站着一排刽子手,机枪在吐着蛇信一般的火舌,火舌在吞噬生命。满地的死尸,满地的鲜血!红与黑,是这幅画的基本色调,也是这幅画的主题思想。尽管死神翩翩起舞,但,经过血的洗礼的决心与信念,却不可战胜地屹立着,直到最后胜利。

离开革命展览馆的时候,要通过一个人群拥挤的走廊,原来,这儿在发售各种诗集、画刊、小册子、仿制的袖珍纪念碑和小巧精致的徽章(用麻布、绸缎刺绣的以及用金属铸造的)。这个热闹的场面,又使我联想到我们国内,有多少地方可以进行革命传统教育啊!可我们搞得那么单调,那么平淡!难道我们没有自己的"伟大的一课"吗?有的!只是没干罢了。

待我们辞别主人,上车之前,又发现了在露天里熊熊燃烧的一堆篝火——这是铁托同志于一九七八年十月亲手点着的——它日夜都有人护卫,白天是由四个孩子看守,每隔半个小时轮一次班,因此,篝火从未熄灭过。我又想,不熄灭的岂仅是这一堆篝火!南斯拉夫各族人民,包括克拉古耶瓦茨人民的战斗精神,更是任何狂风暴雨都扑不灭、浇不熄的烈火!记得铁托同志生前曾经这样高度赞扬过克拉古耶瓦茨的勇士,他说:"他们不仅在舒马迪雷,而且在全塞尔维亚,在南斯拉夫全国人民和全人类正直的人们心中活着。"就我而言,我愿意大声地宣布:"我是'伟大的一课'的外国进修生,我热爱那些早已不在人世的老师,我也热爱眼前的这些孩子们——孩子是烈士的化身,体现了烈士心目中的光明和幸福。"

1983 年 5 月 20 日　6 月 3 日

往事若干

我是一九二七年来到人间的,时至今日,童年已经离开自己很遥远了,从总体上回顾,只剩下一个朦朦胧胧的轮廓;然而,不知道什么缘故,对于它的某些细节,却又印象清晰,仿佛是昨天才发生的事一般。

我的第一位好朋友——书本

小时候我十分寂寞。这是因为,家里再也没有和我年龄不相上下的成员了。我的堂哥哥们,都开始有了自己的心事,而且也觉得和一个拖鼻涕的家伙纠缠,显得太没出息。而我的同胞姐姐们,又忙于上学的功课和课余的家务。至于我母亲,她手头总有永远做不完的那么多揽来的女红。邻居倒有一些小鬼,可我家的大人们又不让我和他们结帮,唯恐我跟着学脏了嘴。于是我只好独自玩儿,往往同时扮演甲方和乙方,甚至丙方,丁方,不断地发生着和不断地平息着各种各样的矛盾和纠纷。这样一种自言自语的游戏,诚然有它的可悲的一面,但也有它的好处和魅力——它大大地刺激和发展了我的想象力和结构力。

不过,到底总不能老是自己跟自己"过家家",自己跟自己"打仗"吧,自然而然地,我结识了一位新朋友,这就是书本。慢慢地,新朋友就成了老朋友,知心朋友,一辈子也不曾分过手的好朋友。我很感激这位名叫书本的朋友,它使我摆脱了孤独和苦闷,它教我感到充实和喜悦。

我是何年何月变成蠹鱼的,已经想不起来了。但有一点可以肯定:当父亲和母亲认为可以让我先接触一些"字壳子"(我们家乡的方言,指那种写有"人、手、刀、尺"的硬纸块儿,质量比现在的看图识字卡片差得多,而且,它没有画面提供启迪性的帮助)的时候,我已经私下胡乱记住了一些字了。这时候,大约是五岁。古人说:人生忧患识字始。那么,我的忧患来得比别人早,这到底是幸呢,还是不幸呢?我没有考虑过这个问题。我只是觉得,有文化比没文化强,即使到了"文化大革命"的年头,虽然我因为读书读出了"罪恶",一而再、再而三地受到惩罚,最后一直打发去种地,我也不曾反悔过。那时候,我还是希望我唯一的女儿继续设法进中学,尽管除了"斗、斗、斗",什么正经东西都不教了。

我父亲有不多一点闲书,从《红楼梦》到《饮冰室文集》,从《尺牍大全》到《世说新语》。除了《红楼梦》不准我读以外,无论我抓起什么,他都睁一只眼闭一只眼。倒是母亲不断地嘱咐,别把书弄坏了,这个"坏"字含义之广是惊人的,诸如:不能弄破,不能卷筒,不能折角,甚至不能留下明显的指印。这也好,养成了我爱书如命的习惯,并且保持了一辈子。我当然读不懂这些书。正如父亲教我背《论语》和《孟子》一样,瞎子念榜罢了。重要的是,它使我对书所代表的人类文化产生了一种由衷崇敬的感情,一种近乎神圣的感情。这一点,是值得珍贵的。

大约到了小学三年级,我的二姐刘仁慧到杭州国立艺术专科学校深造去了。她是一个品学兼优的好学生,同时拿江西和浙江两个省的奖学金。因此,她除了十分俭省的开销外,居然还有节余。于是,替我订阅了整年整年的中华书局出版的《小朋友》;这份刊物图文并茂,内容丰富,大大地开阔了我的眼界;并且帮我最初明确了家乡、国家和世界的分野,理解了除了骨肉之爱而外,还有一种更为博大的人类之爱。这,正是生活的目的。当时,对这个观点我是全盘接受的,没有能力加以辨别。

我家的经济状况一直是紧紧巴巴的,父亲忙于生计,无力添购新书,然而，报纸是每天的必读之物。有时候整订，有时候零买，有时候各处去借，为什么这样多变，我想，大概跟手头的松紧有关吧。不管怎样，这又影响了我，一天起来也要俨乎其然地翻阅报纸，不翻，就觉得缺了一点什么似的。这个读报上瘾的毛病，后来在我最坎坷的生涯中，也无法戒掉，以至于有的山西农民看见我一天受苦下来，还要到处找报纸读——他们往往不经意地拿去撕了卷烟用——老是笑话我："你害了甚病？"我听了只是不作声。我想，无论如何，报纸总是要读的，即便有时候登了一些假消息，也不要紧，可以翻过来读嘛。"四人帮"作乱的时期，就是一个例子。

我还记得生平第一次买书的情景。那时候，我十一岁，抗战爆发，生活书店在南昌设了分店，每日人山人海的，男女老幼都有。我跟上人流挤进去凑过两回热闹，看见别人笑嘻嘻地将买来的书夹在腋下走出去，很是羡慕。这时我暗暗下了决心：攒钱，也买上两本。我把每天上学用来买早点（烧饼、红薯之类）的几分钱全部省下来，存进一个小纸盒，隔上几天就要数一遍。然而，早饭不吃，空着肚子回家，午饭就不能不吃得特别多，大人们发现我的饭量增加，还鼓励说："多吃一点好。长得快！"我只得用饭碗挡住嘴偷偷发笑。有一天，我觉得数目差不多了，放学后便直奔书店，拣了我平日早有兴趣的《夏伯阳》和另外一本苏联翻译小说，作家普里波依描写潜艇部队战斗故事的《海底的战士》（此书解放后一直未见再版），买到手中，欢天喜地地跑回家来，对母亲公开了钱的秘密，惹来一通心疼的嗔怪。

第一次穿皮鞋和第一次看电影

我五岁那一年，在不体面的部位——肛门附近长了一个疮，由于发炎，引起了大片红肿，火辣辣地疼，我忍受不了，便放声哭了起来。母亲一面无可奈何地哄我，一面拿一根鹅毛蘸着调有"烟屎"、混合着食醋的植物油替我轻轻涂抹。我闹着，挣扎着，正在这不可开交的当儿，我的一位山重水复的远亲，平日里管他叫"麻哇里"的叔公进家来了。他笑嘻嘻地拍了拍我的屁股,就手拖一把竹交椅坐下,开始对我说话:"莫哭,莫哭,撅着屁股让人看,羞死了!我给你带了一件好东西,你擦干眼泪,就送给你。"我母亲立刻抓住良机,半劝半吓地加上一句:"送给别人家的孩子吧,他不乖!"我好歹止住眼泪,忙斜着眼看了看叔公的手,到底拿的什么?可是,对方非常狡猾,两只手都藏在背后,还在那儿提新的条件:"不站好,就不给你看。"小孩子的好奇心是往往经不起大人撩拨的,我规规矩矩站稳了,只是脑袋不断地摇来晃去——想早点看到背后的东西。就在这时候,简直和变戏法一样,一双花皮子的小皮鞋,突然出现在我面前;我母亲也喜出望外,惊喜地喊了起来:"看!皮鞋!试试!"皮鞋比较大。大就大吧,我一登上就再不愿脱下来。真怪!屁股也不疼了,就像没事儿的人一样,我"咯噔咯噔"跑遍了我们三房人家合住的一进,楼上楼下,每一间房都不漏掉,目的在于让所有的人都知道,我穿上了新皮鞋!仿佛这么一来,我也就成了马路上行走的,打扮时髦的文明人了。我的可怜的虚荣心,甚至不让自己进一步了解,为什么这双鞋子既有黑皮又有黄皮。反正我穿上了皮鞋,反正我漂亮就是了。

其实很好解释,这位"麻哇里"叔公是皮鞋匠,在一爿作坊里专门替老板生产皮鞋。这,显然是他利用下脚料,利用工余闲暇替我做的。遗憾的是,我连一句道谢的话都没有讲,真是太失礼了。自从日本人打进中国,家乡沦陷,这位外貌丑陋、神色严峻而内心温柔善良的叔公,从此就失踪了;日后每当我穿新皮鞋,都不免会想起这位皮鞋匠,愿他的灵魂安息!

这双小皮鞋,我大约穿了两年,到八岁发蒙上学,我依旧兴致勃勃地穿上它去参加开学典礼,虽然已经开始感到逼脚。后来,委实穿不进去了,也不让母亲扔掉。不过,打这以后,我的双脚身价也就江河日下;渐渐连布鞋都穿不上,只有穿草鞋的资格。我还记得自己念中学时,在下着鹅毛大雪的冬天,舍不得弄潮了碎布条编的草鞋(这种草鞋比稻秸编的"高级"),干脆光脚片子下地的情景。

再一次穿上皮鞋,我已经在香港《文汇报》工作了,前后相隔十六年。

从穿皮鞋的故事可以看出,我这个人其实是很土的,说起来还是什么洋学生。

再说看电影吧,那经过也和穿皮鞋差不多,这就是说,好不了多少。

我第一次知道电影是个什么玩意儿,也记不准有多大了,想来总不超过十岁吧。看的片子名字叫作《渔光曲》。那是一部引起了全城轰动的街谈巷议的影片。为什么叫我难以忘怀呢？第一,在踏进电影院以前,学校里教了它的主题歌《渔光曲》,而我是一向喜爱唱歌的,我路上哼了两三遍,就记住了,因为它好听;第二,等我看了电影,那扮演黑皮肤渔家姑娘的王人美,她唱这支歌时,那凄惨动人的神态,大而忧郁的眼睛,是怎么也不会从脑海中消失的。看电影的那天,我们家像过节一般,喜气洋洋的。我理解这件事非同寻常的分量,我父亲、母亲都是在下了大决心之后才去买票,从而卷进这股热潮之中的。看罢归来,过去两三个月了,我母亲还经常泪光闪闪地讲起《渔光曲》,并且不断地伴以无尽的唱叹。

我知道电影原来这么好看之后,心里就老是念念不忘了。从电影院门口经过,常常会神往,停下来发呆,偶尔也忍不住向大人提出这个无理要求——给我钱买电影票,我心里明知道是绝无可能的。因为我清楚看电影与吃饭相比较,后者的重要性是无可怀疑的,不吃饭就不能活,不看电影还可以活呀。所以,在父亲、母亲劈头盖脑地给我一通呵斥或者责难时,我也很知趣,默默地走开了,但他们管不住我站在电影广告下面做梦。

最富有刺激性的电影广告,莫过于风靡一时的美国泰山片了。一个几乎是赤身裸体的大力士,在原始森林中与凶猛的狮子或者老虎格斗……这使我惊奇得不自觉地把食指塞进了嘴里。不用说,我是很想去看看究竟的。可是,就在这个时间,突然传来一个消息——隔壁清真饭店大老板的三小姐活活地被电影吓死了,而且是死在座位上。听说,她看的正是这种人兽相争的泰山片。这件事经过人们渲染,证明她是被银幕上猛扑向观众的一头老虎吓死的,那根据也有了——这个小女孩口里含着一泡黄色的苦水,炸了胆。于是,母亲从此有了一件威慑性的武器:"不是什么电影都能看的,你看,这不冤枉,送了一条命!"

我将信将疑,不再做这种吃天鹅肉式的非分之想了。这样,直到我进了大学了,成人了,才有机会看到第二部国产电影:《一江春水向东流》。

第一次在报上发表文章和第一次写诗

卢沟桥事变爆发前夕,全国上下,除了蒋介石集团以外,是一片抗日呼声。我因为很早就养成了读报的嗜好,我父亲又是一个"位卑未敢忘忧国"的老百姓,常常对家里人谈起东三省沦陷和一·二八淞沪抵抗的往事;在这方面,我知道得比一般的孩子多,多到叫人感觉似乎与年龄不大相称了。

有一天,我从报上读到了一则消息,说是日本政府派了一个儿童代表团来中国讲什么"亲善睦邻""共同提携",团长的名字我到今天还记得牢,叫作儿玉,大概是个大人吧。正好轮到每月的语文写作课,老师说,这一回他不出题,各人自由选择,自由发挥。我便以儿玉一行友好访华为引子,写了一封《致日本儿童的公开信》。估计老师也是个抗日分子,他事先没有打一声招呼,便把这篇作文拿去给了南昌的一家报纸发表了。作文一上报,名字也随着上了报,还加了一个"百花洲小学五年级学生"的头衔。这件事立刻成了全校的中心话题,无论老师和学生,都用尊敬的眼光注视我,仿佛我一夜之间成了和他们不一样的人,是一个神童。我当然十分高兴,在我的心目中,上报毕竟是一件了不起的事,老师递给我一份报纸,我也不懂得应该保存,传来传去最后传破了,传丢了。丢了就丢了,也不觉得可惜,到底是一张字纸罢了。当然,我也的确不曾有什么惊人之笔,我说的完全是小孩子的语言。我在那封公开信里写了些什么呢?依稀想得起来的有:东三省是中国的领土,东三省的孩子是我们的同胞兄弟,你们把我们的兄弟捉去当了奴隶,又跑来跟我们交朋友,这不是真朋友,是假朋友。我又说,高粱熬的糖很甜,大豆炒出来也很香,又香又甜的东西,如今我们自己都吃不上了,都叫你们日本抢走了。你们讲亲善,我们很欢迎,但是,你们必须不再强迫我们的兄弟姐妹当牛马,必须交还大豆高粱给中国,这才是真心讲亲善,不能一只手握手,另一只手却拿刀,或者伸进别人的口袋去摸东西……这些"道理"讲得多么幼稚啊。作文发表不到半年,当我陆续读到了二姐从杭州寄来的《抗战周刊》和《世界知识》杂志,就不但不洋洋自得,反而感到脸红了,那算什么爱国言论呀!乳声乳气的娃娃腔!参加革命以后,我也从未向组织上或者同志们提过这件事。

文章虽然只能博人一笑,可给我留下了一个观念:心里有话,可以在报上讲,这叫作投稿。因此,时隔二年,我已经是初中学生了,一种冲动,居然促使我主动向报纸寄去了稿子,而不待别人推荐了。

这次投寄的是新诗,题目已经想不起来,但内容却是一清二楚的,是一篇悼亡之作。悼念的对象名叫张明,河北人,高高的个子,大大的眼睛,模样相当英俊。他当时是江西省保安司令部赣州新兵督练处抗敌宣传队的队长。我失学在家的那一个学期,因为报名参加他们办的抗战歌咏班而认识了他。张明对我很好,想必是想起了自己家乡的小兄弟,转而把感情倾注在我身上了。他还上我家来看望过我的父母亲,一口一声称我"小弟弟"。我们家的人对他印象也很不错。歌咏班每周有二至三个傍晚借至圣路附近的一爿小茶馆教唱歌,唱的都是《保卫大武汉》和《打杀汉奸》之类,就是以今日的标准去评判,也没有一首反动的或者软性的歌曲。那些队员大多和张明一样,是家山阻隔,只身在外的爱国热血青年。每次我去茶馆,他都早已在那儿等着大家了,搬板凳,挂歌谱,或者对饮茶的顾客、开店的老板宣传抗日战场上的形势,总之是十分谦和,而又十分热情。每当教唱者因故未到,就由他亲自指挥。我还看过他在球场上的来回奔跑、勇猛敏捷的身影,完全是一派健儿的姿态。有一次,他们公演《流亡三部曲》,队里缺会唱歌的小孩子,还专程前来说服我的家长同意我去尽一次义务——在扶老携幼的场面中扮演一名衣衫褴褛、面有菜色的小鬼。他是领唱，洪亮的嗓子略带一点沙哑，显得很是苍凉。

我和张明只不过三个月的接触，后来我进了中学，就断了来往了。但是，在我幼小的心中，他是我的第一位大朋友。也许他后来淡忘了那个孩子，那个孩子却一直对他怀有真挚的感情。

却说这一天，我突然从父亲的来信中，得知了"那个喜欢过你的张明大哥哥不幸身染肺痨（肺结核），没有药吃，还要工作，终于大口大口地吐血而亡"。多么惨啊，我哭了。我没有勇气再读一遍，我仿佛看见了他的满脸胡茬，苍白而消瘦的病容，仿佛看见了他的因咯血而染红的被头，仿佛看见了他抬起有着长长的指头的温软的手掌向世界告别……他如今长眠在哪儿，他的坟立在什么地方，我都不知道啊！我有了一种想写点什么话让人们看的欲望，很强烈的欲望，它迫使我抓起笔，信手写下一些分行排列的句子；我并没有写诗的明确念头，在写的过程中，也没有"我在作诗"的自我意识，一切都是自然而然的，不那样办反而是不可能的。写了些什么呢？影绰记得，自己是从他在球场上生龙活虎的英姿入手，他怎么投篮，怎么传球，怎么鼓舞战友，然后笔锋一转，他卧床不起了，他奄奄一息了，他离开人世了。他正当华年，他还没有结婚，他也等不及胜利后重返故乡，他不该死，我根本不相信他死了。我将这首诗投寄给了《新赣南报》的副刊。关于投稿，我全然无知，对编者该怎么称呼都不懂，纯属瞎碰，只是觉得写出来了，又寄出去了，心上也就平静多了。至于稿子的命运，我并不记挂。出乎意外的是，只过了一个星期，这首所谓的诗竟然发表了，一个署名洛汀的编辑先生给我寄来一封信，着实鼓励了一番。我不仅知道世上有一种职业叫编辑，而又有一名编辑叫洛汀。接下来就断断续续一直和洛汀保持联系，以致终于上报社去拜访他，算是认识了本人了。说来也巧，十年过去，我们先后走进同一支人民军队，在一家部队报社共事。他不久就转业地方了，目前是昆明市文联主席，《滇池》月刊的主编，间或与我有书信来往。可以这么讲，洛汀同志是帮助我通过报纸副刊写作走向文学事业的第一个引路人。我很感激他。

这是一九四〇年的事了。

从此,我就写开诗了,同时也写杂文、散文、小说、戏剧……在初中阶段,我曾一连获得《前线日报》和《华光日报》分别举办的中学生征文初中组第一名。如今,我被人们称作诗人和作家,有谁能猜得到这漫长的跋涉起步于一次偶然的举足!

第一次走长路和第一次坐火轮

我一共念过四个小学:城里的大成小学、百花洲小学,乡下的剑霞圩小学,最后是在第二临时小学(棉花市小学)毕业的。这时候,日本侵略者占领了九江,开始向南昌方向猛扑。和成千上万的人家一样,我家也在为自己的去向而长吁短叹、焦虑不安。逃难是绝对必要的,我父亲的气质就决定了他不会当顺民。我母亲也极力主张离开,她说,这不像"跑反"(指中国人打内战,暂避炮火于一时),东洋鬼子可是十殿阎罗投胎,牛魔王转世,杀人不眨眼的呀!关键还在一个"穷"字,逃不起。

我父亲在一家戒(鸦片)烟医院当一名抄写等因奉此的小文牍,混饭吃。医院在本省的许多内地小县中间比较来比较去,最后宣布迁往赣州,于是我家自然也就跟上走了,因为我们的确别无亲朋故旧可投。我父亲早年在外工作时认识的熟人倒不少,可是他不愿去求告,更不愿拉家带口的寄人篱下。他就是这么一个人,无论什么情况下,也不改初衷。我虽然由于他的倔脾气多吃了不少苦头,却很欣赏这种男子汉大丈夫的气概。我觉得,人,就是应该靠自己。我母亲也毫无怨言,她总是听丈夫的。

我们坐的是上水船,又要躲避敌机的轰炸,走了许多日子,才到了赣州。我的学业也就这样被耽误了。当然,家里穷得叮当响,也拿不出一大笔钱供我去上寄宿学堂。省里的名牌中学,都纷纷搬进大山里去了,交通、食宿等等一系列具体问题,如果没有钱,一个也休想解决。

我便失学在家,为时半年。

碰巧,规模庞大的省立赣州中学是实行的双轨制,即:有秋季班,也有春季班。尤其幸运的是,我偶然认识了一位名叫徐君虎的曾经留学苏联的学生——如今他是湖南省政协的副主席。他慷慨解囊,给了我一点钱,我才得以跨进赣州中学的大门。不久,学校挨了炸弹,又匆匆忙忙迁往城南百余里的王母渡,我们初中部的春季班更远,设在离王母渡还有十五里的一个名叫浓溪的村庄。王母渡是不通汽车的偏僻地点,只有一条山路,时而宽时而窄的穿过起伏不平的丘陵,与赣州城相连。虽然还有一条滩多水浅的河道,可是船费太贵,而且一百几十里的水路要整整走三天。掂掇再三,只有步行。

我从出生以来,还没有远离家门,走这么长的路到一个陌生地方去过。父亲不放心,他不流露出来,母亲不放心,就表现为止不住的眼泪和令人厌烦的(老天饶恕我的罪过!)叮咛。通过学校介绍,我和一个也是逃难出来的学生娃刘传宣——他的处境比我更不幸,只身离开老家,借住在一门远亲家中——结伴同行。我们俩合伙雇了一个挑夫担被子、书箱等,自己手里只拿洗漱用具和竹筒做的饭盒,饭盒里盛满了米饭和几块腊鱼,算是路上吃的干粮。刘传宣也是第一次走这么长的路,但是我总觉得他比我老成得多,像一位大哥哥,现在分析起来,就能弄清楚这是什么缘故了,他吃的苦比我多啊。母亲大概也发觉了这一点,老是嘱咐他招呼我。其实,他比我不过大一岁。生活就是这样教育人的,而我也开始要接受生活的恩惠了。

临别的时刻,我没有哭。母亲眼泪汪汪的,仿佛儿子要去上法场。我为什么不哭呢?一是兴奋、好奇,在前面等待我的是些什么呢?我急于想搞个明白。二是"大丈夫有泪不轻弹",这是父亲历来的主张,我是男人,不能婆婆妈妈,何况还有同学在场,将来传到别人耳朵中去,岂不成了笑柄?这是一个小男孩在那种典型环境中的典型心理,现在退到客观的位置上加以冷静的剖析,倒怪有趣的。

我们怕当天赶不到,半路又没有地方歇脚,便起了个绝早。起初的准备工作,都是掌灯照着干的。动身的时候,我扭回头来对父母亲招手告别,他们的影子还笼罩在一片薄暗中,看不分明。这样早起的结果,是捡到了一个意外的欢喜——在城外的旷野中迎接日出。多么壮丽啊!我几乎惊呆了,我还从来没有见到太阳是怎么把它最初的光芒投向人间的呢。这样美妙的日光浴的确使人精神百倍。一路之上,有趣的事很多很多,那么些个毛色斑斓、啼音婉转的小鸟,那么些个叫人又害怕又想看的昆虫和蜥蜴,还有蛇,那么些个山毛榉、香樟、油茶树,那么开阔的大地和那么湛蓝的天宇……对一个城里的孩子,这一天实在是大饱眼福。我像一只终于飞起来了的雏鸟,虽然翅膀不硬,毕竟离开了赣州城中宝塔脚下的那个窝了。我快活,我真想唱点什么,特别是当我听到什么角落里有人唱山歌的时候。

天擦黑时分,我们到达了目的地。忽然,我觉得自己一步也走不动了,我想家了,我希望听见母亲温存的呼唤,哪怕是听到父亲威严的斥责也好呀。我不知道怎么在学校管事人的指引下,找到了属于自己的床铺,也不知道怎么打开的铺盖,更不知道我是怎么纳头便睡,而枕上又怎么会留下大片的泪痕!

这一个学期,我家遇到了大不幸——我们全家人人疼爱的二姐刘仁慧在昆明触电惨死了。如果说,我这一辈子有什么事对不起我的父母,那么,这就是一件!我多么愚蠢啊,竟不会从字里行间嗅出一点什么不对头的东西来,还是一个劲儿地每次给家里写信,都要打听姐姐的近况!我这不是在折磨父亲和母亲吗?就是到了现在,人生的创口虽说早已愈合了,我只要想起来还不能原谅自己!

我有四个姐姐,我是老生子,最末一胎。最大的两个姐姐都没等活到成人就夭折了,我也不曾见过。因此,习惯上我把比较小的两个姐姐分叫作大姐和二姐,大姐刘仁智是在出嫁后的不久暴卒的,经过很神秘,有点不明不白,关于她的短暂的一生,就像我在《姐姐》那首长诗中所描写的那样,是十分暗淡而哀伤的。剩下的唯一的姐姐就是二姐了。她以自己非凡的才能和优异的成绩(顺便说一句,她还长得很美)成了我们家的骄傲。怎么也想不到的是,如今这盏希望之灯偏被命运的黑手掐灭了,在她身上,我母亲寄托过多少憧憬啊。

然而,最痛苦的恐怕还是父亲,每次写回信都是他的任务,亏他挖空心思编出那么多死者的"生活动态"来!他是了解自己的儿子的。他知道,万一笔下走漏了真相,我会连书都不读的,我是多么喜欢这个姐姐哟!

福无双至,祸不单行。戒烟医院撤销了,父亲失业了。这是我离家期间落在我父亲头上的第二次打击。正因为这样,二姐是在没有直系亲属到场的情况下草草入殓的;千里迢迢,梦魂关山,我实在想象不出,我的二老双亲怎么熬过这揪心的日日夜夜!死者已矣,活在世上的人还不得不为糊口而拼命挣扎:我父亲贴出榜文,承揽修理闹钟、座钟、挂钟的活计,外带配眼镜框,这对于一个心高气傲、一生不向逆境低头的读书人来说,真是欲哭无泪!母亲呢,她也走出家门,上街摆香烟摊子去了,兼卖自制的纸媒(一种利用草纸搓成的又长又细的小卷儿,用来引火,一吹即着。)。

放假了,我回家来听到看到的竟是这些!我忍不住大哭了一场。母亲抱住我相对号啕,父亲坐在一旁像哑巴一样,默默地垂泪。

我决心去当学徒,并且联系上了几个去处。

我站在了命运的转折点上。

突然,喜讯传来,成立了一所国立第十三中学,校址设在本省吉安的青原山——文天祥当年读书的所在。父亲坚决主张我去报名,母亲有点犹豫,她担心的是儿子再出远门,万一有个七灾八难,她就不能活了。可是,读书的希望是这样强烈地诱惑着我,何况这所学校创办的目的就是为了收容沦陷区的青少年,吃饭、住宿全不收费,还发衣服……像我这样的穷人,正是求之不可得。考试的结果是一份录取通知单和一张大红榜。我高兴得跳了起来,连我母亲脸上都有了难得的一丝笑容,父亲他把老花镜移在了鼻尖上,那习惯性的向上一瞥的目光也变得十分温暖了。这是我记忆中的自从失去二姐以后的第一次阖家欢乐。

如何去吉安？又成了现实的难题。

吉安与赣州有四百余里水路，每日有小火轮通航，还有民船。不过，途中经过万安县附近，有一个十八滩，老远就能听见激流的吼声，威势十分吓人。靠人力撑篙的木船，到了这一带往往出事。父亲考虑到安全问题，表示借债也要替我买一张班船票，这意思就是说，让我乘小火轮去，母亲叹了一口气，算是同意了。我从来没坐过小火轮，直盼望这一天早点来到。

离家的日子终于来到了。这一天，又是一个大早，父亲亲自送我上船。他给我买了一张四等舱票，又千恩万谢地拜托了与我同舱的老年旅客，一路上劳神照料，一直等到起锚了，他才依依不舍地回到岸上。我手凭栏杆，眼睁睁盯住父亲躬着身子爬坡上码头的背影，越来越小，越来越模糊了。我努力想看得清楚一些，便用手背揉了揉眼睛，无意中发觉是泪水在眼眶中打转，影响了视线。忽而又惊觉：不能哭！如今我是"大人"了，"大人"更不能哭！就在这一瞬间，我想起了我的父亲，当我背"子曰"卡了壳，或者当我临《正气歌》的碑帖走了神，他立刻赏给我一个"爆栗子"（以中指指节敲击头顶）的种种情景，我竟对他充满了依恋！父亲是严厉的，既然是男人，就理所当然是严厉的，我也应该做一个对自己，必要时也对亲人严厉的人，正是无情最多情。小火轮渐渐驶入了赣江的江心，江岸、城墙、房屋，一概都远去了，我觉悟到：我的童年时代也远去了。我盘算起四天以后到达青原山的种种情景。有谁能告诉我，我的未来的少年时代、青年时代乃至一生是什么样子的呢？一切都等待自己去奋斗，去争取，去创造啊！

1983年7月3日抄改完毕 合肥

不可泯灭了爱国之心

我的少年时代,基本上是在江西吉安青原山的国立第十三中学度过的。

我家家境贫寒,如果不是当时成立了专门招收日本占领区的流亡学生,全部免费,吃饭不要钱的国立中等学校,我肯定念不完中学,更谈不上后来的大学深造了。

认真说起来,我的语文基础是由我父亲用强迫的方式帮我打下的。我父亲有比较厚实的古文底子,又懂得一点新学。自发蒙以来,他亲自教我读孔夫子的《论语》和梁启超的《饮冰室文集》,我算是受到了一种从汉语(包括现代汉语和古汉语)、语法修辞、逻辑乃至书法"一把抓"式的家庭教育。我的一位姐姐,又省下她的奖学金(她由于品学兼优,同时享受到江西省和浙江省的双份奖学金)给我订阅那个时代的《小朋本》之类图文并茂的儿童读物。这就更加吸引着我,不知不觉地一步一步地走上了热爱文学的道路。长辈们是开明与宽容的,对我的课外阅读,除了不许看什么《七侠五义》——直到今天,我始终不曾碰过这些武侠小说——之类以外,概不干预。这么一来,我的思想感情的天地就非常广阔了。在进入中学前,我已经初步接触到鲁迅、茅盾、巴金、冰心、叶绍钧、落华生等等大家,尔后又渐渐爱上了苏联文学。这些自然都是后话。

然而,真正系统地、扎实地学到一点中国古典文学知识,还是在高中阶段。整个的高中三年,我有幸遇上了一位令人终生难忘的好老师——现任江西师范学院中文系教授的余心乐先生。他讲授《桃花源记》时的惊喜之状和讲授《秋声赋》时的凄楚之情,至今仍然历历在目。我以为,他是一位不可多得的,不但有真才实学,而且充满人情味的好老师。他讲课时态度严谨,成语典故背诵如流。这说明了他的博闻强记;神采飞扬、有声有色,这说明了他的职业自豪感。这些,都促使我这个当学生的也不禁陶醉其中,把听语文课当作了一大乐事。他仔细地批改作文,从不潦草厌倦,甚至从不使用套话作批语。我的作文几乎篇篇都能得到余老师的恰如其分的鼓励。这是我回忆起来就感到愉快并且引以为荣幸的事。很难设想,如果没有余心乐先生的谆谆教诲,我能达到今天的水平。

我由衷地感激我的老师余心乐先生,借此机会,我祝愿他健康长寿,为祖国培养更多的人才。

至于我的学习方法,倒并无什么特别之处,总结起来,一个是字典(不是一般的字典,而是《辞源》《辞海》)不离手,一个是笔记做得勤。那时候抗日战争正处在最艰苦的后期,能买到一些毛边纸都是极大的幸运。因此,从计算开本到动用针线装订,都成了煞费苦心而又欢欣鼓舞的事情。然后是买那三分钱一小袋的灰锰氧,兑上水就成了紫墨汁;再用蘸水钢笔(用钢笔是长大以后的"进化")工工整整、密密麻麻地写满整张整张的纸页;整个的过程就像制作一件工艺品一般,这样说,绝不夸张。我以为,强调这一点不是絮叨,对今天的某些偷懒的同学很重要。想想嘛,假若拿起作业本子,一眼望去连自己都感到厌恶,那是多么的不幸啊!作文我是每篇必做的,就是病了,也得设法补上。我自己给自己约法三章:一不和别人商量,独立思考;二不重弹包括自己在内的老调;三不一天打鱼,两天晒网。坚持这样做,当然得下一番辛苦,然而,没有这起码的耕耘,又从何谈起码的收获?

听说,如今有少数青年朋友,或者把语文学习不当一回事,或者很不愿学习,这两种态度都是不正确的。对这些青年朋友来说,第一位的问题是加强对自己祖国语文的责任感,要尊重她的美好素质和纯洁性。你写一封信,如果既缺乏文采,不讲逻辑,而又别字连篇,那么,你就不但暴露了自己的无知,而且实质上也是对爱祖国的神圣感情的亵渎,应该感到双倍的惭愧。虽然,像余心乐那样的语文老师不是到处皆是,就整体条件说来,今日的学习环境比我当中学生的年头要强得多。因此,我要说,关键还在于个人是否刻苦努力,关键还在于是否泯灭了爱国之心。

1983年8月 合肥

大连随想录

我从来没有到过大连。大连对我曾经有一种特殊的魅力：一座非凡美丽的滨海城市。

然而，得到了去大连休假的机会以后，随之也就感到了怅惘。

打开导游图一看，发现有一座鲁迅公园，还有一条高尔基路。这使我分外高兴，这的确是罕见的精神境界；像这样选择了中苏两国的革命文豪路名的事，在全国的城镇中，恐怕也是独一无二的。大连果然文明。

结果呢，却大为失望。鲁迅公园并没有什么与鲁迅生平业迹有关的物件，哪怕是一方小小的供展览用的书亭，或者一块小小的警句嘉言语录牌。高尔基路，我们的车子几度驰过，纯粹是普通而又普通的住家街道，闻不到半点无产阶级的文化气息。

但是，这两个名字毕竟教人浮想联翩。我走过的地方不能算少了，仔细回想一下，哪怕就在诗人、作家的故乡，也往往难以感到那种带有自豪感的纪念意味。不错，杭州有苏堤和白堤，成都有杜甫草堂，可惜它们都是古已有之。我的老家江西南昌有一条欧阳修路，还有一条曾子固（曾巩）路，都是旧社会的遗产。听说，"文化大革命"期间，"大破四旧"，它们一律被换上了"最最最"之类的雅号，令人哭笑不得。"四人帮"垮台之后，拨乱反正，这两条马路和所有城市的所有街巷一样，纷纷恢复了原名。我想这说不上有什么含义，只不过是习惯力量的自然流露，正如北京所谓的反帝路重新叫作东交民巷一样，顺口而已。最纳闷的倒是，各地大片大片的新建市区，竟不约而同地不是"团结",便是"兴华",多么乏味的公式化概念化！多么贫乏的想象力！为什么就不能破破例,命名一条繁华的长街为李太白大道？为什么不能创创新,命名一座幽静的园林为曹雪芹公园？难道取一些这样的文化名人的名字,不正能够于无形中培养爱国主义的感情么？推而广之,岳武穆、文天祥都值得通过这种方式纪念。

话扯远了,还是回过头来说大连吧。

来到大连的人,没有不下海扑腾的。我因为得过脑血栓病,怕出问题,只好作壁上观,实在遗憾。

那一日,我们集体乘车首次远征,去一个名叫夏家河子的海滨浴场。按照常规,我认为它肯定是一片洁净可爱的滩涂,远处有三三两两的小别墅建筑和大团大团的常青树绿荫,跟前是花儿一般怒放的阳伞,底下摆着小圆桌和躺椅,可以买到冷饮和点心,更衣室和淡水淋浴设备当然一应俱全……岂料想,这些全都是我的一厢情愿！沙滩非常肮脏,除了没有关栏的厕所外,连一间披厦都没有！人们只好躲在汽车里换裤子,事后还得忍受一层盐粒造成的瘙痒和憋闷,套上原来的衣服回家擦洗。我看见同志们的狼狈相,不禁暗自庆幸起来。

除了夏家河子,我还去到住地附近的大众游乐场所——星海公园观光一次。这儿的游泳场更不成话,水面上挤得像下饺子,这只能怨人口太多;最可怕的是两边相距不远,各有一处大下水道,不断放两家工厂的污水,使得游罢上岸的男女健儿,一个个像喷了一层灰色的塑料薄膜。幸好中国人都不缺少阿Q精神,人们会自己安慰自己:反正在家里是绝对找不到海湾的,这就够了,还需要什么呢？

我这样替别人设想着,也就用不上去提疑问、找答案了。鼎鼎大名的旅顺口,被写进了荣获斯大林文学奖金的长篇小说,如今它是大连的一个区。到大连度假的人们,千方百计也得去游览一番,虽则距离不近。

我们自然也去了。

当地博物馆的一位同志充当导游。他带了一册摄有各种历史镜头的照片簿,给我们详尽地讲解着。因此,短短的三个钟头就重温了整个的发生在中国土地上的日俄战争的痛史。

　　我们从这个山头下来再爬上那个山头,从这个据点出来再进入那个据点,边看边听,我不免兴起了屈辱之感。我以为,兵营、堡垒和炮台不妨保存,以便作为代代相传的反面教材——它告诉来人:当着国家积弱不振的时候,会发生什么荒谬的事情!然而,那些傲慢地立在峰顶的、大得不成比例的、宣扬侵略者的武功和武德的纪念塔和纪念碑,有什么必要保存呢?据说,有的外国人来,还专门跑去朝拜凭吊,仅此一点,也足以说明,什么势力在怀念它。对于它们,我以为,不妨实行"破字当头";凡是有血性的中国人,都不会有异议的。

1983年8月24日　北京西苑

新疆半月

一九八三年八月三十日,我乘飞机由北京到达乌鲁木齐,由于我所在的单位电报召唤,不得已又在九月十四日由乌鲁木齐飞回北京,一来一去,正好半个月。对于新疆偌大一片地方,短短半个月实在太不够用了,可以断言,我连九牛一毛也不曾看到。因此,这次的西行不但没有给我丝毫的餍足之感,相反的,倒是产生了新的更大的诱惑。

我是从地图上认识我们的祖国的。我从小就爱好地图,一边画,一边驰骋自己的幻想,做纸上的旅行。然而,每当我扪触到这六分之一的天地时,我的心总是有点怦怦然而又茫茫然;新疆,究竟是什么样子的呢?我这辈子和她有缘还是无缘?

关于新疆,我的知识的确贫乏得可怜。除了唐诗中某些气象万千的篇章,例如"明月出天山,苍茫云海间"——有人考证说:这个"天山"是指甘肃的祁连山。我不信,我想,既然李白是在西域碎叶出生的,他为什么不歌唱天山,而去歌唱祁连山呢?——再说是若干古代高僧留下的游记了;"昨天"的情况也并不比"前天"更清晰,也是成堆的支离破碎的断片:康熙、香妃、吐尔扈特部落……中俄《北京条约》、斯坦因、盛世才……陈潭秋、林基路;毛泽民……杜重远、茅盾、赵丹……监狱、枪杀、战火……三区革命、阿合买提江、穆特里夫……通电起义、一野西进、屯垦戍边……总之,完全是小学生的水平。

尽管如此,光是从建国算起,我的新疆之梦,就做了三十五年。加上少年时代,那就更长了。

遗憾的是,好不容易如愿以偿,又偏偏匆匆归去,只来得及观光石河子新城和伊犁州。乌鲁木齐不过是两次路过歇脚,哪儿也不曾去,实在不能算数。

不过,仅这两处地方也给了我深刻而美好的印象。由于它们,我的心和新疆贴得更紧了。

去石河子的任务是参加"绿洲诗会"。会议开得紧张而又活泼,室内室外的活动穿插进行;热情的主人(特别应该提到当地的党政领导同志,他们几乎摒绝一切公务来陪同我们),引导我们参观了水库和沙漠,工厂和田场,欣赏了民族歌舞和抓饭,叼羊和"姑娘追"。感谢自治区文联提供了交通工具,使得邹荻帆同志和我能够顺利访问伊宁。而自治州文联又做了非常紧凑、非常扎实的安排,我们马不停蹄地去过伊犁大桥、汉宾公社果园、阿合买提江陵墓、惠远将军府、霍尔果斯国门、果子沟等地游览、瞻仰,还对维吾尔、哈萨克民族同志进行了家访。

新疆是诗的沃土。为什么比起其他的文艺形式来,新疆的诗歌特别优质高产?虽然我此行接触范围窄小,但似乎也不难找到答案。当我夜间漫步在石河子美丽的花园大街上,听老"军垦"们指点着市街和郊野,回顾当年创业的艰辛,头顶上有淡紫色的碘钨灯和内地罕见的大星星交相辉映;当我穿越一眼望不到边的棉花和啤酒花大田,意外地发现耕地中间有一个光秃秃的沙包,得悉这原本是开拓者有意保存下来的"遗址";当我颠簸过荒凉的五台、四台和三台,猛然间看见了烟波浩渺的赛里木湖,而天上的水鸟正在飞翔;当我为车窗外的不毛之地暗自嗟叹,竟有奇迹出现——一棵高傲的向日葵一闪而过;当中午的太阳直射着惠远古城,那相传是林则徐手植的四株大树岸然挺立,没有一点儿阴影……我都自以为发现了诗。当然,我不得不努力抑制自己,唯恐写出浮光掠影的东西来,叫久居此间的方家见笑。

诗人雷霆同志(不是北京的雷霆)送给我一顶维吾尔小花帽,我很喜爱它,至今珍藏于箱笼,我等待不久的将来能戴上这顶小花帽和朋友们重逢。

我想,如果戴上了这种帽子,那么,胡大也应该赐福于我吧,让我在有生之年,能亲眼看一看吐鲁蕃和巴里坤,看一看喀什和和田。

1983 年 12 月 23 日　合肥

还 乡 记
——从忻州到太原

由于大家都知道的那一场灾难,我从北京"发配"山西,整整度过了二十年:其中开头的五年在太谷修水库,在祁县打铁,接下来到太原的《火花》月刊当了五年的诗歌编辑。如果算上一九六四年在原平施家野庄参加"四清",那么,我在忻州地面上待的时间最长,总共是十载有余。

记得唐代有位名叫刘皂的诗人,他写过一首七律《旅次朔方》,由于表述了一种迁客的特殊体验,这首诗历来为人们所称道(有的选本说那是贾岛的作品,实在是以讹传讹,不符合历史事实),原诗如下:

客舍并州已十霜,
归心日夜忆咸阳。
无端更渡桑干水,
却望并州是故乡。

刘皂非常生动,非常准确地道破了客子久居异地,忽然再度远行时的复杂心境。千年之后,我竟和他产生了共鸣,我也打心坎里把山西当作了自己的第二故乡。一九七九年一月,我离开了山西去到安徽,屈指算来已有六个年头了。在这六个年头中,我无时无刻不在思念山西的乡亲们和朋友们,感谢他们在我最困难的日子里所给予我的关切和保护。

一九八一年,我去西北,由西安而兰州,由兰州而西宁,然后又分别访问过酒泉和敦煌,最后到达延安。那一次,我就有心在归途中取道山西的,无奈临时情况发生变化,必须赶回合肥去。当我乘的民航班机中途在太原机场降落、加油时,我的内心是何等激动啊!俯视夜色迷蒙中的太原市区,万家灯火,我就禁不住寻找,那曾经照耀过我的一盏!遗憾的是,在机场吃了一盘半凉不热的炒油菜,和同样是半凉不热的一个小馒头后,又不得不继续飞往北京去了。

一九八二年,我又一次去西北,有幸在韩城拜谒了司马迁的家祠和墓葬,车子顺便把我和我的女儿载向龙门渡。一旦车子停住,我便由我女儿搀扶着走过铁吊桥,踏上了属于山西省河津县的土地。女儿笑着对我说:"爸爸,咱们可回了山西了!"她也和我一样,对山西的那些淳朴笃实的老农民,有着十分深厚的感情!我们是多么希望径直走到太原,走到忻州去啊,可惜不能。因此,黄河的裂岸惊涛就宣泄了此时此地我们父女俩的澎湃心潮。也许是太久太久地我凝视着那呼啸不已的浊浪,眼睛也被水花溅湿了。

今年,我终于下了大决心,回乡探亲来了。正是春暖花开的季节,遍地响着耧铃,这个时机选得十分相宜,我私下里暗自庆幸着。我采取的路线是这样:由合肥直奔北京,接着便改乘永定门至太原的慢车,沿着京原铁路入晋。我的用意是,首先探望我种过五年多地的忻州庄磨公社下冯大队,探望我看过五年大门的元好问家庙(文化馆所在地),然后再去太原和榆次,探望那些相濡以沫的故旧,其中有很大一部分是一九五八年的难友。

都怨我的大脑缺少一点信息细胞,我不知道在同一条京原线上还奔驰着一班快车,以致让忻州地区文联的同志早、晚各接了我一次。一九八〇年我大病之后,身体一直不好,在硬板凳上晃荡磕碰了十三个小时(因为火车晚点),的确每一个骨节都似乎脱离了原来的位置,变得很不自在起来。然而,当我首先望见了杨茂林同志的弥勒佛一般的笑脸,怠倦之意便顿时跑到爪哇国去了。一行人将我拥进了招待所。这座招待所我是熟悉的,仿佛也是一位风采如昔的老朋友,但我在欣慰之余,又不免发生了一点疑问：难道忻州的一切还是老样子么？不！很快我就发现我错了，忻州，发生了巨变。不但有了新开辟的大马路，而且高楼林立，色彩和造型都绝不雷同，新建的北路梆子剧院和光明电影院，更是各有各的性格：一座沉稳敦实，一座开朗明丽。最可喜的是旧城门楼前的那块空地辟成了街心花园，加上许多道路上的花圃，不难想象，到夏日来临时的五彩缤纷景象。一方面是绿化、香化大见成效，一方面是市容整洁，往日那副又脏又乱又差的破败面孔，已经完全改观了。我还注意到人行道上栽种了苹果树，这是一个可喜的预兆，也是一个庄严的宣告：忻州市的人民，将在道德情操上显示出非同凡响的跃进！我由此而回忆起了一九八〇年看到以后使我大为惊讶的果园城南宁。我相信，在果实成熟、醇香诱人的时节，忻州市将和南宁市一样无人摘食，而又"路不拾遗"！

在地区一级盘桓了三天，受到了地委书记和行署专员的极其隆重、极其热情的接待，令人十分不安。四月二十七日，根据地、市两级的协商，我被忻州市文联"接管"了，搬进了新近完工的高级宾馆。市文联的正、副三位主席，都是我的老熟人。他们几乎整天陪着我转悠，形影不离。我于忻州人民有什么贡献？竟至于享受如此特殊的照拂！扪心自问，实在惶愧！特别是市委书记王珍同志，听说我曾经患过脑血栓，目前血压仍旧偏高，便安顿我每日检查一次身体。我当然不能心安理得地应承，但又不便谢绝，只得违心地撒一个谎，答应每隔三天去找一次医生。而事实上，医生李润科同志——他现在已经担任市医院副院长——本来就是我的患难之交，我除了向他索取一点安眠药（我一向就有失眠的毛病，再加上兴奋和劳累，夜晚更睡不着了）外，只量过一次血压，为什么不听王珍同志的话呢？因为我的确自我感觉良好，我很快乐，我相信自己不会病倒。

每天的活动是非常紧张繁忙的，不但本地的同志闻讯纷纷前来，而且由于《山西日报》和山西省广播电台的报道，促使外地的不少的不相识者也远道专程来访。这，在我是毫无思想准备的。我愿借这篇文字，再一次向这些同志表示感激,并且请求他们原谅我没有时间和他们一一促膝长谈。其间,我出席了一次地区文联组织的报告会,一次由市文联组织的座谈会,还有一次由市文化馆组织的"团圆会"。我得以和许多老朋友把握,和更多的新朋友相见,心中真有难以名状的欢欣!尤其是当我推开我在文化馆先后住过的两间小屋,望着那熟悉的窗棂、熟悉的幔子、熟悉的桌椅床铺,真是触景生情,百感交集!同志们在院子里又大声呼唤我出去看望我种的金针菜,啊,竟然分成这许多蓬了。原先,我种下去的时候,不过是一蓬,我松土,施肥,浇水,它长得很好,每年都要开不少黄花。我甚至摘下来吃过,味道极其鲜美,别有一股清香。然而,当时我之所以要将它栽在我的房门口,绝不是为了贪图口福。古人有云:"萱草可以忘忧。"而俗名金针菜的东西,正是萱草!如今我不妨公开这个内心的秘密:"我是为了忘忧,才种它的啊!"大家听了,也不免唏嘘叹息起来。

五月二日,我终于走到了魂牵梦萦的下冯村。事先,我只是请求公社通知我的房东陈根龙一家,还有领着我种了一年半树的陈双科老汉,以及当年的贫协代表陈银才老汉,希望他们如果没有特别当紧的营生,就留在家中等我去看望他们。

不知道为什么,忻州市的领导同志特别看重我的这次归来。他们专门派了辆面包车,安排好一位摄影记者、一位报纸编辑、两位电视台外勤工作人员带上全套录像设备陪同我一道前往。车子先要经过公社所在地二庄磨镇,热情的公社书记宿明怀同志又加入了这个本来已经相当庞大的队伍。加上市文联三位负责人,连我在内,把九个座位全填满了。"面包"刚刚开进村口,马达声唤来了几乎全村的男女老幼,支部书记和大队长立刻出现在我的面前,紧接着,又来了前任支书和大队长,还有我日夜思念的,把着手教我做庄稼活儿的全村第一位老党员陈双科,大家的热乎劲儿就别提有多大了。令人痛惜的是,陈银才在一次捡烂炭当中,不幸被火车碰死,而且他的老伴也先他而去,这是那天唯一教人感伤的消息。我早已构思了一篇小说,打算拿陈银才夫妇作为生活原型,本来以为还可以趁此机会对某些细节再做一点补充的,如今却是永远不可能了。特别是看见村里盖起了一排排的新房,旋起了一眼眼的新窑,又转念及银才老汉苦了一辈子,竟不能多活数年,过几天舒心的日子!我清楚,捡烂炭,几乎是下冯村群众家家户户的一宗主要的营生,他们全靠平社车站上来往火车从炉膛里清理出来的煤渣熬过一个又一个的寒冬!当我想到了这一幕幕悲惨的往事,大概神色有些黯然吧,以至于引起了大伙儿的不安,他们纷纷急切地询问:"老刘,你怎么啦?是不是身子难活?"我的亲爱的乡亲,你们不必惊惶,不必打听了,我到底也没有吐露真情,唯恐破坏了这火一般炽热的气氛。

我首先是回家——回到我住过五个年头的老宅子去。这里流行一句俗话,"有钱不住东、南房",我恰恰先住的是东房,后住的是南房。这两间房子没有变动,整个的院子也没有变动,只是梨树长大了,杏树老死了。为什么我的房东没有富起来?一了解,他们也盖了三间新房,给娶了新媳妇的二儿子安了个窝,这个窝,筑在从前是杂草丛生的"库垒"(空院子)里。望一眼新房前面那几株大榆树,又不禁回忆起当年我们父女两个断粮的日子,房东家的二闺女带领我的女儿上树去捋榆钱、摘榆叶的情景来。感谢党中央!我的房东,我的乡亲,还有我们自己,终究盼到了今天!这时候的我,简直像个哲学家了,因为我发现了,我体会了一条规律:逝去的痛苦往往也会产生某种甜蜜的诗意!于是,我们的七嘴八舌的谈话,就不断地从挂过锄头的"罗门",跳到扫过雪的屋顶,跳到镜框中依旧摆着的我当年的照片,跳到承包地的数目、作物和收获……总之,我们全都变成了饶舌的鸟、乱飞的鸟,叽叽喳喳,忽而落在这根树枝上,忽而又落在那根树枝上。

我真希望永远不要间断地,就这样交谈下去……

然而,这当儿忽然发生了一桩大事,一桩我做梦也不敢想的大事:下冯村的全体父老兄弟姐妹,决定要向我赠一面锦旗!(这是他们昨天连夜赶制的)我像一个梦游者一般,被人牵着在院子里绕行一周,眼前只剩下一片会开怀大笑的红光！会热烈鼓掌的红光！透过模糊的泪眼，我看见了八个大字："战斗六载，情谊永存。"我实在太激动了，以致都不容细想。这里存在着一处差误，我在下冯村前后只劳动了五个年头。我想，姑且如此吧，不必纠正了吧。总之，彼此都感到那一段日月很长很长，如今回味起来，滋味也很长很长就是了，旗子上方还用白布扎了这么一行文字："敬赠公刘同志"。同志！同志！我的乡亲们一直把我当作革命的同志！一个完全可以信赖的自家人！而不是当时"上边"通知他们的"右派"！更不是青面獠牙，张嘴就会"放毒"的反革命！我哭了，很快，我又笑了！这难道不是人生最大的光荣和安慰么？这难道不比我出版了若干部诗集并且得到好评还更令人受到鼓舞么？我的好心的乡亲！我应该用什么来报答你们呢？天底下又有什么东西可以用来报答这一片笃诚呢？

用西方记者惯用的术语来描写，这一阵，的确是达到了"戏剧性的高潮"！

在和数也数不清的乡亲们合影之后，我又被簇拥着步出大门，我发现我亲手栽种的两株榆树已经成了庞然大物，另外一棵杨树则已被锯倒，用来支撑着房东儿子的新居了。我并不因此而感到有丝毫的惋惜，相反，我还为此而自豪，仿佛我留下了自己的一只胳膊，在那儿为一个有着初生儿的幸福的小家庭抵挡风雨！我为这里的人们多少做了一点好事，我感到由衷的高兴。一些老大娘，踮着颤巍巍的小脚，在互相交谈关于我当初怎么替她们治病的故事，一位名叫陈卯寅的老大爷还在伸手要我再给他开一个药方，他嚷道："早先的那一张，叫搬家搬丢了！那方子怪灵验的！你可千万不要忘了给我写了寄来啊！"这些朴素的话语，使我耳热心跳，想不到人们至今还在念叨我这个野郎中！中国的农民哪，你们可真是世上最善良的人！别人给过你们哪怕一点微不足道的"好处"，你们也永远不会忘却！而你们给予我的关照和爱护呢，偏偏谁也不提！这时候，我又想起了我写的那首诗：《父亲》，我很惭愧，我并没有真正写好你们！我应该写得更好一点才对！

然后,在许多人的陪同下,我又转悠了整个村子,从东头到西头,那些狗——它们也许是从前的狗们的后代吧——竟也不咬一声!莫非它们也嗅到了空气中有一股又香又甜同时夹带着淡淡的辛酸的气味么?说真的,就连这一头头的狗,我都感到亲切呀!

万分遗憾的是,那天下着小雨,路很泥泞,很滑,我下定决心要去的两处地方——大南河和下湾,那儿有我亲手培育的成片森林,我到底没有去成,乡亲们都怕我摔跤,摔出危险来。我这时心想,好吧,留下一点东西也好,日后再来看吧。

回到公社,书记命我题字留念,我一连写了三张条幅:第一条是,变庄磨为百万富翁之乡。(下冯村还没有万元户!遗憾!)第二条是,感谢乡亲们对我的教育和保护。第三条是刘皂的那首七绝。

吃罢饭后,便驱车回到忻州市。然而,我的心却留在下冯村,留在那片我为之流过血、流过汗也流过眼泪的土地上。

紧接着,第二天大早我便直奔太原,汽车像响箭似的,开到了五一广场的三晋大厦。

嚯!我一仰头,数下来竟有十四层!对面的云山饭店,虽然略略矮一点,也有十二层。这两栋矗立如丰碑的高楼,再加上其他一些楼房,形成了特别有气势的壮观景象,宽阔的马路尽头,是仿北京站式样的太原站。啊!太原!你好!

不远的五一广场,地上是馥郁葱茏的花草林木,地下是灯火明亮的商场餐厅。极目望去,市面既整洁,又安静,再也听不到此伏彼起的汽车喇叭声,再也看不到满天飞舞的冰棍纸和落叶。这就是我从前厌恶过的那座城市么?变了,变了啊,在太原我停留的四天,从没有遇见过任何一个不愉快的场面。我记得,我的眼镜是在柳巷叫一个小伙子碰碎的,但他扬长而去;我记得,我的女儿是在南肖墙让一辆自行车辗伤的,结果我自己掏药费抱去附近的医院急救;我记得,街头经常发生斗殴,而品头评足的麻木嬉笑的看客如云,我记得,公共汽车上稍有磕碰,就彼此用最下流最粗野的语言相对谩骂……太原变了!净化了,它仿佛一面镜子,被谁用一块看不见的大绒布,细细地拭擦过!

入夜,凭窗眺望,迎泽大街越发显得宽敞、明亮、气度非凡!人的心境是多么奇妙的东西啊,我感到我对今日的太原简直是一见钟情了。

街市是那么繁华,橱窗是那么丰盈,人们是那么彬彬有礼而又和蔼可亲。当然,尽管我也看见了美中不足的状况:上车不排队,仍然是争先恐后,不守秩序,有的饭馆相当肮脏,碗筷始终坚持着传染疾病的可耻职能。但是,无论如何,这要比之于我个人睡火车站,到处受辱时的太原,比之于"文攻武卫"炮火横飞时的太原,强了何止万倍!

我因为太忙,没有机会去全面地观赏市容,也没有去重游晋祠,但根据几度外出活动的印象,途中所见所闻,的确令人耳目一新。我当然更来不及去访问工厂和矿山,我想,它们较之于我在一九六三年写《太原抒情诗》的光景肯定大大地发育健壮了吧。如今,晋煤外运,已经是全国人民共同的热门话题。太原,必定会在"四化"大业中发出更多的光和热!

听说在汾河岸边正在修筑"文化中心",又听说"刊大"计划兴建"希望大楼";而解放路则已经完全改造成了一条相当现代化的大街,鳞次栉比的建筑物充分体现了"老、中、青"相结合的时代特点。的确,我们需要一个多样化的太原,多样化本身正是一种个性!

我是在一九七八年离开山西的,临走的时候经过太原,那时候"四人帮"虽然已经被粉碎了两年多,可太原除了正在拓宽通向火车站的马路外,并没有半点新气象。由此可见,三中全会的威力有何等的巨大!如果没有三中全会,没有实事求是的路线,方针,政策,我想,太原将仍然是老样子。为了迎接更加美好的工业新城,我愿意在这张稿纸上画上两个酒盅,再写下两个大字:干杯!祝愿我们驰名中外的并州快剪,在未来的岁月里,为太原裁制一套套更加新颖绝伦,更加光艳夺目的时装!

太仓促了,我的没有看个饱的太原!原谅我吧,什么时候,我将一定再来细细描绘你的姿容!

           1984年5月27日 于华北油田

不说话的"先生"

旧社会,人们相互称对方为"先生",这正如解放后人们相互称"同志","文革"期间传达了"工人阶级领导一切"的"最高指示",以后又流行起以"师傅"一词为称呼一样,是一种讲礼貌的表示。当然,也有一直稳定不变的情况,比如,在高等院校,学生们管老师叫先生;又比如,在民间,特别是北方民间,老百姓管医生叫先生。这里不仅仅是约定俗成,而且包涵着特别尊敬的意思。此外,还有少数更特殊的对象,如孙中山先生和鲁迅先生,"先生"二字简直和他们的名字连接成了不可分割的整体,不信,换成"同志"甚至"师傅"试试,能接受得了才怪哩。

现在,可以说到正题了。我在题目里使用了一个带引号的先生,这不是否定,也不是暗示某种嘲讽,正相反,我的用意在于加以强调从而引起读者的注意。因为,我这里指的不是有血有肉有头脑的人,而是指的有着满肚子学问的辞典。辞典是会说话的,它只是不说话而已!

如今,我被人称作作家了。但是,我仍旧是学生,不但永远是人民群众的学生,而且永远是这位不说话的"先生"的学生。我是从不离开辞书的。

除了小孩子时候用过一般的字典而外,长大以后,我最初接触到的大型辞书,中文的是戊种本《辞源》(上编、下编、续编),英文的是四角大辞典。英文辞典不说它,这里单说《辞源》。我的这套戊种本是有来历的,它不仅是一件工具,而且是一件纪念品。它是我姐姐刘仁慧的遗物。我姐姐是毕业于杭州艺术专科学校(浙江美术学院的前身)的高才生,她念的是图案系,却又旁听了建筑美术系,毕业以后留校任助教,竟又拿到了新开设的陶瓷美术系的结业证书!多数同学靠家里供给各项费用,而我姐姐却领了江西省的奖学金,同时又领浙江省的奖学金。因此,她读书不但不花钱,还往往"赚钱",这部《辞源》便是用奖学金买的。抗战爆发后,她跟随学校搬迁云南呈贡。就在呈贡,她不幸触电被烧焦了后脑勺而惨死了。回想起姐姐在临离开家乡南昌的前夜,她拣出她所珍爱的《辞源》,交给了我,语重心长地说了一句话:"弟弟,我们家穷,希望你用心读书,这部《辞源》陪着你,就好比姐姐在看着你上进……"怎么能料到她竟会惨死呢?以后,我带着这部《辞源》读完了初中,又读高中,最后升了大学,要不是国民党特务要捉我,不得不轻装潜逃,我是绝不舍得和这位"先生"分手的。

要感谢我的父亲、母亲,他们完全理解儿子的心思。一九五五年,当我由昆明军区上调中央军委总政治部创作室,绕路回到老家小住的日子,他们捧出这三本黑布封面烫着金字的真正宝书来,不无自豪的说:"看!还是好好的!那些年,无论变卖什么也不敢变卖它呀!"之后,我的年迈多病的父亲在"反右派"运动中,因为不让街道居民委员会强摘门上的"光荣人家"牌匾,被推搡倒地,没有多久就死去了。我母亲在"文化大革命""横扫一切牛鬼蛇神"时,由于替唯一的儿子担心,忧思百结,拖了半年,也死去了。这么一来,二老替我保存的《辞源》,对我来说就增添了双重的纪念价值。

这部书,至今还珍藏在我的书柜中,尽管它已"老态龙钟",金字暗淡了,封面开裂了,我还是决心将它保藏下去。我已添置了经过修订的新版本,新版本四大部,的确很美观,很有气派。然而,在这一点上,它毕竟不能与象征着我的苦难家史的旧版本相抗衡。也就是说,戊种本上、下、续三册都会说又一种话,只有我懂得的话。

可是,我想通过这篇短文转告读者朋友的,却是关于另外一些,即任何一个认识方块字的人都能懂得的话。

《辞源》给我的益处太大了。第一,《辞源》帮助我学习了中国的古典文学。我从小就爱好古典文学,学习成绩一般总是名列前茅。这主要归功于我遇到了一位很好的国文教员;其次,就是请到了这个不会说话的"先生"。许多文言词语,都能从中查到"书证",也就是出处。当然,它所提供的不一定是最初的"源头",正如我们说长江之源不一定非细数唐古拉山的那些尚未命名的雪水冰川一样,能告诉我一条沱沱河,已经够令人满意的了——虽不中亦不远矣。

"书证"的用处还不止于此。只要是有心人,仔细品鉴一番,还不难咂出不同的滋味来。一处"书证"往往只代表一种意思、一种使用方法,而又能琢磨出远比这个词本身丰富得多的教益。

第二,《辞源》本身就是一部作品,气势宏伟,结构严密,处处体现逻辑的力量。我的意思是说,它有相当强的可读性,吸引人;只要揭开一页,就会像进了陶渊明描写的桃花源似的,目光会不由自主地一步一步往前面搜寻,忙不迭地八方观赏,觉得美不胜收,甚至还会产生那么一点点冒险的乐趣,而禁不住惊叹:啊,原来天底下的万事万物这么幽奥,这么精微,这么有趣呀!

当然,汉语语文知识的积累是不会有止境的,因此,后来者还有用武之地:每一次的修改都意味着创新。何况,还有许许多多的分类辞书,可以弥补《辞源》的不足。比如,拿我的藏书来说同等重要的一部就是《辞海》。《辞海》是百科全书式的词典,有它自己的广阔天地,准确地说,是别有一重天宇和别有一块大陆。

写到这儿,顺便谈谈我对辞书的癖好与需求。我们以文学创作作为职业的人,常常会遇上这种情况:在某一个专门性的问题上,甚至《辞源》《辞海》也不解渴的时候,就希望能拜更多的老师,求教于更多的不说话的"先生"。比如,我从前年起,就一直在寻访商务版的新书:《神话词典》(苏联 M. H. 鲍特文尼克主编),遗憾的是,迄今尚未买到。又比如,年初在北京参加第四次作家代表大会时,我很高兴地买了一本广西版的《心理学辞典》。一个八十年代的作家,知识必须更新,否则势必被时代淘汰。而所谓知识更新,除了深入实际生活,向实践中的各条战线的专门家学习外,很重要的一条,正是开拓自己的阅读领域。各种专门性的辞书,就是我们扩大知识领域的可以信赖的向导。总之,多结识一些不说话的"先生",越多越好!

1985 年 3 月 27 日 合肥

忆 秦 似

一个人活一辈子,其中总会有一个或者几个关键时刻,而在这种关键时刻遇到的真正朋友,他所给予的指引和支持,往往也是关键性的。

秦似之于我,正是这样的关键人物之一。

……突然,广西大学给我拍来一份电报:"秦似教授于七月十日逝世。"

我的心,立刻缩作了一团。

记忆的闸门打开了,种种与秦似有关的往事,像潮水一般涌上心头。我感到了一种悲从中来的强大冲动,我必须写一点什么,就像促膝谈心那样,向这位已经飞往另一世界的故人倾诉,否则,我确信,我的这颗收缩着的心,将永远也难以重新平复。

秦似比我整整年长十岁。理所当然的,我一直把他当作老师,虽然他从来不以师长自居,而将我视同朋辈。

如果从我十九岁那年算起,我们之间,已经有了四十年的交往了。

一九四五年秋天,作为一名刚刚入学的大学新生,迎接我的第一课不是必修课《中国通史》和《比较宪法》,不是选修课《西洋文学史》和第二外国语,而是开始以风起云涌之势席卷整个国民党统治区的学生运动。闻一多的血迸射着较之《红烛》灿烂千百倍的光芒,照亮了一代人的眼睛,也帮助我面对严峻的人生之路做出了正确的和终极的抉择。

一九四六年元旦,我正式使用了"公刘"这个笔名,在中国内地(包括江西、湖南和湖北)的几家报纸的副刊上发表杂文,同时也写一点别的形式的文学作品。当时我认定,唯有鲁迅式的杂文,才是致敌于死命的匕首与投枪,才能刺穿黑暗王国的心脏,我还特别偏爱鲁迅先生的《野草》,日夜诵读,因之,不知不觉间也学着涂了一些《野草》体的散文诗。虽然,从那时起,直到四十年后的今天,鲁迅的杂文和鲁迅的散文诗,对我而言,始终是一轮只可仰望的辉煌的朝阳。

同一年,经由我生命途中的另一位关键人物洛汀同志的引荐,我得以进入享有进步美名的江西南昌中国新报社,担任资料员,算是半工半读吧。尽管必须继续应付功课和考试,时间和精力的负担都相对加重了,但我很满意我的新岗位,它不仅意味着自身的社会独立存在,也不仅意味着每月能领到很小一笔钱,对供养年迈双亲不无小补(我个人读书,全部公费),此外,还有一桩秘密的乐趣——那就是,我可以在这家报馆里读到极少人能接触到的香港出版的党报《华商报》和南方局的机关刊《群众》《正报》以及别的"禁书"。

一天,我照例上班,洛汀悄悄把我拉过一边,说:"好消息!你的文章'那边'刊载了!"

我明白,他说的"那边",是指的当时香港的进步出版机构。

我又惊又喜,忙问:"什么报刊?你怎么知道的?"

"秦似主编的《野草》杂志。《华商报》上发了消息,有你的名字。"

《野草》杂志!啊,我记起来了,它是一份风格独异的杂文刊物!中学时代,就令我爱不释手,那时候,它在桂林,即所谓的抗日文化城出版。上面登过大快人心的聂绀弩的著名文章:《韩康的药店》。想不到,今天我的不成样子的东西也上了这家杂志,实在太荣幸了!太高兴了!

我急忙去查报纸,果然。于是,立即坐下贸然给秦似(他是个什么样的人呢?一个思想激烈的老头子吗?)写了一封信,表示感谢,并且索取刊物。

我不知道,茫茫人海之中,这个叫作秦似的人,他在哪方窗下摆着自己的书桌!只好冒着特务追查的风险,直接把信邮给了《华商报》,恳求他们转交。

没有料到的是,很快竟有了回音,发黄的竖行的道林纸稿笺上,密密麻麻写满了蝇头大的钢笔字,署名正是秦似。

这一天,我简直像小孩子过大年似的快活。

我把信藏进衣兜,只让洛汀一人过目,他也为我欢喜。

秦似对我着实鼓励了一番,末尾还谈起稿酬问题,他说:数目太小,是不是从内部买书(便宜些)寄给你?又询问,该写什么地址最为适宜。

我理解,所谓最为适宜,自然是对我的人身安全不产生危害的意思。

哪儿能找到这样的保险柜呢?犹豫再三,终于禁不住"异端邪说"的诱惑,决定请他邮到我的家中,用另外一个化名。我想,这样总比邮往人多眼杂的大学和报馆少惹麻烦。

此后,我的杂文和散文诗就不断地在《野草》上露面了(其中有些是转载,有些是投稿),同时,我也不断地收到秦似寄来的新书。顺便说一下,我在如饥似渴地吞下包括《高干大》《荷花淀》《我的两家房东》《王贵与李香香》《洋铁桶的故事》《李勇大摆地雷阵》《刘巧团圆》……许许多多解放区的文学著作之际,曾将自以为发现出来的校勘错误详尽地开列了几张纸的明细表,托秦似传给主编先生。秦似的全部来函,迭经战争变乱和解放后的肃反审查,反右批判,都不曾丢失,但到了"文化大革命",便片纸不剩的被收走,终于无影无踪了。

一九四七年年底,从各条渠道纷纷传来国民党特务机关即将逮捕我的风声。有一种十六开毛边纸的所谓"中正大学各党各派学生姓名一览"的油印传单在南昌到处散发,事实上这是一份变相的黑名单。"刘仁勇"赫然列为"中共"的领头第一名!刘仁勇是我学生时代的本名。在令人激动的国内政治——军事形势的总背景之下,此举的确非同寻常。虽然,直到这个时候,我还没有找到地下党,这顶"红帽子"给我戴上是抬举了我。然而,尽管我并无组织关系,我的心情终不免有点紧张。于是,我也采取行动,通过一些老同学中转,正式接上了全国学联的关系,我选择了一九四八年二月的春节期间,鹰犬们耽于大吃大喝,监视比较松懈的机会,逃离南昌,经杭州到达上海。在初步了解到天生港一带刚出了几起事故,短期内没有偷渡长江的可能后,便给秦似去了一封特快信通知他,我也许要去香港,届时少不了给他添累赘,而为了避免暴露行踪,我在沪、杭流亡期间,一直不敢与老家通讯,也不知道无依无靠的老人,一旦完全断了经济收入,如何度日?心情十分苦闷,便盼望起秦似的回信来了——当然,这是根本不现实的,因为我没有告诉他任何临时的通讯处。

四月中旬,一艘英商太古公司的轮船把我带到了这块大不列颠帝国的殖民地。码头上执勤的洋兵命令我打开箱子,随便翻了翻,居然说出一句汉语来:"读书的?走吧!"并且友好地拍了拍我的肩膀。我好生惊讶,也就回答了一声:"Thank you! Good bye!"对方笑了。说实话,我从来就不敢想象,"帝国主义分子"竟比国民党更通人性。我心里暗自高兴,以为这大概是个吉兆,说明我今后在香港的岁月将会比较顺利。这岂不是迷信吗?我嘲笑起自己来。然而,这会儿迷信能增添力量,也就宁愿信了。

"一切都会很好的。"我欢欢喜喜地跳上了一种从来不曾见过的双层电车,了解到上边是头等,下边是三等,立刻闪过一个可笑的念头:哦,连电车也没有中间路线!三等比头等便宜一半钱,于是,从这一次开始,我一直乘的是三等,最后离开香港,也不曾上楼梯去享受过一次高高在上的滋味。电车叮叮当当响了老半天,一位售票员只说广东话,我不懂,我又欢欢喜喜地跳下车去;一打听,原来秦似住家的桃李台还在半山区,要一连爬好几层高高的台阶。爬就爬,我年轻,有力气,况且情绪高昂,我找到了四十四号,叩开了门,出来的正是秦似。秦似的眼睛不大,但很机灵,一眼就猜出来了:"你——刘仁勇?公刘?"我还来不及自我介绍。他又叫出一位二十七八岁的妇女来,"陈翰新,我太太。"夫妇俩便引我穿过一条相当幽暗的过道,来到他们住的套间。这时,我才注意到,这栋房子不止一家住户。翰新大姐不知从哪儿唤来了一位阿姨,典型的广东保姆打扮,浑身上下一套洗得发黄的拷胶绸(香云纱)衣裤,头上挽着蓬松的头髻,齐小腿以下,一双赤脚,木屐呱哒呱哒山响——好像叫邝嫂吧,翰新大姐和邝嫂说了一通音调铿锵的本地话,只见邝嫂挽起竹篮走了,我才明白过来,便说:"还为我添菜呀?"翰新大姐笑笑,朝秦似努努嘴:"他早就嘱咐过了,只要你真的来,就要好好招待一番,这些日子你东躲西藏的,怕连饱饭也未吃上一顿……再说,我们家只剩下带鱼了,平时他也不让买好菜……"秦似似乎不愿意妻子再多说什么,便打岔道:"进来进来,往后,你就暂时住这儿,我们在里间;帆布床,夜里拉,早上收。白天想写什么,就趴在这张桌子上写。她上班,孩子上学,我也每天在外边跑,没有人打扰你的。"

秦似夫妇热情而毫不做作的接待,使我万分感动。说到底,我实在是一个不速之客,尽管事先曾经打过招呼,可我临动身前,毕竟没有给他们一个准信儿啊!

这时候坐下来了,我才顾得上打量对方,原来,秦似是这么个模样:根本不是什么老头儿,虽然长相比实际年龄老些,眉毛特别的淡,面孔黄黄胖胖的,似乎有点浮肿,说一口广西官话,身着便服,白布裤,白布褂子,趿拉着一双拖鞋。完全是个普通人,不像作家,更不像写那么犀利的杂文的作家,然而,作家又应该是什么样子的呢?就这样,我和秦似,由文字之交,变作朝夕相处的熟人了。

吃罢晚饭,他详细询问了我离开学校、离开家乡的经过始末,同时提了不少有关国民党统治区的民心、风气之类的问题。我发觉秦似是一个既严肃、又洒脱的人,沉思的时候像学者,欢笑的时候像儿童。最后,他突然要我把口袋里的钱统统掏出来给他看,他一换算,才不过折合港币三元零七仙(分)!他皱起眉头。"这怎么行?起码坐电车、饮凉茶总是要花钱的。"说着便塞给我五元港币。我不要,他就提议:"算你借我的!等你将来有了进项,再还我好了。"我无可奈何,只好红着脸收下,心想,今天这一顿,只当你请客,往后,我连饭也绝不白吃你的！你就瞧着吧！我也有我的性格！

我在他家里逗留了半个月。这期间，办了两件大事，都是经由秦似的手办的。一件是替我转信给地下全国学联秘书处的，给洪遒的，给杜宣的，还有上海左派国民党人朱太炎先生赠送给柳亚子先生的篆刻用刀一束，共二十余把，附有毛笔行书小札一纸。

另一件事，是替我分别投送了一些稿件。秦似对我详细介绍了香港各家报刊的政治背景，要求我在给《大公报》和《星岛日报》写稿时换一个名字，给《华商报》的则照用公刘。秦似引用龚定盦的诗句"著书都为稻粱谋"，解嘲道："龚自珍虽然是批评这种现象，却也接触到了一个严酷的事实，人人总得吃饱肚子，才能干革命。没有关系的，有时候，连我也给他们写一点无关宏旨的东西哩……"秦似的坦率和不唱高调，给我留下了极深刻的印象。他一辈子不讨某些人喜欢，恐怕也和这一点有关吧。不止于此，为了切实帮助我掌握分寸，他给我抱来了一大堆《大公报》和《星岛日报》，供我参考。我感到，他为我做的这一切，都充满了关心和爱护，充满了真正的人情。

秦似亲自替我登门送稿，并且将我这么一个于香港文坛完全陌生的内地青年，郑重介绍给主持《大公报》和《星岛日报》副刊的罗承勋和叶灵风的做法，实在是一次无言的身教。自那以后，每当真正有希望步入文学殿堂的优秀青年找到我，要求我推荐他的诗文时，我眼前总是会浮起秦似的音容笑貌。

我还抓紧时间，给《野草》写了几则命题短文，又将一篇从江西带出来的小说《天亮之前》重新抄完，秦似很赏识这个短篇，后来以显著的位置作为书名在《野草》上发表了。我曾经认为不妥。"这是小说呀，又不是杂文。"秦似答道："是小说，可是我以为它有杂文精神。你的那些诗和散文诗，同样有杂文精神，我不是同样用了么？"现在想来，这是一个很重要的见解，包含着某种思想精粹。

由于秦似的介绍，我先后认识了秦牧、林默涵、聂绀弩、孟超和夏衍。我记得,这些名震一时的作家、理论家们,当时都是极其平民化的,常常摇着一把蒲扇,跋着一双拖鞋,互相走往,聊起来也海阔天空,不拘一格,很少后来那种吓人的"阶级斗争"味儿。其中秦牧和林默涵见的次数最多,他们二位,一住学士台,一住青莲台,就在附近。聂、孟二位似乎同样相距不远,只有夏衍住在九龙,需要乘轮渡过海。

《野草》虽然从集稿、划版、跑印刷厂,直到最后送书店零售和给订户分发邮寄,全由秦似一个人经管。但据我的印象,他们几位之间,似乎,存在着某种默契,形成了一个不是编委会的编委会。每每碰头之间,便将下一期的中心意图商定下来,较之于解放后我们某些报刊工作中所谓"层层把关"的僵硬模式,远为生动活泼,效率又高得多。当我后来置身于各种各样的编前会、编后会中,便常常会情不自禁地回味那单纯而美好的感觉来。

秦似很忙,我愿意帮他做一些力所能及的劳务。秦似便说:"你看看校样吧。"因此,我跟在他身后,去过几趟中环。我们踅入一条两厢摆满排档(卖牛腩、河粉的小摊和各色货车)的窄街,承印《野草》的小小工厂——这个老板倾向进步——就隐藏在排档背后,据秦似告诉我,这儿虽说僻静,国民党特务并未忘记它,英国警察也不时"突击搜查",《野草》自然是重点对象之一。

《野草》是不定期丛刊,三十二开,薄薄的五六十页,然而,它的影响却相当大,不仅在国民党统治区被视作"赤色宣传品",而且在东南亚乃至美国、加拿大,都拥有不小的读者群。我亲眼见过秦似不断收到的海外来鸿,语多赞扬。不过,我从未见过秦似因此而面有得色,相反,他更像一条蚯蚓,默默地耕耘劳作。

四月末,秦似给我带来一封用白信套装着的信,信上约我在指定时间去九龙尖沙咀重庆市场三号找戴天(汪汉民)会面。我去了,戴天口头通知我,全国学联决定,让我参加宣传部的日常工作:编印《学运动态》(包括刻钢板和油印,乃至糊上不同的软性刊物封面加以伪装,直到分送至各个地段的邮筒投递),同时参加筹备铅印的正式机关刊《中国学生》的创刊工作。当天我就离开了秦似家,搬到湾仔华南救济协会二楼寄宿。那儿集中了许多像我一样的流亡学生;三楼是琼崖纵队训练女护士的课堂,我就在这个秘密的医护训练班搭伙,按规定标准,每月交饭钱港币六元。

我只随身带了几件换洗衣服,一箱子书仍寄存秦似家中。从此以后,除了专程登门探望秦似和陈翰新夫妇外,见面的机会不太多了。偶然在什么地点碰见,秦似总忘不了说两句话,一是督促我给《野草》写稿子,二是建议我去他们家"打牙祭"。

大约过了半年,被国民党反动当局查封的上海《文汇报》迁港复刊。全国学联推荐了(经过考试)一批青年人去工作。我去当了校对,现任北京自然博物馆馆长的黎先耀,也担任校对,现任国家电影局局长的石方禹担任外电翻译,担任外电翻译的还有现任驻丹麦兼驻冰岛大使的陈鲁直,和曾任新华社驻柬埔寨特派记者的张瑶……很快,黎先耀搭苏联船去了东北解放区,我则改任副刊之一的《社会大学》的编辑。另外一个副刊《彩色版》是梅朵主持的,他知道我和秦似熟悉,便委托我去拉稿;稿子登出来后,大受读者欢迎,也正是这件事埋下伏笔,日后才又有托付我去找秦似来《文汇报》接替梅朵的这样一篇下文。

几乎与此同时,秦似替《华商报》临时编了一整版杂文,夏衍、默涵等几位共同拟了一份撰稿人名单,估计可能是出于秦似的提议,我也忝列其中。我一听说是这个阵容,立刻大为怯场,迟迟未能命笔。这时,秦似曾一连多次来电话催促,他鼓励我:"初生牛犊不畏虎嘛,写!"我看实在不能不领这个提携之情了,硬着头皮交了一篇上去,然而,写的是什么内容,至今却想不起来了。从这么一件小事,不难触摸到秦似那颗奖掖后学的拳拳之心。

随着解放战争一日千里的形势发展,彼此都愈来愈忙了,我和秦似的接触也愈来愈少。不过,有一件事是记得清楚的,那就是,当梅朵决定随一度迁来香港的原班人马全体返沪时,报社让我去以私人身份探询一下秦似的意向,愿意不愿意接编《彩色版》?如果愿意,再通过组织关系商量。(当时的香港《文汇报》是一份统一战线的报纸,凡涉及中共党员的问题,必须通过南方局。)

我遵命前去,传达了报社的意图,秦似几乎未加考虑,便满口应承下来;当然,他也表示过还要找人说一说才能最后确定的意思,我明白,他必须请示。但我毕竟是满意而归,因为我此行不曾辱命。过了几天,秦似到职视事了,我们又能每天相见了。可惜,他并没有坚持多久,自己又要走了;他是广西博白人,迎接家乡解放,开辟政权等重任在等着他。然后,我又奉命仍旧以朋友的名义去找洪遒,问洪遒能不能兼顾一个时期。结果,真的是秦似走了,洪遒来了,但此事已不属于这篇纪念文章的范围,按下不表。

再下去,轮到我自己回来了。我在广州加入第二野战军第四兵团后,随部队行军过南宁,正好赶上春节,住下来休整。趁此机会,我想去打听一下秦似的下落,可是,军队纪律至严,鉴于在新解放的城市,社会秩序尚未稳定,特务袭击的事件时有发生,上级乃有必须三人以上才能离营外出的硬性规定。我不可能单独请假,只得作罢。待到进了昆明城,已是一九五〇年春天了。从报纸上偶然获悉,秦似在广西文化厅,我便匆匆写信去联系。说也凑巧,秦似回信交到我手上,正逢开会。我见到那熟稔的笔迹,立即迫不及待地拆开铺在膝上阅读。主持会议的上级是一位小知识分子出身的老宣传干部,待人一贯十分苛刻,他发现我居然没有听他讲话,只顾自己看信,便点名问我:"谁来信?这么着急?!"我告以秦似。"秦似是谁?"我便据实回答:"从前在香港的朋友。"不料他听了"香港"二字,勃然变色,本来就黑着的面孔,此时成了一块铁板。"哼!又是你那些资产阶级!"我不服,驳了他:"秦似不是资产阶级。"这位上级更火了,便吼叫起来:"那至少也是小资产阶级!以后,少和这帮人来往,集中思想,改造自己的世界观吧!"

对于这样的"革命家"我能说些什么呢?人人都怕他三分。我想,算了吧,便当场把信扯碎了。这位无产阶级上级以为我接受了批评教育,下决心与秦似,划清界限,便不住地点头赞许。其实,我是在抗议。

不过,从此倒真的不再和秦似通信了。假如我告诉秦似这些,他会怎么想呢?假如这位上级发觉我把真相说了出来,他又会怎么发作呢?干脆,由我来承担全部责任吧!

其后,便是厄运降临。

一九五五年,我上调北京总政文化部。反胡风,肃反,反右派,运动一个接一个,我成了"运动员"。风闻因为我的"大案",去找秦似调查过;我简直想象不出来,当外调人员透露给他,说我是证据确凿的什么"托派"或者"特务"的时候,秦似该会怎样惊愕和痛苦!

我一沉二十余载,直到"四人帮"垮台,一九七七年,我们才在北京偶然邂逅。然而,我什么也没有倾诉,尽在不言中了。

当时,他在商务印书馆参与一部什么词典的编纂工作。我却是去那儿探望金尧如的。金尧如正坐在商务印书馆总编室的交椅上。我谈起金就是当年托秦似转交的全国学联关系的接头人,秦似眼睛兴奋得发亮了,大概是想起了许多往事吧,他立刻捉住我的手说:"走!我和你一道去,去认识一下这个早就应该认识的人!"三个人杂乱无章地聊起来,不知不觉快到十二点了。这时,秦似又提出由他做东,请我们去八面槽一家颇有名气的山东饭庄吃饭,应邀的还有我的女儿和金的女儿。饭桌上,秦似谈兴甚浓,他对我背诵起他的近作来:"告诉你,公刘,诗人不止你一个,我也是诗人哩!"他笑嘻嘻地一连背了几首旧体诗,有七律,也有古风和词,都是针对"四人帮"的,嬉笑怒骂,依然当年。可惜,我没有记下原文。时值"第二次解放"不久,对于未来,人人都抱着天真的憧憬,有着书生秉性的秦似,当然格外乐观。就这样,秦似的诗兴大发,引起了金尧如的共鸣。金尧如说他刚好填了两首词,摇头晃脑地吟诵起来,秦似发现了真正的行家里手,喜出望外,便丢下我不顾,二人切磋诗艺去了。

这一桌饭,酒菜虽然说不上丰盛,倒也欢惬尽兴。

一晃又是三年。一九八〇年,我应社科院文学研究所的邀请,赴桂参加当代诗歌讨论会。我下了飞机就进会场,一眼望见了坐在前排的秦似。他站起来招呼我过去并排坐下——哦,我们又相见了!我心里自言自语:这一回,可得美美地说个够才是!真是心有灵犀一点通,秦似也俯首对我耳语:要我定下时间,去他执教的广西大学中文系讲一堂课,然后去他家中坐一坐,"陈翰新在等着你哩。"

不想会议日程排得非常紧,我只能利用小组讨论的时间,去广西大学和同学们会见,同行的还有闻山。闻山擅长做大报告,我先他后,待他煞住话头,却已是薄暮时分了。秦似又以系主任的资格,上台美言了几句,最后,他和陪同我们的其他同志相拥着去到他家,陈翰新正系着蓝花布围裙,站在大门口翘首等待。我发觉翰新姐老了,眼角布满鱼尾纹,一时竟相握无言。她,不也是我的镜子么?在她眼中,可还有过去那个土头土脑的内地大学生的影子?

那一天的菜特别多,桌上几乎都摆不下了。我就寻思,这肯定是好客的女主人的大作!翰新姐历来是慷慨热情的。无奈她不停地忙前忙后,老往厨房跑,实在没有机会和她多扯几句家常。不但翰新姐是如此,连秦似本人也是如此。我设想过的只有我们两个人的亲切交谈,到底也不曾实现。酒席桌上,人多嘴杂,关于国家大事和文坛、诗坛的话题,完全把我的私愿冲刷净尽,化为泡影。

谁能料到,这竟是我们最后的重逢!

秦似是言必行,行必果的。他真的将我那次的讲演词登在他主编的内部刊物上,并且给我寄了来;我怎么会知道,这意味着一种结束呢?他处理署名公刘的文章,从第一次到这一次,相距三十五年!

现在已经记不清楚,在王力教授(秦似之父)逝世的噩耗传来之际,我便听什么人说到,秦似自己也健康不佳,当时我隐约产生了一阵忧虑,怕他受不了奔丧之痛的巨大刺激。因为,我了解,秦似是孝子。如今,在两个月零一周之后,他也走了,永远地走了,这似乎又证实了我的不幸的预感,但我又转念自宽自慰,秦似坚持不让"白发人送黑发人"(这是我们中国人心灵深处的最薄弱层次之一),这,在他坎坷一生的后期,怕也是尽了最大的艰苦努力的吧。

1986年7—9月　合肥

也说"文革"博物馆

前些时候,巴金同志提出了"最好建立一个'文革'博物馆"的倡议,当时,我在一股冲动之下,也曾打算写几句话,表示拥护和声援。但是,在陆续读到许多响应的文章以后,反而犹豫起来了。我忽然产生一种凶多吉少的预感,而且这预感一经产生,便徘徊纠缠,不肯离去,终于未能下笔。读到八月二十六日《新民晚报》,仿佛那已经是一个客观存在一般;"心事浩茫连广宇",多么可敬可爱的老人啊!他的至诚,他的执着,强烈地摇撼着后学晚辈的心。我想,我不能不把自己的思索也公之于众了。

请巴老恕罪,我要泼凉水。因为我深深怀疑,除非是找到了切实可行的民办自助方案,否则,恐怕到了二〇〇〇年,这个"文革"博物馆也只能是一个善良的愿望。

我之所以斗胆说这些话,自有我的依据。

依据之一是,我以为,我们中国人,是一个健忘的民族。健忘,乃是我们最大的民族劣根性,也是我们最大的悲哀。承认这一点,当然是痛苦的。我自己就常常和自己争辩,我实在不愿正视它。然而,多少年来的多少貌似新鲜实则陈腐的鼓噪说教又时时刻刻驳斥我,嘲笑我:铁的事实,无可回避。一定要我举出例子来么?那么,对不起,我且举一个例子。这个例子的时限可能远了一点,上溯到了一九五七年。不过,这位同志的感人事迹,几乎一多半发生在"文革"期间,如此看来也不离题。对于这位同志的高贵品德和革命情操,我由衷钦佩,这是不容误解的。然而,对于他自觉不自觉地用个人心灵的"美"去包装政治迫害的"丑"(这自然是指的过去),我却不能不感到极大的遗憾。因此,每当这位同志出现在荧光屏上,我就感到自己的人格受到了戏弄。我总是苦苦思索:这到底是什么力量在驱使,竟能把对灾难的正当谴责变成了矫情欣赏?我不忍心怪怨这位同志,我和他有着共同的遭遇,我也的确怀抱过类似殉道者的心情;我只不过是碰到了一个似乎不可逾越的疑问号,我无法理解,我拿不出答案。

是不是该归咎于老辈子传下来的那条据说是美德的不成文法呢?"不说死人的坏话",有一点像,因为它可以替我们解释,何以会常有并不怎么实事求是的悼词和讣告。倘若此说可以成立,那么,"文化大革命"大概也属于"死"了的东西,这就难怪相当一部分同胞挥挥手说:"谢天谢地!总算过去了,又何必'斤斤计较'呢?"何况,"不念旧恶"的古训,有时候不仅能博得气度恢宏的美誉,还着实能换来只有傻子才看不见的物质利益!

依据之二是,有的掌权者,出于平民百姓捉摸不透的深刻考虑,忌讳别人回忆、描绘、反思"文化大革命"。早在四年以前,文艺界就在议论着一项主张:少写或者不写"文革",理由是,哭哭啼啼,血里糊拉的,令人丧气,不利于"四化"云云。同行们对此颇多腹诽,我则胆大妄为,形诸笔墨,先后写了两首诗:《没有忘川》和《面对忘川》,拐弯抹角地低声嘟囔了一番。第四次作家代表大会开幕之日,《文汇报》派人约我撰文,我仍旧陈述了这一条意见,后来,《新华文摘》转载了。我之所以一再冒犯顶撞,确实是出于和巴老同样的忧虑:"七八年前再来一次",中国怎么办?

巴老在他的文章中谈到了不足月便流产了的"清污"运动,这也勾起了我的感慨。我写的《创作自由臆说》,其中就有一大段文字,专门比较了"清污"和"文革",我得到的结论是:多灾多难的神州大地,爆发第二次"文化大革命",不是绝对不可能的,倒是自己从前想得太天真、太简单了。至今我还记得清楚,有一天,我奉命去听传达,令我万分震惊的是,蓦然又听到了"横扫"之声!不但对几位写了有关"异化"问题学术论文的作者指名道姓,要求清查,而且公然定性为"反革命",好不吓煞人也!这时,我联想到自己,依此类推,我的那篇《新诗的异化与复归》,必属"毒草"无疑了。不过,曾经沧海难为水,我并不害怕,也从未想到要向什么机构去"投案自首",争取宽大。相反,使我兴趣盎然的是,为什么这位同志对"文革"温柔敦厚如彼,而对自己人(即便是犯有过失的自己人)偏偏绝情寡恩如斯?!我努力想寻找一种解释,一种有说服力的论据,起先我想到的是一句俗话:"好了伤疤忘了痛",觉得分量太轻,继而想到了另一句俗话:"多年的媳妇熬成婆",又嫌极不准确,想来想去,还是目光犀利的鲁迅先生跑来指点:"一阔脸就变!"正是这样,分毫不差。

第三,巴老要求未来的"文革"博物馆用具体的、实在的东西,用惊心动魄的真实情景,说明二十年前在中国这块土地上,究竟发生了什么事情?!我以为,对照我们实有的政治道德水平,这个标准未免太强人所难了。此话怎讲?容我慢慢道来。其实,长话短说,也没有多少复杂幽奥的道理,只消出几道题,就谁都会望而却步了。比方说,假如——我说的是假如——有一位烈士,在遭受史无前例的酷刑之前,还曾遭受有组织的轮奸;像这种酷刑,这场轮奸的策划者、执行者乃至批准者,该不该绑在耻辱柱上,在"文革"博物馆内示众?又比方说,假如——我仍然说的是假如——某学生"右派",只因坚持不承认这个莫须有,十余年吟诗明志,竟被判处枪决,白发娘亲尚需缴纳五分钱的弹费!像这本案卷,这张收据,该不该陈列于"文革"博物馆展览?再比方说,假如——我还是说的假如——某地在"清队"即所谓最后的阶级大搏斗中,创造了"斩草除根"的成套经验,即,事先伪造电文,召回五类分子在外工作的子女,然后,实行迅雷不及掩耳的大逮捕和利斧劈来无声的大屠杀;像这等令人发指的暴行,该不该借"文革"博物馆为死者鸣冤雪恨?一九八〇年,我因患脑血栓在南方住院,素昧平生的大夫和从不相识的读者纷纷对谈起当地武斗高潮中的惨剧(含标点,此处略去30个字)。像这类食人生番嘴脸,又该不该查明落实,秉笔直书,让他们也进"文革"博物馆亮一亮相呢?

……书生议政,说说无妨,一旦动了真格的,马上就触及活人的既得利益,势必引起猛烈的抵抗反扑,谈何容易!我们中国人到底是受过数千年王道教化的灵长动物,最擅长于做点缀升平、体现仁术和附庸风雅的表面文章,倘若事情包含着某种风险,那多半是会默然乃至漠然的。因此,我们可以修长城,可以救熊猫,可以纪念武松捎带纪念西门庆,甚至可以酝酿"重建圆明园"(不知可曾拟订了引进八国外资联营的合约?)"文革"博物馆么?你且等着吧!

上面说了一通,全是泄气话。然而,我的心果真麻木了么?否!我另外倒有一个低姿态的建议:方今全国报刊不下数千种,哪一家敢拍拍胸脯站出来,举办一次"十年一日"的征文?号召各色人等,如实记录下浩劫期间最难忘怀的二十四小时(包括亲身经历、耳闻目击以及自己的"表演"和内心深处的活动,笔者也自不例外)。可是,话又说回来,我又忽然想起了一则"笑话",有一位我尊敬的朋友、极孚众望的作家,最近曾经自北而南的联系了好几家素以胆识著称的出版社,希望他们在一九八七年的出版选题中,列入一本《"反右派斗争"三十周年纪念文集》,然而迎接他的,竟一律都是有礼貌的婉言谢绝!那么,等待着我的这个低姿态的建议的,怕也未必会有更好的命运吧!

1986 年 8 月 29 日—31 日写于合肥

说 讽 刺

讽刺之区别于"恶毒攻击",最根本的一条就是那恨铁不成钢的善良愿望。我们中国文学缺乏讽刺素质,正是我们中国社会缺乏民主意识的恶果之一。几十年来,一直把不可或缺的讽刺诬为"恶毒攻击",这本身也是对权力崇拜者的绝妙讽刺。如果真正想实现观念的现代化,这种现象就不应该再继续下去了。

1986年秋

流浪汉话故园

不知道是不是命中注定，我这一辈子，过的都是四海为家的流浪汉生涯。江西虽然是我的出生地，对我而言，却只有土，并没有根。

感谢《江西画报》，忽然想起了远方有一个名字叫作公刘的游子，发来一纸请柬，邀我上庐山，我自然是既惊讶而又兴奋的。可惜的是，由于杂务缠身，终于错过了这个机缘。

在全国作协四届二次理事会开幕前夕，《画报》编辑部又派遣一位记者千里迢迢专程前来合肥采访。她十一月六号四处打听我的住址的时候，我正在郊区机场的候机室窗前仰望天空。不知道到底是她的运气好还是我的运气好，班机因机械故障临时撤销了，推迟到第二天下午起飞，这样，我们才得以在七号上午谈了两个钟头。临分手，她嘱咐我务必给《画报》新辟的栏目写上一篇随笔，我答应了。可是，待我北京归来，又被告知，出了某种意外，所拍照片全部报废，要求我自己另挑随便什么地方照的寄去。我的老表乡亲们，你们看，我就是这么个倒霉家伙，无论办什么事，都难以顺顺当当的。

说来话长，我是在一九四八年二月间，也就是农历年过年的那一天，偷偷逃离南昌的。担心被特务察觉，我和我的父亲合作，演了一出其实并不高明的"戏"：父亲衣衫整洁，我却穿得十分随便，还故意戴了一顶耷拉下护耳的帽子，扛着一口小藤箱，仿佛送父亲远行。待到开车铃响，我迅速在父亲的位子上坐下，他老人家倒是下车走了。

直到一九五五年春，我由昆明部队上调中央军委总政治部，才顺路回家小住四天,那时候的人都极其老实,不敢超假的。

其后不久,我便厄运降临,肃反运动中当了一年的"红旗特务",紧接着不曾鸣放,便划为"右派";回家探亲?没门儿!

从此,这一片青山绿水,就不再对我微笑了。屈指可数的四次来归,几乎无一不和灾祸有关。一九五九年,父亡,奔丧;一九六二年,接老母幼女北上异乡安家;一九六八年,捧着慈母的骨灰南下安葬;一九七四年,一直由我奉养的寡婶下世,又是奔丧……必须承认,对于当时的政局,我很悲观,我心中已经认定,自此将同这片生我养我的故土永诀了,情绪是灰暗的。因此,在回山西去的路上,便领上唯一的女儿,有意绕道杭州,目的是去拜谒岳王坟;(可怜我哪里知道,它早已被革命左派们平毁了!)这个表面上看去似乎不可理解的行动,恰恰是我的真实思想的最好注脚。

霹雳一声,"四人帮"覆灭了!我的错案也在一九七九年初得到了彻底纠正。于是,我像一堆被长期窒闷的炭火,旺旺地重新燃烧起来。结果却又招致了新的不幸——一九〇〇年,在广西参加一次会议的中途,突然爆发了脑血栓,倒在桂林。自春及夏,始得扶病出院。这时,承江西省文联的几位朋友鼎力相助,得以登上牯岭继续疗养近月。这,就是完全出乎我的想象的,也是最近的一次故乡行。

假如我还能有幸重返桑梓,我一定要去游遍那属于我个人的若干纪念地。首先,是赣州的通天岩。一九三九年的一次偶然遭遇,叫我去那座庙里住了两夜;谁能料到,这两夜竟会变成一朵始终笼罩在我头上的乌云。其次,我想去吉安青原山,那是文天祥读书的地方,也是我的中学所在地;我相信,那儿的峡谷还储藏着我的书声和歌声,那儿的溪水还复印着我的童稚和青春。再者,我当然还应该去到南昌望城岗,它的一排排兵营式的平房最了解偷读禁书、写诗和起草罢课宣言的我了,教室里当有我和同学们切磋学习的灯火,大路上当有我和同学们携手共进的脚印。……此外,如有可能,我也渴望去拜访古老的陶瓷之都景德镇,年轻的铜业基地德兴县,以及能触发历史性思考的中国革命摇篮井冈山。

　　上面说的仅仅都是私愿。还有一个最大的愿望,必须倾诉,那就是赣江。

　　江西简称赣,草草指出这个事实,已足以说明赣江对江西的重大意义。然而,前不久,有一则报道令人万分震惊,江西的大动脉不幸沦为浑浊不堪的红水河。我想起了我十八岁以前屡次涉渡的这条大川。在我的记忆中,除了暴雨成灾、洪峰横流的日子,她总是闪耀着明亮的眸子,荡漾着温柔的笑窝。我猜,莫不是历经"大跃进"和"文革"的浩劫,不肖子孙已将当年工农红军和赤卫队赖以生存的树林砍伐一光,以至于先烈们愤怒了,才把他们浸透中央苏区的鲜血统统释放出来,洒向后人的锅碗瓢盆!

　　众所周知,在小学地理课本上就明明白白介绍过:江西大地属于红壤带。不过,我并不认真对待这种土壤科学的分类,我所牢牢铭记的只是,它们全都在先驱者的血液里泡过,它们和先驱者的生命有同等的价值。我祈求,有生之年,让我重新看见一条碧澄如玉的,没有污染的章贡之水吧!

谈谈退稿

许多年来,我接到过许多不相识的朋友来信,诉说他们屡遭退稿的苦恼,其中,有的人还不免发一点牢骚,抱怨如今的文学编辑队伍中,也有不正之风。究竟应该怎样看待这个问题?为了省时省事,权借《文学报》一角之地,披露这篇短文,作为一次总的回答吧。

首先,我觉得必须树立一个正确观念:退稿乃是正常现象。既然稿件无法全部刊登——有的报刊,自发投稿的采用率仅占千分之一至千分之三,经过筛选而退还作者,就是势所必至。这是我们进行讨论的基本出发点。我的意思也就是说,尽管涉及个人利益,却有必要克制个人情绪。

目前,我们的作者队伍十分庞大;随着教育的普及和文化素质的改善,这支队伍的绝对数字,肯定会成为全世界的冠军。对此应当感到高兴,因为,它是我国社会主义文学事业繁荣兴旺的象征。

由此派生出来的激烈竞争,便成了摆在全体有志者面前的无可回避的现实。怎么办?出路只有一条:刻苦锻炼自己的劳动本领,不断提高自己的创作质量。一切看风头,摸行情,赶时髦,哗众取宠,胡编乱造之类的机会主义行为都是不足取的。如果搞邪门歪道,那更是一种人格的堕落,社会固然蒙受其害,个人到头来也不得不为之付出沉重的代价。

有人愤愤不平,说什么某某的作品并不比我写得强,为何刊用他的不刊用我?是的,可能是这样,但也可能不是这样。这里存在着千差万别的具体情况,需要以公平客观的态度进行实事求是的分析。无论如何,不能得出结论：凡名人都一定所向无敌，每投必中。我大概也算得一个所谓名人了吧，但我的稿子人家照退不误。据我所知，不少名人都有收到退稿的体验。那种认为名人的唾沫星子都是香的，因而会被所有的人奉为至宝的观念，纯属想当然，更不必说它发散着封建特权的气味了。

与上述错觉相联系的是对名人的迷信。不少同志在写信向我诉苦的同时，往往附寄他们的大作，或者指定我代为转交某某刊物，或者要求我斟酌，介绍给任何一个编辑部。这样行事的同志以为，稿件一经我中转，立刻身价看涨，引起重视。其实，这也是一厢情愿，而且给我增添了许多负担：要看，要选，要转，要退，而不论退或转，又都要写信；在我健康欠佳的情况下，它们的确耗费了本来就很有限的精力；顺便说一句丑话，自从邮电部决定稿件按照信件标准收费后，我所在单位因开支激增，被迫取消了邮资总付，只得个人自掏腰包来尽这番没完没了的义务，为数也颇为可观哩。

仔细揣摩这些同志的动机，显然，他们是把作品中选的希望完全寄托在我身上了。殊不知这是只知其一，不知其二。我本人是编辑出身，多少了解一点编辑与作家之间的微妙关系：固然可以表现为相濡以沫，互为依存，但也可以表现为其他的不正常状态。这种不正常状态之一就是，你越用作家的牌子压人，我越不买你的账。因此，想借名人之手发表作品，也许恰恰触发"逆反心理"而适得其反。

举一个例子，虽然这个例子并不具备"借"和"压"的特点。

去年上半年，我出差在外，女儿悄悄地写了一个短篇，径自投寄北京A刊物；初审者回信说：写出了一点哲理境界，已送复审。但结果却转给了《青年文学》，并且从此音讯杳然。于是，女儿嘱咐我趁出席全国作协理事会之便，务必替她索回原稿。然而，稿件被一位热心人看见了，劝我再留交B刊物一试。万万没有料到，双月一期的B刊物又出于好意，再一次转给了《青年文学》。这么一来，非但弄得我十分尴尬，女儿也无辜受累——这个孩子自尊心极强，平素遇上别人介绍一声："她是公刘的女儿"，都认为有损于自己的独立人格,这会儿怎么能够忍受可能产生的背后议论呢?——最后,只好仍旧由我出面请求 B 刊物代为追回,并向女儿做了检讨了事。这篇小说到底够格不够格,是另外一个问题,但这三家刊物终于明白了我是作者的父亲后,并未因此转而表示"关照"这一点,毋宁是值得感谢的,因为我和孩子都一贯鄙弃"走后门"的恶劣行径,唯恐真的发表了,倒反而落了嫌疑。不过,由此不难推论出来的是,搞不正之风的编辑毕竟是少数人。请看,连对我女儿都丝毫不给"面子",难道会给我的朋友乃至陌生的求助者以"面子"么?

然而,经我主动正式推荐的作品,又大抵都能顺利通过,这又该做何解释呢?我想,根本原因还在于作品本身的质量在水平线以上。这些作者不敢直接投寄,实在是自信心太不足了。不错,编辑部是由一个一个的编辑人员组成的,而每一个编辑都是血肉之躯,不是超级电脑,不是特殊度量衡器,他们的文学主张、美学修养和欣赏习惯各不相同,加上精神产品又很难找到一个精确的计分标准,在这种情况下,发生畸轻畸重的现象,是难免的,是可以理解的。因此,假如仅仅一处、两处退稿,而你本人自我感觉良好,那么,我建议你不妨再投。俗话说,不怕不识货,只怕货比货——你要坚信,你总会遇上"伯乐"的。可是,假如你投稿数百次,居然全部石沉大海,那我还是奉劝你冷静下来,回顾一下你的道路,你的选择,你的追求,是不是出了什么毛病,用一句时髦话来说,就是应该重新进行一次"自我设计",要么奋斗到底,九死不悔,要么改弦更张,急流勇退。只是这个问题关系到人的一生,需要通盘考虑主观客观条件,不是三言两语说得清楚的,也超出了这篇短文的讨论范围了,打住了吧。

1987 年 2 月于合肥

论"中庸"与"非中庸"

自汉以降,不管儒术怎么演化,外儒内法也罢,释、道、儒三家合流也罢,历代的封建统治者将儒学尊崇为"国学",这一点始终是没有动摇过的。出现这种超稳定和大一统意识形态的契机之一,我以为在于"中庸"倾向。

什么是中庸呢?孔丘先生的提示如下:"中庸之为德也,其至矣乎!"把"中庸"抬到了九霄之上的骇人高度。宋代大儒朱熹先生解释道:"中者,无过无不及之名也;庸,平常也。"另一位宋代大儒程颢先生解释道:"不偏之谓中,不易之为庸。中者,天下之正道;庸者,天下之定理。"翻译成当代口语就是:呔!不许冒尖!

于是,大家平平稳稳,慢慢吞吞,哼哼哈哈,中庸之态可掬。无怪乎老百姓把它提炼为朗朗上口的十四字诀:"不前不后中不溜,不快不慢随大流",端的是,"做人"的精义,也是"中庸"的精义。

鲁迅先生一向视"中庸"为仇寇,并竭尽全力与之斗争。他认为,"中庸"是我们落后国民性的重要表征之一。为了揭露"中庸"对中国国运的梗阻和扼杀,鲁迅先生给我们留下了大量振聋发聩的精辟言论。例如,在著名的讲演词《无声的中国》里,就有过这么一段话:"中国人的性情是总喜欢调和折中的。譬如你说,这屋子太暗,须在这里开一个窗,大家一定不允许的。但如果你主张拆掉屋顶,他们就会来调和,愿意开窗了。没有更激烈的主张,他们总连平和的改革也不肯行。"

与此同时,他还调查到了事情的另一面,即:最崇尚"中庸"的中国同胞,往往最不"中庸","我们中华民族虽然常常的自命为爱'中庸'、行'中庸'的人民,其实是颇不免于过激的。譬如对敌人吧,有时是压服不够,还要'除恶务尽',杀掉不够,还要'食肉寝皮';但有时候,却又谦虚到'侵略者要进来,让他们进来,也许他们会杀了千万中国人,不要紧,中国人有的是,我们再有人上去。'"

猛一看,"非中庸"竟然和"中庸"是一母所生的双胞胎,着实奇怪;然而细想,便会觉得再自然不过,这正合了心理学上的所谓逆反规律。翻开"二十五史"一看,哪一个皇帝不是坐稳了江山之后便提倡"中庸"的?虽然他们一无例外地都是靠的"非中庸"夺得天下。因此,有些人从中学到了一点狡诈,小焉者叫作精明鬼,成了气候的便叫作野心家。

诚然,"中庸"是必须反对的。不过,用"非中庸"去反对"中庸",肯定反对不出什么好结果来,充其量是恶性循环。这,正如同不能拿了"中庸"去反对"非中庸"一样。

遗憾的是,在相当长一段时期内,社会上风行过一种貌似革命的思想方法:"矫枉必须过正,不过正不能矫枉。"作为指导性的公式,它涵盖着从政治到经济到学术的一切领域。它的片面性,给我们建设事业带来的灾难,早已彰彰在人耳目。不必细数,只要大致回忆一下:哪一次运动不是按照"大轰隆——交'学费'——急刹车——慢转弯"这样一条环行路周而复始?何况,事实上有关纠偏、改正、平反等等之类的正确政策有时还落而不实,或者根本落实不了,以致积重难返。因之,倘回顾一下我们以往的宣传品,真可谓一把辛酸泪,满纸荒唐言!不是神话,便是鬼话,它所描绘的对象,非神即鬼,唯独没有"人"。这种可悲的思维模式和思维惯性,侵袭文学艺术,文学艺术便远离生活真实;侵袭伦理道德,伦理道德便逆向而动。"抬轿子"和"扔石子"的高手赖此得以大量繁殖。

于是人们发现,"中庸"与"非中庸"不但是可供交替使用的两手,而且彼此间还能够相互转变。一旦"非中庸"没有市场了,他便高喊"中庸"。对他而言,"非中庸"与"中庸",差别不过在于一为进攻性武器,一为防御性武器罢了,其为武器则一的。或者,对自己一味"中庸"而对旁人却滥施"非中庸",这也算得上另一种黠慧。或者,在公开场合尽量"非中庸",而关起门来却"中庸"备至,这叫作革命的功利主义,或曰革命的现实主义。当然,也不乏以今日之"中庸",彻底否定昨日之"非中庸"者,勇则勇矣,其奈这等表演,同样不能逃脱鲁迅先生的犀利目光:"激烈得快的,也平和得快,甚至于也颓废得快。"君不见,中国大地在经过声色俱厉的"批孔""批儒"洗礼之后,时隔数年,据《光明日报》一九八六年十月二十五日报道,圣人故里曲阜又搞起了什么"祭孔"活动。其中,为这场"国之大典"渲染气氛的主要手段是"仿古祭孔乐舞",而所谓仿古祭孔乐舞的中心内容,恰恰是"三献"(杀牲)和"三跪九叩礼"!我怀疑,这是否历代封建王朝的"尊孔"丑剧借机重演?虽然有些羞羞答答。在我看来,假如以此为孔丘先生"恢复名誉",委实是帮倒忙;既非孔丘先生之福,也非中国人民和"四个现代化"之福。那效果,怕和江青之流引盗跖为同盟军对孔子实行"鞭尸",同样的不合潮流,不得人心——尽管来的方向正好相反。在这方面,我们实在有不少经验教训值得认真总结,再也不该从一个极端到另一个极端地跳来跳去了。那么,不赞成"走极端",是不是意味着重新回到"中庸"?不是的,我希望达到科学,而不是回到"中庸"。怎样才算作达到科学呢?我想,起码应该做到,从客观实际出发,从事实中引出结论,避免任何非学术因素的干扰,人为地"拔高"或者"贬辱"研究对象,力求每一个字都经得起时间的筛选。

谁都清楚,今天中国最当紧的大事,莫过于开放、改革。而真正的开放、改革的勇士却为数不多。据说,死心踏地无视乃至于破坏开放、改革的人也不多。追究起来,实在还是"中庸"与"非中庸"在同时作怪的缘故——以"中庸"避风险而得实利,以"非中庸"冒风险而牟暴利。

由此看来,对于开放、改革的前景,人们只能表示审慎的乐观。"中庸"的泥泞,"非中庸"的地雷,布满了前方,路子是艰难而又艰难的。所以,仅仅胆大而坚决是不够的,还得万分的小心,实事求是,一步一个脚印才有指望成功。

1987 年初春

访德(联邦)谈话录

作者前言

今年三月二十三日至四月十五日,我和几位作家访问联邦德国。先后到过法兰克福、汉诺威、不来梅、汉堡、科隆和波恩等大城市,但重点放在下萨克森州,因之,了解确实较深入、具体一点;由于邀请方的缜密安排和全体同志的精诚合作,任务得以圆满执行,反映也较好。

下面是我的部分即席讲话,全系根据当天的工作笔记整理。可惜,由于每天从清晨到深夜,劳动量太大,稍一松懈,立即难成追忆,在 Hannover 的一家印刷厂,和在 Göttingen 大学德语系座谈会上的致词,在 Worpswede 接受 Osterholz 记者采访,在 Hameln 接受当地记者采访的对话,当天不曾做记录,现在就怎么也回想不清楚了。

另外,和联邦德国各界朋友们个别交谈中的不少答问,无法一一辑入,收在这里的几个问题,都是在正式场合的公开发言,如有不妥,责任由我个人承担,与整个代表团无涉。

1987 年 7 月 10 日 合肥

Mittwoch, 星期三

25.03.1987

Hannover

在 Leibnizhaus 少年儿童文学读物座谈会上致答词

尊敬的科学艺术部官员先生们：

尊敬的出版家先生们：

感谢联邦德国下萨克森州的盛情邀请，我们中国作家代表团一行六人，经过一昼夜的飞行，来到了这次访问的第一站——美丽的汉诺威。才踏上贵国的土地，德国朋友们火一般的热情，立刻就把我们的心烧着了。

我们这个作家代表团是一个全国性的代表团，成员来自四面八方，同时也包容着各种不同的文学部类。从今天开始，我们有幸与联邦德国各界人士共同工作若干时日。我希望，随着公务的频繁接触，彼此之间的个人友谊也日臻亲密。

现在，请允许我将我的同事们逐一介绍给诸位。

王一地先生，来自首都北京，他是我们国家资历较深的儿童文学专家。中国有一本每期行销六十万册的文学月刊，刊名就叫《儿童文学》。王一地先生是这家刊物的主编。此外，王一地先生还是一位散文作家。

赵长天先生，他生活在中国最大的工业城市上海。赵长天先生是中国作家协会上海分会的领导人之一。本身是小说家、电影剧作家。单看他朝气蓬勃的外貌和步态，不用说，诸位也能断定，赵长天先生不但是这个团体，同时也是整个中国作家队伍中年轻一代的代表人物。

王愚先生，举世闻名的秦兵马俑的家乡，也是他的家乡。王愚先生是中国作家协会陕西分会的一位负责人，有影响的评论家，主持着一家文学评论杂志。王愚先生的人生经历十分坎坷，这使得他具有较之一般人深邃得多的美学眼光和思辨能力。

刘祖慈先生,抒情诗人,来自与下萨克森州有着姊妹关系的安徽省。他虽然生命已步入中年,但在艺术上始终保持着青春和锐气,因此,刘祖慈先生的一些热情而又纯真的诗篇,深受广大读者的欢迎。

至于我本人,既是诗人,也是小说家,有时候还从评论家的盘子里抢一点面包吃。(笑声)我是中国作家协会理事。不过我之所以被委任为代表团团长,可能是由于我年龄最大的缘故——正如全世界都知道的,中国人有一个未必完全可取的传统观念,那就是：敬老。

(笑声)

金弢先生是我们的翻译,也就是说,是我们整个代表团的喉舌和耳朵。没有了他,我们将寸步难行。还有一个重要事实不应当遗漏,金弢先生是一位研究托马斯·曼颇见成果的青年学者。曾经有人告诉我,他的德语口音非常地道。关于这一点,我想,诸位自有最权威的评断。(赞许之声)

此外,刘梦莲女士是下萨克森州聘请来临时协助代表团工作的德文专家。刘梦莲女士和下萨克森州特别有缘,早年出生在哥廷根,如今又以客座研究员的身份,在哥廷根大学东亚研究所工作。不久之后,她将结束在联邦德国的学术活动,回到原单位——设在北京的中国外文出版局去。

令人惊喜的是,排列在我们的日程表上的第一项,就是与"蓓蒂卡"儿童文学"圈"的会晤。我认为,这的确是一个吉兆。它预示着中国和联邦德国的美好情谊将一直延伸到下一个世纪。毫无疑问,二十一世纪是属于今天的少年儿童的。让我们挽起袖子,开始浇花吧,让我们双方齐心协力,把茁壮的春天变成丰硕的秋天吧。只要我们大家辛勤耕耘,上帝会赐给我们好收成的。(鼓掌)

Mittwoch, 星期三
25.03.1987
SchBeel

在 S 基金会的欢迎仪式上致答词

尊敬的理事先生：
女士们，先生们：

我们高兴地听说，Sparkasse 储蓄银行和储蓄基金会一贯不遗余力地支持文化事业，特别是在 SchBeel，银行与基金会的业务与 SchBeel 驰名遐迩的农村文化建设更有着密不可分的关系，这的确是一个令人振奋的信息。我们是作家，是精神文明的建设者。对于贵行、贵会抱定如此明智而崇高的宗旨，不能不表示由衷的赞赏和敬意。

即以我们自身而言，只要看看工作日程表上的安排，便一目了然，作为一群陌生者的中国作家，如果没有贵行、贵会的慷慨解囊，同样是无缘来到这儿进行哪怕是礼节性的拜访的。为了这一点，我愿以中国作家代表团的名义，向诸位深深致谢。

刚才主人宣布了，在今天这个欢迎仪式上，我们将会从电视荧屏上看到一些激动人心的基本数据和若干有关银行业务技术方面的电脑操作表演。我们期待着这些节目的进行。这对我们无疑是一宗预想之外的收获——通过拜访 SchBeel，竟能接触到如此新鲜有趣的领域，当然是极为难得的学习机会。女士们和先生们，诸位一定不要忘了，作家，永远是生活的学生。作家必须像海绵吸收水分一样吸收种种知识。为此，我要再一次对贵方的精心安排表示感谢。

然而，女士们和先生们，我们也有一点小小的意见。（全场活跃）这就是，刚才诸位要求我们签名的时候，居然付给我们每个人一张面额十元的人民币。十元,这是中国目前发行的最大面额的钞票。据说诸位经过一番艰苦努力才兑换到手。我们的签名这么值钱,这使我们感到骄傲。(笑声,鼓掌)不过,诸位也许不曾考虑过,它也可能产生一种消极的后果,即:诱发我们的思乡病。一旦出现这种情况,我们来到 SchBeel 的第一夜,也就是我们来到联邦德国的第二夜,就闹失眠或者梦魂颠倒,那么,亲爱的女士们和先生们,我们可要保留提出严正抗议的权利。(全场哄笑,击桌)不过,我个人却一心希望,最好是多发生几起这样愉快的外交纠纷。(笑声,击桌)我想,这富有戏剧性的场面,必将永远地在彼此的脑海中,保持生动而新鲜的记忆。(热烈鼓掌,击桌)

谢谢诸位的盛情接待。

Mittwoch,星期三

25.03.1987

SchBeeL

在纺织印染工艺博物馆答 Bremen 广播电台记者小姐问

问:公刘先生,您的代表团来到联邦德国以后,印象最深的是什么?

答:我和我的同事们有一个共同的结论,就是,我们喜欢德国人民脸上的微笑。无论我们走到哪里,都能看到这种微笑。我们懂得这一微笑的价值,因为,我们早就知道,德意志民族,向以表情严肃闻名于世。当然,我们同样也明白,这一微笑绝不仅仅是冲着我们几个人来的,它是德国人民对整个中国人民友好感情的自然流露。

问:还有什么使您印象深刻的吗?

答:就我个人而言,其次,就该是森林了。虽然,据说北欧国家森林覆盖面比贵国还要大。但是,考虑到第二次世界大战的毁灭的因素,再和中国相比较,你们就是令人羡慕的了。我认为,凡是绿颜色多的地方往往住在那儿的人文化素质也高,他们懂得尊重自己的祖先和儿孙。不自私,有远见,这可以说是真正的集体精神和真正的人道主义的一个侧面吧。你们有一个新政党,干脆把自己叫作绿党,这又是另一个侧面。

问:您发现了什么缺点吗?

答:小姐使用了"缺点"这个词,倒使我谨慎起来了。我想,指出朋友的任何不足,都是一件需要认真对待的事。因此,我希望仍旧换作"印象"这个字眼,行吗?

来到贵国才一天,时间太短,我只能谈一点直觉。

在 Hannover,我看见有不少老年人坐在广场上,水池边,或者逗鸽子,或者跟狗谈话,或者打瞌睡,或者茫然望天;青年男女一个劲儿地匆匆忙忙走过去,谁也顾不上问候他们一声。这些老年人大概会感到人生的寂寞吧?他们的个人生活怎么样?顺心吗?我不清楚。但以我们东方式的心理来测度,即使他们日子富裕,这也已经可以叫作"晚景凄凉"了。我们是不习惯于这种状况的。我今年六十岁,我看了就相当害怕。我不能设想,假如有一天中国也变成这个样子,我将怎么办。

Mittwoch,星期三
25.03.1987
SchBeel

在各界名流举行的鸡尾酒会上致答词

尊敬的市长先生、议员先生:
尊敬的 S 基金会理事先生:
女士们,先生们:

当我们度过了非常充实,非常多彩,非常愉快的白昼之后,又赶来出席诸位举行的如此盛大的鸡尾酒会,我们感到不胜荣幸。

正如刚才主人在欢迎词中谈到的,我们也注意到了一个意外的巧合:几乎和中国作家代表团抵达汉诺威同时,中国外交部部长吴学谦先生和贵国外交部部长根舍先生在波恩举行了友好会谈。这个巧合寓意深长,它告诉人们,除了政府与政府之间的外交,还有人民与人民之间的外交。二者并行不悖,如同火车赖以前进的两条钢轨一般。今天晚上的 SchBeel,就是人民外交的波恩,另一个波恩。(鼓掌)而且,我还要补充一句,这种人民外交是任何政府部长级官员们之间的握手言欢所不能取代的。(鼓掌)诸位代表着 Sch-Beel 的、下萨克森州的和联邦德国的人民,我们则代表着中国人民。假如我说,人民与人民是兄弟,我相信,诸位必定欣然点头。因为,在中国人民和德国人民之间,从不存在任何猜忌、矛盾和敌意。事实就是如此。(鼓掌)

我们今天下午冒雨参观了 SchBeel 的许许多多值得自豪的文化设施,特别是那些为农民和农业工人服务的文化设施。我要说,一切都很美好,一切都像画图。然而,其中,最令人难忘的要数那座利用羊舍改建而成的俱乐部了。我是诗人,这座羊舍使我不费气力地获得了一首诗。我认为,这首诗的产生是十分自然的,因为这一把旧羊舍变成新俱乐部的主意本身,就是诗的构思。在俱乐部,我们欣赏了可爱的孩子们的优美舞蹈。从这些男孩子和女孩子身上,我看到了对自己民族传统的尊重,对民间艺术的珍爱。而另一方面,自从工业文明崛起以来,德意志国家一直处于领先地位,这又是举世公认的。因此,你们的生活体现着现代科学技术与古老历史遗产的完整结合,体现着一种自强不息的民族意识,这一点,我觉得,是富有启迪意义的。尤其值得中国这样一个刚刚实行对外开放并且希望早日实现现代化的国家借鉴。

请诸位猜一猜,我在那座旧羊舍里想到了什么?我想到了希腊神话中的著名的金羊毛的故事,(全场活跃,交头接耳)金羊毛,不仅象征着财富,还象征着冒险和不屈不挠的意志,象征着理想和对幸福的追求。伊阿宋(Jason)

为了寻找金羊毛,历尽艰险,一直跋涉到了外高加索山脉之麓的科尔刻斯,终于在毒龙的把守之下,得到了它。而你们呢?你们的金羊毛却不用寻找,准确地说,是已经找到了,它就在你们身边,就在那座改建的俱乐部的羊舍之中!(热烈鼓掌)那儿看上去固然是没有羊只了,实际上却一直豢养着身裹纯金毛皮的羔羊!(热烈鼓掌,跺脚)请看一看四面墙上挂满的奖旗和纪念品吧,请看一看孩子们脸上荡漾的微笑吧,正是看到了这些,我刚才告诉诸位,我在那座旧羊舍中特别特别激动,我仿佛全身心地融化在一首好诗当中了。(热烈鼓掌)

现在,我提议,我们中国作家代表团向我们好客的德国主人,向我们德国主人的令人羡慕的金羊毛敬酒,干杯!(热烈鼓掌,欢呼)

Donnerstag,星期四
26.03.1987
Brcmen

在低地德语研究所座谈会上的发言

尊敬的专家先生:

感谢 Bremen 低地德语研究所对我们中国作家代表团的邀请和款待。聆听先生刚才的一番详尽介绍,受益匪浅。借此机会,我们愿向所有始终坚持低地德语研究工作的学术工作者、语言科学家,向那些至今仍然使用低地德语写作的德国诗人和作家致敬!

文学是语言的艺术。语言之于作家,好比黏土、石膏、青铜之于雕塑家,然而一种语言的形成、发展和变革,又不仅仅局限于文学领域。专家先生告诉我们的关于低地德语和整个北欧地区盛衰隆替的历史记录相联系的大量事实,也证明了这一点。既然迄今还有一千二百万人每天都离不开低地德语,那就不能低估了它的生命力。也许,我的比喻不太恰切,我觉得,低地德语有点类似我们中国的主要方言,例如客家话、粤语、吴语等等。我们中国,由于幅员广大,人口众多,地理、气候、交通、物产条件不一,各地风土人情也就随之各具特色。仅以汉族而言,方言就不计其数。城里与乡下不同,东乡与西乡又互有歧异,那情景简直和《圣经》上描写的修筑 Babel 塔,终因无法对话而归于失败的故事相差无几。(笑声)不过,尽管如此,中国的革命还是获得了最后成功,原因之一就是:方言虽然复杂,文字却绝对统一。据我所知,只有极少量的广东方言有书面符号,但也似乎没有得到官方的承认。有趣的是,倒是从西方的语音中,找得到中国方言的"影子"。例如:"茶",闽南话叫作"Tee";又如:"香港",广东话叫作"Hong Kong",英语、德语和这些中国方言完全一致。这显然是第一个在中国厦门和广东登陆的西方水手忠实拼写了当地老百姓口语的结果。还有另外一种情况,China,据说这一发音起源于中国历史上第一个大一统的中央集权王朝——秦;另一种说法是来自中国特产"丝"(Sinae)的讹音;还有一种论点,即:China,系"昌南"的音译。所谓昌南,本是中国瓷器生产中心景德镇的古名,景德镇紧靠昌江,它的窑群都位于昌江之南。如此说来,秦,丝,瓷(昌南),三者并存。依我个人判断,我更倾向于后者。因为,作为大一统的中央集权的封建王朝,秦,在漫长的中国历史上,只不过是异常短暂的一瞬;而"丝",似又与 China 的发音相去甚远,于是,只剩下昌南(瓷)比较接近了。我想,这恐怕正是德语以及西方各大语系为何一概将"China"一词当作中国和瓷器的共同指称的最初渊源,中国就是瓷器,瓷器就是中国。全世界称呼中国几乎都共着一个语根。唯一例外是俄语的 KNTAЙ。这是因为斯拉夫人走出森林比较晚,他们初次接触到东部亚洲这一辽阔地域时,首先碰到的是契丹。契丹,是公元十世纪前后崛起于中国北部的一个地方少数民族政权。顺便不妨提到一个值得注意的现象,我们用客家话朗诵唐诗,竟然比用以现代北京话为基础的普通话,即所谓国语朗诵唐诗,更加押韵合辙,联系起专家先生追述到的低地德语的光辉往昔,我不禁怀疑,客家话是不是比当今中国的标准语言更接近古代中原一带的口音?也就是说,像低地德语一样,客家话也曾经一度是为多数人所掌握的标准语言?这个问题恐怕需要认真探索。

二十世纪四十年代,中国曾经提倡过方言文学,目的在于发动工人、农民和渔民起来参加反对国民党的斗争。等到共和国成立,事情立刻颠倒过来。方言文学被当作分散主义和地方主义的一种表现受到了批判。我个人的看法是,从政治上考虑,这样讲求功利是可以理解的。但是,作为一个学术问题,作为人民生活中的一个实际问题,恐怕不能不承认有加以研究的必要。上边讲的种种,都不过是来到这儿参观并且听了专家先生的讲话之后引起的点滴感想,纯粹属于我个人的认识。令人欣慰的是,经过了这次座谈,我心目中的 Bremen,就不仅仅是德国地图上标明的一座名城,不仅仅是繁华的大马路和幽静的石板胡同了。美丽的 Bremen 和你们这幢没有显赫招牌的小房子牢固地联系在一起,和这三堵用低地德语书籍砌成的"墙壁"牢固地联系在一起,和这质朴的长桌、暖色的茶具、陡峭的楼梯、曲折的甬道,特别是和一批虽然为数不多,但毅力非凡的德国朋友牢固地联系在一起,我将永远不会忘记 Bremen,我一定要把她写进我的书中。

Donnerstag,星期四
26.03.1987
Stade

在市长接见仪式上致答词

尊敬的市长先生:
尊敬的 S 基金会理事先生:
女士们,先生们:

我们意识到,此刻我们已经站立在易北河的入海口上。易北河,从古代到现代,历来是一条关系到人类命运的鼎鼎大名的河流。而娇小迷人又文静可爱的 Stade,正是易北河上的美人鱼。我是一个无神论者,但是,今天,我却愿在这座修道院里祈祷上帝,让易北河永享和平,让美人鱼永享和平,让全世界永享和平。(热烈鼓掌)

和平的前提之一是人与人之间的真正友谊。友谊需要彼此的善意和寻求理解的主动精神,我们中国作家代表团专程前来贵国和贵市访问,正是为了缔造和巩固这种友谊,适才市长阁下一番热情洋溢的讲话,也是为了缔造和巩固这种友谊。尤其令人感动的是,阁下正式要求中国派遣一位作家来 Stade 做为期三个月的写作访问,以便进一步强化业已存在于中德人民之间的感情纽带。我认为,这是一项重大倡议,对此我个人表示十分赞赏,我可以负责地答复阁下,我们一定会把这一倡议带回北京去,并且力促其早日变为美好的现实。(鼓掌)

根据工作日程表的安排,明天上午,我们要去参观 Dow 化学公司。我们知道,Dow 化学公司是一个很大很大的砝码。它不仅增加了 Stade 在联邦德国的分量,而且增加了联邦德国在整个欧洲共同体的分量,我们期待学习的心情是如此之迫切,以至于巴不得马上一脚就跨进那个最现代化同时又最富有神秘情调的化学王国。我相信,我们的所见所闻,必将大大有助于未来岁月的那个幸运儿——我指的是应邀前来成为贵市市民三个月之久的中国作家。(笑声)谁让我不懂德语呢?我差不多要嫉妒他了!(笑声)不过,我还是有可以引为自豪的东西。我,还有我的同事们,都可以向他大声宣告:我比你更早去过美丽的 Stade!(鼓掌)我比你更早去过当代浮士德们的炼金炉——Dow!(热烈鼓掌)

Donnerstag,星期四

26.03.1987

Stade

在S基金会所设晚宴上致答词

尊敬的市长阁下:

尊敬的S基金会理事先生们:

女士们,先生们:

我们注意到,这是一次没有啤酒,专供白兰地的晚宴。(全场活跃,笑声)这标志着你们对我们中国作家代表团的高规格款待,为此,我们向尊贵的主人表示真诚的感谢。

在下午市长阁下接见仪式上,在这次宴会开始之时,先生的两次致词,都明白无误地提醒我和我的同事们:"请多加小心:你们碰上了一位汉学爱好者,一位阅读范围囊括了整个东方的博览家。"(全场欢笑)阁下下午回忆起青年时代就打动过您的唐诗,此刻,您手中又握着一卷《易经》。这些事实,都足以证明这一点。我们非常高兴,能在联邦德国的政府官员中间,得遇知音。

您以您理解中国的唐诗和《易经》自豪,我们又以理解您的自豪而自豪。(鼓掌)

据我所知,中国的《易经》、老子和庄子,不仅在联邦德国,而且在整个西方世界都大为风行。我个人以为,促使人们把目光投向古代东方的根本原因,大概是出于保持灵与肉的平衡的现实要求。西方社会,毋庸讳言,是一个物质文明高度发达的社会,不少人在餍足的同时又感到饥饿,在获得的同时又感到失落,加上战争危机的阴影始终笼罩着天空和大地,使人不得宁静;于是,《易经》、老子和庄子,便成了最理想的精神寄托。这种情况不仅西方有,联邦德国有，就在中国本国也有。我们有相当一部分对人生充满疑问的青年诗人、青年作家，正在进行着这方面的探索和追求。他们将所有这一类的努力称作"回归"。当然，其中有的是试图解释社会，有的不过是自我安慰，有的甚至是逃避人世。但是，不管怎样，外国的、中国的种种现象，都在雄辩地证明我们古代哲学的惊人生命力。这是一个铁的事实。

与此相对照，除了鲁迅先生的博大和通达而外，现代中国似乎还没有产生过吸引全人类或者人类的一大部分的伟大的思想家。我希望，有朝一日，中国能再次出现跨越国界、跨越时代的历史巨人。为了达到这一目标，中国作家理当做出自己最大的努力，让东方不再仅仅与古老的智慧相联系，而且也和先进的文明相联系，以报答包括市长阁下在内的所有热爱中国文化的各国朋友。（鼓掌）

我提议，为中国文化的复兴，为中德文化的交流，为市长先生的健康，为S基金会理事先生们的健康，为所有在座的女士们、先生们的健康，干杯！（鼓掌）

Freitag，星期五
27.03.1987
Stade

在 Insel-Restaurant 午宴上致答词

尊敬的女士们、先生们：

看来我们必须和诸位告别了！一天半来，诸位为我们中国作家代表团组织了如此目不暇接的观光内容，请允许我以我本人和我的全体同事们的名义，再一次致以发自内心的感谢。

我们游览了整洁、精致、典型北德风格的市容，我们欣赏了著名的

"Schwedenspeicher",亲眼看见了远古下萨克森地区的历史文物和一九四五——一九四九年战后博物馆的珍贵收藏;我们还受到了Dow化学公司的热情接待,仔细参观了这家气势宏伟的工厂:中央控制室以及一系列生产车间。这些,的确都是难以忘怀的。因为,我们不但开阔了视野,增长了知识,而且,像中了彩票似的,居然又发了一笔意外之财(全场活跃)——负责宣传、广告和对外联络事务的Klaus Feyer先生亲口告诉我们,Dow化学公司打算邀请一位中国作家前来小住两个月到三个月,公司提供一切条件。目的在于请这位作家撰写文章,向中国的十亿人民和化工企业介绍Dow公司。乍听之下,我几乎不敢相信自己的耳朵,一再请求翻译金弢先生询问:这和Stade的倡议是不是一码事?(笑声)Klaus Feyer先生明确答复,这是Dow公司的独立决定,与Stade市政当局无关。我这才如梦初醒。原来,是中国作家交上了好运!(笑声)这么一来,我们从这儿带回国去的就是双倍的喜悦了。当然,这都只是分别达成的口头协议,下余的工作还不少,我们愿意看到,经过双方进一步的磋商,尽早使之落实。

尊敬的女士们,先生们:我们此刻的所在是Insel-Restaurant,Insel!① 一个多么富于诱惑力的名字!请领略一下笼罩于四周的氛围吧,这么幽暗,虽说时间正值白昼;这么宁静,虽说地点就在市区;这么温暖,虽说季节尚属早春……(全场活跃)方才,侍应小姐高托着点燃了幽蓝火焰的酒盅,悄没声息地飘落于席前,她们身着洁白的衣裙,仿佛是一对自天而降的光明女神。(鼓掌、击桌)她们对大家介绍了这种本地出产的烈性名酒;哦,我记住了,这浮在神奇的液体之上的是欢乐的精灵,象征着北部德国沼泽地上的萤火,明灭飘忽,扑朔迷离,因此,谁喝了它,谁的灵魂将会像沼泽上的萤火,无忧无虑,怡然自得。(鼓掌,击桌)

我要问,莫非我们——主人们和客人们——都中了魔法,置身于一幅如

---

① Insel 意即小岛。

同梦幻的画图之中?

昨天,我和我的同事们已经了解到,Stade建城一千年了,也许,这幅如同梦幻的画图也有一千年的历史,而我们都是些一千岁的老寿星?(笑声,击桌)我是一个不会喝酒的人,但是,这一次倒想抿上一口,(笑声,击桌)因为,我决心把自己的灵魂留下,让它和朋友们的灵魂一道飞翔,感受一下当Stade还是一片大沼泽的时候的萤火虫的自由与欢乐。(热烈鼓掌,击桌不断)

谢谢诸位对我的梦呓表现了如此强烈的共鸣。谢谢。(热烈鼓掌)

Montag,星期一
30.03.1987
Osnabrück

在市长接见仪式上致答词

尊敬的 Liese-Lotte Deneke 女士:

尊敬的 S 基金会理事先生:

女士们,先生们:

我们意外地高兴,来到 Osnabrück 后,出现在中国作家代表团面前的竟是一位女市长。(笑声)

Liese-Lotte Deneke 女士,请原谅我冒昧地指出,您是我们自从踏上联邦德国土地以来所遇见的第一位女政府官员。您的丰采、气度、魄力和分寸感,处处令人心折。这足以证明,我们原先在中国读到的有关联邦德国女权运动以及妇女参政情况的报道,完全符合事实。(鼓掌)

我们同时感到欣慰的是,设在贵市的 Osnabrück 大学,将要成为我们代表团进行访问的一个重点。听说,这所大学已经敞开了木门,等候第一批中国作家验证他们的脚印,然后再在签名簿上验证他们的手迹。(大笑)是的,这对贵我双方而言,都是有意义的创举。

还有一桩大事。在 Osnabrück,我们中国作家,将第一次与德国自由作家同盟的成员们发生组织对组织的接触。这,在中德两国文学界的交往史上,无疑会写下破天荒的篇章。为了和平,为了人类文化的整体利益,我们中国作家,真诚地愿意和一切善良的人们握手,更何况是拿笔的同行!我深信,我们的子孙后代,会比我们当事人自己更能了解它的价值。(鼓掌)

上面,我一共讲了有关 Osnabrück 的三个"第一",再要讲别的,显然都是多余的了。"第一"是伟大的。(热烈鼓掌)谢谢。

Montag,星期一
30·03·1987
Osnabrack

在凯尼克先生主持的晚宴上致答词

尊敬的凯尼克先生:
尊敬的 Ṡ 基金会理事先生们:
女士们,先生们:

完全不必打听,今天这次丰盛的晚宴,又是 Osnabrück 的 Sparkasse 担当东道主。Sparkasse 永远是我们感谢的对象,愿 Sparkasse 永远和我们同在。(笑声,鼓掌)

起初,我闹不明白,为什么这个 Sparkasse 要缩写成 Ṡ—S 上边加一个"·"?(全场活跃)后来,别人对我解释,上边加的那个东西,不是"·",而是人们口袋里圆圆的小小的硬硬的一芬尼。(哄笑,鼓掌)这也就是说,它是一种象征,象征你一个芬尼,我一个芬尼,他一个芬尼,今天一个芬尼,明天一个芬尼,后天一个芬尼……积少成多,自然而然就形成了庞大而富有的 Sparkasse 银行和 Sparkasse 基金会。(笑声)

这就是储蓄。这就是节约的美德。这就是资本的来源之一。于是,我不禁私下和同事们开玩笑:看来,我们中国作家代表团也应该争取充当 S 的储户才对,否则,我们一辈子只知道做客吃饭的滋味却不知道当主人请外国人吃饭的乐趣。(笑声,鼓掌)

遗憾的是,我们的钱包里,实在没有几个芬尼——那些可爱的玩意儿。(笑声)回到中国以后又如何? 对不起,中国的银行全部属于国家所有,这就从根本上注定了,我只不过是公刘,而不可能变成凯尼克先生。用这种身份主持宴会,对我将永远是一个伟大的梦想。(笑声)

说到这儿,不能不联想起刚才尚未入席之前,Prof. Dr. Phil. Heinrich Mohr 先生和我两个人之间的一段闲谈。教授先生建议,最好中国有个什么地方与 Osnabrück 互换作家,为期不少于半年,目的在于增进彼此间的更好了解;教授先生甚至说,他希望最好由公刘先生第一个前来。哦,太美妙了!感谢教授先生对我的器重,这的确是一个魅力超群的好主意,我简直想干脆留下不走了。(笑声,鼓掌)

然而,非常遗憾,我肯定不能留下,估计也不会奉命再来;没有别的缘故,我不懂贵国语言,这就是致命伤。离开了金弢先生,别说为期半年,就是为期半天,我也混不下去。因此,说来说去,这同样是一个伟大的梦想。(笑声)今天,我就说说这两个梦,两个美梦。可是,实际上我又并非说梦,我说的是爱;这两个梦汇合到一点,正是我对 Osnabrtück 的爱,对联邦德国的爱;真是依依不舍啊,我敢说,我所表达的也是我的同事们此时此地的共同心情。(鼓掌)

Dienstag,星期二
31.03.1987
Osnabrück

在下萨克森餐厅"朗诵与歌曲晚会"上致答词

亲爱的女士们,先生们,朋友们:

我不是基督教徒,不过,我也从头至尾地读过《圣经》。《圣经》上说过,上帝创造了亚当,然后又从亚当身上抽取一根肋骨创造了夏娃,接着,亚当和夏娃便创造了我们。《圣经》还告诫人们,不论是基督教徒、异教徒或者邪教徒,都不可以触怒上帝,对上帝要像羊羔对牧人一般温顺,因为,不但是上帝创造了人,而且是万能的主供我们吃,供我们喝。总之,上帝的恩泽无穷无尽,无穷无尽。

前面我申明过,我不是基督教徒,可我到底是一个讲求实际的人。因此,打从来到联邦德国,来到下萨克森州之日开始,我每天都要兢兢业业朝觐一位上帝。(全场活跃)真的,我和我的同事们都十分虔诚,尽管我们发现,原来这儿的上帝也实行轮流值班制。(笑声,欢呼声,热烈鼓掌)今天的上帝不是别人,正是 Osnabrück 当地 Sparkasse 银行老板!(哄堂大笑,热烈鼓掌)让我向他祈祷,请求他赐福予我们中国作家代表团吧!(大笑)感谢仁慈的主,提供了如此美好的环境,我们才得以和联邦德国自由作家同盟的诗人们、作家们、评论家们欢聚一堂,共叙友情,写下这具有历史意义的新篇章。(热烈鼓掌,不断跺脚)

谢谢诸位宽宏大量的赞美。(鼓掌)

Mittwoch,星期三
01.04.1987
Osnabrück

在 Dr. Volle 先生主持的欢迎会上致答词

亲爱的 Dr. Voile 先生:
亲爱的教授先生和博士先生们:
女士们,先生们:

从文学院院长 Dr. Voile 先生热情友好的讲话当中得知,贵校校长先生正在外地度假,因而我们失去了面聆教益的机会,深感遗憾。请代我们向他致以诚挚的问候,祝愿他假期愉快,万事如意。

感谢 Osnabrück 大学给予我们中国作家代表团以如此崇高的荣誉,使我们得以成为第一批被接待的从事非自然科学研究工作的外国客人。

我完全赞同阁下刚才阐述的观点,即:我们现在举行会晤的场所——语言文学教学大楼,必须设立在市中心,因为,这门科学是不能离开人的。是的,这是真理。绝大多数中国作家,都坚持"文学是人学"的正确主张,或者换句话说,文学应该来自生活,来自群众,来自普遍的人性。以诗歌这一最精致、最抒情、最带主观色彩的文学样式而言,尽管它是心灵风暴的直接产儿,但也无从脱离人的本体而独来独往,无所归依。

阁下的言辞十分全面;的确,与人文科学相反,自然科学则绝对需要潜心钻研,因此,要求提供一个类似修道院式的环境。不过,我还是想补充一点,有时候,文学也需要安静的氛围。当它通过了社会实践这家大工厂,已经粗具雏形之后,同样有待于在没有外界干扰的条件下继续进一步的精密加工。是否可以说,作家是一种奇特的生物,既爱喧闹,又爱孤寂;既爱矛盾,又爱和谐;既爱阳光,又爱冰雪。

我说得似乎太多了,其实我们中国作家代表团的全体成员,今天主要是带着耳朵和心来倾听诸位的高见的。通过教授先生和博士先生们以及全体女士们、先生们的开怀畅谈,我们将会对德国朋友的文学观点达到第一手的了解。我相信,诸位是不会吝惜的。(热烈鼓掌)

Mittwoch,星期三
01.04.1987
Osnabrück

在"莲花饭店"午宴上致答词

先生们:

上午,我们进行过一场对双方都有益而又有趣的对话。其中,对我个人印象最深的是青年作家——我指的此刻在座的这位年轻的绅士和那位不再露面的小姐——的呼声:"任何时候,都应该有属于青年的一张纸。"是的,这一点太重要了。试想,假如失去了这张属于青年的纸,我们的文学链条岂不就中断了?!道理十分简单,我们每一个人,都是从自己的青年时代走过来的,没有了青年,也就没有了未来。

我很乐观,我确信,中国文学,德国文学,都不会衰老。因为,我们两国都有各自的奋发有为的青年,也都有爱护青年的明智的老年人。

我提议,为青年一代的迅速成长,为中国青年作家和联邦德国青年作家的永远的十九岁,干杯!(热烈鼓掌)

Donnerstag, 星期四
02.04.1987
Wolfsburg

在市长接见仪式上致答词

尊敬的市长先生：
女士们，先生们：

　　三生有幸，我们中国作家代表团，来到了这座以狼为徽记的古城。刚才，我特意站在那青铜塑像面前留了个影，以便带回国去夸口，向我的同胞显示自己的勇敢。（笑声）看上去，它大概是头公狼。我壮着胆子上去摸了摸，它没有咬我，它也知道我是友好使者。（笑声）对友好使者是不能露出牙齿的。（笑声，鼓掌）

　　它有伴侣吗？在哪儿？我仿佛听说过什么地方还有一头母狼。哦，对了，记起来了，母狼在罗马。

　　我们这次访问贵国，飞机中途停靠的航空港有两个：一个是阿联酋的沙迦，另一个是意大利的罗马。路过罗马机场的时候，我曾经起了个念头，想去看看那头哺育过古罗马儿童的仁慈的母狼；然而，时间太短，又没有入境签证，不能离开候机室。于是，我们非常失礼地走了。（笑声）只有今天，当我们进入 Wolfsburg 市区以后，才终于得到了一个弥补过失的机会，我们可以向罗马母狼的合法配偶，Wolfsburg 的公狼致敬，并且，请它代向它的夫人转致歉意了。（鼓掌，笑声）

　　我认为，这同样是一种外交。（笑声）

　　我还想，那些宁可选择狼做标志的城市，那儿的居民必定有着不同凡响的性格和抱负。我希望，诸位能悄悄告诉我这个秘密。可以吗？（鼓掌）

　　谢谢狼的主人。（欢笑，热烈鼓掌）

Donnerstag,星期四
02・04・1987
Wolfsburg

在大众汽车制造厂职工餐厅午宴上致答词

尊敬的 Hans Jiürgen Klar 先生:

感谢您耗费了整整半天的时间,带领我们仔细瞻仰了这位联邦德国的巨人——大众汽车制造厂。既分发了许多印刷精美的图表画册,又亲自开车并沿途详为指点讲解,最后,还送给我们每人一辆 Jetta 牌的小轿车——当然,我指的是模型。

中国作家暂时一般都缺少金钱,还买不起真正的小轿车。不过,我们并不缺少想象力;此刻,我便寄情于《一千零一夜》里的飞毯,假如任何时候,只要念一句咒语,吹一口气,就能将这辆小小的 Jetta 模型变大,像飞毯那样,把我重新带回 Wolfsburg,那就太美妙了!

大众汽车制造厂,对我们中国人来说,已经是一个相当熟悉的名字了。贵厂展出的巨幅示意图上,在遥远的太平洋西岸,标着一个红点,那便是上海。上海生产的桑塔纳,正是中国和联邦德国成功的合作的范例之一。我们中国作家代表团中的一位成员,赵长天先生,正是来自上海。他对我讲过一句话:条条大路通北京,有路必有桑塔纳。这是千真万确的事实。桑塔纳,正在为我国的现代化事业做出贡献。为此,我要以中国作家代表团的名义,向您,尊敬的 Hans Jürgen klar 先生,并通过您向大众汽车制造厂的经理、技术人员、工人,致以亲切的谢忱。

先生适才告诉我们,在贵厂,桑塔纳型已经不再生产了。我明白,不再生产,就是意味着被淘汰了。这使我们不无怅惘地憬悟到:尽管我们有了桑塔纳,我们的今天却又变成了你们的昨天。我们依然落后,这也就是说,我们必须继续努力,争取不要太久的时间,能和你们并肩同步;当然,我们指望联邦德国朋友的帮助,但主要得靠我们自己奋斗。

就像在参观过程中一样,此刻,坐在这个大餐厅里,我们的黄皮肤、黑眼睛,又引起了许多女士和先生的注视,他们再一次的微笑,向我们表示友好,那么,就让我们在微笑中碰杯吧。

Hans Jürgen klar 先生,谢谢您无微不至的照顾和始终如一的热诚。希望您能去到我们中国做客,爱抚爱抚那些入了中国籍的贵厂的"试管婴儿"——上海的桑塔纳。

Donnerstag,星期四
02.04.1987
Braunschwieg

在市长接见仪式上致答词

尊敬的市长先生:
女士们,先生们:

市长先生的欢迎词,不但以其热情洋溢令人感动,而且以其学识渊博令人钦佩。

阁下详尽介绍了贵市引为荣耀的象征——狮子。由此,进而叙述了有关狮子的来历,一直上溯到公元3—4世纪的拜占庭帝国,即东罗马帝国,旁而及于整个神秘的东方世界。

我愿借用阁下的话题,说一说我们中国人民对狮子的尊崇与喜爱。狮子,作为万兽之王,在我们那儿,也可谓历史悠久。不过,截至目前,中国的可敬的考古工作者们,发掘到了恐龙化石,发掘到了猛犸化石,还不曾发掘到狮子化石。似乎不妨做一推测,中国的狮子是从国外"引进"的舶来品,当然,不一定是来自拜占庭,而是更早些时候,直接由狮子的故乡——阿非利加大陆输入。众所周知,中国与阿非利加,自古便有海上交通与陆路往来。

中国人民对狮子怀有一种特殊的神圣感情,这一点,和 Braunschweig 毫无二致,无论在文化艺术上或者在风俗习惯上,都有大量的明显反映。例如,我们的狮子雕塑,小的小到玲珑剔透的碧玉,或者玛瑙、水晶质地的工艺美术作品,可以置于掌心;大的大到构成庙堂宫殿建筑体系的一个组成部分,数人合抱,既典雅庄重,又威风凛凛,它们是利用完整的岩石加工,或者以青铜铸造。小孩子的玩具灯笼,少不了纸扎的狮子。受到全世界喝彩的中国杂技,每场演出的开台节目,必然是百看不厌的狮子滚绣球;那些用华丽的绸缎和丝绦缝制的红狮子被赋予了憨厚、坚韧和机智的性格,这正是我们民族的性格。至于逢年过节,自南至北,必不可少的传统庆祝方式之一,更是纷呈异彩的耍狮表演,其令人入迷的程度足以和耍龙相抗衡。在距离中国第二大港天津市不远的渤海之滨,还屹立着一头鼎鼎大名的铁狮子,它全身由数百块铸铁片焊接而成。古代的中国人深信:铁狮子可以镇住海上的妖魔,保护人间免遭海难。而这头铁狮子也的确忠心耿耿,执行了自己的使命,一直守卫到今天。上面随便提到的这一部分材料,足以说明,中国人民实际上已经把狮子当作了自己民族的图腾。

因此,在过去,当着我们屡遭帝国主义列强欺凌而居然无力反抗的时代,人们都叹息地将我们形容为"东亚睡狮";一九四九年以后,这头酣睡了一个多世纪的狮子终于醒了,于是,谁都听见了她的吼声,看见了她的雄姿。然而,尽管如此,中国这头狮子是善良的,绝无袭扰别人的企图,中国只要求保卫自己的安宁与尊严。

这也正是我们一行,一眼望到 Braunschweig 的狮子,不由得心跳眼热,万分激动的缘由。(鼓掌)

我希望,同时我相信,中国的狮子和德国的狮子,迟早会会合成一支威武的队伍。中国和德国,都是对人类做出过杰出贡献的国家,他们不用逡巡,更不用出击,只要她们像渤海之滨的铁狮子那样,寸步不让,全世界的安全和秩序,就有保障。(鼓掌)

尊敬的阁下,今天贵我双方都大谈特谈狮子,谈论了由狮子象征着的民族文化心理。我们把接见仪式不知不觉地变成了学术答辩;(笑声,鼓掌)这样也不错,面对着各自的人民,阁下和我们中国作家代表团,应该承认,都是成绩不坏的学生。那么,就让我们都发扬狮子精神吧,Braunschweig 的狮子和中国的狮子。谢谢!(热烈鼓掌)

Freitag,星期五
03.04.1987
Wolfenbüttel

在市长接见仪式上致答词

尊敬的市长先生:
女士们,先生们:

请允许我接着使用市长先生刚才使用过的一个字眼:篝火。

谁都知道,在黑暗中,篝火,就意味着光明、温暖,意味着热水、香喷喷的熟食和人与人之间的亲切对话。对于一个夜间赶路的旅人,世上再没有什么更比篝火使他感到充满希望的了。

篝火,是用普通的树枝架起来的。我们,诗人、作家和评论家,正是促使人类良知得以熊熊燃烧的普通树枝。我们都愿意充当这种为了照亮道路而不惜焚身的普通树枝。

昨天我们中国作家代表团访问 Braunschweig。由一位导游小姐带领我们观光市容,我们恳求小姐赶紧引路去瞻仰莱辛的墓地。这位小姐却不大清楚墓地的所在,但我们说,无论如何,宁愿放弃别的不看,也务必要找到它。在花了不少时间后,终于找到了,我们每一个人都在那方沉默的,然而至今还有人献花的石碑前照了相。导游小姐被中国人的执拗和虔诚感动了,她忍不住打听:"先生们,为什么你们非来这儿不可?"我们回答:"这儿埋葬着我们作家的一位祖先,当然,也是你们德国人的祖先。"(热烈鼓掌)

等一会儿,我们将要参观著名的以奥古斯特公爵先生的名字命名的大图书馆H·A·B,我们为此感到兴奋。我以为,这位奥古斯特先生实在称得上有识之士了。想一想吧,多少王公贵族,连同他们华丽的衣饰车马,他们牢固的铠甲城堡,全都化作了一堆尘埃,唯独奥古斯特的美名保存到现在,活在人们的口头,活在人们的心上!他在世之日,没有沉湎于美酒佳肴和绝色女子,没有热衷于营造宫殿和庄园,没有盲目崇尚弓箭和火枪,而是选择了书籍,这是多么明智的选择!书籍正是文明的篝火,是书籍照亮了人类历史的漫漫长夜。因此,我要说,奥古斯特公爵先生本人也是篝火!不灭的篝火!(热烈鼓掌)

是的,是书籍,是奥古斯特公爵先生如此热爱并珍藏的书籍,引导我们大家满怀信心地走向了黎明。(鼓掌)

伟大的世界文化名人,与牛顿齐名的数学家、自然科学家、哲学家莱布尼茨和伟大的启蒙作家、评论家莱辛,都在这儿工作过和生活过,这是Wolfenbüttel 的无上光荣!(鼓掌)

我们,一群来自中国的诗人、作家、评论家,愿意在新的主客观条件下,继续推进他们曾经穷毕生之力投入开拓的一切。(鼓掌)

最后,让我引用莱布尼茨先生大意如下的一段名言,来结束我的答词:中国文化和德国文化真正融会之日,便是人类文明跨入新阶段之时。(鼓掌)

这是一个伟大的预言。(鼓掌)

我们必须为了实现这一预言而共同奋斗。(热烈鼓掌)非常感谢。

Freitag, 星期五
03.04.1987
Wolfenbüttel

在H·A·B举行的"文学之友"集会上致答词

尊敬的下萨克森州S基金会理事先生们：
亲爱的女士们，先生们，朋友们：

首先，我要向诸位介绍当代中国著名作家张洁女士，她的长篇小说《沉重的翅膀》，已经矫健地飞遍了几乎所有的德语国家。这本书的译者，汉学家阿克曼先生，就坐在她的身旁。

请允许我以中国作家代表团全体成员的名义，对张洁女士的光临表示热烈欢迎和由衷欣慰。由于她的惠然参加，我们这个代表团的阵容一下子得到了成倍的加强，不是六个，而是一打了。（全场活跃）

诚如诸位所熟知的，我们中国有一句流行了许多年的口头禅："妇女能顶半边天"，根据这一传统观念所揭示的真理，我们这个中国作家代表团，原来充其量也不过只有一半的代表性，（笑声）因为，我们——儿童文学家王一地先生、小说家赵长天先生、评论家王愚先生、诗人刘祖慈先生、翻译金弢先生以及我本人——清一色的男人，哼，男人，多么乏味的生物！（大笑）感谢张洁女士，她一来，在诸位的眼前，立刻展开了中国文学界的一片完整的，既有阳电子又有阴电子的天空。（大笑，热烈鼓掌）老实说，我们六个中国男人，巴望见到这位漂亮的中国女人，那急切程度绝不亚于到会的一百几十位德国朋友。（热烈鼓掌）如今真的见到了，那高兴程度自然也不亚于诸位。这是真心话，不是奉承。（热烈鼓掌，全场活跃）

会场上为什么这样激动？哎呀，我突然间似乎变得聪明起来了，我意识到，我实在无权再饶舌了！女士们，先生们，现在，就请你们鼓掌，欢迎张洁女士讲几句话。(鼓掌)……她执意不讲,怎么办?她既然一定要坚持奉行中国的有益格言:"说一千,道一万,不如动手干两遍。"那就只好请诸位先听张洁女士自己朗诵自己的大作了。(热烈鼓掌)

Sonnabend,星期六
04.04.1987
Hannover

在女艺术爱好者之家举行的座谈会上致答词

尊敬的州长夫人:
尊敬的女士们:

感谢下萨克森州州长夫人和各位女士的盛情邀请。

早在中国作家代表团初到 Hannover 的日子,当我们读到日程表上有关女艺术爱好者之家的活动项目时,我们就开始期待着这一天的来临了。

我们当中,六十岁的一个,那就是我本人,五十岁以上的有两个,四十岁以上的有两个,最年轻的也有三十几岁了。可是,无论是谁,无论是在国内还是国外,我们都没有守卫过这种完全陷于妇女们包围之中的阵地。坦率地说,我们既有孩子式的好奇,也有作为妇女对立面的紧张,或者说是危机感。(笑声)

不过,我们此刻已经完全安静下来了,因为,诸位女士这样的殷勤、和蔼,甚至比德国最周到的先生们都更为殷勤、和蔼。——我希望,在座的极少数几位先生不要生气,你们不妨把我这番话当作对州长夫人和全体女士的奉承好了。(全场活跃,哄笑)

我听说,今天在座的都是女诗人、女作家、女画家、女音乐家、女雕塑家、女建筑师、女工艺美术师……还有女社会活动家……加上如此静谧的楼层,如此宽敞的房间,如此高雅的画幅和陈设,你们这儿,不愧为一座州长夫人领衔的高级文化沙龙。中国作家代表团能够作为这座沙龙的客人,深感荣幸。

我敢肯定,凡是来过你们这座沙龙的人,都可以作证,温文尔雅的州长夫人和温文尔雅的女艺术爱好者们,绝对无意于在联邦德国发动一场矛头针对男子汉的女性革命。(笑声,鼓掌)活的证据之一是——主持人已经指给我们看了——规规矩矩坐在自己太太身边的那位可敬的先生。(笑声,鼓掌)谁都知道,无论是有丈夫和自己厮守在一起的妻子,还是有妻子和自己厮守在一起的丈夫,都是有福的。(笑声)这个标准,对联邦德国,对我们中国,一概适用。(鼓掌)因此,我也可以从另外一个角度向诸位再提供一个证据,那就是我们著名的作家张洁女士。昨天,在 Braunschweig,我曾经恳求她和我们一道来参加这个有趣的聚会,她却有礼貌地拒绝了。什么理由呢?她故意操一口流利的中国陕西方言对我说:"我想我老汉想得紧哩嘛。"老汉,在陕西方言中,就是丈夫,而且是丈夫的爱称。(笑声)于是,张洁女士今天一大早便飞回维也纳去了,她的丈夫孙先生正在那儿等着她。这个例子证明了,男性固然不能以女性为革命对象,女性同样不能以男性为革命对象。只有一种情况之下,男人们和女人们互为对象,那就是:爱情。(笑声,热烈鼓掌)

当然,也许还有一种男女互为对手的情况,但那已经区别于对象的概念了。比如,我们即将举行的联邦德国女子和中国男子的友好交谈就是。好,现在请开始吧。(鼓掌)

Sonntag,星期日

05.04.1987

Hannover

在下萨克森州 Sparkasse 联盟总裁 Dr. Jur. Dietrich H. Hoppenstedt 先生家宴上致祝酒词

尊敬的女主人：

尊敬的男主人：

尊敬的 Dr. Johannes Hesse 夫人：

尊敬的 Dr. Johannes Hesse 先生：

亲爱的同胞，Prof. Huang Guozhen（黄国桢教授）先生：

女士们，先生们：

中国作家代表团很快就要离开下萨克森州去联邦德国其他地方了。告辞之际，有幸来赴 Dr. Jur. Dietrich H. Hoppenstedt 先生的家宴，我和我的同事们为 Sparkasse 银行和银行家这种公私兼备的双重情谊深深感动。

我和我的同事们都记得，当我们抵达 Hannover 之初，第一次与 Ṡ 基金会接触，就收到了一批赠礼——一个印有红色 Ṡ 标记的白布口袋，里边塞满了地图和画册。地图非常实用，画册可以留作纪念。而貌似平常的白布口袋却特别唤起了我们这群中国人的联想。这，大概是 Ṡ 基金会的先生们完全不曾料到的。

我们想起了什么呢？想起了我们祖国大大小小的名山古刹。这和名山古刹又有什么联系？不要着急，请听我慢慢道来。原来，在中国，凡是去名山古刹朝拜佛祖的善男信女，必定都事先买一个统一规格的大布口袋，里边装上香枝蜡烛以及其他供奉物品。听说 Dr. Jur. Dietrich H. Hoppenstedt 先生去过中国，不知可曾见过这等场面？（主人摊手耸肩，表示没有，众笑）谁是佛教徒，谁不是，根据带不带这种大布口袋，一眼便能识别。这种佛门弟子的标志，和Ṡ基金会赠送给我们的大布口袋，形状、构造、尺寸，都差不多，（笑声）所不同的只是那一种用的是黄布，印的四个汉字"朝山进香"，套的是蓝色或者黑色，如此而已。

于是，我就想，我们一行，是否也成了虔诚的香客，挎着大口袋，到联邦德国拜菩萨来了？（笑声）自然，这是一种偶合，整个事情的性质，不会是那样。但，就我和我的同事们对德国人民的赤诚而言，只会有过之而无不及。我们的白布口袋里装的不是香枝蜡烛，而是中国作家、中国人民的心。（鼓掌）假如还要套用佛教徒的行事方式作比喻，那么，我们今天已经是爬山爬到了最高峰，进庙进到了最后一座庙了，难道不是吗？这儿是下萨克森州Sparkasse最高领导人的私邸了啊！（哄堂大笑，鼓掌）我们将把自己的心留下，留给女主人和男主人，并且通过你们，留给资助这次访问的Ṡ基金会和全体Ṡ基金会的储户，留给德国人民。

请接受中国作家代表团的心吧。谢谢。（热烈鼓掌）

Montag, 星期一
06.04.1987
Hannoever

在下萨克森州图书馆举行的"中国文学晚会"上致词

亲爱的同行们，朋友们：
亲爱的女士们，先生们：

中国作家代表团委托我，向今晚光临此地的诸位，致以亲切的问候和谢忱。

自从我们访问贵国以来,在下萨克森州的首府 Hannover,我们先后参加过不少有意义的活动。例如:中德文化交流会,工业博览会,中国电影节开幕式,等等。可是,作为纯文学的大规模的群众聚会,这还是第一次。

我们十分重视这次会见,这是可以理解的。为了做好准备工作,今天下午,我们曾经专门去到 Klaus Stadtmüller 先生府上,进行了充分的磋商。借此机会,中国作家代表团认为有必要特别强调指出,德国作家协会和德国作者协会应该享有一半的荣誉——假如这次聚会获得成功的话。

至于我个人,还愿意向诗人 Hugo Dittberner 先生表示最充分的感谢之情,多亏他不辞辛劳,逐字逐句地将我的一首诗《碎月滩》重新校勘了一遍。大家知道,文学翻译是二度创作,翻译诗,就更难了。Hugo Dittberner 先生一丝不苟的严谨作风,将永远是我学习的榜样。

亲爱的同行们,朋友们:
亲爱的女士们,先生们:

正如你们所了解的,中国正在实行对外开放、对内搞活的一系列正确的改革政策。开放和改革,作为一种历史运动,是任何力量也无法逆转的,因为它体观中国人民的意志,符合中国人民的利益。总的来讲,应该是乐观的。但是,当诸位读了我们的著名作家张洁女士的长篇小说《沉重的翅膀》,以及其他一些译成德文的反映当前中国社会生活的文学作品之后,又不难觉察到,在这样一个才摆脱半封建半殖民地屈辱地位不久的,有着五十六个民族、十亿人口和九百六十万平方公里的大国,起飞是多么的艰难!真是每前进一寸,都必须付出血与泪的代价!

自从一九七八年中共十一届三中全会以来,中国进入了新时期。正是三中全会,最坚决地否定了荒谬绝伦的"文化大革命"。在最近十年当中,中国的诗人、作家、评论家所写下的一切,无不表现了解放的喜悦和觉醒的悲壮。新时期的文学,我个人认为,至少有三个突出的特点:第一个是现实主义的复归与深化；第二个是对西方各种思潮、流派、风格的借鉴和吸收；第三个是人道主义的再次确立与全面弘扬。关于这方面的问题，目前中国有许多人在做有益的探讨，值得写几大卷专门著作来加以论述。在这里，限于时间，我就不打算一一详细介绍了。

正如我们对中国改革事业的前途抱有审慎乐观态度一样，我们对中国当代文学的前景，也抱有审慎乐观态度。就整体而言，中国作家的队伍已经成熟了；也许还会有挫折，还会有疑虑，还会有这样那样不该发生的事情发生。然而，我们以自己的心灵去撞击人民的心灵，从而引起全民族灵魂的热核爆炸的决心，是绝对不会动摇的。这一天必将到来。也只有到了那个时候，我们才真正有权宣告：我们没有辜负包括德国人民在内的全世界人民对中国的厚爱。（鼓掌）

最后，需要说明一下，晚会大致分为两个步骤进行：前一半是简短的致词和每位作家的作品朗诵；后一半是回答提问，请诸位及早考虑，没有任何"禁区"。

愿我们大家共度一个美好夜晚。（热烈鼓掌）

Dienstag，星期二

07.04.1987

Hameln

在市长接见仪式上致答词

尊敬的市长先生：

尊敬的 Ṡ 基金会理事先生：

女士们，先生们：

由于景慕 Hameln 的大名——我们早就从优美的德国民间故事①熟悉她了——中国作家代表团提前半小时到达贵市。

在进入这座市政大厅之前,我们已经漫游过广场,在街心露天咖啡馆喝了饮料,并且欣赏过几乎任何商店橱窗全都陈列着的大大小小的老鼠,棕黄色,安了胡髭,既像是皮革缝制的,又像是泥巴捏成的可笑的老鼠。最重要的是,我第一个发现了那位花衣吹笛人(这使我不禁有点得意了),于是,我赶紧挎着照相机过去同他攀谈,同他合影留念。(全场活跃,笑声)

我和花衣吹笛人谈了一些什么呢?没有什么需要保密的,完全可以公开。(笑声)首先我招呼他:"哈啰!穿花衣服的先生,您好哇!原来,您藏在人群中,叫我好找!"他似乎抱歉地耸了耸肩膀,(笑声)接着,我就对他自我介绍,"我是一个中国作家,在那遥远的东方,我读过你们德国作家写的关于您的书。我了解您,您是一位本领高强的魔法大师,您有一支魔笛。这会儿,它就捏在您的手中,不是吗?"可是,花衣吹笛人既不点头,也不走开,只是一个劲儿地瞅着我,眼珠子眨也不眨,仿佛在打量我说的到底是不是真话。(笑声)我不管这许多,便开始求告他:"喂,伙计!自打我来到联邦德国,就听到人们在抱怨,说是如今有不少德国青年,只顾个人轻松快活,不愿结婚成家,因此……(全场活跃,交头接耳)儿童越来越少了,人口结构也出现了老化的趋势……(热烈鼓掌,欢呼,跺脚)我很同情德国人,喂,先生,您听明白了没有?我很同情德国人,先生,请您再也不要把 Hameln 的孩子带走了,行吗?"(热烈鼓掌,欢呼,跺脚)我见这位魔法大师动了心,便又趁热打铁,对他解释,"过去统治 Hameln 的那帮该死的贵族老爷,早就完蛋了!他们说话不算

---

① 德国民间传说:早年,Hameln 一度鼠害猖獗,居民甚为其苦。一日,忽有一身着花衣的流浪汉来临,声言彼有魔笛一支,可除祸患。当地贵族应许事成之后,重金酬谢。果然,花衣吹笛人奏响魔笛,将众鼠引入河中,尽数淹死;但此时贵族却翻脸拒不履行诺言,花衣吹笛人一怒之下,再次吹响魔笛,该城儿童一百三十名闻声自动偕之出走。此事在 Hameln 教堂的石碑上有文字记载。

数,又愚蠢,又小气,如今的 Hameln 市长先生和他的同僚先生们,可是一些信守诺言的好人!(欢呼,鼓掌)假如他们应许了您什么,只管伸手向他们要好了!他们会给的,一定会给的。我知道,现在的德国人有的是钱……(哄堂大笑,鼓掌)因为,联邦德国是一个工业发达的国家。"不过,听了我这一番话,花衣吹笛人是怎么考虑的,我可来不及讨个回音。因为,接见的时间到了,我们的司机 Uwe Laue 先生催我上车了。我只来得及最后大喊一声:"行行好吧,先生!"(大笑,跺脚,热烈鼓掌)便直奔这座大厅。

上面这一席话,可以当作我们中国作家代表团对 Hameln 建城一千年庆典的贺词,也是我本人和我的同事们对诸位如此热情动人的欢迎仪式的报答。(热烈鼓掌)

Dienstag,星期二
07.04.1987
Hameln

在下萨克森州中小型出版社联合欢迎宴会上致答词

尊敬的联邦德国出版家们:
尊敬的女士们,先生们:

我们很高兴,有机会在这家招牌叫作"老鼠夹子"的大饭店与诸位会见,这使我们对于花衣吹笛人消灭鼠类的故事又加深了一层理解。也就是说,消灭鼠患仅仅指望魔笛的法力是不够的,还得依靠我们大家自己动手做老鼠夹子。种种的不文明现象好比鼠患,而要彻底清除种种不文明现象,诸位出版家和我们作家都有责任多做一些好的老鼠夹子。(鼓掌)

说起来连我们自己也觉得奇怪,在社会主义中国,有不少老鼠夹子竟是生锈的,或者是断了弹簧的,要不就是一方面买不到老鼠夹子,另一方面仓库里又堆满了老鼠夹子,像这样一种聚会,反而并不多见。毋庸讳言,中国的出版部门、发行部门和作家之间的关系不够理想。感慨之余,真希望从这儿——哪怕用女士们和先生们的话说,是所谓买方和卖方的交往——带回去一些有益的启示,供我们的国营出版机构、我们的国营书店参考。

特别令人兴奋的是,就在这张桌子上,以中国作家代表团为一方,以 Gisela Maurer 女士为一方,马上将要举行商洽,讨论贵方倡议的一本书的出版事宜;当然,这本书目前还只不过存在于想象之中,Gisela Maurer 女士替它起了一个有吸引力的名字,《中国作家眼中的下萨克森州》。我想,它肯定会成为现实的,如同中德友谊之花肯定会怒放一样。(鼓掌)

今天早上,我们在 Hannover,参观了一家印刷工厂。无意中我提起了公元十世纪中国人毕昇发明活字版的事迹,那位老板立刻回答道:"先生,关于这个问题,我认为是有争议的,活字版的发明者是我们德国人 Gutenberg。"无疑,老板先生是个爱国主义者,自然,我本人也是个爱国主义者。当两个爱国主义者为了各自祖国的荣誉可能发生争执的时候,如何是好呢? 我想,还是各人说各人的吧,这样,彼此就都问心无愧,也都是胜利者了。这个解决办法最明智,对不对? (笑声)因此,我和印刷厂老板之间果然实现了真正的"和平共处",(笑声)他请我们吃巧克力,喝可口可乐,谈得很融洽。(笑声)如果联邦德国出版家和我们中国作家打交道,我建议不妨学习这位老板和我创造的先进经验。(鼓掌,笑声)

请诸位无拘无束地提问,无论是感兴趣的、怀疑的、担心的,甚至是厌恶的,都行。我和我的同事们,一定坦率地做出力所能及的解答。同样,我们也会表示出对贵国——Gutenberg 先生的故乡——出版事业的关心。比如,私人经营方式怎样保证出版物的社会效益? 各个出版社之间的竞争与协作(如果我理解正确的话,你们这个"圈"正是为了竞争而又协作)关系是怎样处理的? 盈利情况如何? 发行渠道如何? 有没有破产的? 诸如此类,等等。

感谢朋友们的热诚邀请,这是值得纪念的良好开端。因之,我相信,它绝

不会成为一个令人惆怅的回忆。(热烈鼓掌)

Mittwoch, 星期三
08.04.1987
Göttingen

在市长接见仪式上致答词

尊敬的市长先生：

尊敬的议员、官员先生们：

女士们，先生们：

  当我步入大厅，一眼便看见了 Artur Levi 阁下胸前佩戴的明灿灿的银圈①，全体官员先生们也一律身穿礼服，一派典雅而肃穆的气氛。我立刻明白了，古城 Göttingen 正以最隆重的礼仪接待东方使者，把中国作家代表团当作了国宾。由于承蒙如此的特殊荣誉，我们不能不大为激动。

  我想，正确的理解应该是：Artur Levi 阁下佩戴的银圈并不意味着我们的身价，而是表明你们对中国人民怀有深厚的情谊。

  我还认为这种彬彬多礼的氛围与 Göttingen 的悠久文化传统也是完全相称的，与 Göttingen 同中国之间的特殊关系也是完全适应的。

  我们了解，Göttingen 在整个德国文化发展历程中的重要作用与显赫地位，Göttingen 的光辉名字与许许多多德国文化名人的光辉名字之间不可分割的渊源关系。必须强调指出的是，Göttingen 的大事记上还写下了对我们中国人分外亲切的一页——我们人民共和国的缔造者之一，英雄的朱德元帅，曾

---

  ① 一种胸前紧贴礼服领口，背后略略下垂的，由镂刻着精美城徽的纯银片串连组成的特大"项圈"，我问过不少人，都不知道该如何翻译。

经在这儿寻找过拯救祖国的道路。

作为古城,作为大学城,Göttingen都不愧为德国的骄傲。刚才,Artur Levi先生告诉了我们一个奇迹:在第二次世界大战中,别的城市纷纷被夷为废墟,Göttingen却幸免于难。我猜,创造这一奇迹的不是上帝,也不是飞行员和炮手,而是人类的良知。是的,是人类的良知迫使炸弹和炮弹在世代积累的文化面前闪身让路,绕道而行。文化与良知是永存的,不朽的。(热烈鼓掌)

文化与良知保卫了人们,人们也必须保卫文化与良知。(鼓掌)

再一次感激市长阁下主持了这样空前庄严的欢迎仪式,我们将会离去,但神圣的友情将永远不会走出这个大厅。(热烈鼓掌)

Mittwoch,星期三
08.04.1987
Göttingen

在地方议会、市政府和S基金会联合举行的晚宴上致答词

尊敬的地方议员先生:

尊敬的市长先生:

尊敬的S基金会理事先生:

官员先生们:

东道主充满感情也充满风趣的讲话,是我们宴会上的第一道菜,无形然而美味的第一道德国大菜——整个盘子里盛的纯粹是日耳曼式的幽默。(鼓掌)

阁下在引用贵国大诗人海涅的名著《哈尔茨山游记》的时候加上了一条注解。阁下要求我们倍加注意海涅先生行文的排列顺序,关于Göttingen给

予海涅的印象,第一位是"香肠",第二位是"大学"。于是,阁下规劝我们,不妨按照海涅先生的指引,将更多的力量倾注于香肠,必要时,大学可以不顾。(笑声)

这当然是一则笑话。

因此,请允许我也引用中国战国时代的一位伟大哲人孟轲先生的一段名言作为回敬。(全场活跃)

孟轲先生坦白地解剖了自己的思想活动与胃肠活动。(笑声)孟轲先生说:"鱼,我所欲也。熊掌,亦我所欲也,二者不可得兼,舍鱼而取熊掌者也。"①看,这里也存在一个排列顺序问题:鱼在前,熊掌在后。可是,一旦"二者不可得兼",孟老先生就宁愿要那事实上更重要,然而却不幸被排在了第二位的东西:熊掌。(笑声)不是我们中国作家代表团有什么过人的聪明,我们不过是因袭了孟轲先生的智慧,并且根据他的准则行事而已。(鼓掌,击桌,笑声)当然,假如今天的宴会桌上有香肠,那我也绝不手软。(哄堂大笑,击桌)我和我的同事们还是满怀希望:"二者得兼"。(笑声)换句话说,我们这批贪心的人,既要 Göttingen 大学,还又要 Göttingen 香肠,更要描写过 Göttingen 的海涅本人。(热烈鼓掌,欢声四起)说实话,什么好东西都想得到一点,这正是中国作家代表团前来联邦德国观光学习的唯一目的。(鼓掌)

谢谢诸位对我这番言词所表示的理解和错爱。让我们举杯,共饮开胃酒:愿上帝保佑海涅先生的灵魂永远在天国安息。(热烈鼓掌)

---

① 见《孟子·告子上》。

Donnenstag, 星期四

09.04.1987

Hannover

在 Dr. Johannes Hesse 家宴上致祝酒词

亲爱的 Dr. Johannes Hesse 夫人:

亲爱的 Dr. Johannes Hesse 先生:

感谢女主人、男主人的深情厚谊,邀请中国作家代表团到府上来做客。女主人已经见面多次,男主人更是我们十分信赖的好朋友。因此,我有理由指望,让我们来品尝这满桌丰盛的酒菜,不会成为你们夫妇两人为中国人民做的最后一件好事。在源远流长的中国和联邦德国友好交往之路上,你们是一个永远也不会画句号的模范的长跑家庭。整个的中国文学界,都对 Dr. Johannes Hesse 先生寄以厚望,期待着通过您和我们双方持之以恒的努力,将彼此间业已存在的如此和谐的关系变成世代相传的马拉松接力。

Dr. Johannes Hesse 先生考虑问题从来都是十分周到的,今晚,您同时邀请了 Hannovcr 德中友协负责人 Dr. Dietman Storch 先生暨其夫人作陪,就是又一个证明。这使我们的耳朵里充盈着形象丰满而生动的音乐主旋律:中德友好。趁此机会,我们向 Dr. Dietman Storch 先生表示由衷的敬意,感谢他多年来为促进这一伟大友谊所奉献的一切。像这样亲密无间的聚会,想必也会使他感到欣慰:种花的人是绝不会收获蒺藜的。

Glsela Maurer 女士也如约光临,同样是对推进中德文化双边关系的一个具体贡献。根据昨天晚上在 Göttingen 取得的默契,我们中国作家代表团和 Glsda Maurer 女士必须赶在分手之前,就《中国作家眼中的下萨克森州》一书的出版事宜达成最后的正式协议。我深信,我们彼此都是有诚意的,我们一定会克服所有的困难,顺利地完成预定的任务。

尊敬的 Dr. Johannes Hesse 先生,请允许我代表这次应邀来访的全体中国作家,对您本人再说几句知心话。我们认为,Dr. Johannes Hesse 夫人有一百个理由可以为自己有这样一位丈夫而自豪。因为,我们中国作家代表团的共同感觉是:无论按东方的道德标准还是西方的道德标准,也无论按古典的道德标准还是当代的道德标准,Dr. Johannes Hesse 先生,都是一个难得的好人,一个忠实的伙伴,一个值得尊敬的兄弟。

(Dr. Johannes Hesse 夫人插话,谢谢。希望公刘先生能将这些评语对他的上司重复一遍,也许他会因此而被提升。我作为他的妻子,以后自然会更加殷勤地款待他的中国朋友。)(满座哄笑)

(哦,夫人,我自然要说的。请您放心,我一定要拿出证据来,让夫人感觉到一个中国作家代表团团长说话的分量。)(满座哄笑)

我记得,三月二十八日,在 Hamburg,Dr. Johannes Hesse 先生亲自买票陪我们乘船观赏 Elbe 河上的旖旎风光。为了让疲累不堪又正患眼疾的金癸先生得到休息,Dr. Johannes Hesse 先生和我两个,通过英语交谈。我的英语不高明,您说了许多,我不敢说百分之百听懂了,但是,有一句话,却是明明白白不会有误解的。您告诉我,明年,您可能还有机会去中国。这太好了!我盼望,不,我们大家都盼望,您和您夫人一道去,以便我们也在中国尽一尽地主之谊。为了强调有人在中国等候二位,请让我用新近学会的只有在十分惯熟、不拘礼仪的好朋友之间才使用的德国口语说一声:去斯!Tschüs!(回见!)(热烈鼓掌、击桌)

Freitag,星期五

10.04.1987

Hannover

在下萨克森州科学艺术部部长 Dr. Johann – Tonjes Cassens 先生接见时致答词

尊敬的 Dr. Johann – Tonjes Cassens 部长先生:

尊敬的部长助理先生:

尊敬的 Dr. Hesse 先生:

我们中国作家代表团马上就要离开 Hannover 前往 Köln 了。在这睽离之际,部长阁下不顾公务繁忙,安排整整一个小时的时间,亲自与我们殷殷话别,出示了那么多刊有有关代表团活动新闻和图片的各地报纸,对中国作家代表团的全部工作作了如此崇高的评价,我们不胜荣幸。

特别令人惊讶和钦佩的是,部长阁下连昨天深夜发生的事——我指的是与 Glsela Maurer 女士达成的出版协议的所有细节,竟然也了如指掌。这件事给了我们极其深刻的印象,有这么高的工作效率,这么细致深入的工作作风,联邦德国何愁不民富国强!

我作为一个爱国的中国人,不能不产生深沉的感慨。记得这次前来贵国,同乘一架飞机的还有一支庞大的队伍。据了解,他们要在罗马下机转往别处去履行一项合同。不必解释,这是我们的劳务输出,目的在于替国家赚取外汇。此刻,我面对着部长阁下忙碌而又专注的神态,不禁忽发奇想,我想,中国的优质高产的产品——官僚,不知道外国要不要?大概是没有市场的吧?如果只能全部内销,那就委实太令人遗憾了!

(卡森斯部长摊开双手,耸肩微笑,插话说:官僚么,当然是不受欢迎的。我们自己也出产一些。不过,我本人不是官僚,我非常讨厌官僚。)(众笑)

让我们撇开这个不愉快的形象,向部长阁下开门见山、雷厉风行的坦率态度学习吧。

中国作家代表团对自己前一阶段的活动,做过系统的回顾。正如阁下所赞许的,这次下萨克森州之行获得了圆满的成功。我要强调的是,成功不仅仅是对中国人的报偿,同样也是对德国朋友们的报偿。我愿借此机会,向部长阁下本人对我们的关注和照料,表示深切的谢意!

我们有两个方面的难忘的体验。

第一,体验了联邦德国的生活——劳动节奏。除去在 Bremen 和 Hamburg 的两天外,在下萨克森州逗留的十七天中,我们先后出席了中德文化交流会、工业博览会和中国电影节开幕式,访问了十座中、小城市,参观了两家举世闻名的大企业,一家设备先进的印刷厂,各地的 S 银行、大学、图书馆、博物馆、文化—体育设施以及名胜古迹,还欣赏了第一流水平的古典歌剧,看了无人物的新潮抒情电影。其间,先后和自由作家同盟、德国作家协会、德国作者协会、女艺术爱好者团体、中小型出版社、"蓓蒂卡"儿童文学"圈",进行了有益的接触与交流。我们相继拜访了著名作家 Waiter Kompowski 先生,著名评论家 Heinz Ludwig Arnold 先生,还有其他许多诗人、作家、评论家,会见了 Dr. Erhard Rosner 先生、Raswitha Brinkmann 女士等汉学家。我们出席了四次纯文学性的座谈会和报告会。所到之处,人们争相要求我们朗诵自己的作品。刘祖慈先生和我本人还应北德电视台的邀请录像录音。此外,我还接待过三次记者采访,除去一般性的发言、答问,截至昨天,仅即席致词就多达二十八次。如此频繁而紧张的脑力—体力活动,以往来贵国访问的中国作家代表团未必都体验过,否则,我们事先一定会被人提醒。应当承认,我们的确非常疲劳,不过,我们又非常充实。

第二,尽管剩余的时间不多了,对其他一些名城的游览观光也只能是匆匆一瞥。然而,能够这样深入、全面而具体地了解联邦德国的一个州,走遍中国作家从来脚踪不到的地方,和各阶层的人们,特别是普通人交朋友,谈家常,恐怕这也是两国作家交往史上破纪录的创举。因此,我和我的同事们一致认为,虽然到处奔波,辛苦一些,还是值得的。回国之后,我们有资格说一声:我们了解到了在那少数几个大都会不容易了解到的东西。我们可以拿出数十个有血有肉有乐有忧的当代联邦德国人的生动形象来,而不仅仅是出示他们的名片。归根结底,中国和联邦德国的美好友谊,成了可以触摸,可以感觉到体温和呼吸的实体,再也不只是停留在字面和口头了。

历史一定会证明,我们这一次的联邦德国之行,是大有收获的。

它的近期的结果之一,就是部长阁下十分关怀的那本书:《中国作家眼中的下萨克森州》。我们方面,保证履行我们所承担的义务,七月底集稿,终审,八月上旬交航班邮出,共计汉字十万字的篇幅。希望联邦德国方面及早组织翻译力量,落实一切与出版有关的工作,力争能如阁下刚才所要求的,尽快见书,参加十月份在 Frankfurt 举行的国际图书博览会。

部长阁下,请允许我专门用一段言词,向所有参与组织联络工作,接待服务工作的女士们、先生们,向 Ṡ 银行、Ṡ 基金会的董事长和理事先生们,表示我们中国作家代表团的由衷感谢。但愿我们的朋友们都能相信,我说这番话,绝非出于外交礼节和人际关系的考虑,而是出自怀有四海一家理想的作家们的良心。

而且,我的同事们几天以前就开始嘱咐我,千万不要忘了,应该特别表彰三位先生的劳绩。首先是 Dr. johanns Hesse 先生。毫不夸张地说,他担当了最吃力的角色,争取 Ṡ 基金会的巨额资金,联系各有关方面配合协作,从而制订整体规划并付诸实施。如果说,他是这次成功访问的倡议者和推动者,那也当之无愧。我们中国作家代表团,也正是本着对 Dr. Johnnes Hesse 先生的尊重、谅解与支持,极力避免增添新的麻烦,以保证原定计划的顺利进行。

其次,是 Ulrich Beran 先生。这是一位实干家,与其说他以话语使我们受到感动,不如说他以无言使我们受到启迪,他的"无言"不是不说话,而是用行动来说话。Beran 先生这种少说多干,甚至只干不说的务实作风,的确是一个最佳榜样。同时,我还要说到 Uwe Laue 先生。他最辛苦,不但要为我们日夜兼程地开车,还自愿当我们的义务搬运工,当然,有时还得替我们做向导或者联络员。用我们中国的一句成语来形容,Uvve Laue 先生称得上"任劳任怨"。顺便说一句,Uwe Laue 先生本身的警察职业,也起到了积极的心理效应。总之,他们三位主要陪同,如今似乎都成了"亲华派",他们爱我们,我们也同样爱他们。(笑声)

听说,部长阁下不久将再次访问中国,我们诚挚地希望,能在中国重逢。中国作家代表团预祝阁下一路顺风。

Sonntag,星期日
12.04.1987
Bonn

在 Yazhima 出版社的宴会上致答词

亲爱的同胞,尊敬的出版家
黄凤祝先生:

国内早就流传着关于您的故事,人们说,在联邦德国,在 Bonn,有一位爱国华侨黄凤祝先生,一贯热心支持中德文化交流事业,并且主持着一份专门介绍、宣传中国当代文学的刊物《龙舟》。人们还说,您经营香江饭店,那目的也完全是为了以丰补歉,保证 Yazhima 出版社的生存与发展。人们还说,凡是大陆作家来到这儿,您都一无例外地给予亲如家人的接待。今天,您热烈深沉的感情,质朴无华的言辞,我们都已经耳闻目睹了,果然名不虚传。

同时,我们也了解到,黄先生不是一般意义上的企业家,更不是只知牟利的商人,而是学有专长,又博览群书的有学位的高级知识分子,我们拜读过黄先生的大作,您的优美诗文,您的高雅谈吐,您的独立见解,您的平易风度,实在都令人钦慕。

联邦德国作家与中国作家之间的频繁互访,联邦德国介绍中国当代文学的高涨热情,似乎都已赶上日本和美国现有的规模,成为我们后来居上的文化伙伴之一。人们理所当然地评论,这里边有黄凤祝先生一份默默的奉献,应当受到国人感谢。

不错,还有许多工作等待中德双方去做,我们诚挚地期望,黄凤祝先生将会运用自己所处位置的优越性,一如既往地发挥您无可替代的作用。

我们也愿意利用这个难得的机会,充分展开一场毫无拘束的对话,直截了当地说,我们很想从黄先生这里听到一些您作为一位爱国者,作为一位诤友的尖锐批评。同时,也想借重黄先生的专家眼光,帮助我们更全面、更准确地观察、把握联邦德国文学界和汉学界的种种情况。坦白地说,较之于这满桌的佳肴珍馐,我们中国作家代表团宁愿当知识方面的饕餮之徒。

谨祝黄凤祝先生事业昌隆,财源茂盛,身体健康,家庭幸福。

请向您的德籍夫人转致良好的祝愿。

谢谢黄凤祝先生。

Montag 星期一

13.04.1987

Rhens

在青年汉学家 Dagmar Altenhofen 小姐家宴上致祝酒词

尊敬的 Gertrud Ricke 夫人：

尊敬的 Gerlinde 女士：

尊敬的 Werner 先生：

亲爱的朋友 Dagmar 小姐：

我不知道我的同事们心情怎样，我在这张桌子跟前就座，感到有一种难以形容的轻松愉快。我们终于彻底摆脱了工作日程表，自由活动了。

感谢上苍，中国作家代表团能够来到莱茵河边的这样一个美丽、幽静，然而又充分现代化的村镇，坐在一个以光荣的姓氏 Altenhofen 命名的古老家族中间，面对面地观察德国普通人家的正常生活，包括刚才 Werner 先生和 Dagmar 小姐父女俩领我们去看望的邻居 Fran Frink 太太一家的居家光景，这的确是这次访问的小小高潮，一个精彩的尾声。（欢笑）

有几件事使我大为感动。

首先，你们合家老小非常之和睦亲爱，一点也不像某些人描写的那样：有钱也四分五裂，无钱也四分五裂。这是充满人性的道德。

看一看 Dagmar 小姐的外祖母，她脸上慈祥的笑容就足以说明：这儿有连我们东方人也赞叹不已的道德。

其次，在 Frankfurt 火车站，Werner 先生一面解释和我们相遇纯属"偶然"，一面又拿出事先准备好的礼品分赠大家。先生，幸亏您在铁道部门有一份理想的工作，您如果改行去当演员，那前景势必令人担心，因为您实在太缺少表演天才了，然而，没有这种所谓表演天才，正说明您有道德。

还有，Werner 先生路上两次主动向修女布施，那目光的赤诚，感情的神圣而又自然的流露，同样是一种道德，基督教徒的道德。

再者，你们全家和邻里之间的关系如此融洽，一如出自天性。这，无疑也标志着道德。

你们保持着淳朴的古风，同时又具有现代意识；你们的气质，简直和我们中国的好人们并无差别。

正是从这一点感受出发，我认为，我们那儿有人一说资本主义便是非盗即娼，多么片面；正如你们这儿有人一说社会主义便是非鬼即妖，充满偏见一样。只要是诚实的人，人心便可以相互沟通，便可以找到共同语言。

我十分高兴我自己提高了这一实事求是的觉悟。这样一个文明家庭，赞成并且鼓励自己的女孩儿去学习深奥古怪的象形文字，难道不是理所当然的吗？（欢笑）

我真诚地希望，有朝一日，Dagmar 小姐会成为无可挑剔的"中国通"，成为权威的汉学家。尽管，在我们前一段访问活动中，Dagmar 小姐的文字翻译工作已经做得相当出色了。

祝酒词不是竞选演说，不宜太长！就是竞选演说，太长了，也会把选民吓跑。（欢笑）因此，到了采取祝酒的实际行动的时候了。为 Gertrud Ricke 夫人的长寿，为 Gerlinde 女士和 Werner 先生的健康，为未来的足球明星小 Dirk，为比姐姐抢先出阁的漂亮妹妹 Petra，干杯！（欢笑）

Dagmar 小姐，不是我粗暴无礼，不向您敬酒，而是有意留下一口，等待您去中国和我们重逢时再喝。你同意吗？我想，你应该同意的。（欢笑）

关于丁玲女士

丁玲女士是中国人民敬爱的作家。她的不幸逝世，是中国人民的重大损失。丁玲女士不仅仅是一位成就卓著的小说家，而且是一位英勇不屈的革命战士。她的一生,历尽坎坷,可以说是一部中国现代史的缩影。她坐过国民党政权的监狱。关于这一段苦难经历,刚刚公开发表的她的遗作《魍魉世界》,有着忠实的记录。全国解放以后,由于种种因素的交互作用,在我们国家,极"左"思潮形成了一股长时期居统治地位的政治力量,知识分子,包括一大批有头脑,有才华的作家、艺术家,遭受了可怕的迫害,丁玲女士也是首当其冲的一个,直到一九七九年才得以宣告恢复名誉。

丁玲女士胸怀坦荡,目光坚定,历来以人民的长远利益为重,表现了一个共产党员的高尚品德。丁玲女士数十年如一日,坚持表现劳动群众的生活,这是有数百万字的作品为证的。她的创作手法是现实主义的。不过,她近年主编的大型刊物《中国》,又经常以大量篇幅,发表模仿西方现代主义、后现代主义和超现实主义的诗歌、小说。这个貌似矛盾的现象,只能有一种解释:丁玲女士有着令人钦佩的宽容精神,她是主张"百花齐放"的。

丁玲女士一生,创作了许多短篇小说和长篇小说,理论文章、随笔和杂文。这是一笔珍贵的遗产,诚如联邦德国的朋友所说的,理当出版一部全集,作为永久的纪念。据我所知,她的丈夫陈明先生正在着手编纂。诸位因丁玲女士的永远离去而表示的痛惜之情,我将负责向其亲属转达。在这里,我愿以全体中国作家的名义,向诸位敬表谢意。

1987年4月4日下午 汉诺威

关于选择自由

感谢这位女士的坦率,她告诉我们,她是怎样离开民主德国来到联邦德国的。她认为,经过了多年的比较,她觉得她的选择是正确的,因为她投奔了自由。她说,联邦德国的生活远比民主德国好。

对此,我无权发表评论。人各有志。我只能表示,尊重这位女士的选择。

我以为,每个人都只能自己对自己负责。

我们中国和两个德国都保持着良好关系。这个世界上,出现了两个德国,完全是近代特殊政治原因造成的暂时历史现象。我个人确信,德意志民族当然是一个整体。今后的历史怎么写下去,是德国人民的事情,外人不得干预。

就我们中国作家代表团来说,来到联邦德国访问是头一回,了解极其肤浅;至于民主德国,我们根本不曾去过,没有发言权。因此,无论我们得出与这位女士相同的结论或者不同的结论,都是十分轻率的和没有任何价值的。

1987 年 4 月 4 日下午　汉诺威

关于诺贝尔文学奖

诺贝尔文学奖,我们承认它有一定的权威性。不过,一种长期处于人种和政治偏见——也许是不自觉的——影响之下的权威性,很难真正立足于公正、实事求是和一视同仁,从而很难让人完全信服和永远信服。我们高兴地注意到,面对着各国(其中有不少是白种人的国家),有识之士的强烈呼吁,诺贝尔文学奖越来越不遗忘欧洲以外的广阔天地了。至于中国,既然鲁迅先生,作为数亿人口的民族魂精神领袖,反对封建暴政的人道主义斗士,揭露帝国主义侵略阴谋、保卫世界和平的重要代表人物,没有获奖,早已成了历史的遗憾,那么,我希望,不要再留下新的遗憾了。比如,我就觉得,我们的文学巨匠巴金先生,沈从文先生,我们的大诗人艾青先生,都理当被提名,也许其中有一位可以入选。但是,这毕竟是诺贝尔文学奖评选委员们的事情,外人是不便说三道四的。

1987 年 4 月 6 日夜晚　汉诺威

关于刘宾雁先生

请允许我暂时离开中国作家代表团团长的身份,以我个人的名义,来回答关于刘宾雁先生的问题。

刘宾雁先生和我是好朋友。我们的友谊是在命运的风暴中凝结起来的,迄今已有三十年。一个人的一生,没有几个三十年,因此,诸位不难想象,这一友谊对我和对刘宾雁先生,是何等的珍贵。

对于最近落在刘宾雁先生头上的事,我感到很难过。不过,这种情形,对他而言,已经不是第一次了。这一点诸位是了解的。

同样,诸位也知道,在我们中国,报纸上,广播里,会议中,每天都在反复重申一句话:共产党员,在政治上必须和党中央保持一致。这是一条铁的纪律。我坦率地告诉大家,我是中国共产党党员,我得遵守组织的决定。

这次离开北京时,我没有见到刘宾雁先生,但是,我听看见过他的人说,他身体健康,情绪也平稳,最近还出席了一次舞会,受到数百名在场者的热烈鼓掌欢迎。外边关于他的种种传言,纯属猜测之词。

刘宾雁先生依旧是中国作家协会副主席,他是在中国作家协会第四次代表大会上,通过无记名投票当选的,完全合法的。得票数仅次于巴金先生,这个数目字足以说明,他在中国作家中是深得人心的。如今,他不能当记者了,他还可以当作家。

我个人认为,刘宾雁先生在中国文学史上占有的一页,是任谁也撕不掉的。而且我相信,用不了太久,刘宾雁先生的名字将会重新出现在中国的报刊上,今天的中国到底不是三十年前的中国了。

我注意到提问的先生刚才提供的背景材料:刘宾雁先生来过联邦德国,在公众中留下了良好的印象。先生并且说,德国人普遍相信,他是一位爱国者。我想,也许正是这种回忆和评价,使得我们的会场气氛一下子由生动活泼变为鸦雀无声。我理解诸位此时此刻的心情,诸位心中充满了对中国的爱,也许,还有忧虑。如果我的判断不错,那么,我是否可以提出一个要求,请今天夜晚聚会在这儿的将近二百位之多的女士们和先生们授权予我,让我给刘宾雁先生带去联邦德国朋友们的关切之情!(长时间的热烈鼓掌、欢呼)

1987年4月6日夜晚 汉诺威

关于遇罗锦女士

遇罗锦女士在来到联邦德国以前的种种表现,已是尽人皆知,我想,没有必要再加评论。

我个人认为,就严格的意义上讲,遇罗锦女士从来就不是真正的作家,她写的《童话》《求索》等等,之所以引起轰动,不过是中国的特殊政治气候造成的,也许这也可以叫作"因祸得福"吧。

她最初写的一篇纪实文学作品倒真的相当动人,可惜,很少有人注意到它。这篇作品的标题叫作:《乾坤特重我头轻》,是回忆和怀念她的哥哥遇罗克先生的。遇罗克先生是"文革"中最早遭到极"左"势力屠杀的牺牲者之一,是中国人民引为骄傲的好儿子。而回过头来对比遇罗锦女士今天的所作所为,只能被认为是对烈士的嘲弄。

1987年4月6日夜晚 汉诺威

关于中德(联邦)文化交流的不平衡

我觉得,中国和联邦德国两国间的文化交流,存在着一种类似贸易逆差的现象。我们中国的输入大于输出。我们对德国朋友的情况比较熟悉,而德国朋友对我们的情况却比较陌生。这种不平衡，在当代文学领域中，表现得尤其明显。双方知名作家、重要作品的相互介绍完全不成比例。当然，我们的汉语语言文字难度大，不易切实掌握，这是问题的一个方面。而贵国本来为数不多的汉学家，又似乎一贯偏爱我们古代的经典作家，这是否也算一个原因？不过，我们高兴地发现，这一习惯趋势已经有所扭转，尽管还远远跟不上形势发展的需要。

举个眼前的例子。赵长天先生描写人与自然搏斗，描写普遍人性的小说《天嚣》，朗诵以后，我们听到一些好的反应；但也有人说：中国居然还有不搞政治宣传的作品！言下之意，感到相当惊讶。这，就透露出某些联邦德国读者对改革中的中国是多么缺乏了解。其实，中国作家并不都甘心情愿充当说教机器；假如对今日中国文坛的深刻变化略有所知，就不会感到意外了。

要想了解中国文学界的真实情况，通过新闻媒介的途径，固然重要，但是，更重要的是通过作家与作家的促膝谈心，交朋友，通信。从公开的报纸消息中，你可以了解到有哪几部作品获奖；然而，从小范围的即私人的对话中，你却可以了解到还有哪几部作品虽然没有获奖，实际上却不失为优秀之作。长篇小说《天堂之门》，就是这样一部深受读者欢迎的作品，它吸收了不少西方表现技法。我曾经设想过，假如把它翻译成德文或者英文、法文，说不定会有更好的效果。

我们中国有不少专门介绍外国文学成就的刊物，其中，像《世界文学》和《外国文艺》这样影响很大的杂志，就经常介绍联邦德国至今健在的诗人、作家、评论家的代表作和有争议之作，特别注重说明他们所从属的流派，指出作品所体现的思潮。我们知道你们的 Sigrid Brunk 和 Deter Sehneider，你们知道不知道我们的李锐和矫健呢？

1987 年 4 月 8 日下午 哥廷根

关于《古船》

安诺尔德先生,刚才我曾经对您和您的朋友提到过我们没有评上奖的优秀长篇《天堂之门》,现在,我愿意再推荐新近一出现便立刻受到热烈欢迎的另外一部长篇——青年作家张炜写的《古船》。

的确,我个人对《古船》的评价是非常高的。《古船》使我体验了前所未有的激动。我认为,这是迄今为止我所接触到的反映变革阵痛中的十亿人生活真实面貌的杰作,它超过了《天堂之门》,也超过了另外几部获得好评的作品。它不仅展示了中国的改革,更重要的是透视了改革的中国。从平面上看去,它像一幅构图宏伟的画卷,然而,它的每一个细部又都有各自的纵深。为此,我建议,一切关心中国的外国人,一切生活在外国的中国人,都应该认真读一读它;对于打开中国被迫锁闭已久的心灵,即所谓东方的神秘主义,它实在是一柄可靠的钥匙。

《古船》,其实干脆不如叫作古国,或者古大陆。那条在疏浚河床的工程中被发掘出来的古船,无疑是存在于作家头脑中的一个意象。这个意象与念念不忘古船的光荣历史的隋不召——一个先知与疯魔的混合体——结合在一起,便构成了十分可怕的象征:古船应该启碇扬帆,否则,它将因风化而迅速解体;可是,假如它就像目前这个样子去远航,等待着它的将是再一次的倾覆。作家在这里提出了一个无法回避的问题,很尖锐,很棘手。

于是,这本书的每一个字都严厉地抨击了直到今天仍旧约束着中国人民心智和中国政治体制的封建势力。在这本书里,这股势力的代表是赵炳,由于他在观念上俨然是国家的化身,连他的对手也不得不自觉惶恐,因而每当抵制他的不正确决定时,都会产生一种犯罪感。

为了帮助您,安诺尔德先生,充分了解当代中国人的心态,我希望《古船》能驶入您的书库。

有两位主要人物是必须介绍的。他们是两兄弟,隋抱朴和隋见素。仅仅凭这两个名字,对于偏爱《易经》的德国智识阶层,想必也会产生一股强大的吸引力。何况,在他们身上还不只是揭示了道家思想对中国民族文化心理的渗透,同时也揭示了儒家思想在中国民族文化心理中的积淀。我甚至还感觉到,除了道家和儒家的无形力量外,还表现了经过中国改造过的——这也许可以算是有中国特色的吧——佛教教义的力量。什么叫儒道释合流?《古船》为您提供了形象生动的答案。当然,在强调阶级斗争的历史阶段,往往它又会披上一层完全实用主义化了的马克思学说的外衣。因此,在昨天的土地改革中,在今天的承包经营中,赵炳、赵多多都可以用革命的名义进行家族统治。同样的,隋抱朴屡次三番专心致志地研究《共产党宣言》,就完全没有半点荒诞虚妄的意味了。顺便说一句,隋抱朴不但是用赎罪的心情去解释《共产党宣言》,而且是以一种出自《易经》的天道运变而又何妨超脱的眼光来接受《共产党宣言》的。单就这一情节而言,我觉得,就足以刺激西方读者的好奇心了。

在我们中国,我听到过一种私下的议论,隋抱朴和隋见素,似乎是一个双面人。前者侧重出世,后者侧重入世;这一对矛盾对立而又互补,本来就是几千年来造成中国知识分子无限苦恼的孽根。

古船只适用于三百多年前郑和下西洋的时代,即使那时,它也不幸沉入了水底;我们今天要走向世界,就必须造新船,不但船上的一切装备要现代化,而且,从船长到水手,每一个人的头脑都要现代化。这,便是《古船》的深刻启示。

此外,还有两点超出小说本身的重要结论,不可不提:其一是它打破了青年作家写不出有历史感的大作品的陈腐见解;其二是把那种在中国相当流行的一定要和重大事件保持远距离的理论当作放之四海而皆准的真理,原来也有很大的片面性。

1987年4月8日下午 哥廷根

关于台湾的"阿城热"

台湾当局一直顽固地反对实行"三通",却容忍了对阿城先生的作品《棋王》的全文转载,并且容忍了由此而掀起的一股所谓的阿城热。这件事本身首先就大可玩味。

台湾不少评论家鼓吹《棋王》中表现了"道家思想",有的恐怕是出于他们固有的唯心主义哲学观念,以为找到了大陆上的"知音";有的恐怕是"借酒浇愁",发泄自己对台湾当局僵硬统治的不满情绪,有的恐怕还有其他考虑。

其实,依我之见,阿城先生只不过是如实地描写了一种相当普遍的社会文化心理,王一生的"虚静"避世,正好反映了时代的横逆骚乱。在一定的意义上,王一生的这种心理,也正是酿成"文化大革命"的最深刻的思想根源之一。而这种思想根源得不到彻底的清算和剪除,又必将成为下一轮横逆骚乱的祸根。王一生的悲剧在这里,中国知识分子的悲剧和中国民族的悲剧,也在这里。

阿城先生将古华先生的名著《芙蓉镇》改编为电影,影片业已完成,但是阻力不小。我离开北京的时候,听到了不少关于这部电影的传说。是否能顺利放映,引起了普遍的关注。所有的传说归结到一点,就是阿城先生改编得非常成功,不仅忠实于原著,而且忠实于人民。而这样的好作品,在我们那儿照例是要引起某些人的不安的。

阿城先生是中国新一代独立行事的青年作家中的佼佼者。我只认识他去世不久的父亲,著名的电影评论家钟惦棐先生,却不认识他本人,由于他父亲在一九五七年的遭遇和他自身在"文化大革命"中的经历,我深信,他之所以塑造王一生这个人物,绝不像台湾的某些先生所断言的,目的在于召唤人们回到老子主张的弃圣绝智的世界去。他的良心不允许他那样做。我认为,正好相反，阿城先生和绝大多数中国作家一样，热切追求的是改造中国的国民素质，恢复人的尊严，从而实现更多一点社会主义、更多一点民主的历史性要求。

1987年4月12日中午 波恩

坛外说酒

祖光兄受中国酒文化协会的委托,主编一本"关于酒的文集",约稿信竟然递到了我的手上,实在不胜惶恐之至。文学界的朋友们大抵都风闻过,我是一个不会喝酒偏要吟诗的冒牌诗人,虽说如今已属耳顺之年,记得清楚的所谓豪饮,一辈子才不过两次:一次是一九五七年被强行"加冕"之日,心中苦闷,曾经默默地自斟自饮过满满一大盅;另一次是一九七九年,在云南前线某军军部,向风尘千里将庆功酒送上火线的黄南翼烈士的父母敬了一小杯,但这也似乎说不上什么欢乐。至于其他婚嫁喜庆、出国宴会等场合,一应都是仅仅抿上一口,意思意思而已。以上说的,自然都是指的酒中正宗;这些年来我逐渐表现的颇为英勇的葡萄酒、猕猴桃酒,乃至据说根本不配称作酒的啤酒,是只能笑掉酒林豪杰们的大牙的。

提起喝白酒的光荣历史,连带又回忆起酒入诗文的历史来;巧得很,也只有两次:一次是上边说过的,由于亲眼看见黄南翼牺牲后,他的白发双亲为了实践独生子生前的心愿,从四川携带两大箱泸州大曲赶赴中越边境慰问部队的感人事迹,写了一篇《酒的怀念》,此文后被收入《中国新文艺大系》散文卷。另一篇是诗,题名《我喝到了当天生产的啤酒》,定稿日期虽是一九八四年六月十一号,地点在烟台,内容却说的是三天之前参观青岛啤酒厂的难忘印象。

大家看,寥寥数语,便概括了我与酒的全部因缘,何其寒碜!

不过,也许正因为自己不省个中三昧,反倒带着钦慕的眼光,留心起青史留名的饮者们的趣闻轶事与豪言悲歌来。

我问过不少博闻强记而又度过壶中日月的前辈和同辈:世上第一个酿酒的人究竟是谁?他们告诉我:中国的答案是,"古者,仪狄作酒醪,禹尝而美,遂疏仪狄、杜康作秫酒"(《说文》)。西方的答案是,希腊神话人物狄俄尼索斯(Dionysus),即罗马神话人物巴克科斯(Bacckus),是用葡萄酿酒的首创者。他们进而指出,要我不可忽略了这原料选择方面的文章,中国用的是粮食,西方用的是果品,这说明,酒里面也有中西文化之比较,而且是打老祖宗那儿就开始存在着区别的。

我却是一个专爱"打破砂锅璺(问)到底"的书呆子。于是,我又追问:仪狄是夏王朝初期的人,杜康是夏的第六代国王,开国之君大禹再神通,怎么可能命令那来不及见面的玄玄孙主持酒政?这一问,对方答不上来了。"反正是杜康!曹操也是这么说的!"

没错,自从曹操的名句一出,酒的发明权便在国家专利局登记落实了。

"何以解忧?唯有杜康。"

姑妄听之。

然而,我又感到从包涵这两个诗句的《短歌行》中,通篇都散发着一阵阵沉重的悲凉意味,不由自主地转而怀疑,这杜康到底能不能解忧了。

众所周知,李白是颇有传奇色彩的善饮者,别人描写他:"天子呼来不上船,自称臣是酒中仙。"我以为,这只能作为参考消息,我们还是应该尊重他本人的自白:"但愿长醉不复醒。"仔细想想,别人的感慨和本人的感慨到底是不一样的。为什么不愿复醒?"古来圣贤皆寂寞",一旦醒来,就立刻有多少糟心的事儿无法排遣!问题在于,毕竟无法长醉,即便是像阮籍那样猛灌,尽管造成了一连几个月糊里糊涂的不良社会效果,终归还得醒来,面对现实,无可奈何写他的发牢骚、说梦话的咏怀诗去。正是因为李白切实了解这一点,才有"但愿"一说。但愿长醉而不能长醉,不愿复醒而只好复醒,自古至今,一切买醉消愁者的最大遗憾,莫过于斯。何况,酒价竞涨,买醉是要钱的,有那么多钱么?

说来说去,毛病是出在一个"忧"字上。知识分子(阮籍、李白等等,无疑都是那个时代的知识分子)喜欢自作多情,自诩忧国忧民,殊不知在司马氏和李氏眼中,你压根儿就没有"忧"的资格!什么忧国忧民?扰国扰民罢了;既然属于妨碍安定团结的言行,合当取缔。

记得"文革"期间,我第二次被罚劳动改造,在晋北的一个高寒山区种了五年地,一九七三年才通知我去县文化馆"打杂";真够杂的了,从改稿,编演唱材料,下乡辅导群众文化活动,到接电话,掏炉渣,扫院子,看大门……眼看着"四人帮"倒行逆施,我又贱性不改,忧从中来,便在那由茅厕填平而后改为寝室的门口,栽上几株金针——本地同志管它叫黄花菜——口头上说我不过是想尝尝鲜,改善一下生活,其实,心里别有寄托,古人有言:"萱草可以忘忧"嘛。

其结果可想而知,"忧"并不曾真的被"忘"掉。

这些年,倒自觉略有长进,想开了,也悟透了,遇事能超脱一些了。当怪事扑面而来的时候,渐渐能做到见怪不怪了。举例言之,有一段时间,我所在的大院里,多有收购酒瓶子的人出入,他们真正服务到家,每每拍门询问:"有茅台瓷瓶没有?"茅台瓷瓶,倘若商标完好,居然可以卖八元一只,起初着实大吃一惊,后来,假酒案发,也便释然,苦笑了之。下八元的血本收购茅台空瓶,也算得二十世纪八十年代中国酒文化史中的一个有趣细节吧,是不能不记上一笔的。

按照中国古代传下来的舆象图,天上是有一颗酒星的,唯愿我下辈子活在酒星上,不当这乌七八糟的地球草民,那时再写这类文字,就肯定有酒气了。谢谢祖光兄,告罪告罪。

> 1987年12月1—3日,时报载寒流已过,将逐渐回暖,但事实上依旧冷得邪乎。合肥

孽　　缘
——我和杂文的一段亲情

一九四九年以前，无论是在内地还是在香港，无论是在当学生还是干革命，我所写的东西主要是杂文。如果不是七斗八斗，把全部的剪报资料弄得荡然无存，那是足可以编上一厚本书的。自然，那些文字统统指向了国民党的暴虐统治；其间，也有写诗（写小说，写评论）的时候，但那锋芒同样是为了刺穿黑暗。

回忆起来倒真的颇为有趣，一九四六年，第一次使用公刘这个笔名，就是一篇杂文。这，也许算得上是个人文学生涯中的一点纪念吧。

解放了，我和许多同志一样，万分虔诚地奉《在延安文艺座谈会上的讲话》为圭臬，确信"杂文时代""鲁迅笔法"和旧中国一道，从此一去不复返了。于是，我把精力集中于诗。可叹的是，所谓的诗，说穿了等于颂歌。诗三百，风、雅、颂，按形式区分，丢掉了三分之二，就生命力考察，却丢掉了百分之九十。

然而，纵使如此，也逃不脱一九五七年这一关。早在"大鸣大放拆墙填沟"之前，一次党支部扩大会上，我正面理解了支部书记的鼓励，谈了两条：一条是胡风一案，使我更懂得了中国历史——例如，什么叫文字狱，什么叫瓜蔓抄；另一条是人道主义，马克思主义既是最高等级的人道主义，因而有更多的一点人道主义，本属新社会题中应有之义——只有蒋介石反动派才不讲人道。大概这一番发言太像杂文了吧，一篇并未形诸笔墨的杂文；半年以后，三封急电将我从敦煌召回北京，举行"加冕"典礼，而且大小报刊、长短檄文，宣告天下:公刘的所有的颂词(包括诗和小说)一概不是"心中的歌",而是"舌头上的歌"。一登黑榜,便是二十一年。

二十一年,沉沉大梦,一朝唤醒,才猛然惊觉:原来此身犹在"杂文时代",街谈巷议,全属"鲁迅笔法"!

但是,人们已经习惯于把我称作诗人了,诗人就诗人吧,诗,难道就不能鞭打假、恶、丑么?我寻思,只要自己不再冒傻气,不再迷信,不再自欺欺人,写那些新《周颂》、新《商颂》和新《鲁颂》,我相信,我的诗会比二十世纪五十年代拥有更大的读者群。

同时,我也再度写开了杂文,尽管,限于精力,写得很少。今天,我愿当众交代自己的思想:杂文大有可为,虽则这本身很令人悲哀。就我个人而言,假如那悬在头顶上等待着我的是别一顶达摩克里斯之剑式的什么帽子,我也得"死"个清楚明白;众人知道我说了他们想说的真话,"死"而无憾。

我生活中的最大乐趣之一,便是一遍又一遍地读鲁迅。越读得仔细,越觉得这个倔老头子伟大。去年我专程去了一趟绍兴,看了看咸亨酒店,凭吊过百草园,还在三味书屋门前摄影留念。有了这点经历,一方面固然了却平生大愿,另一方面却感慨更深更痛了;集中到一点,就是:假如鲁迅先生还活着……

产生这样的设想,应该说,是非常自然的。"位卑不敢忘忧国",根本不是什么反共,或者丧失了对社会主义的信心。这使我又联想起一桩近事。三四年前吧,《人民日报》的《大地》副刊上,发表了一首小诗,题曰:《假如他还活着》①。不料某位大人物看后,竟勃然震怒,下令追究:是否什么坏人化名所为? 如果不是化名,又有何种背景? 查来查去,原来作者系浙江省的一位普通教师。此人既未搞过"精神污染",也不曾鼓吹"资产阶级自由化";即便三代之上的先人与地主阶级有些瓜葛,无奈时至今日,血统论早吃不开了,至于海外关系,拐弯抹角总能揪住一星半点,但又不足以治罪,反而会抬高了他的身价……罢罢罢,无处下箸,只好不了了之。

我琢磨,这倒正是一篇好杂文。

不过,我迟迟不曾落笔。原因为何? 不妨从实招供,在下不敢。那位大人物,当时正红得发紫,电视机荧光屏上,三天两头要向观众微笑的。如今虽说已经"退"下去了,为了保险起见,还是不写为妙,谁知道会不会误伤着什么人?

哈哈,杂文!

1988 年 3 月 20 日　合肥

---

① 《假如他还活着——献给敬爱的鲁迅先生》一诗刊于《人民日报》一九八〇年十月二十日,作者为浙江绍兴五中章玉安。全诗如下:"假如他还活着,我不知道/人们对他怎样称呼?/假如他还活着,我不知道/他会怎样向后辈嘱咐?//他也许正身居高位,/但也许——不过是普通一卒。/官高,他不忘甘为孺牛之诺。/位卑,他绝无丝毫奴颜媚骨!//他也许已经得到了种种荣誉,/但也许——才刚刚从狱中放出。/荣誉中,他感受到新的呐喊、彷徨,/监狱里,他会写出新的《准风月谈》《伪自由书》……//他也许不再用那张印花包裹去装他的讲义,/但决不会盛气凌人地昂首阔步,/他也许要出席一些重要会议,/但不会跟着三个警卫,两个秘书。//他也许坐上了现代化的轿车,/但决不用窗帘把路边的一切挡住,/他会把手伸向每一个流浪者,/他要静听读了很多书的待业青年的倾诉……/他也许时时在洒墨讴歌'新的生活',/但也许——正在挥毫针砭时弊痼。他也许有了较多的欢愉和嬉笑,/但也许——正在经历着新的不安与愤怒……"

龙的文章做完以后……

今年是所谓的龙年。在一片乐观而乐观的热闹氛围中,有一个文化——宣传现象引人注目,其特点有二:持续的时间特别长;"全方位"、"多层次",声势特别大。早在元旦前后,几乎所有的舆论工具便都动员起来,为龙年的降临大忙特忙了。除了按照惯例,发行一套龙年邮票,同时,理所当然地大耍龙灯外,谈龙、逗龙、捧龙(相声)、书龙、画龙、雕龙(包括冰雕)、唱龙、演龙、跳龙、放龙(风筝),有的地方大办龙年旅游,有的地方大摆龙年酒宴,有的地方争相邀请生肖属龙的社会名流发表祷词。有一家面向海外"龙的传人"的大报,干脆初一、初二接连两天都以三个整版的篇幅猛辟专栏,无一字与龙无关……真是猗欤盛哉,前不见古人,恐怕也后不见来者了。流风所及,不仅民间翻出了陈年古董,一传十、十传百地说什么"龙年生龙子",弄得不少青年男女突击结婚,纷纷以突破计划生育指标的实际行动共襄盛举,而且连"老外"也跑来凑趣,搞什么雪铁龙高级小轿车拉力赛,美其名曰:"龙征"。十二生肖中,最妙的莫过于龙。因为,其他十一种皆可按图索骥,得现本相。唯独这个龙,云遮雾罩,虚无缥缈,其最高境界是"见首不见尾",骗术之高明实臻于珠穆朗玛。龙在哪儿?有人说:"见龙在田"(《易》)。似乎应该去旷野中寻访。但,同一部经典又说:"飞龙在天",仿佛又该追踪九霄云外才对。许慎另辟蹊径,言之凿凿,"春分而登天,秋分而潜渊"(《说文解字》),由此观之,其为海空两栖作战部队是无疑的了。然而,自从诗人刘禹锡写下脍炙人口的《陋室铭》以后,龙与江河湖潭的依存关系,又变得断然不容否认:"水不在深,有龙则灵"嘛;无奈民间历来认定祭祀火龙祝融,就是孝敬火神菩萨,果真若此,谁说水火不相容是绝对真理呢?

总之是:玄。

两个多月来,我能接触到的报章杂志,只要载有"龙"文"龙"讯,我一概仔细拜读。有些属于学术探讨性质的文字,态度严肃,立论郑重,有从蛇说,从蟒说,从猪说,从马说,从鱼说,从鳄说……见仁见智,百家争鸣,倒也持之有故,言之成理。不过,撇开这一类有分量的笔墨,那么,对不起,我耳边就只剩下一片嘤嘤嗡嗡的"腾飞"之声了。

也许,正由于世上根本没有龙,因此,海客谈瀛洲,信不信由你,谁都可以发挥自己的最大想象力,胡天胡地而不负责任。这倒颇有一点类似我们大家爱听的吉利话,一方面是说了等于没有说,另一方面是说又比不说强——它至少能够起到一点安慰作用。倘或再加上亿万同胞人皆有之的一颗振兴中华的爱国心,自然会于不知不觉之间受到感染而兴奋起来,激动起来,彼此拱手作揖,大声招呼"恭喜发财"了。这,完全可以理解。

然而转念细想,就社会整体而论,就绝大多数人而论,"财"实在还不曾"发",何"喜"之有?!岂不是有"假、大、空"的嫌疑么? 行文至此,笔者也不禁苦笑,不错,假、大、空,这三个字对龙年的一大堆吉利话,委实最最合适不过了。

首先,龙本身就是个莫须有,因而一切有关龙的精骛八极,神游四荒,豪言壮语,宏观奇想,大则大矣,其奈空何? 说穿了,大家都被善良的主观愿望牵着鼻子走,争当了一阵子好龙的叶公,如此而已。还不妨说,正因为先有了假,才大得起来和空得起来;假、大、空的关键和核心在于假。这,似乎也是一条规律:一九五八年如是,十年动乱亦如是。回头看,不免感到可笑,对不对? 然则可笑还仅仅是小焉者,更有可怕的病根埋在骨子里,不曾暴露,这就是封建遗毒。

猛然间想起《闻一多全集》中有一篇题名《龙凤》的论文,查到了我要求教的话:"……龙是原始夏人的图腾,凤是原始殷人的图腾,(我说原始夏人和原始殷人,是因为夏殷两个朝代,已经离开图腾文化时期很远,而所谓图腾者,乃是远在夏代和殷代以前的夏人和殷人的一种制度兼信仰。)因之把龙凤当作我们民族发祥和文化肇瑞的象征,可以说是再恰当没有了。若有人愿意专就这点着眼,而想借'龙凤'二字来提高民族意识和情绪,那倒无可厚非。可惜这层历史社会学的意义在一般中国人心目中并不存在,而'龙凤'给一般人所引起的联想则分明是另一种东西。"那么,是什么东西呢?听,一多先生毫不含糊地指斥了:"图腾式的民族社会早已变成了国家,而封建王国又早已变成了大一统的帝国。这时一个图腾生物已经不是全体族员的共同祖先,而只是最高统治者一姓的祖先,所以我们记忆中的龙凤只是帝王与后妃的符瑞,和他们及她们宫室与舆服的装饰'母题',一言以蔽之,它们只是'帝德'与'天威'的标记。有了一姓便对应的产生了百姓,一姓的尊荣,便天然的决定了百姓的苦难。你记得复辟与龙旗的不可分离性,你便会原谅我看见'龙凤'二字而不禁怵目惊心的苦衷了。"诚哉斯言!堪称一针见血!

固然,帝制早已崩溃,不但"民国"了三十八年。更进入了"共和"时代,但"龙"是否从此便改恶从善,降属人民了呢?马克思曾经发表过内容如下的精辟见解,依附于某种社会—经济结构的意识形态,它有自己相对的稳定性,不会因该社会—经济结构的瓦解而立刻消亡,对照我们的实际情况,说"龙"已回归人民,重新成为全民族每一成员的共同图腾的结论,尤其不宜做得太早。君不见,曾几何时,神州大地上还有根深蒂固、登峰造极的个人崇拜么?更不必说那乌烟瘴气、肆无忌惮的"红都女皇"了。倘或我们大喊一声:殷鉴不远,在夏后之世!我以为,并不为过。再说,党中央关于社会主义精神文明建设的皇皇决议中,也明明强调了与封建主义思想做坚决斗争的重要性。我们的某些同志,何健忘乃尔!

闻一多先生死于国民党特务的无声手枪子弹,忽忽已四十余载矣。这当中发生了多少大事?有包括抗日战争在内的第二次世界大战,有中国人民的解放战争,接着又有土地改革和抗美援朝战争。还有气势磅礴而又筚路蓝缕的社会主义历程,还有自杀性的种种极"左"坎坷……我所不明白的是,为什么时至今日,竟还有那么多的脑袋"进化"到了"龙凤"以前!难道上述的一切都不曾留下丝毫印记?莫非在时间的长河中,压根儿并不存在过这几十度春秋?

惶惑之余,我同时另外找些令人清醒的材料来读,以排解心中郁结之气。我读《东方大爆炸》,我读《伐木者,醒来!》,前者告诉我:中国的人口是怎么膨胀起来的?后者告诉我:中国的森林是怎么消失下去的?一增一减,两头失控,又引起了什么样的连锁反应?衣、食、住、行,生态、环境、沙、水,进而至于民族素质,痴呆人、低能儿、文盲,并旁及"发财"之后怎么"用财",是否可以听任大量耕地耗费于盖庙、修坟之类的"新"问题。还有一篇外国人写的文章,不可不读,这就是刊于今年二月一日某报的《瑞士著名经济学家林德谈中国改革》。俗云:当局者迷,旁观者清。我感到,这位瑞士朋友的善意建议中的确不乏值得全体中国人深长思之的见解。

这三篇文章,集中到一点,即:我们的处境大有希望,却也危机四伏;我们在发展,但似乎又陷入了经济—文化互为负面作用的"怪圈"。怎么走出这个"怪圈"?依我之愚见,还是多一点民主,多一点科学,多一点盛世危言的好。反正,我不赞成让我们的国家在花团锦簇的"水龙吟"颂歌声中重新昏昏睡去。

"……万一非给这个民族选定一个象征性的生物不可,那就还是狮子吧,我说还是选定那能够怒吼的狮子吧,如其他不再太贪睡的话。"这不是我的话,这依旧是闻一多先生在同一篇论文中的结束语——最后的规劝。

这一回,龙年的文章该当是做得足足的了,对于某些人来说,大概是很过瘾的吧。将来,还能不能再做下去呢?十二年一轮,等到下一个龙年,恰逢二十一世纪的门槛。我们到底应该怎么办?面对一百余年苦难深重的祖国,我们是伸手帮忙呢还是卖嘴"帮闲"?是埋头实干呢还是做应景八股?或者,届时再支吾一通交差了事,甚而至于"国家事,管他娘,搓搓麻将"呢?十二年的时间,一晃便过,你,我,他,铃一响都得交卷的。

1988年3月24日　合肥

"气球"被谁收起来了?

一点说明

下面这篇文章,本来是《新观察》的约稿,岂料生不逢辰,邮到之日,恰逢中国大地上掀起了一场轰轰烈烈的"反对资产阶级自由化斗争",前后持续约有半年之久,而《新观察》据说恰好是主要的整肃对象之一。因之,为了少添麻烦,此文也就被编者藏入箧笥了。虽经屡次三番探问,答复却是一个:"再等一等",迄今不愿归还手稿。至于等的什么,我想,大家心里明白,就无须点破了。

《艺术界》创刊,主持人索文甚急,偏赶上这一阵正忙于别的杂务,一时难以交卷。愁急无奈间,忽见《文汇》四月号上刊出了好友王元化同志的论文《论样板戏及其他》,立即拜读。王文立论严谨,磅礴凛然,深得我心,固非我的肤浅粗疏所能攀比;但毕竟触动了我,使我联想到自己还有一份有关"样板戏"的杂感的底稿,何不检出,以解燃眉之急,同时表示对元化的一点声援?

蒙《艺术界》不弃,欣然接受这一则一字未易的旧话。究其实,旧话并不旧,君不见,"样板戏"不还在改头换面地通过各种渠道继续"革命"么?这,当然是有其深刻的社会——政治原因的。

考虑到《新观察》始终保留着拙作,始终在"等",我却不等了,理当向《新观察》告罪。

毫无疑问,文责自负,有什么棍子,尽管打来好了,我不会逃也逃不掉的。

记于一年另三个月又二十天之后即1988年4月17日合肥

前不久,"革命样板戏"又颇为"革命"了一阵子,吓得巴金老人半夜里梦见自己再度进了"牛棚"。许多人写文章,或者表示义愤,或者表示忧虑。《羊城晚报》上登了一段很可能为读者忽略的文字,最直截了当地传达了普通老百姓的疑问:"是不是江青平反了?"简简单单八个字,却把亿万惊弓之鸟极端敏感的心理状态,表述得淋漓尽致。当然,也有坚持"在无产阶级专政条件下继续革命"的同志,他们虽然远不像从前那么气吞河岳了,可照旧挖空心思,曲曲折折地为了这块须臾不可或缺的通灵宝玉辩护。仔细拜读之余,似乎不妨归纳为两条:第一条是:"样板戏"无一不是集体创作的成果,功劳理当记在群众的账上,谁要说它是江青的"阴谋文艺",谁就是替江青涂脂抹粉。能这样振振有词者,非猪八戒先生的高足莫属,"倒打一耙",不假!至于第二条理由,调门儿却和第一条相反,完全没有了火药味,倒是从如今流行的文艺理论中,汲取了"淡化"的灵感,客观,超脱,高雅,而且名士派十足,他们拿出全然是"票友"内行的口吻开导群氓:"从艺术上看,还是可取的。"与之同时,配合以北京某大学组织年纪二十郎当,没有下过炼狱的青年观看样板戏电影,卖座率竟高达九成,从而得出了"绝大多数观众对'样板戏'的唱腔和形式都能接受"的结论。如此一来,"样板戏"就仿佛本来还是可以"万岁"的了,可惜,因为……所以……非常不幸,苦心经营的小小一番回潮,前后不过表演了十几天。

当时,我不想将个人的管见形诸笔墨,尽管思绪纷繁,心潮起伏。首先,我想起了那些年卖力鼓吹的所谓"旗手"要"呕心沥血""创造十大样板戏"流芳百世的传闻,以及各地的"写作班子"之间,为了填补所剩无几的名次而进行的绝对保密的激烈竞争;我也想起了被"四人帮"选中了的少数"笔杆子",还有他们那种洋洋复惴惴,"一则以喜,一则以忧"的精神状态;我也想起了有那么一位刚被造反派"结合"进去的剧作家,为了力争在某"样板戏"中捞取一股原始份额而四处奔波,终于悻悻然归来的经过。"文革"十年,我一直待在山西,因之,我更不能不想起那轰动一时的所谓刘少奇复辟大案——《三上桃峰》事件。关于《三上桃峰》的始末,我觉得,实在应当编成一部历史教科书,如果全体知情人都能够不任良知泯灭而又真诚忏悔的话。仅就我这么一个局外人耳闻目睹所及,就知道有多少戏中戏、戏外戏啊!喜剧、悲剧、闹剧、丑剧,色色俱全。自然,等到省、地、县、社纷纷召开电话会议,传达江青的"指示"录音,并且于一夜之间,把"向江青同志学习!向江青同志致敬!"的巨幅标语,一直贴遍穷乡僻壤(每一个生产队!)的土墙,整个事件便达到了大幕徐徐降落之前的最高潮,真所谓猗欤盛哉!除此而外,千万还不可遗漏了那个以普及"样板戏"代替种地打粮食的小靳庄。小靳庄,也确乎是一具怪胎,值得单独撰写一部解剖学专著。

　　上述种种,诚然都足以使人悲从中来,感慨万端,然而,我苦苦思索而不得其解的,反而是一个外观既与这些全无瓜葛,内视也似乎风马牛不相及的命题:"样板戏"与社会主义精神文明究竟有何联系?

　　一个事实令人怵目,"样板戏"大有卷土重来之势的日子,正是《关于社会主义精神文明建设指导方针的决议》数易其稿之时。这时机选择的本身太微妙了,大堪玩味。如果说,这不过是一种偶合,不过是广播电视部门的哪一位具体操作人员一时兴来,放上一段,恐怕连三岁孩童也骗不过。既然,重放"样板戏"的"拍板"人物绝非等闲之辈,那么,他到底想干什么呢?莫非真的天真可爱到了这种程度,以为可以向江青的武库借用兵器剪灭江青的流毒?恕我"以小人之心度君子之腹",我以为,这是想对党中央施加影响,从而达到肯定"样板戏"也是一宗革命传统,亟宜发扬光大的目的,甚至蕴涵犹不止于此,而是冀图通过"样板戏"打开一个缺口,进而翻"彻底否定文化大革命"

的案。

我相信,凡头脑正常的中国人,对此必将嗤之以鼻:白日做梦!

但,白日做梦者自有他的陶醉。

他的陶醉也并非毫无来由。那根据正在于他对中国社会,特别是中国官场的透彻了解与切实把握。

我的住地是某省城。省城,往往是一面非常有趣的镜子,中央台才开始又唱又映"样板戏",我们这儿立刻"闻风而动"也大唱大映起来,据下边来的同志谈,省城这么一动作,县里便心领神会,依样画葫芦了。借用"样板戏"里的一句唱词:"一石击起千层浪",如此这般,一圈圈涟漪扩散,直到十一频道不再出现这类图像了,才渐渐平息。

如何方能保住乌纱帽,进可以攻,退可以守,永远立于不败之地?此中学问,真是大大的有哩。

还有一种严格说来算不得当了什么"官"的,竟也具备了同等的心理效应。谓予不信,举例证之。昨日翻阅刚刚出版的《艺谭》第六期,开卷头条是杂文名家冯英子同志的大作《响应巴老的建议》,其中就谈到了一段不太"往"的"往事":冯应约为上海某报写了一则短文,但一拖再拖,几个月迟迟不见刊出,他正暗自纳闷,忽然遇见约稿的编辑,一问,方知是总编辑要求修改,"不要提'样板戏'",云云。

请看,事情就是这样不容回避。这就是"样板戏"的威力!这就是"四人帮"的幽灵!"红卫兵"算老几?烜赫一时,最后还得当送上祭坛的替罪羊!其"生命力"较之"样板戏",岂可以道里计!"样板戏",正如它在"文化大革命"的当年,曾经作为一种图腾存在过一样,这在"彻底否定文化大革命"的今日,仍归是一滴试剂,就看你做出红色反应还是蓝色反应罢了。

归总一句话,我认为,重放"样板戏"是一只地地道道的政治气球。一来探测人心,二来观察风向,三来——假如可能的话——制造威慑,同时,我也认为,作为江青的宠儿,"样板戏"自诞生之日始,就是中国的土特产——封建法西斯的商标。而就其内容实质而言,它和我们正在缔造的社会主义精神文明,根本是水火不相容的两码事。一个时代有一个时代的道德标准和价值标准,硬要说"样板戏"也是一种精神产品的话,那充其量也不过是精神鸦片而已!

十一月十三日,全国作协四届二次理事会的最后一天,胡耀邦等领导同志愿意接见大家。在去人民大会堂的汽车上,我和《新观察》主编戈扬同志恰好同坐一排,她要求我继续为刊物写一点杂感,我便告以这篇文章的主旨,并且申明:"这可是马后炮,你们让打吗?"她不正面答复,反而颇感兴趣地笑问:"拟了个什么题目?"我说:"《'气球'消失以后……》。"不料她却神色严肃起来,说:"没有消失,只是暂时被某一只手收回去了。"闻此谠论,欣然折服,重改题为《"气球"被谁收起来了?》,如上。

1986年12月7日

铁哥们儿扩大化

写下这个题目,我立刻就仿佛看见了读者惊疑不解的眼神,如同在说:"神经不正常啦?要不,怎么竟把'铁哥们儿'和'扩大化'这样两个彼此八竿子打不着的字眼拉扯到了一块儿?!"

想到这种可能性,连我自己也乐了。得了,咱们还耐心,唠唠嗑吧。

请原谅,我必须倒过来从后半截说起,因为对于"扩大化",我有亲身体验,也许能谈得切实些。

所谓扩大化,当然是一个政治术语。意思是,一场"运动"或者"斗争",本来是百分之百绝对正确的,不幸在"搞"的过程中,出了毛病,有点过火了。好比做饭,有一部分大米给烧煳了,这被烧煳了的一部分,也就是我们大家听得耳朵都起了茧的"学费"——学会做任何事情都必须交付的"最低"代价。再以做饭打比方,有的时候全部烧煳也不是没有可能的。不过,那就很难自称为饭了。至于为什么偏偏烧煳了你而不曾烧煳了他?这好解释,谁叫你贴锅贴得那么亲热,离火离得那么近呀!

不错,咱们中国很古老,"扩大化"这个名词可算不很古老。近年,用得比较频繁而且屡屡见诸文件的,具体都指的是一九五七年的"反右扩大化"。当年被"化"进去的以及不同程度"化"过一阵,或者岌岌乎危哉差一点要"化"掉的,由于可爱的惯性作用,于今似乎都已经渐渐地满不在乎了。至于,那些一门心思并且全力以赴"化"别人的,他们的感觉如何,笔者不敢妄加揣测,万一人家压根儿就没有感觉,那岂不成了栽赃诬陷?!因此,还是只说自己为妥。——尽管也难免不产生"一闪念":这笔画不多的三个方块字,居然教人当了二十二年的"锅巴"!长叹一声,而已而已;所幸叹气尚不犯法,不必瞻前顾后也。

据我听到过的传达,"右派"总数有五十万。"改正"了多少呢?不清楚。我只能按照字面去理解,"改正"了肯定是少数,否则,何"扩大"之有?说不通的。然而,就我所知,那些知名度很高的"右派",包括一度被描绘成要用机关枪"突突"共产党的"反动透顶"的家伙葛佩琦,忽然又被"揭露"出参加过一二·九运动的地下党员的身份来(解放后,准是被他"长期隐瞒"了);其他的一批又一批,虽然未必都有如此富于传奇性的经历,却也有别的身份。退一万步说,纵使没有什么身份,也不过是"说了几句真话"耳。于是,统统"改正"如仪。那么,占尽报纸版面,在广播里出足风头的,还剩下哪些迄今不见"恢复名誉"呢?我想,章伯钧算得一位,罗隆基算得一位,储安平算得一位,林希翎也算得一位……个人所记得的,恐怕也是众所周知的,好像就是这些了。不过,转念一想,在这么多戴"帽子"的人当中,其"罪恶滔天"超过章、罗、储、林以上者,恐怕还是大有人在,要不,又打哪儿"扩大"得起来呢?同样是说不通的。

这桩公案过去了三十一年了,却依旧敏感如昔,历久不衰,倒是令人纳闷的。也好,既然自己发觉了这个,就该向听我唠嗑的朋友们讨饶,宣布要"明哲保身"了。否则,再啰唆下去,谁又能保证不落个×××的下场:哈!原来你也是"改歪"了的一个!

比较好说的是外国的事情。比如,斯大林的"肃反扩大化"。关于这个问题,凡是读书看报的人,也大抵都耳熟能详了。万一追究起来,全有白纸黑字可查,与个人的"主观世界"无关。平心而论,那"扩大化"的程度,的确是忒了不得。根据《赫鲁晓夫回忆录》提供的材料,苏共第十七大的三分之二的当选代表都被斯大林镇压了。又据《世界知识》杂志透露,仅被捕者就不少于四百万到五百万人。被处决的高级军官所占比例令人震惊:元帅五名中占了三名;兵种元帅十五名中占了十三名;军长八十五名中占了五十七名;师长一百九十五名中占了一百一十名……直到戈尔巴乔夫主持工作,沉冤达半个世纪之久的布哈林才得以平反;只有基洛夫遇刺身亡一案还是一个谜,有待继续清查。不过,《莫斯科新闻》上刊载的布坚科教授的《社会主义制度下的政治领袖夺权斗争》一文,却有如下一段耐人寻味的叙述:"暗杀基洛夫是苏联社会政治制度发展中反列宁主义转折的最高峰。第十七次代表大会寄希望于基洛夫。反对基洛夫的只有三票,反对斯大林的票要多一百倍。按斯大林的要求,选举结果被篡改了,向党隐瞒了真情。"

今天,全世界亿万普通人开始了解到了这么多令人窒息的痛苦往事,初步觉悟到了那种以革命的名义干下的罪恶往往是特别可怕的罪恶。他们(这当中自然有我)曾经视斯大林为真理的化身,以至于理所当然地把热爱斯大林等同于热爱新世纪。也许有人会因此而产生惶惑,产生动摇,产生幻灭,然而,真正的有思想者只会产生更清醒、更坚定的信念,从而对当今的苏联共产党实事求是的态度充满敬意。他们深知,假如苏共对"肃反扩大化"坚持讳莫如深,不敢向自己的人民公开,那么,其最终结局必然是第一个社会主义政权的彻底腐败与完全断送。何以会发生上述种种骇人听闻的血腥事件?苏共正在追究其根源;正视"扩大化"这样一块大面积的脓疮,不去掩盖,更不去美化,这,大概也是苏联共产党人呼唤改革的重要历史背景之一。毫无疑问,苏联的改革同样得准备跋涉艰难而充满风险的道路,但,无论如何,这一步是走对了——严肃认真一五一十地清算过去。

再往下,话题就该转回咱们中国了,这就是我所认为的,中国正在悄悄地出现另一种性质的"扩大化",我把它叫作"铁哥们儿扩大化"。这种"扩大化",其危害较之通过"运动"或者"斗争"造成的"扩大化",实在有过之而无不及。

"铁哥们儿"和旧社会的"弟兄们"还不一样,后者多少保存着一点可亲的人情,一点古代的侠义心肠和民间会党的纯朴流风,而"铁哥们儿"却发散出某种恶臭。若要推本溯源,它当和目前社会上的许多怪现状一样,发轫于十年浩劫,继而大盛于"向钱看"。

在这之前,我们历来是以"同志"相称的。翻开近代史,"同志"二字,可谓光辉灿烂,彪炳日月。孙中山先生创立同志会,特别是他的临终遗言:"革命尚未成功,同志仍须努力",明白无误地界定了它的属性与涵义。蒋介石当政后,"同志"渐见销匿,盖因那一帮党棍官僚,实在无革命之"志"可"同",而可"同"的对内剥削,对外卖国的"志"又不敢见天日。倒是有一个特务机构,冠之以"三民主义同志会"的美名,令人望而生畏。然而,就在南京政府百般践踏"同志"之际,在中国共产党和工农红军(以及后来的八路军、新四军、民主联军和解放军)与人民政权中,"同志"一词,却以无比磅礴的伟力激励着万千同胞舍生忘死,肝胆相照。鲁迅先生对于"同志"这一称呼,便写过十分动情的文字。这也是人所共知的史实。非常痛惜的是,自从二十世纪五十年代后期,准确地说,就是从一九五七年"反右扩大化"以来,"同志"便开始走味儿了。我本人,正是挨了自称同志者从背后捅来的刀子的。吃一堑,长一智,对于这等"同志",我不能不敬而远之。一九八一年,我去西宁,有一位从青年时代便"充军"青海,直到霜雪满头依旧孑然一身的小说家来看我,见面第一句话就声明:"我不叫你同志,我叫你先生,'同志'比'先生'还可怕……"一个我的例子,一个别人的例子,当可为"同志"的变质作一小小注解。如果放眼世界,从大处看,也能找到不断搞臭"同志"这一神圣名号的证据。试想,有多少"牢不可破"和"万古长青",一朝翻脸,远的相骂,近的开打,难道不是事实吗?国且如此,人何以堪!于是,天可怜见,到如今只剩下组织介绍信,公文报表,鉴定书和大辞典上,才能找到她的倩影了。

与之相反,一声"铁哥们儿",却你呼我应,煞是热闹。这,大概也不妨理解为对"同志"异化恶果的反拨吧?市井之间的各级"倒爷",和形形色色的"走穴"专家们自不待言;即以我所能接触到的不很大的生活领域来说,影视界的一些人是喊得比较响亮的;文学界也有那么几个青年作家和评论家"圈子",彼此热衷于用此套近乎和要求特殊关照。尤其令人咋舌的是,此风竟侵入了同志感情根深蒂固的钢铁长城!君不见,小说、电视、报告文学中的老山英雄,也一口一声"铁哥们儿"么?文艺反映生活。我真为这样的文艺伤心!为这样的生活伤心!这和我当兵的年代相去太远了,无论从情感上,还是从理性上,我都无法接受它。

但是,更加无法接受的是,"铁哥们儿"竟挟其无坚不摧,席卷一切的邪气,动摇着我们的国本!当我写下这句话,自信绝非危言耸听,更不是散布所谓的不信任情绪。因为,现实生活每天都在大量地雄辩地提供例证,支持我的观点。远的不去提它,即以轰动广东的叶琪叛逃事件而论,已足以发人猛醒了。此人在广东省有色金属进出口公司任职期间,贪赃枉法,劣迹斑斑,可是,重奖、入党、提升,纵使省纪委明确指出"叶琪暂时不能出访",有关领导照样我行我素,让他带队去了泰国,为犯罪分子提供了一个得以"远走高飞"的良机。试问,倘若这个系统不存在叶琪的"铁哥们儿",先是保着、捂着,后是挡着、拖着,又何至于此!

叶琪叛逃,迄今已十一个月了,据说,曾经给予某一位有牵连者"行政记大过"处分,人们怀疑的是,这样结案,能"以儆效尤"么?因此,实质上等于并无下文。无独有偶,仿佛竞赛似的,某地又爆出一桩奇闻:一家煤矿地下大火,足足烧了十六个月,百姓痛心疾首,领导吃喝不误;这且罢了,最可怕的是竟对新闻单位全面封锁消息,却并不采取有效措施赶紧灭火,真个是什么党性、原则、良心、道德,全都丢得干干净净了!拍案之余,静心深思:假如没有"铁"了心的"铁哥们儿",能上下一致抱团抱伙,铸成如此硬邦邦,响当当,滴水不漏的"铁板一块"么?当然不能!

这是公诸报端的两则丑闻,是否还有更丑的东西藏在什么人的保险柜里呢?那就只有天晓得了。

再说选举新班子。改行差额选举办法,很好,比原来的"指令性计划"进了一步。美中不足的是,并不全面地如实介绍候选人的施政情况,因此,除了领教过其"政绩"的数百名代表以外,其他人一概蒙在鼓里。结果,这样的人物以过半数"当选",从而"升官",也就不足为奇了。受到损害的是党的形象。老百姓有气没处出,只好骂娘:"还不是朝中有他的铁哥们儿!"瞧,又是铁哥们儿!

当然,"铁哥们儿扩大化",和中国一九五七年"反右扩大化"、苏联三十年代斯大林"肃反扩大化"是根本不可相提并论的两码事,我之所以发这一通议论,不过是因"扩大化"这三个字表面相同,从而引起了联想。其实,说穿了,唯一差堪比拟的是癌细胞的扩散。

"铁哥们儿",正是我们社会躯体中的癌。我是这么判定的,虽然,我手中不可能握有手术刀。

1988年5月24日　合肥

对《丑陋的中国人》一书的评说

前些日子接连读了两本书：一本是高桥敷的《丑陋的日本人》，另一本是威廉·莱德勒和尤金·伯迪克的《丑陋的美国人》。说实话，后者似乎有点文不对题，对于认识作为既是混合型的又是开放型的文化共同体美利坚民族来说，没有多少实际意义；译者大概也觉察到了这个，因此将书名改为《困惑的外交官》。当然，这也说明了，它对有志于研究二十世纪五十年代初叶东南亚地缘政治学的专业人员，价值反倒更大。正是出于这一判断，本文不打算涉及它；之所以不涉及它而又要提到它，无非是想借以说明，即便像美国这样的头号超级大国，人家也在努力从各个方面解剖自己，而并不总是心满意足地打呼噜睡大觉的。至于前者，又的确有许许多多警策之言，值得借鉴；但我想专门写一篇文章，谈一谈自己的读后感，眼下也就只得权且搁在一边了。

笔者打算联系我们"贵国"在不满三年的时间内，连续爆发的两起"风波"，发表个人的点滴看法。不难猜想，有的人听了我的这番话，准会感到厌烦扫兴，会吐唾沫，认为是乌鸦又在聒噪了；不过，我却从来不承认自己是乌鸦，虽然我也绝对不羡慕那在金丝笼里唱着美妙歌声取悦主人的画眉。我就是我，一个普通的爱国的中国人而已。

话题是从《丑陋的……》引起的，便信手写下一个标题：《丑陋的风波》。"风波"本身到底"丑陋"与否，结论得靠各人去做；尽管，我认为是丑陋的，我却无权强求大家一律举手赞成。

众所周知，我们中国也有一本类似的著作，出自台湾的著名作家柏杨之手:《丑陋的中国人》。据说,包括这本薄薄的书在内,柏杨先生得罪了当时的蒋氏当局,被关进绿岛监狱,当了近十年的政治犯。什么"自由中国""言论自由",仅此也得以管窥一斑了。

首先,我认为,无可置疑,《丑陋的中国人》一书,是继承和发扬了鲁迅精神的,而且,那继承者和发扬者恰恰在台湾,这是一个虽然令人惊讶,令人愤愤不平同时令人惭愧,却又必须承认的客观事实。不错,这本书的某些论点,带有一定程度的片面性,其文风也有不尽令人赞赏之处。然而,值得深思的问题是,难道我们大陆上的数以千计的作家,竟没有一个人,在素质上、器识上能与柏杨先生相抗衡么?显然不是的。答案只能从我们自己的"革命觉悟"中去寻找。长期以来,我们所热衷于宣传的无非两条,一条是夸耀"人口众多,地大物博,历史悠久";一条是夸耀"拥有最先进的社会主义制度"。这二者固然都是事实,谁也无法抹杀。遗憾的是,我们很少想过,或者压根儿就不去想,凭这两条能不能自动地分娩出一个民主的文明的富裕的现代国家来?因此,其结果必然是,明明不曾"万事大吉",偏偏以为"万事大吉"。于是,我们谁也不谈鲁迅痛切针砭的中国民族的劣根性(又曰"国民性")了,也就是说,鲁迅过时了。我想,仅仅指出自审意识的丧失这一点,已足以解答为什么《丑陋的中国人》何以并非出自大陆作家手笔的原委了。

其次,时隔三十九载,海峡两岸已经由剑拔弩张逐渐转变成实际上的实行"三通"。使我百思不得其解的是,柏杨先生这本书,却因为在大陆的翻印、流传而触发了一场"再批判"!这,无论如何是不光彩的,仿佛大陆倒继承了当年台湾的未竟事业。柏杨先生早已去了美国,台湾也罢,大陆也罢,都是拿他无可奈何的。因之,这个十分有趣的政治现象,除了不幸证明了大陆上的某些人和台湾的某些人,原来共着同一种心理状态,在这方面,倒的确不愧为"龙的传人"以外,实在毫无所获。尤其荒唐的是,那曾经向全国人民贡献了无数好书的两家出版社,就因为分别推出了《丑陋的中国人》而闯下大祸。一家的负责人被训斥:"什么《丑陋的中国人》?我是中国人,我就不丑陋嘛!"老板唯唯检讨结案。另一家的负责人,并非共产党员,却"混入党内"当了"只限于共产党内进行"的"反对资产阶级自由化斗争"的重点对象,受到免职处分,迄今靠边站。不错,当时还有一个由头,就是出版了真正优秀的世界文学名著、英国作家劳伦斯的《查泰莱夫人的情人》,据指控,内容淫秽,应予查禁。然而,究其实,犯了忌讳的,更其"危险"的还是这本《丑陋的中国人》。

无以名之,这就是我们的"爱国主义"——感情过度强烈导致神经过敏的"爱国主义"。

第三,最近,围绕着《老井》和《红高粱》两部电影,风波又起。早在《老井》于东京获奖之初,就已经响起了嘘声,《红高粱》在西柏林再次问鼎,那嘘声就越发高涨。有人开始祭起了"反党反社会主义"的法宝,令人悚然回忆起一九五七年。当然,出现不同的观点、不同评价的分歧和争论,是正常的。值得思索的毋宁是所有认为获奖不是光荣而是耻辱的人,所持的理由并非出于艺术见解,倒是一无例外地在"维护国格"上大做文章。委婉一点的说,不应该把中国人描写得这样"愚昧""落后""丑陋",激烈一点的干脆断然否认:山西没有这样的事情,山东没有这样的事情,中国没有这样的事情。因此,这是捏造,这是诽谤,这是"迎合洋大人的殖民地心理",云云。

事情发展到了这一步,未免太过分了。我有幸在山西待了二十一年,其中三分之二的时间,都在穷乡僻壤和农民面朝黄土背朝天并肩劳动,我要毫不含糊地做证:不对!你们说错了!不但有"这样的事情",而且有两倍、三倍于"这样的事情"的"事情"。类似《老井》的故事,我肚子里就装着许多。何况,影片结束时,水打出来了,整个的过程都体现了中华民族坚韧不拔、含辛茹苦、前仆后继的高尚情操与宝贵素质,有什么丢人的!至于《红高粱》,我认识小说作者莫言,我觉得,他是一位诚实的作家。他写的作品,我并不篇篇都喜欢,可是,《红高粱》中,对乡土与国家的无比热爱,对我们民族(它屡濒绝境,却始终未被同化,未被消灭,这是世界史上罕见的例子)的强旺生命力的由衷歌颂，却理当为任何一个不怀偏见的人所首肯。就拿那个引起"义愤"的"剥皮"场面为例，在抗日战争中，此等惨象，又岂仅发生于胶东一地？我愿追述一桩往事，为《红高粱》一辩。一九四五年，日本投降了，我去到刚刚光复的江西南昌念大学。大学临时设在郊外二十余里的一座兵营里，四周都是农田。当时，一帮追求进步的同学更有意识地"走向人民"，因此，和做田佬接触的机会特别多。做田佬原本就老实巴交，又觉得这些读书人不坏，便把他们一生的痛苦全部倒了出来。谈起沦陷区的亡国奴生活，他们告诉我，有一次，"大日本皇军"把附近方圆十里的男女老幼，全部驱赶进一幢大祠堂里，然后，挑出"花姑娘"来，当众奸淫不算，还强迫中国人群交——专门指令儿子配母亲，公公配媳妇，他们则在一旁狂笑取乐。此等禽兽行径，比之于"剥皮"，难道不有过之而无不及么？通过表现"剥皮"的长长的画面，令我震惊的只是日本侵略者的丑陋，为什么到了某些人眼中，事情却翻转过来，成了中国人的"丑陋"了？立场不同，视角不同，观感也就不同，信然。但是，只要心存公道，鸡蛋里毕竟是挑不出骨头来的。

从一九八八年的"丑陋的风波"，再回想一九八六年的"丑陋的风波"，光阴在改革开放声中又过去了三年，令人不禁悲从中来的是，我们为数相当可观的一部分同胞，竟始终抱定"天朝大国什么都好"和"家丑不可外扬"相结合的自欺欺人态度，在这三年的日日夜夜，居然"自我感觉良好"！

环顾当今世界，没有一个奋发自强的国家不是通过自己的杰出代表狠狠揭露自己的疮疤，以唤起民众的警觉，共商疗救的对策的。在经济领域的"世界大战"中，我们听到了日本人叫喊，美国人叫喊，苏联人叫喊，都叫喊自己的"劣势"，他们为什么要这样？是无事生非么？是"狼来了"么？是判断有误么？都不是，其目的全在于破除他们社会上的自满情绪，突出危机感和紧迫感，从而推动新的一轮竞争，保证自己立于不败之地。

如果说起文学艺术在这方面的作用，那实在应该记大功，而绝非挨板子。屠格涅夫笔下的罗亭和巴扎洛夫，冈察罗夫笔下的奥勃洛摩夫，果戈理笔下的乞乞科夫和《钦差大臣》群像,契诃夫笔下的小公务员、变色龙、宝贝儿和警察下士,非但不曾丑化了俄罗斯民族,相反,倒是最终成为苏维埃革命的伟大动力的一个组成部分。同样的,鲁迅笔下的阿Q、小D、王胡、赵太爷……至今也并未绝种。鲁迅先生一再以沉痛的感情讽刺过的"咸与维新",如今不正换上"咸与改革"的新潮服装登台表演着么!?

唯愿我们的人民,首先是我们的知识界,经过这两场性质完全一致的"风波",能较之以前更为清醒。须知,一个不敢正视并且克服自身弱点的民族,是不会有什么希望的。不承认"丑陋",甚而以"丑陋"为国粹,别人碰一下都不行,那前景是异常可怕的。

1988 年 5 月 29 日　合肥

[附录]

从不认识郭衣洞即柏杨说起

一九八八年秋,美国著名诗人金斯伯格寄来由他签署的邀请信,约我赴美出席首届中国诗歌节,十月间,我先期到达北京,等候签证。就在这当中,却相继发生了两桩与诗歌节不相干,倒与台湾鼎鼎大名的文化人柏杨先生有关的事。头一桩是,由于我该年曾应《新观察》主编戈扬女士之命,写过一篇杂文,题名《丑陋的风波》,就轰动海内外的柏杨讲演辞《丑陋的中国人》事件,发表过我的个人观感。(应该承认,这篇文章的写作,在尚未觅得该书之前便匆匆落笔,是极不严谨的。我所在的地方信息太闭塞,单凭外地友人邮来的单篇复印件,才通读了讲演辞的全文,虽有平日浏览报章时所得的零星材料作为记忆的依据,也必然要出错。其结果是,对柏杨先生入狱前后的坎坷经历,做了极不准确的叙述。)文章发表不久,便有好心人来信指出谬误;为此,我深感不安,但事情又非三言两语说得清楚,只得赶忙去信戈扬女士,商量补救之道,偏又迟迟无有回音,于是拖了下来。我想,此刻既然自己来了北京,何不直接前去拜访,当面讨教。待我开门见山提起此事,戈扬女士笑着检讨自己太忙,未及时作复,同时又说,论说编辑部也有责任,发稿前不曾仔细琢磨,此其一;刊物出来,虽也听到过类似的反映,却忘了通报作者,此其二。"不过,依我看,你也不必把它看得忒严重了,事实都是那些事实,你并未歪曲捏造,只是不小心将先后时序弄颠倒了。"(戈扬女士此言差矣,须知,它正是大陆的中国人最重视的个人档案,诸如政治面貌、政治历史等等。)总之,她的这番宽慰仍旧不能叫我释怀。我乃与之约定,待访美归来,当拟好一封更正信,请她一定作为来函照登,予以发表,也算是向读者的告罪。我说这些时,有与戈扬同楼比邻而居的邵燕祥、唐因和杨犁等数位先生在座。遗憾的是,天不助我,因了种种意想不到的突发性变故,这个心愿终未实现。这是后话。再说第二桩。说曹操,曹操到。才同戈扬女士会罢面,便接到中国作家协会的通知,叫我去参加一项"为台湾著名作家柏杨、著名诗人张香华夫妇接风洗尘"的联谊活动。对此,我欣然同意了;有此良机结识他们二位,我自然是十分高兴的,说不定,还能得到若干第一手资讯,以解我之惑。不承想,那天的全部谈话都是在觥筹交错间进行,并且是纯属礼节性的,毫无深度可言;就说彼此交换的名片吧,他看了既不知道我的本名,我看了也不知道他的本名,何况,他的名片上连个住址都不公开,只有一个邮箱号码。如此泛泛寒暄,导致我在美国又闹出一场新的笑话来,尽管事情只有我自家知道。

大约是同年十二月罢,我到美国已近两个月了。一天,在旧金山唐人街的一爿专售华文书刊的书店里,无意间发现了一部台湾出版的,描写二十世纪五十年代初溃退到云南的蒋介石残部怎样逃往缅甸的纪实文学作品,作者郭衣洞,人名十分陌生,但书名颇具吸引力,叫作《异域》。(所谓异域,就是日后演变为世界大毒源之一的神秘"金三角"。)因为那一段时间,恰好我本人也在云南,又身为部队报社的成员,对当时我方三十九师与彼方九十三师两军对垒(番号正好打了个颠倒,有趣得很。)的一些细节比较了解,不由得对这本书产生了特别的兴趣,当即买下。待回到住地从头一读,却不禁哑然失笑了——原来,此《异域》者,便是被上海的谢先生称之为"反共小说"的那一部也,而所谓郭衣洞者,乃柏杨之本名也。尔后,我在为《丑陋的风波》一文专函柏杨先生道歉时,连同这个笑话也一并告诉了他。他的回答是,送给我几十册他的译著《白话资治通鉴》。

但由此也足见,我和柏杨先生等台湾作家的确隔膜得很,究其原因,当然不是我对他们欠尊重,而是海峡两岸四十载决绝的后遗症,委实太深刻、太可怕了。

我是一九八九年元旦回国的。一九八九年,众所周知,是中国的多事之秋。戈扬女士一方面忙着准备去美国参加一个有关五四运动的国际性学术讨论会；一方面要督促编辑部集中精力追踪大局的风云变幻，一切似乎都顾不上了。我虽然如约写好了"来函照登"，但"来函"终于无法"照登"，这，大概称得上个人的一点小小不幸吧。

接下来，便是形形色色的"大批判"，它们挟雷霆万钧之力而来，占满了全国报刊的版面；区区如我者，也险些再遭"错划"。其中涉及我的，承朋友们关照，剪辑了几篇，迟樨先生不了解环绕拙文的种种阴差阳错，百般挖苦嘲骂，我是完全能够理解的；咎由自取，倒也无可辩解，只是连稍加剖白的权利也被剥夺了，不免感到无奈。俱往矣，所幸今日一切假装又复归正常，批判者们也多数变得不那么激动了，在我，居然能借出书的机会，将《丑陋的风波》一字不易地原文收入。而为了铭记教训，同时亦将迟樨先生的批判，以及当时有关来信中的两封连同本文，一并作为附录，对照发表，这不能不说是多少反映了我们社会的些许进步，那意义又显然超出于一篇出了差错的小杂文了。当然，必须申明的是，对《风波》一文的主旨，我保留原先的观点不变。

我愿借此机会，再一次向众多关爱我的读者表示由衷的歉疚。

1995 年 4 月 8 日　合肥

欲与自由试比高

我不曾去过美国,却仿佛亲眼见过纽约赫德森河入海口的那座自由女神像;作为美利坚的象征,作为所谓新大陆的象征,大名鼎鼎,早就深深地印在我的心灵中了。资料记载,这像高一百五十二英尺,光是眼睛就宽约二点六英尺,基座一百五十英尺,像身净重二百二十五吨;是法国为纪念美国独立战争期间的法美联盟(抗英)而赠送给美国人民的礼物。设计者是法国艺术家奥古斯特·巴托第,像内的巨大铁架的设计者也是法国人,著名的巴黎埃菲尔铁塔的构思者——工程师埃菲尔。由法国人出面馈送如此一份富有社会政治意义的厚礼给美国,自然是可以理解的;伟大的法兰西,本来就是《马赛曲》和"自由,平等,博爱"这一响亮口号的故乡。

然而,随着资本主义世界的不断上升和它本身种种弊端的不断暴露,这座美国的自由神像,也就成了聚讼纷纷的话题。爱之者褒扬为西方文明的骄傲,恨之者斥责为金钱罪恶的帮凶。一正一反,孰是孰非?是不是还有第三种见解?这些争论,我都无意去掺和。不过,我想,之所以会出现这样截然对立的评价,恐怕还是与对"自由"的理解大异其趣有关吧。但,不管人们对于"自由"做何诠释,酷爱自由,追求自由,毕竟是人类共同的天性。否则,我们也就不必前仆后继,不惜牺牲地去和日本侵略者血战和反抗国民党暴政了。对此,该当是没有争执的。我认为,真正的自由,既不属于阶级范畴,也不属于民族范畴;自由与阶级、与民族相联系,都是特定历史条件的产物。按照马克思对共产主义的描绘,自由,毋宁是共产主义的不可缺少的本质要素。而在共产主义获得全球规模的胜利之前,匈牙利天才诗人裴多菲的名篇:"生命诚可贵,爱情价更高;若为自由故,二者皆可抛!"人人过目成诵,并且各自都能从中汲取某种力量,也就毫不奇怪了。

天下事,仿效总是难免的。对美国的自由神像,于是也有了仿效。仿效不要紧,问题在于,你是青出于蓝而胜于蓝,还是东施效颦。

《珠海特区报》登出了这样一则新闻:公元二〇〇〇年前夕,珠海的九洲岛上,将要矗立起一具"幸运神像"。目前,正一方面广泛吸收外资;一方面集中人才,利用全世界雕塑、建筑、科技的最新成就,加快工作进度,以便最终超过美国的自由女神,云云。

乍读之下,我颇为愕然,复又茫然,复以凄然,乃至百感交集,不知其所以然了。

这几年,全国各地发展城市雕塑,美化市容,陶冶性情,装点江山,振奋精神,确实取得了可观的成绩,也涌现了一批质量较高的佳作。在财力、物力允许的前提下,这样做,未尝不是一件好事。我去过若干外国,每每由于欣赏到人家遍布城乡的雕塑而暗自惭愧。现在,这种遗憾至少是可以大大减轻了。不过,像珠海"幸运女神"这等耗资费时,工程浩大的雕塑,在百业待举的今天,有兴建的必要性吗?我是怀疑的,不赞成的。有这么多的钱,何不创办实业?何不造图书馆,盖美术宫?如果心胸更开阔,眼光更远大,并不志在为自己竖一块"政绩纪念碑",又何不为那些断墙危楼的各级学校做一点修桥补路的功德无量事呢?

再说,美国的自由神,英文本来叫作 Statue of Liberty,即(人格化了的)自由之雕像,那么,幸运女神该当怎样翻译呢?在汉语语义学里,幸运,显然不能混同于幸福。其实,英语也一样,它们是有区别的。因此,既不可译作 Happiness,也不可译作 Well-being,而只能译作 Good fortune 或者 Good-luck;然则,在英语民族的心目中,Good fortune 不仅意味着命运、运气,还意味着财富和巨款,而 Good luck 干脆便作侥幸解,当然,在一般场合,也可以解释为好运道——我们在那些进口的或者冒充进口的 T 恤上，往往能发现印有 Good luck 的"洋码码"，其根由即在于此，就像"恭喜发财"之类的吉利话，讨口彩而已。而从 Fortune's favourite(宠儿)和 Lucky fellow(走运的家伙)这样一些英国俗话中，也不难取得旁证。为此，我才无法理解，为什么珠海特区竟独独选中了这个投机心理十足的词汇！有人说，怕是毗邻澳门，受了东方蒙地卡罗的熏染吧？话虽刻薄，倒也值得决策人深思。究竟应该怎样理解社会主义的商品经济，对我们大家，的确都是一个重要的新问题。

无独有偶，据《新民晚报》刊载的台湾消息，在高雄港，亦将竖起一座足可媲美美国自由女神的伟岸雕像；不过，这是一位男性的形象，通体金色，线条有力，肌肉发达，神态安详，除去构成市区一大景观之外，又可作为灯塔。高雄港原是国际性的自由港，因此，他被命名为自由男神。设计师是定居于美国的苏联艺术家倪斯维兹尼。人们也许要问，为什么请这样一位流亡者来主持其事？是否隐藏着某种暗示？《新民晚报》没有涉及，不猜也罢。

毛泽东在他的诗篇《沁园春·雪》中，写下了"欲与天公试比高"的名句，充分显示了诗人的气度、想象与夸张力。借来形容珠海未来的"幸运神"，"欲与自由试比高"，倒很贴切。由此观之，"自由"与社会主义中国似乎是注定无缘的了，芸芸十亿众生，都只好眼巴巴寄希望于那不可捉摸的"幸运"，如同刚买彩票接着便做梦得头奖一般，悲夫！

1988 年 6 月 26 日　合肥

贺《中国诗人》问世

希望中国诗人能拥有诗人中国;这里所说的诗人,自然是就文学即人学的最崇高境界而言,指那不玩仙气不冒妖气不带官气不沾匪气不充洋气不坠暮气不装娇气不耍流气的诗人。这是我的梦想,也许永远不过是梦想。

祝贺《中国诗人》。

1988年6月　合肥

透明度与毛玻璃

一个时代有一个时代的语言。如今是改革的时代,苏联便从列宁的著作中找出来一个字眼:公开性;我们中国,翻遍《毛选》五卷,上穷碧落下黄泉,硬是没有,只得创造一个新名词,即所谓的透明度。

创造得的确不赖,人心所归,立即不胫而走。即反映了全国人民渴望尽快废止样样工作都大搞神秘——神秘化,正是专制权的一大特点——的反民主传统的强烈心愿,又恰到好处地点出了"透明"也有一个"度"的计量问题。

比如玻璃,按说,透明本来应该是它的基本属性之一。但实际上又不尽然,看你用的是什么玻璃:质地粗劣,混有杂质,布满气泡的玻璃,透明度就要大大地打折扣;假若换上时髦的茶色玻璃,那图像就越发朦胧起来,万一竟是一块毛玻璃,更了不得,干脆什么也瞅不清了。还有一种最新发明,笔者去年在联邦德国开过眼界,窗户上安装这种特种玻璃,从室内看户外,一清二楚,从户外看室内,对不起,简直成了墙壁的一部分。这样的特种玻璃估计是经过加工处理的,价格昂贵,只有大亨们才用得起,显然,那目的在于保护主人的隐私。证之以我们当前的官场,这最后一种"科学"玻璃,似乎为数并不在少。可以理解,有些秘密活动,是万万不能让老百姓知道的。比如,"官倒爷"们如何要求自己有权势的爸爸或者爷爷批条子,卖面子,如何与铁哥们儿交头接耳传递经济情报,如何转眼之间便成了紧俏商品的提货单,又如何不显山、不露水地变成了人民币甚或外钞……诸如此类,自然不可公之于世。至于传说中的其他种种,其"透明"的结论想必是"反革命谣言",一旦追查起来,倒颇有可能教小道消息的散布者当胸洞穿,果真"透明"万分的。

这方面的事,目前还处在"事出有因,查(?)无实据"的阶段,不说也罢。

大量存在的是毛玻璃。

六月二十一日,有两位新闻记者联名发表了一篇大文章:《从物价看国情》,公布了一大串统计数字,罗列了一大堆表面现象,我认为,它就是一块典型的毛玻璃。

姑且不论那每一个数据,是否都精确无误和值得信任,也不必苛求文中列举的事实统统"飞入寻常百姓家",关键在于据此而做出的分析以及推导出来的结论,难以服众。

试看,"'消费热',热得国家受不了"的标题之下,说的全是一般群众的吃、住、用;人们的胃口越来越大,眼光越来越高,此话诚然不假,然而,笔锋所向,造孽的似乎全是小人物自己,而网开一面,偏偏漏掉了更主要的对象。人们不免要问,是进口二百个亿的小轿车危害大还是家用电器的危害大?是因为床位过剩而被迫降低房费的×星级宾馆盖多了还是普通公寓盖多了?是无休无止的三五百元一桌的"四菜一汤"吃国家,还是小小"菜篮子"吃国家?有道是,不平则鸣,讲"国情"要全面地讲,讲一半不讲一半,听的人岂能没有意见?

文章的第二大部分,提出了一个人人关心的问题:"是什么在支撑着大家的消费?"问得好,可细看内容,却又仿佛文不对题。究其实际,答案原来是,全靠几架印钞机在支撑着大家的消费;它所竭力解释的,也无非是"多发钞票难以避免"的道理,而目的又在于引出下述奇文,"涨价的缘由,与我们每个人都有直接的或间接的关系"。这不是中国人都熟悉的"错误人人有份"的老调重弹么?

我完全能够体会到执笔者的难处。这种文章最难写,令人同情。举一个例,"过去二十多年,国家对群众的生活多少是欠了账的。"认真品味一番这"多少"二字,已足以感觉出那份苦心了。这是题外话,打住。政府的日子不好过,将心比心,老百姓也替领导人着急。不过,我又想,无论如何,应该承认,中国人民是世界上最善良的人民;百事忍为先,正是五千年列祖列宗传下来的"过日子"的一大法宝。何况,我们的法制虽然不完备,但对罢工、罢课、游行、请愿,倒是早有防范的。加之,谁也担当不起破坏安定团结的罪名,闹是闹不起来的。然而,能不能由于群众听话,便"任你投河上吊,好官我自为之",或者把皮球踢回去,一推六二五呢?总该于心不忍吧。

依愚之见,目前议论纷纭的所谓承受能力问题,多数人仅强调了物质的一面,而忽略了精神的一面。其实,囿于财政金融的圈子,是难以解决物价上涨而造成的"多米诺"局面的,必须同时加速政治体制的改革,坚决清除一切腐败分子,迅速制止诚实的劳动贬值又贬值,而巧取豪夺、买空卖空者倒"先富起来"的反常状况。我看,当前最大的危险莫过于分配的不公正,它所造成的社会心理倾斜,若不及早扶正,难免有一天会发展为倾覆,一字之易,这中间并无万里长城。

民心是国情,政局也是国情,既然要"从物价看国情",这两方面的国情是避开不得也避开不了的。

为此,我倒打算建议包括新闻界在内的各界人士,除了继续从经济学的角度深入探讨物价对策之外,不妨也研究研究尽快取消双轨制,减少不产生任何价值的中间环节,用现实态度调整储蓄利率,回笼货币,切实压缩基本建设战线,加强监察工作和舆论监督……这一切,目的都在于不让带有一定程度封建色彩的"官本位"体制钻了社会主义商品经济新秩序尚待确立的空子,以权谋私,搞变相的官僚资本,继续败坏再也经不起败坏的党和政府的形象,导致物价改革乃至整个改革事业的失败。

当然,对这一类的讨论与报道,包括我在内的万千普通公民,也同样盼望能够多一点透明度,少几块毛玻璃,至祷至祷。

1988 年 7 月 3 日　合肥

小议"舆论一律"

一

时间老人最公正。

一九八八年夏,一个标题为《关于胡风同志进一步平反的通知》的红头文件,令人悲喜交集。喜的是,一九八〇年那个政治平反的文件留下来的"尾巴"终于一朝割了个干净;悲的是,胡风先生来不及等到今天,鲁迅先生已经召他去了。

于是,想起了那本欲置胡风先生等人于死地的,由《人民日报》编辑部编辑、人民出版社出版的一九五五年七月第一版《关于胡风反革命集团的材料》(以下简称《材料》)一书,从头细读,万千感慨之余,也不免拍案叫绝:此乃天下第一奇书也。

奇书之奇,奇在"按语"。

"按语"甚多,流传甚广、甚久,"文化大革命"两派打"语录仗"中,"牛棚"中,"天天读""活学活用"和"斗私批修"中,都已耳熟能详了。

印象最深的,是批驳胡风的"反革命言论"即所谓"舆论一律"的一段。然而,到了"文革"十年,似乎又是"舆论一律"的黄金时代:不论刮风下雨,大雪漫天,我们心中的红太阳永远是"最红最红的"。有一支响彻云霄的歌儿:《文化大革命就是好!》,结论都已经下定了,唱起来岂不众口一词?样板戏在各个地方剧种中普遍移植,一招一式都丝毫不许走样。"一律"到了如此地步,自然是"人民"当中"落后"的部分被"先进"的部分感而召之,同而化之,终于全体"进步"了的缘故。这番道理,正是"按语"所谆谆教导于我们的。

二

查《辞海》"舆论"条,诠释如下:众人的议论。《晋书·王沉传》:"自古圣贤,乐闻诽谤之言,听舆人之论。"现多指群众的言论。如社会舆论、国际舆论。

内容虽比较简单,却准确无误地表明了中国人(主要是中国的统治者),对舆论的传统观点:第一,"圣贤"历来注意舆论的动向;第二,舆论与诽谤(即造谣中伤)是界限不甚分明的。这,不知是一种故意混淆,还是一种主观感觉?

这两大特点,的确贯串于我们的全部史书之中。

三

大凡认真读过一点国史的朋友,都不难产生一个共同的感想,即:尽管有几千年的兴废盛衰可供矜夸,有长城、运河、四大发明、文治武功可资自豪,但就是看不见作为文明的精神支柱、作为人本思想重要表征之一的那样东西:"舆论"。只要你是一个实事求是、襟怀坦白的人,你就不能不承认(哪怕是痛苦地承认),茫茫九州,竟是一块"哑土"。

不信,翻看历史,即可雄辩证明这一点。举一个例,以暴虐淫逸而著名的周厉王,就首创了"祅言"之罪;所谓祅言,用现代人的口语来解释,估计不出持批评态度、持不同看法这个范围,有一则这样的故事:"……国人谤王,邵公告曰:'民不堪命矣。'王怒,得卫巫,使监谤者,以告,则杀之。"谁都能想象得到,所谓监谤,就是采取特务手段。这个卫巫,就是克格勃。一告便准,"格杀勿论",高压之下,无疑是鸦雀无声。周厉王很是得意,对警告他的邵公炫耀道:"吾能弭谤矣,乃不敢言。"而由此又引出了邵公的一段至理名言:"是障之也。防民之口,甚于防川。川壅而溃,伤人必多,民亦如之。"果然,不出这位死谏者所料,周厉王没有快活上几天,垮台了。

周厉王之后,相继爬上宝座的万岁爷们,有几个接受教训,牢记始终的呢？也许,唐太宗勉强算得上一个。再也没有了。恰好相反,又有了进一步的发明:"腹诽"。这一手更其骇人,不但动嘴的有罪,不动嘴的也有罪了。这就是说,有罪无罪,不在乎你是否"乱说乱动",而是全凭寡人独夫的臆断。这种绝技,进化到了公元一九六六年左右,大佞臣康生之流,已经把它演变为麻衣相法,动不动就做出裁决:"我看你就像反革命！"这难道不可以说是臻于"巫"的尖端了么？

有时,某些统治者,对"舆论"的敏感简直神经衰弱到了歇斯底里大发作的地步。比如,"天生圣人,为世作则",本来是"歌颂",偏偏被判定为"暴露":"生",影射了"僧";"则",影射了"贼",揭了皇帝老子的短,于是斩首,这是明太祖朱元璋干的事。"夺朱非正色,异种也称王。"不过一首吟花弄草的咏牡丹诗,却使得"龙颜大怒",下令把死去的作者刨棺锉尸,这是清乾隆皇帝爱新觉罗·弘历干的事。这就是咱们中国的"土特产"——文字狱。它是封建统治阶级为强求"舆论一律"而采用的残酷手段。

到了民国,文字狱并未因为换了一块"民族、民权、民生"的招牌而收敛其毒焰。四万万同胞不赞成当局"对内反共、对外投降"的卖国路线,形诸笔墨者,所在多有,蒋介石便设立了直属于中统机构的多级"审查委员会",从而将自己置于一切正直的作家和编辑的对立面。当日本侵略者枪刺直逼中国胸口的紧要关头,居然还制造了无耻的"《闲话'皇帝'》事件"。鲁迅先生横眉怒目,曾经在一篇杂文中建议修撰《文网录》,借以揭露历代反动统治者扼杀创作自由、出版自由和新闻自由,推行"舆论一律"的罪恶。

封建统治阶级除了运用残忍的文字狱以达"舆论一律"的目的外,还有别的一手。一曰广被教化、规范道德。修庙宇,竖牌坊,旌表忠孝节义之类的"好人好事",相当于号召"学关羽"和宣扬"张寡妇、王孝子模范事迹"。二曰垄断教育,强迫"洗脑";秦规定"以吏为师",汉明令"独尊儒术",其后的科举制度日趋完备,终于把整个的知识阶层纳入官僚体系后备军的队伍之中。

还不能遗漏了一项重要的补助手段,即:最高一人往往会摆出一副爱惜子民的面孔,屡次三番下诏,声言整肃朝纲。可是,其对象从来都限于业务部门和地方当局,非但绝不容忍针对最高集团多行不端的正确批评,也极少允许(除非是有利派系倾轧)针对皇亲国戚仗势非为的正确批评。

上述种种,只能被当作一次中国封建主义土壤的简略的抽样分析。而这一土壤是如此之深厚广袤,以至于像以推倒包括封建主义在内的三座大山为己任的人民大革命,都未能将其彻底扫除。

从这样一种土壤中,生长出能适应新环境、新条件的"舆论一律"之毒藤来,实在不足为怪。

四

共产党历来重视宣传。解放以来,马列主义、领袖著作,形势任务乃至政策条文,之所以能深入人心,很大程度上与宣传工作得法有关。当然,这里有一个前提,就是,符合事实和符合群众的利益。

不知从何年何月开始,"抓宣传"衍生出"造舆论"一说。显然,"造舆论"是对"抓宣传"的严重歪曲。舆论是无法制造的,如果能,那必定与戈培尔同调:"谎话说上一千遍,就会变成事实。"无奈,谎话到底不是事实,你说上一千遍,再被戳穿,臭了的还是你自己。

人们记忆犹新,"文革"当中的每一次新花样,都照例是铺天盖地的"造舆论",而"梁效"以及"梁效"的主子们一一破产之后,他们那个声名狼藉的"舆论",倒真的应了古书上的概念混淆,等同于不折不扣的诽谤了。这,大概也正是平反一切冤假错案时常说的那句"诬蔑不实之词"了吧!

历次政治运动都证明了,凡是"造"出来的"舆论",哪怕再"一律",再以"人民"的名义宣布,终究要像见不得太阳的雪人一样,化为一摊污水。

我还非常遗憾地发现,我们每日通用的革命词汇中,再也没有任何一个别的词,像政治家理解的"人民"那样充满了随意性了。有《材料》为证。

根据"按语",人民 = 人口总数的百分之九十九。这成了一个公式。而具有讽刺意味的是,这个公式又是缺乏常数的,因此,可以任意取舍加减,变化多端。需要强调指出的是,它的总趋势是不断缩小。我捡着页码,将《材料》的注解中点到的、以同志相称的人名,抄录如下:何其芳、刘白羽、冯乃超、茅盾、蔡仪、冯雪峰、侯外庐、乔冠华、胡乔木、邵荃麟、姚雪垠、端木蕻良、马哲民、杜国庠、陈白尘、叶以群、邹荻帆、陈涌、史笃、贾芝、杨晦、周扬、徐平羽、夏衍、阿英、沙鸥、胡绳、黄药眠、廖承志、林默涵、袁水拍、丁玲、周恩来、巴金、老舍、陆定一、郭沫若、赵树理、曹禺、杨朔。一目了然,除了少数几位有幸亡故较早,还有个别人不幸笃信"舆论一律"而靠拢"四人帮",以致玷污了自己而外,绝大多数,都一个不漏地被戴上了"右派""右倾机会主义""走资派""黑线人物""反动权威""反共老手"等等"帽子",对周恩来实在无从下手,也还是扣上了一顶荆冠——"那个党内最大的儒"。所以,一旦你的"调"不合钦定的"拍",不管你曾经是如何革命有功,都必须打入另册。

十一届三中全会以后,情况确有改善,这是事实。不过,地冻三尺,非一日之寒,上述行径的后遗症仍时有迸发,这同样是事实。也正因为后遗症作怪,叫喊了几十年的"双百方针",迄今还流露出吞吞吐吐,疙疙瘩瘩的窘态,令人回首往事,心有余悸。

窃以为,"解铃终须系铃人",真想要调动知识分子的积极性,共度时艰,除了起码的物质条件外,有一条是务必诚实履行的,那就是,千万不可再像"按语"中所暗示的那样,以开除"民籍"相恫吓,而必须真正做到"言者无罪,闻者足戒"。

五

"按语"中还藏着一只杀手锏:"这里不但舆论一律,而且法律一律",云云。今天读来,着实好笑。难道我们不正在为建立并完备一整套社会主义法制而奋斗么? 早知当初,何必今日?! 对于这样不郑重的言论,只有两种答案:要么是八十年代是瞎忙,要么是五十年代是骗人,二者必居其一。无情的客观事实却是,"按语"写作的年头,中国只有一部并不打算实行的宪法(其后的事态发展,证明并非妄说,连国家主席都不明不白地死了,区区蚁民,何足道哉!)还有一部《婚姻法》,下余全属"条例""规定"和"章程"。

既然如此,又何必侈言"法律一律"呢? 毋庸讳言,这是封建主义的幽灵徘徊不去的结果。"法自君出","言出法随",历来是中国帝王权力的写照。"法无定法",成了残害忠良,草菅人命,炮制冤案却可以不承担任何责任的借口。十年浩劫期间,广泛流传于民间的关于"颐年堂"改名为"一言堂"的政治笑话,实在是充满血泪的控诉,一切爱国的人都不应该一笑置之的。至于公然号召"无法无天",并且说出"一听说公、检、法垮台,我就高兴",以及"为全面内战开始,干杯"诸如此类的豪言壮语来,我辈凡人,实在不敢议论,只好认为是匪夷所思了。

"四人帮"垮台后,那种妄想继续用一种思想、一种声音统治天下的极"左"一套,受到了全国人民的抵制,要求法治的呼声日益高涨。正如梁漱溟先生于一九七八年在全国政协小组会议上发言所表达的:"中国的历史发展到今天,人治的办法恐怕已经走到了尽头。……即使有人想搞人治,困难将会更大;……中国由人治渐入了法治,现在是个转折点。今后要逐渐依靠宪法和法律的权威,以法治国,这是历史发展的趋势,中国前途的所在,是任何人所阻挡不了的。"

这段话说得很好。好就好在他不但正面提出了真正的"法律一律",即,法律面前人人平等,刑能上大夫;而且在字面下边还蕴含着一层意思,即提出了真正的"舆论不一律",也就是让各种意见(只要不是违反四项基本原则的)都能得到充分发表的机会,让大家学会讲道理,并在对比、鉴别中接受最后的取舍。一句话,以民主求法治,以法治促民主。

以民主求法治,以法治促民主,这是一个十分可取的办法,符合国情,有利于改革、开放。它的直接效用之一就是,废止对真理的垄断,从而杜绝一切实际上危害社会主义事业的犯罪活动。

从这里再回过头去评价胡风先生对长期存在于我们社会的"舆论一律"现象的批评,应该承认,他是击中了要害的。

六

这篇文章再写下去,就不能称作"小议"了。然而,《材料》一书中,关于"舆论一律"的这一段"按语",委实事关重大,影响深远,至今还捆绑着许多人的手脚。

粗粗考虑了一下,觉得起码还有这样一些题目,值得认真研究。它们是:"舆论一律"与"反面教员","舆论一律"与"报喜不报忧","舆论一律"与"小骂大帮忙","舆论一律"与"只有唯心论与形而上学最省力","舆论一律"与"七八年再来一次",最后,自然应该正面探讨,"舆论一律"与"舆论监督",如此等等。

我寻思,唯其这样,我们才能廓清环绕"舆论一律"问题的人造的神圣烟雾,才能告慰于无数因"舆论一律"四个黥面黑字而枉受囹圄之灾的清白的灵魂,其中首先就包括胡风先生。

1988年7月　合肥

密特朗当过战俘

七十一岁高龄的社会党人弗朗索瓦·密特朗,担任法兰西共和国第二十一任总统之后,又一次在大选中蝉联,继续入主爱丽舍宫七年。

第二次世界大战中,一九四〇年六月十四日,作为一名陆军中士的他,曾因受伤被俘,关进了德国法西斯的集中营。出身于生活优裕的资产阶级家庭,笃信天主教,专攻法律且酷爱文学的青年,这时才第一次睁眼看到了存在于大地上的另一种生活——从肉体到精神都备受折磨的非人世界。他决定越狱,前两次的尝试失败了,第三次终获成功。这一段不平凡的经历促使密特朗做出了人生的抉择:为自由,为普通人的尊严,为社会正义而斗争。

一九四三年十一月,他绕道阿尔及尔前往伦敦,投奔抵抗运动的领袖戴高乐将军。但是,由于政治观点和个人气质两方面的歧异,虽然同处于一条堑壕之中,却并未成为战友。

一九四七年,由于他在战俘营内的出色记录以及代表战俘组织所做的大量工作,他被任命为老战士部长,进入了上层统治圈子。这一年,他不过三十岁。他如此奋斗不息,使得社会党成为法国第一大党后,于一九八一年取得了最高权力。

上述生平,颇为荣耀。不过,倘用中国的正统眼光审视,必定习惯性地首先看到"污点":"当过战俘",这种人还配当总统? 就是担任一般公职,那也必须"内控",其档案袋殊不知有若干公斤! 道理不难明白,所谓污点,就是疑点。

数千年来，主宰中国历史的"战俘观"，正是如此。

李陵的故事很有名。小时候读《古文观止》，那篇《李陵答苏武书》很令我感动。及至长大，虽然知道了其实是后人伪托之作，仍旧很感动。据记载，李陵系名将李广之孙，"善骑射，爱人下士"，是一员良将。汉武帝天汉二年（公元前九十九年），奉命出征匈奴。将军李广利（武帝宠妃李夫人之兄）统领主力，李陵则率五千步卒自居延北进，直捣敌军心脏；在李广利按兵不动，补给断绝的条件下，浴血苦战，将单于的大军斩杀近万，而且亲自发连弩直取对方统帅，吓得单于惊呼："此汉精兵"，准备解围撤退。不幸，这时有人叛逃，密报真情，结果，一直拼到用树棒当武器，随从伤亡殆尽，孤身被擒。

安坐龙廷的天子，既不自责，也不审查李广利，却因此而屠尽李陵全家。李陵原来还打算相机潜逃回中原的，听到这个消息，便完全绝望了。然而，纵使这样，李陵也没有去当汉奸。李陵有罪乎？他做到了一个将领乃至一个士兵所应做、所能做的一切；硬要说有罪，罪在未曾遭敌军杀害自己！

司马迁迂得很，竟出来替李陵辩护，惹得皇帝翻了脸，宣布要杀他；幸亏同僚力保，才改判宫刑。堂堂男子汉遭此可谓奇耻大辱。这便是《报任安书》中，司马迁满怀悲愤叙述过的那桩千古冤案。

无独有偶，苏联也是这样。苏联和中国现在都是社会主义，但过去都是最野蛮、最黑暗、最愚昧的封建主义。我们从苏联作家创作的大量文学作品中间，每每能够发现：凡是当过战俘的人，几乎没有一个有好下场。

斯大林前妻生的儿子雅可夫，在苏德战争的初期便被俘了。文件表明：只是由于他自幼失去父母抚爱，养成了孤僻易怒的性情，才在一次发作时，误触电网身亡。否则，倘或活到一九四五年遣返，结局又当如何？他的父亲会怎样收拾这个"逆子"？！很难想象……

最近，偶听传闻，说是苏北某地，有一位当年在朝鲜战俘营领导过自己的战友，和美国侵略者以及蒋介石特务面对面英勇斗争的前志愿军军官，在去北京上访途中，突然路遇一个从高级轿车里走出来的陌生者，然则，听那口音又极熟悉："首长,这些年,您一切都好么?"愣怔良久,才记起是他从前的通讯员,眼下是回大陆探亲的台胞。据说,这位上访者所答非所问:"老子再也不告状了!"凄绝至极。

这则故事的可靠程度究竟如何,我未做调查。不过,我是相信的。因为,十年动乱期间,我在山西第二次发配农村劳动改造时,有幸接触过这天底下最最惨痛的心灵。

于是乎我从当过战俘的密特朗想到了李陵,又从李陵想到了雅可夫,再从雅可夫想到了那千百个被匪徒们捆住手脚,注射麻药,然后强行电刺上"反共抗俄"等丑恶字样,但心地洁白如雪且软和如絮的无罪的中国革命军人;我禁不住高声祈求:改革,改革,也改革一下我们的"战俘观"吧!不是对放下武器的敌人还讲人道主义么?或曰:"那是策略——好。"请对这些没有去台湾,当然也无法从台湾归来的"龙的传人",实行同等的"策略"吧!行吗?

1988 年　夏

正 题 歪 做

诗人邵燕祥兼擅杂文。读八月九日《人民日报》刊出的《大题小做》,拊掌之余,感慨良深。谨依其章节段落,比照涂鸦,终难避攀附之嫌也;狗尾续貂,不堪不堪。

自从"一部分人先富起来"之后(富与富不同,或一颗汗珠摔八瓣,或全不费吹灰之力),便有了"能挣会花"的口号。始则倡导,继而批判,依愚见,倡导既不必,批判也无用,钱各有主,支配方式自然相异。对那实际生活早已"全盘西化"了的,在下不敢多嘴,单说土的,即:造坟、修庙之类。既然不离土,那就有根,浅层的根是:苦够了,苦怕了,一朝发财,此身犹在梦中;是祖宗保佑,菩萨显灵?反正理当报答。中国的大多数人文化素质还不能说很高,这种总要找个什么对象谢恩的心态,可以理解。至于深层的根,毋庸讳言,虎踞龙盘的封建主义是也。何况怕变;与其一切泡汤,哪如眼下炫耀乡里来得风光!

什么"造坟造庙者,其无后乎!",虚声恫吓罢了。连"一对夫妻只生一个孩子好"的国策都不足以使之就范,还在乎一句咒语吗?证之历史,孔子就使用过:"始作俑者,其无后乎!"但又何尝见过那帮先用活人殉葬,后用陶俑、木俑陪葬的王爷皇上们,有谁曾真格的绝了种?

韩愈因为上书唐宪宗李纯,阻迎佛骨,差一点丢了脑袋。斯时也,敢于逆批龙鳞,反对佞佛崇道,完全是为了保卫正统儒家的立场。不过,平心而论,客观上还是宣扬了无神论的,功不可没。然而,贬官潮州,上任才一个月,便写开了荒诞不经的《祭鳄鱼文》。有人辩解,这是为人民祈求平安。可是,迷信却也无可规避吧。尤其是文章中大段歌颂"今天子嗣唐位,神圣慈武……"纯属谀辞,说穿了,无非是对当初要杀他的最高一人拍了个高级马屁。然而,韩愈终究还算得一个好人,好就好在一般说来他还识羞,不像如今的一些人,谀人与被谀,一概泰然自若和岿然不动。

时装与古装,轮番变化,这当中似乎也有"三十年河东,三十年河西"的"规律"可寻。

君不见,马王堆的残缣碎绢,那图案花样都已成为某些设计师们的灵感源泉了么?据此,明年四十大庆,倘或大清龙旗竟然与五星红旗交相辉映,我是不会吃惊的。见怪不怪,其怪自败,眼下不是已经开辟了"末代皇帝旅游"专线了么?广告而已。旗帜,有时也不过是广告,过分相信,难保不上当。

文学就是捏造,这种"理论",应该说是古已有之,于今为烈。

值得注意的是,真正撒谎的,却照例从不承认自己在撒谎,相反,满脸正气,煞有介事;而在软软笔尖之下舌尖之上,被鬼化的往往是人,被神化的倒真是鬼。此乃"真实"之别解。

宋祁词云:红杏枝头春意闹。着一"闹"字,境界全出。"群众闹事",也是着一"闹"字,则又别有一番滋味矣。

"领导闹事"与"群众闹事"不仅有前后之分,且有暗明之差,虚实之别,不可不察。仍以十年动乱为例,本来是就那么几个人关心"家国"大事,偏要厘定为八亿人民"关心国家大事",幌子而已。

官与官不同。清官是官,赃官也是官,死了万民恸哭的是官,垮了百姓称快的也是官。

最可怕的莫过于赃官多,该垮而永远不垮的官多,这容易造成错觉,将新社会混同于旧社会。因而我赞成把"党风不正"的提法修正为"官风不正"。

鲁迅先生生前说过,希望他写的文章速朽。

作为国魂，鲁迅先生诚然是不朽的，偏偏又有人盼望他速朽，不乐意听别人说一声"假若鲁迅先生还活着……"，便是明证。

杂文频遭危厄，虽屡战屡败，犹屡败屡战，何故？聂绀弩翁有名句："哀莫大于心不死"，实在一语破的。

1988年8月　合肥

"电影骗子"之类

提起笔来写这篇有关电影的文章,身上立刻产生"触电"的感觉。钟惦棐因《电影的锣鼓》而划"右",瞿白音由《创新独白》而变"牛"——既不允许慷慨陈词,又不允许悄声自语,果然危险得很。

不过,我仍旧决定发言。所恃无他,就凭自己一非"权威",二非"内行"(根据"外行领导内行是客观规律"的"理论",我可以对电影工作说三道四,仿佛倒成了"天然是合理的"了),不过一名并不怎么热心的小小观众的身份;然而,这,能当作"防弹背心"么? 私下并不踏实。

姑且一试吧。

最近一段时期的热门话题,是《红高粱》。张艺谋从西柏林抱回一头金熊来,人心激动。究竟是为国争光,还是卖国求荣? 议论纷纷,煞是热闹。有人喝彩,有人冷笑,有人吃枪药,有人喝老醋。那最最最"革命"的,干脆判定西安电影制片厂窝藏了一帮"反党反社会主义"分子,这些家伙的所作所为,无一不是有组织、有计划、有步骤地给中国人民"抹黑"。帽子之大,与一九五七年和"文革"尺寸相等,令人望之胆寒。

如此不同的截然相反的评价,当然来自认识上的差异。持绝对否定态度的同志,只要不搞吓人战术,光明磊落地参加争鸣,并不失为堂堂君子。纵使辩论的结果,证明了他的偏颇与武断,我以为,他的发言权还必须受到保护。至于不在其列的个别人,因为目的完全在于"立新功",则是另一范畴的事,不宜品评。

不过,到底时代前进了,敢讲真话的人、良心未泯的人多了。陈昊苏副部长挺身而出,主持公道,也起了不少的作用——从某种意义上看,他的一笑一颦都是风向。此话也许不中听,却是地地道道的"国情"。

张艺谋倒真是个好样儿的,吴天明也是个好样儿的,不张狂,不浮躁,相反,"冷"得可钦可佩。冷方能静,冷方能思,冷方能有所取舍。

也有若干作艺术分析的文章,评论得失,不乏高见。特别令我赞赏的是黄宗江的《电影艺术中的几泡尿》,言简意赅,深中肯綮,针对那让不少有洁癖者摇头的一组镜头——"我爷爷"当着"我奶奶"以及众伙计的面,掏出那活儿来冲着酒坛子滋尿的整场戏,做了一番颇有说服力的新设计,我完全同意。然而,其奈拷贝定型,不能重拍呵!人说电影是"遗憾的艺术",有理。

欢欣鼓舞之余,乃又有了"走向世界"的豪言壮语。

"走向世界"的口号,不独电影界叫得山响,诗人、小说家、评论家……津津乐道者似亦为数不少。

无论什么中国货,能打入国际市场,当然是值得高兴的大好事。

然而,千万不能忘了,这是精神产品;不能不长一双中国的脚,穿一对中国的鞋,走一条中国的路。我们的立足点,绝不是任何别的国家,尽管那儿风光迷人。基于同一考虑,我还进一步认为,讲"洋泾浜"英语的,必定无从为英语世界所认同,中国人应该说中国话。《红高粱》之所以使洋人倾倒,正是他们从中听到了真正的中国人说的真正的中国话。

何况,"走向世界"本身不是目的,"走向世界"的对应结果,理当是世界"走向中国"。这才是开放的报偿,平等的、相互的、充满善意与要求了解的交流。

不同质的耕耘,规定了不同质的收获。

中国在改革,苏联和东欧社会主义国家都在推行程度不等的改革。

势所必然的,在这些国家,都派生出了一个电影事业如何改革,从而又以自己的改革去推动全社会改革的共同任务。

随着戈尔巴乔夫的"新思维"日益深入人心,克里姆林宫开始重新认识历史。首先重新认识那位在那高耸宫墙和塔楼之中居住时间最为长远的统治者;初步的结论是:既做出了"无可怀疑的贡献",同时,所犯的"罪过"又"是巨大的和不可原谅的"(见戈尔巴乔夫一九八七年十月革命节七十周年庆祝大会上的报告),这指的斯大林。

我有一个感觉,在意识形态方面,他们比我们目标更明确,决心更坚定,措施更彻底。仅就电影这个小范围而言,长期禁映的一批影片,纷纷在国内外银幕上出现了。还有一批遭到错误批判的文学名著,多数也已经改编剧本,准备开拍。这些做法,无一不意味着与"过去"告别。另据法新社报道,七月份莫斯科公映了一部揭示了苏联党政高级官员多享受的特权(包括内部商店、特殊学校、专设医院等等)的纪录片:《禁区》,同一则电讯说:"这部纪录片花费了两年的(制作)时间,它使戈尔巴乔夫的'公开性'时期的新闻纪录片越来越受人们欢迎。"

假如,在这两方面,我们能学习"苏联老大哥"肯定会"青出于蓝而胜于蓝",死气沉沉的《祖国新貌》也绝对不至于成为想吃西红柿时必须"搭配"的烂白菜了。

匈牙利更有高招。不久之前,布达佩斯上映了一部无名电影,与之同时,设立了金额高达20000富林的"最佳片名征求奖",一时观众踊跃,座无虚席。

有可能中奖,固然是盛况空前的原因之一,更主要的还是内容的切中时弊,某地官员在"差额选举"中彼此斗法,互相攻讦,最后又坐到一起亲密无间地均分权力。该片导演安德拉什·科瓦齐解释,这个"不该发生的故事",可以唤起群众深思:改革政治体制,清除腐败现象。

匈牙利同志可谓用心良苦,在同一面旗帜下面生活的中国人,完全理解,为了提高我们自己的透明度,提高民主意识与法制观念,似乎也不妨仿效,虽然,未必一模一样地跟在人家后面,搞"无标题音乐"。须知,这种形象化的舆论监督,威力胜过报纸多矣。

记得"文革"期间,江青曾有一句名言:"电影片子——电影骗子嘛!"

此等谬论,放在别人身上,势必打成"现反",但,她是"旗帜",没事。然则,却也于信口开河中,泄露了极"左"文艺(包括电影)"瞒"与"骗"的实质。

电影片子当然不是电影骗子。正如文学创作中的虚构拟想不会混同于造谣撒谎一样,这是常识。二者皆源于生活,更集中、更精练、更尖锐而已。

我觉得,电影果欲振兴,倒真应该把镜头瞄准横行于当前社会中的大大小小、形形色色的骗子,使之暴露于众目睽睽之下,造成过街老鼠人人喊打的社会效果。要说奉献,这才是奉献。不此之图,误入魔障,那就难免与骗子同流合污了。

1988 年 8 月 18 日　合肥

荷李活道旧事

一九四八年,我恰好生活在香港。

记得大约是八月间,一个少有的无风的日子,中午相当燠热,忽然戴天(汪汉民)冒着大太阳从九龙渡海匆匆前来,通知我一个决定:去即将创刊的《文汇报》工作,暂时担任校对,还要考试,让我准备一下。我笑了,告诉他:不用现学,你忘了我半工半读的经历啦。我读大学的日子,因为家境贫困,曾经在当地的一家报社混过差事,什么都干过,从剪贴资料到撰写社论,校对方面的知识,是不在话下的。接着,我们谈起了上海《文汇报》被国民党当局查封的事,很愤慨,戴天这才透露,主笔徐铸成先生已在香港,正是他提出来需要一批具有高等学历、政治上可靠的青年人,充实各个业务部门——主要骨干,还是上海的原班人马——处于地下状态的全国学联便领受了这个任务,推荐了若干流亡学生;其中和我一样去当校对而我又很熟悉的朋友,有现任北京自然博物馆馆长的黎先耀。

按照指定的时间,我相偕黎先耀去到中环荷李活道的一幢不起眼的小洋楼应试;只见不大的屋门口已经挂起了《文汇报》的牌子,我心里好一阵热乎,想起了自己历来就是上海《文汇报》的忠实读者,如今真的迈进了她的姊妹,她的化身香港《文汇报》的堂奥,不由得产生了莫大的喜悦与激动。

黎先耀也和我差不多,少年时代就当过"小报人",因此,那几道考题,一会儿就答完了。

第二天得到通知,已被录用。

试刊之前,正式报到上班。

一开始,要适应作息时间大颠倒的变化:以夜作昼,以昼为夜。有点辛苦和不习惯。不过,校对课的同事全是年龄相仿的小伙子,除了上面谈到的黎先耀以外,还有戴枕,此人刚从青山达德学院结业,性格开朗、活泼;前几年,却因了一桩泄密案件被捕入狱了。另外还有一位,名字我忘了,听说是由什么民主党派介绍来的。大家工作的时候鸦雀无声,一闲下来便说说笑笑,倒也从未感到枯燥无聊。我们这几个年轻人的宿舍,单独设在半山坡一条小街上,街名已经想不起来了,距离报社约有一里之遥,水泥路面,很陡,间或还有几段石级要爬;站在路上,可以非常清楚地望见两侧居家的内室;由于大家总是三更四更时分成群结队回营,往往会撞上一些尴尬场面。受惊的主人们便骂骂咧咧的赶紧关上窗子。我们则一场好笑好气。最难忘的场面是,每逢雨天,这整个一条山路简直就像长而又长的明净光滑的镜子,走在上面必须特别小心,仿佛一脚踩重便会碎了。它照过我的慵倦,也照过我的奋发;我知道,《文汇报》早已迁往湾仔了,可是,我总觉得湾仔也应该有一面这样的"镜子"。

一校,二校,三校,直等到清样出来,肯定是子夜三时了。有时候,为了等一条重要消息——比如,国内主要战场上的新华社战报——甚至等到东方薄明。这种时刻,大家便变得老头子似的冷静而又严肃,耐心地守着,偶尔趴在桌上打一会儿盹。印刷车间就在一楼,工人们和我们都相处得很好,有上海来的,也有香港本地人。

只是当我陆陆续续认识了全体同事之后,才明白过来,从全国学联派来的人还真不少,外电翻译组全是。其中有几位日后都成了独当一面的人物,如:去年才从丹麦(兼冰岛)归国的离任大使陈鲁直,中央广播电影电视部分管电影的负责人石方禹,曾任新华社驻柬埔寨记者的张瑶……当然,还有同全国学联并无关系的,那时候的资料员,现今的广东省广播电视厅厅长方亢(他的军事述评写得十分出色)。我们彼此亲切融洽,有不少共同语言。

根据一般人的看法,香港《文汇报》被划分在所谓左派一类,然而,她和《华商报》毕竟不同,尽管,她也有她自身的优秀传统。我以为,那最突出、最可贵的特点是:刚正不阿,平易近人,艰苦朴素,为弱者代言;在商业大都会,却不沾染拜金主义恶习,也没有官报作风,相反的,倒是书卷气十足。这当然是和报纸的主持人的品格和素质分不开的。所以,凭着一个年轻人的敏锐感觉,我自信,只要勤奋,踏实,上进,就一定会有温暖的眼光注视着我,鼓励着我。

回忆半工半读的年月,我领的是津贴费;在生活书店附设的持恒函授学校批改作业,也无有月薪一说,收入上下浮动,且极其微薄,全看选课的海内外学生人数多寡来决定分成比例和报酬总额。自从踏进香港《文汇报》,才平生第一次拿到了固定工资,从而不但我本人,而且我的远在内地的二老双亲,都得到了经济保障;何况,对学联的捐献也能多一点儿。这可以说是香港《文汇报》给予我的恩惠,至今言及,还感激不已。

我虽然睡眠不好,却怕惊扰了别人,往往挨也要挨到中午起床;邻居们吃午饭了,我们这群夜猫子才张罗早点。整个的下午都属于自己。我除了拿出一定的精力,继续兼编全国学联机关刊《中国学生》,参加一些其他的集体活动而外,读书和写作的时间较之以前宽裕多了。唯一的遗憾是宿舍里竟没有桌子。这也难不倒我,用一块木板,支在膝盖上,照样写杂文,写诗,写小说,写活报剧,还和黎先耀联名搞了一个"三人影评"(实际上只我们俩),几乎成了《大公报》副刊的专栏。此外,间或还奉本报《新闻窗》副刊之命,拼凑国际、国内时局的有关资料专稿。总之是忙得不可开交,但自得其乐,从来没有起过上酒吧间、下舞池的念头。因之,几十年后,当人们听说我那时候就去过香港,又在《文汇报》这么一家大报做事,却如此之"土",感到实在不可思议。

除了徐老,在这儿,我先后认识了马季良(唐纳)、孙师毅(施谊)、金仲华、宦乡、莫洒群、张演、余鸿祥和张稺琴先生。徐铸成先生和莫洒群先生的"无声的教益"是受用不尽的。

我这个人，长处不多，足以拿得出来与人相比的，认真、细致，大概算得上一条。可是，居然在《文汇报》翻过船，令自己什么时候提起什么时候脸红。准确的日期记不住了，反正是报纸的头版，不是头条便是二条，本来那大标题应该是"势如破竹"，印出来的却是"姿如破竹"。尤其难堪的是，当着它已经成为笑柄传遍港九，同时全社同仁为之懊恼之际，闯祸者犹在梦乡！

这条标题编辑改了几遍，最后的大样经我过目，鬼使神差，偏偏不曾发觉植字有误。我们的校对课负责人朱近予，夜间见面，也只是将那张报纸在我鼻头下边晃了晃，"看你！"再也没有说别的。一连几天，我都像怀里揣着个小鹿一样，十分不安。然而，谁也不来批评我——可我又是多么盼望他们张嘴说话啊！

自打出事故以后，我暗暗准备了一盒万金油，长期携带在身，每逢吃过夜宵，人困马乏的关键时刻一到，无论是否瞌睡，我都要往太阳穴部位，往鼻孔里边涂抹一番。

三个月过去，叫我接编《社会大学》。同事们纷纷北上，准备回去迎接上海解放。不多久，《彩色版》的主持人梅朵也走了。于是，又由我临时代理了一段时间。这期间，我去拜访过秦似，征得他的同意和编辑部的批准，把版面移交给他。然而，不料秦似上班日子不多，又要去粤桂边纵队。不得已我又抵挡了几期，同时，向莫洒群先生推荐了洪遒，洪遒正式到职了。秦似和洪遒都待我如长兄，可以说得上私交甚笃，所以才如此顺利。当然，他们二位首先是为了支持人民喉舌《文汇报》，才甘愿给自己"加码"的。

我的工资提到了一百八十港元，住地也搬到离编辑部不远的一所有铁门、铁栅栏的房子里，床仍旧是我自己购置，走到哪儿带到哪儿的帆布行军床。不过，这一回公家给我配备了一张旧的两屉桌。我之所以要追忆这些，用意全在于说明当年《文汇报》绝非大手大脚，倒是相当清苦与清白的。我想，现在盖起了大厦，这份创业的精神总该还是坚持着的吧。

应该说几句关于《社会大学》的话。《社会大学》，据个人的理解，它是彼时彼地《文汇报》的一个对外的窗口,也不妨称之为报纸与读者之间的桥梁。这在大陆风云剧变的年代,办好办坏,责任至关重大。扪心自问,我是兢兢业业,全力以赴的。每天收到来信来稿多达三百件,没有助手,全靠我独自处理。有的需要及时回信,有的需要约见深入了解,有的涉及重大问题,必须转给有关方面,待做出答复后方能表态,有的则需要邀请专家、律师、医生解答。《社会大学》开辟了几个"讲座",也许是由于格调新颖,或者由于具有一定的针对性,颇受动荡时代青年读者的欢迎。我除了编务工作外,化名写各式各样的长长短短的稿子,也耗费了不少精力。碰上什么厂子发生罢工,什么地方棚户失火,我还得充当一名义务会计兼出纳,代收捐款,动用算盘,分项累计,逐日公布。而每日接待登门求告的来访者,越到后来越成为一项繁重的任务。这些从不相识的陌生人,绝大部分是从国民党的残山剩水中逃亡出来的,他们衣食无着,有家难归;尤其特殊的是,竟有在迁徙过程中挣脱集中营的虎口余生,有从溃退的中央军里舍命一搏的逃兵,有自台湾"倒流"、要求帮助去解放区老家团圆的义民;当然,更大量的是希望投奔光明,报考"革大""军大"和"公学"之类的热血男女。我无时无刻不被这些人酿造的氛围所缠绕,所激荡,所感召,我认为,哪怕做出再大的牺牲也值得。原来,这个世界上竟有如此丰富、复杂的生活!竟有这么多单纯、高贵的好人!不过,说到这儿,我绝不会淡忘,泥沙俱下,鱼龙混杂,我同时接触并识别过并非善良之辈:"探子"和"骗子",人的渣滓。看守《社会大学》的三百个日日夜夜,印象是深刻的,收获是可观的,这对于当时年仅二十一岁的我,该是何等严峻的锻炼!我理当感激香港《文汇报》的第二桩大事,正在于此。

一九四九年十月,广州解放,秩序尚待建立,我兴冲冲地冒着号称"大天二"的特务歹徒横行不法的危险,去看望若干位南下的老友。我对他们表示了自己亟愿体验战争的浪漫意图,于是便加入了由陈赓将军统领的一支身经百战的光荣队伍。

就在这个时候,我却捅了一个娄子——中华人民共和国成立之后的第十二天,《社会大学》由我经手发表了数十名学生的联名来函,强烈抗议某某中学拒绝悬挂五星红旗,相反地,倒示威性地打出了青天白日旗。毫无疑问,这是一种有意识的挑衅行为。血气方刚的我,不知道拟了一个什么样的标题,加了什么样的按语,少不了表示支持和声援这些爱国的同学吧!岂料,那位亲蒋的校长先生竟向法庭投诉,控告《文汇报》犯有"诽谤"罪。不过,待到传票送来,指名要我去对簿公庭之时,我早已远走高飞,在云贵边界上行军打仗去了。留下的一堆麻烦,也不了解是怎么了结的。事后,当我获悉香港还有一桩找不到"祸首"的"官司",等待人犯"投案"时,我曾经开怀大笑。可是,另一面我又一直感到歉疚,对不起香港《文汇报》。这种遗憾,一直保持到今天。

1988年8月香港《文汇报》
创刊四十周年纪念特约专稿

青藤书屋小记

大约十岁左右,从儿童读物《徐文长的故事》里,我知道了四百年前中国出过这么一位才子,心中十分地敬仰。后来长大,又见到另外的记载,郑板桥自刻一章,曰:青藤门下牛马走狗郑燮。郑也是我钦慕的古人,他对徐渭尚且恭谨如此,我只有越发肃然起敬的份儿了。于是,爱人及屋,著名的青藤书屋,就成了我心向往之的宝地。

丁卯岁暮,终于如愿以偿——绍兴本有许多好去处,但,给我印象最佳者,还数这一幢青瓦白墙的民居。

室内冥晦而寂寥,这冥晦,这寂寥,似乎在暗示着那一页历史;氛围中,有种幽深感,迫使着我屏息敛步,恍若置身于某个易碎的梦中,私心已然絮淡,唇舌却又噤声……

整座院落,占地不足两亩。利用之经济,布局之得体,堪称江南一绝!虬藤,女贞,疏竹,蕉丛,山石,曲径,天井,水池,无不妥帖;而那登堂入室必由之路的一扇腰门,尤其令人称奇,它完全人格化了,一如主人侧身横立,并不理会远客,落拓桀骜,依稀当年。

门楣之上,悬的是明末大书画家陈老莲(洪绶)的手迹:青藤书屋。这位大师也曾慕名而来,寓居此屋多年。及后,兴废沧桑,数易其主,居然构筑一仍原貌,实在难得。或问何以致之?墙上嵌着一方《重修青藤书屋记》碑碣,点破了秘密。"书屋为陈氏所有,而敬礼先生如故。凡酬字堂、樱桃馆、柿叶居诸胜,悉为补缀,顿还旧观"。这指的是清代往事。我不禁喟叹再三,莫非前人较之今人更为尊重知识,更其充满温情耶?记得徐渭有一篇《酬字堂记》,谈到过这所房子的来历。原来,他曾为重建的镇海楼撰写记叙短文,获"廪银二百二十两",买下了它,一番经营,才得以在这儿"网鱼烧笋,佐以落果,醉而咏歌",自得其乐。可见,当时的稿费并无千字若干元一说,以质论价,实在是我们的优良传统,可惜被忘却了。

正房厢房连通。正房陈列着青藤山人的书画和著作;厢房里倒有他的肖像,镌刀不深,线条分明。虽则自题"吾生而肥,弱冠而羸不胜衣,既立而复渐肥,乃至于若斯图之痴痴也"。此系谦辞,其实,皂袍方巾,眉清目朗,潇洒自若,何痴之有?倒是画像两侧的对联大有深意:"几间东倒西歪屋,一个南腔北调人。"区区十四字,道尽了遗容中难以透露的冷暖人世,坎坷生平。

徐渭毕生追求的理想世界是"一尘不到"。他工于诗、文、书法,又是戏曲专家,同时被尊为泼墨大写意画派的开山鼻祖。我觉得,他既是李贺,又是凡·高,一辈子不曾及第做官,一辈子沦落下僚,中年还因精神受到打击而一度疯癫,自己亲手用锥子刺聋了双耳,用槌子击碎了睾丸,然而终于不死,相反的,活得比李贺比凡·高都长寿,七十有三,撒手归天。

这才留下了书屋,留下了橱窗里的名画《墨葡萄》以及为人传诵的题诗:"半生落魄已成翁,独立书斋啸晚风。笔底明珠无处卖,闲抛闲掷野藤中。"细观长吟,我竟自觉有所悟:中国知识界的悲哀,自有其遗传基因在。

唯愿崇敬徐渭的朋友,都有机会去会稽故郡,找到前观巷,再往里拐进大乘弄东,那么,您的脚印,就可以和逝者烙在石板路上的脚印重叠交错了,你就不会感到落寞了,同样他也不会感到落寞了。

1988 年 9 月 1 日 合肥

话说"全民皆商"与"脑体倒挂"

自从来自香港的全国政协委员刘乃强先生在七届一次会议上发言,对国内"非经济性的部门和单位一窝蜂地搞工商企业"现象提出尖锐批评以来,所谓全民皆商,便成了一时的热门话题。

下边叽喳得多了,上边似乎有所察觉,于是采取措施;无奈,"你有政策,我有对策"(这些能拿出对策的角色自然不是升斗小民),随着时间的推移,倒是改头换面,愈演愈烈了。一个数千年一以贯之的"抑商""轻利",并且已经将"商为四民之末""无商不奸"诸如此类的观念化为集体无意识的民族,忽然来了一个一百八十度的大转弯,这一罕见的历史现象,实在值得深思。我以为,它不但有助于我们对现阶段的社会进行宏观研究,而且也能使我们对鲁迅先生解剖过的国民性,即:既崇尚"中庸",又"好走极端",多了一层实际的了解。

应该承认,"全民皆商",的确是一个具有高度概括性的新鲜名词,准确、生动,而且入木三分。

不过,据我所知,"全民皆商"的提法迄今并未形诸笔墨,载入文件,因此,它和早些年的"全民皆兵"的正式号召是不同的。当然,不同,也仅止于此而已。遥想当年,一个"大炼钢铁",一个"学大寨",何等红火热闹!何等冠冕堂皇!却也未曾见过在神州大地上处处缀满"全民皆工"或"全民皆农"的金色大字。所以,我猜想,"全民皆商"是否也和"全民皆工""全民皆农"一样,具有某种只可意会、不可言传的神秘意味和宗教色彩?倘或理解为我们经久不衰的"群众运动"遗风,庶几近之。

然而,这一次的"群众运动",又有其引人注目的特点。

历次"群众运动",弄来弄去,最后都不免"运动群众"之讥。究其实,盖因皆系"亲自发动、亲自领导",从而有一股强大无比,有如天罡地煞的政治压力,自外而内,运而动之之故也。

"全民皆商"则不然。此番群众运动,几乎等同于生理课本上讲授的胃肠运动一般,与政治压力简直不搭界。不妨说,既然是由于消化系统的功能在起作用,那么,将对它的鉴定写作"自外而内,运而动之",想来是错不到哪里去的。

而每一次运动,大抵都肇端于一种主义(或曰:一个主意,主义与主意,在中国是不分的;有"拍脑袋"一说为证;属于常识,不必解释。)。万象世界,主义可谓多矣,有政治方面的主义,有经济方面的主义,有哲学方面的主义,有艺术方面的主义,有宗教方面的主义……各种主义无疑都有其忠实、虔诚的信仰者、皈依者。但,从这些信仰者与皈依者的角度审视,则一般都经历了一个先聆听宣传后决定加入的过程。即以人类最科学、最严肃、最崇高的思维结晶共产主义而言,伟大如列宁者,尚且做过大意如下的论断:工人阶级不会自发地产生共产主义思想,而只会产生工联主义思想。因之,共产主义思想必须由最有觉悟的少数先进分子对他们加以灌输……宣传工作之不可或缺,可见一斑。

可是,联系我国当前多数人的价值取向,有一点又令人颇为困惑:竟有一种主义全然例外,仿佛自有神力,可以不受上述客观规律的约束。我指的是拜金主义,即"向钱看"。自然,一旦有犟人硬是咬住追问:拜金主义果真不用"宣传"么?我又不敢肯定回答了。认真考察下来,那种既不需要领导人登高一呼,又不需要师爷们捉刀论证,全靠活泼泼的社会生活,全靠无所不在、无所不包的"软环境"加上"硬环境"的现身说法,算不算"宣传"呢?恐怕还应该称之为最有效的"宣传"吧?何况,尚有极富诱惑力的"创收"之说鼓噪助阵乎！

这样看来，"全民皆商"是势在必行的了。至于究竟行得通行不通，目前，只好走着瞧。刘乃强先生久居香港，又是有成功经验的生意人，他无疑是有发言权的。我完全赞同他的见解——违反社会分工的"全民皆商"，无异于饮鸩止渴，到头来要毁坏掉社会共存。试看任何一本经济学ABC，无论亚当·斯密，无论马克思或者凯恩斯，都早已明明白白提供了答案，实在是毋庸辩证的。问题在于你相信还是不相信。刘乃强先生是相信的，笔者也是相信的，还有许多人是相信的。这，有报刊上发表的无数摆事实讲道理的文章可查。引起我感叹的倒是另外一种文字，有人以高明的医生自居，竟然建议需要温补的病人吃巴豆！他们莫名其妙地把"全民皆商"和"脑体倒挂"这两种性质相异的不正常现象"一锅煮"，进而声称："全民皆商"正是解决"脑体倒挂"的唯一出路。奇谈怪论年年有，可又怎能比得上今年的出类拔萃！

于是，有著文论述"全民皆商"的决定性突破意义者。据称，老师课间向学生推销茶叶蛋，大大有助于肃清封建社会遗留下来的酸溜溜的"清高"劣习，从此可望不再出现范进式的人物云云。同时，对自家同胞进行启蒙教育者，更不忘列举外国的文明先例，说的无非是某某总统出身农场主，某某部长先前干过总经理，某某发明家兼任银行董事长，某某作家又写小说又开饭店，绘声绘"影"，有鼻子有眼。固然，这些都不假，但那片面性却也显而易见。人们只消反问一声：为何你只字不提另外一些名流，下台之后，仍旧回到课堂、实验室、律师事务所、公司写字间，甚至等而下之，重操旧业，乖乖地去替雇主鉴别古董和名画，开车、摄影，以及最终成为养老金领取者呢？

比较需要小心对付的是前者。因为他打出了一面"反封建"的旗帜，涂了一层"红彤彤"的油彩。不过，要揭露其中悖谬，并不很难。我想，请大家实事求是地去翻一翻历史，看看资本主义赖以战胜封建主义的武库中，到底有没有"全民经商"这样一宗法宝，就足以了然于心了。倘或更不客气，抖一抖老底，如今带头"重商"、一夜"致富"的爷们儿和娘们儿，又有几个不恰好披着一条封建尾巴?!

最难琢磨的莫过于大发宏论者的用心了。他们本人是知识分子,偏偏紧闭双目,不承认自己劳动不断贬值的铁的事实,反过来还大唱"经商自救"的高调。我不忍做坏的测度,纵使如此,那最好的解释也顶多是错把平均主义当作了社会主义,难道再能更"革命"一点吗?

诚然,这类主张,并非"仅此一家,别无分店"的中国特产。据戈尔巴乔夫在其名著《改革与新思维》中透露,在苏联,也颇"有些公民,认为提出社会公正,就是'大家拉平'"。戈氏根据苏共二十七大的决议,阐述了社会主义不是平均主义的浅显道理,进而具体谈到了一系列体现社会公正的"优惠"及其必要性。他说:"这些优惠是按对社会有益劳动的数量和质量提供的。生产领域有优惠,科学文化领域有优惠。例如,我们特别关怀大科学家、著名院士和大作家。对社会主义建设做出卓越贡献的人还会获得荣誉称号。比如,社会主义劳动英雄,功勋科学家,功勋文化工作者,功勋艺术家都享有比别人多的某些福利。各行各业,各个地区(首先是北方和边远地区)的职工、军人、外交人员等等都享有优惠。我认为,这种做法是公正的,因为它对整个社会有利。但是,要知道,这里的根据是,一个人所做的贡献的价值和大小。如果出现了利用自己的职权为自己'规定'的特权,那么这种特权是不能接受的,我们就要加以制止。"

抄这么一大段,其目的在于说明,平均主义思潮,实在是社会主义国家的通病,是"左派幼稚病"的表现形态之一。就笔者接触到的若干材料,我有一个总体印象,苏联在两个方面,即对有贡献者的关怀和对有特权者的抑制,做得都比中国实在得多。

又据今年五月九日出版的一份经济报刊上介绍,匈牙利(又是一个社会主义国家!)国家计划局经济计划研究所戴伯纳教授较之戈氏更进了一步,他指出了社会主义国家不存在剥削的经典理论的虚伪性。他认为,平均主义就是剥削。不努力工作的人剥削了努力工作的人。而过去相当长一段历史时期,社会主义国家的政府恰恰有效地组织了这种剥削。改革的目的之一,正是消除这一不合理观象。

这是何等发人深省的创见啊!没有学术良心,没有理论勇气,是绝对讲不出这一番深刻见解来的。戴伯纳教授幸亏是匈牙利人,倘在中国,也许又当成了"离经叛道"的活靶子了?!

不过,时至今日,中国的讲真话的人也逐渐多起来了。同一期的经济报上,便刊登了学者郑也夫先生写的论文:《我国脑体收入差别的历史变迁及其反省》。以大量无可辩驳的统计数字表明了一个值得思虑的过程:"一九四九年以前的中国是个贫富差异悬殊的社会。一九四九年的革命正是向着这种不平等开战的。但是革命的理想主义者把这一革命推向了另一极端。"(指七十至八十年代,脑体收入出现了百分之二十至三十的倒挂现象。)郑也夫先生的论点是有说服力的,它依据的是客观事实,而不是动听的口号或者诺言。我个人愿补充的一点是,这些被"倒挂"起来的知识分子,一般而言,都是我们的社会精英,他们都处在关系着社会主义建设事业成败兴衰的重要岗位上,置他们起码的生活条件与工作条件于不顾,实质上就是置改革、开放的前途于不顾。西方资本主义国家的当权人物(包括某些独裁者),都懂得保证公职人员的收入的重要意义,懂得教育为立国之本,懂得必须对科学、文化事业实行补贴或免税的必要性,我们又怎能指望目前已经潜伏着不安定因素的险局得以长期维持下去呢?又怎能听任以腐败的官场为龙头的"世纪末风气"戕害中华民族的根本生机呢?如果一切始终停留在纸面上,后果将不堪设想!

半年之前,也是在全国政协会上,有一位来自南昌航空工业学院的吴纯素委员,早已发出了大声抗议:"不应该把改善教师待遇这个球重新踢给教师!"遗憾的是,这个球到底还是踢给了包括教师在内的知识界。不但各级主管部门猛踢,而且还有一伙鼓吹人人都搞"第二职业"(有条件的当然可以搞,但前提必须是不影响第一职业)的"谋士"乱踢。用"全民皆商"的闹药,治"脑体倒挂"的沉疴,即其一例;我认为,这是典型的"帮倒忙",只能愈"帮"愈"忙",而其"忙"在前,其"乱"必在后也。斗胆进言,不胜诚惶诚恐之至,顿首顿首。

1988年9月5日　合肥

"高级牢骚"与"高级评论"

前些日子,我陪同西德作家代表团游览长城,下得山来,诗人考特忽然问我:"公刘先生,您有没有读过布莱希特描写长城的诗?"我一时颇为惊愕,布莱希特是戏剧大师,西方久负盛名的布莱希特体系的创始人,我是知道的,他写的八部名著,包括以中国元杂剧《包侍制智勘灰阑记》(李潜夫原作)为蓝本的《高加索灰阑记》,我也读过;然而,此公还写过诗,居然吟咏过象征东方文明的长城,甚且早于我的名字登上户籍,忝为华夏子民的一九二七年之前三年!自愧孤陋少识之余,只得据实回答:"没有。"于是,轮到我反问考特先生那首诗的内容了。考特先生兀自背诵了几句,可惜担任翻译的小姐刚从外语学院毕业,所知似乎也不甚多,她带着茫然的神情转告我:那首诗,说的是为了修筑长城,中国死了许多老百姓。这番话当然了无诗意,而且难以深究;不过,我立刻想起了孟姜女千里寻夫,哭倒长城的民间故事。布莱希特此诗,灵感兴许始源于此吧。众所周知,布莱希特对中国的历史极感兴趣,据说,他还利用过老子骑青牛出函谷关的传说作为创作素材呢。

接下来,考特先生又问我:"对您的同胞引为骄傲的这一建筑,您是怎么看的?"这位西德诗人目光尖锐,态度坦率,他笑了笑,以抱歉的语气直逼而来,"对不起,我发觉,您缺少其他游人的兴致,您看上去相当忧郁……"

我对考特先生——我不知不觉地把这位客人当作了可以交心的朋友——说了如下的一段话:"将近四十年前,当我第一次来到这儿,也像朝觐麦加的穆斯林一样,心情万分激动。这种神圣感,一直保持到二十世纪五十年代后期……"

"您的意思是说,从那以后,您的观点就改变了?"

"是的,我改变了,彻底地改变了。我认为,正如它的英文名字一样:Great Wall,伟大的墙;他的确是一堵伟大的墙,囚禁着一个伟大的民族,一句话,他伟大,而不可爱。"

诗人考特听到了这儿,缓缓地举起右手,抚住心口,应道:"我理解您,公刘先生。"

考特先生理解我,可我自己的同胞理解不理解我呢?对于这个问题,早先我是一直没有把握的。我私下猜想过,像我这样的想法,恐怕会被判定为"大不敬"吧。尤其是这些年重修长城之声高遏行云,便要不识时务,说长城"伟大而不可爱"岂不是于"爱我长城"的号召背道而驰?不承想,《河殇》公映了,竟博得如此热烈、广泛而持久的赞许!这样看来和我持同一观点的同胞原来大有人在!

长城,正是黄河文明的派生物。只有胸中淤积着厚厚一层沉甸甸的黄土的农业民族,才会萌发兴筑长城的构想(这一构想是雄奇的),并且付诸实施(这一实施是坚韧的),一千年,二千年,历朝历代,基本上一无例外地把它视作一项基本国策去执行。

"与秦长城的被遗忘相反,向后退缩了一千华里的明长城,却受到了无比的崇仰。人们为它是地球上唯一能被登月宇航员看到的人类工程而自豪。人们甚至硬要用它来象征中国的强盛。然而,假使长城会说话,它一定会老老实实告诉华夏子孙们,它是由历史的命运所铸造的一座巨大的悲剧纪念碑。它无法代表强大、进取和荣光,它只带代表着封闭、保守、无能的防御和怯弱的不出击。由于它的庞大和悠久,它还把自诩自大和自欺欺人深深地烙在了我们民族的心灵上。呵,长城,我们为什么还要讴歌你呢?"

这段解说词写得何等精彩,何等动情,何等深刻啊!应该说,《河殇》开了形象化政论电视诗的先河。不独关于长城的这二百个字,关于龙的图腾崇拜,关于重农抑商的传统,关于周期性的大动乱,关于毫无经济目的的郑和下西洋,关于圆明园里的迷梦,关于五四运动的夭折,关于"官本位"的无止权威……同样地都揭露得细微而又批判得精当!我们至今还在把悲剧当作喜剧连台上演,因此,有多大程度的荒谬,便有多大程度的危险。我以为,这,才是《河殇》的最值得称道的贡献。

不错,《河殇》绝非十全十美之作,有值得商讨的地方。例如,流露出地理决定论的消极影响,对小农经济的结晶之一——封建宗法观念的抨击还不够有力,对关起门来大搞"窝里斗"的恶劣作风未曾触动,等等。

正如电影《老井》《红高粱》放映之后,引发了截然相反的两种观感和评价一样,在《河殇》的民意测验箱里出现了若干反对票,这原本是正常现象。一面倒,满堂彩,倒未必真实,更未必有益。

批评《河殇》的人,大抵都是认为它宣扬了民族虚无主义即反爱国主义思想。我自然坚决不赞成这种意见,因为,我觉得这一论点既不符合事实,同时也美化了所谓的民族虚无主义和所谓的反爱国主义。然而,我又并不相信,凡是持这一论点者,一概属于保守僵化的行列,属于国粹派。我甚至并不怀疑,他们的动机和出发点也是忧患意识,"忧"得不在点子上。

除了我上边说到的这种不正确的批评之外,还有一种"看客"式的"批评"。极个别的"饱学之士"混迹于争鸣的营垒之间,油腔滑调,冷嘲热讽,胡说什么《河殇》不过是"高级牢骚",表示不屑得很。显然,这位先生是不发牢骚的"革命实干家",是主张"帮忙"的"好同志"。尽管,他的"高级评论"明明白白露出了一副"帮闲"嘴脸。

令人纳闷的是,到底什么叫"牢骚"?记得曾经读过一篇研究屈原的学术论文,其中有一句话:"《离骚》者,牢骚也。"快人快语,过目难忘。如果三闾大夫不朽的诗篇《离骚》也寄托着某种牢骚(无疑是地道的高级牢骚!),那么,当今的知识精英,和全国人民一道反思中国的历史,解剖中国人的文化心态,寻求中国民族的前途时,即便说了几句不仅准确的话,几句感情色彩浓烈的话,又有什么害处!"高级",该当不含贬义才对。这种"高级牢骚",不是发得太多,恰恰是发得太少,不是发得太早,恰恰是发得太晚;寄语别具心肠,善作"高级评论"的"饱学之士",请您也发上一通试试,如何?

1988 年 10 月 7 日　上海

想起了缅甸

两个月来,国内外的大众传播媒介几乎没有一天不报道有关缅甸的最新事态。这使我从回忆中"钩沉",重新想起了许许多多由于她从国际社会上"消失"四分之一世纪因而差不多要被淡忘的印象。

一九五〇年,我随军解放云南,有了剿匪作战和边哨巡防的生活体验。那时候,国民党军残部依托着老挝、缅甸和我国三搭界的地理条件,不断入境骚扰,给边疆各族人民的和平生活造成了很大的威胁。特别是中、缅接壤之处,英国殖民者对两国的侵略,留下了讨厌的历史后遗症——漫长的未定界。在这种混乱不清的状况下,偶尔也发生过深入"那边"几十华里乃至上百华里,追捣敌巢的事。当然,上级察觉以后,立即急令撤回,"维持现状"。未定界主要有两段,一在东,一在西。比如,东段阿佤山区,我去过的若干村寨,后来就正式划归了缅甸。早年在小学课本上讲到英军侵占片马、江心坡事件,则发生在西段。经过勘定,我方仅仅收回了弹丸之地片马,而把大片的江心坡仍然交给了缅甸。当时我就感到,为了两国人民的"胞波"情谊,为了维护和平共处五项原则,作为一个大国,我们的确是克制的,做了让步的。

至于中段,界碑明确,没有任何争议。我住过一些日子的畹町,正是中段的大路要冲。畹町镇外有一条畹町河,算是界河,旱季水浅,宽不及十米。河上架有一桥,可通汽车。按双方合约,这座桥并非各管一半,而是整个儿属于中国主权范围。因此,当我第一次见到它的日子,就有五星红旗迎风翻飞。也是在我逗留时期,这座桥上发生了一个有趣的故事。有一天,一位身着制服、佩带武器的缅军少尉,不知何故不顾警告,踏上小桥且不说,居然走到了北岸;理所当然地,他当了俘虏。这位少尉并未抵抗,在审讯中,才发现他是新近换防调来,根本不了解有关规定。这件事惊动了北京,半个月后,终于通过外交途径得到了解决:无条件释放,武器携回。

可笑的在后头。这位俘虏先生,先向驻军首长合十,后向看守士兵敬礼,接过枪支,整理军容,来了一个并腿立正动作,便喜气洋洋地高唱起从广播喇叭里学会的《志愿军战歌》:"雄赳赳,气昂昂,跨过鸭绿江……"大踏步而去。

我还到过瑞丽江西岸的唯一属于中国的地方——木姐。当时,政权开辟不久,革命秩序谈不上巩固,跨界而居的傣族人,大多沾亲带故,来往串门,是无法禁止的。因之,不但"赕佛"的宗教节日,即便平时"赶街子"(赶集),也相互在对方市面摆摊设点,兜售商品。(缅甸的穷苦人对我们建国初期一派欣欣向荣的景象很是羡慕,我就亲眼看见他们买下毛泽东的彩像带回家去的感人场面。)土司上层和缅寺僧侣更是活动频繁,总之,环境比较复杂。所以,我方派往木姐的武工队都是早出晚归,每逢夜幕降临,便主动撤回江这边来;那个颇像滩头阵地的孤零零的村寨毕竟不如后方安全。在木姐的外围,三面全是缅甸领土,有些村寨近在咫尺,鸡犬之声相闻;一到中午,你就听吧,到处传来懒洋洋的拖着长腔的呼唤:"贡——考!贡——给!"那是缅甸的小和尚们在向村民化缘,意思是"给米!给盐!"。这情景,这声调,和我们这边毫无二致。最有趣的是,登上我方临时搭起来的瞭望棚(实际上也是模仿傣族同胞的竹楼,不过更高一点罢了),每能清清楚楚地俯瞰缅军的哨所,那屋顶上的白铁皮,在强烈的亚热带阳光之下,反射着耀眼的光芒。碰巧了,还能撞见站岗的哨兵搂住花里胡哨的青年女子放肆亲嘴的镜头,有时也能看见他们公然端着鸦片烟枪进进出出的懒散模样。这种时候,我不免会想起国民党军俘虏的一句话:"老缅稀松!我们打他们,就像你们打我们一样!"脱口而出,倒也似乎可信。

的确,我注意到,但凡我见到的缅甸男子,一般都刚烈不足绵善有余。他们的体力仿佛也略逊一筹,担米的箩筐小得可怜,简直如同中国内地的一对篾篓。有一次,我参加边防连队的会哨巡逻,遥遥望见他们栽木质的电线杆,竟然动员了几十名"大力士",况且气喘吁吁,不胜重负。队列里的河南籍战士不禁议论道:"球!那么一根棒棒,换上俺们,四个人就扛起走了!"另外一方面,他们却又比我们开放,傍晚的瑞丽江边,缅甸男子和缅甸女子差不多等于同浴……

缅甸是得天独厚的地方,气候温暖,雨水充沛,森林郁郁葱葱,田间很少有什么辛苦的劳作。相形之下,不但我们的高寒山区和北方旱塬无从望其项背,就连江南水乡也不足以与之媲美。据说,离滇西南不远的密支那、八莫一带,地下还蕴藏着令人艳羡的稀有金属;另外,石油也极丰富。红宝石更是驰名遐迩的稀世之珍。

凡此种种,令我屡屡联想到少年时代阅读过的艾芜的名著《南行记》。《南行记》撩起过我多少遐思,我因它而做过多少异邦浪游的梦!艾芜笔底的人物,哪怕是个盗马贼,都有其可爱的一面。虽然我始终不曾有置身于缅甸普通老百姓之中的幸运,但也不妨说挨得很近了吧,没有长时间的观察,总留下了一瞥的;我觉得,缅甸民族是善良的,周身渗透了佛教精神,不重物欲,古风盎然,质朴、单纯,文弱得近乎慵懒。

然而,令人惊讶的是,曾几何时,这一切都变了,彻底地变了!

值得考察这一变化的社会原因。找来找去,奈温军人——官僚集团长达二十六年的极权统治,也许正是根源所在。他们闭关锁国,贪污腐化,政治上用人唯亲,经济搞得一团糟,通货膨胀,物价飞涨,黑市猖獗;那个所谓"反映缅甸人思想观点"的"佛教社会主义",竟把一九六〇年人均收入六百七十美元的国家拖到了一九八七年人均收入一百九十美元的贫穷境地!在数万、数十万乃至数百万之众的示威群众的抗议声中,唯我独尊的"社会主义纲领党"像雪人一样瓦解了。官逼民反,身着黄袈裟的和尚都拥上了街头。于是,不到六十天,政权几经更迭,乃导致了九月十八日军队的全面接管,貌貌政府被解散。全国宣布戒严,禁止一切集会游行和罢工罢课。据军方自己公布,作为献上祭坛的第一批牺牲品为三百具血肉之躯。与恐怖镇压的同时,掌权者又许诺,废止一党专政,不久将举行自由公正的多党竞选,不但把"社会主义纲领党"易帜为"民族团结党",而且把"缅甸联邦社会主义共和国"去掉,恢复其"缅甸联邦"的原名。明眼人不难看出,这是软硬兼施。

作为一个和缅甸有过若干因缘的中国人,对于发生在那片美丽富饶土地上的风云变幻,不能不怀有特殊的关切之情,不能不萌生某种感同身受的纷纭思绪。

我从中悟出的最大一点道理是,当今之世,民主潮流汹涌澎湃,任何顽固势力都无法抵挡。菲律宾的马科斯,南朝鲜的全斗焕,智利的皮诺切特,概莫能外。那种把人民当作只"可使由之,不可使知之"的"群氓",当作永远是"沉默的大多数"的"全知全能"的"神",他们都犯了一个共同的错误,即:以为人民的忍耐是无止境的。殊不知,一切事物都有它的极限,超出这个极限,"沉默的大多数"就会成为怒吼的大多数。拿标榜自己为"全民党"的"社会主义纲领党"来说,党员当中的"沉默的大多数",到头来也拒绝一辈子甘当享受特权的领导人的"驯服工具"了。目前,据外电报道,除了缅甸国父昂山之女昂山素季,前国防军参谋长丁吴,副参谋长昂季,前总统吴貌貌,前总理吴努,相继变成了奈温集团的对立面外,党的后院也失火了。下面一段文字,抄自一份编译材料,"四十七年前同奈温歃血为盟的'三十同志'中的十多位抗英传奇英雄(如波图耶等),公开抛弃奈温,站到了反政府群众一边,影响颇大;参加执政党的一百八十七名外交部雇员退党;二十六个驻外使团中十六个宣布反对该党;执政党仰光总部的雇员要求废止一党制……"这就是人心,这也是报应。

历史只能说明过去,不能说明现在。任何一个(或者一批)曾经有功的领导人,只要他(他们)一旦背叛誓言,倒行逆施,就必然要被时代的大潮席卷而去。

遥望南天,我衷心祝愿,我们亲爱的"胞波"理应获得真正的自由与幸福。阿弥陀佛!

1988年10月12日　上海

"短期行为"癖

目前我工作的地方是一座省会,但它作为省会的历史并不长;抗战胜利之际,还不过是个县治所在。听一九四九年参加过入城式的老同志笑谈,还不到二十分钟,我军队伍便从尽东头走到了尽西头,房子破破烂烂,没有一条像样的大街。

按说,这该当是一张地道的"白纸",正好"画最新最美的图画"了。然而,当着二十世纪五十年代第一条沥青铺就的而且是以祖国大动脉——长江命名的主轴马路落成剪彩的喜庆日子,有一位习惯以小生产者眼光打量一切的"封疆大吏",竟然动了肝火:"谁教你们展这么宽?!瞎胡闹!"弹指三十载,如今两侧各划出窄窄一条非机动车行道以后,只能供两部卡车擦肩而过了。而晚近陆续建成的马路,尽管名字一概不如它气派,实际却无一不比它开阔。其结果十分尴尬,长江的支流反而较之长江更像长江。这位退居二线的长者便不幸经常成为市民们特别是司机们嘲弄的对象了。

我想,这一事例,不妨作为所谓的短期行为的一个注脚。

令人遗憾的是,在我们的现实中,像这等长江路现象,偏偏层出不穷。

人们砍伐森林:为了赚钱,为了盖屋,为了割棺材,甚至为了生火填灶,取暖做饭,呼号之声不绝于耳:伐木者,醒来!可是,斧声丁丁,听不见的人总是睡得很香的人。

人们掠夺土地:为了发家,为了多榨取一两粮、棉、油,为了避开政策多变以及某些干部掌握着"解释权"的危险,为了报复形形色色的"坑农"恶行,不投入资金,不施肥补偿,不工程配套。一句话,不爱土地,仅仅热衷于"一次性"的处理。

又比如前两年一度增温的"经商热",热到了要为"二道贩子"立纪念碑的离奇程度,等到出了纰漏,又立刻来了个急刹车;一时祸延改革,无数志士仁人被绊马索绊倒落马,及至觉悟到利未必多而弊未必少,再转回来搞"全民皆商",带头的积极分子和中坚力量正是得风气之先的某些部、委、办机关。这时,它们纷纷换上"公司""集团"的时髦招牌,公开叫权与谋(谋私之谋),权与物(物欲之物)交媾,生出一大帮"官倒"怪胎来造孽作祟。可怜天下苍生,被迫陷入这个"一放就乱,一管就死"的怪圈中,无计可逃。

再比如出国问题。约而言之,主要集中在如何看待留学(包括公派、自费两大类)以及如何看待学成归国与学成暂不归国的问题。一会儿心宽,一会儿嘀咕,一会儿高姿态,一会儿严限制,弄到头来,所有的枪弹都脱了靶,既伤了人心(最滑稽的一招莫过于罚一万元至五万元培养费了,那意思不明摆着是为别国"代培"了么?),又无补于实际,何况还贻笑万邦!

当然,最大最大的"短期行为",莫过于人口问题了。根据《中国统计年鉴》的资料,建国初期五亿四千万,一九六六年激增为七亿四千五百万,一九七七年为九亿四千九百万,一九八一年突破十亿大关,一九八六年,在采取了一系列计划生育措施之后,仍然净增五千万人!为此,马寅初先生横遭打击,以致流传开了"批了一个,坑了一国"的民谣,令许多忧国忧民的学者、专家感慨良深!不过,笔者以为,除了指明科学精神与唯意志论二者不可并存,希望后来者认真总结教训外,似乎还遗漏了两点重要线索不曾追寻:一、对革命战争中的"人海战术"和建国初期的"群众运动"评估失当,错把人的自觉等同于"武器"或者"工具"的驯服;二、迷信《资治通鉴》之类的史书,产生脱离现代条件的误解,以为必须人丁繁殖方能壮大国力,而且唯其如此,方能证明"大治"。这一主观认识上的个人因素,一旦与个人崇拜的社会思潮相结合,乃形成不可小觑的负面作用。虽然,受到历史惩罚的并非一个人。我每每因此而替今日务实的清醒的领导同志抱屈,这个梦魇一般的沉重数字,实在不该去折磨他们。

不过,生活有时往往爱给我们开玩笑。眼下又轮到必须在教育问题上做正确选择了。去年,我在西德参观过一个名为"战后博物馆"的展览,深为德国人民宁愿勒紧裤带也绝对优先安排智力投资的决心所感动。这,或许正是他们这么快得以从废墟上富强起来的原因之一吧。反观我们自己,听任拜金主义的狂潮浊浪淹没各类院校和研究机构,也要舍命猛盖那些利用率不到百分之五十的豪华宾馆,还要美其名曰:旅游创汇,立竿见影。另一方面,重视教科文的话固然逢会必讲,每次却都是"但闻楼梯响,不见人下来"。

忽然记起二次世界大战结束不久就风传过的一则故事,说的是攻克柏林之后,美、苏两国的不同行径:红军奉命日夜抢拆战败者的机器设备,将整座整座的工厂迁往苏联,于是乎,蔡斯牌照相机便变成了基辅牌照相机;与之同时,美军则专门缉拿曾为希特勒服务过的科学家、高级工程师,把他们当作战俘,空运回去加以考核,然后高薪录用,以发挥他们除了死神才能使之终止的创造力。这一对比,异常明显地表现了两种选择:前者囿于眼前有利可图,后者则有长远的战略打算。

据此,难道"短期行为"与社会主义国家(它们当中的大多数都带有鲜明的封建胎记)急功近利的通病有着某种因果关系?深邃、睿智如鲁迅先生者,当他解剖落后的中国国民性时,何于"短期行为"着墨不多?存疑。

1988 年 10 月 25 日深夜　北京

望洋兴叹

自从来到美国,访问活动为时近月,行程早已逾万。由西海岸而东海岸,又由东海岸而西海岸,两处皆见日月出没于沧海;太平洋烟波浩渺,大西洋浩渺烟波,道路见闻,应接不暇,难免兴起了许多联想与感慨,诚非一篇短文所能尽述。不过,面对此情此景,庄周老先生在《秋水篇》中的一句名言,便自然而然地浮上了心头:"望洋兴叹"。此言甚是切题,不妨就这样写下去。

尝闻学人解释:洋者,实乃阳之借代。那本意是说,当年黄河之神"河伯"自以为普天之下,唯我为大,因此一路之上,摇头摆尾,颇为自得,及至来到了出海口,迎面碰见了较自己更加气派万分的海神,才自惭形秽,开始变得谦虚谨慎起来,终于口服心服地对着老天(太阳)检讨早先的偏见与无知了。后人不加考订,望文生义,竟将错就错,真的认定庄周老先生原来就是说的大洋,反而失掉了望天长喟的本义。依我看,这一错,实在"错"对了。面对日新月异的当今世界,如果我们不做消极的理解,这一则寓言,倒大有催人奋发向上的深意。

在纽约的日程甫告结束,我便应邀去了波士顿。波士顿,作为美国人民反抗英国殖民主义的中心和华盛顿统领起义大军的大本营,久已鼎鼎大名,尔后又有了鼎鼎大名的哈佛大学,哈佛大学又派生出鼎鼎大名的费正清中心,费正清中心又拥有一处鼎鼎大名的东亚研究所。而最近两年,由该所眼光远大的主持人开设的一门主课《中国文化大革命》,越发扩大了它的学术影响,提高了它的知名度。事实上,截至目前,这在全世界范围内也是独一无二的创举。遗憾的是,这门课的正式讲授时间规定为每年的第一学期,即二月份至五月份。这次我到波士顿,已是十一月底了,无缘前去旁听,亲身领略一番八百名莘莘学子(不同国籍,肤色各异)济济一堂,专心致志听课、提问和讨论的生动场景。听朋友介绍,凡属哈佛的学生,包括研究人员,交换学者,均可选修,并不管你攻的是什么专业。东亚研究所本身保存的有关资料,已经够丰富的了,何况,还可以借助于电脑,动用分别储存于整个美国的各大图书馆的馆藏。因此,上自当时的红头文件,下至民间出版的造反小报,林林总总,巨细不漏;可以设想,一经博学而又有心者仔细对照,便不难归纳出脉络分明的轨迹,剖析出纤毫毕露的真相。这在目前,虽然仅限于哈佛一家,却无可辩驳地表明了一种全球性的评价:"文化大革命"的十年,是中国历史上的一个极端重要时期,弄透了它,就等于弄透了当代中国、近代中国乃至古代中国。何以国外书肆,多有不同作者、不同版本的中国"文化大革命"史料及评论著作发行?其秘密恐怕端在于此。

　　反观我们自己呢,我的确茫茫然,且不知其所以然了。悲剧大幕下落,立刻尘封网结。早在一九八一年,已经有人向作家、艺术家提出,不要再表现哭哭啼啼的"文化大革命"了,只是巴老偏不识相,兀自倡言建立"文革博物馆",其反应犹如死水般的沉默,固属势所必然;至于什么"文革学""文革大辞典""文革一日"之类,统统不过是"一小撮"不识时务的过激言论;个别报刊以《世说新语》形式发表的客观纪实文字,徒然招致了充满敌意的非议,怀疑这是另一种"阴谋文学"……凡此种种,都足以告诫我辈:在中国,"文化大革命"其实是一笔糊涂账,算不清,所以不必算,或者干脆不让算。

　　记得日本人曾经有过"敦煌在中国,敦煌学在日本"的昏话,我们的专家常书鸿、段文杰每每痛心疾首引为国耻。不久之后,是否又会继而产生"'文化大革命'在中国,'文化大革命'史料在美国"这样的国际玩笑?我是相当担心的。无奈何,隔着浩渺烟波的大西洋,隔着烟波浩渺的太平洋,仰望一门心思"向钱看"的衮衮诸公,不由得不"望洋兴叹"了。爰为之记,聊以志哀。

1988 年 11 月 28 日　美国旧金山

访美谈话录

在洛杉矶朗诵会上的简短致词——

1988年11月10日于加利福尼亚大学洛杉矶分校学生俱乐部

诸位:

你们可以看得见我的一大把胡子,却看不见我以往的岁月——我曾经被迫从事过长时间的超负荷的体力劳动;所以,在我们这支中国诗人的队伍当中,数我显得又老又病,像一头暮年的熊。(哄笑,鼓掌)

今天,我要奉献给诸位的诗篇,全部选自我从二十世纪五十年代到八十年代的创作。不过,必须解释的是,上面说到的时间并不是一个确切的概念。因为其中几乎有四分之一的世纪,我是无权写作的。(骚动,交头接耳)正是由于这个,我想,我应该得到补偿:今日的我,不是实有的六十一岁,而可以说是三十六岁。(热烈鼓掌)

我的心是年轻的。(热烈鼓掌)我在下面要读的诗,将会证明这一点。(热烈鼓掌)

(致词——时,翻译为旅美艺术家艾未未先生。)

(连续朗诵了八首诗,它们是:《茶园情歌》《炊烟》《上海夜歌》《迟开的蔷薇》《从前我们是诚实的》《赠人》《三月》《莱辛憩园》。)

(英译稿朗诵者、诗人 Peter Levitt 先生与我热烈拥抱、亲吻后,跑回麦克风前,宣告他要发言,内容大意如下:我很荣幸,能用美国人的母语朗诵公刘先生的作品。我想特别强调《从前我们是诚实的》这一首。我认为,诗人最可宝贵的品质,莫过于诚实。如此真挚动人的诗篇,只有大手笔才能写得出来,是的,诚实的大手笔。我感谢公刘先生。)

在新墨西哥州圣菲朗诵会上的简短致词——
1988年11月12日于圣菲现代艺术中心

女士们和先生们:

请允许我谈一谈此时此地我的心境。

从现在开始,我认为,我有了两个生日:一个是在中国出生的日子,距今已有六十一年了;另一个是在美国出生的日子,至今才不过四天。(哄堂大笑,热烈鼓掌)因此,我希望各位不妨把我看作是一个奇怪的满脸长着络腮胡子的婴儿。(哄堂大笑,热烈鼓掌)

从亚洲的东海岸,到美洲的西海岸,中间不但隔着一片汹涌澎湃的太平洋,而且还隔着一条太阳与月亮交接班的国际换日线;这使人产生了特别强烈的时差感。直到此刻,我仍旧没有调整好我身体内部的生物钟。不过,有一样东西是无须调整的,那就是心上的爱。(鼓掌)

我想,我应该,我可以,而且我事实上已经爱上了美国人民,如同我一直在爱着中国人民一样。(鼓掌)

我还要说,诗,就是爱的宗教;每一位诗人,都必须是虔诚的教徒。(鼓掌)我坚信,只有爱,才能拯救我们这个变得愈来愈小了的地球。(热烈鼓掌)

(致词——时,翻译为艾未未先生。)

(连续朗诵了十二首诗,它们是:《茶园情歌》《炊烟》《上海夜歌》《迟开的蔷薇》《皱纹》《从前我们是诚实的》《赠人》《我不是孤雁》《噩梦的肖像》

《远去的帆影》《三月》《莱辛憩园》。)

(由美籍意大利裔女诗人 Carol Cellucci 朗诵英译稿。我赠她一把长命锁,表示感谢。这位女士高兴万分,搂住我,亲我的双颊。)

在中美两国诗人座谈会上的发言
1988年11月15日于纽约亚细亚学会会议室

刚才听了座谈会两位主持人的讲话,我了解到:这次中美诗人对话的宗旨是——如果我不曾领会错误的话——生态平衡与当代诗歌的关系。

请原谅,容许我坦率地说,对于我们中国诗人而言,这个问题并不十分迫切;固然,环境保护也是中国面临的一大课题,并且已经提上了议事日程。然而,相比之下,更实际更重要的问题,似乎还是温饱问题和法治问题。这一点,相信各位是不难理解的;我们的国家不能跟贵国比,她还很落后,还明显地处在经济发展的初级阶段。

不过,我还是愿意接住刚才发言的那位长得很像恩格斯的先生的话题,(哄笑)——对不起,我不知道这位先生的尊姓大名——谈一谈中国森林的命运。

去年,我去西德访问,认识了几位属于绿党的诗人和作家。他们也和这位先生一样,把森林问题当作政治问题来看待。的确,每一片树叶,都对人类的存亡至关紧要。这一点,我完全同意。我甚至想过,假如恩格斯活到今天,那么,他和马克思合写《共产党宣言》时,势必也要考虑增添这方面的内容。(哄笑,鼓掌)

说起中国的森林,实在是多灾多难。全世界,一百几十个国家,论森林覆盖率,大概只有倒着数,中国才能排上比较好的名次。(笑声)

一九四九年以前的事,且不去提它了。单说一九五八年的"大炼钢铁"运动,也就是西方报刊多所议论的所谓后院炼钢;那一年,我正在山西省劳动改造,炼钢也是我们全力以赴的项目之一。我亲眼看见,无数刚刚被砍倒的水灵灵的绿树,被投入了土高炉,眨眼之间,化为灰烬。当时,中国有一种专业组织,名字叫作砍伐队。他们的唯一任务就是寻找森林,把一切可以砍倒的树木砍光。至于运输,他们是不管的,以至于到了今天,在一些边远山区,还不难遇上当初被他们砍倒,而一直运不出来的大树。许多山头变秃了,许多地方水土流失,沙化严重。而最近几年,剩下不多的森林又一再遭劫。不过这一回不是由于行政命令,而是由于人们的贪欲。报纸上经常披露消息,登载照片,控诉某些官员与盗贼相互勾结,滥伐森林,牟取暴利。当然,其中也有政策不够稳定,法制不够完善的因素在起作用。中国的诗人、作家,多次为此大声疾呼,似乎并没有什么反响……

(两位主持人之一的女士——我始终没有闹清楚她的身份和姓名——插话:希望公刘先生更多地谈一点诗歌。)

我认为,我谈的正是诗,一首产生在中国那片古老大陆的痛苦的诗。我可以随时结束我的发言,然而,我将永远不会放弃我的观点:在中国,不涉及社会和政治,企图单纯探求诗与自然的关系,只是空话而已。

(我中断了我的发言以示抗议。我发言时,翻译为留学生王屏小姐。)

(接着,艾未未先生发言,其中部分内容与我有关。他说:美国如此浪费地球上的资源,却不断地唱保护生态环境的高调;你们的城市中,每一条街上都可以看到无家可归的流浪汉,而你们的政府偏爱侈谈人权;你们的知识分子,包括你们的诗人,据我所知,一般都倾向于杜卡基斯,因为杜卡基斯主张增加教育经费,主张加强社会救济,主张提高富人的所得税率。可是,你们同样无法阻止布什当选。这说明,你们的诗人和我们的诗人一样,并没有多大的力量。)

(应邀参加中国诗歌节的诗人江河先生继而发言,部分内容也涉及我。他指出:女主席打断公刘先生的讲话,是不礼貌的。因为,会议事先并未宣布,限制发言时间。何况,公刘先生说的全部切合这次座谈的主题,同时全部都是无可回避的中国的实际。)

（会议结束后，另一位主持人，美国汉学家 Anthony J·Kane 先生主动找我，用中国话道歉。）

在纽约朗诵会上的开场白
1988年11月16日于纽约曼哈顿现代艺术博物馆大礼堂

朋友们：

算上今天夜晚，这已经是我第三次进入这座宏伟的艺术宫殿了。我简直成了这儿的老资格、老熟人了。

熟人之间，不免要拉拉家常。在正式朗诵之前，我大致介绍一下我的家庭。也许，大家会感到有兴趣的吧。

我的家是一个半爿子家，一个破碎的家，只有两个人，一个是我的女儿，另一个便是我。父亲和女儿相依为命，已经三十年了。我的女儿是我个人命运的活的纪念碑；有这样一种活的纪念碑的中国家庭，又何止成千上万！

我很尊敬弗洛伊德，他是一位伟大的心理学家。不过，我认为，他的学说中的一个重要组成部分——俄狄浦斯情结，并不足以解释我们父女之间的深情。（众人欢笑，乐不可支，鼓掌再三）我深信，能够准确解释中国万千家庭中类似这样一种父女深情、母子深情的唯一根据，只能是中国当代社会的被扭曲了的历史。（掌声）

由于我的不幸，女儿受到株连，但她并不抱怨。作为父亲，我很感激女儿的理解与宽容。（善意的笑声）

每当我出国远行，我总要问她：你希望得到一件什么样的礼物？爸爸设法买来送给你。这次有机会来美国，我很高兴，她也很高兴。于是，我又照例对她发出了询问。她不假思索，立刻回答："请您给我买一尊小型的自由神像。"（全场爆发了持久的热烈掌声）

来到纽约的头一天,就是前天,我给女儿写了一封平安家信,然后,我亲自上街投邮,顺便遛了遛马路;在商店里,我发现了两种自由神像。一种是用水晶雕刻的,通体闪光,很美,缺点是太小,也太贵,售价六十美元;另外一种虽然便宜得多,轮廓也很清晰,可惜又仅仅只有头部,没有身躯,连火炬都没有,这使人颇为扫兴。不知道是我的运气不好,还是女儿的运气不好?(善意的笑声,掌声)因此,我想趁此机会,向所有在座的纽约客提出一个请求:可否提示一下,我应该上什么地段去选购这种工艺品?我的理想是:金属制作,不易压碎;不太大,便于携带;还要价格相当。(笑声)如果有哪位好心的先生愿意垫钱先替我买下,当然更好。(哄笑,鼓掌)我得说清楚,我有钱,我不会赖账的,请放心,我可以向鲍勃·罗森塞尔先生要我的酬金,他还欠我的哩。(我向挤在讲台角落里席地而坐的鲍勃眨眼示意,他连连点头。)(哄堂大笑,热烈鼓掌)

　　(说这段开场白时,翻译为王屏小姐)

　　(连续朗诵了十四首诗,它们是:《茶园情歌》《炊烟》《上海夜歌》《运杨柳的骆驼》《迟开的蔷薇》《皱纹》《从前我们是诚实的》《赠人》《我不是孤雁》《噩梦的肖像》《远去的帆影》《三月》《莱辛憩园》《挑战者号》。诗人鲍勃·罗森塞尔先生朗诵英译稿,我赠他一个"太白醉酒"的竹雕,表示感谢。接着,又请其代表组织中国诗歌节的美国国际诗歌协会(The Committee for International Poetry)接受我本人用毛笔、宣纸工整书写的题词以及已故著名诗人桑德堡(Carl Sandburg)的名作《雾》,聊作纪念,这期间掌声不断。鲍勃与我热烈握手、拥抱。)

　　(下得台来,立即相继收到从身后传递上来的一些纸条,都是告诉我什么地方可以买到我要的那种自由神像的,有的并画有示意图。美国朋友的助人热情,令人感动。)

　　(中场休息结束,著名诗人艾伦·金斯伯格宣布朗诵会继续进行;突然,专程从旧金山飞来参加纽约举行的第三场朗诵会的另一位著名诗人迈克尔·麦克劳尔先生从外边跑进来,径直走到我跟前——我们都就座于第一排——塞给我一个纸包,嘱我当场拆开,一看,老天!原来是一座翠绿的塑料自由神像!我当即一手挽着这位同行,一手将神像高举过顶,向全场展示,引起了长时间雷动的掌声与欢呼声,朗诵会再掀高潮。)

接受《美国之音》纽约分台副台长格特鲁德·苕女士专访并答问

1988年11月17日于《美国之音》纽约分台录音室

(根据美国有关条例规定,凡《美国之音》采访内容,除了采访单位据实报道外,本人无权对外发表,故从略。)

在威斯康辛州密尔沃基朗诵会上的简短致词

1988年11月18日于密尔沃基森林书屋

尊敬的市长夫人:
女士们,先生们:

我决定假装我刚才听错了诗人西蒙·彼德特先生的介绍,我宁愿他不是说我六十一岁,而是荒谬的一十六岁。(哄笑,鼓掌)

想必诸位早就听人说过,东方是富有神秘色彩的,也许正是这个缘故,中国成了一个翻来覆去变化莫测的国度。(哄笑)举一个例子,我们的小学课程当中,现在有没有安排地理课,连我也闹不清楚了。我只记得,半个世纪以前,当我自己读书的时候,初级小学已经讲一点本国地理,到了高级小学,便开始接触世界地理了。也就是说,从那个时候起我已经知道了,在美利坚和加拿大的接壤地带,有一个举世闻名的五大湖区。(鼓掌)但是,五大湖究竟是什么样子?对作为一个孩子的当时的我,完全是一个梦。

昨天,我们从纽约飞来这里,一路之上,一个湖一个湖都看得清清楚楚,最后着陆于机场时，几乎可以用手掬起密执安的湖水了。（鼓掌）我很高兴，我的梦终于实现了，在密尔沃基实现了。我的梦，此刻正掌握在我的手中，也掌握在你们的手中。（热烈鼓掌）

两千多年以前，中国出了一位大哲学家——老子，他用极其简明的语言，表述了一个极其深刻的道理；他认为，万物都是圆，时间是圆，空间是圆，宇宙是圆，人生是圆，既没有开始，也没有结束。这次我们来到美国，从西海岸的旧金山匆匆入境，转机到了洛杉矶，再往新墨西哥州的首府圣菲，接着斜跨大陆，到了东海岸的纽约城，现在又绕到北部的贵市。这不正是一个圆么？根据老子的学说，这个圆当然应该继续画下去。尽管，密尔沃基是这次中国诗歌节全程的最后一站，我却不认为它是这个圆的终点。我愿再次得到机会旧地重游，把这个圆周而复始地画下去。（热烈鼓掌）

今晚的会场也可以说是爆满，有那么多的女士和先生站着，这使我非常高兴又非常不安。对比是这样强烈：当我中午进城的时候，几乎没有遇见什么行人。可是，这会儿竟冒出来这许多！我猜想，是否密尔沃基的成年市民都来了？（哄笑，鼓掌）而最令人惊讶的是，仿佛上帝也特偏爱中国诗人。听说，昨天这里是0℃，今天气温回升，再加上诸位如此蓬勃的热情，我怎么能不感到温暖和激动呢？因此，顾不上礼节，我把毛衣的扣子都解开了，大家不会介意吧？（热烈鼓掌）

诗，本来就是这样一种东西，使人心里发热，热到朗诵者和听朗诵者完全融合为止。（热烈鼓掌）

（致词——时，翻译为留学生元远先生。）

（连续朗诵了八首诗，它们是：《茶园情歌》《迟开的蔷薇》《上海夜歌》《远去的帆影》《三月》《从前我们是诚实的》《赠人》《挑战者号》。前四首由女诗人惠特妮朗诵英译稿，后四首由男诗人马撒·伯格兰德朗诵英译稿，然后，我又用中文分别朗诵女士和先生的诗作各一首，它们的题目是《爱是一团》和《诗中梦相诉》，作为答谢。）

（台湾留学生贺兴中先生执意要求，索去《挑战者号》的英译稿——译者为王屏小姐——贺先生说："这首诗对某些美国人也是一种教育，它说明中国诗人比他们自身更具备人类意识。"）

在威斯康辛大学中国留学生（包括交换学者）的招待会上答问
1988年11月19日于威斯康辛大学学生会堂

问：国内形势究竟如何？改革有指望吗？

答：如果我说我很乐观，那我就是存心欺骗大家。不过，我认为，改革还是有指望的；我拿不出更有说服力的根据，唯一的一条，就是：倒退是没有出路的，到目前为止，似乎也没有一个人敢公然承担这个罪责。当然，也的确存在着另一种危险，即：出现中国式的勃列日涅夫停滞时期，全民族将为之付出新的高昂的代价。中国的事，要有耐心，没有办法，这就是现实。

问：您对郭沫若做何评价？

答：郭沫若对新诗运动有过划时代的贡献，同时，作为学者，他在历史研究和文字学方面，也有一定的成就，刚才各位提到的《李白与杜甫》问题，"文革"以及"文革"以前的种种趋时媚上表现问题，还有什么把骨灰撒往山西大寨的遗嘱问题，也是客观存在，没有任何人能为之辩解。一定要我评价，我只能说四个字：晚节不终。

不过，为何会出现这种情况？不妨再讲两条：一条是个人品质，这方面，鲁迅对他的定性分析（"流氓加才子"）可供参考。另一条是中国知识分子的整体命运和历史负担。在他，当然更加难以超越，所以，又不应该让郭沫若一个人承担全部责任。

问：毛泽东是诗人吗？

答：毛泽东是诗人。他写过一些非常精彩的诗，像有名的《沁园春·雪》，还有歌唱娄山关、怀念杨开慧的篇章。然而，毛泽东毕竟是政治家、谋略家,历史上有过这种先例,权名盖过诗名,曹操就是典型。

问:您听了我们谈到的有关留美学生的思想状况,有何感想?能给我们留下几句临别赠言吗?

答:感谢你们对我的信任。你们告诉了我那么多真实情况,有些是我完全不曾料到的。我觉得,我们国家这几年出现的摇摆,是我们社会不安定的一种反映。留学生政策几经变化,我想,也是能说明问题的。我不赞成那种认为凡是滞留国外,就一定都是、百分之百的是不爱国的说法;至于采取变相"罚款",甚至使用"扣留人质"的手段,我觉得,那都是不光彩的,只能引起反效果。树怕剥皮人怕伤心,做伤人心的事实在不聪明。我不明白,政府怎么会一度欣赏这一类的"馊点子"?

当然,我是非常希望各位充分利用美国的优越条件,努力学习,努力创造,一旦时机成熟,回国报效人民的。这便是我的临别赠言。

1988年12月15—18日 整理于美国旧金山

美 国 的 住
——美国见闻杂记之一

马克思和恩格斯的著作,包括大部头的《资本论》,我基本上都陆陆续续啃过,唯独《论住宅问题》,迄今未读。对于西方国家住的问题,以及与之有关的种种学问,我历来是,现在依旧是百分之百的门外汉。然而,这回执笔写访美印象,头一篇却谈住房,真可谓胆大妄为了。所幸我不过是一鳞半爪如实记录下个人的有限见闻,并非学术论文,当不至于闹太大的笑话。

行程近两月,多数城市都不过是蜻蜓点水式的小住数日,相比之下,在旧金山逗留的时间较长,所以,决定从旧金山说起。

在旧金山市区,任何一个十字路口,一眼望去,都不难看到一排排固定于地面的大小铁箱子,有的漆成蓝色,有的漆成绿色,有的漆成红色、白色、褐色或者黄色。其中,大的是邮筒,小的就是一面安了玻璃门的报刊柜了。后者又分两类:一类预置了硬币投放口的是自动售报处;另一类一般只写明"Free"的字样,少数也有加注一行小字"Only one"的,这是表明免费供应,一人限取一份。而这一类铁柜子往往又各有其特定的对象,即只存放某一种报刊。比较常见的是,印刷相当精美,多达二百四十面的大型期刊 Forum(全名应译作《房地产论坛》),另外还有一种薄一点的刊物:*Rental Guide*(《租赁向导》),有时候,还能碰上一种报纸号外性质的 Real Estate Express(《实录房地产快讯》),三者的共同点是:图文并茂,介绍什么房屋,必定附有它的照片,有的是外观,有的同时展示室内设施。无一不标明社区、地段、道路、门牌,多少居室,多少卫生间,车库能容纳几部小卧车,有无花园。当然,更不会忘了强调各自的其他优越条件,比如:朝阳;近海;依傍公园;安静,但又距离市场不远;乃至便利幼儿入托、上学;等等。反正针对不同顾客的心理,都能投其所好。如果是待售的产业,则写明价格;如果是出租的客房,不论公寓套间还是单人房间,统统讲明适合家庭或是独身居住,也讲明月租、周租的金额。间或也有出赁饭店、铺面、仓库、写字间和礼堂的。毋需杞忧,这些报刊绝对会不失时机地宣传主办单位的所有下属成员:某某房地产投资公司,某某经理,姓名,办公地址,电话号码,配上衣冠楚楚、笑容可掬的玉照。(有的头上戴一顶博士帽,手中还拿着一顶!)我曾随意翻阅过几本这一类的商业性报刊,那些个老板文雅而狡猾的言辞简直如闻其声!他(她)们当中,有白种人,有混血儿,有日本人,有南朝鲜人,有菲律宾人,也有炎黄子孙——能经营这项事业的,准是来自台湾,或者早已取得了美国国籍的大陆华裔。因为,事情至为明显,干这一行,不单需要雄厚的财力,也需要一定的社交能力和与之相适应的交际圈和政治背景。

我这次来到美国,自然不会是混迹于什么住房改革考察团,或者联系哪一块地皮拍卖的投标事务,实在是应国际诗歌协会(The Committee for International Poetry)的指名邀请,参加首届中国诗歌节活动,因而必须环游西、南、东、北一圈,去各地登台朗诵的。固然,日程紧,路途远,马不停蹄,颇为辛苦,但也得到了一个意外的机会,使我借着各种不同的住宿方式,接触到迥然异趣的美国社会景观。

第一站是大都会洛杉矶,下榻地点是 Century Wilshire Hotel,每人一单间,设备一流,服务周到,舒适整洁。除了分配给我的那间,有一个其大无朋——胜似我在国内的卧室——的卫生间引起了全体同行者的惊讶之外,其他和当今世界各地的旅馆实在没有什么区别。第二站就不同了,值得介绍一番。那是新墨西哥州的首府圣菲(Santa Fe)的乡村别墅。主人是谁?停留了两天半,未曾打照面,一切都由负责该地活动的琳达女士安排。我们一行,连同代表东道主的美国诗人鲍勃·罗森塞尔(Bob Rosenthal)先生,和临时担任翻译的旅美艺术家艾未未先生、江河、李钢、我,一共五个男人,外加顾城全家三口,包租了两栋小楼:Ctero街的八十七号和八十九号;当中的八十八号早已住有一户人家,还养着一头酷嗜狂吠而从不咬人的狗,根据我的观察,既非临时过路的游客,也非房东或者房东的代理人。

新墨西哥州,不难猜到,它是历史上有名的美墨战争的割让地。这儿的土著部落为印第安人;民俗崇尚赭红,因此,这一带方圆数百里的乡村民宅,外表一律都涂成了赭红色。单调中透出一股神秘的气氛。尽管内部配备了当代最先进的电气化设备:取暖、制冷、通风、排污、煤气、供水、照明,以及厨房用具和餐具。不调和吗?更不调和的还有待我们去一一发现哩。

原来,印第安人素有生殖器崇拜的遗风。因此,从我住的楼上凭窗望去,家家户户的露台栏杆,无一不是稍加美化了的阳具。而俯瞰我的寝床的一幅表现主义巨画,竟然是三个巫师组合而成的一双乳峰和一孔巨大的阴户。那代表阴蒂的是一只喷吐白炽火焰的魔瓶。我的枕头便端端正正置于阴户的正下方,好不骇煞人也。李钢见了,便和我开玩笑:"您老人家今夜恐怕要做香梦了。"

家具也一色洋溢着土风。整张小牛犊皮绷成的椅子,再用牛筋缝牢。荆条编织的大小容器:笼、筐、箩、篮、箕,高级抽水马桶的水箱之上,还特意放了一个彩绘的泥巴钵子,里面盛满了本地的特产香料植物——月桂树叶、麝香石竹和白桦树皮,它们发散着一阵阵混合好闻的沁脾芳馨,令人愉快。

几次三番,我想了解这种简称之为Condos的房屋的一般收费标准,但鉴于洛杉矶的经验(当时,我也想知道饭店房费,艾未未先生说:"凡是涉及对方财务收支的事儿,咱们最好别打听。"),便强自隐忍住,没有多嘴。不过,我一直到此刻还深感后悔。其实,即便我问问也无妨吧,这并不属于个人隐私啊。

到了纽约,北岛夫妇参加进来,鲍勃先生和艾未未先生都回自己的"窠"去了,两下相抵,依旧是老小八名。估计是为了节省开销,让我们住进了Fulton 街一〇一号的"华人服务中心"。而为了照顾我的休息,让我单独占了一间双人房间;但这个所谓的双人房间,大小还不到洛杉矶旅馆卫生间的一半!两张单人床,两个床头柜,一把折叠椅,如此而已,厕所和浴盆是整个楼层共用的。不过,话又说回来,不但有一盘煤气灶,可以烧开水,免得再喝那虽说洁净无菌却总不十分习惯的自来水了,况且,Fulton 街紧挨着举世闻名的华尔街和百老汇。正所谓金融世界,白天商业鼎盛,交通方便;入夜警察巡逻,安全无虞。这片地方,号称黄金地带,真是名副其实:每寸土地真以黄金论价;因此,充分利用空间,以致寝室逼仄而拥挤,也属情理中事。何况,若非如此,我倒缺了一层体验,明白了天堂子民居家过的什么光景。后来,当我要求艾未未先生领我去他府上拜访,他死也不给"面子",何以这般作难?我能够理解了。再等到二进纽约城,应邀赴鲍勃·罗森塞尔先生的家宴,亲眼看了这四口之家在一卜溜三开间的长方形鸽子笼里的生活场面,然后又用不到五分钟的时间,绕过几道街口,跟随艾伦·金斯伯格先生来到像他这样大名鼎鼎的一代诗翁的小小寓所,也就不过分替他们抱屈了。

我们初到纽约,一连三个晚上,都有朗诵活动,地点都在宫殿似的现代艺术博物馆。那儿雕梁画栋,门深似海,当然非一般市民的普通住宅所能比拟,暂且撇过一边,不去描写也罢。

却说离开纽约之后,兵分两路,北岛、顾城一组去了底特律;我和江河、李钢,由诗人鲍勃·罗森塞尔先生、诗人西蒙·彼德特(Simon Petter)先生、艺术家艾未未先生陪同,前往密尔沃基(Milwaukee)。这一回,在密尔沃基,又变换样式,干脆借住到当地热心中美友好又懂汉语的包德威教授(David D. Buck)和正在威斯康辛大学任教的彼得·李(Peter W. Lee)先生两家去了。后一位,正是我的"承包户"。彼得·李先生和他的妻子凯兰·利维,还有他们可爱的男孩儿本杰明,共同生活在一起。他们这个家离大学有一段路,但也不远,只不过没有包教授那么近罢了。就是这么一段不大的距离,也在出售房屋时变成了一种价值。自然,还有别的因素,比如,他们的房子较之包教授的也略小一点;一楼一底,主人的卧室、书斋,和孩子的娱乐室,都在楼上,底层则成了一个大客厅套一个小客厅,再套一个饭厅,同时接通厨房和浴室,全然没有一个房间。拿中国人的眼光看,浪费等于气派。不过,若用彼得·李先生的口气来评论——他于一九八〇年至一九八二年间,曾任吉林长春某大学英语教师,因而学会了满口流利的汉语——"哪里哪里,包教授比我气派多了!"果然,第二天去包教授家,一看,他还有单独的写作间和单独的工艺品陈列室,明摆着又上了一个档次,半点不假。

彼得·李先生告诉我,美国东北部的房价是全国最贵的。以他的房屋为例,值五十五万美元,而包教授那一幢,更高达一百万美元。他是一九八三年才置下房产的,除第一次必须交纳为数百分之二十的十万美元外,不足部分可以通过有息贷款方式偿还,三十年为期。这就是说,必须等到二〇一三年,他才敢拍拍胸脯宣布:我有了不折不扣的房产权。

中国诗歌节的全部正式日程,在十一月二十三日宣告结束。事先,刘宾雁、朱洪伉俪通过长途电话,约好等我得了空闲,便去他们所在的哈佛大学小住数日。哈佛设在纽约城东北方向的剑桥,是几乎和历史名城波士顿连为一体的一个大学城,属于马塞诸萨州管辖。虽说与纽约城相去不远,乘火车多半日可到,但中间却横隔着一个康涅狄格州和一个罗得岛州,尽管,这两个州都很小。

有了这一机缘,我又得以了解到租房的某些情况。宾雁、朱洪将我的临时卧榻设在他们直通大门和楼道的客厅内,客厅不大,至多十八平方米吧,下一个台阶,就是厨房,而厨房又和唯一的寝室、唯一的浴室相连。这等布局,倒也相当别致。房东是位教授,本人住在带花圃的底层;三楼还住着另一户日本房客。每一层楼的月租都在五百美元左右。如此,这位教授,仅房租一项,就可以增加一千元的进项。不过,既然有了额外收入,他就得多纳所得税了。据说,税率也不低。所以,大凡当房东的,一般对房客都颇为挑剔,估计你有可能拖欠,他就不租给你。因为,不管收租没收租,他都得按时向国家尽纳税人的义务。这位教授就连水、电、煤气、暖气之类，都关照得相当周详，每逢宾雁夫妇外出，他总要嘱咐关上所有的阀门。看起来，美国东北部不论买房或是租房，价格均属全美之冠，于此倒又得了一个旁证。

年底的一段日子，我住在旧金山。平日与亲友闲谈，零零星星又增长了一些这方面的知识，特别是对号称房地产事业"抢手"的西海岸的有关情况，了解较多。

根据新闻媒介的断续报道，近年来，随着美国社会结构的演化，独居人口增加，单身屋主逐渐成为房屋市场的新贵，原因是多种多样的：战后生育高峰期来到人世的婴儿，于今全已长大成人，其中有一批收益优厚的幸运儿，并不急于结婚，年龄在三十五至四十上下，年薪在五万与六万之间，他(她)们热衷于追求过更为自由的生活；还有就是有了谋生手段，可以实行经济独立的职业妇女，这一批人的数量也与日俱增。上述两类人是新业主的主要成分。有一个由全美住屋营造商协会公布的统计数字，很能说明问题：一九七六年，新购房屋的单身屋主占全体新屋主的百分之六点五；而一九八六年，却上升为百分之十一点七，购买公寓套间的比例则幅度更大，一九七六年为百分之十六点九，十年过去，成了百分之三十九点四，几乎占到全部公寓买主的四成了。

由此观之，战后的美国梦之一，即：人人由租房变为有房，似乎接近于实现了。殊不知，上边说的，只不过表明了事情的一面，而另一面却远远无法乐观，甚至相反，预报灾难的钟声敲得愈来愈紧了。

里根执政八年，固然有了某种程度的经济复苏，但物价大幅度上涨，也同样无可讳言；而其中幅度最大的又是房价和学费。房价和学费，这两串数目字看上去仿佛风马牛不相及，竟偏有微妙的内在联系。尽人皆知，如今的美国，有了一张大学文凭，就等于有了一张通向"中产阶级"的通行证；而只有成为中产阶级的一分子，才有资格参加买房者的后备军。对于成千上万梦想晋升为中产阶级的美国人来说，当务之急，又毕竟是解决吃、穿、玩(旅游)、行(上下班的车子)问题,因为,买房子,光预付现款一项至少也得占去年薪的一半以上;维持最起码的生活,与争取更舒适的生活,难以两全。美国人一谈起这些便摇头:"回想一九七八年买一幢小楼,只花年薪的四分之一,那是多么轻松啊!"

这次美国总统竞选,布什和杜卡基斯二人就都针对这一普遍心理竞相许愿,一个保证帮助父母未雨绸缪,为孩子们积累未来的教育投资,每年可以存入专款一千美元,免征所得税;另一个宣称,放宽对大学生的贷款限制,让他们在毕业走上工作岗位后偿还。而且,杜卡基斯曾经抓住外国投资急剧增长所引起的不满情绪,不无煽动性地说道:"共和党候选人大概希望我们的子孙为外国老板干活,向外国房东交房租,让自己的命运掌握在外国人手里。"虽说杜卡基斯落选了,但不能不承认,他这一拳,还是击中了布什的要害的。

事实上,不必等到两位竞选人一决雌雄,以美国储蓄银行为首的经营住房抵押贷款的许多金融机构,早已相继压低了利率;然而,纵然如此,也无法挽回住宅滞销,售量看跌的颓势。

仅一九八八年十月份,就较原已下跌的九月份再跌落了百分之七点八。这是美国全国房地产经纪人协会公布的数据,应当是可信的。

造成这种有房子卖不出去现象的直接原因,是房价上涨过猛,而工资调整跟不上去,同时,里根立法不公,有关规定的执行结果,"受惠者都是社会的高层阶级,一般大众则深陷在夹缝中"(众议院房屋与社区发展小组委员会委员,民主党人克勒兹卡语)。

外国资本的大举入侵,是美国当前包括房地产事业在内的整个金融结构的"里程碑"式变化之一。今日的美国,早已由世界最大的债权国沦为世界最大的债务国。截至一九八七年年底,美国借的外债已达到了三千六百八十二亿美元的骇人数字,跟她的全盛时代相比较,恰恰打了一个颠倒。

这次访美之前,我就听人说起,美国新近出了一本轰动朝野的畅销书:《收购美国》。顾名思义,自然指的是外国资本已经将整个儿美国买了去的意思。作者马丁与苏姗夫妇为了强调问题的严重性,难免有点夸张。不过,若就房地产一项而论,至少是接近实际的。因珍珠港事件而载入史册的夏威夷,基本上已被日元"占领",而更不再费一兵一卒。即以首都华盛顿为例,据全美地产商协会和麻省理工学院地方发展中心的联合调查报告披露:外国投资者在市区办公大楼心脏地带,已拥有一千四百万平方尺的面积,占办公室总面积的百分之二十三。这些外国投资者,绝大多数是日本人、加拿大人和西欧人。自一九八二年以来,外国人在美国拥有的地产已翻了一番有余,其中直接的房地产投资就高达一千亿美元。如果再加上银行投资、股票、证券、公司、工厂、农场、仓库……那简直就像是天文数字了。

从洛杉矶传来的消息,更使得全美国都罩上了一层阴云。有四万个家庭目前已住在车库中拥挤度日。在洛杉矶本地,市民们的主要话题是:地震什么时候发生?新近发现的两条巨大地裂,越发强化了这种地震前兆期的恐怖。那里有近五万个单位,其中百分之八十为低租金公寓,由于不符合安全法规的标准,必须在一九八九年前强行拆除,这在客观上也加剧了住房紧缺的局面。然而,人们预测,一旦房主维修或者重建,其结果无异于火上浇油,只能促使已经上涨了百分之一百一十的平均房租更加上涨,那些被迫为住房支付百分之七十工资的最低阶层,将何以对付呢?这不禁使我回忆起十一月九日之夜,洛杉矶给我留下的难忘印象。

那一夜,是我们在洛杉矶的第二夜,同时又是最后一夜。朗诵会刚刚结束,一位年轻的中国男子从人群中走出来找我,他用带有上海口音的普通话自我介绍:"我叫卢新华,是刘宾雁通知我,我才知道你来了美国的。"我以前不认识这位名噪一时的《伤痕》的作者,更不知道他已经在加州大学攻读博士研究生结业了。他很热心地列举了一大串地名,都是洛杉矶的旅游胜地,问我去过没有,我告诉他,由于自己一时不慎,入境验关搬行李时扭了腰,美国朋友照顾我,没有让我跑动,因此哪儿也不曾去。他立刻大不以为然,马上跑去打电话,要他的太太黄丽华把另外一部小车也开来,一道陪我逛逛夜景:

"这么黑了,迪斯尼乐园是去不成了,看看好莱坞、下城和唐人街吧。"盛情难却,同时也不甘心白来一趟,便带着伤痛,在万里之外的异国扮演了一名夜游神的角色。

两部小车一前一后到达好莱坞时,已是子夜一时了,只见一幢幢琼楼仙阁,全然纷纷垂下珠帘,灯火朦胧处,有清脆而细若银丝的琴音飘来,不难想象,那些环佩叮当,披金拥翠的,或者恰恰相反,那些袒胸露背、身着"三点式"甚至干脆一丝不挂的明星们,正在纵情享受夜生活。车子在一座花园似的建筑物外边绕行一周,卢新华不动声色地说:"我带你去看一看另外一种生活!"便把方向盘一转,直奔下城而去。下城,是在美国任何一座大城市里都有的同样一块地盘,那儿一般都是最繁华、最高雅的地区,人烟也最稠密。可是,独有洛杉矶例外,经过六十年代至七十年代的变迁,这里的白人业主相继离去,再也不是店铺栉次鳞比、橱窗金碧辉煌的市中心了,新的住户大抵都是有色人种和蓝领阶级:黑人、墨西哥人、波多黎各人和其他混血儿,近来还添加了越南难民。赁下了房屋的算是比较有身份的。最可怜的莫过于一座座桥洞下面、一所所宅院墙角的流浪者了。他们或坐或立,或偃卧于地。原来,天堂就包藏着地狱,对比是如此之强烈。我想,洛杉矶是这样,有三百万流浪汉的全美国大概也是这样吧。如果说,洛杉矶的住房问题,关于地震的揣测起了推波助澜的作用,那么,在似乎遗忘了一九〇六年的惨状,新震灾的传言还不大流行的旧金山,情况又怎样呢?我专程去过市政府两次,目的是趁填平水池、砍伐檀木的决议尚未付诸实施之前,去看一看它的本来面貌。旧金山市政当局决定填池砍树,引起了舆论大哗;但市长并未改弦更张,坚持采取所谓釜底抽薪的措施,"彻底"驱除那些"有碍观瞻"的千百名无家可归者的破旧帐篷和肮脏睡袋。

景象是够凄惨的了。这里和繁荣、富裕、整洁的 Market 大街相距不到五千码,竟俨然两个世界。市政府四周,进而波及地铁车站市中心、图书馆、西蒙·玻利维将军纪念碑,都充溢着恶浊和酸臭。草坪里零乱支起了极小的帐幕、被褥、箱笼、手推车和随手扔在地上曝晒的各色衣服星散四处,一不小心,脚下就会绊住旧报纸、带吸管的饮料杯、饭盒、酒瓶、罐头筒、废电池,以及其他难以辨认的破烂……有一位头发斑白的老黑人,仰天号叫,谁也听不真他喊了些什么;另一位分明是白种人,却懒洋洋地半睡半倚在睡袋中咀嚼着他的午饭;有些青少年,则嬉笑打闹,追逐街头,发泄着过剩的精力;有的人把自己手头"剩余"的什物,如烟斗、打火机、剃须刀架、猎装皮腰带……一股脑儿摆满地摊,向行人兜售;有的中年人一排一排地坐在条凳上抱头沉思,或者用阴沉愠怒的目光打量每一个过往者,令你感到他似乎在盘算什么;还有一个可怕的场面——一位金发女郎,躲在斜撑于图书馆大墙之下的污黑被单一角,胳臂上吊着一根针管,啊,她在吸毒!

我是在看了电视,知道这儿已经发生了几起冻饿致死的悲惨事件之后,赶来现场访问的。自然,市政府只是相对集中的一处,这些流浪汉选择"定居点",也多少带有抗议和呼吁的性质,而类似的场面和人物,所在多有,闹市并不例外。

我以为,这,无论如何,是美国的耻辱。不过,美国朋友却各有各的解释。有人说,都怨这些人自己太懒,有人批评他们灵魂堕落,有的人比较冷静,认为根子在于失业现象尚未完全消灭,而造成失业的因素又多种多样,其中有一条颇教人难以相信:流浪汉中间竟有连二十六个字母都认不全的文盲!(大部分是黑人)做出以上种种答案的人,本身情况各异,有的是社会地位比较优越的中产阶级成员,有的则是抱有自由主义思想倾向的知识分子,只有宗教信仰十分坚固的人才会发现那些人的肉体有罪,而上帝已远远离去。

也许,新上台的布什也感觉到了这种不光彩,对世界第一强国是个莫大的讽刺;他在组建新的内阁班子时,任命盛年有为的坎普出掌房屋与城市发展部。坎普也立即发出了豪言壮语;他要积极推行公私合作计划"以消弭骇人听闻的无家可归与失业的悲剧"云云。

究竟能否实现这一诺言?我凝望着这一片造型各异,色彩丰富,水、电、暖气、煤气一应俱全,并且一般留有火巷,甚至悬有应急楼梯的美好的旧金山住宅区——其中有许多房子空着,等待主人——突然,想起了两千年前的齐国一位贤相管仲阐述过的许多极简单而又极深刻的道理,同样适用于这里,想起了资本主义文明的巨大光荣和不小阴影,想起了全人类面临的种种危机和捉摸不定的出路,当然,更不免想起了目前还在风雨泥泞中艰难举步的自己的亲爱的祖国……

1988年12月25日"圣诞快乐"声中脱稿于美国旧金山

"墙文化"与龙头拐

将近两个月的美国之行,给我留下了纷繁复杂的,有时是相互矛盾的印象,有的好,有的不好。其中,个人感觉比较深切而又比较好的是,在这个世界首户的国家,原来,各级政府都不筑墙。

我认为,这种不筑墙的态度是一种文化现象,代表着美国人的文化选择与文化取向,大可研究。

十分可惜的是,这一次没有机会去华盛顿,因而无缘参观美国的神经中枢——白宫。但,确凿无疑的事实是,白宫是没有宫墙的,只有一条可爱的林带。另外的下级政府,举凡我亲眼见过的纽约市政府、波士顿市政府、旧金山市政府等等,都找不到除了属于建筑物自身而外的附加围墙。这些都足以作为佐证,更不必说那些并非权力象征的教育机构,例如饮誉全球的哈佛大学、加州大学和斯坦福大学了,硬要拿上我们的概念去"套",是索性连大门也不存在的,倘问:门卫在哪儿?公安派出所在哪儿?对方只能耸耸肩,并且怀疑你在蓄意污辱他。

平心而论,墙,当然是必需的;防风寒,防溽暑,防尘土,防野兽,防盗贼,国家的"墙",还防外敌,诸般功勋,未可一概推倒,而且也推不倒。

事实上,并没有这样的疯子,竟立志于推倒一切的墙。

本文要谈的,是观念形态的墙。这堵墙,看不见,摸不着,不可逾越,难以沟通,却又往往能够无限延伸,并一再备受其庇荫者所着意神化,以致越发巍峨。这是纯然非物质的墙,扼杀心智,阻隔言路的墙,这墙端的可怕。

墙里形形色色的集体无意识,便是"墙文化"。

恰恰我们中国,五千年来,处处都矗立着隐形的墙。况复这隐形的墙又借着有形的墙而暗示着、雄辩着、炫耀着自己的无上权威,威慑着、镇压着、毁灭着任何意欲突破它的愿望。别忘了,中国乃是以墙闻名于世的,如同美国以摩天大楼闻名于世一样。我们的万里长城,英文译作 Creat Wall,倘再"外转内销",正是"伟大的墙"。中国即墙,墙即中国,不亦宜乎!

再举一例。"文化大革命"中,有一个战斗口号是家喻户晓的:"探挖洞,广积粮,不称霸。"但了解它直接脱胎于明代开国皇帝朱元璋的人,就不多了。原来朱元璋攻克应天府(今南京)后,采纳了皖南一儒生的谋略:"高筑墙,广积粮,缓称王。"九字妙诀,静以待动,果然得了天下。原文开宗明义便点明了"墙"对封建集权国家生死攸关的重要意义,毋需注释。只是经过"改造"的另一个,披上了"革命"的外衣,那骨子里的"墙"式思维便不易为人所识破,而必待细细品味了。

由此观之,长城——笔者年轻时,也曾跟着爱国的善良的人们,盲目地、片面地"自豪"过一阵——不妨认作是儒家思想的凝聚物。尽管第一位动脑筋,决定兴修长城的秦始皇,颇有那么一点"法家"的劲头;然则,自汉武以降,历朝历代全把长城视同拒斥夷狄,独尊王朝的不二法宝,即便是最没有出息的统治者,也断不了乞灵于这道闭关锁国的护身符,保佑他过几天闲庭信步的瘾的。

到了蒋介石当政时期,提出了什么"攘外必先安内"的总方针,依旧翻不出"墙"去。二十世纪三十至四十年代的中国知识界,鸣鼓而攻之,批判他的反民族,反人民立场,是完全有道理的。总结蒋氏一生忙碌,不过是指望"墙"内太平,众百姓服服帖帖而已。至于"墙"外,"攘"不"攘"都无所谓。究其实际,倒是媚外、事外的时候居多。万一迫不得已了,就将四万万五千万同胞的血肉填进"墙"去,且替他抵挡一阵。

时代大潮终将蒋氏席卷以去。非常遗憾的是,三坟五典,祖宗家法,偏偏以百倍的顽强,和算命先生、打卦先生、看相先生、风水先生一起留了下来。每念及此,我总难免要回忆起当年黄炎培访问延安期间与毛泽东的一段对话:"胜利之后,你们还能保持这番新气象么?"(大意如此。手头无资料可查)而不胜罔然。

前一段,国内《河殇》风波一度闹到了海外。听了各式各样的议论,倒发现了《河殇》竟无异于试金石,能检验出一个人对中国的改革、开放,究竟抱的什么态度。令人惊愕的是,有两位行动上多有奉献,素为我景仰的美籍华裔大科学家(我相信,大陆上凡能识字看报的人,都同样敬重他们,感谢他们)居然挺身而出,慷慨陈词,认为鼓吹改革开放的《河殇》是对黄河、长城和"龙"的大不敬,是民族虚无主义,是抛弃传统,是缺乏自尊自信,是给现代化事业帮倒忙,云云。

大科学家怎样认识中国问题的症结,以及发表一些什么意见,全属他的个人自由,不容置喙。而且,即便不尽同意,也不当影响对他的人品学问的高度评价,我只不过由此再一次感到中国"墙文化"之沉疴祸延子孙,而悲从中来罢了。

众所周知,网罗人才,重用客卿,是美国政府的一贯国策;开朗活泼,乐于进取,敢于冒险,又是美国人的民族性格。我曾设想,这也许就是美国不筑墙的非墙文化心理的精粹吧。

所有在美国成长起来的出类拔萃人物,他们都公开承认,受惠于这种非墙文化的熏陶与栽培,这也是有无数的文字可考的,并非妄说臆断。

我还设想,其中特别是从中国去的人,一旦摆脱了"墙文化"的桎梏,聪明才智获得了长足的发展,其体认必定更为强烈。

然而,大科学家却指责《河殇》。这当如何解释?我乃翻然憬悟到,"墙文化"包袱之沉重,几乎无人可望幸免了。

——虽说移植去了美国,根子到底是中国的。又然而,那指责毕竟不足以服众。又当如何解释?我乃翻然憬悟到,"墙文化"包袱之真正分量,唯负重而前行者方能真正感知。

——虽说棍子是从中国带去的,毕竟离开了中国的现实土壤。

不幸的是,这份名望,这份地位,客观上起到了"非墙文化"支持"墙文化"的作用。

无怪乎"墙"内笃地皮的龙头拐笃得更欢了。

四"墙"之内,莫非王土嘛,容易理解。

写到这里,仿佛又听到龙头拐在笃地皮了:"你才去了美国几天？马上就唱'美国的月亮比中国圆'啦？"

敬请息怒。我从来认定月亮只有一个,故而我从来也不认为美国的(或者苏联的,或者日本的,或者其他任何国家的)月亮会比中国的圆。除了这篇文章,我还打算写别的文章,说说我所见到的美国的不圆的月亮,同时,也可能涉及龙头拐又是怎么指点别人的不圆的。此刻,我只提请注意一点,在某些特定的时候,对中国而言,实在不是月亮圆不圆的问题,而是月亮有没有的问题。君不闻,自古民间多怨嗟:八月十五云遮月,正月十五雪打灯。八月十五,正月十五,诚皆天上团圆、人间喜庆的佳节也。怎奈中国这方宝地,多有愁云惨淡,风雪肆虐呵！月亮的芳踪难觅,还争论什么比谁更圆更不圆呢？

1988 年 12 月 29 日　美国旧金山

洋 后 门

"走后门"这个词儿,早已由大陆流传到海外,它代表着一种腐败的社会政治风气,引起了一切爱国的正派的炎黄子孙的深深忧虑。

和不少事物一样,它也是"古已有之,于今为烈"的。追究起来,今日的"走后门",就是古时候的"通关节"。

关节,本来指的是人体骨骼相衔接处的特殊构造,其作用很大,可以进行不同方位的活动,将这个意思引申进官场中去,便产生了非常逼真又非常微妙的形象感。而"走后门"那要害自然在一个"后"字上,舍前门、正门而不图,鬼鬼祟祟,不可告人的本相,也就暴露无遗了。虽然,如今大摇大摆从大门排闼而入者,也时有所见。大陆报刊上偶尔泄露的三起两起所谓公然索贿、公然行贿事件,便是腐败后期症状的病案记录。

《史记·佞幸列传》第六十五中,有如下的文字:"至汉兴,高祖至暴抗也,然籍孺以佞幸;孝惠时有闳孺。此两人非有才能,徒以婉佞贵幸,与上卧起,公卿皆因关说。"什么叫关说?据《索隐》诠释:"关,通也。谓公卿因之而通其说。"在这里,"说"字应念作"税",动词。王蒙写的反映"走后门"奇观的短篇小说《说客盈门》,修辞与此相通,也是强调了私人交情的无敌威力。

及至唐,歪风益炽。《旧唐书·穆宗纪》长庆三年诏:"访闻近日浮薄之徒,扇为朋党,谓之关节,干扰主司,每岁策名,无不先定。永言败俗,深用兴怀。"唐李肇《唐国史补》:"造请权要,谓之关节。"译成白话,就是"拜访并且买通掌权的人物,叫作走后门。"

又,《新唐书·李逢吉传》载:"其党有张又新、李续、张权兴、刘栖楚、李虞、程有范、姜洽及(李)训八人,而傅会者又八人,皆任要职,故号'八关十六子'。有所求请,先赂关子,后达于逢吉,无不得所欲。"从此,后世又有了"卖关子"一说。实质是一样的,重点略有转移而已。

真正有了重大发展的,倒是当代。中国的封建统治历史悠久,封建阶级的思想已形成了全民体系,根深蒂固,势力强大。新中国建立以后,对这一国情认识不足,反而自诩反封建任务大功告成,乃全力以赴地去反那个被片面夸大了的,而且在一定时期实际上是有益于国计民生的资本主义。再加上领袖人物本身气质与学养方面的浓厚封建成分,局面便愈演愈烈;许多明明是封建主义的东西被贴上了社会主义的标签,得以保护下来。结果,形成了并不是社会主义与资本主义争夺阵地,倒成了封建主义与资本主义争夺阵地的历史大倒退;悲剧反复上演,终于在十年"文化大革命"中臻于顶峰。

封建主义的"通关节",便这样顺顺当当地演变为社会主义的"走后门",此其一。

等到实行改革开放,封建主义条件下"洋务运动"的畸形儿——官僚买办,又涂上一层新潮油彩,粉墨登场。土后门演变为洋后门,此其二。

因此,人们往往听到,甲大员通过"访问",乙大员通过"考察",丙大员通过"贸易洽谈",丁大员甚或通过"结为友好省、州(城市)",都"顺便"替子、女、婿、媳安排了"出洋"机会的"小道消息";有的据说采取了"暗示"手法,有的则列为附加的不成文条款,其技巧想必优胜于祖宗多多矣。

此风再刮,便刮进了学术净土,这方面的例子,自有了解内幕者介绍。这里且说我略知一二的向来标榜斯文清高的文学艺术之宫。

去年我接到了美国著名诗人艾伦·金斯伯格签名的国际诗歌协会的请柬,邀我赴美参加首届中国诗歌节活动。我持函去有关部门办理申请出国护照手续,却遇上了这等询问:"你和金斯伯格什么关系?早就认识么?"我无言以对,因为我从来不曾见过金斯伯格先生,也从来不曾见过任何美国诗人。

签证到手,在北京又有一位写诗的朋友来问:"他们——指美国人——为什么会想起邀请你?"我据实回答:"不知道。"事情到此犹未了结。待我飞上了天,此公还来向我送行归来的女儿了解:"你爸爸真的不认识金斯伯格?要不,准是认识其他人吧?"这个自己亲身感受过的事例,不难说明,我们社会上从官方到民间的共同心态。

所以,我相信这样的传说:某某为了提高知名度,想出了"出口转内销"的高招,即:巴结西方记者,讨好那种卖野人头的假汉学家(真正有学问、有品格的汉学家绝对不会参与其事),设法让洋人宣传自己,然后,再借重洋人来压士人;某某继承籍孺、闳孺的事业而发扬光大之,"走内线",专做"枕上功",千方百计攀结、逢迎什么大使夫人,以求立竿见影之速效;某某最彻底,竟不惜肉体、灵魂一古脑儿拍卖,折合美金若干,然后"拜拜"去也⋯⋯

好不令人齿冷!

语云:时势造英雄,英雄造时势。上述种种,也算得一种时势和一种英雄吧。随着中外经济文化交流的日益频繁与日益扩大,焉知不会有更加花样翻新的创造?既恭逢其盛,且拭目以待——看这张关系网,还能国际化到什么地步?莫非,这也算是"走向世界"的途径之一吗?

1989 年 2 月 17 日 合肥

私家治史刍议

自古以来,中国的史书就分两大支派,即:官(所谓的公家)修的历史叫作正史,民(所谓的私家)修的历史叫作野史。开始,正史本有一股子秉笔直书的大无畏精神,文天祥才因之而放声礼赞:"在齐太史简,在晋董狐笔",无奈,后来皇权主义大盛,最高一人屡屡插手干预,这精神就渐渐地被阉割了。"成则王,败则寇",乃流传为民间口头禅。同样的,在西方也有类似的俗谚,说什么"历史是胜利者写的"。细想想,这些表面上似乎都被公众"接受"了的话语当中,实在含有对官史的讥弹——批评它们趋炎附势,批评它们片面和不公道。这么一来,尽管有些人照旧瞧不起野史,认为它不够正统,甚至"非法",野史倒反而愈益显示了它比较接近于真实的可贵品格。至此,事情便打了一个颠倒:官史撒谎,修史者升官发财;私史不撒谎,修史者坐牢杀头,这样的例子,九辑《清代文字狱档》里,就可以找到不少。这当然是不正常的。

大家知道,大陆拍摄了《血战台儿庄》《西安事变》《孙中山》等电影,博物馆也恢复了国民党军队在抗日战争正面战场上的实际地位及作用的客观介绍,替原先名声欠佳的宣传工作赢了分。这是正史补正以后的正面效果。而前些时举行的波澜壮阔的"中国潮"报告文学征文,许多人说了它许多好话,我以为,有一条十分重要的收获恰恰被漏掉了,这就是,这一大批报告文学作品,实质上是非常珍贵的野史——描绘了十年改革期间真实、生动、丰富的众生相。我敢肯定,未来的历史学家必将感激这群文学家;他们或许同时会不无遗憾地感叹:史学家都干什么去了?莫非文学家的喜悦竟是史学家的悲哀?!难道这便是"史学危机"?!

(此处略去一整段文字)

赫赫有名的《联共(布)党史简明教程》已经被否定了;布哈林、李可夫、图哈切夫斯基、季诺维也夫、加米涅夫等人的冤案相继昭雪;对立面云云,原来一概是向壁虚构。震惊之余:确乎令人感到十倍的沉痛!

是否可以从中引出必要的教训呢:治史,也要实行开放政策,让更多的有识者参加。

治史,更不能迷信权力。权力炮制的历史,到头来必定会像雪人一样,太阳出来,立刻化作一摊污水。斯大林的权力可谓大矣,他的幽灵可以命令马林科夫,可以掣肘赫鲁晓夫,可以规范勃列日涅夫,但碰上新一代的戈尔巴乔夫就吃瘪了。而且,即便不碰上戈氏,也会碰上别的什么人;根本的原因是历史已经聚合了成千上万的莫斯科冤魂,聚合了若干倍于这个成千上万的要求民主的普通苏联公民。陈毅生前常说的"善有善报,恶有恶报。时候一到,一切皆报"正是这个意思。

反观我们自己,有没有迷信权力的迹象呢?我以为是有的。

我从报上读到了一则新闻,说是有一位尊敬的老作家,在某座谈会上发言,认为对待重大历史问题,下笔必须慎重,又说,他本人曾参与其事,内情并不简单。这是什么意思呢?不能赞同这样的意见。慎重慎重,难道我们活泼泼的生命,被"慎重"的桎梏扼杀得还嫌少么?如果是指彭德怀、张闻天的冤案,党中央早已做了正式结论;如果是指胡风等文化人的冤案,也有分三次宣告平反的红头文件在。我倒十二万分热切地企望,这位老作家以及所有健在的参与其事者,都能实事求是地写出个人的回忆录来,供人们比较,鉴别,去伪存真,由表及里,从而让真相完全大白于天下。

广义地说,回忆录也是野史,区别仅在于兑水和不兑水而已,岂有他哉!

《宪法》第三十五条和第四十七条,都保障了私家治史的权利。我想,就历史学范围而言,治史的每一位"私家"应当是"百家争鸣"中的一家吧。既然如此,何不鼓励和调动他们的积极性呢?

面对现实(今日的现实即是明日的历史)采取明智态度者,历史老人必将报之以微笑。

1989年2月25日　合肥
立春已半月,犹飞雪不止,一似寒冬

哀科学

今年是五四运动七十周年。七十年不能算短,"人生七十古来稀";虽说现代人的寿命总的趋势是在延长,但对中国的脑力劳动者而言,活满七十甚或超过七十,依然是一桩值得羡慕的幸事。经常翻报纸的人,当会注意到,最近相继谢世的作家鲍昌、铁衣甫江、莫应丰等,以及前一阵辞别人间的科学家张广厚、蒋筑英、罗健夫等,竟无一不正当盛年,便含恨而去,这说明,眨眼七十年同时又是难得的漫长。

五四运动张扬两面大旗:一曰民主,一曰科学。七十年过去,我们和先人一样,还在呼唤民主,呼唤科学。古老的东方大陆,你未免也过于步履蹒跚了。面对如此滞重的态势,一切爱国的人们,能不追问一声"所以然"么?如果结合政治的现状,率先写一篇诔文《哀民主》,似亦无何不可。然则,鄙人不敢。何况,看情形,这位可爱的民主小姐,日后恐怕只会越发命途多舛,死生难卜。君不见,眼下折腾正欢的两股潮流,不是大有"胜利会师"的意思么?一股是海外某些学人倡言的儒学复兴,或曰新儒学,大陆有人对之击节;另一股是大陆某些专家鼓吹的新权威主义,主张铁腕统治,海外有人对之赞赏。这两股思潮有一个共同的依据,即亚洲"四小龙"。据说,韩国、新加坡这些国家和中国台湾、香港地区,全属于所谓的儒家文化圈,从而证明了君君臣臣的专制集权,与资本主义的高度富裕并非水火,只要运用得当,儒家思想还是国宝,云云。

看来,平头百姓们只需静静地一边待着,等候什么人送来一块"王道乐土"了。

不过,我还是想哀一哀,哀什么?不可哀民主,就哀科学吧。科学,按字面意义理解,如有问题,板子大抵都打在知识分子的屁股上,误伤不到大人物的,此所谓言者可放心,闻者不足戒也。

我哀的并非具体的物质成果,那个咱们不缺,太空火箭、人造卫星、原子弹、核潜艇、微电脑、超导体,哪样中国没有?我哀的是科学的时代精神和科学的民族素质,这方面,我们么,实在还差得太远太远。

前不久,中国科学院院长周光召在全国基础科学研究和应用基础科学研究工作会议上做了一篇讲话,在谈到生态环境日趋险恶时,倒叙了一段往事:"二十世纪五十年代中,马寅初先生科学地分析了中国人口发展对社会经济的影响,提出了计划生育的建议,他的科学预见已为中国历史的发展所证实,而遗憾的是,他的建议在当时未能被接受,中国人口目前已达十一亿,预计到本世纪末将达到十三亿。庞大的、持久增长的、文化科学技术素质低下的人口,已成为中国现代化进程中的最大难题,维持其生存的压力将指向短缺的资源和日益恶化的环境,特别集中地反映在保障食物供给的农业土地和水资源上。"

这,应该说是实事求是的忧国忧民言论。

而另外一位具体分管科学的重要官员,却在另外一个会议上使用了耐人寻味的模糊语言。据新华社报道,他说:"马寅初先生二十世纪五十年代从科学的理论出发,呼吁中国适当限制人口的增长速度。社会并没有理解他的理论,相反,于一九五八年至一九五九年对他开展了全国性的批判。"

如果说,周光召是不得已而避开毛泽东这个禁区,但毕竟还让人意会;可这位要员就简直是派定无辜者当替罪羊了。这样做公平么?说到底,难道不也徒劳么?既然想敲"听不见(笔者按,'见'疑系'进'字之误)科学界的声音很危险"的警钟,又要"为尊者讳",事能两全么?如此"科学",宁不可哀!

平心而论,这位负责"抓"科学的长官,到底也吐露了句把真话,那就是:

"在科学决策上的失误将导致几代人的损失……也可能永远不能纠正。"

人口问题就是"永远不能纠正"的典型。

所以,我还要说一句犯上的逆耳之言:这不是失误,这是犯罪——个人迷信和自我迷信的罪恶。今天这么断定,也许不合时宜。可是,历史将迟早会确认这铁的事实,谓予不信,请拭目以待。

1989年3月5日　合肥

包河综合征,或"开明专制"析疑

安徽合肥的名胜古迹不多,因包拯而扬名的包祠、包坟、包河,大概要数第一了。

本地人既引以为自豪,外地人路过,总不免推崇一番。于是瞻仰,于是感叹,而,通过这瞻仰这感叹,合肥人与非合肥人便立刻在心理上起了共鸣;这种共鸣,大概就是所谓集体无意识的民族文化认同吧。

中国老百姓历来盼清官,亦即"青天大老爷",这个事实,适足以说明封建专制统治之贪婪与暴虐;"三年清知府,十万雪花银",算得上提供了反证。

解放了,新社会了,一切都愈来愈"革命"了,乃有二十世纪六十年代"清官比贪官更坏论"的兴起;原以为,这下子准要涌现一大批"为人民服务"的"公仆"啦,殊不料人家运用的是"样板戏"原理——"铺垫"而已,其目的完全在于"突出"随后登场的"史无前例",打倒,砸烂,再踏上一万只脚,民心于我何有哉!

包拯当年担任首都开封市市长,刚正清廉,磊落光明,因而京师一带流传歌颂他的民谣:"关节不到,有阎罗包老。"(见《宋史·包拯传》)在小民心目中,他的铁面无情简直可以和十殿阎王相媲美,盖不论帝王公卿还是贩夫走卒,终究不免一死也。也就是说,包拯办事的公平,直如死神的绝无偏心眼儿。

因此,包祠没有供案,没有香火,自然没有"批条子""收红包"一说。

从这一点推衍出来的另一则传奇是包河里生长的特殊莲藕。它和别处的莲藕不同,掰开来无丝:无丝者,无私之谐音耳。人民大众讽喻,可谓用心良苦,比莲心还要苦一万倍。

包祠附近,又有一眼清泉,名曰:廉泉,民间传说形容它的神力:凡贪赃枉法者,饮之肝胆俱裂,十有八九不得生还。

如今"廉泉"竟成了一种啤酒的商标,在"初级阶段"的"初级阶段",颇发挥了一点集束手榴弹的威力,但很快就被"茅台""五粮液"之类的精良武器淘汰了。

包坟是新修的。早先的那座已被"造反派"刨了。刨祖坟,自来是中国人的大忌。而历朝历代的统治者,动辄下令"开棺判尸",就很得"攻心为上"的策略真传。包拯聊堪自慰的是,孤坟不孤,杭州的岳坟,海口的海瑞坟,遭此厄运者,比比皆是。较之从前,唯一新鲜者仅是用了"革命"取代"钦此"而已。

推而广之,一会儿破除迷信,毁庙打菩萨,一会儿保护宗教,盖庙请菩萨;讲求"中庸"的中国人,自有其极端疯魔的一面。有趣的是,狂热得快,冷却得也快,而冷却又并非理智的恢复,倒多半是新一轮的麻木与沉沦。

香港船王包玉刚先生查点族谱,归宗认祖,在原系一沟臭水,几经治理,照旧臭水一沟的包河之滨,立起了乃父包兆龙先生的塑像,同时,对市政建设也不无襄助。一时大小报刊,传为佳话。窃以为,寻根乃人之常情,既不足褒,亦不足贬;需要褒贬的,是"佳"在钱上,趁机伸手的不佳心态。

或曰:倒退二十年,这恐怕也能上纲上线,归入"续家谱"一类去的吧;然而,时至今日,"海外关系"非但不必避嫌,反而成为令人眼热的资本了,多几个人认认××氏第××代孙,又有何妨!

结论之一,"原则"是可以变的,而"我们是有原则的"这句话,当然是不可以变的。

结论之二,商品经济将怎样在中国这块渗透了封建毒汁的土地上繁荣兴旺起来?似乎个中也透露了一点消息。

据说,目前最时髦的理论叫作"新权威主义",其要旨十分精练,四个字:"开明专制",云云。

又何尝时髦呢?难道中国人不曾苦苦哀求过几千年么?包祠、包坟、包河综合征的病史还不能形象地表述大多数中国人的挣扎与血泪么?老实说,凡是有名胜古迹而又不断"革命"的地方,都可以举例析疑的,不独合肥为然也。

1989年3月15日　合肥

联邦德国见闻录

这部见闻录是根据自己的工作日志改写的。

访问的时间只有三周。但我把1987年3月19日、20日、21日和22日四天也包括进去了，目的在于：

①交代一下当时的特殊历史条件，这一点十分重要。

②弥补许多作家同行们的访外随笔往往缺乏关于准备工作的叙述之不足；其实，据我所知，这方面的某些细节，读者是有兴趣而且希望了解的。

为了存真，文字上我有意识地避免雕琢。何况，对于这样一个伟大的国家，区区三周只不过走马观花，连皮毛也未必能够摸得真切；因此，我觉得，不如忠实个人的第一眼印象，反倒是更为老实的态度。

1987年3月19日　星期四　阴　北京

下午三时，到达朝阳门外八里庄全国作协招待所。

这个招待所与鲁迅文学院共用一幢大楼，鲁迅文学院占了一多半。招待所虽然不大，倒也简朴、实用，我特别欣赏的是安静，服务人员也保持着可贵的"乡风"。美中不足之处是交通不便，没有自己的班车（一辆中型"面包"，甚或一辆小型"面包"就够了），因此，进一趟北京市中心，相当费劲。

接到出访联邦德国的通知后，便领取公务护照，同时匆匆就地制装，印名片，找熟人帮忙买飞机票；来到北京已有十天整，借住于刘毅然、阿玲夫妇专门腾出来的斗室；直至搬到这儿来"集中"，我才破题儿第一遭领略到作协招待所的生活，一切都很新鲜。

提前进京，是因为我担任了倒霉的团长，必须比别人多操点心；借住朋友家，则是因为必须替穷得叮当响的安徽省文联省几文钱。

真是无可奈何。

第一件事是起草一篇向德国朋友介绍当代中国文学概况的总发言稿。

急如星火。指望能在全国作协找到可供参考的材料。外联部的谢素娟翻出来唯一的一份是去年访问苏联的代表团团长马烽的书面发言稿。一看，完全不沾边，对象根本不同，形势变化剧烈，何况，通篇使用的正是大家十分反感的"官方语言"。我问谢素娟，还有别的什么没有，她说，再也没有了。失望至极。

同时，我也指望全国作协领导人加以点拨，在目前这种"大气候"下，应该如何行事；答复同样令人沮丧。问邓友梅，邓友梅说：我相信老大哥；问鲍昌，鲍昌说：好自为之吧；问唐达成，唐达成说：我能给你什么帮助？现在有些人正在整我们，我倒巴不得你帮助帮助全国作协哩。接着，唐达成便告诉我，"上边"全盘否定第四次作代会，从差额选举办法到创作自由口号，都错了。他并且透露，谁们正在组建新班子，准备"接管"。关于他提到的这几位老兄的种种露骨活动，文艺界早已风传，算不得"小道消息"；事实上，其中有的人走马上任，当了全国作协的顶头上司，事必躬亲，连一般工作人员请个病假都必须得到他的"审批"才行了。

于是，从书记处那儿，我得到的不是力量，而是烦恼。不过，这也难怪，"大难来时各自飞"，除了个别人心中有个"小九九"，大抵都是泥菩萨过河，自身难保；中国知识分子毕竟软弱的时候居多，有几个人不害怕步方某某、王某某和刘某某的后尘呢！

看来我已陷入两难的泥淖。所幸的是，我的守护神——良心——搭救了我，因而我还有最后一点力量命令自己对他们做出郑重申明：在绝不撒谎，绝不说违心话的前提下,力争此行不辱使命。若不放心,请换人,还来得及。

唐达成只是沉默。

回忆搬进招待所之前的"往事",思潮起伏,真不是滋味。

刘祖慈从合肥赶到,与赵长天共居一室。他替我带来了来不及取回的新西服一套,还有人民币五百元。女儿料事如神,为了买点壮胆的黑市美钞,已经借债了。

傍晚时分,鲁迅文学院的学员们已经在篮球场上奔跑争球了;我趁他们课余之暇,登门看望了几十位青年朋友;一间寝室往往就住五六个人,而班次又集中,极方便的。接着便是纷纷的回访。

1987年3月20日 星期五 晴 北京

上午电话通知代表团全体去外联部开会;除了翻译金弢陪同王愿坚率领的另一路人马,正在联邦德国(他将留在法兰克福等候)外,所有的人都到齐了。原来,王愚和他的夫人就住在我楼下,只因伉俪情笃,整天成双作对在市内忙他们的私事,昨天竟不曾打过照面。王一地则忙于交接班,仍旧住在城里家中,待到正式启程之日,才和大家一道上飞机。

议程很简单,先由谢素娟介绍有关情况,接着兑换各人按章可以依官方牌价用人民币购买的少量美钞;同时由我签字,领取全国作协发给的公务补贴,这笔补贴并不大,不过四千马克。根据经验,我知道,即便是这么一个可怜的数目,也不过是做做样子的;一九八二年,马识途(团长)和我,还有刘绍棠三人访问南斯拉夫,作协交给的三千第纳尔便原封不动地归还国库了。最后一项是学习文件,既有一般的"必修课"——外事纪律,也有特殊的针对联邦德国、民主德国和西柏林这一复杂问题的具体规定,其中有一份外交部抄送各有关涉外单位的最新通报。

这些我在几天前便独自统统仔细看过了;由于并非第一次出国,我主要的注意力便放在了与此次访问对象有关的那几张纸上。

这时,利用同志们坐在会议室逐件传阅的工夫,我去了解总发言稿的审查结论。

谢素娟告诉我:"你写的那篇大文章,他们都看过了,听说有几点意见,金坚范会对你传达的。"

我去找金坚范。

金坚范很谦虚,一再表明这并非他的见解,但也没有说是谁的见解。总的感觉是太长了,恐怕不便全文宣读,具体问题提了三条:一、在谈到反封建主义斗争任务时,不要使用"超稳定结构"一词,据他说,"上边"(又是"上边"!)正式行文打过招呼了,这个字眼是不受欢迎的字眼。二、人道主义精神复归与弘扬部分,可否适当压缩,特别是"异化"问题,太敏感,建议删去。三、在所列举的一串对文学的拨乱反正做出贡献者的名单中,不必提到诗人××。"上边"认为此人是"持不同政见者"。这种时候,还要肯定他,太危险。

我除了满足所有这些要求外,别无选择。至于篇幅,我表示无能为力,短了说不清。何况,这里只不过亮明观点。只要认可了观点,怎么讲,我会根据客观情况加以调节的。

金坚范没有异议,并且亲自动手为我复印了四份:一份存档;一份交给金弢提前阅读,以便有所准备;另外两份自存备用。

金坚范还算不错。面对当前的局势,他本来可以出难题的,更不必说自己去开复印机了。

写这样的发言稿,应该说,我并非生手。一九八二年去南斯拉夫参加第十九届国际作家代表大会,由于会议的中心议题是二十一世纪诗歌的走向,马识途、刘绍棠二位都不写诗,那份差事自然"历史地"落在了我的头上。记得那一回比这一回还顺利,当时外联部的主事者之一毕朔望审阅之后,竟一字未动,并且不无赞扬地说了句:"最好每一个出访的代表团都能写出像你这样的发言稿,我也省得头疼了。"然而,一九八七年到底不是一九八二年,一九八二年没有吆喝"反资产阶级自由化",落笔之际,自始至终不感到有压力,执笔者的情绪是饱满的,正常的。因此,今天能有这么一个结局,也就十分令人满意了。尽管,就我的本心而言,连那三点妥协也是不情愿的。但,妥协又是必要的,值得的;凭良心,作协的几位领导人对这篇发言稿的态度,还是宽厚的。以德报德,我也总得给人家下台阶呀。

当我怀着基本上满意的心情回到会议室,并将一份复印稿递给谢素娟归档时,"伙计们"纷纷扔开那些没有什么意思的所谓文件,叫我坐下来商量出国之后乃至回国之后的工作分工问题。

谢素娟照旧眯眯笑,照旧不紧不慢地插话:"我也赞成研究一下。"显然,在我离开的时候,她一定向大家提示过:她是这方面的行家,她知道我们许许多多出访团、组和个人的成功经验与失败教训,她甚至了解某些人出了些什么"洋相",包括被海关没收了多少外汇之类可笑的、可叹的、可气的种种故事。我立刻抛开刚才因发言稿的顺利通过而产生的如释重负的心情,规规矩矩地又不无紧张地等待着众人的发言,看看我这个当团长的,还应该背负一张什么样的牛轭。

开始讨论所有的礼品(主要是各人捐献的和卖面子得到的形形色色的工艺品、玩具、纪念章以及任何"老外"都感兴趣的风油精之类,还有不少代表中国文化特色的字画)是否应予集中,以便统一保管、统一调配,很快就取得了一致意见:除去各自早有对象的定向性礼物以及个人名义赠送给德国诗人、作家、评论家的著作以外,全部交由王一地负责保存——专门装一口箱子——而且一路之上,都由他照料运输并掌管"支出",直到剩下空壳为止。

我的思路很快步入正轨。接下来,我把自己早就设想过的一个轮廓拿出来让众人考虑:赵长天年轻,又一表人才,跑跑颠颠的事儿多担待一些;当然,还有金弢,也年轻,伶牙俐齿,情况又熟,这两个人正好配对,出面和外国朋友联系什么,不会丢中国人的丑。刘祖慈才思敏捷,笔头子硬,如果有文牍方面的工作,希望他多做一点;平时把代表团的活动记得详尽而准确,将来写总结汇报材料,就不费劲了。至于王愚,我只要求他在与对方文学界会谈时,努力发挥论辩优势;我说,我在理论上,毕竟是外行,况且对全国性的活动资讯,远不如你这位《小说评论》主编掌握得全面。因此,一旦讨论进入这一领域,你老兄便是主将。说完了这一层意思之后,我顺便跟他开了个玩笑:还有一个重要的历史任务非你莫属,那就是,喝酒。王愚有海量,这,我是久闻大名的了。

这时候,作协的会计同志推门进来,手持一大沓花花绿绿的——其实并不鲜艳,不过棕色和灰色,印了一些陌生的人像和图案罢了——西德马克和美钞,另外几张白纸头是供各人签收的领条。

于是不免引起了一场小小的骚动。谢素娟点钞票的动作和我同属一个水平,既不利落,还总是缺乏自信。数到第三遍,才开始分发。这种可笑的动作又由各有关者分别重复表演。我忽然想到,这倒真是一个有趣的细节,假如有谁要写作家出国小说,肯定用得上的。唰唰唰照章办事,签上大名。四千马克公款,先前我已经画过押了,这回只消数数;面额都比较大,便于携带,两张一千的,四张五百的,先做乘法,后做加法得了。

会计同志离去,却留下了新的问题:这许多钱怎么办?

别人的脾性我不大清楚,刘祖慈的细心稳妥,却是有印象的。谢素娟建议我们公推一个人总的保存一下,待出了海关再原数归还给各人;至于四千马克,到达法兰克福后,直接移交给金弢好了,按照惯例,所有的访外代表团,会计、出纳、翻译,历来是三位一体。(当然也有例外,比如南斯拉夫之行,由于采取了变通办法,临时请大使馆文化处的刘鑫泉担任翻译,"财务大臣"一角,只好请刘绍棠——他自称从来点不清票子——扮演。)

我提名刘祖慈,一致附议,他也毫不推辞,立刻走马上任,收下了所有的马克和美钞。

王愚突然心血来潮,往我背上猛击一掌:"你好赖算个人物了,怎么混得还不如小老弟我呀?"

他指的是我只能买五十美元,而他却可以买八十美元这桩事。

整个代表团,五个人当中有三个够上买八十美元的档次:王一地早就是所谓厅局级,王愚担任了陕西分会书记处的书记,赵长天也是上海分会书记处的书记,都名正言顺地享受厅局级待遇。我是所谓处级干部,规定只能用人民币按牌价换五十美元。不过,我并不孤单,还有一个刘祖慈,也是处级干部,我们正好做伴。

"这个问题,你该去问安徽省委,问我,我只能说:无可奉告。"我想用开玩笑的方式搪塞。

王愚是直肠子。他只顾顺着他的思路继续慷慨陈词:"要说,你当过'右派',我也当过;'文革'期间,我还蹲过大狱,你好像没有吧?不单我们陕西的同志们,就我所知,全国各地的同志们只要凑在一起,谈起你的处境,没有不纳闷儿的!"

我不愿别人碰我的这个"伤口",哪怕是出自医生般的善意。坦白地说,活在这个"官本位"的社会里,活在这个凡是受到不公平待遇时,不但往往得不到同情,反而会引起某些"革命"者的窃窃议论:"总是他本人有什么问题"的社会里,我宁愿少拿几个钱,而不希望别人糟蹋了我的名誉。

在这一瞬间,我记起了有人告诉我,团长可以按厅局级待遇,并且劝我去"力争";我记起了有人批评我死心眼儿,何不在自家单位拉拉关系,开一张厅局级的证明;我也记起了邓友梅的话:"三十美元,在西德还不够理两次发!"

这个问题在我早已画了句号,没有意思。

可是,王愚却那么义愤填膺,人们都看着我,谢素娟似乎也不再笑眯眯的了。

我决定不再接王愚的话茬儿,故意打岔反问:"喂,老弟,你今早上是不是喝多啦?"

文艺界的人几乎都知道,王愚是顿顿不断酒的,哪怕是就着咸菜疙瘩也得来上两盅。

王愚朝我使劲瞪了一眼,长叹一声,沉默了。

帮助我摆脱困境的,其实并不是我的这个暗示,"救驾"的是谢素娟。她忽然收敛笑容,神色庄重地提出了建立临时党小组的问题。她说:"差一点忘了一桩大事了,代表团内还得建立一个临时党小组,并且选一位小组长。"紧接着,又补充了一句,"刘祖慈同志不必回避,这不算党内的秘密。像你这样的党外同志还有小金(指金羿)。"

我被选上了。

约好二十三日上午,全体在八里庄集合。谢素娟负责将裱好的字画(裱褙费就在可怜的三十元人民币中开支)带去,另外说妥,替我们"弄"一小卷胶纸,以便包装大小礼物。

散会了,各人干各人的事儿。

我和赵长天、刘祖慈步行前往王府井,又分别采购了景泰蓝手镯、香木扇之类。不大一会儿,刘祖慈便在人潮中"失踪"了。剩下赵长天——他已经开始执行"保护"团长的任务,一路招呼着又进了一家大食品公司,买了些苏打饼干、巧克力和袋装榨菜,供异国应急之需。

等我们回到招待所,已是吃罢晚饭了。服务员们热心地跑出去代购方便面,又替我们煮熟,我向她们道谢,她们说:"别价。"完全是老舍笔下的老北京。

鲁迅文学院的负责人唐因、周艾若(周扬之子)来访,预约回国后给他们的作家班讲课。

又是整晚不断人。既兴奋,又劳累。

1987年3月21日　星期六　晴转多云　北京

想起了需要一把电动剃须刀,昨天竟忘记买了,又专门进城挤了一趟东风市场和百货大楼,顺便配了电池。

下午再次连倒三路车,将所有用不上的衣物统统寄放于刘毅然家,并且委任他充当"后方留守处处长"。他一听便乐了。

奔波一天,到头来又没有赶上晚饭,援例吃方便面。吃的时候,想起了有人带一大箱方便面出国,为了省下钱来买×大件的传说,立刻便觉得寡淡无味了。

晚间依旧有青年朋友来,扯这扯那;我的呵欠起到了"逐客令"作用,赶紧闭门睡觉,偏偏又睡不着——出现了各种各样的场面,刁钻古怪的难题,沁出鼻尖的细汗……卡壳……丢脸……

"真没出息!外国人也是人!怕什么!"我一咬牙,倒立刻入梦了。然而无奈,做梦依旧是这些乱七八糟的幻象;夜半醒来,唯一记得的是某一位西德朋友的调侃:"我们这儿正是搞资产阶级自由化的地方,请问,你们来干什么?"

是的,我们来干什么?!

1987年3月22日　星期日　阴　北京

明天便是万里关山飞渡之日,心里反倒平静了许多。

没有"皇历"可查,也不了解是不是有"不宜出门",甚或"诸事不宜"的警告。

决定先洗个澡,褪去周身的汗味,换上干净的衣衫;然而,这个招待所虽有浴缸,却形同虚设,龙头里只能放出凉水来。服务员很是理解,趁开水炉还热着,用大铁桶替我一连拎了三桶,一试,水温尚可,终于了却一桩心愿。

剩下的时间全部花费在两本书上,一本叫作《出国旅游手册》,世界知识出版社发行;另一本叫作《外国文学手册》,没有注意是哪里编的。前者的主人是赵长天,后者的主人是谢素娟。翻来翻去,全都令人失望。一个是泛泛而谈,缺乏针对性,比如,西德有些什么特点;一个则侧重于古典,现当代的名著、流派、团体及代表性人物篇幅太少。看来,尽管我颇有一点斋戒沐浴,迎接大典的诚心,临时抱佛脚,佛也救不了我,归根到底,还得凭平日间积累的一鳞半爪去应付各种可能的场面。

我不禁颓然扔开这两本书,还给它们的主人去吧。

李发模特意送我两盒贵州茶。贵州也产好茶?这倒是头一回听说,头一回见着。谢过他的好意,顺手塞进提包——只怕联邦德国之行,未必能有机会烧一壶开水。那儿不是饮料,便是啤酒,要沏也沏咖啡。管他呢,冀图侥幸吧。

1987年3月23日 星期一 阴雨 北京—法兰克福

吃罢早饭不久,谢素娟到;她携来装裱完毕的国画,还有我们提到过的一小卷胶纸和我们未曾提到的好看的木纹包装纸。她笑眯眯地(这回笑得比较苦)解释:"我考虑,用旧报纸包礼品,显得太寒碜了;但这样一来,你们团的礼品费全都报销了。裱画匠还是熟人,压了价哩。"

人民币三十元,多少年的一贯制了?物价上涨了,它却纹丝不动。从这件小事上,也不难看出我们体制的弊病和我们思维方式、行为方式的虚伪与荒谬来。

何况,"礼品"本身的价格等于零。因为,字画作品全部是王一地、刘祖慈和我三个人向朋友们无代价索取来的。这些画家有柳新生、陶天月、季学今,王一地联系的几位,我连姓名都不知道。

我应当向这些支持我们这个作家代表团的画家、书法家致谢、致敬;在这个拜金狂潮席卷一切的社会,他们是真正的清流。

到处奉行不承认主义,只要不承认,便意味着客观方面"没有发生"或者"并不存在"。礼品费问题,由于上边不变,下边也就不变;安徽是一毛不拔、分文不给的,理由是:文件没有规定。明明知道,出国访问是要准备一点礼品的,这个道理再简单不过,爱串亲戚、看朋友的中国人,每当做一次正式拜访的时候,有谁两手空空,除了你真是穷光蛋之外,没有不被斥为"不懂事"的。然而,我们的某些掌权人就是这样的"不懂事",虽说他们自己出国乃至出差,从来不忘"送礼"和"受礼"。

我和刘祖慈都在安徽。我们都只好被迫全部自己掏腰包,而且,对我而言,这种"捐献"已经不是头一回了。可我们凭什么要给素不相识的外国人赠送礼物?还不是为了国家与国家的友好交往么?

各地自行其是。赵长天说,上海可以领取人民币五十元。他用这笔钱,置办了讨人喜欢又不大昂贵的惠山泥人、手绢、檀香扇等。王愚说,西安也是五十元,他准备了上百枚秦始皇兵马俑纪念章。至于北京如何,王一地不曾明确回答。即便同安徽一样"执法如山",他还有条退路;他准备了一大堆风油精和万金油,还有为数不下于十个的印有"中国少年儿童出版社"字样的蜡染布书袋,估计这些都是不必花钱去买的。

王一地乘出版社的小车,拎一口大号的纸板箱上了楼,并且立即着手汇集形形色色的礼品。

这种箱子是全国作协专供出国人员借用的,久经沧桑,布满伤痕。人人都借公家的箱子;刘祖慈本来买了一口箱子,这时也换成公家的了。唯独我用自己新买的所谓上海高级产品——牛津箱,但我怀疑它的锁子质量不过关,便借了一根破破烂烂的帆布带来用以加固。

这样做当然太傻。不过,把太多的精神耗费在这方面,人老得快。

大家围着那口大板箱忙活。我再一次郑重宣布:凡是打算留着自己用的，一概自行掌握，进了这口箱子，对不起，那就实行"共产"，往后都只能以代表团的名义使用，不再属于买主了。

字画满当当的填了半箱。我琢磨，柳新生的两幅作品，极富个性特色，既融合了西方表现主义手法，又同时保存了荣宝斋水印画式的中国传统，也许可以算作"重头货"。大家观赏了一番，都有同感。因此，当即一致决定：好钢使在刀刃上，它们应该送给最值得送的人。

我买的东西基本上都属于文化型的。例如：鱼形的、蝉形的、鼎形的、钟形的大小徽墨，还有本身就是墨的砚台；与之配套的有型号不一的湖笔和宣纸信笺，另外还交出去一匹唐三彩马，一打表现中国各民族特殊乐器的人物竹雕工艺品。

我只保留了几包正宗沱茶。

刘祖慈的竹雕与我的一模一样，真可谓所见略同。他还献出了一些别的，但保留了一幅铁画，寄放在我私人的箱笼中。

赵长天的一份，格调高雅，但众口一词的评论是：有局限性，只适合于女士们的欣赏趣味。不过，我以为，这倒正好填补了一大缺门；比方说，送一锭墨给小姐、太太何用？难道教她们用徽墨描眉去吗？

赵、刘、我同时在王府井工艺美术品商店买的景泰蓝手镯，不约而同地都不曾交公，各有各的盘算吧。刘祖慈是早已将它归入女汉学家布林克曼名下了，赵和我却把它当作了机动力量。谁有这份运气？到时候瞧。

王愚的纪念章，王一地的风油精、万金油，则干脆实行"配给"了。

下午六时，作协派小车来，将赵长天、王愚、刘祖慈，还有我，从八里庄直接送到首都机场。

王一地仍旧乘他自己的小车，打他的寓所出发，前来会合。

不可理解的是，海关的一位女警察特别对我感兴趣。

全团都顺利通过了，偏命令我单独留下，说是提包被扣，需要检查。赵长天绕回来解释:"他是我们团长。"团长? 团长也不管用,只得遵命。但见连同她在内的两男两女七手八脚的将包中什物抖落了一桌,这样捏捏,那样摸摸,最后,有一个牛皮纸废信套吸引了所有的视线,掂了掂,打开,以30°角轻轻倒出里边的东西来:两具铝制折叠衣架、一瓶没启封的鞋油,外带一把旧鞋刷! 我想,毛病怕就出在这儿! 于是想起刚才他们的神情和姿势,忍不住笑了笑。然而,殊不知这一笑又得罪了女警察,她顺手就揪起我新买的而且是第一次戴上的法兰西小帽,先揉作一团,再抖开、翻转,押了押标有"盛锡福"招牌的衬底,才扔还给我。哎呀呀,我这回可再也不敢失敬了。倘有冒犯,恐怕她会叫我当众剥光的。

这么一通乱,我真有点蒙了。当女警察做了个手势表示可以放行时,真是如获大赦,赶紧一溜小跑跟上聚在不远处等我的各位,大家便踏上自动传送带进入了候机室。第一个念头是:到底折腾了多久时间? 一抬手腕,才记起手表、钢笔、钥匙串和急救盒,还忘在那个该死的塑料盘里,没有取回。我这时实在懊恼已极,简单向众人说明情由,请他们在此稍候,又匆匆折转,循原路回去。待到挨近那个"关口",就将护照和由我保存的属于整个代表团的出国申报单全部捏在手中,以便证明身份——谁知道又会遇上什么鬼? 奇怪的是,这一回,那位三分钟以前还结结实实教训过我的女警察,此刻心情多云转晴,不过是用万分不屑的目光上下打量了一眼,努了努嘴,示意我上去将那早已倒在小桌子上的一堆拿走。我能猜到她的内心的无声语言:"瞧你这德行! 乡巴佬儿还出国哩!"

我咬着牙,先把手表戴好,接着将护照、申报单、急救盒、钥匙串、钢笔分别一一放回各自原来的衣兜,然后冲这位姑奶奶大声说了一句:"太谢谢您哪!"头也不回地走了,此时此刻,真恨不得从今而后不再回来。

又到了不紧不慢的自动传送带上。我却忽有所悟:老百姓常说的"有权不用,过期作废",还的确有根据。而用权一旦用错了,又该怎么办? 大量的事实是,绝不自我批评,多半是恼羞成怒;我的遭遇即其一例。可惜,聪明的同胞们还不曾编出概括性强的有幽默感的"顺口溜"来。大概是有福气能体验到这个的人民大众到底不多。

再次回到代表团当中,迎接我的是无限同情的一瞥。刘祖慈咕噜一声:"你怎么这么慌张?又不像我,第一次出国……"我很尴尬,又颇委屈;我只是在心里回答他:"你没有当过'右派',你无法理解,当人人都说你有罪的时候,你会有那么一刹那,连自己都对自己怀疑起来:我是不是真的有罪?"

当"右派"和刚才这样的出关检查,表面上风马牛不相及,骨子里却一脉相通。中国人活得窝囊,稍稍缺少耐心,就活不下去。

九时十二分,波音747腾空而起,天上漆黑,地上漆黑,向西飞,向西飞……

1987年3月24日 星期二 多云转阴 沙迦—罗马—法兰克福—汉诺威

这条航线的规划有一点舍近图远,想必是出于政治地缘学而并非地理学的考虑。纵使这样,它仍旧必须冒"误中流弹"的危险,从两伊战争的炮火与黎巴嫩内战的炮火的"夹缝"中通过。

第一个中继站,便是硝烟弥漫的波斯湾旁小小阿联酋的沙迦。

飞机降落之时,当地天犹大黑,手表上指着的北京时间已是六时十二分,倘在首都,该当天亮了。

空中小姐报告说,地面温度为19°C,比北京的白天都暖和多了。

我们跟随着蜂拥的人流,去久已闻名的小卖部观光。小卖部不小,顶得上国内的几爿商店。

在飞机上,偶然听得一段对话,一位首长模样的中年妇女向她手下的随员男士布置"任务":"你早点挪到那头——指机舱大门——去,尽可能动作快些,替我在卖首饰的柜台跟前占好位子,我怕挤不进去。"男士唯唯诺诺,马上便准备离席往前方"运动",却被女的拉住了;只听她哧哧一笑:"别急!起码还得飞半个钟头哩。"此言一出,我不免肃然起敬;显然,此婆出国很可能像鄙人上京城,不对,很可能像她自己逛王府井,家常便饭,小菜一碟,否则,何以如此轻车熟路,这般了如指掌!

接着,女首长对男随员详细介绍了此地金市行情,从14K到18K又到24K,从戒指到手镯又到项链,十分的博大精深。尽管这一位中年妇女和那一位青年男士的对话音量不高,终因四周的人们全都沉浸在寂寂的睡意中,独有失眠的我坐在侧后方,得以一字不落地听了个不亦乐乎。此时此刻,老实说,我固然怀疑其有倒贩之嫌,但又颇为感激,于无意中使我长了不少学问。

果然,我也望见了那黄澄澄金灿灿的一片了,虽说是隔在三层人体包围圈外。于我,这纯粹是开眼,凑热闹。正观赏间,忽而听到又有什么人彼此交换意见,"并不怎么特别便宜……""唔,唔,言过其实!言过其实!"

我倒想从这人头攒动中,寻找一下那位打算"捞一把"的女首长,可惜没有这等闲工夫。前边拐角处立在柜台上的多边形玻璃立柱吸引了我的视线。

这里的看客较少,然而,从艺术层次而论,其欣赏价值远比那些金器高多了。立柱里面,又分作十层,清一色陈列着璀璨夺目的水晶工艺品,从最简单的玳瑁到相当繁复的爬在椰子树上的猴子,雕刻都可谓美轮美奂;尤其是一头完全通过大大小小的菱形多面体组合起来的骆驼(我一向偏爱骆驼),万分招人喜爱。我认为,它的形象充分表现了阿拉伯人对这一沙漠之舟的民族感情!我不断地调换位置,仔细从不同角度反复观赏,结论是:这绝不是一件工匠的商品,而是艺术家的杰作!

我的目的仅仅限于观赏,购买是不敢问津的。因此,并未留意辨明同时带有$和不认识的当地货币单位两种数码的价格牌。

另外一处也拥挤不堪,一看,原来在争购"555"香烟。我虽非烟民,但对这红色包装还是熟悉的。在飞机上,就有空中小姐推着售货车向旅客兜售过,每条八美元,但这里只要七美元,对于大买主,倒也能省下一笔开销。

至于琳琅满目的电子产品,大到组合音响,小到微机芯片,全是日本货。看来我们的这位邻居真的大发横财了,如今的太阳旗比当年的"大东亚共荣圈"还走得远哩。

大受欢迎的另一种货物是打火机,产地不是台湾,便是香港。一美元可买五只,必须以五只为起点。似乎算是甩卖吧,不过,是一次性的,用完便报废了。我注意到有的同胞竟成百只成百只地采购,干什么?无论是回去送人或者倒卖,何必扛着它们上欧洲去压自己呢?简直无法理解。沙迦是自由港,这个小卖部就悬着 Free Shop 的标志,免税,所以才会因物价偏低而生意兴隆。

听说飞机要换轮胎,停留的时间比往常要长一点。眼花缭乱的商品已经不能提起我多少兴致了,便信步来回转悠,欣赏候机大厅的伊斯兰建筑特色,同时,也观察在机场、海关、商店工作的阿联酋人的形体特征。我立刻获得了同等深刻的印象:穹窿高而圆,身材矮而瘦。

再次登机。不久便遇上了熟人:安徽省文化厅的副厅长、男中音歌唱家陈发仁和安徽画院院长、国画家王涛,他们此行比我们跑得更远,除了联邦德国,还有法国。

飞机上一连放了三部电影:《大刀王五》《奥林匹克运动会》(纪录片)和《杜十娘》。我十分的疲倦,偏偏无法入寐,三部电影只看了一部,那因车上浮着的谭嗣同的头颅,使我更加心绪不宁了。所幸尚有四个频道的音乐可供选择,古典音乐、摇滚音乐、中国音乐和西洋歌剧。贝多芬、柴可夫斯基、刘大华、阿炳……轮流做伴,亲切而忧郁。

北京时间下午二时五十分,着陆罗马。罗马时间是几点钟,不得而知。我想,民航完全可以做一点改进,就能帮助旅客了解不同时区的时差,这样一件轻而易举的事,不知道何以竟想不起来。

亚平宁山脉白雪皑皑,山坡上的大片橄榄树林却翠绿欲滴。我想起了早年看过的意大利新现实主义电影《罗马，不设防的城市》和《橄榄树下无和平》。机上的广播通知大家，地面温度为4°C，仿佛又回到北京了。

罗马，一直是我心中的城。自从识字以来，渐渐积累了有关她的人物形象：凯撒、马基维雅里、西塞罗、薄迦丘、但丁、达·芬奇、米开朗琪罗、斯巴达克斯、夸西莫多、蒙塔莱……这些人固然彼此大相径庭，可他们，正是他们，才构成了罗马。对于这样一座名城，我们却只能过其门而不入，太遗憾了！为了弥补于万一，我不计较过境检查的麻烦，将照相机带进了候机室，计划拍照留念。岂料又碰上了倒霉事——闪光灯失灵，非但不曾拍成，反而浪费了胶卷。结果，罗马照旧是罗马，我却新添了沮丧。

重新登机后，来回摆弄了许久，才确证并非是机械故障，干脆是电池没有电！但这是刘毅然、阿玲好意送给我的没开封的新电池呀，好生奇怪！我是借赵长天的照相机才检验出这一点来的。长天很慷慨，说是他有两对备用的，可以紧急支持我一对。

心里不痛快，也就没有留心记下离开罗马的时间，于是，到达法兰克福的这一段航程，究竟飞行了多久，也就不甚了然。只知道校正时差的那一阵工夫，表盘上指着北京时间下午五点，而当地时间（亦即波恩时间）为上午十一点。

法兰克福机场是当今世界上最繁忙的四大航空港之一，交通五大洲，风云际会，群贤毕至，因此可以毫不夸张地说，此地堪称联邦德国的门户。

迎接我们的是大使馆文化处官员S君。于他，是一举两得，既送往（王愿坚团），又迎来（我团）。S君与大家一一寒暄，王愿坚、路遥二位和初次见面的袁和平、扎西达娃也同我们彼此亲切握手。除了王愿坚还是黄瘦黄瘦的老样子而外，其余三位团员一个个都让牛油、火腿填得膘肥体壮，红光满面，想来这些日子他们过得挺惬意。

金弢和我在长途电话中互相认识过声音，至于长相脾性，一概毫无所知，这回见面，当然少不了要细心打量、揣摩——从现在开始，我们两个将要开始合作了。

我给了他一个什么样的印象,我不知道;他给我的印象确乎不错,精明干练,腿脚勤快,我注意到他的嘴唇非常薄,按照我老家的一句俗话:"嘴皮子薄,说得死人会动脚;嘴皮子扁(读作'板'),说得死人能睁眼。"估计他的口才不赖。我想起了谢素娟多次对我强调过的介绍,"小金的德语非常棒"。

"家有千难万难,先抓当紧的办。"什么当紧?摸底最当紧。我把王愿坚拉到一处相对僻静处,请他扼要介绍一下情况、经验,以及需要注意事项。他谈吐轻松,表情愉快,言辞极其简单:他们原定访问半个月,后来北德电台愿意承担一点费用,才延长为三周,和我们的预定时间一般长。去过西柏林,顺路还以私人名义进了东柏林。总共才出席了两次招待会,没有人问起刘宾雁,余下的时间全是旅游,小伙子们玩得很自在,很开心,他本人不愿出去跑路时,便躲在房间里读书。三言两语,就这些。

我听了十分羡慕,不知道我们有没有这等福气。

不大一会儿,两支队伍就告别了。我怔怔地望着这四条汉子的背影消失于人群之中,忽然感到,似乎什么都不曾了解,也似乎什么都不可置信。

好像冥冥之中,上帝在有意验证:你们的运道就该不如他们,事情一开头便乱了套,德方竟没有派人迎候。这,太出人意料了!

S君似乎是解释又似乎是推论:"黑塞博士应该来的。"

黑塞博士是下萨克森州科学艺术部高级处长,曾经多次访华,和金坚范在双方达成的互访意向协议书上签名的联邦德国代表之一,而且是此后与中国作家协会和我驻波恩大使馆文化处保持直接联系的当事人。

我问S君:"他对你说过来法兰克福吗?"

S君有点尴尬:"说倒是没有具体说。……我们一直没有联系上。"

"中断联系几天了?"我又追问了一句。

S君避而不答,只说:"我实在太忙了。"说罢,便跑去打长途电话了。

大家着急地望着我,我也不知道该怎么办,便找金弢讨教:"你经验丰富,碰上这种情况,别人是怎么应付的?"

金弢并不正面答复,却笑了笑:"你是团长,我是翻译,我得听你的;不过,如今你我都得听 S 的,他代表的可是中华人民共和国。等着吧!"我听出了其中有画外音;但到底为什么会落得这般狼狈,我猜不透。

看来金弢对 S 不但有所了解,甚至可能对之所以出现目前的窘境都早已有估计。"再说,我出来多少趟了,有哪一回是这样的?别急,好歹我还会讲几句德语,谁也不能把咱们给卖了!"金弢补充了这么一句宽心话。

我感到无端受辱。我莫名其妙地想起了八国联军的统帅,德国人瓦德西。难道这位黑塞博士是瓦德西的后代?!

王一地、王愚、赵长天和刘祖慈各自闲逛了一圈,陆续返回,七嘴八舌地对我形容:这座航空港本身就是城市,银行,商店,饭馆,电影院……应有尽有,"还有西洋景!"刘祖慈神秘地笑了笑,"保证你在南斯拉夫没有见过!"众人也跟上相视掩嘴。

S 君回来,依旧教人失望:"不在办公室,也不在家。"人人都明白,这句略去了主语的话,是指黑塞博士。

我猛然想起接组织关系这样一桩大事,差点被意外的袭击给从大脑里打跑掉,便将 S 君拉过一旁,询问起大使馆的党委或者党总支由谁领导,以及我们这个临时党小组和谁联系之类的事来。

S 君指了指自己胸口,答应得十分爽快:"找我!我是支部书记!"

我向他汇报了临时党小组的四个成员的名字和概况。

他也对我进一步说明大使馆党总支下属若干个支部。他担任支书的这个支部由文化处和另外两个处的党员共同组建,以及嘱我遇有重大情况,可打电话直接找他联系,等等,随即写了一个电话号码,其实名片上就有的。

办完这件事,我又回到了现实中。现实非它,必须赶紧找到黑塞博士,征求黑塞博士的意见,下一步该怎么办?

"恐怕还得劳你大驾了,看看黑塞博士还有什么去处?再打个长途试试?"我完全是在央求,我为我自己害臊。我痛恨我自己怎么就不懂德语。

中午一时过后,S君又出现了。他说,已和黑塞博士通过电话,对今天发生的情况,他表示非常抱歉;只是他已经来不及赶到法兰克福来了,建议代表团立即搭飞机转往汉诺威,那边万事俱备,他会去机场欢迎。

话虽这么说,我还是感觉到这当中"省略"了一些什么细节。于是,我请金弢赶快去询问有无航班,又让刘祖慈当场和金弢交割四千马克的公款——主人不在场,我们必须自己先行垫付买机票的钱。

我向S君提出了另外一个问题:关于此行的日程表。

"他们给了我一份……"S君翻了翻他的公文包,"奇怪!哪儿去了?"

我请他别找了,(既然没带来,怎能找得着?)只要求他说一说大致的印象。"总不能把我们圈在下萨克森一个州吧?这是同志们最关心的,因为我们是国家级并非省级代表团,有一个规格问题。"

S君笑了笑,笑得比较古怪:"对,是存在一个规格问题。不过,根据我的记忆,除了汉堡和不来梅,全部活动都在下萨克森州。"

"没有马克思故里特里尔?也没有科隆、慕尼黑?"

"没有。"

"波恩有没有?"

"也没有。"

"你认为这样合适吗?代表团怎么向大使馆汇报?"

"对方没有安排。"S君又笑了笑。我不明白这有什么可笑的。

"据全国作协告诉我,日程表是委托你全权与对方磋商的。"

"是的。不过,全国作协并没有告诉我,你们都想去些什么地方。"

我忽然觉得,坐在自己身边的这个人,简直不像一位外交官。

"不对,我们每个人都按照惯例填了一张表,上边有一个栏目就明明白白写着:你对这次访问抱什么态度?有什么要求?这些表格早就寄给大使馆汇总,并且委托文化处负责与德方磋商了。你可以用别的理由解释你的失误,但是你不可以否认客观事实。据我了解,有好几位作家甚至提出了希望看一看柏林墙……"

S君如同被针刺了一下似的从沙发上跳了起来,激烈地对此加以批驳:"西柏林?那更是一个性质完全不同的问题;就是对方让去,大使馆也不会同意的。"

S成功地避开了自己的失职问题,反而转入进攻了。这样的小聪明,实在使人感到厌恶。

我决定将这场"舌战"进行下去,不论我是多么的不情愿;这是无法用所谓涵养之类去大事化小、小事化了的,因为事关全团的荣誉以及每个成员的切身利益,我要向大家做出交代的。于是,我反问了一声:"凭什么大使馆不一视同仁?王愿坚团不是才从西柏林回来?而且,以往所有来访的作家代表团不是全都去过西柏林么?"

S君又笑了起来,这一回笑得深沉:"情况不同了。最近,外交部有个文件,规定……"

我说出了那个文件的签发日期和编号。

他大为愕然。

"全国作协让我们看过那个文件,我觉得,它对我们不适用。我们是作家,不是部长一级以上的政府官员,也并非上那儿去办什么首展式或者首映式,根本谈不上什么刺激民主德国的问题。"

S君再一次藏进他那谦逊的笑容中。"既然你看过,那我就不必传达了。总之,我无权答复,需要请示郭丰民大使。"

原来,S还是踢皮球的"国脚"。

话不投机半句多。我什么也不想说了。

"那就麻烦你请示去吧。至于波恩,如果你能保证大使馆不会由于代表团居然不去汇报而产生误解,那我们也可以不去。"我努力想说得委婉,但结果仍然相当生硬。而且,刚才我觉得他简直不像一位外交官,那印象也不准确,他其实是一位标准的中国特色的外交官。

S君主动向我表示起阶级感情来了。他说:"作为个人,我完全理解;作家嘛,工作性质,职业爱好,艺术天性,都决定了你们对一切都有兴趣。好不容易来西德一趟,谁不希望看看西柏林?就说红灯区吧——红灯区可不只是西柏林才有的——尽管外交部有硬性规定,大使馆的工作人员绝对不许进去,要是去了,党员开除党籍,团员开除团籍;不过,我一向认为,这一条管不了国内来访的作家。作家需要感性的东西,你说资本主义腐朽,到底怎么腐朽?作家必须拿出生活真实来,才能说服读者。对不对?"说到这儿,他略事停顿,征求意见似的瞅了我一眼,我未置可否,我吃不准他的用意何在;不过,我倒是想起了这位滔滔不绝者曾时不时在国内的报刊上发表一点小文章,难怪他以作家的同情者、保护人自居。

他接着滔滔下去:"所以,当王蒙带领第一个中国作家代表团来的时候,我就主张他们应该去看看红灯区,因为这个,还引起大使馆内部不少人对我不满……"S君话锋一转,便对我说开了大使馆与汉堡总领事馆之间、大使馆这一个处与那一个处之间的种种纠葛,仿佛我突然变成了他的贴心朋友。当然,这一切,都落脚在最后一句话上:"老实说,驻外人员没有几个不僵化,没有几个像我这样思想解放的。"哦,阁下是开明派!这已经令人不胜惊讶了,而尤其令人惊讶的是,为什么要对初来乍到的陌生人叙述这些?!

可能是我的反应过于冷淡,冷淡到半点好奇心也没有,对方自感索然,便站立起来四下张望,想找一个吃饭的去处,S君宣布:"我有点饿了,你们呢?"

我走进正在谈论什么的同志们当中征求意见,答复都有同感;然而,唯独我胸中胀憋,毫无食欲,在人人点过自己想吃的饭菜之后,我只要了一杯番茄汁。

喝罢番茄汁,独坐无言。刘祖慈觉察到了什么,悄悄劝我,何不利用大家继续用餐的空当,在这个大得惊人的航空港自由市场散散心?我想他说得对,我还根本不曾逛过呢,而他们看得都不愿再看了。

我认了认方位,便信步踱去。不料近在咫尺处,竟是一爿性商店!那玻璃橱柜中赫然陈列着男人的阳具塑胶模型(当然全是勃起状态),不下百余之多,其中最大的一个,端的是《金瓶梅》里形容过的:"驴大的行货"!看来令人发噱,难道世上真有哪位女士消受得了么?

还有一些可以充气吹胀的"情妇",在国内曾听懂行的人谈过,这一类玩意儿,日本也多得是,专供光棍汉应急之需的——想得真够周到的了。

至于其他林林总总的奇形怪状的物体或者器械,我都是头一回见,既叫不来名字,也弄不清用途。当然,书架上五颜六色的画报,那封面足以说明一切,文盲也了然于心的,就不必一一描述了。

到底是西方世界;南斯拉夫够开放的了,但还不至于公开出售这样的消费品。

我乃恍然于我的同行们刚才何以一律面带惊慌而又兴奋的表情。

接着往前逡巡。

真是说不尽的繁华。看来书上介绍的全部属实。法兰克福依仗着作为欧洲大陆中心的优越地理条件,将自己"升格"为国际性大都会和国际性金融市场。从这儿去任何欧洲城市,乘飞机两小时可以到达;而如果限于联邦德国境内,乘火车便可以不出一个钟头前往47座城市;横贯欧陆东西方向和南北方向的两大高速公路干线又在此地交汇。一九八五年,机场首次突破吞吐旅客两千万人次的大关,日均五万五千人,高峰期曾经达到八万人。在这儿,中转飞机不超过四十五分钟,可见班次之密;取行李不超过十五分钟,可见效率之高。一路上,只见众多的旅游机构都在挂牌营业,十分忙碌;全球各地的八十多家航空公司都有航线通向此间,正因为这等纵横交错,才形成了每四十秒钟起落一架次的令人头晕目眩的记录。

我怕误了大家的事,不曾走到尽头,便匆匆折回那家四面都是门的小饭馆。他们正在结账,由金弢以公款惠钞。自然,这是替德国主人垫支的。

金弢看了看表,说声:"差不多了,走吧。"我们便纷纷拎的拎,挎的挎,行李大小十件整,颇为壮观地鱼贯而行。S君匆匆道别,乘他那辆奔驰车回波恩去了。

我们来到了国内航班售票处,也是汉莎公司的下属机构。柜台外边的人屈指可数,不远处的候机大厅,也空着不少沙发椅;只听见沙沙的翻动报刊之声和同样沙沙的推动行李车之声,安静而整洁。女售票员略施粉黛,美而不艳,望见一行东方男子前来,立即从座位上站起,笑容可掬地悄声询问:"先生们打算上哪儿去旅行?"金弢一一用德语说明,填表,付款,没有用五分钟时间,一切妥帖。对比"贵国",真是太出乎意料了。这件在我想象之中必定繁难无比的事竟然如此顺利,使我心上压着的不愉快稍有减轻。

很快便通知登机。飞机不大,同时又不满员,乘客们彼此彬彬有礼地让路,只有一位身着制服的空中小姐照料着一切。这种种叠加起来,立即形成了十分悠闲安谧的氛围。

飞机才从地面拔身上天,安全带还未曾解开,空中小姐已将小车推到了身旁。当她分发各色饮料时,总忘不了问候一声:"午安!"音量似乎被旋钮控制在恰恰使对方听得清楚的限度之内,动作麻利;我注意到那修剪得非常精巧干净的指甲,并没有涂上红油。我自己也无法解释,这一发现使我特别高兴。我不喜欢看见那种教人会联想起血爪的东西。

他(她)们的确不提倡什么为人民服务,不过,他(她)们在为什么对象服务呢?老板吗?金钱吗?上帝吗?没有答案,大概也不需要答案。因为,也许对于他(她)们,这个问题本身就不能成立。

胡思乱想了一通,汉诺威便到了。下得机来,一位身材高大,穿着考究,修饰整洁,两眼含笑的学者模样的人上来迎接,我们的体型、肤色便是介绍信和身份证,金弢上前和这位先生互通姓名后,立刻扭头告诉我们:"这位就是约翰内斯·黑塞博士。"

——介绍如仪。

黑塞博士身后,还有一位相貌英俊的小伙子,面孔红润,金发蓬松,还留着一把小刷子似的短髭;穿得很随便,上身是件皮夹克,下身是条石磨蓝牛仔裤,皮靴也略显陈旧。但对他而言,仿佛必须如此,否则就潇洒不起来。黑塞博士将这位随从介绍给大家:无畏·劳先生,汽车司机。代表团坐的带拖斗的小面包,将一直由他驾驶。无畏·劳先生还会替中国朋友做一切可以做到的事。黑塞博士说到这儿,稍作停顿,然后,又补充说明:他是我们向州警察署"借"来的,他的本职工作是警察。

听了这个,我的本能反应是:借了一位警察来开专车?什么意思?然而,另一个反驳的声音马上从心头升起:假如真的有什么"意思",博士先生又何必明讲呢?

我意识到,这是中国人的阶级斗争观念在作怪,不禁暗自苦笑了。

黑塞博士坐在驾驶舱内,我和金弢坐在第一排,路上由翻译中介交谈,我立刻明白了事情的真相:他一连三天都没有找见 S 君的下落,急坏了,不知道中国方面发生了什么变化,也拿不准该不该去法兰克福。这,就是 S 君支支吾吾的关键所在。

下榻于 KONNER 饭店。有一位中国老太太在那儿等候。她就是黑塞博士提到的替我们笔译日程表的女士,此刻,正在哥廷根大学东亚研究所担任客座研究员,下萨克森州科艺部聘用她临时帮助做一些工作,今后也陪同代表团活动,直至我们离去。

黑塞博士来到我的住房,交给我六份日程表,德文、中文两式,中文的比德文的简单得过分,但也竟有六页之多。

我请金弢(他从此便一直住在我的隔壁,实在办不到,也必定相距不远)大致扫描一番,金弢调皮地吐了吐舌头。我明白他的意思——我们俩想到一起了:看来,主人下了决心,榨干我们的油水,密密麻麻,从早到晚,连"分针"指示的单位都一概写了进去,活动项目最晚的是夜间十点钟开始。面对着这些像最精密的科学仪表一般的联邦德国人,该怎么办呢?

我当即表示,感谢对方的盛情,让我们见到尽量多的各界朋友,也让我们接触到尽量多的各方面的生活。不过,我们对此毫无思想准备,S 君也不曾对我们介绍哪怕是一个梗概。我们代表团马上开会研究,汇总一下意见,再行磋商。黑塞博士照例一个劲儿的"呀,呀"(是的,是的,——我寻思,德语的"是"和英语的"是"当系共着一个语根),表示同意,便握手告别而去。

黑塞博士给了我很好的印象,纯粹一个"德国书生"。

于是,我请同志们前来商量。归纳起来,大致有三方面是完全一致达成共识的:一、转来转去,几乎不出下萨克森州所辖的范围,对此深表失望,并进而对大使馆有关部门是否准确传达了中国作家们的可以理解的希望与建议,感到怀疑,要求团长出面与黑塞博士会谈时做出澄清。二、此项邀请固然是由下萨克森州 SPARKASSE 储蓄银行拨专款赞助,方才得以实现,理当以代表团的名义,正式向银行董事会致以真挚的谢忱。然而,我们毕竟是一个文学团体,并非金融界人士,按现有安排,是否和该行的牵涉过多?是否会给对方造成不必要的干扰?而根据我们作为作家的职业特点,是否应该补充某些参观项目?例如印刷出版业以及对普通农户的拜访。责成团长向黑塞博士加以解释,力争予以适当的调整。三、整个日程过度紧张,除了去汉堡观光的公休日外,天天爆满,势必连坐下来做点笔记的工夫都没有了;主人的美意虽然可感——喂饱喂足,但希望考虑到我们的"消化"问题。

至于具体去哪些下萨克森州以外的地方,也拟好了一个方案,"最高纲领"是西柏林和所谓的文化首都慕尼黑,可能的话,再加上马克思的故里特里尔;最低纲领是科隆和波恩。关于这个问题,众人的言辞较为激动,纷纷反复嘱咐我:一定得像商人那样,讨价还价。我感到困难,不过,我自己也巴不得多跑几座富有特色的城镇,因此应承下来,向商人学习。

大家还发现德方提供的日程表上,竟完全没有写明四月十一日离开汉诺威之后,直到四月十五日中国民航班机将我们送回北京之前,这当中的四天时间如何支配,这是一个至关重要的疏漏;根据金坚范代表中国作协与德方达成的协议文本,明确商妥此次访问为期三周,在联邦德国境内代表团的一切费用均由邀请单位承担,用王愚的话来说:"你要问问黑塞,这四天我们哥儿几个咋活?"

何以会出现这么大的漏洞?我自然而然地又想起了 S 君,想起了他的笑容。

我努力压制自己心上的起伏思潮,平静地对同志们表明了个人的看法:避免冲动,据理力争,体谅主人,态度克制,适可而止,完成使命。

我从来也不曾当过"官",我的确感到压力很大,招术不够;然而,我只认准一条:在复杂的条件下,身为一团之长,必须不乱方寸,事事、时时、处处都得带个好头,我忽然背诵起《毛主席语录》里的六字真言:有理,有利,有节。

我把这条原则也公开说了出来,然后,郑重宣布:在我们和联邦德国朋友没有达成一致协议之前,大家应该尊重主人的既定计划,暂时依照现有的日程,全力以赴地参加一切活动。

没有任何异议,同志们对我还是谅解的。

散了会,清静下来,我才得以环顾这间卧室,不但附有设备先进的卫生间(最令人欣喜的是浅绿如玉、不必抬腿便能跨进去的浴缸),而且附有十分宽敞、炊具齐全的厨房。烧水沏茶是绝无问题的了,就看有没有那份闲暇吧。

洗了个澡,收拾了明天要穿的衬衫、要打的领带之类,便坐在台灯下面,匆匆记下这头绪纷繁、吉凶难卜的一天(不是二十四小时,而是三十小时)的遭遇。

睡前看了看表,波恩时间子夜两点。

1987 年 3 月 25 日 星期三 小雨 汉诺威——施塞尔

真是祸不单行!

一大早,我去隔壁轻声敲门,叫醒金弢(本来他说好保证他来喊我起床的),敲了好大一阵工夫,才见他用手捂住眼睛,只穿着一条裤衩前来拉开一道门缝,告诉我:"我的两只眼睛都发炎了,博士伦(隐形眼镜)已嵌不进去,一点光都见不得,不断地淌泪水,整宿没有睡好,这会头还正疼哩!"

我记不得自己当时是否长叹,只记得像当头挨了一棒似的,嗡的一声,呆立在门外,不进不退;待想起了还有救星刘梦莲大姐在,才匆匆嘱咐他好好休息;我会设法通知黑塞博士,拜托他替代表团请眼科医生急诊。

"急诊?那太贵了!等会儿我自己出去找大夫瞧瞧吧,非常抱歉……"到底是中国知识分子,就怕多花了国家一分钱,就怕影响了公务。金弢的突然爆发眼疾,虽然打了我一个措手不及,但我不忍心怪怨他,谁愿意害病呢?何况人家内心已经非常不安了。

我顾不上下楼吃早饭,便径直找刘大姐了(刘梦莲已六十出头,打认识起我就以大姐相称)。她有一段与德国血肉相连的生平。生父早岁留洋,母亲颇有点类似今日的"伴读"。她的出生地点正是目前她工作的哥廷根。哥廷根大学是举世闻名的学府,有近三百年的历史了。诗人海涅是这所大学的骄傲。而刘梦莲本人去年再度来到哥廷根之后,也成为一段佳话中的一个角色。事情很偶然,在一次闲谈中,她第一次了解到父亲后来还和一位德国女子生养了几个儿女,有人并且提供了线索,于是,同父异母的孩子们,在他(她)们各自都进入暮年之际,互认血亲。这个故事还被记者采访过,写成文章登在了报纸上。

刘梦莲的德语是自幼熟惯的,发音纯正,修辞准确,什么俚语也难不倒她,这是无疑的;也正因此才受到北京外文出版局的器重。不幸的是,她有一桩憾事——重听,即便终日助听器不离身,交谈时还必须凑近,声音方能入耳。

刘大姐终于明白了我的来意,慨然允诺,充当替补主力译员,陪我们去出席与科艺部官员们会见,以及随之举行的儿童文学问题对话。

早餐是旅馆供应的,有面包、麦片,有生火腿、熟咸肉、热清水鸡蛋,有各种肉泥红肠,各种生菜和酸菜,饮料除了牛奶、咖啡、汽水、橙汁和番茄汁、柠檬汁、带薄荷味的矿泉水等等之外,居然还有啤酒,角落里还有闪着蜡光的红苹果、又粗又长的黄香蕉,至于小塑料盒子包装的蜂蜜、黄油、乳酪、炼乳、芥末酱以及叫不来名字的而且也不甚对中国人口味的糊状玩意儿,品种繁多,不可胜数。我因心中有"倒霉"的小虫子啃咬,食欲不佳,但我不敢有半点流露,唯恐初次上阵,便影响了"士气"。

饭后,到王一地住处检点礼品,王一地自己另外抱了一大摞他那个出版社的代表作。

然后,又去嘱咐金弢快快看病,刘大姐已经将此突然变故电话通知了黑塞博士。

一行人匆匆前往莱比尼兹宫。

会议主持人是罗萨尔·普尼索尔先生,也是科艺部的一位处长。他首先解释,黑塞博士还有若干有关此次访问的事务亟待处理,委托他代为接待。接下来,便介绍了下萨克森州 SPARKASSE 储蓄银行的业务经理——我没有听清姓名,又介绍了他的同事乌尔维奇·贝朗先生,并且强调一点:今后将由贝朗先生一直陪同代表团参加各项活动。

"希望公刘先生和贝朗先生合作愉快。"普尼索尔先生这样结束了他的介绍辞。

我和贝朗先生相互注视了十分之一秒。我突然信心倍增,开了一个玩笑,(有时候不能太严肃,特别是对着严肃的日耳曼子孙)我顺口应道:"请宽心,普尼索尔先生,我已经发现了我和贝朗先生的共同点……"我拍了拍自己光秃秃的脑门子,"我们会想到一块儿去的,因为我们有完全相同的这个。"普尼索尔先生非常聪明,不等刘大姐把话译完,便盯住牛山濯濯的贝朗先生开怀大笑起来。贝朗先生本人倒是虽则微笑,却不胜腼腆,本来血色甚好的双颊更其泛红了。

这时,刘大姐悄悄对我说:"贝朗不是德国人的姓,我怀疑他是捷克后裔。"又说,"其实他一点也不老,还不满四十岁,头发败得太早了。"刘大姐的这些"悄悄话",半点也不悄悄;大抵耳朵不行的人,讲话的声音都会不知不觉地提高。我相信,这些话,所有在座的中国人都听清了,幸亏德国主人不懂。

会见便在这样轻松和谐的氛围中开始。

普尼索尔先生扼要地描述了下萨克森州在德意志联邦共和国发展计划中所占的位置,工业、农业、科学技术、文化出版、艺术创作,总的评价是,不算十分先进,但也绝非落后。在这个似乎可以被称作"概述"的开场白中,有一段话是相当精当的:"不过,要论说外事活动——我们是实行联邦制的国家,每一个州都拥有较大的相对独立权力——下萨克森州大概是当之无愧的尖兵;我们州的东边,便是德意志民主共和国,也可以说,便是柏林墙。我们不希望看见这样的墙,因此,我们总想超越一切人为的界限,多交朋友,而这也就是我们何以以下萨克森州的名义向中华人民共和国的作家组织发出邀请的动机。"

这是肺腑之言,我很受感动。

我起立致答词。除了表示感谢之外,全部内容几乎都花在了强调代表团的阵容和规格上了。我完全采纳了王愚的建议:第一仗,得亮亮相,"镇"一"镇",这对加强今后的谈判地位会有好处。依照王愚和其他同志的看法,他们认为,洋人一般都自视甚高,因此,咱们何尝不可"以其人之道还治其人之身"? 我对此虽然觉得不以为然,但也实事求是地报了若干"头衔",这于我终究是一桩苦差,太不习惯了!

致词——刚开始,"蓓蒂卡"儿童文学"圈"(刘梦莲说,她想不出更贴切的汉文译名来)的负责人汉斯·波戴克先生——我猜想,所谓蓓蒂卡就是以波戴克这一姓氏命名的少年儿童读物出版机构,而细听那发音,所谓圈也许就是英语的STRIP,"带"与"环"是也——匆匆步入会议厅,他本人抱歉,说明自己还兼管一所学校,很忙;普尼索尔先生免不了也起立让座,并且介绍我和这位迟到的先生相识,然后,极有礼貌地请求我继续讲话。

我趁机向波戴克先生推荐了王一地。儿童文学是王一地发挥看家本领的主要领域；头天夜里，我们就一致公推他担任今日的主谈。

波戴克先生倒也痛快，立刻侃侃而谈。他首先自我介绍了身世，原来是子承父业，干这一行颇有一点家学渊源。不过，他的主要职业是经管一所中学，同时也从事有关少年儿童乃至青年生活题材的写作，因此，排下来，出版家不过是他扮演的第三种角色。"蓓蒂卡"正是他们这个家族的姓氏；在联邦德国，像这样以主持人的姓氏作为出版机构的"堂号"的情况，相当普遍。但确定其专营少年儿童读物为自己区别于其他出版事业的特色业务，却是从一九五三年才正式开始的。"蓓蒂卡"——波戴克先生似乎完全不知谦虚为何物——不仅在联邦德国，而且在整个欧洲，都是独一无二的。它既非政治性的，又非宗教性的，唯一的目的就在于帮助孩子们自幼熟悉文学、爱好文学，为提高下一代的文学素养打下基础。为此，"蓓蒂卡"往往要做许多看上去业已越出编稿出书这一本行业务范围的事情，例如，他们每年在汉诺威组织一次世界性的儿童文学作家聚会。

说到这儿，波戴克先生稍事停顿，然后加重语气自问自答："今年的年会预定在哪一天呢？五月十号！这将是一次历史性的活动，不仅由于所有使用德语写作的儿童文学专家都将出席，他（她）们来自西德、东德、瑞士、奥地利，中心议题是保卫世界和平，反对暴政，反对新纳粹复活，防止灾难重演。一九三三年五月十号，正是希特勒上台后第一次大规模焚烧优秀作品的黑暗日子！这一天虽然距今已有五十四个年头，可是，对一切有良知的作家而言，仿佛就是昨天。"

一席话，缓缓道来，说不上是慷慨陈词，但闻者无不动容；当今的联邦德国，确实不乏有识之士，勇于反思自己民族的罪愆，敢于直面自己民族的弱点。我想，这大概也正是德意志迅速复兴的动力之一吧。

我的心一下子又飞回故国，"文化大革命"这等规模的历史浩劫，非但从来不曾举行过任何纪念活动（更不用说由政府颁定粉碎"四人帮"的节日了），居然还会产生种种"理论"来对人民进行"引导"，什么不要"向后看"

呀,什么"宜粗不宜细"呀,什么"哭哭啼啼的结果是涣散斗志"呀,总之是要求大家彻底忘掉它;巴金先生一个建立"文革博物馆"的建议,柏杨先生一本《丑陋的中国人》,竟惹动那么大的肝火;拿这种怪现象和德国人两相对照,能得出什么结论来呢?岂不可悲也夫!

波戴克先生继续往下介绍他们这个"圈"的另一层实质:团结了一批作家。他们经常举办小读者和作家叔叔、作家阿姨的直接对话,让孩子们有机会倾诉自己的心愿和幻想,作家们在解答疑难的过程中,自己也无形中受到启迪。此外,"蓓蒂卡"还定期举行巡回书展,同时发行一种少年儿童读物的目录索引,每一种新书下面都附有简明有趣的内容提要和作者小传。遇有极有影响的外国翻译作品,则由这个"圈"出面邀请,组织会见;类似的例子已经有过几次了,可惜中国还没有介绍什么受到欢迎的名著给他们。说到这儿,波戴克先生将一大包样书,包括上边提的目录索引,送给了王一地。王一地接着详尽叙述了我国革命成功后儿童文学发展迄今的历史与现状。他从张天翼、陈伯吹、贺宜、金近和严文井一直数到新近涌现的一群新生代,他(她)们的欢乐与苦恼……他对中德文化交流在儿童文学领域中的缓慢和隔膜,感到惋惜;他表示,回国以后,将把"蓓蒂卡"作为友好联系的大关系户,进一步磋商和签订正式的合同,至少,首先应该建立一种制度:彼此定期向对方推荐优秀出版物。说到这儿,王一地笑嘻嘻地说:从现在就开始。于是,也捧出十来册畅销书和早有定评的代表作来,如《宝葫芦的秘密》等,当场赠给了波戴克先生。他们二位紧紧握手。

就在这动人的场面出现之际,金弢一只眼捂上了纱布,带病进入了会场,而且,立即主动请刘大姐休息,一语双关地开了个玩笑:"是眼睛出了毛病,好在口译主要不关眼睛的事儿!"我很赞赏金弢此举。何况,刘大姐毕竟年事已高,显得相当疲倦了。

波戴克先生挟起皮包要求早退。他的行色仓促,固然令人同情,但放在中国人的思维定势与行为方式的天平上一称,就显得略有倾斜了。

普尼索尔先生接唱主角。

记得出国之前,谢素娟一再提醒,对方每次的公函上都强调了一定得有一名儿童文学专家,为此才选派了王一地。如果今后没有什么进一步具体化的措施,我看那意义也不大。难道德国人也有虚张声势、矫揉造作的中国病么?!

普尼索尔先生的侧重于整个联邦德国青少年一代思想——学习——生活状况的介绍,我倒觉得获益匪浅。

其要点如下:

一、和成年人谈论每周工作量为38.5小时的同时,学生们的热门话题是:功课负担太重(西德背的是绝对的大书包),应该学得精一些,学得好一些。

二、"禁区"越来越少,几乎全被冲破了。战后出现了性早熟的现象,作为一个社会问题,早恋相当普遍。为了实现正确的引导,性教育得到了全体公众的理解与出版部门的支持;打破性神秘、树立新观念的科学读物开始以幼儿为对象,这是文明的一大进步。

三、也有令人头疼的消极行为:酗酒与吸毒。这是一种社会病,这种病的严重性并不仅仅限于它本身;在没有找到根源和判明诱因之前,一时半刻还难以彻底清除。不过,对生活始终抱有信心的青年毕竟占大多数,而颓废主义者总是在任何时期都不会绝迹的。

四、值得注意的观念更新情况倒是在于:青年时代早早地开始,却迟迟地结束,甚至干脆不结束,除非生命终止。这一崭新的概念,在好的方面是给全社会注入了更蓬勃的生机,在不好的方面是制造了本来可以避免的公共关系问题。

五、科学技术的不断进步加剧了失业的恐惧感,也造成了生态环境的严重恶化;人们的心理失去了平衡,因而向往回到自然,回到古代,却又不可能。特别是联邦德国所处的地理位置,使得许多人对国际间的军备竞赛忧心忡忡。

六、前几年的"性解放"思潮带来了一个可怕的恶果——爱滋病;当代男女尤其是青少年已经由对早孕的恐惧转为对爱滋病的恐惧了。这一主题必然会进入作家的视野,写成供青少年阅读的作品。因为,这种前所未有的困扰,正是包括青少年、青少年的父母乃至学校、教会、治安部门、医疗单位,一句话,正是整个社会所面临的问题。作家们有责任解答这个问题。

我觉得,普尼索尔先生的发言是精当明了、实事求是的。我甚至认为,这是一篇标准的充满德意志逻辑精神的讲演。我感谢普尼索尔先生递给了我们一柄解剖刀。

下午一时半,由贝朗先生陪同,前往以农村文化建设驰名遐迩的施塞尔镇。该镇属于鲁腾堡(红堡)郡。

汽车驶出汉诺威市郊,来到了高速公路上,遇见几桩新鲜事儿。

有人提出需要方便方便,于是,无畏先生将车子停靠在一处公厕附近。也许是出于谨慎,担心什么时候可能会陷入尴尬境地,结果竟是所有的男士们结队前往;没有想到,进得门来,赫然一张告示,规定了收费标准:小便一马克,大便两马克。(后来还有翻一番的,小二,大四。"价格"何以上浮?不了解)大家一一办公如仪,完事后,我问金弢:以往的代表团是怎样开支这种费用的?答曰:公款报销。这笔上厕所费,乃成为我们这个代表团的第一笔账目,值得纪念,爰为之记。不过,我由此而又回忆起南斯拉夫的半个月来——我就去过那儿,所谓参照系的局限性太大。南斯拉夫是不收费的,但它有一种无字的"告示":要求你保持清洁。不收费而清洁,较之收费而清洁,当然是体现了社会主义优越性的。不过,解释不清楚的是,为什么我们"贵国"的公厕,往往令人晕倒,或者必须锻炼芭蕾舞使用脚尖的技巧,倒又是数十年一贯制的"坚守不移"?不知道这算不算"中国特色"?

此外,还有一个特点,德国的男厕所,兼售避孕套。(后来还见过若干次,可见是不成文法和约定俗成。)

售货机的整体像一筒石碑,外表又类似于中药店的药柜子,布满了薄薄的抽屉格子——不过,你拉不动它们——每个格子上都标明了牌子和型号;如果要买,就得仔细看清载明的价目,然后对准上方相应的小孔投入硬币,那个为你选中的格子就会自动递出你所需要的一个小盒子来,每盒半打。万一你自己弄错了尺寸,退换只好免开尊口,留着吹气球玩儿去吧。

只是为何这种售货点一般都设在男厕所呢?(女厕所是否出售避孕环之类?不好意思打听)我突然联想起革命导师马克思和恩格斯曾经在一次通信中说过一句大意如下的话:人类只有一种器官是一身兼二任的,既能排泄,又能生殖。

大不敬!我悄悄地掩口而笑,谁也不曾发觉。

这是平生第一次贴得这么近,而又走得这么远的体验西德的高速公路。高速公路的首创者,有人说是德国,有人说是意大利。不过,确凿无疑的事实是,从一九三八年开始,老谋深算的希特勒特别重视高速公路的建设,从那个年代起,一张用于军事目的、可以四面出击的"网"便已成型。尽管战火最后烧向本土,这些高标准的公路干线被破坏殆尽,但那一度领先于全世界的光荣回忆却一直激励着重建的愿望。二十世纪七十年代,当着中国人正在自己折腾自己的岁月,联邦德国决定以四年左右的时间,修复旧的,开辟新的,不但沟通每一座城镇,而且辅之以二级公路,将每一个村庄都纳入网络之中;结果是整个的联邦德国血脉通畅,同时还与邻近各国的高速公路相衔接,从波恩出发,可以直达欧洲大陆的任何一个首都。据了解,联邦德国的高速公路,其总长度仅次于美国,居世界第二位。倘若把德、美两国国土面积悬殊这一事实考虑进去,那么,她实在是"老大"。

这一交通体系,在不主张修建铁路(其主要论点为投入多,收益少)的西方,是颇有说服力的。虽然,据说花的钱也不在少,每一公里造价高达一万马克。然而,它的干线有往返六条跑道,支线有往返四条跑道,凡交叉口一律筑有立交桥,道路两侧一般都竖着金属板,混凝土板,最次也是木板的矮墙,在接近居民点的地方留下豁口,以便通行;区分往返方向的是永久性的栅栏,约一米高,间以条状花坛或草坪以及其他管理、监测装置。最教我欣赏、赞叹的是路旁林立的路标,其内容之详尽几乎无所不包:前方站,再前方站,里程,有无弯道,变速要求,加油站、餐馆、咖啡店、投宿处、公园、名胜古迹、森林、河流、桥梁,直到厕所……一目了然。而且沿途都有自动电话亭,每隔一定距离便设有汽车维修厂。如果遇上附近有机场,一般也公开标明;依我的外行眼光观察,某些路段特别加宽,特别平坦,似乎那用意也在于便利各类飞机升降。

小小一块路标,充分体现了"人"的主体地位和尊重人的指导思想;而且不设计则已,一设计便真正是"百年大计",正常与非常,平时与战时,全都考虑进去了。

正遐想间,金弢一声"到了",将我惊起。不知何时起,阴云密布,山雨欲来。

走出车门,首先迎上前来的是一排衣着笔挺的当地 SPARKASSE 银行的董事会全体董事。

我们被引进银行大门,穿过业务大厅,再过一道钢化玻璃门,踏上铺着红地毯的长长甬道,进入宽敞明亮的会议室。

这间会议室如同国内常见的高级小礼堂,所不同的是没有讲坛,没有一排一排的活动沙发椅,倒是居中立着一座圆雕,十分雅致;围绕着圆雕的则是口形的长桌和紧挨着长桌的折叠靠背椅,椅子是象牙色的,整张的特大地毯是碧玉色的,而台布却是雪白的,上边摆满了各色点心、糖果、饮料、咖啡和红茶。墙上挂着该行的特殊徽记"Ṡ",猩红如火,再没有任何装饰。S 是 SPARKASSE 的缩写,这当然是不待说的。可是,"S"上边那个"·"代表什么呢?想到今后天天都少不了和它打交道,有必要详加了解。于是通过金弢私下向路过的一位职员先生打问,经他点破,恍然大悟:那是西德货币最小单位芬尼(Pfinnig)的象征,不,简直就是象形!一芬尼的硬币,大小如同我们的一分硬币,但它不是镍的,是紫铜的。此中大有深意,我佩服这位设计师的匠心独运——一个圆点,点出了储蓄的宗旨与来源,胜似口号。

董事长弗里茨·布里曼先生起立致词。他告诉我们,西德总共有600家储蓄银行,这些储蓄银行在联邦银行的指导下,为平抑通货膨胀,保持币值稳定,繁荣市场经济,做了重大贡献;这种贡献的特点是微观调控。他们这家 SPARKASSE 只是六百分之一,却也有一百一十五年的历史了。尽管它作为地方银行,作为金融信用机构,纯属自助性质,却令人满意地实现了自己的目标,其一是防止资金外流;其二是投资于施塞尔本地,使之与大城市同步发展。这所银行直接关系到24000人的经济生活,拥有相当于八亿人民币(按当时中国官方牌价换算)的资金,其中的70%以贷款形式提供给了具有偿还能力的需求户。现有工作人员100名,此外还有23名培训人员,15名清洁工……听到这儿,我不禁讶异于这个123:15的数字了,这样非同寻常的比例数字,除了说明主人对净化、美化环境的高度重视外,实在是不该以我们的因人设事、人浮于事的恶劣习惯与陈腐观念去亵渎的!

董事长先生的欢迎词,是以物化的形式来结束的。这的确别开生面,又富有戏剧性:宣布请中国客人签名,同时现金付酬,每人一张崭新的10元人民币。在宾主哈哈大笑声中,布里曼先生不无渲染地叙述了他们为了准备这个小小的节目,通过法兰克福乃至香港的协作单位兑换这些中国钞票的详细过程,又引起一阵哗笑。

我当即决定,在答词中好好利用这一细节。这是大有文章可做的。

接下来是日程表上载明的"业务操作表演"。一位姓氏与贝朗先生完全相同的青年职员,奉了董事长的指令,为我们代表团放映录像片,并进行必要的解说。为了区别于陪同贝朗先生,我们一致协议,以贝伦先生相称。

荧光屏上显示了色彩鲜丽、条理明晰和不断变幻的图表、数据和真人实物的画面。

整个放映的过程又是活泼生动的对话过程。

我注意到,我们代表团几乎每一位成员都被吸引住了,这不能不被认为是罕见的现象,众所周知,沉湎于文学形象的人一般都天然地抗拒纯属经济事务。

我提了一个问题:"通过贵行选购商品的人多吗?"

贝伦先生不无自豪地回答:"很多,这是一大宗业务。人人都有存款,而人人又都想买自己需要的东西。万一他看中的商品售价比较高,他的储蓄又不够,还可以向银行借贷;当然,借款是得付利息的。不过,由于一次付清货款能够享受减免货价20%的优惠,还是很合算的。"

我明白了,打八折,资本家是精明的。

我又问:"你们负责送货上门,劳务费大概不少吧?"

贝伦先生笑了起来,这一笑使我感到惶惑,不明白那用意何在。"买主宁愿出这笔钱,因为,他们赢得了时间,时间是第一宝贵的,有了时间,买主可以用来从事别的创造价值的劳动,或者做他们自认为更有意义的活动,比如:钓鱼,打猎,游泳,滑雪……"

又是不同观念的冲突!我像被针刺了一样,再一次意识到中国人的可怜:不能支配自己的命运,甚至不能支配自己的时间!与此同时,在债务问题上,我们历来和西方的信条截然相反,从个人到国家,概莫能外。我在私人生活中,就从不轻易向人举债,宁可受穷受罪,以苦为乐;关于国家一级的债务,我也很为周恩来的名言"既无外债,又无内债"得意过一阵,殊不知借债并非耻辱,关键在于看你借了债怎么用:借鸡孵蛋是一种借法,杀鸡取卵又是一种借法。不分青红皂白地一概反对借债,实际上仍旧是假社会主义、假革命和假清高。何况,成千上万的例证倒从反面教育了我们,要搞商品经济,要改善群众生活,要现代化,必要的和适当的外债和内债,正是不可或缺的手段之一。

绝对的教条等于绝对的愚蠢。

操作表演完毕后,我站起来致答词;果然,有关签名和酬金的一段大受欢迎。在一片掌声中，我代表中国作家代表团向布里曼先生赠送了一幅山水画，布里曼先生代表主人分送代表团（包括刘梦莲大姐）每人一面金镂红缎，上面单独绣着行徽Ṡ的三角小旗（德国人爱用这种标明徽号的三角小旗，一般都呈倒金字塔形，两侧等边，锐角朝下，上面另外有绳扣可供固定悬挂；这种旗子，体育团体之间尤兴相互交换），外带一支刻有受赠者名字的圆珠笔。

再接下来，银行的董事们退场，地方官员们上场，由后者作为高级导游，一共三部小车，送我们去观光市容。

天色越发阴沉，风中潮气很重，不远处肯定已经下雨了。

热情而充满使命感的主人，却对着天空满不在乎地吹了一声口哨，对我眨眨眼，活脱脱是个淘气的大孩子。这是人体语言，不必翻译的，那意思是不管他，保证你们看了会说，淋雨挨浇也值得。

市区不大，却相当玲珑可爱，九条短街，商店林立，橱窗高雅，货物齐全，俨然是汉诺威的袖珍本。有一家店铺已经亮起了霓虹灯，店主正在忙着将白天摆到了门口来的书籍、画片和报刊搬进去；因为车子开得非常之慢，我甚至看清了店堂内部挨近书架摆着的几只供顾客查找和浏览书刊之用的带梯高脚凳。车子终于在一爿照相馆门口停住，我们几个纷纷钻了出来，多数人不放心地仰望那疾飞的云块，唯有王一地深深地弯下腰去，用手一拃一拃地横竖丈量着砌满街面的花岗岩小石块。我脱口说道："这恐怕是城市建筑的一种复古潮流，也不妨说是返祖现象吧。我注意到，法兰克福的不少街道也是用的这种小石块，好像规格还差不多哩。"

王一地再一次表现了他的细心的特点，头也未抬，便响应道："不错！你看，也是三十公分长，九公分宽！连红里带青的颜色都一模一样！"

于细微处见精神，王一地连尺寸都掌握了，实在是令人佩服。

官员先生们请金弢告诉我们全体，车到此处，已是九条街当中的最后一条的尽头，他们的用意在于让客人们回顾一下整个的印象：是不是呈辐射状？这里体现了当初兴建施塞尔镇的整体构思……又提醒我们留心，遥望前方的森林,以及林带与林带之间的田畴,田畴上还有无数田间作业的小路,说是小路,其实并不小,它们无一不能通行大型拖拉机和农业机具。我信步走去,看清了脚下的越冬小麦,蒙蒙茸茸,葳葳蕤蕤,长势甚好。

在这城乡接合部,谁不会产生有关农村城市化的憬悟? 想来,这终归是世界性的大趋势,西方先走了一步罢了。物质生活城市化了,精神生活也城市化了,那么人们的心理素质呢? 势必同样得城市化。我仿佛望见了自己祖国的真正曙光:在广袤的华夏大陆,数以亿计的"泥人",倘能抛弃那祖祖辈辈遗传下来的最僵凝、最保守的思维定势,该当产生什么样的奇迹! 想到这儿,忽而又转念:我们不是一直宣告着要消灭城乡差别吗? 我们不是在一九五八年曾经庆贺过胜利果实到手了吗? 为什么始终是海市蜃楼,可望而不可即? 难道一定非让西方占先不可? 原因何在?

下雨了,而且来势凶猛。我怀着一团乱麻般的思绪坐上了舒适的软垫靠背后排座位,听着刮雨器在雨中的奋勇搏击之声,不由得思绪变成了愁绪……

车队离开了大路,穿行于隐藏在丛林中的狭窄公路上,这大概要算作联邦德国的乡村小路了,然而竟也是沥青路面,路面之宽并不亚于我们的一级公路。我不明白的是,为何在沥青的表层撒了极薄极均匀的细沙,因之水光莹莹,这光又和庄稼、牧草、灌木上飘浮的雾气联结成整整一顶帐幕,笼罩着初春的大地,仿佛掩藏某种生命的奥秘。

这么一想,心情又为之轻快起来。自然的内在伟力之一,不正在于它可以对人加以调节而不露痕迹么?

车子忽而一转头,插进了另一条更为高级的公路,主人笑着对我解释,这种路有一个特殊的名称:安静公路。尽管你无论从哪种标准加以鉴定,都和高速公路毫无二致,唯独有一条:时速限制在30公里以内,理由是两旁都是别墅和民宅。主人以极其平静的语调叙述着这一切,却使得我的心再度极不平静了。尊重人,关心人,为了人,在人家这儿,实在是考虑和处理一切问题的出发点，无微而不至啊！

我们来到了体育场。

大雨变成了牛毛细雨。浅草如茵的足球场上，一群穿套头衫、紧身短裤、长筒花袜的男孩子踢得正欢，根本没有发觉陌生人当了观众。大家不约而同地感叹，这当中，再过十年八年，也许会有新一茬的鲁梅尼格和贝肯·鲍尔脱颖而出吧？看了一阵，我们踏上了一条暗红色的跑道，脚掌起落之间，感到微微有点弹性。"塑胶跑道！"赵长天惊呼一声。主人不无得意地应道："就是奥林匹克的田径赛，也不妨在这儿举行。"又是好一阵赞叹。

接着，主人之一又谈起他们近期的教育规划来："我们打算开办一所体育学校，专门培养运动员，如同技工学校专门训练技工一样。"话题随之转向了教育事业。金弢私下对我介绍了这位发言者的身份是本地的文化专员，难怪他颇具权威的语气，有板有眼，如数家珍："那幢漂亮的两层楼房，"他伸手指了指，"就是职业学校，在它后边的是文科学校；从前者毕业出来，都是有实际操作能力的工人和一流技术员，后者主要是为律师、医生等等高级人才打基础。施塞尔镇（城关）人口才一万多，拥有完备的普及教育体系。我们的人民没有不重视教育的。"

是的，联邦德国一贯重视教育，其重点便是世所称道的职业学校。在这方面，他们摸索出来一整套行之有效的办法，即所谓的双轨制：企业与职业学校密切配合，实践与理论教育同时并举。大部分的经费由有关企业承担，学校的任务只限于组织课堂学习和提高学生的实际操作能力。西德90%以上的青年中学毕业后都走上了接受职业教育的道路，进入大学深造只是少数"尖子"。也正是由于这个原因，西德的劳动力具备了当今世界第一流的科学技术——文化知识素质，根本不存在再度培训的问题。

我认为，这恐怕正是联邦德国从战争废墟上神速起飞，在国际间重居榜首的秘密所在。

再往前走，便到了正在兴建的游泳池工地。这是一个系列性的游泳场。

据说,再过五个月,便可全部竣工。粗略地加以了解,那设计标准之高堪称惊人。它包括一整套吸水、净水、排水、升温、降温设备(后二者仿冰箱制冷原理),水源就是附近的一处天然湖泊——当我们爬上一处土坡时,便一览无余了。游泳池又分好几种:有室内、室外之分不算,深、浅还不一,有一个带跳水台的是专供青年们使用的,有一个配备了电动水按摩的则是供老年人使用;另外一个别具一格的"水蘑菇"(喷泉),是婴儿的乐园——西德提倡从婴儿时代开始便锻炼人的水性。而为了便利母亲们,旁边又有种种的附属机构,例如:哺育室、卫生间、游乐场等等。

这时,天公又一次捣乱,文化专员让我们避进一条走廊,他自己则穿过零乱的机具和器材走进办公室,很快便取出一卷工程蓝图来,随便找了张钳案铺展开,对照着图纸指着窗外的工地详细讲解。

不一会儿,有两位青年工人相继跑进来避雨,面相都很嫩,其中一个连绒毛似的唇髭都不曾长出来。文化专员当即要求他们切割并焊接不同口径的塑料水管,当作一个即兴表演的节目让远方的贵宾观赏。两位建筑工立即扔掉还在淌水的雨披,以娴熟的手法运作起来。他们对文化专员十分尊重,文化专员对小伙子们也极其友好,待到几道工序结束了,便开起玩笑来:"干吧,等施塞尔什么都不缺了,你们这帮不安分的小家伙也就不会一门心思的往大城市钻了。"两位临时"演员"彼此咕噜了几句,就朝着周围的中国人开心地笑起来,露出了白玉般发亮的牙齿。

一切都是并非事先安排的,朴实,自然,因而亲切,动人,完全不像我们国内迎接外宾时经常出现的"有预谋、有组织、有目的"的那些场面,徒然令双方难堪。

天色愈来愈阴沉,像覆盖着大块铁板,雨脚也显得更密了。文化专员伤心地望了望四外(事实上已经什么也看不清了),不甘心地说:"原来还想请你们参观摩托运动场、文科学校、青年宫和儿童宫的,只好放弃了;至于大田,更没法子进去了,那儿有泥……"他摊开双手,扮了个鬼脸,逗引得众人都笑出声来。

一会儿工夫,两辆小车同时停靠在一处树林边缘,我才打开车门,发现弗瑞德瑞奇·贝仑斯先生已等候在雨中,下一段的主陪同将由他担任,他将引导我们前往他的领地——乡村住宅建筑博物馆观光,他是馆长。

所谓乡村住宅建筑博物馆,顾名思义,就是选择古老的有文化价值的有代表性的农民民居建筑物,以及它的全部陈设、布置,加以妥善保存,对外展览。我想,这倒不失为一宗旅游资源,而且借此还能在社会上提倡重视民族遗产的正确风气,无奈我们的地方父母官不屑于过问,白白糟蹋了多少宝贝!

首先映入眼帘的,是几幢苫着非常非常厚的苇秸屋顶的农舍。所有的柱子、椽子、檩子都是原木,裸露在外,而门窗却油漆成大红大绿,十分浓艳。门楣上方一概嵌有铜质或仿铜的匾额,刻着同样的一行花体字:"祈祷和劳作"。我猜想,这大概就是当时德国民众的共同铭言吧。

我们走进了其中的一幢。从文字说明上得知,它建于1830年,距今已有一个半世纪了。今昔对比,在德意志的土地上,发生了何等惊人的变化!这种老式农舍既无烟囱,亦无壁炉,倒是在大厅之中,像我在云南许多少数民族聚居村寨见过的一样,地上挖了一个火塘,火塘里还故意留下几截烧得半焦半煳的劈柴桦子。贝仑斯指了指被大家所忽略了的悬挂于大梁之上的火腿、腊肠的模型,风趣地介绍道:"这些食物,就是靠烟火熏制的,如今还有松脂香呢,你们信不信?"

我抬头四顾,又发现了四处木板墙壁上钉了不少铁钩和铁环,挂满了各式鞍具和农具。

火塘近旁,引人注目地摆了一条又长又沉的橡木条凳,比起时兴的家具来,它简直就是海德堡原人。可是,且慢小看了它,它上面深深地镌刻着——我怀疑最初是用烧红的铁棒一点一点"烙"出来的——一行古体德文;金弢下功夫辨认,似乎仍旧显得吃力,据他解释,那大意是这样的一句格言:照直往前走,才是人生的正道。

有意思！由此不难归结,善良的人们,不论他们居于何处,无不视正直与诚实为第一美德。

绕过条凳(不知道为什么,我们谁也不敢坐一下,唯恐亵渎了它的神圣),步入奉行这一座右铭的主人的卧室,四壁环顾,清一色布满了古典主义的彩绘图案;正中悬着一盏带镂花玻璃罩的油灯,桌上铺的很像中国旧式的蓝印花土布,窗帘则洁白胜雪。最令人吃惊的是床,四面都用木板隔开,只留一处活门进出,简直像个大柜子,又俨然是房中之房;它使我联想起一九六〇年代在山西南部农村睡过的带有隔扇和门框的火炕。显然,这样做的目的都是为了避寒;相隔万水千山,人类的思路竟如出一辙,委实有趣得很!

但楼梯不知何以如此笔陡,年代久远了,每攀登一步,便必定发出不胜负荷的呻吟,仿佛主人在关照我们:当心。我终于到了楼上。不过,楼上基本与农舍本身无关了,已辟作略具规模的陈列室,玻璃橱里摆满了衣裙靴帽,文书契约乃至蜂蝶禽兽的标本,还有许多说明当年风土人情的照片、图画。

来不及细细欣赏了解,楼下有人招呼,说是市长通知客人,下一个节目已经准备停当,施塞尔舞蹈团集结完毕,等候中国作家代表团前去联欢。

在哪儿？——我们被簇拥着走进了一座"羊圈"。

说是"羊圈",指的是八辈子以前的事,如今早已重加修葺,焕然一新,除去外貌照旧外,内里变成一所漂亮的俱乐部了。

主人预先给我们留下了座位。活跃在窄小的空间里的是二十几名男女儿童。他(她)们穿着标准的民族服装,由一位成年人指挥,跳起了一个又一个的土风舞。我静下心来欣赏,这才发觉,德国人尚黑,男的除了衬衫是白的而外,长裤、坎肩、领结、皮鞋、袜子,一律皆如墨染;就是女的,长裙和上衣也是黑的,只不过织满了各种艳丽色彩的图案花纹罢了。她们蹬的长靴仍旧是漆黑的。唯一不以黑为底色的是腰间系着的大绸方巾,飘展开来的时刻,格外绚丽富贵。

在跳"波尔卡"组舞当中,一个最小的大约八岁光景的男孩儿,忽然找错了拉手的"对象",一时阵营大乱,急得指挥大叫,犯错误的男孩儿吐了一下舌头,赶紧纠正,那模样儿怪天真可爱的,众人好一阵鼓掌哄笑。

利用休息的片刻,指挥者对大家介绍了此刻挤在一角的这个少年队的光荣经历。原来施塞尔拥有一个业余舞蹈团,少年队是它的三个组成部分之一。其余两个单位是成人队和乐队,一共二百人。少年队建队十四年了,几乎年年出国表演,一九八五年曾往荷兰参加国际艺术节,马上又要远涉重洋,访问南美洲的巴拉圭。其实,不待指点,我早已将"羊圈"周围,包括天花板上都钉着、挂着、吊着的精美的纪念标志,奖旗,其中不乏各国总统们和总理们的礼物,一一浏览过了。我知道这些小"大使"们的分量。

这批未来的舞蹈明星,又格外增加了几个节目,表示他(她)们对来自东方的黄皮肤客人的特殊友情。也许是兴奋过度,舞步一再脱拍踩空,在场观看的他(她)们的父母长辈哈哈大笑,我们也哈哈大笑,最后,那几个闯了祸的小家伙以及因此而噘嘴的所有的小家伙一起都忍不住咻咻地笑出声来了,献艺活动便在亲切而随意的快乐气氛中宣告结束。

接下去,继续参观纺织工艺博物馆和蜡染工艺博物馆。

暮色苍茫中,我们走进了一楼一底,而且是一进套一进的大型作坊。

最先看到的是手摇纺车。它的原理和造型都和我们祖先使用过的完全一致,尺寸略大而已。这区别和两国人种在体格上的差异又是相吻合的,从中我品味到某种带有实用主义色彩的幽默。

每一架纺车跟前,早已有老奶奶和老大嫂在守候,就像战士值岗一般;客人的脚步响起,又仿佛命令似的,所有的纺车都嘤嘤嗡嗡地歌唱起来。从里间也同时传出来有节奏的喀嗒喀嗒之声——那是同样老式的织布机开始了操作。我不知道,海涅的著名诗篇《西里西亚的纺织工》所描绘的场面,是否与此相仿。一路看来,无论纺线或织布,全分作两类:一类是亚麻,一类是羊毛。一位慈眉善目的老奶奶说:"亚麻是好东西,你们中国种不种?"我们告诉她,在中国北方,不但种,而且产量可观。老太太对这个答复显得非常满意,但接着便埋怨起来:"那敢情好。我的孩子们就不愿种,他们嫌费工不赚钱,是我命令他们一定要种的。你们瞧,这号亚麻线有多结实! 人活在世上,并不是每办一件事都得先算算账的……"老奶奶不经意冒出来这么一句富有哲学意味的话,她怕有八十岁了吧?可身子骨挺硬朗,思维也相当敏锐,听那口气,在家里还颇有权威。我很喜欢听一位外国老妇人这样无拘无束的絮谈,直把我们当作了她的儿辈。最有意思的是,也许是为了印证她的判断,她浑身的穿戴一律离不开亚麻:白底紫花的套头罩衫,深灰底子外加浅灰条子的宽大的百褶裙,还有一块绛色的手工精湛的头巾和同样绛色的手工精湛的披肩……"线纺出来了,染上各人喜爱的颜色,按照各人的心愿,织裙料,织毛巾,织台布,哪一样不比买的强! 不过,如今的年轻人,你说破了嘴唇也不管用,他们就图现成,省心,就拿这老机子来说吧,会使的人越来越少了;遇上转轴失灵,怎么办? 他们呀,十个有九个不懂,以为要膏油;那哪儿成? 会弄脏纱线的……"老奶奶说到这儿,扬了扬手中的线拐子,改换了一种略显神秘的语调,"得用咖啡豆!"随即从衣兜里抓出一把咖啡豆来,往我和王一地手心里分别搁了几颗,很快又收回去藏了起来。这一番数落和这一串动作,令人感到十二万分的温暖。我真想喊她一声:妈妈!

我不会忘记您的! 老奶奶!

代表团的作家们一无例外的是德文"文盲",于是,自然而然地形成了两个"圈子":一个以金弢为核心,另一个以刘梦莲为核心。我一直与金弢结伴——双方畅快约定,为了工作便利,住尽可能一墙之隔,行则有如形影相随——正欲仔细了解织布(其实大部分是毛料)的情况,忽然有一位娇小的金发女郎娉娉婷婷而来,她对金弢出示了"派司",低声说了几句什么(德国人说话极其文静,并不像电影里渲染的党卫军那样,一个个虎啸狼嗥;整个访问期间,我还不曾遇上大声武气,更不必说什么扬拳揎掌的场面了),然后,便将目光投射于我,笑容浅浅的,宛如一池春水。金弢立即对我说:"这位小姐是不来梅广播电台的记者,她是专程前来采访你的,她说,她已经打听到团长是位著名诗人。她希望能给她几分钟的时间,假如你不反对的话。"望着这位德国小姐的小酒窝,我怎么能忍心拒绝呢?我们很快走出作坊,去到最外边的接待室,那儿有桌子和椅子。

采访是"闪电式"的。记者小姐坐在我的右首,金弢坐在左首,我坐在中间。

问答开始,对方显然是有准备的,我却打的是遭遇战。她飞快地拿出拍纸簿和又粗又大然而色调偏淡的铅笔,飞快地摊开,飞快地望了眼那上面早就拟好的题目,总之,一切都是飞快。我请教了她的芳名,但我还来不及音译成方块字,问题便连珠炮一般地打将过来了。我只得仓促上阵。金弢逐句传译,竟也不曾顾上记住对方的姓名。事后我俩谈起此事,都不禁哑然失笑。而且,我也只能想起一大串提问中的三个,大概不到三分之一吧。经验不足,这也算得上一个教训。固然,没有学过速记,记全是不可能的,但何尝又不可以自行创造一种省略而有规律的方法,以避免再次发生这样的同类事故?反正只要自己明白其中都"压缩"了哪些内容就行。

采访的时间虽说并不长,可眼瞅着同事们纷纷地转身出来,继而纷纷地登上楼梯,心中颇为焦急,生怕把蜡染工艺博物馆整个儿给耽误了。

从不来梅到施塞尔,路程与从汉诺威到施塞尔相仿,并不近;况且不来梅与下萨克森州作为行政单位完全平等,也是一个独立的"邦"。这位可爱的小姐是怎么获悉中国作家代表团的行踪的?为什么她对中国人会产生兴趣?可惜,我没有那份闲暇对她进行反采访了。

送走记者,便和金弢匆匆上楼,追赶大队;窗外已大黑,第二个德国之夜降临了。蓦然想起往后还有一系列的活动需要全身心地投入,此刻眼前出现的一切,包括染缸、靛青、白蜡、印板、图案、样品、照片等等,便都引不起多少兴趣来。馆长是市长夫人,她热情地招呼我们,并且将刚才叙述过的种种重头讲解一遍,徒然增加了我内心的歉疚。

对自己的劳动成果、发明或者创造,充满了正当的自豪,除去必须保密的部分,无一不愿淋漓尽致地向朋友推荐,这,大概也是德意志民族的特征之一。

这时,一位跟随馆长身旁的女工作人员插嘴说道:"蜡染虽说最早是印度尼西亚人首创的,但我们德国人又有所发展,流行这一工艺也快二百年了。"她不无骄傲地抻了抻自己的裙子,"瞧,这就是我们德国生产的蜡染,不比印度尼西亚的差!"我定睛看了看,确实不错,染工细腻,如同印花布一般。不过,我决定纠正她的历史知识的欠缺。"你们的蜡染工艺,堪称世界第一流。女士本人很漂亮,穿上漂亮的蜡染布衣裙,可谓相得益彰。不过,您刚才说,这蜡染工艺是印度尼西亚人首创的,却与事实不符;首创者是我们中国人,中国南方的许多省份,许多民族,至今还有大量的高质量产品上市和出口,我们的时装表演队甚至全部用蜡染衣料打扮起来去巴黎参加表演。那么,为什么印度尼西亚会有蜡染呢?那也应该归功于几个世纪前便移民定居的中国侨民。"

这位女士始而愕然,继而莞尔一笑,从容不迫地答应:"呀,呀(是的,是的),完全存在这种可能性。中国人是聪明的,有过好多伟大发明。至于蜡染,我的确还不曾研究过,只是听别人这么说罢了,等我有了确定的结论,我将再和您讨论。"

好厉害的德国女人!既捍卫了自己的观点,又丝毫不失礼仪,简直是天才外交家!

我顺水推舟:"好,一言为定,讨论暂告一段落,以后再接着进行。"

我说的和她说的一样,全是鬼话。多久能继续?怎么继续?

宾主双方一笑了之。

我们辞谢了馆长和陪同人员,径直走向一处灯火辉煌的大厅,出席与当地各界名流见面的鸡尾酒会。

市长和银行董事长要求我们做的第一件事竟是:请中国朋友在所谓的金色的贵宾留言簿上签名。

我想起了那份沉甸甸的日程表。什么金色的贵宾留言簿这个词句,还留有印象。他们居然慎重其事的照章办理,这不能不使我感触更深:日耳曼民族的认真、周密,甚至还有一股子执拗劲儿,奉行"马马虎虎""大概也许差不多"哲学的中国人,恐怕多数会表示不欣赏的。这一点我还是比较有把握的,因为我本身有体会。我平素为人处世,"认死理儿""穷咬筋",从来就没有受到过欢迎或者理解。我个人倒十分赞成德国人的严谨作风,尽管,日程表上有的条目未免太繁琐,引人发噱,比如:3月31日就有这么一行文字:"在××地方停车,进××餐厅喝咖啡。"

我签罢了名,还不行,市长嘱咐:请团长先生题词。一时情急,便信手抄袭了一行王勃的诗句:"天涯若比邻"。市长和围观者纷纷要求金弢用德语解释,金弢冲着我笑:"请我们团长自己说吧,我只负责翻译。"这时,赵长天主动上前帮忙:"金弢,你就告诉他们,这是一句唐诗。用在这个场合,意思就是:中德两国地理上相距遥远,中德人民的心却靠得很近,像隔壁邻居一样。"我很感谢赵长天,但也补充和发展了他的诠释:"对,这也就是说,从促进各国人民友好事业的角度看,地球其实很小。"小金将赵长天和我的答复都表达清楚之后,忽然有一位先生若有所悟地说:"不错,因为地球是圆的嘛,离得最远的反而是挨得最近的。"金弢笑嘻嘻地又将这一则唐诗别解转告了我们,大家都乐不可支了。千载之后,王勃居然在德国有了科学知音!

隆重的欢迎仪式宣布开始,黑鸦鸦满屋子绅士淑女;我一壁静听小金传译的市长的欢迎词,一壁却忍不住胡思乱想:倘若有一种超音速飞行器,这会儿从中国随便载上一个什么人来,直接降落于这一派盈袖的暗香之中,然后告诉他,这不过是联邦德国普普通通一集镇,我猜,打死他也不会相信的。

我致答词。

反响非常强烈,出乎我自己的预料,也出乎大家的预料,我感觉到同志们鼓励和赞许的目光,似乎灵感的泉水越发涌动不止了。

但也有过一刹那的困惑和惊慌。

我事先完全不了解,德国人除了鼓掌、欢呼这类举世认同的表示赞扬的感情表达方式以外,还有跺地板的特殊风习。第一次跺地板时,我吓了一跳;我毫无准备,不知道出了什么事,跺得这么猛,莫非我失言了吗?主人和听众在提抗议了吗?然而不,一个个笑口大开,我立刻放心了,接着我按照自己的思路说下去,他们按照自己的方式跺起来,一次,又一次,再一次……跺吧,哪怕你们把地板跺塌了呢,能叫我赔?!

后来,除了金弢,都承认和我一样,欠缺这方面的外事知识。不过,金弢意味深长地补充了一句:"我虽然知道跺地板没有恶意,但这么多德国人对一个中国人表明不怀恶意,在我也是第一次。"

然后便是自由的吃喝,自由的碰杯,自由的走动,自由的交谈,无拘无束,各取所需。

宴会结束,已是夜间十点半。

面孔酡红的市长宣布:下面还有两个节目助兴:一是成人舞蹈队和乐队献艺,一是包括中国客人在内的大联欢。

我心里却在嘀咕:成人队和乐队在"羊圈"里没捞着露一手的机会,就该我们牺牲休息来弥补呀!何况,就我而言,根本说不上休息,我还要抓紧时间和贝朗先生"谈判"哩。

为了礼貌的缘故,还是暂时留了下来;不过,我请金弢找到贝朗先生说妥,一俟舞蹈和演奏完毕,我们三个先行告辞,请刘大姐招呼着代表团的作家们"抗战到底"。

暂时不走也好,只消看一看男女舞蹈家的打扮,就眼福不浅了。先生们一律燕尾服,高礼帽,长统靴,黑领带,白衬衫,胸前缀着两溜金灿灿的排扣,显得十分英武;小姐们一律花头冠,花披肩,黑上衣,蓝长裙,长统靴,俊俏得特殊,搭配得特殊。这时,我不得不痛苦地承认:他(她)们比中国人美,美在血色红润,眼睛明亮,美在高大挺拔,体型匀称,美在端庄,美在敏锐,美在彬彬有礼,神态自若……遥想汉唐盛世,那年月的中国人兴许比较的出色吧,自忖这也并非崇古,长安石刻和敦煌壁画是可以作证的。

要不是经人指点,险些漏掉了一处并非无关紧要的细节。那就是小伙子们腰间的鲜艳夺目的红帕子,存在着一个微妙的区别:系在右侧,表明已经获得了爱情;而系在左侧,则期待着哪位妙龄女郎替他解下重系。

他(她)们跳得十分卖力,时不时博得阵阵掌声。

乐队的演奏效果也同样叫座。

谢幕才罢,果真动员众人"下海";趁主人让一些年轻人做示范动作之际,我和金弢,还有贝朗先生三个联袂引退,先回 GANI 旅馆,随便挑了一张小圆桌坐定,开始逐项商量往后日程。不知不觉间,便过了十二点,留在那儿凑趣的几位带着兴奋与疲乏交织的表情回来了,我们还不曾全部过完一遍。事情还真棘手哩。如此直到同志们放水盥洗完毕,熄灯就寝,才和贝朗先生讲定(贝朗先生声称他无权做主),请他如实向黑塞博士汇报,我们希望德方从速考虑,做出正式答复。

好繁难的一天!

但愿剩下的二十天,能比这轻松一些。否则,我真害怕自己的身体挺不住。

将整天的工作日志大略记下,轻启房门,探头望望走廊两头,两头都有沉沉的鼾声传来……

1987 年 3 月 26 日　星期四　晴
施塞尔—不来梅—施塔德

尽管第一个活动日是如此之冗杂繁忙,夜间还是睡不踏实,仿佛卷入长河大浪,翻腾起伏,忽而听得窗外雨声沙沙,虽然窗帘由于下端系有沉重的穗头飘不起来,风的手指却频频弹击着那一整排落地雕花玻璃窗——小小市镇,居然有这等高雅的宾馆,其档次不亚于广州某些新开业的饭店——心中暗暗叫苦,糟了,明天的漫长旅途怕会加倍麻烦吧?

天刚拂晓,睁眼一看,却阳光灿烂,跳下床来,推窗欣然远眺:田畴、树林、村舍、教堂,全都像刚刚从浴缸里捞出来似的,闪烁着温润的水光,散发着健康、清新、好闻的气息。

隐约听见,两边的邻室,都有人在忙活收拾。

按照惯例,早餐是由旅社供应的。餐厅在楼下,拐进甬道便可找到,这是昨天大家都了解过的。供应早餐的时间相当长,完全来得及出去散步或者锻炼。我兴冲冲下楼,直奔户外,迎面碰见王一地和赵长天,他们的面颊被凛冽的余寒冻红了,正往回走。这真是:莫道君行早,更有早行人。原来,他们二位也是为这异国的熹微曙光所吸引,不约而同地挎上照相机到处寻找春色来了。

"拍到了理想镜头吧?"我问。

"太美了!"他俩异口同声,似乎答非所问,又似乎恰好不过。

我拉上王和赵,"那你们给指点指点。"

三个人在寂无行人的路上转悠了一气,才回到 GANI,直接步入餐厅。刘大姐已经用完了她的一份,跟前拾掇得干干净净,桌布上了无污迹——她的节制和细心,值得学习。

一会儿,金弢下来了,熟练地拿起几个大小不同的碟子,熟练地挟回他爱吃的各色菜肴,然后扫视了我们几个,悄悄问道:"有生火腿!为什么不吃?不喜欢吗?"这个情报恰恰叫刚入席的刘祖慈听见了,赶忙应道:"我吃!尝尝什么滋味!"接着,便俨然第一个吃螃蟹的人似的,看一眼,咬一角,终于渐入佳境,眉毛都笑了起来,低声对大伙儿证实道:"果然不错!"竟一口气吞下去三片。在座者无一不被他所逗乐。赵长天亦不示弱,欣然啖之。

只有干愚迟到,原来这位老兄还带有一点酒出国,正在私下自酌。

早餐的确丰盛,一百六十马克一夜的住宿费,它占了几成?没有打听过当地的物价,无从估算。

无畏也和我们一道就餐,吃相斯文得煞像一位大学教授,绝无我们国内常见的那种老饕模样。同时动作极为干净利索,三下五除二,用餐巾轻轻"蘸"过嘴唇之后,便独自去停车场将车子开来,并且在侍应生的协助下,将我们每个人的旅行包一一拎上拖斗码好,然后坐进驾驶舱,静静地等候代表团上车。

我相当欣赏这种有条不紊、扎实可靠的作风。这个德国小伙子不但心地善良,手脚勤快,而且在那柄金毛刷子下面,永远藏着一朵微笑,令人愉快。金髮原告让大家叫他乌维,我却起而订正,建议往后谁要写他,不妨就用现成的汉语短语:无畏;我从他身上,感觉到了治安警察的力量和德国男子汉的力量。

我们之所以稍有耽搁,是赵长天接到了一个从汉堡来的长途电话,打电话的人名叫关××,此人系鸦片战争中虎门殉国的抗英名将关天培的后裔,现任西德某大学的教授。赵长天跑来找我商量,说是对方获悉中国作家代表团日内将有汉堡之行,希望安排一次会见。

关于这位先生的经历,我在国内早有所闻,一句话,他是二十世纪六十年代潜逃出境的;潜逃出境,并不一定意味着叛国,证之当年他的处境,毋宁是可以理解的。马思聪居后,傅聪领先,同属一例。使我产生反感的是,在"清污"运动中,这位关××先生,竟大写其文章,教训起大陆的知识分子来(有《参考消息》这证),读之令人恶心!我们主管意识形态的当局起初认定他是货真价实的"汉奸",此刻却对之报以赞许,乃将此公连篇累牍的宏论全文连载,一字不删,这固然说明了"为我所用"的灵活态度,值得深刻领会,但,毕竟事关政治,庶人免议;只是关先生忽然决定在西方做"革命"状,不也太"那个"了么?

正是出于这一点"那个"之感,我当即向赵长天亮明观点,认为不宜接触。当然,我请赵长天这么答复他:"主人的日程表安排太紧,临时插入一项,诸多不便,谢谢美意。"

据长天事后补充告诉我,他们是去年在上海金山认识的。教授先生曾应邀参加国际汉学家大会,讨论中国当代文学问题。显然,其身份已有变化,由"叛徒"而"上宾"了。

了结这段插曲,车子便一头扑上高速公路。联邦德国的高速公路全都编了号码,这一条是75号,直通另一个州府不来梅。

路上,扯起了日常应酬用语,金弢做发音示范,大家跟上牙牙学语,像小孩一般。除了王一地比较吃力,而且常常带出他的山东腔,大家的进度都不慢。金弢累了,便用一个玩笑来结束这场轰轰烈烈的狂热学习运动:"不能再教了,停会儿你们全学会了,我该失业了。"说罢,他随手抄起一张废纸,趴在膝头上,半睁半闭着他那尚未痊愈的病眼,写了如下长长一串"汉语音译德语"来,然后,递给了我:"团长保存吧,谁忘了谁找团长查。"

一看,是这样一些日用语汇。

……先生	海尔……
……女士	佛芬……
我想去……	依希维尔初……
多少钱?	瓦斯考斯特特?
厕所在哪?	佛依斯特托瓦来特?
早上好!	古腾锚尔根!
白天好!	古腾塔克!
晚上好!	古腾阿本特!
谢谢!	铛克!
不客气,请!	别特!
没关系!	玛喝尼西次!
对不起!	安特许第尔共!
对;是;不错	亚!
不;错了;不对	难!

再见！　　　　　　维德 Ze 恩！
　　再见！（极熟的朋友）　去斯！
　　晚安！　　　　　　故特那喝特！

　　我想，就这么几句德国话，能解决什么问题！何况，德语也如同世上任何一种语言，有仅仅为使用它的主人们才惯熟的多义、歧义、隐喻以及某些特殊场合下的变通、借代，没有十年八年的苦工，是掌握不了的。谈何容易！

　　十时左右，抵达古老而又狭窄的施罗尔街。

　　又是无畏先生无畏地率先跳下车去，探问接待中国作家的低地德语学院的所在。趁这一阵短暂空闲，贝朗先生建议：何不观赏一下不来梅旧城的街景？果然有特色，全不像适才穿越的那些大厦林立——但也并非摩天大楼，德国人不像美国人，喜欢摆出明显的优越姿态，从高处俯瞰别人——的马路，而实在只能算作一条洋胡同。沿街的店铺都很矮小，相形之下，橱窗却特别大，似乎是一条古董街，类似于北京的琉璃厂。到处摆满了纯银餐具，珍宝首饰，陶瓷雕塑，玻璃器皿，大到一人高的花瓶（上边有希腊式的古典性交示范图），小到胸针、发卡和缎带，名贵邮票。古色古香。似乎店铺的内进，便是手工作坊，因为听得见叮叮当当的敲击声，也看得到有身着围裙的师傅出入。沿街的两行街灯，也绝对地保持着18世纪的标准款式，矮矮的，粗粗的，一如工艺品或者园雕。灯罩本身仿佛光鉴四方的镜子，尽管它的心脏早已换作了碘钨灯泡。我想，它没准儿还能懂得低地德语哩！

　　就在我们亍行街头的同时，从一家珠宝店里走出来一伙外国观光者，他们团团围住举着三角旗的导游员，聚精会神地谛听着有关的介绍，而那位导游员的声音简直压低到了只能看见嘴唇翕动的程度。

　　唯一的市嚣来自不远地段的一台机器，它显然是本市路政当局派来检修地下管道的——周围拉了插满小黄旗的安全网，零零星星散置着几堆金属管子和混凝土部件，有不多几个工人正在进行操作。

　　无畏先生终于找到了低地德语学院。

这是一座极不起眼的建筑。我立即对日程表上的汉译"学院"一词产生了怀疑,我想,德文的 Institut 当与英文的 Institute 同解,从实际出发,"学院"不如译作"研究所",或者"学会",更为妥帖;何况,不论在德文或者英文当中,这个词本来就有多义。

迎接我们的是沃尔夫冈·林度博士。他连连抱歉,解释道,同他一道主持工作的另一位博士,克劳士·斯屈潘豪尔先生恰好因事外出了,另外一位访问中国多次的教授戴特尔·摩恩博士,长年家住汉堡,因此,今天只有他独自一人出面接待嘉宾了。

环顾这座小楼,有如一座用书籍作砖块堆砌而成的高耸宝塔。绝大部分是精装本,那份沉甸甸的感觉更使人误认作砖块。就在这"书墙"的包围中,有一小片仅能容纳一张原木长方桌和几把椅子的空间。我们一一就座,一面喝茶,喝咖啡,吃点心,一面聆听温文尔雅的林度博士娓娓而谈。

原来,低地德语在历史上很有过一段峥嵘岁月,虽说如今已然不堪回首;那是在十二世纪汉莎商业同盟崛起的时代,当时,整个北欧,包括斯堪的那维亚半岛全境,都通用这种语言。及至十六世纪,同盟瓦解,特别是马丁·路德实行宗教改革以后,才沦落为下层劳动者之间相互交流思想感情的工具,成了某种类似于方言的东西。与之相反的是,原先真正是方言的高地德语(德国南部语言)倒取代了它的正宗地位。林度博士在冷静地叙述罢这一过程之后,不乏幽默感地打趣道:高地,低地,这两个地理概念从此有了双关的含义。然而,使用低地德语的人,至今依然有一千二百万之多,不但西德有,东德也有,远在北美、巴西和苏联乌克兰加盟共和国,都有早年日耳曼移民的后裔乡音不改。尽管低地德语由主干降为枝条,甚至被人认为难登大雅之堂,可它的生动、质朴和丰富,却是规范语言(相当于中国的"官话")所无法替代的。因此,虽然学校里不再用它讲课,但凡有人使用低地德语的州,都一无例外地维护它的生存权。各种新闻媒介(例如不来梅广播电台的新闻节目)、出版机构、教堂布道、邮电通讯,也都承认它的合法性。低地德语有自己独立的戏剧学院和剧场，还有一批坚持以低地德语写作的作家团体。已故著名童话作家格林兄弟就努力收集过通过低地德语保存下来的许多优美故事和传说。当代小说家伦茨也是关心低地德语的一位。这所学院除了帮助有关组织和个人外，还不定期开办培训班，出版书报，目前正在倾全力编纂一部包容北德各种低地德语的大辞典。教中国作家特别钦佩的是眼前这样一个事实，即：全院仅有四名工作人员，却默默地做出了如此巨大的奉献。我想，他们诚然是一群坚信自己所从事的事业绝对不会灭亡的志同道合者。否则，不可能四十年如一日，年年派人前往纽伦堡附近的俾温参加低地德语学术年会，交流研究成果。听完这不事张扬、极其诚实的介绍，我们对这些为数不多的正正派派做学问的德国知识分子，不能不油然产生敬意。我甚至设想过，也许有一天，在这个星球上再也听不到低地德语了。然而，他们专攻低地德语的奋斗精神将会借着书籍和音像磁带的帮助，永远存在。

我怀着这样的心情，做了一篇较长的回答发言。

座谈结束，又驱车，我们必须在下午一时左右赶到乌卜斯维德，出席奥斯特豪尔茨市Ṡ的午宴。

宴会主持人是卡尔-海因茨·马格先生。马格先生年龄大约四十出头，既精干，又精明，说话十分诙谐，他的自我介绍虽然三言两语，却一听便能记牢："我是银行家，因此，我必须姓马克；可惜，由于家父的一时疏忽，写错了一个字母，Mark便变成了Marg了。"闻者无不捧腹。一霎时，宾主之间初次相见的距离感，一扫而光。在讲究人际关系的今天，这种将自身摆进去开个把无伤大雅的小玩笑的技巧，无疑是值得学习的。

马格先生领着我们一行，先是暂入一片树林，三拐两绕便来到了林中空地，空地上有不多几间房屋，其中悬挂着"疯狂的咖啡馆"招牌的，便是举行宴会的所在。原来咖啡馆实际上是餐馆。大厅正北方，隆起一座类似中国乡村戏台式的高层建筑，从那里俯瞰整个厅堂，连绅士淑女们在桌子底下做的手脚都可以一览无遗。这倒十分有趣。而更有兴味的是，迎面一根挺然翘然的红漆圆木柱,直插穹窿式的屋顶;马格先生请我们一一入座后,立即指点介绍:"这是生命之树。"我明白,他使用了一个文雅的语言符号,事实上说的是男根。大家的目光都落在了那红红的粗粗的圆木柱上,辨认着上边布满的莫可名状的雕刻花纹。我想起了我们东方民族各自不同的体现生殖崇拜的实物和图腾:塔、石碑和印度赤裸裸的 Lingim。不过,上述实物和图腾就其本意而论,是毫无色情成分的,这个咖啡厅却似乎不然了,要不,何以命名为"疯狂"呢?当然,任何一位有知识而又态度客观的顾客,都不能不对之产生深刻的印象,同时也会公允地指出:这座咖啡馆的整个情调,表明了设计者更多地是从东方艺术而不是从希腊艺术获得灵感的。

收回环顾的漫射的目光,再低头看看桌上,才发现每一个座位前面,不知何时早已铺下了一张精美的仿羊皮纸,纸上印的有一八七〇年绘制的北德地图,当时,还找不见眼下这个乌卜斯维德哩。马格先生又不失时机地告诉客人:"凡用这种地图垫着刀叉,就意味着国宾一级待遇。"我们听了,怦然心跳,格外郑重地抚摸起来;金弢提醒大家:"谁想保存,谁就收藏起来好了。你越看重,他们越高兴。"这句话说得正是时候,于是,众人忙不迭地将它小心翼翼纳入了各人的皮包。等到我又即席致词——如仪,病急乱投医,抓住东西方文化价值的比较与交流(取长补短),并联系作家的天职发挥了一段,居然得到马格先生和当地的一位文化官员的赏识。这位文化官员故作神秘地说:"等一会儿,我就要领各位先生去参观充满东方情调的罗塞利尔斯收藏馆,去证实刚才公刘先生的观点。我们德国人也持有同样的见解,所以,到处都有罗塞利尔斯式的收藏馆。那是一个富有魅力的所在,但愿先生们不至于误会,以为我送你们回到了中国。"

很快便到了罗塞利尔斯收藏馆,这座不大的建筑物,同样隐藏于密林深处——颇有一点释迦修行、达摩面壁的味道,几乎没有人间烟火气。

文化官员解说道:"这座收藏馆的创始人名叫贝恩哈特·海德格尔,是一位旅行家和东方学者,生前多次漫游过中国、印度以及日本;他博览群书,有极高的艺术鉴赏力,同时酷爱东方文化。他没有多少钱收购实物,回到家乡以后,就凭自己掌握的有限资料和自己习染的大量'灵气'进行独立创作。证之眼前的种种雕塑、家具和画图,不假,有的是复制品,有的则有明显的变形,糅合了中、印、日乃至南洋群岛土著民族神道设教的诸般特色,很难归属于哪一个子系统。"

我最喜欢的是正厅中的一张香案,纯粹是中国乡土文物,香案正中供着一座弥勒佛石雕,弥勒佛前边一个铜香炉,两旁各有一个帽筒(可惜不成对),越发显得地道。

两厢长廊分别通向若干小房间,窗子特别大,特别明净,墙壁上挂满了大大小小的画框,有油画、水粉画、钢笔画、铅笔画,大部分是写实主义的,少量为抽象派。

有一幅素描吸引了我的注意。我几乎被钉在了那儿,无法挪步了。它的画面是这样的:一个裸体中年男子的背影——猜想这位主人公该当是刚刚从战俘营遣返归来,心灵负罪,才不让我们读到他的眼睛吧——消瘦然而结实的肌肉,手里攥着一柄鹤嘴锄,握得那么紧,以致从腕部、肘部和肩胛部,都迸发着力量……而在这个赤条条一无所有者的四周围,全是瓦砾,瓦砾,瓦砾!绝对的瓦砾!

毫无疑问,这是记录着战后的艰辛,记录着民族的羞耻与忏悔、怨恨与希望的一幅作品。我认为是佳作。

它不过寥寥数笔,简单得如同一张草稿。然而,每一笔都使你感觉到它无比强大的力量,为什么能达到这样一种境界呢?秘密何在?我噙泪寻思,觉悟到了画家的,然而又是人皆可以相通的感情,极其复杂的德意志爱国者的感情!

我不愿叫人发现我在流泪,背转身去站了一会儿。

不幸,到底有一个人看到了我的泪痕,这就是斯特豪尔茨市报社的记者,一名衣着随便的男士。金弢赶来替我翻译(估计金弢不曾留意到,团长老头儿竟然会像小孩儿一般偷偷哭泣),但几个问题尚未答复完毕,外边在叫我们上车了,只得道歉而别。滑稽的是,我下意识地做了一个拱手的动作,还当是中国呢。

发动机一响,便一直工作到易北河口的重要工业城市——斯塔德才暂告休止。下榻于 ZURHANSE 饭店,傍着易北河的一条支流。不远处立着几架风车。我想起了唐吉诃德,可谓条件反射。

不知何故,市长接见仪式安排在一座修道院举行。对我而言,这一偶然性倒成了借题发挥的由头。致答词时,便趁机将自己的无神论者的手伸向了友好的宗教徒,伸向了和平、丰足的天国理想。市长矮墩墩的,是一位十足的汉学爱好者,他在欢迎辞中大谈其唐诗,有趣得很。

入夜,图书馆举行了一次对话。我因头疼甚剧,眼睛都难以睁开,深恐出意外,在这异国他乡重演一九八〇年广西开会时因劳累过度引发脑血栓,便按照王愿坚的忠告行事,向全团告假,一切委托王一地相机行事。这是我第一次投"弃权票",心中未免暗自发怵:日后会不会还有第二次、第三次?(事实证明,这也是最后一次。)

我回到 ZURHANSE 饭店,静卧休息,什么也不敢做;一度想过,是不是先把前半天的工作日志草草写它几笔?终于懒得起床,"管他娘"了。

朦胧中,忽听有人揿门铃,慌忙起身整理衣衫,心想,可能是那边的活动结束了。果然不错,一位女士专程前来邀我赴晚宴。据她用英语告知,我明白了一个大概:宴会厅就在不远处的一条街上,名曰"奴隶之家",中间有座小桥,不能通行汽车,只得请谅解,随她步走。于是,我们结伴同行。

天很黑,没有一粒星星,路灯也屈指可数,而且真的隔着一条小河,河上搭着简易的木桥,难以负重,德国朋友诚然没有说谎。

这位女士的相貌,我并没有仔细端详,也不知道她是不是小姐。但见那身材相当苗条,步态也轻快,估计年龄尚轻,怎么称呼她呢?很是为难。

她大概和我想到了一块儿:必须打破这沉默的难堪局面。

"Mr. Gong-Liu, Can you speak English?"

"Oh, A little."我冒冒失失地回答。

"Aha! Very good! A little!"对方的语气显得异常激动,犹如身处绝境忽然得遇救星。

我可根本不是什么救星。三分钟,保管真相大白。

她立刻叽哩呱啦来上一段:"Can you colleagues understand English too?"

Colleagues! 什么是 Colleagues? 假如她用的是另外一个中国人习惯的名词:Comrades(同志们),我马上就会一清二楚。可她为什么不用 Comrades,偏用这个 Colleagues? 哈! 猛然间,我记起了,这是"同事们"的意思! 原来,她在进一步向我了解:"您的同事们也懂英语吗?"

"No,no,"我结结巴巴地边琢磨边答复,"They can't. But some one learnd it perhaps when he is a student.(不,不,他们不懂。不过,个别人,当他还在做学生的时候,也许学习过英语。)

这位走夜路的女伴肯定觉察到了公刘先生英语并不灵光,而且对整个中国作家代表团居然全是些"英文文盲"感到扫兴,她不愿再提问了。

轮到我来搜索枯肠,讲几句关于夜里天气比较凉,巷子相当窄,河水在黑暗中闪光之类一般尚能驾御的废话,借以掩饰窘态,同时消磨时光。

不承想更为窘迫的还在后面!

距离确实很近,一会儿就到了。但是,迎接我的不是中国人,还是德国人——女伴引我上楼,楼上灯火辉煌,大厅里站着两位漂亮的小伙子,另外还有一位少女(这时我方才看清,女伴也是一位少女!)三个人正在悄悄地低声笑语,我的出现,把原来的热烈而亲密的氛围打破了。

代表团显然尚在途中。

一位身着蓝色(十分悦目的一种色调,不像我们国内常见的藏青,也不是所谓的宝蓝)的小伙子眼疾手快,立刻转身从桌上取了一只高脚酒盅,并且斟满了,微笑着递给了我:"Brandy."(白兰地)

我不喝白兰地,所有的白酒我都不喝。不过,此刻我只得接住,表示感谢:"Thanks."

再说什么好呢?我的天!

那位接我前来的女子对他们三个说了些什么,朝我招了招手,便一阵风似的走了。我想,她肯定是又往图书馆去接他们去了。

这时,我是多么盼望我的Colleagues啊!尤其是金弢!须知,这样的考验,我快要吃不消了!

我悄悄地将酒盅放回摆满酒具的桌子上,踅出门下楼去,那儿挂着几幅油画,有一幅的主人公和下午接见我们的市长大人太相像了,我真想找个什么人问一问是不是正好画的他。其他几幅画的是静物和风景,正对楼梯转角处的是宗教故事场面。欣赏,反复欣赏,油画欣赏完了,转而研究立在墙边的一座巨大的异常精致的壁炉,它从头到脚,全用涂满金碧相间的彩釉耐火砖砌成,是我从来不曾见过的。

忽然,那位递酒给我的小伙子在栏杆后面冲我打招呼:"Mr. Gong–Liu! Mr. Gong–Liu! Oh, Here are you!"

我只好向他解释,我在欣赏这些油画。"I guess this picture shows a story of the *Bible*."(我猜,这张画是表现一个《圣经》的故事。)不料,对方却茫然耸了耸肩,说道:"*Bible*? Sorry, very sorry, I don't know."(《圣经》?很抱歉,我不知道。)

糟糕!调卜了一个不知《圣经》为何物的现代青年!两下里又接不上茬了。

我曾经在什么书上读到,在西德,乃至整个西方,近年兴起了一种严密的社会组织,谁要加入,第一桩手续便是宣誓终身不信仰任何宗教,也不参加任何政治党派。这种社会组织经常举行秘密的或者半公开的集会,往往正是在集会上,吸收新的成员;显然,这是一种类似中国旧社会最早的帮会团体和洪门结社,他们不信神,准确地说,他们是泛神论者,但他们又借用宗教性的神秘仪式和政党性的排他观念来强化自身的生存力量。眼前这位自称不知道《圣经》为何物的英俊青年,是不是这种社团的一员呢?我颇感怀疑。

正思忖间,门外传来了说中国话的人声音,谢天谢地!他们终于来了!

我立刻前去相迎。步履轻松,心情愉快,全然没有了先前头疼的痛苦和适才对话的紧张。我对金骏说:"你再不来,我的几句'洋泾浜',就没法儿招架了。"金骏满不在乎,笑嘻嘻地回答:"逼一逼也好,它能让你把忘了多年的英文单词重新记起来。"

市长最后一个进屋,还有几张面孔,是下午在修道院见过的。人们纷纷脱大衣,我先来一步,知道衣架的所在,便领王一地他们前去,顺便了解一下图书馆的对话情况。王愚似乎有点泄气,他用调侃的语气抢先告诉我:"平分秋色!来的人和去的人正好数目相等……"刘祖慈又添上一句:"半中间还走掉一个。"这时候,老成持重的王一地解释道:"这儿大概没有本地的作家。不过,气氛还挺不错。"我理解,王一地的用意在于宽慰我。没有什么,南斯拉夫的一次对话,不也只有六七个"中国文学的爱好者"么?我清楚地回忆起那个场面,团长马识途,我,刘绍棠,还有大使馆派来的翻译刘鑫泉,当时照旧郑重其事地"发表高论"!作为远方来客,当然希望自己具有更大的吸引力……这可以理解。但愿今后再有这类聚会,能更令人鼓舞一些。——事情虽小,关乎士气。

入席。市长捋一捋他的八字胡须,从衣兜里掏出一本精装袖珍本的什么书来,端端正正摆在座位前方(后来知道,这是《道德经》的德译本。《道德经》,中国人一般又称作《老子》;它在今日的西方世界,十分的受到推崇与欢迎。离开斯塔德以后的行程中,在许多城市的许多书店里,都可以看到它被店老板放在最显眼的位置上,而且,还有好几种译本。)市长和我握手,彬彬有礼地询问我的健康状况和自我感觉,然后站起来致欢迎辞。作为官方首席人物,他摆出了一副东道主的架势。其实,真正掏钱的人正坐在他的另一侧,是S银行分行的董事长;此人表情严肃,正襟危坐,一言不发。

我随即起立致答词。

我看见桌上只有白兰地(王愚可对劲了!),没有啤酒,立即明白了,对方视我们为贵宾了。这令人感动的无言举措,恰好成了最理想不过的话头。

在酒的配置上,体现了高规格;可在饭菜方面,却是德国人的老一套:一汤、一菜(煎鱼)、满桌传递的一碟面包和一客冰淇淋。鱼比中国人烧的鱼差得太远,冰淇淋却是我在国内从来不曾尝过的美味。总之,是简单到了极点。倘若我去告诉国人,恐怕反而会招来嘲笑,我们之接待贵宾,先是摆满一桌,然后糟蹋多半,最后还得故作谦虚地说:没有菜,没有菜……这才叫作泱泱大国,礼仪之邦,既丰盛慷慨,又礼节周全。

然而,我宁愿选择我的德国朋友的务实作风,学习他们怎样当主人,怎样请客。

1987年3月27日 星期五 阴
斯塔德—纳吐姆—汉诺威

一大早,金弢就隔着房间打来电话(他已经习惯于这种方式的谈话,我可依旧比较古板;人就住在隔壁,为什么不能走几步路而一定得躺在床上通话呢? 这大概就是青年人热衷的所谓"玩的就是这个谱儿"吧),通知我,贝朗先生临时有事,暂由科艺部派来的另一位官员 Gasser 先生接替。

早餐时,认识了这位戞塞尔先生。谁陪同我们都一样。何况,我们还巴不得多接触几位新朋友哩。

戞塞尔先生带来了好运道,我们度过了异常充实的一天。

上午,参观一个名叫瑞典仓库的地方——过去,它的确当过仓库,但如今却是一座颇具规模的博物馆,就是不明白为什么不改称呼。戞塞尔先生和等候在大门口的博物馆馆长直接领代表团上楼去办公室,馆长先生解释此举的目的在于:打破客人们的纳闷,干吗留下一个瑞典仓库的名称;他指了指打从并排三扇窗户望出去都可以看见的一所老式楼房,以及一条河,河上安着的大闸门,还有堤岸下面的大树。这树大得吓人,粗心的人,会以为那所灰砖房就盖在了树上。也正因此,它有了一个外号:树上的房子;其实,那是十三世纪至十七世纪的德国海关。保留至今,是为了作个纪念。闸门也变成了象征——当年作用极端重要,商人不纳税,商船便休想通过。

这番景象,不言自明地交代了仓库何以与"瑞典"一词相联系,以及仓库何以设在这儿的根由。

旋即离开这间可以看到历史风景的有意思的办公室,重新下楼,正式进入展览大厅。

橱窗里的形形色色展品,使我不但丰富了对德国文化——民俗的知识,而且丰富了对中西比较文化乃至整个人类文明进化史的知识。

比如,在距今六千年前,古代日尔曼人就有一种神巫色彩浓烈的习俗,人死了,必须置于旷野,实行和我国西藏地区至今犹存的"天葬"(在一部《樽山节考》的日本电影中,也记录了日本山民的类似传统。),等待鸟啄兽啃,尸骨腐烂得仅仅剩下骨架了,亲属再去摘掉死者的下颚骨和小腿骨。这样肢解的用意,据说在于防止他"乱说乱动"。

渐渐的又出现了棺葬。而所谓的棺,不过是利用一段大树,锯成两半,分别挖一个槽,然后装殓入葬的人,再行合上。有趣的是,在这种树棺之中,已经开始有了陪葬品了,一般男子携剑,女子携炊具。

再向前发展,便出现了火葬,这已经相当现代化了。不过,最初的火葬必须由女巫主持。女巫先给死者戴上脚镣手铐(是不是出于原始恐惧,害怕死去的人还会挣扎反抗?),而且,凡是举行火葬仪式的地方,必定先期悬挂类似符箓的东西(如下图),不悬挂便不能举行焚烧。

我请馆长先生告诉我,画在"卍"字徽记里边的☉,代表着什么?他说,那是星星。不必细说了,我豁然贯通,这种符箓实际上是女巫代表上苍发放(或者出售)的天国入场券。有了它,灵魂才可能平安无阻地与青烟一道飞升。

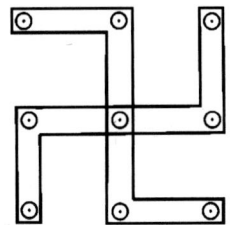

我立即想起了二十世纪三十年代的威震全球的另一个符篆,希特勒的卐;卐与卍的差别,恰恰是颠倒了一个方向,无怪乎法西斯在哪儿悬挂起他们的图腾,哪儿的善良人民就只好下地狱了。

我将我的这个发现告诉了戛塞尔先生,他也乐了,连连称是。

还有五件文物,比较值得一记:其一为刻有古代罗莫文字(流行于挪威、丹麦、冰岛一带,很快就消失了,原因不明。)的墓碑;曾经有过不少学者、专家试图破译,多年努力的结果只不过弄明白了其中一个形状类似 F 的字母,表示富有、占有;如此艰难古奥,令人感到绝望。于是,再也没有谁对之有研究的兴趣了。由此,我不免联想起有名的楔形文字,至今依旧是泥板上的谜语。看来值得欣慰和自豪的倒是汉字,虽然有它的痼疾,但也不能否认它的强大的生命力。

其二为一度横行于北海之上,长达数百年之久的海盗船只的局部实物和复原整体。这种海盗船一般可载五十名水手(亦即盗匪),备有攻防武器,食物仓库和淡水储存桶。它们的主要优越性在于速度比一般运输船要快得多,舵也极其灵活。望着那些凶神恶煞而又体格蛮壮的海盗模型,你无法不悚然想起欧洲古典文学作品,从希腊时代直到中世纪,为什么会产生汗牛充栋的关于海盗杀人越货的故事。

其三为一辆青铜车。不过,它并非本地出土,说明书上写道,这是在南部德国发掘出来,运到斯塔德供观众欣赏的。青铜车布满斑驳的绿锈,大小和中国北方的马车相当。它的用途很特殊。每逢天旱,举行祈雨仪式,这辆车便派上了用场。车子的主体是一个硕大无朋的水缸,祭祀之日,便贮满清水,沿途浇洒,祝祷丰年。从这件实物不难得出结论:世上任何一个民族,当他处于蒙昧时代,思维方式和行为方式都是一样的,差别仅仅在于摆脱这种乞求自然的奴隶状态的迟早和是否彻底。

其四是另外一种非常有趣的自行车。独轮,轮子极大,据说是专门为邮递员制造的。我无法想象,几个世纪以前的邮差信使们是怎样操纵这类似杂技团的玩意儿的?

其五,最原始的刮须刀。模样当然粗笨,远不如时下的电须刨那般轻巧灵便。不过,我望着它倒也沉思默想了许久,终于憬悟到:重要的不是这柄刀本身,而是驱使人们制作这柄刀的思想。有了这个思想,便一定会出现不满和改革;那种自以为登上了顶峰,立刻看不起最初的台阶的"忘本情绪",和所谓第三个馒头效应,同样是要不得的。不错,当你吃到第三个馒头时,你觉得饱了,竟然因此而判定第一、第二只馒头全不顶饥,那实在是愚蠢的笑话。为了这一点憬悟,我对这柄又厚又钝的刮须刀和我行囊中的又薄又利的电须刨同样充满了敬意。

紧接着,我们转到另外一个大厅。这儿长年固定举行着一个标识为"1945—1949年走出战乱展览",也是一种西式的传统教育吧。

首先映入眼帘的是,同盟国命令希特勒法西斯无条件投降的通告。那个时候,整个德国被划作美、英、法、苏四个占领区。斯塔德处于英军军事占领之下。

第一间陈列室完全布置成断壁残垣之中临时搭成的铁皮棚子,逼仄、阴暗、家徒四壁、一贫如洗,小"窗户"上贴着旧报纸,用碎砖支着断腿的碗橱里,只有几颗不大一点儿的"马铃薯",几件换洗衣服塞在胡乱盖住的子弹箱里,箱子上边放了一盏自制的电石灯,旁边还有一把松明柴,"床"上有一堆破烂,那是被褥,床下藏了一只利用四处收集来的各色军用皮带捆绑而成的"马扎"——这想必是主人唯一的沙发椅。

走出这个"穴居人"的洞窟,便能看见寸断的电线和碎裂的自来水管(这是盟军飞机实行"地毯式轰炸"的后果),大大小小的照片,记录了全国到处充斥着流浪汉的悲惨而紊乱的景象。戛塞尔先生神色忧郁地告诉我:"所有的教堂都炸毁了!所有的……牧师们连做弥撒的地方都没有啊……"(此话不假,后来,我们所到之处,都能听到德国人叙述怎样修复或者重建教堂的故事。)

最发人猛醒的是,紧挨着的一间陈列室,有意识插进来德皇威廉二世挑起第一次世界大战,然后由胜而败的全过程。这里全部是图片,与前边的实物两相对照,此时无声胜有声。回忆是沉痛的,教训是深刻的。我不能不佩服这位主持总体设计者的别具匠心。

联邦德国,当今雄居现代化工业强国榜首的西德,正是从这样一片焦土中诞生的。

我自然而然地想起了昨天在罗塞利尔斯读到的那幅素描;我自然而然地想起了自己的国家;难道中华民族是孬头?我们的力量哪里去了?别人能白手起家,为什么我们就不能?!

和我们一道参观的,有上百名健康活泼的小学生。他们鸦雀无声,缓步前行,静听解说员语调苦涩的回忆;眨巴着眼睛,我想,肯定有什么东西注入了他们的心田。

一张市政厅的布告被巨大的玻璃覆盖着,字迹清晰而纸色发黄。这是一个时代的结尾,同时又是一个时代的开端。布告内容大致如下:凡属一九一九年出生的德国公民,一无例外的必须接受非纳粹化委员会的审查。显然,这是德国当局民族自审意识的又一证据。我还觉得,有了这样的证据,以及其他的保证,德意志国家才有可能重新为国际社会所接纳。一个民族,一个国家,是否受到左邻右舍的信任和尊重,端赖自身的行为。这大概也是一条真理。说大话是不行的,说假话更是不行的,耍无赖当更为人所不齿。老是那一句什么:"中国人说话是算数的",同样会变成空洞无物的"套子",徒然招致嘲笑。

不过,我对德国也并不完全放心,听说由此西行,在与丹麦接壤的石荷州,那儿就有新纳粹党频繁活动;国家社会主义,或者变相的国家社会主义即社会法西斯主义,毕竟并不曾根绝它赖以萌生滋长的各种土壤。我最后望了一眼那张被玻璃板保护着的市政厅布告,又最后望了一眼这些天真未凿的孩子们,心中默祷:千万不要让邪恶势力再一次蛊惑了他们!

上午十一时,我们来到了 Dow 化工工业公司。这是一家号称世界第二的跨国康采恩,总部设在美国。联邦德国的分部下属两个大厂,一个在巴登巴登,另一个便在这儿。至于其分支机构,共有 120 处,遍布全球 32 个国家。

出面接待我们的是 Klaus Feyer 先生,他是广告、宣传事务的负责人。只见他肩扛手提一大堆防护头盔、眼镜和口罩、面具,把代表团领上一辆早就等候在路上的豪华大轿车后,便逐一分发,又给做过示范动作,那神情有如空中小姐对飞机上的乘客演习如何使用救生衣一般,十分严肃。这个程序结束了,才命令司机发动,开始陪同我们参观这家与易北河平行的 Dow 化工王国。

Dow 是一九七二年破土动工的,一九七七年和一九八三年又两度扩建,前后投资十五亿马克,如今的年产值已达到八十亿马克,不但成本早已收回,而且有巨额盈利。Feyer 先生邀请我们首先进入放映室,他对着通过幻灯片显示的画面、图表和数目字一一讲解,俨然一位教授。幻灯片制作极为精美,令人爽心悦目。据他介绍,这儿生产包括净水剂、油漆、可控硅、白矾、人造橡胶、尼龙、皂粉、电影胶卷、化妆品原料等,多达数百种产品,年产量总计 160 万吨。由于紧挨着易北河入海口,这一黄金水道给工厂带来了地理优势,因之运输畅通,销售方便,说明当初选择厂址的决策是有战略眼光的。

离开了放映室,便进入了车间。全部生产过程都由电脑控制,一则保证人身安全,二则可以提高产量。据称,在西德全境所有的化学工厂中,以 Dow 的事故率最低,此外,Dow 由于本身的特点,执行国家环境保护法尤其严格,并且也因此而被树为全国的样板。通过他的详细叙述,我是信服的。他说,易北河发源于捷克斯洛伐克,流经东德,整个流域面积,西德部分仅占百分之十五,因此,解决污染问题,除非三家协同,否则,单靠他们是孤掌难鸣的,何况,还身居下游,处处被动。但,纵使如此,经过沿岸企业部门、环保部门,以及近万个观测站的通力合作,仍然在西德的一段取得了振奋人心的好成绩。根据每天河水取样分析测定,刚刚入境时每公升河水含有害物质 4.81 毫克,经过初步处理,有所减轻,流经汉堡后,又因该市目前尚有百分之三十的污水排入易北河,致使污染程度又有所增加;进入斯塔德河段,以 Dow 为首的企业下大气力整治,检查结果,只剩下 2.8 毫克了。应该说,这是很不容易的。若以一九七九年为基数 100,水质污染已下降到百分之十二,大气污染也下降到百分之二十。每天产生的 12000 吨工业垃圾,也基本上变废为宝,截至当年(即一九八七年)一月,只剩下百分之十七的部分还无法加工利用。这当然是异常突出的成就,无怪乎取得了世界公认的发明专利权。

前景是乐观的。可是,Feyer 先生仍旧坦率承认,目前尚存两大难题:一是相对而言,大气中缺氧;二是鱼肉中依旧残留某些不利于人体的微量元素。(我想起了昨夜宴会上的鱼)

我问 Feyer 先生:"你们的原料从何而来?"Feyer 先生指了指脚下,笑道:"除了一部分依赖进口外,主要的原料仓库就在 Dow 的地下。"原来,这一带是古代北海的沉积层,蕴藏着丰富的天然钋矿、磷、钾、钠,取之不竭。

接着又参观了中央控制室和化验室。(化验室的化验员由建厂时的二十名减少到现今的一名!)然后,便沿着总长度为 20 公里的厂内公路奔驰穿梭,举目四望,到处是密如蛛网的各色管道。据说,整个算下来有 545 公里之长!当轿车走近河边的人造森林时,我们透过明净的大玻璃窗,看见了鹿和天鹅。鹿和天鹅都是 Dow 繁殖的,只有避而不见人面的獾子,是自行落户的"移民"。

午宴座设小鸟餐厅。Dow 的代表果然没有请我们吃鱼,而是别开生面地上了一道滋味颇佳的鹿肉。还特别点了有名的菲列森酒供客人试饮。那位汉学家市长又光临了,他致欢迎辞,我致答词。由于市政当局和 Dow 公司分别对中国作家发出友好的邀请,宴会的气氛加倍愉快而热烈。

在重新回到汉诺威之前,我们还得去纳吐姆(Naturm)拜访一位大名鼎鼎的作家瓦尔德·坎波夫斯基(Walter Kempowski)先生。

提起坎波夫斯基,西德人家喻户晓,但在我们中国,却名不见经传,仿佛是"查无此人"。对这一不正常现象,起初,我也觉得奇怪,待到黑塞博士对我们介绍他的身世经历,也就了然于心了。他是东德的"叛逃者",在东德坐过苏联红军的牢。也就是说,他是社会主义的"敌人"。根据"亲不亲,阶级分"的原则,我们官方视之如同瘟疫,是可以理解的。

其奈客观存在何!据黑塞博士解释,他们当初安排这个项目时,也煞费斟酌;不过,考虑到坎波夫斯基只是反对斯大林主义,对中国倒十分友好和向往,才决定组织这次会见的。

根据毛泽东关于反动派朋友也应该交上几个的教导,我们全团没有一个人提过不同的意见。也好,实地看一看去,是否青面獠牙。

先记下他的简历:一九二九年出生于海港城市罗斯托克(今属东德),苏联红军占领该地时,并未离去,后来被红军投入监狱,长达五年,原因不明。他只身潜逃来西德后,于一九五六年,到下萨克森州纳吐姆,担任乡村小学教师。旋即潜心创作,他以监狱生活为背景的自传体长篇小说问世后,声名大振。不久,他即专业从事文学创作,迄今保持独立作家身份,既非隶属于印刷工会的作家协会会员,亦非右翼的自由作家同盟会员。(后来,我和金羿在科隆、法兰克福逛书店,都发现书架上设有瓦尔德·坎波夫斯基的著作专柜,漂亮的精装本多达数十卷,都是他的长篇大部头。)

纳吐姆在哪儿?这个地方太小了。在主人送给我的极详尽的大地图上,找了许久,才从一大片代表阡陌田野的※形符号中间,挖出来 Naturm 的六个斜体字,这意味着它是十足的农村,四周都是田畴。

无畏先生不断地挠着后脑勺,车子离开了高速公路,在相互沟通的许多条普通公路上转来转去,看来是迷路了。无畏先生对大家苦笑着,屡次三番刹车向过路的司机打问方向。

如此直到下午三时,才像大海里捞针一般,望见了无垠的休耕地当中,兀立着一座孤零零的房屋。其实,论说也并不偏僻闭塞,公路从门口穿过,有一条不及20米的支线直通一排车库,这里,便是当年坎波夫斯基手执教鞭的小学,小学迁走后他买下来加工改造,成为他的私宅。谁知道呢? 得来全不费功夫,问题是无畏先生、贝朗先生事先都不熟悉这一切,才闹了一个踏破铁鞋无觅处,令人哑然失笑。

院子不大也不小,估计是原先的操场,如今种上些花草树木,倒也疏密相宜,不露旧痕。

比较别具一格的是,正门开在房舍尽头的一侧,却把最好的地方让给了四间并排的停车房。

主人有客,而且也是中国客人。彼此自我介绍,知道是南京大学派到联邦德国来的交换学者,可惜不曾听清姓甚名谁。

坎波夫斯基先生不无骄傲地首先带领我们参观他的小礼堂一般大的客厅,客厅的外墙部分,整个是落地大玻璃窗;钢窗框上,每隔一段悬挂着一束舞台幕布似的双层窗帘(抽纱与丝绒),很是富丽堂皇。我朝外望去,远方的森林和近处的平野之上,堆满了积雨云;假如天气晴好,工作之余,站在这儿瞭望一阵,势必身心如洗,万虑俱消。再往前走,便是我们刚刚走过的来路——一条甬道。坎波夫斯基先生又引我们折转身来看室内的陈设,原来内墙上挂满了名家画幅,从写实主义到结构主义的,纷呈并列。画与画之间,又立有红木高脚架,上面摆着美丽的花草、工艺品或者古式座钟。填补这内外墙的宽阔距离的,一厢是高齐天花板的书橱,仅留一扇小门,可通里间;另一厢是楼梯,平缓的坡度不大的楼梯——这倒令人纳闷了,下车的时候,印象明明仿佛不高,如今进了屋里,又怎么跑出上下两层来了?

主人拉开一架书橱,取出一个十分精致的盒子,然后小小心心地打开,我见他这等隆重而庄严的动作,猜想必定是贵重物件,果然,铁十字勋章,以及其他数枚不知名的金属奖牌。这些,无疑都是国家对作家的卓越劳动的肯定与褒扬。

接着,他又示意请大家上楼。在楼道一侧,我们不约而同地都将目光投射于一幅意韵奥妙而且构造别致的"图案":打印着几十个不同人名的白纸片,被五颜六色的绒线绳交相牵扯着,织成了一张网,有的地方标着"?",有的地方还垂下一股绳头,代表团同人饶有兴致地七嘴八舌猜测,坎波夫斯基先生则抱着双肩站在一旁静观。停了一会儿,他才含笑发言:"我想,先生们准明白了,这是我的脑袋的投射,具体地说,是正在构思的一部长篇小说的人物关系示意图。他们之间的种种纠葛,只有我能掌握,我是他们的上帝。当然,这不是一成不变的。比如,刚才我就忽然想到,在这两个人物之间还应该有某种关系……"说着,便动手把垂下半截的棕黄色绒绳拉向标志于另一角落的白纸片下,拔出图钉绕两个圈又重新捺上。瞧!坎波夫斯基先生真是一位魔法师!这幅示意图,实际上是一块毛坯,等待着他的灵感、激情与认识的触须来频频修改、加工。每一位作家都有各自喜爱的思维方式和工作方式。像坎波夫斯基先生这样儿的,至少在中国我还不曾见到。

我们又尾随着他,进入了他的写作间。一应家具全都是本色木料,未加油漆,却擦拭得纤尘不染,那弯弯曲曲的木纹越发呈现出一派天然美。打字机、复印机、装订机……还有大得惊人的资料柜,存放着属于他私人的五万幅图片(图片的确是值得利用的手段,形象唤起记忆,形象产生联想,多数中国作家似乎还没有觉悟到它的价值),大量的传记、速写和报刊新闻稿以及缩写的名著内容提要。

对于这一切,我只有两方面的感受:一是惊讶,二是羡慕。

这种感受大概也是共同的。坎波夫斯基先生可能觉察到了这一点,他出其不意地指了指写字台下边的一块石头说:"这些个其实并不重要,最重要的是它!"

原来,这是他当初越狱时有心带出来的一块监狱中的石头!

"我每天只要双脚一踏着它,灵感便如潮涌。"他神色庄重地补充道。

众人听罢金弢的翻译,为之默然。"文革"中坐过牢的王愚,弯下腰去仔细端详了一番。

我们一群人又跟着他步入套间,这儿可毫无书卷气!整套设备绝对符合标准的桌球,两部电子游戏机,照明很好,采光也很好,窗框胜似画框,四季景色变幻,确是一个解除疲劳的理想去处!

然后便循原路下楼。坎波夫斯基先生打开他的波拉罗相机,邀我合影,不到半分钟,照片就自动出来了。他郑重其事地在背面签罢名,递到我手中,并且与我拥抱,亲吻面颊——这是我生平第一遭与外国人如此亲热。

他邀请代表团前往与客厅相通的里间——饮茶室,并且开玩笑说:"让我们举行一次圆桌会议!"可不,果真是一张圆桌子,上面已经摆满了茶、咖啡、方糖、巧克力和各色精美点心。应邀作陪的还有两位美丽非凡的娇小女郎,相貌体态十分相似,一打听,竟是孪生姊妹。在座的再一位德国人,便是贝朗先生了。坎波夫斯基先生用如下的一句话当作了开场白:"世界上有许多不同国籍、不同肤色的作家,在这儿做过客,为了纪念这种友谊,我用小小的锌片刻下了他(她)们每一位的名字;过几天,你们的大名也将同样标在桌面上。我只要看见它们,就会想起今天这个日子。"

坎波夫斯基先生看来性情平和,除了像所有有教养的西德人一样,从不高声大嗓以外,说起话来还有一个特点,那就是语调极其迂缓,音色悦耳而略带沙嘎。他用叙家常的口气介绍了自己的家庭情况:夫人去了汉堡;女儿二十五岁了,当了电影演员。然后言归正传,他说,早就听说中国朋友要来,因此,他哪儿也不敢去,唯恐失礼。他又以非常随便的态度,摆了摆下巴颏儿:"这两位小姐,是帮我解决面包问题的。"姊妹俩微微欠身,妙曼一笑;她们是如此相像,假设我背过脸去,她们彼此对调一下座位,我肯定发觉不了。坎波夫斯基先生接着告白:"关于诸位先生的个人情况,我已经略有所闻;不过,我还是希望亲耳听一听,那感受无疑是不一样的。"

于是,应主人之请,我逐一介绍了代表团全体人员的概况,在声明请有关各人自行补充或者纠正之后,比较具体地谈了谈自己在反胡风——肃反(1955—1956)和反右派(1957)两次政治运动,前后长达二十三年之久实际上丧失自由的遭遇。至于"文革"十年,则三言两语带过,我是这样结束这篇自我介绍的:"先生,像我这样的人,今天能够出访资本主义的联邦德国,而且被委派担任团长,这是过去做梦也无从梦到的事,但这毕竟是活生生的事实,仅此一端,足以说明今日中国领导人的开明程度了。"坎波夫斯基听到这儿,把头侧过一边,使劲打了一个响舌,表示同意,也表示替我庆幸。但他很快又提出疑问:"公刘先生,你说你有二十三年之久实际上丧失自由,指的是遭到官方拘禁吗?"我笑了,他由于自己的亲身经历,同时又完全不了解咱们中国式的"整人"方法,误会了。我忙着说明:"中国对所谓的思想犯,有一套十分复杂的措施,我最后被划归于在群众监督下劳动改造的一类,从总的系列上看,不是最重的;所以,只在开始一段完全没有人身自由,后来才逐步享有极其有限的一点自由;当然,'文化大革命'一来,又完全丧失自由了。从表面现象看,我没有真正尝过铁窗滋味;然而,从特殊意义上讲,这比铁窗滋味更可怕,它是一种未经宣判的、不断用恐惧折磨心灵的无期徒刑。我能够理解,先生你出于本能——尽管它是后天获得性而并非先天性的——关心中国作家有没有蹲监狱的记录,这种记录肯定是有的,而且不少,在座的王愚先生,他就可以向你提供第一手的情况报告。现在就请他择要介绍一番,这样,你对我们中国知识分子走过的艰难道路,当会获得更加完整的印象。"

王愚就坐在我的左首。他习惯性地举了一下手,使得大家都笑了起来。然而,他在叙述清楚错划"右派"的一段后,很快进入"文革"时期再加顶"现反"帽子的双倍悲惨的时期,讲得很动情,很得体,很平静,最后落脚于十一届三中全会路线与过去的极"左"路线的对比之上,我认为是有说服力的;更其关键的是,我自忖我的发言也极力避免感情色彩,光明磊落实事求是,是经得起严格审查的。毋庸讳言,我们两个人的谈话,都触及了中国当代史的敏感点,岂敢草率大意,信口开河?

另一方面,我们的心情也的确复杂,好在中国知识分子的儒家素养,我和王愚都不缺乏,怨而不怒,不但能够做到,抑且能进一步连"怨"字都能自我化解,这到底是幸还是不幸呢? 不知道。不过,王愚显然心潮翻腾,一支接一支地猛抽香烟,我"首当其冲",受罪不小。主人觉察到了这一情况,便顺手往装在墙上的一个电钮按了一下,立即,仿佛头顶上飞来了一群蜜蜂,轻微的嘤嘤嗡嗡声中,穹庐洞开,新鲜空气如醍醐灌顶,我得到了解放的快乐。

刘祖慈也简略地描述了他在"文革"初期被迫戴上纸帽子站在高凳上"表演"惊险绝技(挨斗)的经过。其实,他比我小一茬,和旧社会不沾边;不过,即便这样,也同样能找出"反革命的证据"来的——他写过一首诗,诗中描绘了一朵来自东南方的云彩,诗人期待它带来雨水,带来丰收,就这么一点诗的感情和诗的意境,竟被解释为"配合蒋介石国民党反攻大陆"! 理由是,台湾在东南方。怎么办呢? 改为西北方? 西北方也不对啊! 首先,西北风只能带来黄沙干旱;其次,"苏修"不正好在西北方吗? 东南西北方,哪一方都犯忌,中国诗人无路可走了!

坎波夫斯基先生虽然坐过苏联红军的军事监狱,却不曾坐过中国人的文字狱。他愕然了,不由得张开了嘴巴,我注意到了这一反应,尽管他很快用苦涩的微笑掩饰过去。

忽然他站起来,请金弢转告大家:他觉得谈心已告一段落,下一步是要求中国朋友留下各自的声音——各人朗诵各人的作品。现在他得去拿录音机,暂时离席。

趁他离去的空隙,我征求了王一地和赵长天,还有金弢、刘梦莲几位的意见,请他们考虑一下,像我、王愚、刘祖慈这样回忆往事,有没有出格之处? 他们一致表示,既讲了真话,又顾全了大局,换了他们,他们也会这么办的。

我比较放心了。

坎波夫斯基先生回来的时候,却不只是丁零拿了一架精巧的录音机,而且提溜了一大串项链式的玩意儿,一路上发出丁零当啷的清脆响声。他笑嘻嘻地一人分发一个,说是:"我的这所住宅有个名字,叫作'乌鸦之家'。因此,我特地定做了一些画着乌鸦的瓷板,凡是我的朋友,我都送一块留作纪念。"一看,果真是一根树枝上停着一只黑老鸦。金弢对我扮了个鬼脸:"不吉利!这种东西送人!我才不要哩!"我低声说:"先收下,你不要我要。"可我心里却在嘀咕:小金呀小金!亏你还是喝洋墨水儿的!怎么观念还这么保守!诚然,老辈子中国人是讨厌乌鸦的,认为它不如喜鹊、八哥之类那么嘴巧,唱得好听,可这也正好反映了中国社会上的普遍心理:偏爱报喜不报忧,偏爱阿谀奉承,认为逆耳之言噪聒。这种对乌鸦的无端憎恨,本质上是一种文化现象。而这位主人不但将自己的住宅命名为乌鸦之家,而且有意识地烧制以乌鸦为主角的"吉祥物",岂不是尖锐地提醒我们中西两大观念形态的重要分野!

我倒受到了启迪。事后,金弢执意不要,我便从此有了一对德国乌鸦与我做伴了。

朗诵开始。刘祖慈率先背了他的一首诗。坎波夫斯基先生即席评论,认为刘祖慈是一位山水诗人,刘祖慈委婉地表示了不同意见:"不过,这是一首有政治寓意的作品。"我也认为坎氏的理解有误,但也难怪,怎么能够要求一个西方人一下子"吃透"中国诗的特殊手法和中国当代的特殊气候呢?

接着,坎波夫斯基先生将录音机推近我,并且居然点名让我朗诵《我不是孤雁》。他是怎么知道我写了这首诗的?好生奇怪!消息也未免过于灵通了!

我背不出来,(我从来背不出我所写的任何一首诗,哪怕只有四行)便翻出书来照念,但自信不是那种了无生气的念经式的念。这从坎波夫斯基先生像听音乐似的聚精会神的表情可以判断出来。金弢已非常了解这首诗抒情诗的创作背景及意图,不待我讲,他便主动为之解释起来,坎波夫斯基先生不住地使用他那表情丰富的带髭须的嘴唇做出各种不同的反应。等金弢说完了,他稍停片刻,双目直冲着我:"公刘先生,我是海边上长大的孩子,我非常非常了解海,海是可爱的,所以,当你把它比作'恶棍'的时候,我替海感到委屈……"我回答他:"就我个人而言,我也喜欢大海;不过,我认为,一旦它失去理性的时候,它却并不怎么可爱。当然,海洋本身,无所谓善恶,我在这里,无非是借用了海的名义罢了。"坎氏聪明过人,立刻连声称是:"呀,呀,呀呀,我明白,我明白,你说的是那种反理性的东西。"

天色已暮,加之彤云密布,窗外更加显得晦暗了。纵然双方谈兴犹浓,我们却不得不向主人告辞了,我告诉主人,明天我们还有汉堡之行。坎波夫斯基略有一点不情愿就此分手的意思,沉吟了一会儿,便提出人人签名的要求,并且特别嘱咐我得留下几句赠言。

仓促之间,我写了大意如下的这么一段题词:坎波夫斯基先生,您我之间,有五个相同点或者相似点:(1)我们都选择了文学;(2)我们都深知自由之可贵;(3)我们都是男子汉,而且都到了六十岁的重要关口;(4)我们都赞成中德友好,都希望世界和平;(5)我们都盼望有缘重逢,我期待能在中国接待您……金弢将我的题词译成德语,坎波夫斯基听了,忍不住又上前来搂住我的肩膀,然后双手紧紧握别。这是一个感情丰富的德国人,我想。我开始喜欢他了,可为什么有的俄国人偏要仇视他呢?

回到汉诺威时,已是灯火璀璨,天地之间,有如撒满万斛明珠。

1987年3月28日　星期六　阴　汉诺威—汉堡

联邦德国和所有发达国家一样,实行周五工作制,每逢星期六和星期天都放假休息。黑塞博士为了不耽误平日的访问活动,便有意选择了今天和明天,亲自陪同我们前往汉堡旅游——这是全部日程中唯一没有任何正式官方或半官方会见仪式的日子。

大早起床,趁黑塞博士尚未来到之前,我独自一人去距 KONNER 不远的十字路口溜了一圈。那儿有个小池塘,池畔有一尊闲坐观鱼老人的全身铜塑。记得刚到汉诺威之日,汽车从这儿绕过,我一眼便看上了他,并且立刻产生了感情上的共鸣。不,不是共鸣,而是不完全等同于共鸣的、存在着强烈反差的频率共振。回到饭店,黑塞依旧没来,便关上房门,草草涂了来西德之后的第一首诗:《池畔老者》。它不期然地流露出我的落寞和抑郁,我自己虽然喜欢它,但肯定国内是不可能发表的,至少目前不可能。

黑塞博士坐着无畏先生的面包车来了,他坐在往常贝朗先生的"专席"上,贝朗先生则享受合法的休假去了。

黑塞博士兴致很好,车过市区时,他一路指点:哪座教堂是当年马丁·路德布道之处;哪座教堂是莱布尼兹结婚时接受神职人员祝福的地方;哪座教堂曾经完全变作了瓦砾堆,是战后通过信徒们的义务劳动重建的。他对教堂特别了解,我很惭愧,倘若有什么外国朋友去到中国,我对那儿的庙宇肯定没有发言权。当然,我也同样对教堂毫无兴趣。我是一个天生的缺乏宗教崇拜感的怪物,尽管我对人世基本上认为是无可救药的一大堆乱七八糟,但我并不想躲避,我以为只有硬着头皮上,而绝对无处可逃。

汉诺威离汉堡并不很远。一路上东想西想,东看西看,不知不觉间便到了。黑塞博士来到这儿,也"没戏"了,因为汉堡和下萨克森州在联邦德国的行政体制上,地位平等,他和我们完全一样,变成了"客人"。情况颇像从江苏省的南京,一下子进入了上海——汉堡之于西德,正如同上海之于中国,而且它的重要性犹有过之,船舶吞吐量仅次于荷兰的鹿特丹,在欧洲排行第二。

黑塞博士此番亲自出马,倒真有一点"困难留给自己"的精神。据我的观察,他为人忠厚,诚恳,办事兢兢业业,可说是十足的一介书生,既不会伶牙俐齿,讨好别人,也缺乏生意人的"门槛精"和"鬼点子"。我倒很乐于同这样的人来往,不至于在那些不值得的小事情上浪费精神。因此,每当看见他可能陷于难堪的位置时,便多有不忍;我自己同样是一个不愿向别人,特别是向那种有钱或者有势却不怎么有心肝者磕头的"臭老九",大凡涉及代表团的一般利害而并非原则问题时,我也总是安慰大家,求大家忍着点,不必计较,免得给黑塞博士出难题。

偏偏他竟然像我们一般,世事不知,居然事先没有预定旅馆房间,于是,临时慌了手脚。听贝朗先生谈,我们在汉诺威 Hotel Konner 的住处,竟是三个月以前就联系妥当的。现在,来到了花花世界的大都会汉堡,到处都是世界各地前来旅游的观光客,安顿我们六男一女,其难度可想而知。黑塞博士让无畏先生将面包车驶入停车场,他独自下车去附近的公用电话间拨电话;我们隔着一段视力可及的距离,看见他不停地投放硬币,不停地拨通电话又挂断电话,心里真替他难受,希望与失望折磨着他同时也折磨着我们。许久许久之后,他回来了,大家松了一口气。只见他一副萎靡不振的样子和金弢解释,又对代表团全体做出抱歉的表情,我猜到不妙,但无论如何也不曾料到,只有一家招牌叫作 Mercedes(墨耳塞蒂斯!多像希腊神话里的名字!)的旅馆有空余房间,且不说它比较不那么气派,最糟糕的是,它在新近增辟的第二红灯区内!我的天!听罢金弢的传达,暗暗叫苦不迭,看来这回必得与色鬼、嫖客们"和平共处"两天了。

至于黑塞博士本人,以及司机无畏先生又在何处过夜,他没有讲,想必另有安排。

待到住处一看,这家 Mercedes 果然格调神秘,底楼是专售"奔驰"的门市部,一色的玻璃墙壁,只是在拐角的地方留着一道铁门——任何一位房客的房门钥匙都可以打开它,但无法打开别人的房门,这是相当神奇的——楼梯比较陡,然后左手方向开着大门,这就是旅馆了。里边阴沉沉的,灯光幽暗,服务台只有一位年过半百的男子,瘦巴巴的,沉默寡言。照例由金弢办理登记手续,按照各人的房号领取钥匙和镌有号码的铜牌,瘦汉了还挺有手劲,两只手绝不空下一只,帮我们拎箱子进"家"。家?在红灯区,在全欧洲最有名的红灯区安家?我忽然萌生了一种难以言状的复杂感觉:又惊奇,又紧张,又嫌恶,又恐惧,仿佛自己莫名其妙地闯进了一部西方色情电影里,不错,就是闯进了一部正在拍摄当中的色情片的布景和道具中间,周围的一切都是怪神秘的。

我不知道,在这些舒适、小巧,发散着某种香水与霉斑混合气味而又四处安着许多大镜子的房间里,曾经都上演过一些什么样的戏剧?

床单整洁如新,被褥相当华贵,四四方方的大羽绒枕头斜靠在擦拭得一尘不染的床头上……不过,我对它们仍旧感到疑虑,碰都不敢碰。

我是不是过于小家子气了?也许是洁癖所致?陌生感造成了距离感?纯属观念冲突和庸人自扰?

这个德国书生,无意中给我们开了一个多么大的玩笑!

我去盥洗室巡视一番,幸亏有淋浴设备,否则,我宁可不洗澡,也不躺进那个雪白的浴缸。

心理冲击!

多少起了一点平衡作用的是两顿饭,中饭和晚饭,各有值得称道之处。

为了找一家合适的中餐馆,我们一直找到了火车站。这是一爿纯粹港式饭店,不仅店东家和侍应生全是香港人,而且门脸大红大绿,那股恶俗劲儿也只有香港人的审美才通得过。服务态度极差,可能是他们专门去大陆"投师学习"过,要不,就是明白我们来自大陆,乃以大陆方式待之。我们倒是习以为常,只是连累了黑塞博士和无畏先生受到无妄之灾。

平心而论,菜是不错的,无论川菜或者淮扬菜,都还有那么一点庶几近之的意思。特别是碰上了不掺假、不走样的中国豆腐(八珍汤),十分可口,不但唤起了众人的食欲,而且触动了众人的乡思。

在国内就听人传言,说有一位华侨,就靠做传统的中国豆腐卖,居然成了巴黎富翁。依我看,这家香港人开的饭馆,如果豆腐是自己生产的,也完全有可能靠它发家。我真想找那位不怎么懂得礼貌,或者是不愿意向大陆作家表示友好的老板提个建议:专售八珍豆腐汤,别的一概不卖,那优势和特长反而会显得突出得多。当然,我没有这么办,我不想让这么一个缺少文化的家伙发财;发了财,岂不要越发不把大陆人放在眼里么?

王愚再一次顽强地表现关中人的饮食嗜好,当人们纷纷选择炒饭、炒面或者汤面时,他的主食要了一笼包子。不幸的是,笼的概念在这儿完全变了,送上来揭开一看,只有两只!精则精矣,岂奈不果腹何!他满脸失望的反应和一口吃光的战绩,令人同情;我让他再补充一份别的,更实惠的,大家也在打趣中提出各色建议,连不苟言笑的黑塞博士也在他重复一笼之后(这也表明了王愚的性格)加入了调侃之列:"啊,好像这一笼的个头要大得多!"逗得王愚自己也乐了。

无畏先生不走运,他点的麻辣鸡丁就是迟迟不来。无畏先生爱吃中国菜,尤其是川菜。他说过,在汉诺威,他经常和妻子一道光顾那儿的中国餐厅。这时,我们劝他从我们花样繁多的碟子里每种扒拉一点,先垫一垫肚,这个洋小伙子却坚持不干:"不,不,德国人只吃属于自己的一份。"这话颇有哲学意味。刘祖慈以夸张的感叹语调说:"我的可怜的无畏!你不需要别人的支援么?"引起了一阵受到抑制的哄笑。但我在哄笑中默默咀嚼着这位年轻警察——司机于不经意中透露出来的德意志文化背景,令人平添敬意。

饭毕,黑塞博士与我们约定,下午游览易北河。

匆匆回到那个大名鼎鼎的红灯区,路过一所警察局,警察局静悄悄的,警察局面对着的花街柳巷也全都静悄悄的,几乎连行人都难以望见。

我、王一地、王愚,还有刘梦莲都宣布要抓紧时间休息一会儿,独有佘骎、赵长天和刘祖慈三位少壮派,折身又结伴出去,说是他们发现了车站地下道通向一个市场,那儿摊贩甚多,也许能买到什么便宜的用品……我只嘱咐他们准时回来,别误了易北河风光。然后,我便关上房门,像进入雷区似的将自己的身子放平于大床的内侧,居然很快梦见了周公,但很快又没来由的惊醒了。

金骎他们三个回来,空空六只手;据说,应有尽有,价格一般低于大商店

20%到50%。刘祖慈特别强调了"百问不烦,百看不厌",还提到有一种极锋利的多用钢刀,颇踌躇了一阵,想买而终于没买。金弢也不曾找到他中意的打字机。我当然心里明白:这一切的关键都在一个"钱"字上,谁叫中国人这么穷!中国作家出国,往往是眼睛最疲劳,大概也与此有关。

闲话叙罢,跟上黑塞博士去码头。天公不作美,乌云翻卷,偶尔还洒上一层雨粉。但黑塞博士决心很大,我们的雅兴也不浅。

第一次见到了洋人排队。

所谓排队,绝不像国内那样形成一条张牙舞爪的巨龙,或者一只变化多端的九头鸟,不仅嘈杂紊乱,抑且随意"夹塞",三句话不对便彼此老拳相向,致使前后左右的无辜者往往沦为"池鱼"。我非常注意这里人们的神态举止,真个是文明礼貌,井然有序,偶尔有交谈或询问的,话音都极低极低,不少人在读报纸,甚或看书。这就是德国人的耐心等待的方式。再看窗口里面,售票员不聊天,不干私活,只是电话铃响了,才对顾客说一声"对不起",去拿话筒。这就是德国人的工作方式和服务效率。不到五分钟,黑塞博士便拿到了游览船的船票,笑吟吟地招呼大伙儿(包括司机无畏先生)跟他去检票口。

游览船并不大,严格地说,只能称作"艇";上下两层,除了船体中部留有供客人行走的通道外,全都用钢化玻璃包围着。驾驶舱与客舱当然是隔绝着的,机器房在甲板覆盖着的底层,其位置只能由突突的声音来加以判定。有一处小卖部,饮料、糖果、图片、纪念品、报纸,均有发售。座位是随着船的外壳走向安置的,相向两组四排,因之,整个儿地看上去,就像是四串弯弯的香肠。我们基本上全靠窗户坐着,又在便于眺望的上层,很理想的。易北河上风还真大,浪头掀得老高,不过,终于扑不到我们的面颊,窗户上哗哗流淌的是愈下愈密的雨。人人觉着这淋不着的雨点和溅不着的浪花很新鲜,都兴奋地东张西望,抢拍镜头,唯独金弢也许是游过多次,兼之眼疾尚未彻底痊愈,只顾靠定椅背闭目养神去了。我正好和黑塞博士肩并肩,便用英语搭七搭八地交谈起来。黑塞博士的英语,要么是本来并不很高明,要么是有意屈就,总之,两个人的话头还真不少。当中,我曾想进一步了解一下易北河的污染问题,话到唇边,忽然卡壳了——我学习英语的那些年头,"污染"一词尚未流行,因而不知该如何科学地表达,不得不改换为肮脏(Dirty);我有点发窘,希望金弢解救,可他偏偏不开口。接下去又谈起中德文化交流(Cultural exchange),我用错了一个字:把 Exchange 说成了 change(意思便变成了"文化更替"了),这当儿,金弢双目半睁,纠正道:"不对,是 Exchange!"原来,这家伙并未入睡,他在听着,当我差一点要出洋相时,他便起而保护团长的"面子"了。黑塞博士愕然掉头望了望他,又转过身来和我相视而笑了。

我们的游艇在来自世界各国的千百艘大货船、豪华邮船和万吨级的油轮当中穿插而行。这些庞然大物都已进入泊位,下了锚,因而给人造成一种错觉,仿佛岸上的教堂、仓库和高楼大厦,本来和它们固定在一起。假如不是颠簸摇晃,不是汽笛长鸣,不是鸥鸟翻飞,我肯定会产生此身依旧在陆上的印象。

有一件事物赶来纠正我:水雾迷茫中,兀然一座大铁桥扑面而来!有大车正从上面驰过,对我发出了有节奏的嘲笑……

啊,这是易北河!而铁桥又正好是浏览船航程规定的尽头,绕过一座桥墩,船就掉头归去了。

整整花了一个钟头,真可谓畅游了。

上了车,黑塞博士又领我们去到一幢带大转盘的大楼,这一回他让无畏先生去买票,根本就没有人排队。遗憾的是,我当时不曾立刻将这座气魄宏伟的建筑物的名称记下来,也没有记下它的高度和楼层数目,只觉得依稀如同当年欣赏深圳的国贸大楼;电梯十分平稳,飞快地将大家提升到了阒无人迹的最顶端,凭窗俯瞰,汉堡市内两座有名的大教堂,那塔尖、钟楼和十字架一概渺小如玩具积木。斯时,乱云飞渡,能见度很差很差,黑塞博士叹息道:"原来想请诸位先生从这儿将汉堡一览无余,就不用东奔西跑了,不知道为了什么,老天爷和我怄气……"一席话倒把众人逗乐了。我想,你又何必把责任全揽在了自己头上,谁知道是不是我们当中哪个人得罪了老天!说真的,倘或赶上万里无云的晴天,该当怎样的心旷神怡啊!

拍了几张相片,背景太暗,是好是歹,碰运气吧。

车径直送我们回到下榻的"危险地带"。临分手时,我和黑塞博士说妥,明天上午务必给代表团留一点时间,便于我们全体去中国驻汉堡总领事馆,和总领事王延义同志见上一面。虽说这是必不可少的例行公事,但是也的确是发自内心的感情要求。黑塞博士表示完全理解,并且说:"等一会儿我们还要来陪你们出去吃巴伐利亚的烤红肠、胖泥丸子,喝一碗带胡椒味的石拉斯汤……"他似乎还想说什么,却故作神秘地戛然而止了。巴伐利亚州的首府是慕尼黑,也是双方讨论修订日程和线路时重点研究过的城市之一。黑塞博士此举,兴许是表示抱歉的一种方式?要不,何以到了北海之滨的汉堡,反而提议去品尝南部德国的风味食物?黑塞博士实在是一位用心良苦的好主人。

我和金戈一同去打电话,接通总领事馆,我直接和王延义总领事本人用中国话取得了联系,约定了时间。王延义同志说:"我们正在等你们来聊聊哩。"语气十分亲切。

傍晚时分,黑塞博士和无畏先生果然来了。原来,烤红肠和胖泥丸子味道鲜美,名不虚传,而石拉斯汤竟是白色的,非常之浓,胡椒味儿相当重,一面吃,一面就渗出了细微的汗珠。最精彩的是佐餐的啤酒,是货真价实的慕尼黑名牌!我们纷纷把垫在酒杯下边的圆形硬纸壳收藏起来,留作纪念。黑塞博士微笑着,注视着中国作家们的"小动作",我和他互相交换了一下目光,一切都彼此心领神会,尽在不言中了。

我没有把事情捅破:下午,他欲言又止的正是慕尼黑啤酒啊!

我们本身住在第二红灯区,出门便是灯红酒绿的妓院,同性恋酒吧,性商店,脱衣舞厅和性电影院。然而,大家还是舍近求远,有兴趣步行去"黑猫剧院"附近的老牌红灯区去见识一番。动身之前,我特别声明了三条:(1)这不是代表团的正式活动,因之,无所谓团长、团员、翻译等等身份;(2)自愿参加,各人对各人自身的行为负责,所有花销,自行承担;(3)希望所有进入红灯区的人,务必紧跟金弢,寸步不离,以免由于语言不通而发生不测。

结果是全体一无例外地都愿意前去,唯独避开了刘大姐。

原来,所谓第二红灯区与以"黑猫剧院"为标志的老牌红灯区相距并不远。一眼望去,那些街道上已是摩肩接踵,熙来攘往了,待到走进人群,才又发现如同置身于种族和民族的博览会场。什么肤色,什么语音的人都有。男青年固然占大多数,但也有中年和老年男士,还有妙龄女郎,乃至相挽相拥的情侣。一般的门面全靠灯火通明的广告(包括巨型摄影作品和绘画作品)以及明灭变幻不已的霓虹灯、彩色电灯来吸引顾客;少数特殊场所则往往站着一两个土耳其人或者阿拉伯人,从面容到服装都不难断定,他们是属于穷苦的下层社会,是不得已才吃这碗肮脏饭的外籍移民,他们操着生硬的德语吆喝生意,甚至伸手拦住行人的去路,几近强行延揽。我问金弢这些人是干什么的,他们嘴里咕哝着什么,又比画着什么。金弢笑道:"他们把我们误认作日本人了,要我们进去看活人性交表演,还介绍说,共分两组,一组是白种人,一组是黑种男人和白种女人。有一个男演员,外号欧洲第一大屌!他们又说,价钱不贵,五十马克一张票,从头看到尾,各种姿势齐全,来劲!"我们大家听了,不禁失笑,天底下居然有这等买卖! 大家突围似的冲破了那两个家伙的骚扰,继续往前面走去。忽然发现有一家性俱乐部,有着极深极深的门洞,长长的甬道两侧墙上,贴满了春宫图片和色情电影片的组合镜头,无须饶舌,全是肉,肉,肉,赤条条的男人和女人……我们冒险深入,尽头便是楼梯,昏暗的灯光闪闪烁烁,仿佛一双双打瞌睡的眼睛。我想,这准是蓄意制造的一种暗示,一种诱惑,其目的都在促使你心甘情愿地做欲望的俘虏。我们六个人站在楼梯口商量了一阵,上还是不上? 最后,好奇心终于占了上风,跨上了楼梯。我拉住金弢耳语:"假如有人问:你们是哪国人? 怎么办?"金弢反应极快:"那我就回答:我们从日本来;刚才那几个家伙,不是已经把我们当成日本人了吗?"说罢,他望着我哧哧一笑。我想,反正日本人也够欺负咱们的了,他们又有钱,又爱搞这一套,冒名顶替一次,算他活该! 也就默许了。

这里把自己标榜为性俱乐部是有根据的。一共四层,层层重点不同,有的是性电影院和性显示孔(即:观看裸体女人的各种媚态),有的是脱衣舞厅和有裸体女郎端盘子的酒吧间,最后一层则是一间一间鸽子笼般的销金窟了。房门紧闭的正在工作,"赋闲"的神女一般都坐在门口,一个个浓妆艳抹,花枝招展,对过来过去的男人飞着媚眼,用故意带有鼻音的话语撩逗对方。看见她们丰腴的臀部和高耸的乳房,凭良心说,的确引不起我半点冲动,(也许我是老了?)反倒觉得非常可怜她们,春寒料峭,穿着三点式或者肉色的透明紧身衣、超短裙甚至裹裤,身体的大部分全暴露在外,不冷么?要知道我们几个全裹着呢大衣哩!

我们仓皇逃离这个号称"伊甸园"(真是对上帝的亵渎!)的场所,继续在大街上溜达。到了一个不知名的十字路口,大街拐角处三三两两站着几群不在本地居住或者营业的暗娼,用中国习惯的称呼,就是所谓的野雉。她们相当本色的穿着引起了我们的注意。金弢和赵长天到底有青年气概,竟敢上前问话。剩下我们四个保持一公尺的距离旁听。金弢有意识地选择了一位年仅十八九岁,学生模样的女孩子了解情况。这个只穿了一件普通紧身黑羊毛衫和一条石磨蓝牛仔裤的少女态度极其坦诚,她说她来自波兰,孤身一人,干这种营生,完全是为了生活。因为她白天还得念书,等到学业结束,找到一份可靠的职业以后,便不想再把自己随便出卖给任何一个付得起钱的男人了。她说,她打心眼里瞧不起自己,然而没有办法,因为更重要的是必须让所有的人今后都瞧得起她。一番话,发自肺腑,令人百感交集。

我又仔细端详了另外一个女孩子,年龄更小,稚气未褪,恐怕只有十六岁。这,大概就是西方某些有变态心理的男子最为醉心的雏妓了。

接着,我亲眼看见了平生从未见过的一个骇人场面:在我们身后不远,有四名"野雉"包围住两个结伴同行的小伙子(从肤色和髭须上判断,估计是中东某个国家的外籍人士),这两个小伙子显然是为了求欢而来,目的明确,心情急迫。不过,彼此之间照例还得讨价还价,只见双方嘀嘀咕咕,有笑有说,有一个年龄较大的妓女忽然扑上前去,一只手揪住其中一个小伙子的领带,另一只手隔着裤裆同时一把抓住他的生殖器!我和王一地吓得面面相觑,赶忙躲到路灯柱子背后,不知道下一幕将会是何等的演出。幸亏价钱没有讲妥,买方和卖方终于分手;但那场面也颇为"动人":态度十分友好,友好到了以飞吻致意的程度,令人发噱。

金弢对我们解释:像这个相对而言年老色衰的神女,公开在稠人广众之中如此行事,与其说她出于职业习惯,不如说她亟须获得一笔可观的度夜金,以应付各种日常开销。金弢又向大家介绍,这一类行于街头的妇女和刚才在"伊甸园"内以静待动的妇女,身份是不同的;后者持有营业执照,是明牌货,定期检查身体,一旦发现染上了性病,便必须暂停,直到治愈。前者不然,她们本身是"不合法的",她们出来活动多少带有冒险性,因此,总像饿鹰逮兔似的逮男人——我们也是男人,但她们不会来逮我们;她们一眼就能分辨:谁是那种指望泄欲的家伙——不过,她们自己又是警察(包括便衣警察)狩猎的对象,而且,很难保证她们不是性病的传染源。经金弢这么一说,我倒彻底消除了恐怖之感、惊讶之感和滑稽之感,只剩下深深的悲哀了。

我们又拐进了一爿特大的性商店,真是门类齐全,大开眼界,图片、书刊不在话下,录像带和录音带琳琅满目,传授数十种交媾姿势的扑克牌和春宫连环画,男用、女用的自慰用具,乃至于"发情催春"的药物……无不集中于一个字眼上:"性"。

如果这时节有记者来向我采访观感,我恐怕很难克制住自己而不讲出"不敢恭维"这句话来。我想,像中国那样将"性"搞得那样神秘,甚至认为一切联系到人体、人欲的文字、图画、摄影全等同于"诲淫",全属于"黄色",全归入"犯罪",固然根本不对。然而,像这儿呈现出来的肆无忌惮和"唯此为大",是不是也应该算作走火入魔,陷进了另一个极端了呢?我觉得,人类有时候的确显得不会自救,似乎也就不配得救了。

一阵警笛呼啸,引起了我们的注意:什么地方出事了? 我们赶紧离开书肆,放快脚步朝笛声响处走去,隔着一个街口,迎面便是一幢三层的铁灰色大楼,上面钉着 POLICE 的大铜牌——警察局? 不错,是警察局,这个名词德文和英文完全相同,只是拼读方式和重音位置有异罢了。设在红灯区的警察局,其任务当然与设在一般居民社区的有所区别,它侧重于保护本地区特殊的"安全与自由"。据了解,这个警察局的管辖范围之内,有 500 家性商店和妓院,有 3000 名妓女(私娼未统计在内)。我想,八方杂处,三教九流,每日里要受理的案子该当不少吧? 只见眼下正有一队手执武器、腰别大棒的警察跑步集合,气氛紧张,我们目送着他们匆匆远去,那一双双皮鞋敲打着马路发出的橐橐之声终于消失。这时,闪过我脑海的是一句中国的俗语:家家都有一本难念的经! 看来世上只有比较好和比较不好之分,而绝无完美一说。

还有一点发现,就是:在这午夜零时左右,红灯区的夜生活刚好进入它的最高潮,闲来无事,驻足而观的只有我们这六个中国人。其他所有行人,依旧兴致勃勃地来去纷纷,他们对于警察的行动,就像没有看见一样,也许是习以为常吧? 当然,这许多身上洒满香水的男士们和女士们,之所以行色匆匆,无暇他顾,另外有一个极重要也极现实的原因,即,自午夜两时开始,就要实行一年一度的夏时制了,良宵苦短啊!

我们一路闲谈,议论卖淫问题。如果说,这是阴暗面,那么,不独联邦德国,每个国家都有它的阴暗面,只是表现的形式不同罢了。社会主义国家难道真的彻底消灭了所有类似现象? 并没有。且不说实行对外开放以来,各地特别是沿海一带的公开半公开的妓院死灰复燃,就是倒退回最圣洁最禁欲的"文化大革命"时期,我在山西的许多煤矿矿山以及当时正在施工的京一原铁路工地上,就亲眼看到过多少人肉市场。我和王愚在这个问题上观点完全一致:娼妓制度将伴随人类的文明进步而逐渐演变而最终灭亡,恐怕只能寄希望于无阶级社会的遥远未来。我们不约而同地苦笑承认:自己是悲观论者,从而我们便不能不对警察的职业充满敬意,尤其是在汉堡这样的大都会当警察;忙碌且不必提,何况有多少危险!干这一行的人,不但必须具备优异的身体素质,更主要的是必须具备高度的道德素质!毫无疑问,在警察背后,或者更准确地说,在警察头上,还必须有法律的强大支持,因此,这就首先需要民主。在没有民主和不知民主为何物的地方,警察愈多愈糟糕,其结果不过是造成一个由实质上是私人卫队组成的警察国家而已,和我们刚才亲眼看见的警察,不是一个概念。

记到这儿,忽然想起,就在同一个汉堡城,我还见到过一次警察,那是在今天早上去码头的路上。当时有一大群男青年,大喊大叫,同时又此起彼落地高唱我们听不懂的歌曲,相互之间还推推搡搡,勾肩搭背,拥抱接吻,一反平素德国人的文质彬彬风度。而警察却默默地尾随着他们,并且微露笑容。对这等罕见的场面,大家都感到不解。黑塞博士望着中国作家满脸狐疑之色,竟也像那警察一般露齿一笑:"这些人是足球迷,他们为自己崇拜的绿茵明星呐喊助威去;今天举行汉堡队与慕尼黑队比赛。慕尼黑那边肯定也会有他们的足球迷赶来捧场,当啦啦队;只有双方的'铁杆'们争执不下,大打出手的时候,警察才会进行干预。"不过,在我们中国,像这样二三百人成群结队上街游行,况复高声喧哗,惊扰市民,妨碍交通,恐怕早就被称作"闹事"了。

汉堡一日游,给我留下的便是上述种种缤纷印象……

1987年3月29日　星期天　小雨　汉堡—汉诺威

上午,按约定时间,代表团全体人员去到我驻汉堡总领事馆。总领事王延义接见了我们。他给我的印象,并不像 S 君所描绘的那样"僵化"可怕。

黑塞博士先我们来到 Mercedes。抓紧上路前的一点时间,我代表同志们向他提出两条具体建议:增加参观农村和参观印刷出版工业的项目;削减与各地银行家们的纯礼节性的单独程序。博士答曰:他一个人做不了主,待明日上班后与各有关方面商量后,再和代表团联系。一会工夫,全体人员都聚合在车上了,我立即将黑塞博士的答复转告周知——我觉得,在汽车上"开会"最理想,一则及时;二则谁也不会落下;三则减免了住定后许多烦琐过程,也给众人争取了宝贵的休息时间。

黑塞博士请金弢传译了一段他对归去路程的设想:先去以"黑猫剧院"为中心的老红灯区转一圈,然后取道旗语码头参观一下轮船进港的壮观场面,完了再经由著名的易北河隧道走上高速公路,回汉诺威,晚上贝朗先生会来请各位欣赏歌剧。到汉诺威之后和看歌剧之前,大约还有将近半天空闲,供各人料理私事之用,不会有什么人来打扰的。

对黑塞博士如此周到的安排,人人报之以热烈的欢呼。不过,唯独对环顾老红灯区一节,我听了暗自惭愧。其实,代表团昨儿夜里早已"微服私访"过了,蒙在鼓里的倒是主人自己;仿佛做了什么亏心事似的,只是觉得对不起这位德国书生,而又不便坦白相告。因为,不知道他听了会做何感想,虽不至于把这批中国作家看作了不正经的下流货色,也难免成为日后的笑料。

于是,才有了下述的对话。

黑塞博士指了指一幢画有黑猫徽记的建筑告诉大家:"这就是黑猫剧院。别看它坐落于老资格的红灯区,它可从来不上演一部格调低下的戏剧,它的保留剧目全是世界第一流的古典名著。"

我朝窗外一闪而过的这座巴罗克式的华丽建筑瞥了一眼,心上涌起庄严的敬意:您好!出污泥而不染的菡萏!

黑塞博士又指了指马路对过的一排排耸然林立的霓虹灯管:SEX——此刻黯然无光,入夜便媚眼乱飞——以及沿街墙面上的巨型色情广告,不无愧疚地说出了一句惊人之言:"这些东西的确乌七八糟,正是你们中国人所说的精神污染!"啊哈,他居然会使用中国共产党人的政治术语!大家听罢金弢的翻译,哈哈大笑。然而,我私下内心评论,博士呀博士,你毕竟是个老外,吃不透其中的奥妙。所谓精神污染,并非单纯是黄色、暴力和凶杀的代名词,它的更主要的内涵实际上是侧重于西方的思想意识形态,即:自由,平等,博爱,民主和人道主义精神。这叫作，只知其一不知其二，正派的德国人（乃至于一切正派的西方人）哪里了解，在中国，某些成天叫喊清除精神污染的人往往最热衷于实践红灯区的生活方式！

这些"内部机密"，当然是不可以与外人道的。它太敏感了。

王愚却冒冒失失应了一声："黑塞博士竟然知道我们中国的清除精神污染运动，足见对中国的关心；不过，'精神污染'这个字眼的涵盖面远比你刚才说的要广泛得多……"坐在我身边的金弢对我咕噜了一声："这叫我怎么翻译？"然后便掉转过头去，朝坐在第二排的王愚提意见："对不起，你这句话我无法翻译；假如他再追问你，精神污染还包括些什么内容，你怎么回答？"王愚立即意识到自己误入"雷区"，慌忙撤退："你的考虑是正确的，我同意，不必翻译。"我却生怕他俩因此结下疙瘩，便打了个圆场："这很好。小金是出于责任感，老王是出于使命感；鉴于中国的特殊国情，有些时候，使命感要委屈一下，服从责任感。我建议，咱们专拣轻松的说！"众人都笑了起来，笑声中不免有那么一点苦涩。

黑塞博士掉转头来，瞪眼望定这群古怪地笑着的中国作家，丈二金刚摸不着头脑。片刻，他仍旧回到他自己的思路上，继续说道："真安静啊！这些楼层上的主人们大概睡得正香，上帝保佑她们多睡一会儿，否则，一天二十四小时都……我们的车子也将难以通过了！"

我想起了曹禺的名剧《日出》，便接过话茬告诉对方："中国有一位著名的剧作家，此人尚健在，他早年写过 部反映旧中国风尘女子不幸生活的多幕剧，里边有一句台词，几乎是家喻户晓。那位女主角说：'太阳升起来……但是太阳不是我们的，我们要睡了。'我觉得，这句台词也属于这一带的女主角们，她们也是不幸的。"

黑塞博士咧开大嘴，不停地"呀，呀，非常准确，非常准确，中国作家有这样的名言，足见世界各地的罪恶都是爱黑暗，怕光明"。他听我引用了中国的事例，终于摆脱了自身的负罪感，显得轻松自如了。虽然我们谁也不曾认为，他，一个哲学博士，应当对资本主义社会的任何不良现象负责。

车子绕来绕去绕出了红灯区，无畏先生换了一挡，加速驶进了河埠主码头。黑塞博士兴致颇高，招呼客人们下车，他指着近在咫尺的一个组合音箱和远方的一根粗大的旗杆以及旗杆后面的一座白色房屋，不无自豪地介绍："那就是汉堡港航海协会，著名的民间组织，他们自愿尽义务办一桩好事：任何一个国家的船只进港，这儿立即会奏起该国的国歌，那边也就会升起该国的国旗。"经他这么一说，我们便都不约而同地站住不走了，一心想亲眼、亲耳看一看、听一听礼仪盛况。我粗略扫视一遍，已然碇泊的船只真不少，美国、苏联、英国、法国、荷兰、比利时、丹麦、挪威、瑞典、希腊、葡萄牙、日本、牙买加、巴西……还夹杂着我们中国的两艘货船。说来也巧，不大一会儿果然有一艘瑞典的庞然大物进港，我们像小孩儿过年盼望放焰火似的聚精会神等待，然而，直到这艘船荡起的波浪一排接一排叩击着我们脚下的防波堤，却始终悄没声息，既听不见瑞典国歌，也看不见瑞典国旗！大家固然扫兴，主人更其狼狈，亏得刘祖慈的一句俏皮话："今天是星期天，全世界都在休息，所以一切从简。"大家为之喷饭。金羿忙不迭地将我们发笑的原因告诉了黑塞博士，指望减免他的尴尬，办事认真的他听了虽然也解颐一笑，却仍旧两脸通红，带头钻进了司机座舱。

德国人的自尊心就是强。

汽车穿过一片开阔地，迅即钻入地下，啊，灯火通明，流风微寒，这便是鼎鼎大名的易北河过江隧道了。全长2.9公里，设备堪称头等。奶油色瓷砖贴面一直延伸到尽头……赵长天一声长叹："什么时候，黄浦江水下也有这么一条隧道就好了。"我听了不禁莞尔，暗想，一群来自穷国的穷作家，心事何其相似！不必言解，我们每逢发现一点别人的长处和优点，总会马上联想到自己的祖国！可是，如此高尚如此无私的情愫，在某些大人先生听来，却往往落一个"崇洋媚外"的罪名！

又回到了汉诺威，又回到了Konner，而且居然剩下整整一下午的空闲。

我去各人的住处巡游一遍,只见有的忙着洗衣服(裤衩、袜子、手绢之类的小零碎,以及不便熨烫的大件棉织品,都得自己动手);有的忙着翻阅资料、查地图,解析自己心头的疑难;有的忙着趁记忆犹新,着手整理笔记。在这方面,数王一地最辛苦,他连每张交换得来的名片都一律用汉字标明注音,他对我私下透露过,他不懂外文,只得"笨人笨办法",这自然是谦辞,他何尝笨?不过是小时候在老解放区不曾捞着正规学习的机会罢了;任何人看见他孜孜不倦地趴在桌上甚或是膝盖上写下的密密麻麻的蝇头小楷,都不能不为之感动。

我再一次被他感动了,赶紧扭头回去,关上房门补记下昨天和今天上午的工作日志。

……入夜,代表团全体成员可说是焕然一新,人人都慎重其事的换上了自己最"帅"的行头,皮鞋都刷得闪闪发光,我们要去履行一项重大而愉快的文化活动——上本市歌剧院去观看歌剧。当晚上演出的剧目,正是历来被评论家誉为歌剧史上"最重要的……作品"——小约翰·施特劳斯的轻歌剧《吉普赛伯爵》。

据我所知,这部轻歌剧于一八八五年十月二十四日在维也纳首场公演,立刻引起轰动,不但成为世界各大歌剧院的"重头戏",而且和同一作者的其他三部轻歌剧《蝙蝠》《威尼斯之夜》《维也纳性格》一样,先后被拍摄过几种版本(拷贝)的电影。约翰·斯特劳斯震烁古今的大名,对我而言,固然早已如雷贯耳;作为圆舞曲之工,他的代表作《蓝色的多瑙河》等,也说得上耳熟能详;但今晚能在联邦德国历史悠久的汉诺威歌剧院聆听用作曲家母语演唱的歌剧杰作,不能不视为有生以来的一大幸事。

贝朗先生分发入场券,座位不相连,和我挨着的只有金斐。尽管无畏先生提前将我们送进剧院门前的小型广场,同时交代了一句:"看歌剧不像看电影,绝对不能迟到。"然后,却和大家告别,表示歉意,申明他会准时来接。为什么他不看?贝朗先生没有替他买票;为什么不替他买票?公事公办。无论无畏先生本人,或者主事者贝朗先生,都认为十分正常,因而神情自若。倘或换作中国,别说看戏、看电影了,就是宴会和分发小纪念品,万一忘了安抚司机,那后果之不堪设想,也是人所共知的。社会主义被曲解为平均主义,正是某些人所夸耀的"优越性";积习已深,完全无理可讲了。

在西方国家,看歌剧的确是一桩非同小可的事儿,哪怕是权倾一国的大人物,来晚了,照样必须乖乖地在毗连衣帽间的外厅里静坐,一直等到幕间休息时方能掀帘入场。这,并非法律强制规定,而是约定俗成的社会风尚,表明对演员和其他观众的尊重。和我们的"贵国"对比,又是一个截然相反!在我们的剧场里,不论什么演出,在进行当中,总有若干特殊观众,吵吵嚷嚷,来来往往,或挡或挤,谁也奈何不了。至于官家首长,他迟到多久,普通百姓更活该恭候多久。据说,他另有"公干"(天知道到底是什么"公干"),既然如此,又何必一定要"莅临欣赏"呢?偏要!而且他的"莅临",竟是对演员的殊荣!同样的,这也是积习已深,成为观念上的"国粹"了。中国有句老话:无规矩不成方圆;咱们的规矩和别人的不一样,因此,咱们的方圆自然就和别人的方圆不一样了。

长长的一排玻璃风门,竟隔不绝异香氤氲,只见绅士淑女,一个个着意修饰打扮,男子们大抵身着晚礼服,胡须也精心梳理过,并且抹了香膏,我甚至见到其中有几位居然翻出了老古辈子的夹鼻眼镜。夫人们戴金佩玉,雍容华贵,小姐们花枝招展,遍体兰麝,她们的发式从古典到超现代,无奇不有;非常昂贵的银狐裘围脖和鳄鱼皮手袋,非常巨大的钻石戒指,非常精巧的带柄望远镜,或踱步,或闲坐,或沉思默想,或喁喁交谈,单说这不寻常的气派就足以先声夺人……

将大衣和帽子寄存于储藏专柜之后,我开始环顾众人,细心观察,大胆猜想,啊,还不曾看见舞台,竟兀自登上舞台!我看人,人亦看我,有悟于此,不禁哑然失笑。预备铃响,观众鸦雀无声地鱼贯入场。我和金弢的座次最佳,由于票子捏在小金手中,不便查问价格,估计总在八十马克以上吧——歌剧票一般高于电影票 8—10 倍。至于那环绕剧场半圈的层层包厢,收费越发昂贵,自不待言。

整个剧场,自穹窿到四壁通道,于柔和的无影灯中流泻着赏心悦目的金碧辉煌,其中最令人难忘的是那一片宝石般的孔雀蓝,滟滟,滟滟,如水波,如月色,如恋人的眼神……真个是,天籁未闻,先已销魂。

演出开始以后,偶尔也有欢笑声从观众座席上阵阵爆发,当然,这是非常有节制的赞叹之声。特别是当着剧情发展到男主角因意外发现金库而荣膺男爵称号的时候,曲调诙谐,表情幽默,更加博得了犹如波浪席卷式的长时间的欣赏共鸣。但所有在场者表达感情的方式既非鼓掌顿脚,更非喝彩吹口哨,绝对不像我们今天在国内常常看到的那样"开放"。

稍稍了解历史的人都知道,德意志民族是一个崇尚逻辑思维而同时又具有形象思维天赋的民族。除了哲学、自然科学、文学领域的巨大贡献之外,音乐方面的创造,可以说是稳夺世界冠军。这只要大致开列一份名单就不会有任何争议了,他们当中有:贝多芬、巴赫、勃拉姆斯、瓦格纳、门德尔松、舒曼、亨德尔、格鲁克、威柏……全是大师级人物。

无畏先生又一次证明了他是百分之百的德国人。才散戏,我们在台阶上就看见他站在那辆十分熟悉的中型面包车前面,默默地挥着手。记得我嘱咐过金骎,请他转告:不必来接了,舒舒坦坦地和妻儿共度周末良宵吧,我们也正好借此机会安步当车,领略领略汉诺威市区的夜景。但他还是来了,工作第一,责任第一。显然,无畏先生不是那种能偷懒便偷懒,不能偷懒便使刁的"方向盘";他不需要比汽油更能发动引擎的白酒,也不需要企望比驾驶执照更能表明身份的"党票"。我们整天价侈谈"职业道德",实际上,我们的职业道德早已被我们的虚伪说教和等级体制腐蚀得一干二净了。

行车路上,一向沉默寡言的无畏先生忽而一反常态,以异常激动的口吻对金骎叙述了他刚才从电视屏幕上看到的一个场面:就在我们住过的汉堡,就在那家 Mercedes 饭店,一个小时之前发生了一起凶杀案,血淋淋的尸体、地上的空弹壳、救护车、警察……凶手在逃……

金弢立即详尽地翻译了这段谈话,大家为之愕然。

一个小时之前,我们还沉醉在美妙的音乐海洋之中,哪能听到那昨天度夜的小楼上的罪恶枪声!

这世界永远是充满着歌与哭,歌与哭并存,歌与哭同行……

1987年3月30日　星期一　雪转晴
汉诺威—奥斯纳布吕克

春天了(要是根据夏时制的实行,简直应该叫作夏天了),一大早却飘起了鹅毛大雪,也许是后劲不足吧,很快又渐渐止住;太阳以战胜者的姿态,君临万物,沿街两侧人工培植的芊芊青草,高兴得挺立起来,使人看了也觉着精神。

上午十时半,赴莱比尼茨宫出席德中文化交流月的开幕式。德方代表二人相继致词——后,由我们认识的中华人民共和国驻汉堡总领事王延义和北京第二外国语学院教授祝彦讲话。后者应邀派遣了一个代表团专程前来参加这项活动。

这些日子,汉诺威实在出足了风头。第一批中国客人是我们作家,现在又举行德中文化交流月,过几天更要举办博览会,和中国馆同时揭幕的还有一个大型的中国商品交易会,另外,中国电影周的首映式也选中了汉诺威。怪不得我们经常能在大道通衢之上遇见衣着规整而又步态别扭、举止拘谨而又多有失态的某些同胞了。据说,旅馆也提前进入旺季,这当然不是我们这些文化使者给老板们带来了福音,而是双方的生意人合作制造的兴旺繁荣;只有金钱,才具备不仅仅是填补报纸版面,而且能填补物质欲望的魔力。

我们充其量不过是一种点缀。

但也要看事情发生在什么圈子里,比如此刻,在几乎全体来宾都是精神——脑力劳动者的场合,中国作家代表团,却俨然成了人们视线和脚步追逐的中心了。许多德国朋友,其中有诗人、作家、汉学家、教授、德中友好人士,还有我国的交换学者和大批留学生,都纷纷前来,将我们团团围住,握手,要求签名,索取或交换名片……对方是炎黄子孙还好办,对方是碧眼儿可就太为难了,我们全团,算上耳朵背的刘大姐,才满共两位翻译,怎么应付得过来!"二外"的德语专家黄国桢教授因此受了连累,竟不得不中断和我的私人交谈而担任起义务译员来,他替我接待了一个又接待另一个,使我心中十分不安,这不是喧宾夺主了吗?快离开吧,我心中暗自做出决定,便通知大家有礼貌地、静悄悄地、一个一个地去门外会合:配角不能抢了主角的"戏",这是一条放之四海而皆准的行为守则。同志们虽说都很兴奋,但还是自行抑制,自觉退出了。我很感谢大家的理解与支持。

回到 Konner,人人忙于收拾行装,准备迎接从本日下午即将开始的一系列旋风式的访问活动,这一回的方向正好与前一阶段相反,基本上都在南部。

四点半钟,我们到达了奥斯纳布吕克。主持欢迎仪式的是一位女市长,芳名叫作莱茜-露特·丹妮克。只见她身着一袭黑底白格衣裙,胸前佩着金灿灿的绶带,雍容大方,步履轻松,语音柔和,不像一般德国人声调那般刚硬,再看她的发型,竟完全顺其自然,没有多少人工痕迹,这一切,立刻给了我一个良好的"第一眼直观印象"。

她的下属,大约有二十位左右男士,也都像我们这样以愉快的眼神欣赏着自己的异性上司。总之,气氛是祥和而亲切的。

举行仪式的地点选择了当地大学的校图书馆。女市长发表了得体的简短讲话,转身便捧起别人递过来的礼品,一一亲手送到我们七个人的手上,礼貌周到。

我即席做答。我当机立断采取了以精练的方式,把重点放在市长本人身上,然后迅速生发开去,联系起此行的目的,强调了一下即将与通常被看作右翼团体的自由作家同盟和颇享盛名的新兴的奥斯纳布吕克大学打交道的重要性,归纳为三个"第一",很博得各方面赞许的掌声。我自以为,这篇即席发言也旗鼓相当地得体。因此,当金燮愉快地笑起来的时候,我也笑了。心情随之大为轻松,有了一个好的开头,这是吉兆。

代表团回赠了画幅。中国传统的山水写意,立刻招来了不少人围观。

接下来便是由市政府分管文教体育的一位官员主持的茶会。他相当详尽地介绍了该市的文化传统及文化设施。没有底稿,也不借助笔记本和身旁秘书的提示,流畅地自豪地报告了一连串的数据。我把自认为突出的部分记了下来:全市有九个正规图书馆,两百个文化社团,它们通过各自的渠道,其中包括著名的"星期交流中心",联系了五十万人口,规模不亚于多特蒙德。这座城市有自己的规定,儿童从四周岁开始,便必须接受古典音乐、美术和舞蹈、体育的训练,待长到正式入学的年龄,再根据才智和成绩分班;自一九七二年起,教育内容中又增添了现代艺术课。如此看来,奥斯纳布吕克真不愧为人才的摇篮。而我们中国许多成年人却几乎对它毫无所知,想起来实在应该脸红。至于城市居民对文学的普遍爱好,更值得大书特书。他们拥有许多地方性的读书——写作组织,经常主动邀请本国的著名作家前来与同行们、读者们见面,并朗诵自己的作品,参加有关的讨论。新近又成立了一个雷马克学会,这个学会收集了许多珍贵的雷马克生前使用过的物品和部分手稿,并且全部进行了财产保险。使我尤其感兴趣的是这样一项别出心裁的活动:"被人遗忘的有价值的作家展览"。这使我立刻联想到自己的国家,我们岂不是也有一大批有成就的作家,甚至当着他(她)们呼吸尚存的时候,就硬被外力强制性地"活埋"了么?沈从文,就是一个典型。有感于此,我认为,德国人的这个主意和行动,是含义深刻而发人警省的。在中国,官方(可能是某几个人)的政治裁决和媚俗的社会风气一旦结合起来,被有意识地"遗忘"的诗人、作家就只好或者忍受不公正待遇和恶劣的工作条件孤军奋战,或者干脆封笔、改行。远的不论,单说一九四九年以来,屡见不鲜的故事重演了多少遍!

此外,值得记上一笔的还有,这儿的"少年唱诗班"竟也以一个宗教性团体的身份,名噪全德,连续应邀远涉重洋,去日本和南美洲演出。与之旗鼓相当的,是交响乐团,那实力和名望在整个联邦德国也是排得上名次的。

市内除了综合性的奥斯纳布吕克大学外,还有音乐学院、美术学院各一所。主人还用非常敬畏的语气,报道了由本地两位教授主持编撰的一部音乐大百科全书开始分卷出版的消息;从他的表情不难看出,这件事不啻是一大喜讯,一大成绩,那分量并不下于完成了某项工农业生产指标。可见人家看重文化建设是发自内心的,绝非嘴皮子功夫。

主人并不像我们国内的"头头",报喜不报忧。他很坦率地谈道,作为工业城市的奥斯纳布吕克,近年的确是逐渐衰微了。不过,他们正在努力恢复早先的势头,除了必须保证供应全世界总需求量60%的摄影纸以及份额同样极高的邮票纸、化学试纸的生产立于不败之地外,还试图开辟某些新的致富途径。

最后,这位文化官员不无遗憾地补充道:"可惜各位先生都是无神论者,不然的话,你们还会对这儿的天主教博物馆感兴趣的,那是全欧洲最古老的一所独家设施,从公元七世纪就写下了它历史的第一页……"他说得并不全对,以我个人而论,固然拒绝皈依任何宗教,却并不敌视任何宗教思想。目前的困难完全在于时间太不充裕,许多值得看也应该看的东西,都只好当面错过。

晚八时,结束了排定在白天的活动,进入 Hotel Hohenzollem;这是一家四星级宾馆,房间里有水灵灵的鲜花,用透明纸覆盖的水果、柠檬汁、红茶与糖,还有专门接待中国人的宜兴紫砂壶以及一点就着的酒精灯,谢谢!想得真周到。我感动地用目光抚摸着这一切,不是因为它的高贵丰足,而是因为它的感情色彩。

不知何时,大使馆的S君从波恩来了。他通过王愚来传话约见。我立刻摒挡杂务,径直去到他的房间(不知道是谁的安排,这个住处比我们代表团的任何人都高出一个档次),寒暄过后,S君便异常严肃地对我说,他认为有必要召开一次会议,谈一点重要情况。至于什么会议,什么情况,他没有透露,我也不便问。接着,又很快转入他此行的第二项任务,即:由他亲自主持代表团与属于右翼的自由作家同盟的联欢活动,他几乎是一字一顿地强调,这次的双方接触,事关重大,而且也是他本人经营数年、艰辛备尝的突破性发展,因此,要求作家代表团全体同志密切配合,搞好国际团结,云云。我不是傻瓜,不会听不出S君的画外音:他要唱主角,如此而已。

我默默地忍受着这一切,临别时,只回答一句话:"请你放心,我明白我应该做些什么了。"

在过道中,初次认识了曾在北京学习过汉语和中国文学的达格玛小姐,她是S君邀请来的,此刻和刘梦莲合住一室。这位小姐热情、大方、开朗,也相当漂亮,还居然会用北京话称呼我"公刘老师",很有意思。言谈之中,对中国非常怀念。

九时赴宴,主持人系当地S银行董事长凯尼克先生。我起立致词——答谢,但我自己也不明白究竟说了一些什么值得喝彩的话,以至于专门研究东德文学的摩尔教授竟激动得跑过来搂住我连连亲吻两颊。

女诗人贝尔娜介绍当地的文学界概况。这位女士大概患过小儿麻痹症,行走不很得劲。但她对诗歌的挚爱,溢于言表,越发令人感动。

凯尼克先生亲自点我的名,也点拙作《我不是孤雁》的名,要求朗诵。我只得请金弢一道站起来,我先读中文,他再读德文。一首不够,又临时增添一首《远去的帆影》。

晚宴丰盛。不对,仅仅用"丰盛"一词,还不足以表明它的派场;它有一种特别高雅的格调:自始至终,都有一位颀长而矜持的老者,端坐于一架钢琴前面,一遍又一遍地为大家弹奏着贝多芬的著名乐曲:《田园》,气氛是忧郁而美丽的。

菜肴也很有特色,第一道是炸鹌鹑,盘子四周搭配着几茎香菜,赏心悦目。最后一道是红草莓冰淇淋,色泽可爱,令人不忍下匙。

1987年3月31日　星期二　晴　奥斯纳布吕克

这家四星宾馆的免费早餐,又别具一格,凡以前我们见过的固然一应俱全,它还另外提供生鱼片和洋葱生鱼卷,金弢十分爱吃,我却无福消受,浅尝辄止吧,尽管不能不承认它高级。

用餐完毕,在走廊里忽然迎面与S君相遇,他问我:"你给了多少小费?"我老老实实交代:"还没有拿定主意,正发愁不知道该付多少哩。"他说:"别忘了,你是团长,他们可以付一两个马克,你非给五六个不可。"我想,我哪有那么多马克上这儿来充大头?于是,径直又折回餐厅,找管钱的金弢合计,金弢的意见也觉得不必打肿脸充胖子,最后决定我付两马克,其余的人一马克;各人先垫着,离开的时候找他一总报销——幸亏不用自己掏腰包,否则,我这个"团长"就太亏了,领津贴比团员还少,付小费倒该比团员还多。

斯蒂芬－鲁兹·托巴茨赫先生亲自当向导,领代表团一行前往水宫。

水宫是一座古堡,得名于城堡四周的深沟,颇像我们中国的护城壕,唯一的通道是一座横跨水上的吊桥。不过,桥面相当宽,可并排奔驰两挂马车。据托巴茨赫先生介绍,吊桥早已不能吊起来了,也没有人去修复那些起吊桥体的绞盘、滑轮之类了;此言不虚,因为我注意到,桥面竟和古堡的门前坪地上一样,长满了厚厚一层青苔。显然,这里的主人确已门庭冷落,宾客稀少,今非昔比了。

地图上是找不到这座水宫的,只能根据标明特克伦堡的地名循路前去,水宫就在特克伦堡附近。它本属Hornf骑士家族,世袭伯爵封号,一八七一年翻修过一次;就在那一次翻修中,将原先嵌在屋顶上的石刻起了出来,移进正门的墙根。不知道这一无意识的举动是否预示了这个贵族之家的式微?反正,目前仍旧固执地保持着"冯"这样一个高等人标记的姓氏的贲布罗依克·格律特先生,实实在在是高龄九十三岁的末代后裔——他的子孙们没有一个不融合进普通人之中了。

格律特先生拄着手杖,在一阵犬吠声中,颤巍巍地走出偏屋的居室,前来迎接远客。他的腰背略略有些佝偻,身板瘦削,面容清癯,步子细碎而跟跄,不过,以这么一大把年纪,能不卧床,能不哮喘,能不糊涂,已属难得至极。当我发现那透过老式玳瑁眼镜的眼光竟还保存了一股锐气时,就不能不越发感到惊讶了。当然,老人衣着十分陈旧,咖啡色外套本来质地甚佳,但已泛黄,袖口全磨损了,长裤也皱巴巴的,领带更显得油渍麻花的。不过,这一切都丝毫不影响他的自豪感和贵族气派,言谈举止,从容不迫而含威不露。金弢扯了扯我的衣服,笑着对我耳语:"这个老头儿,都到了这份儿上了,用的还全是命令式!"我明白,金弢既是指格律特先生的德语习惯,也是指格律特先生的鹤立鸡群、颐指气使的做派。我想,这就是所谓生活的烙印吧。

在他的私人收藏馆里,满墙满壁都挂着这个世家族系的种种标志,从图谱、婚姻血缘关系网终到所有43位曾被授予爵位的——从古代到威廉大帝时期——列祖列宗:男的一概挺胸凸肚,女的一概华髻高耸,使人也难免感到某种模式化;这大约是古今中外概莫能外的人性弱点吧,歌颂伟大,就似乎必然含有造神的意味。我正在暗自"批判",忽听托巴茨赫先生提醒:"请注意望定所有画中人的眼睛,各人就在原地看,是不是会发觉:他(她)们也正在注视您?"试着调换了若干角度,果然!于是,又颇为惊异了。托巴茨赫先生解释道:"这些肖像画都出自当时的名家手笔,这些名家都运用了一种特殊的技巧,把主人公的目光画活了。"赵长天反应敏捷,漫声说道:"不错,是一种特殊技巧,名曰:以我为中心。"大家听了会心一笑,并且不约而同地瞄了瞄那位末代贵族格律特先生,只有托巴茨赫先生和其他几位德国朋友,不明白我们乐些什么。

看罢了那些色彩绚丽、光泽照人的油画(这说明保护得非常好)之后,开始观赏充满铁血精神的陈列品:从欧洲三十年战争的钢盔,到滑铁卢之役的胜利勋章,从比较原始的机弩、刀剑到已经透露了近代工业文明气息的新式火枪,特别是各式各样的金冠、铜冠和保护面部的精致钢丝罩,简直像从军帽入手向我们叙述了一部德意志军国主义史……好一派森然的兵戎杀气!

格律特先生从一个盒子里翻出一卷说明书之类的印刷品,纸张之粗劣,印刷之简陋,恐怕是迄今为止我们所收到的最次的一种!即便如此,还经过精心的核计,结果是每四个人才能共有一份!就这件小事,也可以窥见其家道之衰微已经到了何等可怕的程度!怎能不令人兴起沧桑之感呢?然而,你从他的表情、语调中是绝然捕捉不到一丝一毫有失尊严的东西的,他对自己的内心可谓防守极其严密;他不愿人家怜悯他,相反地,每当他指着某件物品解释完毕,立刻示意你离开,根本不允许你伸手把玩,充分显示了主人的自豪与产权观念之牢不可破。

我送给他一碇龟形徽墨,同时请金弢加以说明,中国人历来将龟视为延年益寿的表征,我们代表团祝他健康愉快,活过一百二十岁,他听了十分高兴,第一次露出了欢欣的笑容。老人用青筋虬结的双手仔细摩挲了一会儿,便立刻转身打开一只上锁的铁匣子,郑重其事地将小乌龟捧了进去,一如它是什么活的宠物。

也许是这件礼品起了作用,也许是我的祝词使主人深受感动,只见他同时又从那只铁匣子里掏出嘀里嘟噜三大串起码重达两公斤的大小钥匙,为这批来自东方世界的游客打开了不轻易示人的橡木壁橱,让我们一饱眼福——那许许多多形状花色繁复各异的历代酒具和茶具,这些东西全是价值连城的珍品,我想,即便放进国家博物馆,也绝对属于一级文物。当然,格律特先生始终宁愿自己拥有它们,那目的也很明显——炫耀祖上的殊荣,以寄托对那非凡岁月的怀恋。

参观时间几乎长达一小时。

格律特先生坚持要亲自送我们步出城堡大门,一直走到吊桥头。托巴茨赫先生付给他四十马克,贝朗先生又加上十马克,格律特先生一律照收不误,虽则他嘴上连连声明：维修房屋，保护文物，都得花费许多钱，言下之意，是说他的导游和解说纯属尽义务。我忽然想起我们每个人的旅馆房租每天高达一百七十五马克，相比之下，这实在是微不足道的小数目。想到这个，又不禁悲从中来，替这位家道中落、风烛残年的贵族后裔的凄凉晚景深深叹息了。时代不同了，历史是不可能对已经唱过挽歌的对象再高奏凯旋曲的啊。

接下来，又坐上汽车沿着整洁平坦的乡村公路在林木葱茏的丘陵地带上下盘旋。主人指点着不远处一片黑鸦鸦的群山，说："翻过山去，就是北莱茵—威斯特法仑州了。"原来，我们此刻正在深入德意志的腹地。

很快便到达特克伦堡。

城堡不知毁于何年何月。剩下一条幽晦、潮湿的长廊和一座雄伟壮观的露天剧场。剧场中，一眼望不尽的环形台阶和粗拙结实的橡木条凳，实在是发人思古之幽情。我猜，当年想必是仿照古希腊、古罗马的格式布局建造的。四面为群山合抱，不难想象那共鸣的音响效果。在剧场的一端，像枚玉环安了一个柄似的，筑有一座面积不算很大的舞台，舞台前方深部，配备了一个相当宽敞的乐池，能容纳中等规模的乐团。性格活泼的托巴茨赫先生一跃而上，竟情不自禁地纵情高歌起来，逗得众人哈哈大笑，喝彩激赏。似这等"放浪形骸"的场面，在讲究礼仪几至于"噤声"的德国，还是头一次遇到。托巴茨赫先生兴致极高，建议大家都面对千百年前的鬼魂亮一亮嗓子。可惜，没有一个人起而响应。我自恨一九八〇年那场脑血栓使自己"倒了仓"，否则，我的男低音还是拿得出手的，但如今已然是无能为力了。

我很关心这个古剧场是否还被利用的问题。据告，剧场的寿命并未结束；特别是在夏季，只要天气晴好，便会有演出。观众之中，有不少是远道慕名而来的外国客人。目前时令不到，才显得这般冷清寂寥。

我们跟随主人，去到镇上一家古色古香的饭店用午餐。它有一个奇怪的招牌：三顶帽子，这和我一九八二年在南斯拉夫看到的完全一样，店堂门首，也画着三顶黑色的高冠。莫非这也是"真正老老王麻子"——抢手的老字号标记么？

立刻，熊熊的炉火使人感到温煦如春，话题也就自然集中到了它身上。托巴茨赫先生笑道："这座壁炉肯定比这家饭店还阅人多矣，因为它原本是安装在特克伦堡爵爷寝宫里的。后来，城堡塌了，小偷便把它偷了出来，壁炉得以保全至今。"

我于是接嘴："看来这群小偷于无意中做了一桩大好事；就其规模而言，可以称作一项工程浩大的盗窃计划，计划成功了，不但保存了古物，而且留给后人以温暖，我们理当感谢才是。"

经过金弢的翻译，托巴茨赫先生敲击着餐桌表示赞赏我的这番调侃，连那一向沉默寡言的贝朗先生，以及那位不知名的蹲在壁炉跟前添柴的英俊的侍者都忍俊不禁了。

饭后，长街信步，浏览这祥和安谧的异国小镇，倒也未尝不是与眼花缭乱的工业文明大异其趣的一番享受。小镇居民本来不多，时值中午，店铺打烊，行人就更少了。五六爿水果摊，竟无主人照管，一盘台秤，一个收钱的碟子，兀自放在那儿，由顾客自理。这，在我们自诩有"路不拾遗，夜不闭户"的传统古风，又有社会主义道德新观念的伟大祖国，能想象得到吗？

居然碰上了一大群放学回家的小学生，有男有女，天真活泼，金发碧眼，健壮可爱。他（她）们用试探的口气询问我们："中国人？"我们都懂得这个德国字眼，便高兴地一拥而上，七嘴八舌地搭起话来。我忽而想起了自己出国前有意攒下的几十枚一分、二分、五分的"钢镚儿"，眼下正有了用武之地，便掏了出来扫数散发。殊不料又相继来了几批同样是下了课的洋娃娃，竟不够分配了。幸亏刘祖慈也是有心人，他也事先准备了不少，便接着慷慨解囊。"当克！海尔！当克！海尔！"（谢谢啦，先生！）男孩子大大方方，女孩子羞羞答答，却一律致礼称谢。这偶然邂逅的一幕，终于在一片激动的惊叹声中结束，小学生们皆大欢喜跳跳蹦蹦而去。

再次登车，目的地是另一座古堡。据介绍，这座古堡最初是封建割据时期检查行商旅人的哨卡,十世纪左右,设立教堂,才改为修道院,直到二次世界大战结束,又变为警官学校。

三时许到达。

警官学校的校长是托巴茨赫先生的朋友,今天,当由他亲自担任导游,因为早就联系妥了。我不禁为这座古堡感到庆幸,有警官学校在,它肯定绝对安全无虞,毫毛不损;而由修道院嬗递为下萨克森州的州立警官学校,似乎暗示着以法制补充宗教之不足,大可玩味。

由于先后主持教务的主教们隶属于不同的教派(福音会可以像俗人一样,结婚生子),布满教堂高墙与穹窿的巨幅彩绘,简直就像一部德国政治—宗教历史书,既有三十年战争的烙印,也有瑞典人入侵为王的统治业绩,还有无所不在的文艺复兴时代精神解放的标志——巴罗克式的建筑物;画面也非常有趣,有基督耶稣的故事,有希腊神话的故事,一切文化背景互相对立的东西全都实行和平共处。德国人不仅容忍了这一切,而且舍得花大钱维护这一切,例如,为了装修屋顶门窗,竟全部用21.5K金鎏了一遍,耗资高达六万五千马克。

身着警服的校长先生已经是讲得口干舌苦了,但他始终保持军人式的严谨作风,站得笔挺,走得飞快,语调简练,表情严肃;他诚然没有当过导游,我们也不曾遇上过这样儿的导游。不过,平心而论,除了比较"干巴"以外,谁也挑不出什么毛病来,何况他在宗教、文化包括美术、建筑、民俗诸多方面的知识,其深湛程度并不亚于自己的正规业务!

地面上可以看到的一切统统介绍完了,又引我们一行步入一处地下室。地下室很宽敞,安上了电灯,弥漫着一股子潮湿的泥土味儿,似乎还混合着另外一股子什么香味儿。校长先生告诉我们,这是在学校扩建时无意间发现的。原来,是不知道哪一位大主教的酒窖,墙上也有壁画,也许过于世俗化了,继任者觉得有碍观瞻,便命人敷上了一层泥巴。学校在施工当中,于剥落处得窥部分的庐山真面目,便决定将之恢复原状,加以保护。他们报告了政府,政府立即另拨专款,并且派遣专家前来鉴定,结论是:成画于十世纪之前,十分珍贵;遗憾的是,虽经抢救,不少部分还是漫漶毁灭了。现在留下来供人们猜测的仅有饮酒狂欢的几个互不衔接的场景——显然违反了清规。从这个小故事中,不难看出,德国人是怎样重视自己民族的文化遗产的,绝非某些"革命"的中国人所判定的,只有不分青红皂白的"彻底决裂"。

按照巨细不漏的日程表的规定,与警官学校校长先生称谢告辞之后,便直奔附近一爿小咖啡馆用午茶(其实,日已西斜,该吃晚饭了)。咖啡馆没有任何文字招牌——难怪日程表列出这一项时,不同于任何同类性质的活动,竟破例不曾注明店号,而只是说路边的咖啡馆——只有一块显眼的椭圆形铜牌嵌在门楣上方,铜牌的正中镌有普鲁士王国的权力象征:兀鹰。这样的铜牌本是当年护林官的纹章,我想,大概最初的店东家是护林官的后代吧,大门左右两侧高插着的一对粗大尖利的鹿角,似乎更加印证了我的猜测。

咖啡就是咖啡,品不出什么与众不同的滋味来,我也的确对咖啡一窍不通。

店堂内还有一盘巨大的日晷。日晷而不设于阳光可以照见的野地,不知是何用意。我很累了,大家都很累了,因此谁也不曾提问。

托巴茨赫先生含含糊糊地说了一句警句式的话:"文物不属于哪一个民族,文物属于这个星球上的全体人类。"我不明白,他是因今天一整天的见闻有感而发,还是指的这座无名咖啡馆的颇为古怪的日晷。反正我很欣赏他这句有哲理深度的话语,便应了一声:"完全同意。"

白昼的活动结束过迟,于是晚间的活动乃推延至黑夜。今天的最高潮是德国自由作家同盟和中国作家协会双方成员自愿组织的首次接触,套用一句官腔来形容:它有重大的现实意义与深远的历史意义。

果然,S君作了长篇发言,他用的是德语。我问:"说了些什么?"金弢答曰:"套话。"我很惊讶,"套话"能说上这么多,也不容易。托巴茨赫先生充分表现了他多方面的才能与造诣:朗诵,自谱自唱歌曲,弹奏钢琴;最令人倾倒的是他的风度,潇洒自如,旁若无人。

我被邀请读了三首诗:《我不是孤雁》《远去的帆影》和《荒谬的椰子树》,博得了热烈而长久的掌声,邻座的女士们纷纷跑来握手祝贺,表示理解。她们多半都喜欢《远去的帆影》,并且把它单纯解释成了男女之间的恋情。——怎么解释,对我都无所谓,诗无达诂嘛,更何况是外国朋友?

刘祖慈朗诵了一首即兴之作,由波恩赶来赴会的 S 君当场译成德文。S 君本人也在会上朗诵了他的诗作,第一遍用德语,第二遍用汉语,锋头颇健。挨着我坐的金弢附耳问我:"他并非作家代表团团员,凭什么出节目?事先和你打过招呼么?"我据实以告:"招呼不曾打,但出节目无可无不可。他是大使馆的文化官员,他会对自己的言行负责。"此时,我忽然记起了在国内听见过的一则有关 S 君的传闻:在德国作家们给王蒙发出的联名邀请信上,他居然也签了名。我想,可以侧身西德作家群中签名,像这等区区小事,又何足挂齿呢?

黑塞博士在晚会上告诉我一个好消息:经过研究,德方已经同意,在访问后期,增添观光科隆、波恩两大名城的内容。欣慰之余,不免想象同志们闻之雀跃的场景。

1987 年 4 月 1 日　星期三　晴　奥斯纳布吕克—汉诺威

上午九时,访问奥斯纳布吕克大学。学校为我们组织了一个有文科教授、电脑学者、学生文学爱好者代表以及中国研究人员参加的小型聚会,教务长福拉先生代表休假外出的校长主持会议并致词——欢迎。他再三强调,在该校对外交往的记录中,还从未接待过任何一个非自然科学方面的外国代表团;作为人文科学范畴的作家,中国代表团是破纪录者,而由中国来开创纪录,尤其是校史上光荣的一页。

列席旁听的《奥斯纳布吕克星报》的女记者飞快地记下了福拉先生的这

一番话,第二天还果然见了报。

福拉先生介绍,该校创建之初,主要以培养、输送师资为宗旨,后来转而兼顾自然科学,其中又以物理学和生物学为重点,同时增设了秘书、档案以及打字等公共关系课程,法科也有了相应的发展。由于经历了这么一个逐步扩充的过程,校舍比较分散。自然科学学院远在四公里以外的郊区,"那儿安静得如同一座修道院"。

福拉先生全面而又精当的致词——完毕,我接着致答词,比他的更短。福拉先生待我讲完,便很有礼貌地站起来告辞:"很抱歉,诸位,我得去——他两眼往上一翻,同时翘起一对大拇指,也往空中晃了晃——为学校张罗经费去,失陪了。"他的滑稽的示意动作,使大家都笑出声来。原来,富甲天下的西德,竟也存在着一个办教育缺钱的问题!当然,他们的缺钱和咱们的缺钱不是一个水平线上的事儿,说白了,人家是吃饱了还想吃好,咱们却是乞求不要被饿死……

座谈会在文学语言系系主任威斯特法仑教授领导下继续进行。

威斯特法仑教授,人到中年,块头很大,那天在女市长的接见仪式上,我们就相互认识了。在一群衣冠楚楚的绅士淑女当中,他的不修边幅和衣着随便,也的确显得极其突出。但我从看见他的第一眼开始,就对他那双镜片挡不住的坦诚的眼光和略带嘲讽的下垂的嘴角,还有庄稼汉式的蓬蓬松松的大胡子,产生了异样的亲切感。当他用英语悄悄地对我说:"你是红党吧?我可是绿党。"我对他的直率和那不经意流露出来的若有所思的忧郁神情,就简直充满敬意了。他肯定是位大好人。

此刻,威斯特法仑先生又向我展示了他性格中的另一面,在一一介绍主方人员,轮到那位专攻电脑语言的科学家时,竟开起玩笑来:"认识他,我们都会得到益处;他将帮助我们用最规范的方式表达最不规范的感情,包括向异性求爱。"真够幽默的!

电脑专家对此毫不在意,侃侃而谈,关于电脑可以代替人脑,产生灵感并且表达灵感的见解，委实惊人。金弢是一位一流翻译，这时也有点沉不住气了："专业术语太多太多，我简直闹不清了；即使我闹清了，你们也闹不清的。"金弢无可奈何地用中国话嘀咕着，在座的中国人（其中自然有那位研究人员）都笑了，而德国人却莫名其妙。

电脑专家仍旧滔滔不绝，随手又拿起他带来的一卷程序示意图，一张一张不厌其烦地向我们宣传——纯属对牛弹琴。而这群"牛"们也一无例外地颔首微笑，表示理解它的奥妙，并向教授以及教授的电脑顺致崇高的敬意。

然后，一名男青年和一名女青年相继发言。他和她都是正在就读的学生，也是所谓的未来作家。这二位居然如此腼腆，说话竟期期艾艾，足见西方人并非个个自鸣得意放荡轻狂乃至于张牙舞爪，同样用得上中国一句老话：一母生九子，九子不一般哩。

威斯特法仑教授接住他学生的话头，谈起了德国出版业的现状："我们联邦德国，出版物固然数量可观。然而，纯文学不过只占9%，至于诗，情况更加凄惨，既没有歌德，同样也没有赏识歌德的人。"言下不胜感慨。

中国作家对此共鸣强烈，王愚、刘祖慈、赵长天都举了他们各自的例子，说明险象环生的中国文学出版事业大滑坡的可悲处境。

不知为了什么，威斯特法仑先生又想起了昨天夜里我的那首《我不是孤雁》，指名请我再即席朗诵一遍。他的激动的表情和语气，令人无法推辞，也令人不能不倾注全部的激情。我自觉这次事先毫无思想准备的朗诵，竟比历来任何一次都更能传达构思这首诗时的深沉的悲壮情怀。威斯特法仑教授，还有那位同样眼眶噙满泪水的摩尔教授，带头敲打长桌，大声嗟叹起来了。小金说："公刘同志，一首诗，能在万里之外的异乡，获得这样的知音，你该引为安慰了吧！"我答不上来，我不知怎么表达我对这些德国知识分子们的感激，我只知道按住金弢的手，无言相谢。他的翻译也非常出色，也许人之所以为人，就贵在情绪的彼此感染，灵犀一点，这也是"相濡以沫"的形式之一吧。

不错，我是红党，威斯特法仑先生是绿党，然而，我们却是真正的同志。

为了报答主人的深情厚谊和慧眼青睐,我又再次起立,朗诵了一首《假如》;我懂了,富有黑格尔思辨精神血缘的德国知识界,偏爱一切带有哲理和批判素质的文学作品。

为了不让自己成为会场气氛突发转变的中心人物,我建议赵长天朗读他的小说片断,而且事先提请在座的不懂中文的朋友仔细谛听汉语的抑扬顿挫和委婉铿锵。赵长天的朗诵也很成功。

主人宣布:在莲花餐厅共进午宴。

我素来喜欢莲花。入席之前,便向主人介绍了中国人民爱莲的悠久审美传统,少不了要举周敦颐的代表作《爱莲说》为例。德国教授们虽然学识渊博,却似乎从未听说过关于莲花也有这许多品评议论,这许多比附寄托,因此,一个个听得十分认真,而且表示了对中国人高尚情操的由衷尊敬。

照例又是主客互致祝词。

下午三时半,仍旧由威斯特法仑先生出面,陪同我们参观大学图书馆。一所建立才不过十二年的大学,拥有这等规模的图书馆,无怪乎他们会引为自豪,当作"门面"重点推荐给来宾了。

以我的眼光判断,这个图书馆的馆藏只能算作中等(13万册藏书,6000种期刊),可是,采光、通风、防潮、防蛀的设备无疑可以列入最佳一级。温度和湿度全部由仪表自动调节,检索技术也十分先进。阅读时提供单人房间,不受任何干扰。磁带和缩微胶卷有大量储备。荧光屏、放音机一应俱全,电脑比比皆是。屋顶还设有花园,栽满了四季常青的法国香草,桌椅连成一体的典雅而又方便的设备错杂其间,既供人养神思索也供人就餐喝水,舒适自在,空旷清幽。我想,到了夏季,这儿会十倍的显示自己的价值。比起这些物质条件来,更可贵的是工作人员的劳动态度和服务质量。只见他(她)们统通端坐于小小的调节日光灯下,心不旁骛,或抄写,或使用计算器,或整理卡片,或阅读核对,我们这帮外国人穿堂而过,竟无有一人抬头观看!遇有读者前来询问什么,也总是轻言慢语,和颜悦色,有问必答,尽心鼎力。这儿固然不悬挂"文明单位""先进集体"的牌子,却实实在在地完完整整地充溢着尊重知识,提倡学习,奖掖人才的至高无上的理性精神。

照理说,一切为了人,本是马克思主义的精髓。为什么,在我们中国的图书馆(不仅仅是在图书馆),只剩下了一张闪光的皮?!

下午五时半,与威斯特法仑先生紧紧握别后,回到 Hotel Hohenzollem,旋即登车前往汉诺威。S 君昨日嘱咐过,要求代表团务必赶去出席在那儿举行的中国电影展开幕式。

七时许,我们终于紧赶慢赶直接将车子停在了剧场的外边。当我们空着肚子进入大门后,一问经理,竟不知有此安排,因此也无有座位了。金弢把这个意外情况向大家一宣布,同志们立即哗然。我规劝了几句,稳住军心,连忙和金弢去找黑塞博士。记得黑塞博士对我说起过他还肩负筹备这次电影展的任务,想必是在场的。好不容易找到了黑塞博士,居然他也事先毫不知情。这时,头遍铃声大作,怎么办?黑塞博士急中生智,说服经理进去临时动员第一排的部分德国来宾,让出九个位子给我们(作家五人,翻译一人,刘梦莲女士,贝朗先生,无畏先生),场面极其尴尬,我真不知道怎样向黑塞博士道谢,同时向不认识的九位德国朋友道歉!最可气的是,当张洁高兴地伸手和我们一一相握时,那位指令代表团必须回汉诺威赴会的 S 君照旧在和张洁著作的翻译、汉学家阿克曼先生眉飞色舞地聊得来神儿!

依了我的本性,就该上前去质问:为何不负责任,一至于斯!但我强压怒火,隐忍住了,直等到双方官员讲话完毕,张洁也结束了一篇以拟人化手法写猫的短篇小说的朗诵,下边准备放电影了(放的什么片子?仿佛是《牧马人》。我,乃至大多数人,都完全没有听入耳去)。我自信礼仪已尽,才决定率先离座,请黑塞博士谅解也请其转告中德双方主持人,中国作家代表团必须告辞,以解决民生问题。

我故意冷淡了 S 君;在和张洁、阿克曼先生说明情由时,不曾理会他。他是否会感觉到自己有过失呢?!

夜已深,餐馆仍旧营业的不多,难为了司机无畏先生,发挥特技,慢慢地滚动着车轮,边走边寻。好一阵拐弯抹角,总算发现了一家点着红灯笼的中国饭馆,不由得长出了一口气。

一路之上,群情愤愤;有人迁怒于张洁,认为她不应该接受S君的肉麻捧场,而置一个代表团于不顾。我起初听了,觉得不无道理;然而细想之余,又不以为然了。张洁固然可能陶醉于荣誉感中,也许不是这样,而是可能正处在临战前的专注与紧张之中,以致忘了多替这些专程前来助阵的中国同行考虑考虑,也没有对本该引起怀疑的事情(比如不曾留票之类)怀疑一下,这的确做得不够妥当。然而,张洁毕竟和大家是在德国初次相逢,她不了解其中经过,把张洁当作了S君的替罪羊,是不公道的。而我们在背后议论人,就简直更是毫无道理的了。所以,当个别同志继续扩散什么"四大寡妇"的文坛流言时,我不客气地加以打断,态度之生硬,教我自己都吃了一惊。

一席无话。我寻思,之所以在代表团的饭桌上出现这前所未见的场面,根子正是S君。

当夜下榻于S银行的练习生宿舍。贝朗先生为此一再解释:所有的旅馆都被中国电影展和中国博览会包租一空了,只得请中国作家屈尊。

究其实际,也无所谓屈尊。第一,沿着走廊穿行,S君的大名居然也贴在一扇门上,尽管他从来不曾挨过他的床板;第二,设备固然无法与宾馆相提并论,但还是保证了每人一个单间,除了浴室和厕所是公用之外,其他的必需品基本上是周全的;第三,有一位中年厨娘,和蔼,热忱,安详,她亲手调制的早餐,水准绝不在一般饭店之下,何况嘘寒问暖,知热知凉,平添了一股亲切的家庭氛围,这尤其难得。

我倒相当满意。比起国内,特别是比起当年劳改时睡的猪圈,S银行练习生宿舍,无异是天堂了。

1987年4月2日　星期四　多云　汉诺威—沃尔夫斯堡—布劳斯茨威格—汉诺威

由于本日工作量过大，行程紧张，不能不绝早起床。司机无畏先生大概是挣脱娇美妻子的拥抱（我看过她的照片），直接从床上跳进驾驶舱的，往日朝气蓬勃的脸上第一次让人看出了倦容，一向梳得整齐熨帖的金色短髭，竟也懒洋洋地耷拉着，甚至卷进了嘴角。

我兴起了负疚之感。小伙子忒辛苦，自从接下了为中国人开车的差事以来，几乎从不曾好好休息过。无论如何得送他一份薄礼，这是人之常情。

整个上午都在沃尔夫斯堡盘桓。

沃尔夫斯堡，直译为狼城。狼，是这座城市的城徽。德国（包括东德）的不少城市，除了共同尊崇的国徽和州徽（一般等同于该州首邑的城徽）外，各有各的城徽。联邦德国共有十个州、一个西柏林"特区"，假如把他们的徽记摆在一起，倒真是一组色彩斑斓的美丽图案。我们去过的汉堡和不来梅州，是少有的不以动物作象征的两种设计。前者底色血红，上面缀以雪白的城门和三座并列的桥头堡圆顶，构图简洁，一目了然。后者则更醒目，一片大红底色中斜卧着一柄不来梅城的城门钥匙。我们这次无缘相见的亚深的城徽和联邦国徽相差无几，也是一头红嘴红爪、振翮高飞的鹰；也许羽毛的茎数暗藏着某种区别吧，外人猛一看，是难以发现那区别的。而海德堡和西柏林又极其相似，都是黝黑的背景上突出一头白熊。不过，西柏林的熊长的是红爪子，为什么长出了红爪子？百思不得其解，由它去吧。

如今步入市政大厅，一头钢铸的狼，赫然入目。

我抓紧时间，拍下了一张人狼合影。

感谢这头狼，不咬人的狼，友好的狼，赐给我以灵感。在市长致毕欢迎辞后，我便在"狼"字上借题发挥一通。短短五分钟不到，竟博得十余次响亮的掌声。同志们受到感染，心情也十分轻松愉快，赵长天、王愚、刘祖慈等事后都对我翘大拇指，开玩笑地说："你应当出掌外交部才叫人尽其才……"我想，过奖了，天助自助耳！

接见仪式一告结束，便径直前往大名鼎鼎的大众汽车制造厂。不啰唆，不客套，不矫情，德国人的作风就是唯实是务。

提起大众汽车制造厂，居住在城市里的中国人，少有不知道的。那个"Ⓥ"的标志是多么眼熟！在无数道路上卷起尘埃的，不正是大众汽车制造厂过继给中国的上海桑塔纳吗？

沃尔夫斯堡原本是两座毗邻的小城，自从诞生了大众汽车制造厂，才连为一体，崛起为新兴的工业名城。人口也发展为十三万。十三万人，确乎不多。然而，如果考虑到它的两大特点，人们就不得不刮目相看了。这两大特点是，居民结构年轻，平均年龄仅仅三十五岁，这在人口出现老化趋势的联邦德国，自然是一大优势；而人均收入水平之高，又在整个西德，成为富裕中的富裕；若是从正面去理解中国的俗话：财大气粗，你当不难想象沃尔夫斯堡人的充满朝气而又信心十足的劲头儿了。

至于这座城市的骄傲——大众厂，则落成于1938年；经过半个世纪的不断更新与扩建，早已自成体系，成为誉满全球的大企业、大公司了。

职工共有六万六千人，其中有一万名同工同酬的女工；外籍工人占十分之一，以意大利人居首位，四千人，突尼斯最少，但也有三百名。全部实行每周五个工作日，即所谓38.5小时工作制。两班倒，其作息时间分别为上午六时三十分至下午二时三十分，然后是下午二时三十分至夜间十时三十分。另外，每晚另有五千人负责机器维修，以保证第二天的正常运转。每日生产Polo、Wolf和Jetta三种型号的小轿车4千辆，年产量高达100万辆，至于遍布西德乃至世界各地的"大众系列"，包括汉诺威生产的卡车、埃姆德生产的另一种机动车，总产量已突破260万辆。这些数字有如音符，奏出了当代科技的英雄交响乐，令人惊倒！

我们还被告知,这个厂占地7平方公里,建筑面积仅占1.7平方公里,其余面积都是停车场、草坪和园林以及职工体育运动设施。(这个比例,值得中国一切大企业深思!)假如一个人要靠步行参观,就得准备花上两天半时间。

我们显然不可能这样从容不迫、巨细不漏地一一走到、看到。负责对外宣传和广告业务的汉斯·欧根·克劳尔先生便安排大家坐上一部两节相连的特种游览车,并亲自担任导游员与解说员的双重职务。

这部车子非常灵便,没有篷布,每排三座,宽敞舒适,慢速行驶,加上道路平坦,全无颠簸之感;值得称道的是,座椅背靠上方,都安装有不易察觉的小型扬声器,声音自前面第一节驾驶舱传来,清晰如在身旁,不干扰工人的操作。金弢和克劳尔先生并排坐在最前方,我们则全坐在第二节车上。他们二人一个讲,一个译,我们便以膝盖或者皮包代替桌子,奋笔疾书,当然,在做笔记的时候,也没忘记"眼观六路,耳听八方"。

行程以最初落成的旧式厂房为出发点,然后,按照流水作业的各道工序,逐一看去;投入眼帘的是每天吞食2500吨成卷钢皮的冲压车间(据告,同等规模的冲压车间一共有三个);这个车间人影寥落,因为440台冲压器,真正由人工操作的只剩下16部,其余全都自动化了。经过又车又旋又削又磨又冲又钻,终于"咬"成了大大小小的零部件,全部送往组装车间。

到处都是传送带,到处都是天车和叉车,就这样还不足以传递,因之还备有2000辆自行车在车间内部来往奔跑;看见这些自行车穿梭如飞,简直称得上是奇观。这使人悟出一个道理:和先进的东西相比显得落后的东西,有时候也能派上用场,是以天底下没有绝对无用之物,问题全在于你怎么用它。这些传送带、天车、叉车和自行车,仿佛大小不等的股股流水,汇合成为大河,每一片波浪都体现了紧张而有秩序的大生产节奏。据说,仅全厂的传送带一项,加在一起,长度就能达到230公里,而每日通过它们运输的轿车零部件,价值高达4亿马克。

首先进入组装车间的,是轿车的前半身,也就是所谓的车头;据告,这一部和那一部,原来是不相同的,就像世上没有胎儿和另一个胎儿完全相同一样。由电子计算机控制,每一个前半身都可以"找到"相应的后半身。这就是说,根据不同顾主的要求,进行不同的组合。克劳尔先生不无自豪地强调声明:"严格说来,我们生产的车子,没有任何两辆是一模一样的,尽管粗看一眼,它们完全是孪生儿,难分彼此。"

平均每19.2秒,就通过一台车身,而每台车身大约有700个焊接点,焊接任务易致灼伤,也不利于眼睛,工人们就不干了,全由550个机器人承担(全厂共有2200个机器人),晚班休工时,必定达到3000辆的指标;速度之快,效率之高,结构之精密,指导思想之充满人道精神,令人叹服!

每隔一小时,便抽样检测一次。

冲压车间和组装车间,90%的劳动实现了自动化。

看罢组装车间,就到了成品车间了。成品车间的几道工序包括:安装玻璃、座椅、刹车、排气管和上轮胎,最后喷漆、打蜡,保证六年之内不起锈斑。任何一辆轿车经过这一番梳妆打扮,就可以交付使用了。前面等着它们的是磁场带磁轨道,这种轨道是平行的,总共有十五条。

难道不会发生半点意外么?不要紧,电脑会加以处理的。

厂家十分重视自己的信誉。因此,质量关把得极严。对变作了成品的车辆,在与买主交割之前,还要经过"考试"。试车是在一种皮带轮上进行的,必须"跑"够4000公里,最高时速220公里,因而不用再去野外了。然后,接踵而来的项目是温度检测和技术指标检测,待到车门上贴上白纸,才算领到了符合要求的出生证。如此整个核算下来,每1.3分钟,有一个"婴儿"降临人间。我们望见了色泽光鲜缤纷的停车场,大极了,克劳尔先生告诉我们,有时多达18000辆。

克劳尔先生接待过以王蒙为首的第一个来访的中国作家代表团,他扭过头来笑吟吟地朝着第二节车厢上的中国人说道:"王蒙先生不如你们幸运,你们今天看到的一切又比那时候改进多多了。"

"大众"的产品,投放全球 140 个国家和地区,由于厂方处处为顾客考虑(其实正是处处为自身考虑),每一套部件都配备专门的说明书及构造图,传授使用及维修方法,连方向盘都有照顾左撇子的,听凭选择,因之,信用良好,声誉日隆。

不知不觉间,我们的车子已经穿过最后一车间了。

克劳尔先生用手指了指远处的树林,劝我们作深呼吸,同时又告诉我们,树林中隐约可辨的一排小楼,还有七千名科研人员上班。他们正在潜心钻研各自的课题,不必去打扰了。这,自然是保密的意思,大家都心领神会的。

说罢,游览车非常灵巧地掉过头来,一个大转弯,直接开进了楼房的底层。我们遵从克劳尔先生的手势下车,又跟定他弯弯绕绕,走过了甬道和悬桥,接着登没完没了的短梯,峰回路转,一排玻璃门挡住了去路——原来,这儿便是工厂的食堂,不亚于餐馆的食堂。

入席方定,我起立致词——称谢。

我从克劳尔先生在初相识时给代表团全体成员的见面礼——一辆 Jetta 轿车模型谈起,加以神话式的渲染,虚虚实实,畅叙了中德友谊。

克劳尔先生在宣读菜单之后,建议随意提问,他将尽可能做出令客人满意的回答。

我说:"我们来自社会主义中国。"在中国,人人都知道,工人阶级是领导阶级,这对西德这样一个实行自由经济体制的国家而言,无疑是陌生的概念。唯其彼此陌生,我们就越发好奇,想多多了解西德工人的具体处境,请以贵厂为实例,略加介绍。

克劳尔先生表示理解,但那笑意中不无嘲讽,至少,我是觉得如此。他首先提纲挈领地破了题:在西德,所有的工人不分人种,不分民族,不分性别,不分工种,一律平等,实行计件制,同工同酬,折合成单位时间量,一般为每小时十八马克四十芬尼,最低的收益水准只比这低十芬尼。工人可以入股,"大众"的股票在 1959 年初发行时每股仅售五十马克,如今已经涨到了三百四十马克。从1961年开始,政府决定将60%的股权私有化,剩下40%,一半归联邦,一半归下萨克森州,也就是说,仍旧是国家财产。不过,据预测,明年连这40%也要实行私有化,到了那时候,股票的价格还会涨到什么程度,不得而知了。涨是一定的,因为"大众"的销路一直看好。

此外——克劳尔先生又补充了一点——本厂人员,包括普通工人,可以享受18%的优惠价格自购一辆任何牌号的轿车,扯平折算下来,大致可以节省三千四百二十至五千零四十马克。这个数目可不小。

劳动时间呢?这方面,克劳尔先生说明尤其详细。他告诉客人,实际从事操作的时间只有6小时52分,但按8小时付给报酬。每班休息四次:一次半小时为用膳,不计酬;另外两次各占24分钟和一次20分钟的,付酬。现行规定为男工五十八岁退休,身体特别棒的,可以申请延长到六十五岁;女工五十五岁退休,也可以延长到六十三岁。退休后仍旧逐月领取原工资的75%,这笔开支由厂方和国家劳动保护部门各承担一半。遇有工伤事故、车祸,乃至生病,均可享受六周的正常工资,超过六周,则视情况而定,或者由厂方给予特别照顾,或者按社会保险条例对待。此外,全体职工每年均可享受六周的假期。另外,平日劳动超过40小时者,还可以合理延长休假。工龄与工资无关,这和我们讲究论资排辈的中国全然不同。当然,工龄特别长的,也给予适当奖励。除了上述物质生活的多方保障外,精神生活也备受重视。地方当局和公司本身,为工人,尤其是青年工人建立了一系列的文化——体育设施:图书馆、画廊、剧院、俱乐部、健身房、球场,不过,纵使如此,还远远不能满足客观需要,人的欲望是无止境的啊!至于技术培训,更是紧抓不放,每年保持1850名的数额选拔职工进入职业学校,求得多科目的知识更新。

我很关心脑力劳动者(即工厂的科研、工程、业务、后勤人员)的有关情况,便拐弯抹角、旁敲侧击地想诱使对方自报收入数字。然而,克劳尔先生很鬼,他恪守西方人的不成文法,坚决不透露半点,而只是说:"我进厂已十二年,现任副主任一职;像我这一类的管理人员,每月的毛收入(扣除了所得税部分,便是净收入了)一般都不下于四千八百马克左右。最高的部门主任,还可望达到六千五百马克。此外,你若不怕累,尽可以兼职,报酬视工作量大小另付。"一马克按官方牌价折合人民币二元有余,倘或以黑市兑换,尚不止此。由此,不难想见克劳尔先生光景的优游宽裕了。

不过,也应当考察事情的另一面,西德的物价很高;一件名牌衬衣,往往标价一千马克,而与之同时,在那类并非大字号的商店橱窗里,也摆着仅仅以二十马克出售的普通衬衫。只是他们那个社会,很看重派头,看重衣着,所谓佛要金装,人要衣装是也。这么一来,你穿一件二十马克的衬衫出去,被穿值一千马克的衬衫者所蔑视,倒也合乎他们的价值观念。话又得说回来,就我们耳闻目睹,西德人家虽然一般都比较殷实,却极少大手大脚,海吃海喝的,居家过日子反倒崇尚节俭。尽管物价上涨,工资也同步增加,并不像中国,物价涨了,工资却坚持"革命立场"不变。

我忽然决定,既然克劳尔先生掬诚相待,何不趁机了解一下罢工问题。

克劳尔先生很坦率,他承认,有过罢工事件,那是发生在三年前,也是自他进厂以来所遇到的唯一的一次。那次罢工的原因,正是为了要求实行38.5小时工作制。这个回答,证实了我从前读到的一项调查报告:西德的罢工天数最少,只有英、法、意、日的1/100,美国的1/200,那项调查报告说:这是因为西德执行的是一种不以利润为主而以人为主的经营方针。看来,联邦德国的劳资纠纷恐怕是比较少的。

我注意到,代表团的其他同行都为之深感意外,它和我们平日间被灌输的东西太不相同了。

饭桌上一席交谈,无拘无束,自由自在,我们是很满意的;这些收获的意义绝不下于参观途中对生产状况的了解。克劳尔先生又问:"先生们,还有什么问题没有?"我本来还打算就自己偶然听到的一则传闻——"大众"将于一九八八年推出一种限于高速公路使用的无人驾驶轿车,这种轿车不论上坡、下坡、拐弯、超车,其操纵、变速、急刹车等等,一概不用人操心,由电脑代劳,而且行车安全,节约能耗,少有污染,司机(即车子的主人)同样可以和其他乘客一样,尽情观赏四外的山光水色,优哉游哉——不知是否属实?现今进度如何?但我一看手表,已经是下午了,还有一个城市要访问,同时也不宜让主人过劳,便强自忍住,来了一个非电脑急刹车。克劳尔先生彬彬有礼地一直送我们走出厂门,才挥手而别。

大门外是个广场。不经意间,发现了广场的一角立着一尊为我们来时所忽略了的铜像。金弢将基座上的铭文译给大家听,原来是这家工厂的创始人Fredinand Porsche(斐迪南·波尔斯赫)。哦,记起来了,有一位德国作家曾经事先打过招呼,参观"大众",千万不要询问谁是第一任经理,那会使主人难堪。在西德,除了社民党对此经常旧话重提,大加挞伐外,一般人都避而不谈,仿佛历史上不曾存在过这个人物似的。然而,我们眼前的这尊园塑之上,到处都布满痰迹(对于没有随地吐痰恶习的德国人,这等反常的做法,意味着什么,不言自明。)。而且Fredinand Porsche先生的嘴唇都被红漆涂了,猜想是暗示他喝过人血吧。人们知道,Fredinand Porsche先生与纳粹党关系密切,又是著名的排犹主义者。据说,以色列是不准"大众"车进口的。仔细回忆厂房里的巨幅业务地图,确也想不起西德与以色列之间有线条相连。

下一站是布劳斯茨威格市。

布劳斯茨威格位于沃尔夫斯堡的西面,按地图上的比例尺可以推测到,它与汉诺威相通的另一条公路,与沃尔夫斯堡连接汉诺威的公路长短大致相近,我们走的是一个底线只不过五六十公里的等边三角形。

这座城有一宗胜迹,那就是莱辛墓。这也止是主人安排我们作家代表团来此一游的用心所在。

布劳斯茨威格的城徽是狮子。

市长大人在四面高墙上都布满了彩色壁画的市政大厅里接见了我们,几乎用了半个小时,大谈其狮子。这是我们来访迄今听到的最长的一篇欢迎辞。我决定以其人之道还治其人之身,也在答词中召来了一大群狮子列队向他致敬。

事后,王愚评论道:"这个德国佬真能掉书袋子!不过,他大概没想到,中国佬更会掉书袋子,盖了!"

我说:"什么盖不盖的,论说书袋子,到底还是咱们中国的多啊!"

一位老小姐领着代表团参观市容,但大家都兴味索然。我们所急于要瞻仰的,乃是莱辛墓。

偏偏这位无所不知的老小姐就是不知道莱辛为何人。

文化昌隆的联邦德国,居然有此等咄咄怪事,为之骇然。

金弢用德语向这位老小姐详细叙述了世界文化名人莱辛的生平行状,老小姐惭愧得无地自容,却又满腹狐疑;她迷惘不解地连声叹气,四处拦截行人,打听这位死去了几百年的名叫莱辛的同胞,安葬在何处。

老小姐当然知道有座名城叫汉堡,可她不知道有部名著叫《汉堡剧评》。至于《拉奥孔》,恐怕就简直是外星人的名字了。

好不容易,总算有了着落——旷世奇才的最后栖身之处,竟是一座只有穷人死后才去聚居的荒凉圮败的圣·玛可尼公墓!

轻轻推开潮湿发腻并且布满绿苔的栅栏,踏过败叶不扫、干果不收的栗树林,穿越无路之路,终于寻见了一块浅灰色(本色已不可辨)斑驳冰凉的花岗岩石碑,镌有死者辉煌的姓名。碑前不知是谁献了一束石竹花;花很新鲜,献花的人显然离去不久。我心中不免欣慰地沉思默想:一代先贤,毕竟并不寂寞。

看着我们代表团成员一个个神色哀矜地肃立墓前,摄影留念,老小姐依旧不解地纳闷着。

我觉得这很不协调,便对金弢说:"似乎没有必要再麻烦她了。"金弢深有同感,立即付了劳务报酬(其实应该扣除一些才是,假如我们也像德国人那般认真的话),她称谢后姗姗而去。我猜她此时准在嘀咕:好一帮古怪的中国人!

然后,我们各人拾了几枚多刺的不曾爆裂的毛栗子,离开了墓园,径直走向市中心——我们知道,那儿有一个莱辛广场,还竖着一具全身铜像。无疑,这座园塑是经过美化的,据我所知,莱辛终生坎壈,尤其是爱妻不幸早死后,一直过着近乎乞讨的日子,哪儿来的这么绅士派头的燕尾服?

薄暮时分,又回到了汉诺威。待找到一家新发现的中国餐馆(此地中国餐馆可真多!)用过晚饭,天已大黑了。

十一时,S君匆匆前来,在分配给他他却从来不用的那间卧室里,召集党小组会。

我急忙通知王一地、王愚和赵长天三人。刘梦莲大姐闻讯赶来,她说:"我是党员,我要求参加。"我和王、王、赵商量的结果是,既然如此,尽管不属于代表团这个临时党小组,也就一块过生活吧。

S君打了一通哈哈,差不多耗去了十分钟,才进入正题,原来,他要求进行一场小整风式的小组会,而事情又涉及整个代表团。

我感到不妙。出了什么岔子了?犯得着开这种形式的生活会吗?

我建议,既然事关全团,何不扩大之,将仅剩下的刘祖慈和金弢二人都请来?S君表示同意。

S君清了清嗓子,冷不丁来了这么一句开场白:"我现在正式公开我的身份:中华人民共和国驻德意志联邦共和国大使馆××处二秘,兼中国共产党××处、××处和××处联合党支部的支部书记。"

我注意到有人赶忙捂嘴,大概是怕笑出声来吧。

接下去便说:"今天,我要求大家来,请各人都谈一谈代表团在汉堡逛红灯区的严重问题,我想了解,到底是怎么一回事?"

我猛然记起了两天前,我们从奥斯纳布吕克前往特伦堡的半道上,中途有过一次停车小憩。驾驶着自己的奔驰车的S君曾经让金弢转告我一句话:"希望代表团多加检点,不要以为我远在波恩,你们的一举一动,我全都了如指掌。"

为什么这话不能直接对我说？代表团到底怎么啦？这是威胁吗？S君究竟是什么人？凭什么使用这种安全部特遣人员的语言？谁向他打小报告了？

联系起刚才那段不伦不类的自我介绍，我明白：来者不善。

我要求S君把他的意思说得更明白一点。

但，S君却拒绝做任何进一步的解释："你们自己干的事，你们自己明白。"

这时，刘祖慈打破沉默，不知他是为了息事宁人抑或有别的考虑，他把黑塞博士领路，让我们乘车将新老红灯区兜一大圈的经过大致说了一遍，结束时再三强调：就是这些，并无其他。

然而，这可是违背大家事先共同达成的一致决议的；身正不怕影子斜，何必回避！

记得当初S君让金弩转达他的警告后，我上车便对代表团全体原原本本讲过，经过讨论，取得了共识。当时，并无任何人提出任何异议。

赵长天立即接上。他直言不讳地叙述了大家结伴同去红灯区"开眼界"的动机和过程；他言辞锋利，寸土不让："我实在想不通，这件平平常常的事怎么出在我们身上，就成了严重问题？你不是也说过，几乎没有一个中国作家代表团不去红灯区亲自看一看西方资本主义的腐朽面吗？"

王愚性情耿介，颇有乃父西北军军人遗风，他又慷慨陈词一番，也不指名地抗议和批评了S君的这种不光彩的突然袭击。

王一地证明了赵长天和王愚所说属实，同时也稍稍交代了他自己的内心活动，比如好奇、紧张、犹豫等等。平平静静，也平平淡淡，一如他的为人。

金弩到底年轻，火气大，但也极有条理。他对S君当然比我更加了解。因此，有些措辞颇涉讥讽，又似乎有所暗示，我只能部分地猜测那含义。他从那天公路上发生的不正常事件以及我当时的反应讲起，一直复述到进出汉堡红灯区的种种细枝末节，然后严正声明，他作为一名有教养的翻译，他本人绝不会干,也不会教唆作家们干出半点有损国格人格的下流勾当。他要求 S 君再向他的情报来源详细调查,否则,不妨向大使汇报、立案,以求得最后的澄清。

最令 S 君头疼的,并不是金弢表现的强硬态度,而是金弢揭露了他在外事活动中散布的有损中国作家名誉的许多无稽之谈。

S 君沉不住气了,发动反击,可惜毫无力量,既拿不出事实,又缺乏逻辑,只得厉声指责金弢:"小金,你怎么敢对我这么不礼貌?我好歹比你年长几岁,还是个外交官……"

金弢反唇相讥:"那么,我来问你,你自己又做得如何?你尊重我们团长吗?公刘同志好歹还比你年长一大截子哩!说起外交官,以公刘同志的博学多识,机智尔雅,要当外交官肯定比你强得多!你有什么可骄傲的!"

S 君语塞,乃转向了我:"请一直没有发言的公刘同志发表意见。"

"我想,我有的是机会讲话,还是请代表团的所有成员都把话讲透吧。当然,不管谁讲,都必须实事求是。我是团长,我自己如果有差错,我固然要承担责任,就是我们当中的任何一个人有差错,我也绝不会推脱责任的。"

这是今天晚上我的第一次正式表态。

赵长天出来支持我,他斩钉截铁地断言:"截至今天为止,我认为,我们团长没有任何差错,我们代表团的团员也没有任何差错。"

S 君环顾了几圈,仿佛期待什么人来助他一臂之力,因之沉吟不语良久,才突然改口道:"其实,你们全误会了,我刚才指的是王愿坚团,他们的确出了纰漏……我出于一片好心,希望这个团要汲取周而复的教训……"周而复?这也未免太语无伦次了!扯得上吗?

倚着房门席地而坐的金弢跳了起来:"什么?请你再说一遍!王愿坚团我也是翻译,我怎么不清楚他们出了纰漏?退一步说,就是出了纰漏,你为什么不及时处置?总要等到人家回国了,再来说三道四……"

我这一回真被他激怒了。此公欺人太甚!于是,我也做了长篇驳辩。

我说："刚才 S 同志提到汲取教训,王愿坚团出了什么纰漏,我毫不知情。至于周而复嘛,那是上了报,内部文件也传达过的。据我所知,周而复的主要错误有两条:一条是不该去靖国神社,另一条是不该去买春药。去靖国神社的事,我注意到,无论报纸、文件,都不曾使用'参拜'二字,足证并非卖国行为,虽然靖国神社是一个属于政治范畴的敏感的题目。不过,我认为我还是理解周而复的。他是一位作家,又正在着手创作一部反映八年抗战的长篇历史小说,有机会去日本,有机会进靖国神社,那种要求一睹神社真面目的强烈愿望,我倒觉得无可厚非。当然,如果不考虑作家的职业,完全当作一个可能授人以柄的外事纪律问题来对待,自然又当别论。但是,我有一个直觉,我觉得,所谓神社的事不过是个'由头',不这样,不足以渲染它的严重性。全部案子的关键,恐怕还在于买春药——有小道消息传说,周而复还受了某位头面人物的委托买春药,到底真相如何,不得而知(真有什么头面人物需用春药,又何必经由周而复转手?存疑)。但是,我考虑,倘若周而复真的仅仅是自己买春药,并且在国外行为不轨,那么,靖国神社的文章肯定还会做得更大,绝不止于'擅自进入'了。我们不要忘了,在中国,有不少人专门喜欢给人上纲上线。虽然,谁肚里都有一本账,十亿人口中,用春药的肯定不止周而复一个,否则,怎么解释这些年那么多的'宫廷秘方'问世?又怎么解释生产了那么多的'三鞭丸''大力丸''雄狮丸',却仍旧供不应求?因此,我认为,周而复一案,神社是幌子,春药是要害,而偏偏春药问题的来龙去脉又不简单。好在关于周而复,不是本次会议的中心议题,需要琢磨的倒是,S 同志把周而复扯进来是否扯得太远?我说,不远,非但不远,而且切题。周而复是当时那个访日代表团的团长,S 同志口口声声教我们汲取周而复的教训,显然是针对我,认为我是周而复第二,或者可能将成为周而复第二。从 S 同志的言词中,只能推导出这样一个结论,而无法推导出别的结论。大家知道,联邦德国不是日本,没有什么为战犯供奉灵牌的神社,所以,这方面的罪名根本不能成立。剩下来的唯一问题便是,公刘和周而复一样,也买了春药,用了春药。S同志,你的意思是不是这个?这不是我强加于你,恰恰相反,是你强加于我。我究竟干了什么见不得人的丑事?事关重大,一定要请S同志拿出证据来,没有物证,有人证也行,没有录音,有录像也行。"

S君的小脸本来就白,这时越发的白了。他一个劲儿的搓手:"我说过,早就说过,我是指的王愿坚团……"

我尽力控制住自己的情绪和嗓音:"王愿坚团究竟出了什么纰漏,S同志迄今秘而未宣,我当然不便评论,也无权评论。我只要求S同志一件事,请说出何以要拿我和周而复进行类比的道理来。如果S同志既拿不出证据又讲不出道理,那么,我郑重申明:S同志必须收回他刚才那段不负责任的发言,否则,便是对我个人和我们整个作家代表团的诽谤。"

S君站了起来,一字一顿地说:"我不能收回我的任何一句话。"

我立刻一字一顿地回敬他:"那很好。我保留向上申诉的权利。不是为了我自己,而是为了作家代表团的荣誉,为了全体中国作家的荣誉。"说到这里,我也站了起来:"现在,我以临时党小组组长的名义宣布:中国作家代表团临时党小组扩大会议散会。同志们好好休息,明天还有任务。"

在离开会场的时候,我掉转头去对S君丢下了这么几句话:"真想不到,堂堂一位驻外大使馆官员,一位党支部书记,竟然是这个样子!今天,我算认识了你。这大概也叫不打不相识吧。"

在走廊里,刘梦莲大姐追上来拉住我(会上她自始至终不曾插嘴)低声批评道:"公刘同志,S同志固然不对,但,你们夫逛那种乌七八糟的地方,也不对。"

我没有做出任何反应。我明白,这位可敬的大姐纯粹从道德角度看待我们的汉堡红灯区之行,而完全忽略了作家工作的特殊性。因此,她才判定各打屁股五十大板。她是一片好心,唯恐我们被"污染"了。这和S君的作威作福,借题发挥,文过饰非,公报私仇是性质根本不同的两码事。

此时已是下一点了。

S君在院子外边启动了他的奔驰,向什么地方的席梦思飞去了。我料定他今夜睡不香,梦里他会牙疼,因为他碰上了一颗铁核桃。

　　坐下来,沉静片刻,用只有自己能懂的"速记法"记下了一整天的纷繁人事,包括刚才这精彩异常的尾声。灭灯上床,已届二时。

1987年4月3日　星期五　晴
汉诺威—沃尔芬布特尔—汉诺威

　　今日是踏上联邦德国土地以来最单纯最轻松的一天。只跑一个城市,参观一个项目:紧靠德意志民主共和国边境的沃尔芬布特尔市奥古斯特公爵图书馆。

　　黑塞博士亲自出马,这是自从汉堡之行以来的第三次会合。中间的两次是奥斯纳布吕克乡村咖啡馆的文学聚会,和汉诺威中国电影展开幕式,但那都只能说是匆匆把晤,不及深谈的邂逅。然而,我也清楚地晓得,这位"德国书生"和我们朝夕相处的时间虽然远不及贝朗先生多,他却无时无刻不在替我们张罗,无时无刻不在为我们奔走。我也十分想念他,我希望能长谈一次,特别是眼看代表团在下萨克森州的活动行将告一段落,下一阶段的许多具体事务,尚未来得及充分磋商。

　　S君一大早就来了,估计是专门来找我修补篱笆的。不过,他只字不提昨夜的种种,却一个劲儿地谈他岳父在"文革"中受迫害以及他本人下放山西雁北地区劳动锻炼的经过。他问我:"听说你那些年也在山西?"我告诉他:"我当时在雁门关南面的忻州种地。"他对我被扣上"右派"帽子以后的遭遇表示同情和不平。他还说自己喜欢我的诗,然后,邀请我乘他的小车:"路上咱们还可以聊聊。"对他的这一变化,我一时难以适应,另一方面,我也的确不愿离开我的同伴们,便客客气气地谢绝了。

　　又是市长接见,又是欢迎辞和答谢辞。

在答词中,我着重谈了谈昨天在布劳斯茨威格谒莱辛墓的某些细节。与会者听了大为动容。所以,我的话音刚落,市长先生便大步跨向前来,挽住我的胳膊自豪地说:"中国的作家先生们选择了我们这座城市观光,是有眼光的和绝对正确的,沃尔芬布特尔也和伟大的莱辛有过一段历史渊源。"

我们果然被带到了莱辛故居。原来我从前读到过的有关莱辛生平的著作描写的那些令人绝望得发疯的可怕岁月,正是指的在沃尔芬布特尔熬过的几年。娇儿夭折的卧室,也是爱妻弃世之处。莱辛备受打击,决心以痛苦为药,治疗痛苦之疾,索性把自己的书斋搬进了这不祥的房间,潜心写作,至今参观者还能在案头看见他遗下的最后手稿。

奥古斯特公爵图书馆是沃尔芬布特尔的明珠。它的缩写 H·A·B,在德国乃至全欧广大的知识界,尤其是汉学界,可说是无人不知,无人不晓。

这是一座宫殿式建筑,落成于十七世纪;一九七二年,此间曾经举行过开馆四百周年的盛大庆祝活动。从十七世纪起,它一直是全欧洲最著名的图书馆之一。与牛顿齐名的伟大的数学家、哲学家莱比尼兹在此担任过十七年的馆长。馆内辟有莱比尼兹纪念室。我们有幸看到了他的唯一关于中国的著作《来自中国的传闻》。我不懂德文,据金弢说,莱比尼兹对中国简直有一种梦幻式的狂热迷恋。

也许是巧合,我们赶上了正在举办的"中国书籍展览",因而大饱眼福;同时也加深了对中德友好悠久历史的认识,增强了对今后进一步促进文化交流的信心。在西德,有许多热心于介绍中国的德国友好人士,我们对他们充满了由衷的敬意。他们不为名,不为利,不怕误解和讪笑,默默无闻地辛勤耕耘着。解放后一度流行的那种一提到传教士和汉学家,就必定是帝国主义间谍和强盗的观点,是荒谬的、有害的和不公允的。

虽说图书馆只有两层楼,却显得挺拔巍峨,它每一层的天花板都极高,空间很大。我仔细查询过确切的测量数字是,以底层而论,光是书架的高度就有 10 米,而上边至少还有 3—4 米的白墙。书架上摆满了染了各种颜色的羊皮古籍，一律开架陈列；整个宽敞的大厅，如今更由大大小小的玻璃柜组成了曲曲折折的甬道，柜子里面全是来自中国的古籍和自十六世纪以来去过中国旅行、考察、传教，甚至担任朝廷命官的欧洲人（不限于德籍）的著作和译述。年代最早的当推葡萄牙人托姆·庇雷斯手绘的一幅中国人吃饭的图景，其目的在于显示与刀叉不同的筷子。筷子画得有点夸张，又粗又长，姿态也显着别扭，但颇为有趣，想来当年必定产生过所谓的轰动效应。

一六二〇年首次出版了意大利著名的东方学权威利玛窦绘制的中国地图：《皇明一统方舆备览》，指的是朱元璋王朝所辖疆域；又过了五十年，法国便编纂了《中法辞典》；再过一百年，即一七七七年，又花了将近十年的时间，相继印制了多达二十三卷的《资治通鉴》节选本；也出现了拉丁文、汉文对照的《中庸》和《正字四书》之类；必须强调指出，体现古代中国军事思想的《孙子兵法》以及《方阵图例》（插图本），被摆在了相当突出的位置，说明书上写道：这些兵书一直是珍藏于无数欧洲名将们随身携带的箧笥之中的瑰宝，成为他们兵戎相见时的指针。

还有一七二〇年印刷的中国建筑（殿堂、庙宇、民居）的挂图。医书搜罗非常全备，又厚又沉的全译本竟有数十种之多，例如：《黄帝内经》《本草纲目》《古今医鉴》等等。《大秦景教流行碑》的拓片，引人注目地记录了古罗马帝国与中国的源远流长的亲密交往。

随着时间的推移，及至清代，中西接触更加频繁，处在普鲁士皇室统治下的德国对清朝皇帝似乎怀有一种特殊关切之情。投桃报李，清帝康熙竟然学过法语，这，确实是我以前闻所未闻的新鲜事。在一本名为《中国博览》的百科全书式的工具书中，影印着这位主张开放的君主用法文写的读书心得："西洋人心最实，皆因学问有根也。"这句赞扬欧洲人的话，为他本人赢得了白种人的好感。据说，莱比尼兹也曾向康熙上书，希望他同时学一点数理。风流天子乾隆少不了凑热闹，他曾将他的私人藏画寄来德国，要求按照名噪一时的铜版画家卢根拉斯的作品那样，加以复制，但前后花了八年时间，仅制成十六幅,每幅翻印了二十份;这些画,至今还散布于欧洲各地艺苑。

一路陪同我们参观的是现任馆长保罗·拉柏教授(Prof. Paul Rabe),同时还有一位来自西柏林的汉学家魏汉茂(Hartmut Walraveng),此人专攻早已失传的满文。

拉柏教授指着一堆木刻方块字说:"欧洲很早就试验直接用汉字活字版印刷。柏林有过一位神学家,向德国国王呈献了三千个神秘难解又复杂难写的方块字,国王畏之如虎,便一一束诸高阁,湮没无闻了。"

这个展览委实洋洋大观,激动人心。须知,这是在一个远隔千山万水的欧洲大陆国家,即便在中国,也不是任何一个省立图书馆能够拿得出来的。西方人对我们的研究是多么下工夫啊,兴趣又是多么的广泛啊。你看,除了大量图书典籍外,从动物、植物、矿产、土壤到服饰、发式、礼仪、习俗,从兵器、乐器到货币、账册,甚至连三寸金莲也都通过畸变的骨骼解剖图和绣花弓鞋之类的实物加以展示,这当然不雅,也有伤于中国人的自尊心。可是,人家说的是事实,又讲的是科学,你除了徒呼奈何之外,还能怎么样?

临了,拉柏教授又单独拉上我的手进入他的私人办公室,请我观赏了几对中国古瓶,以及一尊用黄绫子覆盖起来的欢喜佛,那姿势和我在青海塔尔寺看过的毫无二致。拉柏教授狡黠地挤了挤眼,仿佛在对我暗示:不论什么人种,什么民族,男女做爱的幸福感,总是和天堂之类的彼岸世界联系着的,这,正是瞬间与永恒的相通处。

离开 H·A·B 的时刻来临,走近大门转角处,才发现遍寻未得的寥寥数本当代中国文学作品。值得一提的是《沉重的翅膀》(张洁著,阿克曼译)和《人啊人》(戴厚英著,马汉茂译),下余都是些廉价的风景画片和官方出版的政治宣传小册子,自然也少不了旅游指南一类。太惨了! 什么时候,我们的以鲁迅先生为首的现当代新文学诗文,能进入这座宏伟的图书馆乃至寻常百姓家呢?

努力啊,中国人! 自强啊,中国人!

出得门来,我们以为该握手道别了,主人却又将一行人领向不远处一幢小楼,铜牌上铭刻着不显眼的小字:莱比尼兹纪念室。陈设简朴,一如旧貌,置于案头的鹅毛笔撩人遐思,是否世人景仰的莱比尼兹先生适才还在这儿奋笔疾书,此刻不过是外出散步去了?

下午三时,为了研究今晚将在H·A·B举行的"文学之友"会见从事准备工作。

张洁和汉学家阿克曼先生也将随后赶到。晚会从五点整开始。

黑塞博士、拉柏教授相继发表了热情洋溢的讲话,称颂德中友谊,欢迎中国作家。我又未能幸免,做了一个简短的发言。

由张洁打头阵,人人都朗诵自己的作品。我今天特别选择了与代表中国文学遗产的经典作家李白有关的一首诗作《碎月滩》,再加上场场不漏的《我不是孤雁》,朗诵完毕,受到150名听众的喝彩。

由于昨天休息太少,精神欠佳,除了危险性的问题由我回答外,绝大多数涉及诗、小说、儿童文学、散文、戏剧、评论等专业领域的纯文学问题,都请王一地、王愚、赵长天和刘祖慈分别代劳了。

有些问题,表面上看,是提问者对中国隔膜与无知,实际上却恰恰反证了我们自己过去做的工作太不够,太差劲,不能抱怨别人。别人不理解,是因为你关起门拒绝别人理解。难道不是这样吗?

归途中,赵长天和王愚建议,请无畏绕一点路,开车去东、西德接壤处,看一看冷战的最前线是什么模样,照几张照片,留个纪念。我说:"我个人也巴不得;但是别忘了昨天夜里的事,这可是真正可以做政治文章的题目——人家想瞌睡,咱们倒送去个枕头!行吗?"于是王愚一拍脑门子,低声连呼:"健忘!健忘!"这件事就撂下不提了。

"害人之心不可有,防人之心不可无。"儿时读过的《贤文》,这两句话又用上了,而且是在充满同志情谊的社会主义新中国的革命者之间,悲乎!

1987年4月4日　星期六　晴　汉诺威

今明两天都是西德人的休假日。贝朗先生和无畏先生受了我们的拖累，只得放弃休息，虽说这样可以拿到额外的丰厚津贴，但也是一种自我牺牲。中德生活水准悬殊，价值取向不同，德国人（何止德国人！）一般宁可为了放松放松、娱乐娱乐而大把大把的花票子，也不稀罕赚那几个钱。

上午十时，安排了去参观中国工业博览会。

这是迄今为止中国在欧洲举办的规模最大的一次工业博览会，占地面积2370平方米，庞大的代表团计有110人，其中包括42位各个门类的专家。联邦德国是中国在欧洲范围内最重要的贸易伙伴。然而不幸的是，由于我们的产业结构不合理，由于我们的官僚体制太可怕，自从一九七八年开放以来，我们一直处于入超状态。

贝朗先生忽而一反往常，指挥起中国人来了，原来，他要我们站定于上海参展的桑塔纳轿车样品前面合影留念——相片很快洗印，放进工业博览会的资料档案中，作为双重的德中友好见证，贝朗先生这样解释着。真看不出来，貌似木讷的贝朗先生倒有这等巧思。

工业博览会太大，我们只重点选择了第五、第六和第十七馆仔细观看，其余皆属浏览。沿途所经之处，我们看见了无数教养有素的微笑、问候，也接受了几只免费馈赠的制作精美、质量上乘的塑料提兜，这在国内当然都是无法轻易给予的；前者除非是"关系户"，后者则必须"走后门"了。以这样小小不言的一个实例，就不难理解，何以人们都指望着"放洋"——连身价都会提高，即所谓高等华人是也。

我们面前耸立着长征2号、长征3号等新式宇宙火箭，也铺陈着传统的手工艺品；我们的尖端技术已跻身于当代一流之林，而我们的古老绝技堪称举世无双，这当然是事实。不过，如果我们满足于这样一种片面的"横向比较",而不去深入地客观地全面地加以考察,正视尖端技术和传统技术的不成比例的比例,那我们就非吃大苦头不可。好比一个人,整个躯体、内脏,特别是灵魂都保持在十世纪的状态不变,只不过长出些二十世纪的指甲和牙齿,那能适应如今这般瞬息万变的国际大生态环境吗？即便亮出地广人众的王牌来,我看,也不过是泥足巨人而已。

由于上述胡思乱想的干扰,此行所获印象,非但不能套用国内新闻传播媒体的语言:扬眉吐气,反倒落了个百结愁肠。

下午五时,约定还得去出席一场以州长夫人为首的本地女艺术家座谈。胡乱吃了一点东西后,看看时间尚早,这可是难得的机会,大家决定去见识一下名闻遐迩的"跳蚤市场"。于是,和贝朗先生、无畏先生约定相会时间地点后,全体直奔一条小河之滨的草坪空地而去。

所谓跳蚤市场,西方国家所在多有。它的特点不外下列三条:一、定期开放,便于管理(例如汉诺威,则限定为每个星期六全天);二、流动性,跳蚤嘛,顾名思义,颇得谐趣,因之摆摊设点无有定位,业主也常变换;三、群众性,这包含两重意思:一是价廉物美(也有不怎么价廉物美的),多数人买得起,二是今日的买主,也许正是明天的卖主。上流社会的成员,一般是不屑于光顾此地的。中产阶级以下的普通百姓才是这种市场的支柱。一眼望去,在职业小贩之外,竟能发现不少男女老幼全家上阵的"客串老板",他们是为了处理掉剩余物资而来的,目的和任务都极明确。

汉诺威的这个跳蚤市场不大,据说在市区别的地方还有更大的。金弢是"老枪",他说,数西柏林和慕尼黑的大了,应有尽有。可惜,这两个城市都不在我们的行程路线之内,而今天又比较冷,冷得连"跳蚤"们都不愿出门挨冻了。市场本来不大,因之更缺少熙熙攘攘的集市贸易气氛了。

我们一路信步走来,只见摊位零乱错杂,几乎难得形成蹊径,而必须每走一段则放眼四顾。新货物甚少,破烂陈旧者居多数,其中甚至有连中国人都会弃之如敝屣的杂物,比如,从婴儿车上拆下来的肮脏轮子啦,上了锈的小手锄啦,也居然带来打算换钱。这使我不禁怀疑,这样的摊主是不是德国人?兴许是落魄的移民或者无国籍的流浪汉吧。整体说来,价格是相当便宜的,书和画报尤甚:崭新的精装本只卖原价的十分之五六,旧杂志和卷了角的通俗小说,干脆统统五芬尼一本,大小厚薄不论。还有几爿"店面"非常特殊,专营各式炮弹筒、子弹壳以及二次世界大战时期希特勒颁发的各色勋章。另外,也有单一出售古钱币的,想来掺有赝品。当然,集邮爱好者自有可以流连处。还有一宗:烟斗收藏家也不妨来此间求得其癖好的某种满足。到处摆满了拙劣的油画,大致都是以裸体女人招徕买主的;偶有几幅风景画,尚称不俗,我们在那儿品评了一番,摊主并不理会,只是专心致志地沉浸于替过往行人画速写头像的创作热情之中去了。据金弢说,别看这样的画家不怎么的,一天下来,收入也可以供一周的吃喝了。

在一个兜售杂品的地摊上,我看中了一块猩红色的地毯,一公尺见方,正好置于我的书桌和藤椅之间,盖住洋灰地板,保护双脚不致受凉;地毯有九成新,图案高雅,是仿古波斯格调。标价二十马克,倒也不贵。可惜必须单另包扎成一件,不便携带。同时,又考虑到自己有意于搜求一架黑森木钟(有布谷鸟到点便跳出来啼叫的),那玩意儿肯定索价不低,到时候,万一短个十马克或五马克怎么办?岂不误我大事?犹豫再三,地毯终于不曾买成。

倒是金弢果断,发现了一架手提式德文打字机,说买便买,他是我们当中唯一逮住了"跳蚤"的。

我观察了一阵各人的脸色,似乎都情有所钟,但离开时,谁都两手空空;估计那心路历程和我也差不多,中国人太穷了,穷怕了,总愿意身边留两文钱,否则就没有了胆子。

如此盘桓了近两个小时。借落日余晖,在市场中心的一位无名牧马少年的裸体铜塑前面,拍了一张纪念照,聊志"至此一游"。

女艺术家座谈会是借一座高层建筑的五楼举行的。无疑这里是常设的文化沙龙。整套房间布局繁而不乱,洁而不素,所有墙壁上悬挂的画幅都高雅得很,但也堪称色彩斑斓,琳琅满目。

到会的群芳,我比较熟识的只有女诗人斯图登特,还有德中友好协会会长戴特玛尔·斯托赫博士(Dr. Dietmar Storch)及其夫人。女士们一个个珠光宝气,兰麝扑鼻。此次聚会的召集人,本州的第一夫人更是雍容华贵,她被人们围在当中,有如众星捧月。

代表州长夫人致欢迎辞的是一位中年妇女,糟糕的是我一时没有记住她的芳名。这些女士尽管经常出入于社交界,却极少有印制名片的,所以也无从交换留下备查。老实说,当时我也有点紧张,出席这样的招待会确属生平第一遭。

我对答如流。然而,为了不让这一大帮德国女性耻笑(其中可能也有长舌妇!),我极力显示汉家威仪和西方幽默相结合,却也实在令人心尖子冒汗。所幸金叟配合默契,灵犀相通,译得十分流畅、精彩,虽然我使用了若干比较艰涩冷僻的名词,他都一一完满表达了。时不时回报我们的阵阵银铃般的笑声和鸽子振翼般的女式鼓掌,便是铁证。这似乎足以说明,我的中国骑士的殷勤与诱惑,到底教她们芳心大动了。

一一介绍罢我的同行后,刘祖慈和我又像街头卖艺人似的当场朗诵了几首诗,赵长天朗诵了他的小说节选。

开始回答问题。

开会的地方不是很大,问的一方和答的一方,几乎是面对面,颇有一点考研究生论文答辩的味道。事后我得出结论,比答辩还可怕,真所谓伏兵四起,险象环生,有些问题还真不容易对付哩。

第一个碰上的棘手题目,是由一位从东德逃来西德的太太,身穿一袭碎花绸宽松裙服,一只脚有点跛;她自我介绍,毫不隐讳,既直截了当地批评了东德,又情难自抑地赞扬了西德,关键的字眼是中国某些人顶顶害怕的自由。她断言,西德有自由而东德没有自由,所以,她选择了西德,也就是选择了自由;对于她的这一选择,要求我做出评价。对于这样的雷区,我当然必须设法绕开。于是,我坦率而又警惕地从侧面予以解答,避免了正面相撞。我的答复,居然使她连连咂嘴(咂嘴是德国人一种惯常使用的意在赞许的动作),深表满意,可谓侥幸。

接下来,又是一连串的提问,有的泼辣尖锐,有的纯属好奇。

州长夫人要求了解丁玲的情况。

关于丁玲,坦白地说,我没有百分之百地直抒己见。我对丁玲同志是敬重的,丁玲同志对我也相当关心。1980年8月,我患脑血栓初愈,由女儿扶持离开桂林前往庐山易地疗养,没料想与当时也在山上小住的丁玲、陈明夫妇结了紧邻,我们在一起度过了许多值得纪念的日子,交换过对中国文艺界一些人与事的看法,此后,她陆续题签寄赠我若干她的大作,包括刚刚重版出书的《太阳照在桑干河上》。过了一年,听说我打算创作白求恩诗传,缺乏加拿大方面的第一手资料,又为我热心委托外边的朋友代为搜罗各种原版书籍。《清明》创刊,是我去北京向丁玲讨来了新著长篇《在严寒的日子里》部分章节的手稿,《清明》编辑部为之雀跃,他们认为,获得丁玲复出后第一部作品的首次发表权是一种莫大的荣誉。每次赴京,我总要去看望她和陈明,她不但对我女儿表现了至亲的疼爱之情,同时也不断了解我本人的不幸的婚姻状况。应该说,我欠了丁玲许多情。不过,本着我终生服膺的"吾爱吾师,吾犹爱真理"的准则,我对丁玲在"清污"乃至其他某些场合的表态、发言,我认为是欠慎重的。说她做得有点过头,甚乎失之矫情;由于一九五七年前后的那桩公案,她和周扬同志之间宿怨不解。我并不喜欢周扬,甚至不妨说,同丁玲相比较,我更不喜欢周扬,特别是"文革"前的那个当文化官僚的周扬。然而,丁玲似乎一直在暗暗地(有时是公开地)与周扬摽着劲儿唱对台,为了反证周扬才是不折不扣的"右派",不惜处处标榜自己。

丁玲发起了一系列的主动出击,其中,最为人所诟病的是甩出那张"王牌"——毛泽东当年写给她的颇带感情色彩的词。

> 壁上红旗飘落照,
> 西风漫卷孤城。
> 保安人物一时新:
> 洞中开宴会,
> 招待出牢人。
>
> 纤笔一支谁与似,
> 三千毛瑟精兵。
> 阵图开向陇山东,
> 昨日文小姐,
> 今日武将军。

丁玲当时在庆阳,红一方面军红一军团的驻地。毛泽东的这首赞词《临江仙》是以电报的形式拍发收到的。除了长征中功勋卓著的彭德怀外("谁能横刀立马,唯我彭大将军"的名句,既出其中),大概只有丁玲一人邀此殊荣。这样一种罕见的幸运,落在了谁头上,无疑都喜不自胜而津津乐道,这是人之常情,无可非议。问题在于,以丁玲之巧慧过人且阅历丰富,她其实大可不必如此认真的。从所谓丁(玲)——陈(企霞)反党集团到"一本书主义"之批判,到"大右派""大叛徒"的定性,宗宗件件,可有谁出来主持公道,引证毛泽东当年的肯定语句(也该算作"最高指示"了吧):"洞中开宴会,招待出牢人"和"昨日文小姐,今日武将军"呢?!

假如丁玲始终能够保持她曾经有过的冷静而豁达的态度,那么,她将会更深入地回顾和研究毛泽东同她之间短暂的私谊(1936年9月—1937年9月),此后便淡了,隔膜了,乃至忘却了。用丁玲的话来解释:"毛泽东统率革命大军,创业维艰,需要知识分子,也需要作家。他看出这群人的弱点、缺点,从个人角度可能他并不喜欢这些人,但革命需要人,需要大批知识分子,需要有才华的人,他从革命的需要出发,和这些人交朋友,帮助这些人靠近无产阶级,把原有的小资产阶级、资产阶级的个人主义立场,自觉地转变过来……"(丁玲:《毛泽东给我们的一封信》)。问题正出在这儿,一方面革命事业在发展,在前进,各个时期"需要"的人不完全一样;另一方面他的"个人角度"却守恒不变,因此,开头被当作"朋友"的,后来也许就不一定再被当作"朋友"了。而何况毛泽东心目中的"无产阶级",实际上更多的是农民。这并非秘密,毛泽东一生的著作和实践,特别是他晚年的言论和实践,都能说明这一不幸。这个巨大的全民族的不幸,体现在丁玲身上,便成了属于丁玲的不幸。丁玲没有仔细想想,光凭周扬一个人能"整"倒她么?毛泽东不点头行么?这张"王牌",既然毛泽东在世丝毫不曾发挥作用,毛泽东死后,难道反而更神通了吗?

在外国朋友面前,这一切都不宜公开。对方将会做何种理解?特别是一旦反馈回来,国内又产生新的误会,我又当怎样向朋友陈明以及别的人交代呢?因此,我只能笼而统之做一番泛泛的评价,中国人有一条不成文的规矩:不说已故者的"坏话"——哪怕是真话。我这样遵循着办了,而决断却是在千分之一秒的时间内做出的。难啊!

座谈结束,高贵的女士们竟无意留我们用膳,这可害苦了这帮无家可归的异邦人。原来,在西德,休假日是极不容易吃到东西的。眼巴巴望着贝朗先生辞去,无畏先生也把车子径直开回家去了。我们几个只得在 S 银行练习生宿舍附近的街区瞎撞。走大路,穿胡同,哎呀,皇天不负有心人,到底让我们发现了一爿正在营业的小酒吧,只卖啤酒兼热狗。我们如饿虎扑羊,蜂拥而入,一个个盘踞于高脚圆凳之上,每人要了两份带红肠的热狗,一杯啤酒,总算暂时镇压住了肚皮的造反。

离店出来,金弢才对我说:"我早就预感到今天要倒霉了,除非那些贵妇人请我们吃饭……联邦政府有硬性规定。据说,起初小商店一般还开门,利市不赖,引起了大业主的眼红,便告将官里去,最后,竟通过了一项混账法案,休假日必须休假，大小字号一概不得做买卖。不用说，这个法案是偏袒富商的。"

"而且连累到像我们这样的外国人，真是无妄之灾！"我大彻大悟，懂得了为什么小吃店都这么难找的原因。不过，我又想，这爿店子又怎么敢于公然违抗法令呢？忍不住便再向金弢讨教。

金弢笑了笑，大概认为我太迂阔了，不可救药，便撇了撇他的薄嘴唇，一句话打发了我："有些事，是不便深究的。"

好一个"不便深究"！

可我依然要"深究"。终于从另外的人那儿，了解到此事的有关详情如下：早在一九五六年十一月，联邦议会就通过了一项《商店关门法》。它做了有法律效力的硬性规定：全国的商店一到下午六时半，就必须停止营业（机场商店可以凭飞机票购货），而每逢周末，下午四时就得打烊。违者罚款，甚至坐牢。这样做的目的，主要在于保护五十年代兴起的大型超级市场，使它们不致被汪洋大海般的小零售商淹没。顾客为了赶在关门之前买齐足够应付一周生活的必需食品，只得通过超级市场，那儿货物品种多，又节省时间，结果是超级市场生意兴隆，而小商人备受打击。只要不是白痴，谁都看得出来，这部《商店关门法》的屁股完全坐在大老板一边，是不公平的。为此，多年来一直引起全国性的争论。据报刊民意测验，70%的消费者和58%的零售商，都赞成废止这项法令。而代表大资本家的"联邦大中零售商企业联合会"则坚决反对修改。政府鉴于多数公民的意志，几经考虑，才做出了折中性的裁决，通过了一项修正案，允许各地商店有权自行选择每周一天可以延长的营业时间，但不得超过晚十时。

救了我们一命的，正是这样一爿选择了在这一天营业到晚间十时的小吃铺。

啊，多么温软爽口的热狗！多么回味深长的啤酒！

1987年4月5日 星期日 阴雨转多云 汉诺威

一大早,贝朗先生来,通知我们,德方为了满足中国作家的强烈心愿,他将带领我们前往名叫 Han Sano 的郊区,访问任何随便一户农家。

这时,天空正飘着牛毛细雨,暖雨。

联邦德国的农业(包括牧业)异常发达,平均每个农业劳动力养活62口人,在全世界名列第二,仅次于美国;这样出色的农业,岂可不看?

这是原先日程表上不曾安排的项目,属于临时加塞儿的活动,因此必须抢时间;否则,将会打乱原有的部署。大家手忙脚乱,兴奋得很。大概事先并未确切联系妥当,也未告知确切时间,待我们车子开到门前了,户主艾特蒙德·艾贝林先生才匆匆出来探望,一看是中国客人,也就笑吟吟地上前一一握手迎迓,转身又叫出他的儿子托马斯来充当陪同。

嚯!好一个巨人!托马斯现年二十六岁,肌肉瓷实,有如紫铜。老子个头已不小,儿子比老子更高出一头;但父子俩的眼睛珠子却一模一样,蓝得晶亮,仿佛是玻璃做的,然而稍稍多看一会儿,就不会产生蓝玻璃的错觉了,因为它们都会微笑。

托马斯爱说话。他主动告诉我们,他是农业专科学校的毕业生,独子,未婚。按照联邦德国传统(多数西方国家也一样),只要一日没有取得法定的继承权,他就只能算是艾特蒙德·艾贝林先生的雇工。这般待遇,彼邦青年都习以为常——假如过了十八岁,仍旧吃爹吃娘,反倒是莫大耻辱。我立刻联想到咱们贵国,别说独生子女把啃老骨头当作了"天赋人权",就是兄弟姊妹众多的人家,也往往坚持封建加革命的"大锅饭"或者变相的"大锅饭"。最可悲的是老一辈甘当儿女的牛马,甘当孙儿孙女的牛马,唯恐磕了碰了;倘若手中稍有权势,哪怕犯了国法,也要千方百计地护着捂着。据说,这才有"人情味",是中国传统文化中的"瑰宝",而对人家的独立自强精神则视而不见,反诬之为"个人主义""资产阶级生活方式"。这真是应了《圣经》中说的话:看得见别人眼中的刺,看不见自己眼中的梁木。

这个小型家庭农场的经济收益水平,在西德只能归入中下档,不能代表比较富裕而又在整个农业经济结构中占有举足轻重地位的大多数自耕农。当我们了解了对方的地位及实力后,对整个联邦德国的农业发展实际,就大致有了一个清晰的概念了。

艾贝林先生拥有50公顷土地(40公顷种牧草,10公顷种玉米),喂养着50头奶牛、5头肉牛和10头小牛;每头奶牛年产乳量为800公斤。每头奶牛除提供鲜乳之外,每年还承担了通过人工授精生育一头小牛犊的任务。然后,又从这些新生的牛犊中挑选品质优良的新一代奶牛。牛的饲料一般是干草、青草和经过发酵的玉蜀黍,总计共20公斤,这,自然是说的一头牛的食量。据说,不仅要搭配适当,也必须控制食量,超过限额,乳汁反而减少。至于小牛,则专门另外配备精饲料。

在托马斯的讲解声中,我们进入了牛棚。

所谓牛棚,并非中国人常见的那种四面透光八面灌风的茅草棚子。这所牛棚乃是一座货真价实的钢筋混凝土建筑,有排气、供水、加料、清洗、照明等等设备。牛粪每天打扫两次,被水冲走的粪便输入暗窖,再由水泵提上来,打进户外不远处的两个大水泥"包"。这种水泥包外观颇像贮油罐,完全封闭,底部事先挖好了渗井,水分渗入地下,沉淀的粪便层层积攒,越堆越厚,其中的活性物质会自然发生化学变化,这就是天然发酵。而在发酵过程中,病源真菌基本上会被高温杀死了,形成了无害的上等有机肥料。

托马斯·艾贝林先生讲解的这番道理,我一听便懂。因为,我在山西农村劳动改造期间,不知道多少次参与了类似的积肥运动。虽然没有实行电气化,没有运用种种配套的科学手段,但,原理是一样的——我曾经亲眼看见过,还曾经亲手探触过一个个沤粪堆的奇妙变化:由臭不可闻到香中带甜,由紧凑板结到蓬松爽软,由冰碴点点到热气腾腾……

我替洋人瞎操心:"单饲料一项,就需要3000多公斤,你们爷儿俩怎么忙活得过来?"托马斯听了一笑,不声不响地又把我们一行领到户外山丘似的饲料堆跟前,顺手揭开挡雨的苫布,跳上一台拖拉机,并且立即发动起来。说时迟,那时快,只见一扇铁门似的大铲刀高高扬起,成60°角,又轻轻落于"山丘"之上,毫不费劲地割下了一方饲料,足有100公斤。接着,稍稍调整了一下车头,这一块庞然大物便落在了输送带上。雄伟、利落、轻松,我立即抢拍下了巨人挥舞巨刀切割的有趣镜头。

这个面积极大的饲料堆是由专业饲料公司负责配制的,一个电话便到,怪方便的。其中的成分包括含有青草、玉蜀黍秸秆、玉蜀黍粉、豆类,以及别的微量元素。我捏起散落于地面的小碎块,那感觉极像从酒槽里捞了一把高粱渣。

王一地要求看看电脑如何操作,托马斯慨然应允,又将我们带进农场总调度室。一按电钮,显示板上立刻蹦出一行绿色的数据:104:21。托马斯对大家详加说明:那头的感应器连着牛食槽,这两个数字是通知他,一栏四号牛还剩下21公斤饲料了,得准备加料。他还说,他和他的父亲正是通过积累这些表明牛的进食量数字而形成的波动线,来观察牛们的健康好坏。

时间太紧,我们没有眼福,等不及看挤奶了。根据主人不动声色的叙述,那简直是一幕童话剧:一头头奶牛会自动来到固定的挤奶点,只消将挤奶器往那胀鼓鼓的乳房上一罩,乳汁便会汩汩地顺着皮管流进隔壁那边的冷藏库,等到第二天,自有汽车从城里来接收,运往乳制品加工厂。我们听了,无不啧啧称羡。

托马斯可没有我们这份愉悦。他突然皱起了眉头,心情沉重地告诉客人:"前天,我去参加过抗议游行示威,只是为了这些家伙。"

正在一门心思速记的所有同伴,都大吃一惊:"什么?为了牛去游行?"

托马斯倾诉开了:"我们农民有农民的痛苦。"原来,欧洲共同体规定,联邦德国购买荷兰的乳制品,而不必发展自己的畜牧业。"硬说这是国际分工。

我们可想不通!"

不过,在我看来,"痛苦"固然是"痛苦",父子们却各有各的小轿车,还有一辆面包车。花园包围着住宅,住宅内部怎么个摆设,我们已没有机会观看。然而,透过雪白的窗纱影绰可见某些漂亮整洁的家具,而窗子下面是修剪得如同矮墙似的冬青……

这时,老艾贝林先生又来加入我们的行列,他接着说道:"由于荷兰的竞争,由于共同体的干预,许多小农庄面临破产的命运。人们没有心思再经营了。青年人——说到这里,他瞟了一眼儿子——开始向往城市,向往别的职业,拖拉机手、农机手,如今都不容易找到了……这可是连锁反应,农业不景气,连兽医师也得被迫改行了。"

说曹操,曹操到。又一个大块头出现在我们当中,他就是刚刚给托马斯喂养的牛们做体检的本地兽医师,正巧又是我们马上就要应邀前去赴宴的东道主的亲兄弟。

兽医师的名字不曾记清,姓是侯彭斯德特,他的胞兄迪特里希·H. 侯彭斯德特先生是 S 银行的总裁。兽医师比银行总裁小五岁。但事后回忆这哥儿俩给我的印象,总怀疑是不是金弢翻译错了,(金弢没有误译)弟弟比哥哥显得老相。也许是职业不同,弟弟必须终年跑野外,而哥哥却出入于办公室之故吧。

这位兽医师侯彭斯德特先生热忱邀请我们顺路在他的门诊部稍事逗留,并且保证,他哥哥绝不会对客人们的不守时间产生任何不满的。

半道上杀出这么一位可爱的程咬金来,倒也真是交了好运。

小小兽医所,大大开眼界。

它坐落在汉诺威市区的最边缘,所里除了先生本人外,还有两位助手,都是女性。来这儿"住院"的"病号",全是受到主人们万分宠爱的猫、狗之类,间或还有一两种别的珍稀动物。

德国人全民族都普遍喜爱小动物。所以,如果你偶尔说漏了嘴,谈起吃狗肉和猫肉的事,保险他们会气得脸发青,断定你是精神不正常患者或者索性是野蛮的生番。他们养狗,固然也为了狩猎、牧羊时做助手。不过,大多数场合仅仅是满足感情上的需要。至于养猫,则百分之百地不在于逮耗子,偶然逮了耗子,说不定还会被认为是"多管闲事"哩……猫在德国,可谓养尊处优,没有不吃得肥头大耳、步履蹒跚的。

不无自嘲吧,主人带着苦笑自我剖白:"我本来是替牛、马们看病的,现在,农业不景气,只好靠这帮小玩意儿吃饭了。"

诊所骇人地整洁,可谓纤尘不染。雪白的水磨石地面,加上白瓷砖砌的墙面,再加上白地毯铺路,连沙发也是白的。白色不是颜色,我们怕是掉进雪窝里了。一片素净,安谧,明亮,唯独那一枝红艳艳的蔷薇,火焰一般照人眼明。

我们匆匆欣赏它的各种医疗器械。像对待人一样,这儿也有做心电图、脑电图的仪表和荧屏,而且还有手术室,只不过没有病床罢了,有的是一格一格的铁笼子。目前,只有一位住院"病号",懒洋洋地躺在那儿,一见到有人来了,便"喵呜,喵呜"地辗转呻吟起来。女助手笑了笑,摊开双手报道了它的"病情":"贪吃,嘴娇,没有什么事儿。"一看,可不,身旁搁着半碗牛奶,闻都不愿闻哩。

我早就听说过,国外有专门为狗和猫制作的罐头食品,有的商店或栏柜专门出售这类罐头。

王一地冲着我大发感慨:"我们的某些同志,见了这种场面,一定又要咬牙切齿,骂洋鬼子奢侈、空虚、玩物丧志了。"略事停顿,他又补充一句,"但我可看不出,这和北京那么多遛鸟的爷们挑鸡蛋清喂画眉、黄鹂,有什么两样!怎么那就是无产阶级的!"

王一地是有道理的。我们某些同胞(似乎更多的是有权的同胞)总是抱着这样一种不正常的心态看待世界:要么洋大人,要么洋鬼子,要么涎水四流,要么唾沫横飞,不客观、不正视、不理解、不宽容,更不要谈什么幽默感了。

拿我自己为例吧,我就订不上牛奶。我们那儿订牛奶是论级别的——处级以上。我刚刚够格,但我因为一次出差,暂时中断了一下(我女儿从小是吃米糊糊长大的,吃不惯鲜乳,有时便只好送人),就再也没有资格续订了。新提拔的处级干部顶了我的空缺。而我的经济条件又不允许我常年买奶粉或炼乳。可是,我从来不想借机发什么"义愤",骂骂"洋鬼子"。我以为,既然我们自己一天到晚强调自己的"国情",又为什么不考虑不尊重别人的"国情"?"吃不到的葡萄是酸的。"这是情绪性的语言,毕竟与真理相去十万八千里。我们应该成熟一点,栽种属于自己的葡萄才是。

半个小时之后,迈过了迪特里希·H.侯彭斯德特先生的门槛。

不待说,一看室内的格局,就能了然于心:我们进入了一户家道殷实的上层人物的私邸。

家宴采用了自助餐的形式,里间一张大桌子上摆满了各色菜肴和主食面包,外间的另一张桌子则排列着各人的银质餐具。

来宾中,除了作家代表团外,还有北京第二外国语学院的黄国桢教授(我们在中德友好月开幕式上相识,他说过,他是一名诗歌爱好者)及其在此间留学的公子;德国朋友中有黑塞博士夫妇,还有女演员珂娜莉娌女士,另外几个人,我就叫不上姓名了。

好客的主人起立致词——,表示欢迎;我也起立致答词,表示感谢。女主人挨个儿与我们几个一一碰杯,忽然说出一句中国话来:"干杯!"一问,方知她曾伴随丈夫去过中国多次。

这一顿菜、饭,全是银行总裁夫人下厨房亲手烹调的。有一道豌豆、青玉米粒和胡萝卜丁混合的羹汤,色、香、味俱佳。照说,以她的富有,雇一位厨娘毫无问题。只是德国人和我们中国有钱人的观念大相径庭,他们认为自己动手是最体面的,对客人也显着恭敬。

侯彭斯德特先生又点名要我即席朗诵《我不是孤雁》,这是第几次了?我的这首诗缘何这么受到德国朋友的青睐?我不禁有点纳闷了。

宴会是在欢乐的气氛中结束的。临告别时,慷慨的主人又捧出一大摞用缎带捆扎妥当的花纸包,人手一份。遵从西方人的礼仪习俗,我当面将它拆开,哦,原来是一支金笔、一瓶墨水,还有一张赠礼人的中文名片!太谢谢了,我们的确是一群离不开笔和墨水的人。

西德人送礼,大方得体,有针对性,并不看重值多少钱。这和他们设宴款待贵宾一样,绝不搞得杯盘狼藉、烂醉如泥,他们讲的是友情,完全没有什么"拿不出手",或者"看不上眼"的坏毛病。

我想,我们中国人改造国民性的任务,也不能漏掉这些日常生活琐事。这些琐事里面,着实贯穿了我们的"爱面子",图虚名,穷酸不务实,乃至好大喜功的顽劣根性。

下午,贝朗先生又招待我们去看电影,一部以海鸥为主角的片子。这种纯自然的海洋风光影片,在目前的西德也处于实验阶段。它寄托的是人的情绪,人的思想,人的心境。虽然解说词是用德语说的,但仿佛也蛮能传神。

主题何在?可能是宣泄工业文明和后工业文明时代某些高层次的心灵痛苦和绝望追求吧。这是电影诗。

1987年4月6日 星期一 多云 汉诺威

今天,是名副其实的文学日,不兑一毫克水的纯文学日。

日程表早就预告过,我们要和德国作家协会的朋友们正式会见,并且举行联欢。我们早就盼着这一天,德国作家协会不但是德国现在并存的几个作家团体中最大、最老的一个,而且是和中国作家协会交往时间最长的一个。

大家纷纷翻箱底,拣出准备赠送给对方的著作和各色小礼品。

我有一个预感,所谓文学日,将从各方面考验我们这个代表团的素质。而它在汉诺威这样的大城市举行,也势必引起更为广泛的注意。我们必须付出更多的心血,才能取得成功;不容讳言,关键在我身上。我的自我感觉尚好,精力是充沛的。不过,我仍然像一名初次投入大战的士兵,全神贯注而又难免想得过多。会遇到一些什么样的问题呢？一面设想,一面构思最妥善的答案。

听说,德国作家协会早就在报纸上发布了有关的消息,估计参加的人数会比以往的任何一次都要多,事实不出预料,超过了二百人。

下午四时,按照事先的约定,驱车前往作协秘书长克劳斯·斯塔德缪勒尔(Klus Stadtmüler)先生府上;聚集在那儿的德国诗人、作家已经坐满一屋子了。结识了三位诗人,他们是雨果、鲁柏和邓曼。鲁柏先生宣称自己是不折不扣的形式主义者,他当场赠我一册实践其文学主张的作品集。翻开一看,有文字排列成花瓶、电话机、鱼等等。我对他说:"类似阁下这样的实验,中国是古已有之,所谓宝塔诗,即其滥觞,直到今天,还是有人在从事这方面的探索。我个人不反对这样那样的探索,不过,我不赞成形式主义,只赞成在追求内容的真实的同时,也追求形式的完美。我是内容与形式的统一论者。"

鲁柏先生对于我的直言,表示理解。

雨果先生正要和我交谈,忽然,电话铃响,克劳斯·斯塔德缪勒尔先生拿起话筒,大概对方有什么人提起了我和刘祖慈的名字,接着,放下话筒,便笑吟吟地对我们转达了北德电视台汉诺威分台的邀请,指名要我们两个马上去那儿录音录像,当晚的新闻节目等着播放。

金弢与我们做伴。

一位部门负责人接待了我们,三言两语,便正式"进入角色",我还是朗诵那首《我不是孤雁》。

刘祖慈朗诵了他较满意的作品。

当场付酬:每人二百马克;对金弢的翻译也付给了劳务报酬:一百马克。

这笔钱实在是自天而降的意外之财。我们三个都未能免俗,很是兴奋。待到重新坐定于车中,却蓦然记起了王愚为了要买一件擂胡椒面用的带工艺品性质的厨具,在玻璃橱窗外边逡巡再三,终于不敢推门而入的场景(他嗜烟,对那些造型各异的大小烟斗也赞不绝口,但也同样由于阮囊羞涩,未能问津)。我觉得应该让大家都来分享这份喜悦,于是,试探着了解刘祖慈、金弢二人的意向,他们很慷慨,一致欣然同意,决定把全部收入凑在一起,按人头平分。后来,当我们这样做的时候,我发现大家都很激动,很快乐,因而我更认识到这样做是完全正确的——作家代表团本来就是一个大家庭嘛。

回到克劳斯·斯塔德缪勒尔先生家中以后,他的儿子——一位漂亮少年——手持一架波拉罗,替大家拍了些快照。

雨果·迪特柏纳尔(Hugo Dittberner)先生今晚担任我的德语朗诵人。他等我归来等得正心焦。这时,赶忙搬好三把椅子,示意我坐下,又示意我邀请金弢前来。但小金已被另一群人包围住,难以抽身,我们俩只得用英语夹七缠八而又逐字逐句的开始斟酌起来。问题出得最多的是《碎月滩》。雨果先生是非常严谨、细致的人,几乎每一行都不放过。作者的意图何在?为什么要这样表现而不是别的样子?这个碎月滩在哪儿?李白当年又是怎么描写它的?作者从李白的诗篇中感悟到了些什么?等等,等等。

金弢来了,一切疑难迎刃而解。原译稿最大的翻译失误,恐怕是发生在对"滩"字的理解上。据雨果先生解释,原来的译文,那个"滩"是指的海滩,与作为皖南山区一条内陆河流中的某一段浅滩,根本不相干——金弢仔细一看,也点头称是;诗稿不是金弢笔译的——应该换作另外一个字眼,方能准确表达。对此,我只有感动加感谢。

雨果先生又对诗作者以T·N·T炸药作为月光的隐喻表示不解。

我当即对他说:"请您考虑考虑,假如月光不是炸药,这沙滩上怎么会有那么多发亮的碎片?"

雨果先生猛地一拍光秃秃的脑门,纵声笑了,"呀,呀"不断。

雨果先生拍拍我的膝盖,推心置腹地向我告白:"公刘先生,我很爱读您的这些诗篇。因此,我将会像朗诵我自己的作品一样朗诵它们。我必须珍惜今天这个当面向您讨教的机会。您知道,我很荣幸地和您同台朗诵,我有责任切实把握作者的情绪,只有做到了这一点,我才能使得别人也像我一样爱上它们。"

面对这样一位亲切可靠的朋友,我觉得,一切语言都成为多余。我不知道应该说什么好。但他却捉住我的手,把它们合在自己的掌中,双目炯炯地凝望着我,不无激动地说:"德国人了解中国是一个伟大的诗国。你们有着优秀的传统。你也像李白一样,把自己的作品当作了柠檬,使劲地挤、挤,挤出最后一滴汁液来,献给你的读者,让读者喝了解渴,解心灵之渴。……"

这一段话发自肺腑,除了把我和李白相比,实在令我惶恐汗颜外,我认为,他对中国诗的传统的评价是绝对正确的,而他以挤柠檬来比喻诗人的创造性劳动,同时说明诗人与广大读者(人民)的服务关系,无疑也是极其新鲜而准确的。我将牢记雨果先生的话语——一个德国诗人智慧的结晶。

今晚,我将首次全部朗诵此行携带的五首诗:《碎月滩》《荒谬的椰子树》《假如》《远去的帆影》和《我不是孤雁》。

雨果·迪特柏纳尔先生把活页夹子合上,置于膝头,轻轻长吁一口气:"一切都很好,我已经有了充分准备了,可以登台了。"

我们兄弟般四手紧紧相握,彼此互致谢忱:"当克!当克!"

代表团的全体作家,都有朗诵任务,也都各有各的德语朗诵搭档。这会儿,都在勤奋地做着准备工作。利用空隙时间,克劳斯·斯塔德缪勒尔先生单独送给我几张珍贵的雷马克的照片,他用英语告诉我:"雷马克是左派,你是左派,"这时,他用右手的食指使劲戳了戳自己的心,加重语气说,"我也是,left!"

在克劳斯·斯塔德缪勒尔先生家用了少许几块点心和一杯咖啡,八时正式登程,集会地点是州图书馆大厅。克劳斯·斯塔德缪勒尔先生以作协秘书长的身份(他的第一职业是大众汽车厂的一名普通职工)向 200 余名听众介绍了中国作家代表团,便由我对大家做了简短的开场白,立即朗诵开始。考虑到必须留下较多的时间进行对话,征得主人同意,我只用汉语念了一首《我不是孤雁》,而雨果·迪特柏纳尔先生朗诵的德语稿则通读不变。

朗诵完毕,对话开始。

气氛极其热烈,也极其坦诚,犹如置身于亲密的家人之间。

虽然有些问题难度较大,我都一一克服了。整个过程中,一直感到有个什么硬家伙在撑着我的背脊,好像是一股气,一股有力量的然而又是会变化、适应周遭环境的气。有人提出了关于刘宾雁被开除党籍以后近况如何的问题。

我料定这个问题必定要被提出来的,果然。

所幸我有精神准备。不仅如此,我还考虑过最近发生的马建小说事件,我也考虑过遇罗锦引起的风波,等等。要来的,统统都来吧。没有什么可怕的!

只是整个代表团却陷入一片紧张和惊慌之中。金弢出于好心,想替我避免回国后可能遇到的被动局面,便对大家说:"让我,一个普通译员,来答复吧。就是出了毛病,也不致影响到代表团。"刘祖慈不同意。"不妥,那结果未必不有损代表团的形象,还是团长答复更好。"刘祖慈知道,早在合肥接到全国作协的委派电报时,我就做了种种最坏的准备。

我轻轻松松地过了这一关。我的态度还是那八个字:不卑不亢,待人以诚。不知道是因了我的实事求是态度,还是因了我的坦然泰然的神情,或者是因了我的反客为主的勇气,竟然使得全体在场的德国人为之动情动容,最后博得了长时间的热烈掌声——这是我自抵达西德以来,迄今为止所经历的持续时间最长的一次喝彩。

我也得到了一个极宝贵的教训:无论对中国人还是外国人,无论对爱我们的人还是心怀叵测的人,我们都应该面对事实的真相,都应该保卫作家的尊严。

散会以后,人们久久不愿散去。他们都是没有人组织更没有人付酬的普通的联邦德国公民(而且不一定都是中国文学爱好者),他们甘愿放弃休息、娱乐和约会;他们读到报纸上的有关消息便牢牢记住了时间和地点,冒着早春的料峭夜寒前来看一看和听一听中国人。单凭这一点,就值得我去逐个报以亲吻了。

朋友们!我太感谢你们了!

聚在大门口等我们出来的人群,纷纷索取我们的名片,向我们脱帽致敬,和我们握手欢笑。

我一眼发现了两位同胞,很年轻,想必是留学生。彼此寒暄过后,的确不错,男的是南京来的留学生,到此地已经七年了;他直截了当地表示,在目前这种情势下,他暂时还不想回去,尽管他的研究项目完成在即。女的是他的妻子,名义上是伴读,实际上是来干点零活,也就是打工赚钱帮补家用的;起初我自以为是地理解为他们的小家,听了她的低声通报,才恍然大悟,是指她在中国的娘家。因为,她的父亲也是1957年错划的"右派",如今虽然恢复公职,但全家生活依旧相当清苦。她还告诉我,她父亲常常提到我的名字。啊,原来如此!相逢何必曾相识!

十时半才用晚餐。

闹不清楚,这餐饭是谁惠钞,反正不可能是作家协会。德国作家协会是隶属——用我们国内的术语来说,就是"挂靠"——于联邦德国印刷工会之下的一个群众性的自愿结合团体。他们一无办公经费,二无办公地点,他们的会员,除了极少数能靠稿费维持生活外,绝大多数人都是业余性质的,没有什么单位会让他们吃"大锅饭",会给他们以"铁饭碗"。秘书长工作最繁重,也无分文津贴,纯属尽义务。没有一颗忠诚于文学事业之心,是绝对办不到的,我这样断然判定。

忽然又记起了克劳斯·斯塔德缪勒先生对我说过的一句话:"我们作协会员,都是工会会员,也就是说,都是无产阶级。"我似乎更明白了这番介绍的含义了。

不过,今天到会的人当中,也有若干并非工会会员。他们之中,有人属于另外一个德国作者协会。一个"作家",一个"作者",怎么区分?想来是否有我们中国语言中那种暗示,成了名的叫作家,尚未成名的叫作者?不过,我没有追问,只能存疑。

席间,克劳斯·斯塔德缪勒尔先生回顾了希特勒给德国人民、欧洲人民和全世界人民带来的苦难。他不无感慨地说:"害人反害己。德国再一次被打断了脊梁骨,断成了两截。但是,我们的人民是有志气的,正是由于人民的奋发努力,才有了今天,才有了希望……"我对克劳斯·斯塔德缪勒尔先生的言论是既理解又同情。于是,我从衣兜里掏出我的记事本来,找到了我从《黑色方尖碑》一书中摘抄的一段话,大声朗诵起来:"维护世界和平!关于它,从来没有比我们的时代谈得更多,而为了它,却从来没有比我们的时代做得更少。从来没有比我们的世纪——二十世纪,进步的、技术的、文明的、民众文化的和大规模屠杀的世纪——有过更多的虚伪预言家、更多的谎言、更多的破坏、更多的眼泪。"我把记事本交给了金弢,请他按汉文倒译回去,并且说,"这是贵国大作家雷马克的至理名言,也是他对全人类敲响的警钟。警钟长鸣,我们必须牢记在心。"

人们为之默然。

回到住所,心情仍旧处于昂奋之中,睡意全无。为了镇定和平静自己的心跳,我捡出换下好几天了的脏衣服,一洗洗到十二点;再坐下写完这篇日记,落枕时已快子夜三时了。

1987年4月7日 星期二 晴
汉诺威—哈默恩—汉诺威

今天又恢复了旋风式的外出旅行。目的地是小而大大有名的哈默恩——中国地图上一般不知为何都译作哈默尔,其实发音中根本没有"尔"。

早起略有空闲,也都充分利用上了,临时又增加一个参观项目:印刷工厂。这是王一地一路上念叨着想看的东西。王一地从事出版事业,关心各国同行的状况乃至于与出版公司有关的印刷工业,本属情理中事,我是全力支持并一再向黑塞博士提出过要求的。何况,大家都可以借此多长一点见识。这里,到底是谷腾堡的故乡啊!对于那位曾经在西方首创活字印刷术的伟大工匠,难道不应该表示敬意吗?

这家有一百五十年历史的工厂,坐落于汉诺威市内 Tivolistra Be 大街4号。大门窄窄的,可院子倒不小,安静得如同一间研究所。

由于作家们都使用配备了磁盘的打字机写作,工厂里也就再不存在捡字一说。原稿直接输入电子计算机,变成了胶卷,通过感光装置,图像立刻在荧光屏上一一显现,十分的清晰;如果发现不妥,工人们(一般都不低于高中或者专科的文化水平)便及时进行技术性处理。

无怪乎德国人的书出版得那么迅速,那么精致。

工厂主拖着一条病腿,拄着拐杖,领我们四下观光。

一看便了然,这位先生的气质和作风,和"水宫"的主人——落魄的伯爵——有相近之处。我们之间,曾经有过一场短暂的舌战。起因是:我谈起了活字版的始祖毕昇,他不同意,他咬定唯一的发明家是德国人谷腾堡,从而激烈地反驳了我:"这项发明权不属于中国,这项发明权属于德国,仅仅属于德国。"话说得十分硬,我当然无意于和他争辩,我只是一笑了之,来了一个"和为贵":"我理解的毕昇,正是中国的谷腾堡;而我理解的谷腾堡,正是德国的毕昇。"瘸老头儿也乐了,便招呼大家坐下,吃巧克力,喝啤酒。

不过,比巧克力和啤酒更有魅力的是放巧克力和啤酒的玻璃台子。这张台子的设计的确相当别致,整块的大玻璃砖下面,摆满了大大小小的拼版盘,盘内全是浸满油墨的黑黝黝的字丁——古代乃至不久前还在使用的铅字!这张玻璃台肯定极其沉重,沉重得犹如我们不久前才摆脱掉的那段历史。

带着这样一种同昨天诀别的心情,看了不少操作先进的车间。这些场所,实在不能叫作车间了,没有粗笨肮脏的字架,没有隆隆作响的机器,没有稍不留神便蹭人一身的油墨。技工们一个个文质彬彬地坐在灯下忙着自己的活计;其中的一位偶然发现了我,友好地一笑,抽出一张一尺多长的废胶卷(即底稿)送我留作纪念。

地下室更加有趣。它其实可以命名为厂史展览馆。一半陈列着这个厂先后承印的各类印刷品:表格、画册和书籍;一半是历年被淘汰下来的旧机器、旧工具,但都已经拭擦一净。这些产品和机具默默地兀立着,仿佛陷入了对往日的回忆和沉思之中。

我却特别感到高兴,我想:完成了任务,便该退出历史舞台;我在心中对这间地下室表示劝解宽慰:不必怀旧了,君不见,楼上正有 Rolanol(一种排版——印刷两用机,每小时打 9000 个字,印 6000 个印刷页)欢快地运作吗?有了这样优秀的接班者,可以放心了。

工厂里的一位小伙子,估计是厂主的秘书,要求中国作家代表团与厂主在当院合影:"我们要将先生们的相片挂在墙上。"

离开工厂,又参观了专门出售中国商品的霍尔腾百货公司。

显而易见,这里的一切,都像镜子一样反映着当前席卷西德的"中国热"。琳琅满目的货物,倒也足以令人眼热,但也再一次触动了那根脆弱而敏感的神经:泥足巨人。最突出的还是工艺品。从草编到陶瓷,从地毯到刺绣,从景泰蓝到挑花布,从拖鞋到刷子,从漆器到泥人……售价之昂贵,与进口价简直不成比例。每天成交额之大,并不因高价而萎缩;仅陶瓷一项,就达一万五千马克至两万马克。小个子的老板笑容可掬,殷勤接待我们,可他发了多少中国财啊!

留学生们在顾客过往的通衢上,表演各自的拿手:书法、水墨画、气功和二胡。他们倒很老实:"老板雇我们,说是德中友好;我们当然不反对德中友好。不过,我们更看重他付给我们的劳务报酬……"

附设的餐厅也够热闹的。厨师分别来自上海、北京、济南、重庆和广州。炒菜锅里的明油着了火,一提一抖,火球直蹿半空;面案上擀面杖拍得一迭声山响,如同大乐队的鼓点子;山东的开花馒头和四川的牛肚火锅,都刺激着老外的食欲。总之,中华烹调艺术出尽了风头,可我们这帮来自中华的作家吃不起,只能马马虎虎用一份最大众化的饭食——汉堡包和意大利馅饼,即译名"劈叉"者。

利用吃饭的工夫,又和黑塞博士达成三点协议:(1)以现金付清我们自法兰克福至汉诺威的飞机票款,款交金弢;(2)负责收集到访以来的全部有关代表团活动的报道资料;(3)到波恩以后,自由活动。

下午二时半,到了哈默恩。距离规定的市长接见时间还有半个钟头,正好随意游览。

哈默恩,就是那个借了民间故事的翅膀,飞遍了五大洲的花衣吹笛人的故乡。今年,又恰逢他吹奏魔笛,带走儿童的七百周年纪念。我们随便找了一处街心咖啡馆小憩,顾客盈门,却十分安静;刚坐下审视四周,立刻从衣着多彩的无数本地居民当中,一眼望见了不远的街头立着一具一动不动的真人般大小的偶像,啊! 花衣吹笛人! 除了装扮古怪外,还神气活现,宛如活人哩。

我赶紧跑过去,顺手拉了一位游客,请他替我拍了一张与花衣吹笛人的"合影"。

同志们发现了我的去向,也纷纷前来仿效,照相留念。

然后,我们喝了一点饮料,便动身去遛马路、逛商店了。这座小城只有六万人,却有一千年的建城历史。还有一个为当地居民引为自豪的数字,即市政建设投资每年高达一百万马克,领先于整个西德。

到处都是巴罗克式的建筑,雕琢繁复,嵌饰华丽,上层一般都要较下层往外延伸几十公分,因此,形成对街楼房仿佛一概相对弓腰行礼意欲握手的奇诡惊险的景观;画家们倘来处理这类特色极其突出的题材,我想,那透视的角度固然比较容易把握,但无疑又有一定的难度——因为这些鳞次栉比的屋宇又绝无雷同现象,必须抓住各自的细微特征。否则,就不成其为巴罗克了。

大街上悬挂着建城一千年庆典的横幅,一派喜庆景象。

黑塞博士告诉我们,此地有不少南斯拉夫人、土耳其人和意大利人。意大利人往往不久便入籍了,南斯拉夫人则用劳力换取外汇,逐年汇回本国去;至于土耳其人,他们的风俗习惯总令德国人感到不愉快,尤其是土耳其妇女,上街还戴面纱,忒过保守了。黑塞博士顺着这个话题,又谈起了汉诺威,原来,汉诺威最多的是希腊人,所以,那儿有一所希腊领事馆。

一条主要的步行街上,竟处处出售"老鼠",塑料的、皮革的、布的、石头的、铁壳电动的,最大量是泥巴的。许多店铺的广告牌上,都画着花衣吹笛人以及他的魔笛,还有许许多多中了魔法的孩子和中了魔法的老鼠。

这点燃了我的灵感。我觉得,它已经为我今天的答词定下了基调。果然,这一篇简短的演说,被笑声、欢呼声和掌声打断了十二次之多。同行诸君夸我好口才,真是天晓得!我素来不善辞令,但在哈默恩,似乎自有神助,没有怎么刻意追求,语言便自心的泉眼中汩汩喷涌而出。

准确地说,是哈默恩首先以她的魅力征服了我,然后,我才用颂歌作为回报。

最令我感动的是,"德国书生"黑塞博士也在人群中咧开大嘴,笑口常开,一个劲儿地为我喝彩。难得!他是十分严肃,从不轻易流露感情的人。

细想之所以如此讨得主人们的欢喜,大概是由于我用轻松愉快的言辞点出了当今联邦德国令人困扰的严重问题——人口结构老化和人口总数的下降。

人类也许永远无法拯救自身。野蛮落后固然不足取,然而,科学技术的高度发达似乎也利弊参半;到目前为止,还没有一种政治主张,没有一种经济制度,没有一种价值观念是真正完善的,因而,实际上没有一种东西配得上"永恒"二字。

就拿人口问题来说,文明富裕的国家和愚昧贫穷的国家同样面临着各自不同的灾难。

我们中国人口太多,多得承受不了。

而联邦德国,根据现今的趋势推算,到了下一个世纪,将因负增长而减少600万人,相当于目前人口总数的十分之一。二〇二五年,劳动力将要减员800万。老龄人口的比重大幅度上升,社会保险费的缴纳比例,二〇二五年也将由目前的30%提高为40%。在距今不远的两千年,每一名工人肯定要供养一名退休人员,而目前还是两个工人负担一名退休者。

这叫作:大有大难,小有小难,只不过难点不同而已。

如果事情仅仅限于人口本身,倒还罢了,更可忧虑的是由此而诱发的社会动荡。以西德为例,德意志本民族人口萎缩,而外籍移民不断拥入,民族之间的利益及其他因素引起的摩擦、纠纷日益增多,谁能立下保票,保证当年一度蛊惑人心的"雅利安人至上"的纳粹理论不会死灰复燃?

仪式结束后,无所不在的记者又来采访。他希望公刘先生发表诗一样、讲演一样的答问。

随后,来了一位身材娇小、光彩照人的德国小姐,充当我们的导游。小姐芳名叫作特贝斯赫(L. Tbsch),是我们此行中遇到的绝代佳人。一帮受过"非礼勿视"儒家教育的中国老少爷儿们,忍不住都争相脱口啧啧赞美,只见她低头道了一声"谢谢",便落落大方地报出一大串可以观赏的去处来,听任我们选择,既不洋洋自得,更不搔首弄姿,全无中国那许多这"星"那"星"的浅薄和恶俗。自大加一点为臭,臭美非美,信哉斯言!

第一站,她领我们直接去到玛克特(Markt)教堂,让大家仔细默读嵌于墙上的一方碑记。据金弢翻译,大意如下:由于统治哈默恩的贵族食言自肥,拒付酬金,驱除地方鼠害有功的花衣吹笛人乃吹响魔笛,130名儿童踏着笛声的召唤,紧随其后,出城流浪远方,只有一个拄着双拐的残疾男童和一个过于弱小的幼女,因为跟不上大队,被慌张合上的城门所挡住。不错,这正是我所读过的那个故事的基本情节。小姐告诉中国朋友:听说,世界上流传着26种不同文字的译本。

转身又来到圣·波尼伐齐奥斯教堂。这座教堂也有一些掌故。当拿破仑称霸欧洲大陆时,曾在此驻兵一年之久,因而造成严重损毁。拿破仑垮台后,有一位名叫弗里德里·斯奇拉塞尔的牧师四处化缘募捐,负责重建。为了纪念牧师的赤忱,教堂门外场地上竖有他的铜像,我们走去看了看,果然表情诚笃坚毅,颇为传神。

走不多远,又是一座教堂,它与其他同类建筑的区别在于:屋顶上除了十字架外,还有一片风帆,这等安置,确属罕见;一问,原来是纪念海上守护神尼古拉斯。

钟声响了,一对表,三点三十五分。教堂屋檐上挂着的一排大小不等的铜钟,一个接一个地敲起来,不迟不早,大门上方的两片金属薄板缓缓启动,它们象征着古老的城门,待钟声停下,笛声便高高奏响,在悠扬悦耳的曲调中,花衣吹笛人带领一串高矮不一的孩子们,迈着舞步,摇肩摆臂,踏歌而行……我们全看傻了眼,音乐和舞蹈是有传染性的,别人如何我不知道,反正我是如醉如痴了。

不能不佩服德国人民的巧思和巧手,操纵着这一大帮机械玩偶,表演得如此生动、准确而富有人情味儿。

据说,每天的此时此刻,花衣吹笛人和可爱的孩子们必定要出现一场。怪不得方才特里斯赫小姐催促客人加快脚步,她是怕错过了让来宾一饱眼福的良机啊。

众人和热心而周到的美貌小姐告别,还真有点惋惜呢。

晚餐由中小出版商联合会做东,地点在一爿名叫"老鼠夹子"的饭店。这个联合会,目前拥有 26 家成员。他们眼下的重要任务之一是推荐一批优秀书籍,去参加今年十月间法兰克福例行的图书博览会。

宴会是经过精心安排的,每套餐具旁边,都有一只用面粉捏的"老鼠",外边涂了油漆,据说还掺了别的什么成分,不能食用,仅供把玩。"老鼠"身子下面,压着一本大型的精装画册,花衣吹笛人以滑稽逗笑的步态在封面上行走。

我想起,宴会之前的短暂聚会上,出版家们曾经赠给我们一人一只布袋,布袋里也装着一只"老鼠"和另外的若干图书。如此说来,这一对"老鼠"怕要到中国去传宗接代了。上帝保佑,让它们性别相同吧,中国的土老鼠已经够多了,哪里还敢再引进洋老鼠来折腾!

联邦德国一年出版各类新书共七万册。问起当中有多少中国翻译作品,在座的女士们和先生们面面相觑,不好意思地承认:几乎是个零蛋。

今晚最大的收获当推女出版家毛瑞尔的友好倡议:她主持的出版社决定填补这个令人遗憾的空白,邀请中国作家合作撰写一本书,书名暂定为《中国作家眼中的下萨克森州》;为此,她拣出随身携带的若干样品,叫我挑选以何种开本最中意,又讨论到照片和图画配制插页的设想。我和同志们听了都大为兴奋。

他们询问到有关中国文学界、翻译界和出版界的各方面的情况,问题提得极其坦率,例如:"倘或不同意四项基本原则,怎么办?""为什么中国不参加世界版权协议?是否为了盗印方便,还是不同意文件中提到的某些人所公认的出版自由准则?"等等。

赵长天又抓住机会不放,再一次提出了他的那个著名的"赵德巴赫猜想":"德意志民族向世界贡献了那么多的文化巨人,这个事实和德意志民族的整体素质有何关系?请告诉我你们的见解。"

答案自然是一人一个样。仁者见仁,智者见智,但都可以算得上"一家之言"。

夜车回汉诺威。

1987年4月8日 星期三 多云间晴 汉诺威——哥廷根

赫赫有名的大学城哥廷根,是我心仪已久的地方。

十时准,步入古老而高大的市政厅。奥托·雷维先生也像奥斯纳布吕克的那位女市长一样，身着黑礼服，脖子上披挂着一大串表明地方长官身份的金片、银片相间缀成的"绶带"（金弢都找不到准确的贴切的译名），每一个光芒四射的金属片上都镂刻着隐约可见的狮子加城堡的图形，估计是此地的城徽。奥托·雷维先生已经六十四岁了，但身板硬朗，步履矫健，面色红润，站得笔直。他嗓音略带沙嘎地向代表团发表了庄重热烈的欢迎讲话。事后，他告诉我，由于他本人的犹太血统，希特勒统治时期，他不得不远逃异乡，战争结束后，才重新回到故乡。他在哥廷根担任市长一职已有多年。他问明了我的年龄，立刻改口，以"中国弟弟"相称，"My Chinese younger brother"，我对这一称呼，对他的开朗性格和健谈都倍感亲切。

我的答词照旧是用抓住重点、突出重点的老办法，来到哥廷根，自然得强调文化和人类的理性之光。不过，我也没有忘记在朱德元帅曾经留学此间这一点上做文章。

奥托·雷维先生爽快地响应："停一会儿，我会请人领各位去瞻仰朱德先生的故居。"

当地报社的男女记者各有一名在场，只见他和她经常在写什么，用我见过许多次的铅笔和拍纸簿。

仪式结束，便进午餐。州议员、市议员和地区一级、县一级（我搞不清西德的行政机构的层次及从属关系），同时有当地 S 银行的代表，共计十余人作陪。

饭后，无畏先生将车子开进了阳光旅馆（好名字！），卸完行李，一行人便直接去了集市广场。

广场位于古城的中心。定睛一看，原来刚才举行接见仪式的市政大厅，就在广场的北面。导游的先生告诉我：古时候，这个市政厅是有卫队站岗的，遇有贵宾来访，还牵着狮子，以示隆重。我想，得亏了是古代，否则，仪仗队里站着活狮子，该多吓人！同时也记起了奥托·雷维先生明晃晃的"绶带"，正是狮子，没有猜错。

导游领着我们漫步。多拐几个弯,大家便不约而同地发现了本地的特殊"路标"——每一处十字路口,花岗岩的巨大铺路石上,必然有东一个、西一个的箭头,指明某教堂的方向,教堂名字下方,还刻了兴建的年代。

我觉得十分有趣,便比照着临摹了一番。

我选的是 VIER KIRCHEN BLICK 的一个"路标":

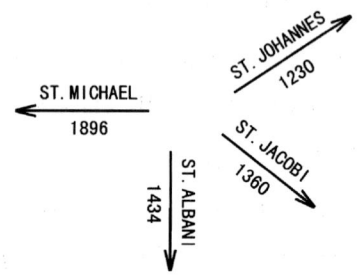

其间透露出来的淳朴古风,令人浮想联翩;数百年来,走过这儿的人,都有过一些什么样的悲欢离合?他(她)们急匆匆去教堂,祈求的是什么?忏悔的又是什么?

然而,他(她)们都走了,永远地走了,留下的是这座宁静的古城。宁静,有时会成为一种巨大的力量,以致迫使喧嚣的战神都不得不绕道而行。奥托·雷维先生刚才不是以迷惑不解而又万分庆幸的语气讲过了吗?整个西德,唯一没有遭受炮火毁灭的城市便是哥廷根。

幸存下来的古迹很多很多。屹立在广场中央的牧鸭姑娘园塑,便是其中之一。大诗人海涅当年也曾就读于哥廷根大学。他肯定不止一次的徘徊于这座园塑周围,觊觎过有朝一日拥吻她。本地有个不成文的规定,凡在哥廷根大学取得博士学位者,方有权跨越栏杆,去亲吻这位不知名的娇美的牧鸭姑娘。

哥廷根是健康的城市。她不允许设立红灯区,目的在于保护青年一代。大学生们课余闲暇,便成群结队地来到广场散心。我们在广场游览的工夫,就遇到了不少大学生。绝大多数是边晒太阳边聊天的,只有极个别的携卷阅读。不过,在牧鸭姑娘的园塑附近,却也与一伙"朋克"(Punker)不期而遇;我觉得怪有意思的,便假装拍牧鸭姑娘,偷偷地将他(她)们摄入镜头。你就看吧,男的推了个光头,只留下当中一道长毛,用特殊的发胶粘牢固定,高耸如鸡冠;女的也把头发剪成两寸左右,不知用的什么高招,使之一根根"炸"开,形同刺猬。这帮男女大概是有意穿得破烂邋遢,趿拉着鞋子,手背和胳膊上往往都电刺了花朵、动物或者莫名其妙的图案,所谓文身是也;看来人类真是可怜,返祖,有时候竟会被视为创新。据一般的解释,"朋克"们惊世骇俗的打扮做派,其用意全在于发泄对现行社会秩序的不满与反抗。那么,他们的理想又是什么呢?不清楚,似乎还不曾有哪位理论家为他们"立言"。我猜,这恐怕是"后嬉皮士"吧。

看罢了广场和教堂,便直奔一条僻静的小街,那儿有一幢红楼,楼前有一排铸铁栏杆,一些不知名的树木花草;建筑物本身颇有年头了,显得相当古旧,墙头钉了一块铜牌:"中华人民共和国元帅朱德"。我了解了一下,目前朱德旧居有人住着,而楼下有一家著名的芬兰桑拿浴澡堂正在营业。这也并非对中国人不尊重;在西方,一般所谓名人短期逗留过的地方,都是用这种方式对待的,既简朴,又庄重。我倒觉得不妨效法他们,不必处处大兴土木,修建那么多的"故居纪念馆"。

大家商量了一阵,愿意回旅馆去收拾收拾住处,略事休息。不料,急性子的著名评论家阿诺尔德先生,却早已守候在我们的必经之道上实行堵截,彼此见了面,也就不由分说,被他拉到了他的府上。

幸亏我有预感,将邓友梅让我带来送给他的鼻烟壶和不知道哪八辈子的一包地道北京正宗鼻烟,早就藏在随身不离的提包之中,免去了再跑一趟之劳。

这位海因兹·路德威格·阿诺尔德(Heinz Ludwig Arnold)先生身体异常强壮,精力特别饱满,薄薄的外套下面,仅穿一件紧身衫,胸肌鼓鼓的,加上前额突突的,眼睛暴暴的,胡须翘翘的,活像一位体操教练。

他的家安在郊区,半途要经过歌德学院和席勒草地。我琢磨,这是否正在暗示:阿诺尔德的人生道路。

及至抵达目的地,粗粗一看,外表仿佛是一座平房,奶油色的墙垣小巧玲珑,爽心悦目。待到推门而入,殊不知竟是楼上楼下,还带花园平台。小院与客厅相通,客厅地下,又别有洞天,那儿藏有评论家的私人游艺室:各色各样的电子游戏机,绿毡贴面的台球桌,光景和坎波夫斯基先生的差不多。再打游艺室往里走,便是一排排高及屋顶的大书架,数不清的藏书像兵士一样整整齐齐列立在那儿,我大致瞄了一眼,没有发现几本中国书。于是,我送他一册《仙人掌》(我没有带自己的评论集子来,它们软塌塌灰溜溜的,更加其貌不扬,拿不出手):"让它也在您这儿排队吧。""啊,非常感谢!感谢您的大作屈尊下我的地狱!"阿诺尔德把他的地下室叫作地狱,挺会寻开心的。

就在这时节,他猛然记起了什么,赶忙跑开去,从不远处的小书桌上翻出一个薄薄的邮包来:"这是诗人雨果先生寄来的他的诗集,嘱我转赠给您。"我当即请他代为致谢,顺手珍藏入匣。

环游完毕,主人带领大家回到客厅入座。交谈热烈而不拘形迹,开门见山。他首先以调侃的语调对当前西德汉学界发表了一针见血的评论:"他们并不怎么了解中国文学的整体,只是忙于各人划各人的圈子,各人拉各人的关系,各人吹各人的'发现',选择自然未必准确,再加上译笔缺少文采,很多想当然的成分,结果是读者只好去啃那些并无多少滋味的东西,像一群可怜的缺少食物的狗。"阿诺尔德先生说话的时候,眼珠子炯炯闪光,还不停地打着手势。

他要求我谈一谈自己的看法。我说:"我不懂德文,似乎没有发言权。不过,听旁人介绍,也接触到若干贵国的出版物,我也认为,目前的情况的确不大正常,不是中国与联邦德国之间的文化交流,而是某一位联邦德国汉学家与某一位中国的幸运儿之间的个人友谊交流。"另外,我还强调指出了一个事实,即:目前的局面是中国大大的"入超",而联邦德国并不曾"引进"我们多少产品,彼此之间太不符合对等原则了。这,自然不是长久之计。

接着,我便将自己在国内写好的"万言书"(关于中国文学现状的基本轮廓)的主要论点,凭记忆大致复述了一遍。金弢十分卖力地一一翻译了,阿诺尔德先生听后直拍手,说道:"请给我一份,我一定设法找人译成德文发表。"

王愚和阿诺尔德先生是同行。他们之间,容易说得热络。不出所料,两人一拍即合,以至于竟商量起怎样合编一部包括不同流派的中国作家作品选的具体事务来了,进展何其神速!当我听到他们在讨论如何选准作家真正的代表作时,忍不住插了一句嘴:"建议你们给每位作家写一篇实事求是的小传。不要流水账式的,应该具备一点理论色彩,指出作品的文学主张及其历史价值。"他们二位一致称是。

女主人端进来蜜饯点心,阿诺尔德当即得意地宣布:"这是我妻子。"那眼神,那语气,会使客人误会妻子就是好吃的蜜饯点心。妻子很年轻,原是阿诺尔德先生的高足,如今,不待说,真个是登堂入室,成为私淑弟子了。两口子感情很好,以至于阿诺尔德根本不回避,于众目睽睽之下,对她做了一连串表示亲昵的小动作。做妻子的很骄傲地望着众人笑了笑,埋怨道:"你也不向你的中国朋友介绍一下,这些点心是我亲手做的。"

这时,我们的这位男主人才如梦方醒,忙搭讪道:"我本想等你离开了,再重点宣传一番的。"

在王愚和他的交谈告一段落之后,我才开始处理那十分棘手的"外交公务"——将邓友梅赠送给阿诺尔德先生的礼物一一清点,移交。我不得不再三抱歉:"从中国到贵国的路太遥远了,三只鼻烟壶,我一直当作了国宝似的,重点保护,又垫又包,还是不幸被压碎了一只。不过,即便是碎片,也半片不少,有暇的时候,建议您像文物工作者一般,用万能胶一点儿一点儿使它恢复原貌——无疑,使用价值是肯定没有了,观赏价值还是有的。"阿诺尔德先生大度地挥了挥手,眯缝着眼睛仔细把玩了一番,便笑吟吟地把鼻烟壶交给了妻子保管。阿诺尔德是个洋鼻烟的瘾君子,也是各色鼻烟壶的收藏家。

彼此情绪都很高,谈兴也很浓,因此,喝了不少茶、咖啡等;有进必有出,免不了一个个都有点"内急"起来。刘祖慈带头去"方便",他探路归来,表情忽然有点神秘,对继之起立欲行的赵长天说:"这位先生的厕所,也大有看头!"赵长天回来,又是掩嘴暗笑,我不免奇怪,也就前去一观,啊,的确是艺术厕所!紧挨着抽水马桶的后侧,长起一棵生命之树,绿油油的,枝干如藤萝,一直牵过头顶,伸展开来,布满整个天花板,颇有一点浓荫匝地的气象。最可叹的是,阿诺尔德先生匠心独运,竟让这棵"树"结下了不少大红果子,果子可不是画的,而是真正挂上去的,又似乎是苹果,又似乎是杨梅,累累坠坠,吊将下来。我心中暗想,倘若房门关重了些,怕会来回晃动乃至震落地上吧?堪称奇绝!

这里,毋庸讳言,隐约含有某种性意识,但又并不落俗套。

晚间又是宴会。这一次,主持人换了哥廷根的县区议员。至于费用,恐怕仍旧是 S 银行开支,S 银行在这两次宴会上都扮演了无名英雄的角色。

宴会设于十足贵族化而且是十足骑士化的"容克"饭店。

哥廷根既是一个县区的名字,又是一座城市的名字,同时,还是一所古老大学的名字。整个县区人口 22 万,市民 7 万,大学生 1 万。依照西德的现行法律,市本应归县区领导,然而,由于历史上形成的习惯,市之于县区又有较大的自主权,因此,哥廷根县与哥廷根市,实际上是平起平坐。

区议员先生言谈风趣,引用了海涅的《哈尔茨山游记》(哈尔茨山离哥廷根不远)。他取笑自己的大名鼎鼎的哥廷根,说是海涅把它排在"香肠"的后边,足见香肠比城市重要。我当即决定以中国典故回报德国典故。我在答词中引用的是《孟子》:"鱼,我所欲也,熊掌,亦我所欲也,二者不可得兼,舍鱼而取熊掌也。"然而,当我背到最后一句时,突然"卡壳",记不清原文了。正着急间,赵长天用假装和刘祖慈说悄悄话的方式低声提示,帮我摆脱了窘境,并且丝毫不露痕迹。这时,我的大脑里出现了两股平行的思维线索,一股是继续将答词合乎逻辑地做完,一股是回忆起少年时代第一次登台演出话剧时,也是"跑词儿",得亏担任提词的同学躲在景片背后替我接上茬儿,戏才得以顺利演下去,没有出丑。由此,我深深地体会到,一个人哪怕再能干,再博闻强记,也难免有马失前蹄的时候。"一个篱笆三个桩,一个好汉三个帮。"信哉斯言!

不知为了什么缘故,市长奥托·雷维先生在我之后,又即席致词——而且单独表彰了我一大通,令人不安。席终人散之际,老先生激动地张臂和我拥抱,我也只好学着他的样子,在他面颊上左、右、左的连吻三次,然后是合影留念,同时许愿:"一定给您寄来。"

这个老头儿真不赖,竟坚持要陪同我们漫步街市,一直送到阳光旅馆在望了才依依告别。半路上,他曾指给我们看一座教堂的高耸塔楼,说:"你们瞧,那儿有人!"不等我询问,便主动告诉了一个本地的掌故和风尚:哥廷根大学每年都要推选两名学生,上塔楼居住,以培养勇敢精神与生活能力。被选中的人,必须是公认的最优秀的青年。因此,这个传统就成了一种特殊的荣誉。

于是我立定仰望,上边的确有人影晃动,小如甲虫。

多么有意思的锻炼方式啊,这其中似乎藏着一首哲理诗。

1987年4月9日 星期四 多云 哥廷根—汉诺威

阳光旅馆,并不曾带来阳光。

上午访问了哥廷根大学的东亚研究所。

刘梦莲大姐在这儿是轻车熟路,她特意让我吃了一顿偏饭——领我进入一间内部书库,只见书架上摆满了台湾版的各类图籍,阅览室内同样充斥着台湾的大小杂志、报纸。

我随手翻了翻,不想竟发现了一项国内见不到的资料,刘梦莲大姐应允为我私下复印一份,待机带回北京再邮给我。刘梦莲大姐是一位绝对"循规蹈矩"的人,居然愿意为我冒这种"风险",令人感激。

东亚研究所的负责人是联邦德国专攻中国文学的资深的汉学家,起了一个颇有"大跃进"味道的中国名字:罗志豪。座谈中,他透露了一个数字:在西德,总共有500名学生在学习中文,其中哥廷根大学占了200名,仅此一端,足以说明,哥廷根大学对进一步发展中德文化双边关系,居于何等举足轻重的地位。

可惜,电话不断传呼罗志豪先生,他不得不时时刻刻跑来跑去,使得交谈难乎为继。

接着,又前往德语系。这个系创办于1889年。在接待我们的人员当中,发现了三位从中国来进修的德语专家。他们是介绍诺贝尔文学奖获奖作品、长篇小说《迷惘》和《垃圾教授》的译者郑寿康先生,和南京大学的朱锦扬先生、西安外语学院的陶琨先生。

赵长天再度提出了那个"司芬克斯之谜",德国主人以及研究德国有素的中国同胞,一人一种答案。

赵长天大概有所收获,因而兴致显得特别高;当主人要求我朗诵《我不是孤雁》时,他自告奋勇,代我出场,我觉得那效果甚至比我本人更加理想。

按计划,最后一项活动是参观图书馆。但不知在哪个环节上出了一点故障,磨磨蹭蹭,找不见拿钥匙的关键人物,白白耽误了许多时间,最后不得不作罢。

这么一来,午饭几乎变成了晚饭,吃饭的地点选在黑熊饭店。热情的主人当场分赠大家一人一帧铜版画,画面是一座古堡,下面有歌德吟咏这座古堡的诗句,诗句是从大诗人的手稿上复印下来的,时间为1815年5月17日。据说,这画中的古堡距哥廷根不远,可惜,我们已经无缘前去了。

匆匆赶回汉诺威,正值下班高峰期,一路堵车,原来设想的绕道欣赏一下气派十足的"皇家花园"雕塑群的心愿,又化为泡影。

下榻处又换回初到时住过的 Konner 旅馆。一问，参观中国工业博览会和中国电影节的人流已经退潮，房间又空出来了。

赶赴黑塞博士的家宴。除了代表团全体外，还请了三位陪客：当地德中友协主席戴特玛尔·斯托赫博士及其夫人（这位女士曾在我西北大学执教），以及和我们"草签"了出版合同的毛勒尔女士。

黑塞博士的家住在郊外，代表了当今西德中产阶级选择住房的一般趣味。房子本身不算大，但那庭院大得惊人——有整整一片森林，森林里还有受到保护的野生动物：不但有野兔四窜，而且有躲在 300 米开外对中国人瞪大好奇的眼睛的麋鹿，据说，獾子也不少，同时还有狐狸出没。黑塞博士当然有自己的小卧车，不过，黑塞夫人指着她的丈夫说："他爱马胜过爱汽车。"确乎不假，车库的那边，紧挨着便是一排马厩。马厩内挂满了鞍鞯、马镫、马嚼子、皮鞭、缰绳之类，两匹马正在安静地咀嚼草料，虽然天色已是薄暮，却依然看得清那闪着油光的黑绸子一般的毛色。

黑塞博士郑重其事地回顾了这一段交往，在致词——中特别强调了"公刘先生的劳绩"，还说，他所听到的我的每一次即席发言，都给他留下了不可磨灭的印象。我觉得当之有愧，但又不能否认他是出自一片至诚，并非阿谀奉承。

在我致完答词后，便和毛勒尔女士双双离席，具体敲定《中国作家眼中的下萨克森州》一书的出版合同细节。要点如下：

① 全书 120 面，文字占 96 面，余为插图;（包括反映代表团活动的各种照片，和采写代表团访问活动的各地报刊的报道版面，以及我们的作品在中国书刊上发表时的封面与目录等）。

② 稿件 7 月底交卷，由公刘先生负责审读；每位作家基本上撰写中文两万字左右，为了争取时间，稿件在中国国内或者寄往德国时，必须航空投递。

③ 汉译德的有关问题，概由毛勒尔女士全权解决。

④ 稿酬标准，按德方的现行规定，按出版数及价值，提取 30%；一旦再

版,依惯例再支付劳动报酬12%;汉译德的翻译费由毛勒尔女士与当事者协商。

⑤ 中国作家的作品文字,德方不得删改。

当我将上述各点一一宣布后,双方频频举杯祝贺。

黑塞博士乘兴说道:"奥斯纳布吕克大学的那位电脑专家,有信给我,表示打算翻译公刘先生的诗集。我已经替你推荐了《大上海》。"

电脑专家?翻译《大上海》?我听了固然高兴,又不免觉得相当玄,那位教授先生并不懂汉文啊。

告别之前,黑塞博士告诉大家:由汉诺威到科隆,仍旧由无畏先生驾驶那辆面包车;从科隆开始,即由达格玛女士陪同,一切必要的费用也都由她负责支付,如此直到法兰克福机场。

一切都很顺利。

我们也的确万分辛苦,理当得到这等报偿。

1987年4月10日 星期五 晴 汉诺威—科隆

最后一项必不可少的告别仪式:科艺部部长卡森斯先生接见,并话别。

上午九时整,一分不差,我们在州政府大厦如约与约翰-通克斯·卡森斯部长相会。身材高大的卡森斯先生身后,还跟随着一位部长助理,两人先后和代表团全体成员一一握手。

卡森斯部长享有法学博士的头衔。

他正襟危坐,俨然一名大法官似的;接过部长助理递过来的皮包,掀动卷宗,然后,向这不大的房间扫视了一眼,开始做热情友好然而又有几分克制的发言。

我记下了这样一些内容:

① 部长肯定,这个代表团是最受公众欢迎,也是全社会反响最热烈的一

个中国代表团。贵团的访问可谓获得了圆满成功。

② 部长希望,以此为契机,进一步推动两国之间的交流。

③ 部长表示,斯塔德市和多福(DOW)化学公司要求贵国各派一名作家前往,德方负责提供生活与创作的适当条件;此事要求向北京方面传达。

④ 部长强调,《中国作家眼中的下萨克森州》一书,有其开创性的特殊意义,请中国作家先生惠予协助,俾使之赶在今年的法兰克福图书博览会上展出。

⑤ 儿童文学方面,部长有意促进以"培蒂卡"为一方,以中国的有关单位为另一方的双边合作。

⑥ 请转告安徽省(下萨克森州的友好省)当局,本着一贯的友好合作精神,下萨克森州拟派遣一支摄影队,前去拍摄一部自幼儿园至大学全过程的教育纪录片,同时盼望安徽省亦来此间拍摄同样内容的电影。

卡森斯部长举起了一大摞报纸,笑道:"这里保存了先生们的全部行踪和言论,联邦德国人民、下萨克森州人民,将永远不会忘记。"

十时整,又是一分一秒不差,卡森斯先生和部长助理先生联袂退席。我们也在黑塞博士的引导下,步出政府大厦。

访德之行,官方活动到此告一段落。

在我们离开康勒尔旅馆之前,刘梦莲大姐将她手写的详细通讯地址,逐一交到代表团的每一位手中,嘱咐大家,往后上她北京的家中做客。"您急什么?您不也和我们去波恩么?"有人打趣地问她;她却认真地回答:"我怕那时候来不及。"人姐真细心。

无畏先生启动了他的车子,一路风驰电掣,往西,往西……直奔科隆。

我第一次有了一种每个毛孔都轻快通泰之感,仿佛得到了"解脱",进入了佛祖的境界了。

但又不无遗憾。仅汉诺威一地,进进出出十余次,却始终不曾得到机会,去参观一下制造世界第一张激光唱片而闻名遐迩的宝丽金工厂。我早就知道,它是迄今全欧洲唯一因为生产任务繁忙而不得不实行"三班倒"的民用工厂。它制作的激光唱片,以其优异的质量,完美地保存和再现从古典音乐到摇滚音乐,从室内演奏到当代歌王的歌唱的一切特色,从而风靡全球。

还有一件憾事是,没有看到有名的"莱尔草场"住宅区。这个住宅区以保持众多生态的自然平衡而别具一格;由于运用了最先进的科学研究成果,房屋虽属砖木结构,采光充分,夏凉冬暖,同时消灭了一切噪音。这些突出的成就使它一诞生便引起了建筑界的瞩目,立刻荣膺全德"建筑之勇气"一等奖,并且轰动了整个世界,引起了各国的群起效尤。我原来以为,虽说中国人现在是没有福气住上这样好的房子,但看上一眼,也留下个想头。然而,结果连"想头"也不给留,可惜!

丢下诸如此类的不满足,我开始毫无思虑地尽情欣赏车窗外边飞掠过去的种种景观。这难道是一个曾经沦为废墟的国家么?实在教人难以相信!

大约走了200公里,突然,驾驶舱内响起了某个人威严的命令声,无畏先生咕噜了一句什么,便缓缓停下了。金弢打问:"出了什么事情?"无畏先生说:"前方8公里处,发生了一起车祸,公路监理部门通知我们原地等候。"

大家东张西望,似乎内心的平静都被打破了。

其实,眼前什么也看不见。如果说,有什么异象,那就是,在我们的前面,停了整整两溜长而又长的车队,而在我们身后,这个队伍还在不断地延伸……

无畏先生解释,这一切,全都由国家交通总监管理。高速公路上,他们是至高无上的权威,任何人必须听从其调度。这时,我忽然记起来在汉堡听人讲过的故事,是否属实,未加稽考。西德人对苏联人是不放心的,因而,苏联人即便乘汽车出游,那一举一动也会受到严密的监视。通过卫星,可以拍摄到他们车座上遗落的小小一戈比。而对中国人,西德保安部门毫无兴趣。这一段闲话固然表现了德国人的反苏意识,但更重要的是,透露了西德科技的发达程度:每一寸高速公路都处在电脑控制之下。所以,8公里外血脉不通了,整条血管立刻做出反应。仿佛故意来向我们证明自己的先进似的,不到十分钟,故障便被排除了,车队纷纷蠕动,继续前行。不大一会儿,这样一个场面便投入眼帘:一辆巨型的工程车,在拐弯时,它的长长的龙门吊吊杆不慎将道路中间的栅栏撞断;据传,当时那一侧对开而来的一辆卡车躲闪不及,倾覆了,打后边飞速开来的几辆车子又七扭八歪地挤作一堆,各有程度不等的损害。幸亏没有造成人员伤亡。我们的面包车以低速滑过这一路段时,只见交警们还在现场忙碌,处理事故,损坏的车子已相继被拉走,肇事者也早已遭到拘留,倒霉的工程车则孤零零地停在原地。

不能不佩服人家的办事效率!

途中随便找了一爿乡村野店午餐,出乎意料的是,口味特别的油腻;我和金弢合计了一阵,决定动用自己携带的公款,买了些橘子、香蕉,按八等分分配,这还是自从出国以来第一次动用公款购买食物哩。而据我所知,不少出国的团、组,在吃、喝,甚至其他方面,不免总要不断"动脑筋"的。

再度上路不久,科隆大教堂的高耸塔尖便遥遥在望了。

达格玛小姐如约相迎。

为了不使暂时管钱的代理人为难,我告诉她:只要保证能休息好,不必计较多少星级。于是,她便通过电话替我们联系好阿尔梯饭店(Hotel Altea)。

无畏先生和我们惜别。他说,今晚上他将借宿于一位朋友家,明天一清早回汉诺威。我把我在国内买的一匹唐三彩马送给了他,他高兴得眼眶都红了,旋又提出要求,"请公刘先生用中文写出我全家人的名字,可以吗?"达格玛神通广大,不知从何处居然寻得了毛笔、墨汁和宣纸,我当即在旅馆一一写出,自然都选择了一些发音贴近而又"美好吉祥"的字眼。无畏先生视同"圣饼"一般,双手捧住,连连称谢而去。

再见吧,亲爱的朋友!

1987年4月11日　星期六　阴、小雨　科隆—波恩

一大早,我们便走进毛毛雨,朝慕名已久的科隆大教堂奔去。

大教堂的轮廓越来越清楚了,气宇非凡,自有一股逼人的力度,仿佛它是有生命而不说话的活物。

钟声阵阵,唤起了埋藏于心底的某种感情,我忽然感到,大概,我们的信仰万物有灵的祖先,多少还留给儿孙们一点近乎本能的宗教情绪吧。

这座教堂始建于一二四八年,几经周折,最后竣工时,竟已过去了六个世纪! 全部建筑面积达6000余平方米,四周有宽阔的广场环绕,内部有如林的高大石柱。做礼拜所在,那穹窿就有43.5米高,凝望上方的壁画,倘若时间久了,势必把帽子丢掉或者落下一个脖子强直再也无法回转自如的毛病。著名的双尖塔,更高达157米,居全欧第二位。每一座尖塔又为一小群尖塔所拱卫,塔与塔之间缀满动物和花草的精美雕塑。门楼与窗框全都嵌满了彩色玻璃,其中以黄、绿、蓝三色最多,它们不但美丽悦目,而且分别组成了《圣经》的系列故事——人物肖像真的是通体生辉,格外传神。整个教堂,里里外外、宏观微观,都笼罩在一片恢弘肃穆的气势之中。

为何科隆大教堂把塔楼建造得这样高? 我曾从一本书上读到过:依照天主教或基督教的教义,教徒们深信,人死了,灵魂就将升天;那么,塔尖越高,岂不离天堂越近? 也许,科隆大教堂的设计师正是在为耶和华的子民创造更容易进入天国的方便条件吧。

这座教堂和整个科隆城一样,在第二次世界大战中,遭到了毁灭多半的厄运。战后的修复重建工作,是依据十一世纪的最初蓝图进行的,因之保存了它的本来面貌:冷色调与孤耸感交织起来的沉郁和庄严。

我问达格玛小姐:"为什么德国人使用圣徒彼得、约翰等等名字命名的特别多,我们这次接触过的朋友,粗粗统计一下,差不多能占到三分之一,这是

否与贵国人民的宗教信仰有关?"达格玛小姐的答复是肯定的,并且告诉了我一个可观的数据:联邦德国近6000万居民当中,天主教徒和基督教徒合起来竟将近84%!

我很想体验一下教徒的内心生活。于是,我踮着脚尖(唯恐国产皮鞋发出讨厌的声音),蹑入众多的教徒当中,在他们做祷告的条凳上坐下来。只见眼前燃烧着千百根白蜡烛,火光闪烁,圣坛之上的救世主,正背负着沉重的十字架,以怜悯的眼神俯瞰众生——周围坐满了本地人、外地人以及来自异国他邦的香客。谁也不作声,但见少数几位嘴唇翕动,默默地念诵着哪一段经文,或者吐露着自己的心愿。我在这种氛围中"偷看"别人,仿佛无意中撞见了别人的隐私,自觉颇不自在。如此片刻,竟如同判刑入狱。待到发现有一个老者起身离去时,方才继他离座。结果是,什么也不曾"体验"到,异教徒毕竟是异教徒,更遑论无神论者了。

大厅里来来往往的观光者,肤色不同,服饰各异,真所谓五洲四洋。当然,也有身着法袍的神父和修女。他(她)们表情严肃,了无喜忧,当停下来回答什么人的询问时,那眼神也和十字架上的那位差不多。

然而,平心静气地想想,以天主教、基督教为支柱的西方文明,熏陶了多少代人,泽被了多少地域;他们所执着、所献身的东西,又是绝不能以斥责一声"宗教是人民的精神鸦片"所能了结。

否则,何以解释它所孕育的一切?何以解释众多大科学家最后殊途同归的选择?何以解释至今它仍居世界三大宗教的首位而不坠?

要学会尊重别人,包括尊重别人的信仰。

这就意味着宽容。人世许多事,不是"斗争"二字所能了结的。

在离别这座伟大的建筑物时,拍了几张照片,可惜天色阴沉,估计效果不会理想。

抓紧时间,我们又沿着莱茵河漫步,青草芊芊,有的树梢已经笼罩着团团黄中带绿的烟雾了——我知道,这是难以捉摸的春之消息。这一段河道离教堂不远,隐约发出淙淙的流水声,想来还是比较湍急的,而水禽们却毫不在意,怡然自得地上下翻飞;当它们叼住了小鱼并迅速吞咽之后,便发出胜利者的欢乐的鸣叫。

达格玛小姐提议,乘河上游艇实地观赏一次莱茵河两岸风光。大家欣然同意,便索性不回旅馆,随便找了一爿饭馆草草用了午餐。二时许,购票登船。

这种游艇,不大也不小,是往来于科隆—罗累莱之间的旅游专用船,每隔半个钟头一班,对开。上得船来,莱茵河水已在眼底,看得更真切了。我说:"德国人真能嚷嚷,这算什么污染?就比一比咱们的长江吧,更不用比黄河了。"达格玛小姐懂汉话的,她立刻不以为然,纠正道:"怎么?污染还不严重?记得我小时候学游泳,那比这干净多了!"达格玛小姐家住大河上游,不,也许应该是中游,柯布仑茨近郊。

莱茵河名不虚传,风景果然秀丽。两岸青山如黛,峭壁如削,古堡如林,曲径如蔓,我看见了牧童和羊群,也看见了护林人和坐骑;假如消音设备能把河上隆隆的马达声化解掉,几乎像重新回到了中世纪,回到了海涅在他的著名诗篇《罗累莱》中所描绘的:水手和仙女,爱情与歌唱……的画图中。然而,这一切都逝去了,永远不会有了。因为,滚滚莱茵水,每一秒钟都在更换自己!我们活在一个再也不会产生神话的时代,我们活在一个再也不会产生田园诗的时代。

一个小时,又回到了科隆城码头。

我们将"换换口味",坐火车去波恩,那边的住处达格玛已预订下了。此刻真正是无忧无虑,可以想方设法地玩耍,消磨时光。这真是不习惯。我宁可忙忙碌碌,不愿也不会过"少爷日子"或者"老爷日子"。

距离火车开车,还有几个小时,怎么打发?大家七嘴八舌,说来说去,还是逛大街,美其名曰:近距离观察德国生活。

天不作美,始终有一阵没一阵地下着小雨。然而,这样的坏天气并不妨碍市面的熙来攘往。

在一条最繁华的主要道路上,我们差不多来回走了三四趟。为什么？听音乐。那儿有一爿很大的百货公司,公司门前有一个中南美洲某个国家(也许是墨西哥)的留学生(？)临时凑合的小型乐队,他们用单簧管、双簧管、萨克斯、圆号、吉他、小鼓以及若干叫不来名字的乐器,当街演奏着一支又一支的土风舞曲,节奏热烈而明快,有时甚至还会爆发一阵由怨恨到愤怒的呼号之声,煞是动听。再加上这些异乡音乐家们都披着羊毛毡子裁剪的大氅,大氅是本色,却坠满了大红大绿的流苏。当他们兴奋或者忧伤的时候,大氅便奇妙地一张一合,像一枚巨大的蚌壳,那些艳丽的流苏也随之摇摆、颤抖,非常富有异国情调。不过,置于乐队前面的一顶翻着放的黑帽子,却给我们造成了很大的威慑。我们中国作家穷,可能比这些街头卖艺的墨西哥(或者什么别的国家)"流浪汉"本身还要穷。可我们又特别为其魅力所倾倒,只好假装搜购货物的阔买主,穿来穿去不停了。

这一幕,直到我坐下来回忆并且记下来的此刻,印象还十分生动,当然,同时也很滑稽。

大概就在这不断的反复中,整个队伍形成了两部分:刘祖慈陪刘梦莲、达格玛二位女士,走得慢,落到了后边;而赵长天、王愚、王一地和我四人,则始终不敢离开金弢,唯恐临要离开德国,在这儿当了"傻帽"。

纯粹漫无目的的闲溜达。忽然,迎面矗立着一家二十四小时营业的性电影院。有人说:进去看一场吧,回国就再也看不上了。众人响应,我也不例外。鱼贯而入,门票是各人自己掏腰包,由金弢汇总去买的。

我也是人,男人。我自然也有好奇心和七情六欲。在这种事情上,我以为不必假道学,只要不逛窑子,不搞流氓,没有必要弄得空气紧张,人人自危。

看了也就看了,无非是男女做爱,床上的镜头比床下的镜头多,赤条条的镜头比穿衣服的镜头多,如此而已。大家都是过来人,尤其像我这样的老头子,根本说不上什么冲动。这些话,是无论对谁都可以坦然道之的。

五时离开旅馆,前往火车站。这里的火车和国内的不一样(应该说是和晚近几年国内的不一样),票一概随到随买,没有预售一说。售票手续全部自动化,交足现金即可。火车上也没有乘务员,更没有乘警,上车自然也无须验票。据达格玛说,并没有什么人混迹其中,坐"霸王车"。这除了整体文化素养较高,人人讲究自律之外,依法治路也是一条原因。一旦发觉有人无票乘车,便要课以票价10倍以上的重罚。对持外国旅游护照的乘客,凡逃票者,一次,两次,进警察局,三次作案,对不起,进移民局注册备案,宣布永远吊销入境权。联邦德国是法治国家,他们说到做到,没有"做样子""装门面"的传统,也没有"突击""从重从快"等莫名其妙的"搞运动"作风;你可以批评他们"在金钱面前,人人平等",但人家的确不搞特权,不走"后门"。

　　车速快得惊人(然而并非最快的)。五时半刚过,便到达德意志联邦共和国首都波恩;达格玛领路,很快便见到了黄凤祝先生。黄先生的第一句话是:"欢迎。筵席已经备齐,恭候多时了。"

　　我赠他几包沱茶,几本著作。

　　黄先生在波恩从事中德文化交流事业。他有两个支撑点:一曰雅知出版社(包括雅知书店),一曰香江饭店。香江饭店赚的钱,补贴出版方面的赔本买卖。

　　我们会面的地方正是香江饭店。

　　将大箱小包纷纷放置妥当,才环顾摆好杯盏箸筹的宴会厅,竟是这般脱俗而充满书卷气!屏风、楹联、字画、盆景、兰草……百分之百的中国读书人趣味,高雅得很。一张楠木条桌上,还摆好了展开的宣纸和尚未濡墨的毛笔,显然,那是要求来宾题字留念的。

　　立刻上了饭桌——仿佛来的目的,就是要撮一顿似的。不知道别人怎么反应,反正我感到相当尴尬。

　　入席后,才注意观察了主人的面容、身材以及穿着;黄先生显得瘦弱、憔悴,薄薄的头发分作两半,胡乱梳理过——多半是用自己的手指。上身一件针织套头衫;下身是一条鼓起了膝盖"泡"的裤子,说不清什么颜色。最显眼的是围了一束不知何种质地、何等形状的"围巾",可能是为了预防感冒。他对我们这一群,既未表示特别的亲热,也绝不至于使人感到冷淡,平平常常的,老朋友(未必是好朋友)一般一一握手,没有半点客套寒暄,便率先拿起筷子,像洒香水的动作一样在摆满桌面的菜肴上面点了点,算是打过招呼:"请。"

三句话不离本行。话题立刻进入文学领域。

大家为他遭受遇罗锦的诬陷攻讦鸣不平。黄先生本人只是淡淡地叙述了全过程,轮廓而已,细节都被略去了。这使我对主人的敬意增添了三分;我觉得,做到这一点是并不容易的,需要冲淡、平和、宽阔、豁达的胸怀。

黄先生主动征求我对阿城及其作品《棋王》的评价。

王愚三杯下肚,谈兴大发,也接腔谈起"三王"来,并且涉及作者文艺思想中体现出来的人生哲学——禅悦之风。

当谈话像流水一般折转到诗人××提出访德"条件"(妻子必须同行,否则他将无法自理生活)时,众人莫不惊讶不已。听到代表团的一位成员这样的评论:"是不是离不开阿姨的幼儿园小宝宝?"黄先生依旧宽厚地微笑着。我虽然没有做出口头上的反应,但我的心却激动起来了。我由××又联想到××,后者更不成话,公然在"讲学"中宣布:自屈原以下,中国没有诗人。言外之意,无疑是:若有,当自本人始了。据别人告诉我,当场就引起了德国公众的哗然。未免太张狂了!令我大惑不解的是,是什么东西孕育了他们这一小群诗人如此良好的自我感觉?

挟洋人以自重,恐怕是其中的一条。而有个别的所谓汉学家,又从一己之私利出发,先是胡吹乱捧,继而奇货可居,最后达到双双提高知名度的目的,然而,这果真是有利于中德文化交流吗?

出国以来,我还不曾这样愤怒过,即便是S君的污辱与挑衅,也不过是五分钟的热血上涌而已。而为了这么一桩与个人根本没有任何利害关系的"小事",却伤了肝——虽然不曾失态,但竟自感到五脏都在颤抖。为了避免发表评论,我紧咬牙关,不置一词。如此,一直忍到话题转换到黄先生自身。

原来,黄先生祖籍福建,生长于菲律宾,其父经营橡胶园,颇治产业。他本人是哲学博士,又酷爱文学;爱什么都不要紧,爱上文学就只好倒霉了,连累老父也跟上晦气。他经年往返于东南亚与中欧,正是"搜刮"父亲的钱包去了。

黄先生有一位德籍妻子,名叫安妮,怪雅的。不过这位太太今天不在场,我们不便问她干什么去了。总之,她和他志同道合,一般的酷爱文学,尤其是东方文学。听人说,这位夫人气质也是东方式的,有一种忧郁的、苍白的美。夫妻俩首先想到的是开一爿书店——似乎又兼出版社——招牌也是一人一股:黄先生决定用一个"雅"字,安妮贡献了一个"子"字,据了解,日本妇女的芳名,×子、×子的,令她十分倾倒;然后,黄先生再用发音相近的"知"字代换,便成了如今的"雅知"。

这一席酒酣耳热,甚是尽兴。直到电灯亮了,方知夜之已至。我们起身告辞——才发现黄先生通知过服务人员,不让食客们进入内厅,耽误了他多少买卖?歉疚倍生——回到此间的临时落脚处,汉斯·霍夫加仑饭店(Hotel Hans Hofgarlen)。

1987年4月12日 星期日
小雨转阴复转晴 波恩—法兰克福

早餐照例由饭店供应,质地一般,倒也难怪,一路比较下来,这里房租本来就相当低廉。

波恩很美,很安静,与中国人心目中冠盖云集的首都形象完全对不上号。家家院墙外边,都爬满了常春藤,四季常青,不知道该叫什么名字。有相当多的街道,还保存着卵石路面,乡风十足也古风十足。

想起了昨儿夜深,大家在一起促膝谈心,一方面为即将回去与家人团聚感到欣慰,一方面又为马上要离开德国而产生着惜别之情;我看人人俱无睡意,便倡议,古人秉烛夜游,我等何不仿效一番,何况还不用秉烛!众人欣然同意,便蹑着脚穿过走廊,下楼,开门,径直向莱茵河的方向漫步而去。河面上黑漆漆的,一片黑漆漆中,又有更其黑漆漆的艨艟巨影。回头看,路灯闪射着幽蓝的清辉,所有的楼台都阒无人声,窗子统统垂下了厚重的帘幕……只有我们六个异国男子,尽情享受这令人头脑分外清醒的早春夜寒;去哪儿?没有目的,我暗自思忖,这了无目的的漫游,可真用得上"踯躅"二字了。然而,忽然迎面来了一个人,还牵着一头大狗……啊,这是巡逻的军人和他的狼犬……军人很年轻,很俊美,动作利索,姿态从容,了然于我们这一帮夜游神不过是无害的东方观光客,便轻轻地吹了一声愉快的口哨,以示打过招呼,我和金弢不约而同地挥了挥手,作为还礼,便相向而过了。

没有任何意外,没有任何细节,这一次夜半巡礼却像一个美好的故事,令人久久回味无穷……

如今又是一个白昼。

今天的重要任务是去中国大使馆,见一见大使郭丰民,用汇报来替西德之行最后画一个句号。

但,出来接见我们的不是大使,而是文化参赞陈联寿,还有S君和S君的夫人。

我择要向陈参赞谈了出访的全过程。陈参赞说,他已听到了德国朋友的好评,访问是成功的。然后,他扬了扬手中的一封信:"驻丹麦大使馆给你来信了,要我们转,可代表团又行踪不定,我便自作主张,留下来面交,总不至于误了你的事吧?"我猜到了肯定是陈鲁直、成幼殊两口子写的,便脱口应道:"驻丹麦大使和大使夫人都是我全国学联时期的老战友。"

果然,正是陈、成二位分别执笔的信笺。老战友说:睽违四十载,忽而近在咫尺,本想做做此间文化团体的工作,让他们出面邀请你顺道前来,只是时间太仓促了。读到这儿,心上热乎乎的,心想,有这两句话,就够念旧的了。认真说起来,即使是邀请实现,我也不能撇下代表团不顾,独自前往的。因此,我决定不对陈参赞介绍信函内容,掖下不表了。

接着,陈参赞又提到,他还收到另外一封信,是下萨克森州Ṡ银行驻波恩代表处的请帖,"可能是给你们设的宴会,叫我作陪吧。"他笑了笑,向我们探询。

众人相顾愕然。

我说,我们谁也不曾收到Ṡ银行驻波恩代表处的请帖,而且,事先也毫不知情,没有人打过招呼。正相反,黑塞博士送别时说:"离开汉诺威,你们就是自由民了。每一分钟都全由各位自行支配。"

参赞惊讶万分,满脸大惑不解:"那,这是怎么回事?我马上了解了解。"

我说:"如果真有此事,请立即通知我们;我们原来计划今晚去法兰克福,明天去达格玛女士家中做客,14号搭中国民航班机回国;只要不误班机,哪怕临时改变一下日程……总而言之,一切听您的消息。"

离开大使馆时,S君非常友好地建议:"不想留个纪念?拿这幅大壁画当背景,就很有特色。"我接受了他的好意,拨动闪光按钮后,请他替我拍照。

一一握手而别。我的心情因出访任务的最终"论文答辩"顺利通过而倍加轻松,尤其是S君的主动修好,令人感动——那次小小的不愉快,他大概不计较了吧?

一行人又来到了波恩大街上,这些地段,我们昨儿夜里可不曾转过。我们看见了联邦政府大厦以及大厦房顶上的黑、红、金三色国旗,气势雄伟的广播电视中心、教堂、医院、购物中心、百货商场、一所中学……激起我无比浓烈兴趣的是,到处立着雪白的旗帜,上边清一色印有特殊的标志:Bonn(波恩);不过,第二个德文字母O故意斜成30°角,并且画成了一张丰满的红唇,颇有撩逗你扑上去亲吻她的意味。西方人常常好讲"性感",这个形象应该是突出了性感的,抑且偏偏和首都联系在一起。

有人告诉我,海德堡也优雅、宁静如波恩。可惜,这一回来德国,缘悭一面。德国的心理学派设计师,对歌德生平最钟情的城市海德堡的芳名,也煞费苦心做了特殊处理;将"Heidelberg(海德堡)"一词中的字母 i,那个处于上方的"·"处理为一颗红心,而且编出一个故事来:著名诗人歌德迷恋着她,因此,便把自己的心遗忘在这儿了。

这,堪称充满诗意的宣传了。

那么,波恩红唇又该做何解释呢?——你爱波恩,波恩便同样爱你;她以甜蜜的亲吻迎接每一位慕名而来的友人,让你永远也无法忘记那销魂蚀骨的一刹那。这样讲,似乎又有性的内涵,又没有性的隐秘,模糊概念,或者是弗洛伊德的泛性说。

一直逛到中午,又遵约前往黄先生的香江酒楼,这是他的惯例,凡有大陆作家来,他必款待以最可口的膳食;对我们而言,就是白吃。

不过,这一回又似乎不完全是白吃。黄凤祝先生说:"今天可以从从容容给我留几个字做纪念了。"说罢,便将一管杆细头大的抓笔交给了我。我于是也居然像个书法家似的,或者像个"老革命""领导同志"似的,怀揣确信百年之后,这几个成为"文物"的字必售高价的假设并非妄想狂的内心活动,大笔一挥,题了这样一句话:世上唯有心灵之桥是真正不朽的。(大意)

黄先生看了很高兴,还来了一句颇为内行的评语:"公刘先生肯定练过颜真卿和柳公权……看你的字,可谓颜骨柳姿!"众人跟着一阵起哄,我不知道我当时是怎样一副傻乎乎的尊容;大家夸你,你总不能生气,然而,你却心中有数,就凭这两下子,是万万冒充不得翰墨中人的!于是乎只有傻笑,傻笑……

突然,黄凤祝先生仿佛想起了什么要紧事,必须和我单独交代,他拉了拉我的袖子,示意我跟他走。我们两个径直走进经理先生的账房。黄先生这时从抽屉里拿出已经清点好了的五张面值一百马克的钞票来:"不成敬意,公刘先生你全权处置吧。"我完全没有心理准备，不禁忧虑起来："那怎么成？这对我简直是个难题。"黄先生说："稿费嘛！"正对答间，金弢进来了。我想，稿费？那也不好付啊！

五个作家中间，只有我昨天交过稿：五首诗，而且讲明，待到法兰克福，再从箱子里翻出那份长篇发言稿来，寄给黄先生，供他参考。

刘祖慈的诗稿也是现成的，好办；其他三位就困难了，一则篇幅太长，二则无有完整的德译本。黄先生的美丽的《龙舟》可以乘吗？即便黄先生允许我登船，那位只欣赏××的汉学家、合作主编之一的顾彬先生能同意吗？

关于这位顾彬先生，我听达格玛小姐介绍过某些情况（他是她的指导老师）；看来，他的汉学家身份十分恰当，因为他的若干性格特征，极像当今中国文坛上"驰骋"或者"岿然"的某种汉文作家和评论家。攻汉学能攻到如此地步，能说不了解汉文化么？！

饭后，黄先生建议代表团步行去相距不远的他的雅知书店——出版社。本日公休，所以店门上了锁；他掏出钥匙开门，像浏览一处馆藏似的，黄先生一一指引、讲解，让我们随意翻阅。黄凤祝先生是一个细心的人，他见我拿起一本方某某先生的言论专辑，便只顾读，而忘了再看别的书刊，他立刻热情地询问："这在大陆看不到吧？送你一本！"随后，又说，"请跟我来，这里还有另外一些。"可不，的确还有印着方励之头像的杂志；黄先生又捡成一套，统统塞进我的皮包。这时，其他同志见状也就不客气地照此办理，纷纷挑选国内难以找到的港台出版物；黄先生见状一乐，索性宣布："大家看中了什么，各人自己拿走好了。"

这份慷慨，令人感动。我想，黄凤祝先生之所以这样"不惜血本"，的确是出于一片对大陆知识分子的理解与厚爱，任何人都没有资格说三道四。

深深道谢，长揖而别。

回到旅馆，我立即召集开会，向大家说明五百马克的由来，要求拿出一个分配方案来，顺便我又提到，金弢曾经将他在北德电视台的劳动报酬，和我的、刘祖慈的一道交公让全团分享,因此,这笔钱虽说是黄先生以稿费的名义"预支"的,小金也理当有份。赵长天脑子来得灵,立刻说出他的主张来:"我看,这一回不必搞绝对平均主义,团长交了稿,拿一百;剩下四百五等分,正好每人八十马克。怎么样?"众人皆服议,我也没有谦让,算是搞了一次多得八十马克的"特权"。

事情只有这么办,一切付与公议,良心才稍感熨帖。尽管,这种做法,是任何出国团体都没有先例的。

下午一直等待大使馆的通知,但是,关于 S 银行办事处的宴会一事,始终没有半点音讯。火车开车的时间迫在眉睫。最后,只得按原定计划离开波恩,前往法兰克福。

这一段铁路相当奇特。

起先,火车完全像地下铁,一直在地下运行;到了郊区了,才升出地面,开始蓝天下、田野上的奔驰。达格玛小姐仍旧同行,刘梦莲大姐和我们分手了。不曾料到的是月台上的戏剧性场面——达格玛小姐的父亲,魏尔纳·阿尔腾霍芬先生"偶然"与他的女儿和由女儿陪同的中国客人相遇。

这位在铁道部门工作的高级职员先生用事先准备得停停当当的小礼品(笔记本),向我们证明了这个"偶然"。

彼此心照不宣。

无论如何,他的"演技",给我留下了极佳印象,长相,笑容,谈吐举止,均在说明,魏尔纳·阿尔腾霍分先生是一位性情憨厚、毫无心计的谦谦君子。我期待着和他的重逢。

法兰克福火车站是西德全国性的交通枢纽,不但铁路线本身四通八达,而且直接与繁忙的机场相连接;这样的布局显然是为了适应生活的快节奏,而生活的快节奏恰恰又体现了各个方面的现代化。

我们也只好抛弃中国人的慢吞吞作风,急忙卸下行李,急忙雇车,急忙直奔事先在电话中预订的 PULLMAN 旅馆。

理所当然的,又在一川中国餐厅用饭,饭毕,随意溜达,观赏了前次过境时无缘细看的市容。

1987年4月13日　星期一　晴　法兰克福—莱恩斯—柯布仑茨—法兰克福

今天从事百分之百的民间外交。严格地说,也谈不上什么外交,不过是"串门子""走亲戚"一类的活动罢了。

沿着昨天的来路,又乘了一段回程火车,在一个名叫柯布仑茨的城市下车,什么也顾不上瞧,达格玛小姐的父亲、母亲便分别驾驶着各自的小卧车,将我们一行人载往他们住的莱恩斯——一座离法国不远的小镇。

我搜肠刮肚,翻腾出有关柯布仑茨的全部"知识":柯布仑茨,位于莱茵河与美茵河的汇合口,由于这样一种有利的地理位置,城市虽不大,名气却不小,享有"德意志之角"的美誉,自古以来,为兵家所必争。曾经有过一座威廉一世的铜像立在这儿,他仗剑跨马,威风凛凛,德国人缅怀他于一八七一年统一全德的历史功勋,便将这座铜像当作了爱国主义的感情象征。(爱国主义与王权主义往往混淆不清,古今中外,如出一辙,可悲可叹!)

二次世界大战后期,柯布仑茨被盟军所围困,一颗炮弹,不偏不斜,打了个正着,威廉一世和他的坐骑,霎时变作齑粉,剩下空空荡荡的基座,弹坑中如今长满了青苔,成为旅游者唏嘘太息的热点。

是德国人缺乏财力物力重铸么? 当然不是。德国人有更深长的用心:保存残破的故址,以利于反思希特勒制造的民族灾难。

德意志民族,不愧为富于理性精神的民族! 然而,这样的民族,一旦失去了人类良知,那冷酷也真够教全世界望之生畏的。实际上,正如世人所看到的,在这片大地上,希望与再一次的绝望,迄今犹自相持不决,让欧洲宽慰的力量还远远没有超过让欧洲揪心的力量……

一路上,就这么胡思乱想,不知不觉间,两部小车已经相继停在了一幢带花园也带菜园的小洋楼前。

达格玛小姐领着我们楼上楼下整个儿参观了一遍;按照西方风俗,卧室是从不轻易打开的,她却连这也让中国朋友们看了。

全家都是大大的好人,特别是年迈的姥姥——达格玛熟练地使用了这个充满亲切意味的汉语词汇,啊,姥姥!我望着她那布满皱纹的面颊,还有那开始变得浑浊的眼珠,心中暗自得意:临来之前,我要金弢破例买一大束鲜花献给老人,绝对是一个无比英明的决策。

老人如今把花儿抱在胸前,自己也笑成了一朵花,掩映其中。

魏尔纳·阿尔腾霍芬先生又单独引上我去欣赏他的"领地",种着菜蔬、瓜果,同时也栽着几棵小树的畦子。他用英语对我解释:这是我的杰作,我的娱乐,我的健身房,我的日光浴场。我听懂了,我赞扬他的言词充满诗意。

我发现,在被分割为不同区域的交界处,一律都埋着半截入土半截露头的原木桩;这些原木桩排列得十分整齐有序,大抵都长了青苔了,有的还寄生着菌类。

魏尔纳·阿尔腾霍芬先生立刻解释它的来由和作用:"古时候,树木很多很多,不同的地块间打下原木桩,再自然不过;现代人这样做,却似乎是在确认一种传统,何况它们很美……"我乃领悟到,在我们中国人的日常生活中,又何尝缺少类似的没有多少现实理由的事例。正思索间,达格玛小姐来叫我们回去用饭了。

这一顿饭,可能多少受了一点去中国留过学的女儿的影响,不但质佳,而且量多,还特意煮了一大锅米饭,使用了北京的甜面酱。大米是否从中国带来?我没有问,但据我所知,德国人不像意大利人,是不大爱咀嚼这种一粒一粒的粮食的。

我致了祝酒词,同志们也纷纷讲了各自想讲的话,半点不拘形迹。达格玛小姐的业已出嫁的妹妹,以及相貌堪称俊美的弟弟,都出现在酒筵桌前。

魏尔纳·阿尔腾霍芬对大家介绍,儿子是个足球迷,才从球场踢球归来。王一地便单另挑出小伙子举杯祝酒,希望什么什么时候能在电视屏幕上一睹鲁梅尼格第二的风采,这句话博得了众人的喝采;小伙子显然听了很高兴,端起一只斟满黑啤酒的升筒杯,咕嘟咕嘟一饮而尽,这豪放洒脱的动作又引起了一番笑声。

不知道什么时候走漏了来了中国人的消息,他们家的邻居,一位名叫馥琳克(Frink)的老太太,执意要求远方来客上她那儿去略坐片刻,她说:倘蒙俯允,她将终生感到荣幸。

达格玛小姐就和她父亲一道带路,把这群"珍稀动物"领到馥琳克太太府上"展览"去了。迎接我们的是一位身材矮小、头发花白的老妇人,和象征着她的热心的滚烫的满壶开水(德国人是习以为常地喝凉水的。当然,人家的凉水绝对不带菌,不含致癌物质),以及一杯一杯沏好了的地道乌龙茶。馥琳克太太一边激动地摊开双手,一边喃喃自语:"我知道,中国人是宁愿喝茶也不要喝咖啡的……"

客厅地上散乱地铺着一摊积木,七彩斑斓,不但有建筑房屋的"材料",还有制造禽兽的"肢体",大概是一所动物园的模型吧。它引起了我的兴趣,我便信手摆弄拼凑起来。馥琳克太太说:"这是我孙儿刚才扔下的东西,这会儿,大概外边有更能吸引他的什么玩意儿,不回来了。"

童心发作。魏尔纳·阿尔腾霍芬先生见状,也兴致盎然地蹲下来,和我一道玩耍。达格玛小姐最早发现了我和她父亲玩积木游戏,竟哈哈大笑起来,笑得弯下腰,笑得抹眼泪。我们两个老家伙,索性席地而坐,跟着达格玛小姐傻乐。代表团中,有人眼疾手快,把中国老儿童和德国老儿童的天真模样咔嗒咔嗒统统摄入了镜头,闪光灯亮了一次又一次……

馥琳克太太询问了一些有关中国的事情,有一句话给我印象较深:听说你们的老年人都喜欢有一大群孙子、孙女儿围着自己转?(她错了,弄颠倒了,是老头子,尤其是老婆子围着许多个小太阳转,转得晕头晕脑)我怕她一时半刻弄不清首尾,还是用一句老话答复了她:"中国人管这个叫作有福气。""福气"!不知道金弢是怎么用德语表述这个为西方人所难以理解的概念的,只见达格玛小姐提出了异议,并且掉换了另一个字眼来补充解释,金弢也就笑着更正过来。馥琳克太太做了一个夸张的手势,笑道:"换上我,我可不愿意,一个足够,两个嫌多,三个便遭罪了。"(其实,中国人因为人口太多而遭罪的事,又岂仅是限于当祖母?!)

还是优生好。可惜,我们打老祖宗开始,就一直强调"多福多寿多男子",加上当代某几位领袖人物的儒家——封建——小生产观念的偏颇,搞什么都指望以"人海战术"取胜,不讲求质量,这个问题就越发的严重了。

应老太太的请求——估计又是达格玛小姐撺掇的——我替她定下中国名字,写了一个条幅:不老松。达格玛小姐看了,首先表示十分的满意,便对她的芳邻讲解起这几个方块字的涵义来,老太太连连称谢不迭。

这时节,迪克(Dirk)跑来通知姐姐,请中国客人回家吃午点。

什么午点?德国人从无如此规矩,显然,又是专门对中国客人的额外招待。我们虽然肚子里的存货充足,也不得不领情加餐;大家都装模作样地"意思意思",当然,主要是啜饮穿肠而过的啤酒。本地啤酒也真不错,口感温厚,先苦后甘,颜色也怪中看的,黑里透红。

提起啤酒,德国人是绝对的世界冠军。德国人从不喝开水,他们境内的水质一般较硬,一煮,便会在容器四壁板结一层淡灰色的碳酸钙,不大受用;然而,他们又不像其他欧洲国家的人们那样,直接饮用自来水。并非自来水不洁,而是生活富裕,不必在饮水问题上打小算盘;一般人家(不必进入中产阶级),早上全喝牛奶或者咖啡,平素口渴了,便喝橙汁、苹果汁或者矿泉水,售价极其低廉。

此外,德国人喜欢吃带薄荷味的东西,一般在超级市场,最受欢迎的货物之一,便是干薄荷叶,或者野蔷薇果实,还有我们中国人用来消暑败火、止渴生津的菊花晶。

可以毫不夸大地说,在全体联邦德国人民当中,缺了什么都不会造成心理紧张乃至生理不适,但如果缺了啤酒,那是完全不可想象和无法忍受的奇灾大祸。因此,假如你说,每一个德国男子都是一只啤酒桶,他们不但不认为是侮辱,反而感到自豪而开怀大笑。

有了这许多啤酒桶,无怪乎联邦德国是当今世界上首屈一指的啤酒消耗大国。有一项统计数字最能说明真相:西德近五千万人口,每人每年平均饮啤酒150公升;尽管医生不断发出警告:饮用啤酒过量,会诱发胰腺癌,人们却照喝不误。在西德,生产啤酒的专业工厂有1300家,按国土面积和居民数目平均,这个数字又夺了魁首。

我在德国,截至目前,还不曾添置一芬尼的东西。箱子里除了增加若干各地主人先后赠送的书籍、画册、地图、圆珠笔、三角锦旗和绘有仕女风光的小瓷碟外,就是自己有心收藏的啤酒杯垫了。原来德国人有个习俗,喝什么啤酒,杯子下边就垫上一片圆形或者多角形的硬纸板,纸板上印有该种啤酒的名称,也算是一种广告术吧。但怪有意思的,留下它们,在我,仅仅聊作纪念品而已;遗憾的是,此行不包括啤酒之都慕尼黑,听人说,那儿的啤酒是全德最棒的。同样美中不足的是,达格玛小姐请我们品尝的柯布仑茨啤酒,酒盅下边没有配备硬纸垫,令我这个"啤酒纸垫收集者"恍然若有所失;我猜想,这很可能是我在西德最后一次喝啤酒,然而没有硬纸垫,仿佛一场精彩绝伦的演出不曾举行闭幕式。

席间,我讲起了想买两架有名的德国黑森木钟之事。我提起木钟,那思路也正是由箱子里的"收支变化"状况延伸下来的。我担心在法兰克福剩下的时间不多,怕两手空空回国,自己既听不到每到打点时布谷鸟儿自动跳出来报时的悦耳鸣声,也无法给一位朋友带去薄礼,让他分享惊喜。

谁知道,自己变得絮叨了,这个话题早向达格玛小姐提起过一遍,偏偏又忘却了。只听达格玛小姐答道:"不要紧,柯布仑茨就有专门出售黑森木钟的商店。我妈妈为了陪你去选购木钟,今天请的是全天的事假……放心好了,公刘老师。"

我吃了一惊。怎么可以为了这区区小事,放弃一天的工资?而且老太太又怎么会事先知道我的心事?达格玛小姐哧哧一笑:"公刘老师,我一直认为你记性很好,怎么倒忘了?有一回在路上你瞧见一爿橱窗里挂着的黑森木钟,你当时曾经对我说,你打算买这种会唱歌的钟,就怕没有时间……""可是,你妈妈怎么会知道……"我大概飞红了脸,不好意思盘问下去。达格玛小姐爽朗地公开了她的秘密:"我记得柯布仑茨有这种木钟卖的,因此,我便打电话向妈妈提到这件事:中国作家代表团的团长喜欢黑森木钟。您能不能帮我完成这个任务?"由于达格玛恰到好处地使用了"完成任务"这个吊在中国人嘴边的政治术语,听的人无不发笑。吉尔琳达·阿尔腾霍芬夫人有一份上半天班的工作,上午为我们置办菜饭,已经误了,本来下午还可以去把它补上的(西方国家虽然规定了工时的总量,但如何具体落实,一般是无妨自行调整的),而为了要替我挑选中意的货物,索性连下午也不去了。为此我很过意不去,连连抱歉不止。主妇一如女儿般豪爽:"只要您能捉住令您满意的布谷鸟,我也就乐意了。"

我又连连称谢,并且站起来敬了夫人一杯长寿酒。

归程中,我们真的在柯布仑茨下车,吉尔琳达·阿尔腾霍芬夫人领着我直奔闹市区的一爿珠宝——木钟专营店;珠宝价格固然吓人,木钟价格也不甚贱(从它们并列货架一道出售,就不难想见了),我算算口袋中的钞票,终于买下了一架有布谷鸟儿的,另一架没有布谷鸟儿,委屈了刘毅然吧。就这样,合在一起,也共计一百三十点五马克,于我等于一次"大放血"了。

(含标点,此处略去17个字)

五时许,安抵法兰克福。

众人懒得动弹,隐隐地都有一股复杂的思绪:一方面是盼望回到亲人身旁;一方面又舍不得这个才盘桓二十日的异邦,因为觉得没有看够。因为懒到了连饭都不愿出去吃的程度,我和赵长天两人,便捐献出各自在北京买下的苏打饼干和袋装榨菜等,我的卧室权作临时餐厅,一阵风卷残云,一扫而光,他们拍拍屁股去了,我独自收拾满地狼藉。

看看窗外夜色渐浓,不免心中叫苦:法兰克福,一方名城,我们和她已是三度邂逅,却连心仪已久的歌德故居,都不曾捞上瞻仰,岂不愧对前贤!

在阅览室随手翻杂志,从一本名叫《斯卡拉》的刊物上,发现了一份资料:《西德四口之家每月的饮食费用》,如下:

西德四口之家每月的饮食费用

种类	开支(马克)
肉和香肠	158
烤制食品	66
蔬菜水果	64
含酒精的饮料	52
甜食	44
牛奶	37
不含酒精的饮料	37
面粉、土豆、豆制品	32
奶酪	26
咖啡、茶	25
黄油、脂肪	20
其他	39

达格玛小姐在外边独立生活;妹妹有她自己的小家庭;剩下父母双亲,姥姥和弟弟,也正好是四口人。我想,这张表格对了解他们的生活状况,是有参考价值的。

待到夜阑人静时,想起应该代表全团同仁向黄凤祝先生致谢,又从床上跳起,扭亮台灯,修书一封,置于案头,免得明天忘了请达格玛小姐顺便带回波恩(她说过,和我们分手后,便返回波恩大学顾彬门下继续修业)。

1987年4月14日 星期二 晴
法兰克福—罗马—沙迦—北京

达格玛小姐重感情,平日间又心细如发,了解到我只有一个女儿,相依为命;在她给大家分赠礼物送别时,塞进我手中的竟是一长一圆的两瓶科隆香水。这,自然是送给我女儿的——达格玛小姐吃准了:选择馈赠的对象,我女儿等于我,我女儿胜过我。真聪明!

一看商标:4711!TOSCA!名牌!我道谢不迭,裹入软的衣衫中,以防压碎,糟蹋了人家一片情意。我又不免暗处思忖,4711这个数字是什么意思?比照606、914之类药品的发明故事,自然而然就自以为是地下了结论:肯定是试制过4711次才获得成功——找到了理想的香型。殊不料,完全不是这么一码事。说来话长,就中还有一个故事呢。早在公元一七九二年,科隆有位名叫缪伦斯的银行家,婚礼之际,收到了一份非同寻常的礼物——他的教会里的修士朋友送来一张羊皮纸,纸上写有"奇迹之水"的配方,据修士自称:配方乃是他本人在冥想祈祷之时"上帝赋予的灵感"。缪伦斯夫妇依法制作,果然幽香扑鼻,魅力无穷!一时在科隆传为美谈。

两年后,即一七九四年,拿破仑亲率大军,征战全欧洲,科隆城被其占领,为了便于管制,居民一律编号,缪伦斯家恰好编为4711号。缪伦斯为了纪念这件事,便将香水命名为4711。遗憾的是,人们在争相使用神奇的科隆香水之际,却淡忘了这段掌故!以至于我这等异邦人,干脆便主观主义地来了一个"想当然"了。岂不失之毫厘,差之千里!

达格玛小姐还送给我个人一支笔。这也表明了某种针对性。

原定上午十一点五十分起飞的班机,不知何故,改为下午两点二十分。旅客干着急,好在绝大多数都是中国同胞,中国同胞是了解中国民航的一贯作风的:叫你等,你就等,少啰唆。

还有一件更可气的事。因为等得时间太久,我想放一放水,金弢亦有同感,便结伴离开没有厕所的候机室,出去找卫生间。没走几步,来到了插着"ACCA"字样的金属牌前,说时迟,那时快,突然,小金被一个身着中国民航制服的小伙子当胸揪住;金弢喊叫一声:"干什么?""你问我?我还要问你呢!"我上前解释:"同志,有话好好说,动不动就揪人家的领带,多不好看。我们不知道需要等候这么久,憋急了,想去方便一下。这位是我们代表团的翻译,他……其实是替我领路来的。"对方仍旧不依不饶:"那你们为什么不早说?就径直往外跑?!"金弢气得浑身直抖,一手抚平自己皱巴成一团的领带,一手拉住他继续论理。我怕事情闹大,便赶紧将他们扯开:"算了,算了,别误了飞机……"

金弢究竟年轻,咽不下这口恶气,狠狠地盯了对方一眼,那动手就准备干架的青年干部,居然也凶神恶煞地用目光来回扫射我们俩三四遍,然后,没好气地命令道:"留下护照!"

原来如此!我们规规矩矩地呈上了护照。

我问金弢:"你怎么得罪他了?"

金弢哼了一声:"鬼知道!"

我不由长叹,半劝慰半批评地对小金说:"你是出国老手了,难道你还不知道,到了这儿,就等于到了中国么?!"

金弢默然。

上了飞机,我和金弢都极少开口,刚才的一幕实在太恶心了。

我竟而至于忘了在心中默念:"再见吧,德意志联邦共和国!再见吧,德国朋友!"到了罗马才回过神来,时值下午四时五十分。

停机一小时。

百无聊赖,下到机场的商业区,发现这儿的外汇官价与黑市相比差距不大,官价为一千里拉兑换一美元,而普通店家,有的把比例改作一千五百里拉折合一美元,有的更低,只不过一千三百里拉折合一美元。看来,美元的身价,也只是在愈穷的地方才愈吃香的。

待到着陆沙迦,天已全黑。我们相偕再去三周前"检阅"过一次的长长栏柜;我发觉那心爱的小水晶骆驼,早已无影无踪了;沙迦机场,每日过往阔佬富婆无其数,骆驼是不愁找不到水草丰美的绿洲的啊。

为女儿选购了一枚胸针,七美元,为另外一个朋友的儿子选购了一件国内罕见的玩具,也是七美元。最后买了一个金光闪闪的打火机,三美元,是送给吴振海的。吴振海是我所在单位最不嫌弃无权无势穷秀才的汽车司机。

一路上,还是放映那三部曾经看过的影片。我闭上眼睛听音乐,朦朦胧胧间,觉得自己长出了翅膀,一直向东滑翔,滑翔,向东,向东……滑翔……

1987年4月15日　星期三　晴　北京

北京时间下午四时,飞机轮子终于摩擦着首都机场的跑道,听得见咝咝的轻微电火花迸溅之声。

海关验关手续本来是煞费功夫的,金弢上前交涉,说明代表团的身份,希望从简;他主要介绍了我,与之交谈的青年同志反应出乎意料的热情:"公刘么?我知道,我知道,他的作品我读过不少。"我也趁机递上名片一张,同时询问他尊姓大名,小青年爽快地答道:"不敢,贱名杨杰,木易杨,豪杰的杰。"他旁边坐着的一位制服笔挺的姑娘回眸一笑:"哟,作家马上把你写进他的书里,杨杰你就要出名了。"于是我有了反省:并非整个中国民航的从业人员都像法兰克福的那小子,那么盛气凌人,那么缺乏教养。

不过,行李过得并不顺利。本来我们可以免检的,但主管透视的另一位男青年却故意赌气,不是针对我们这群无辜,而是针对杨杰。他生硬地宣布:"他是他,我是我;我叫你们一件一件搬过来,就得听我的!"顿时,杨杰和那位女工作人员,都闹了个大红脸。事后,我们彼此交换感受:"可能这个人和杨杰有矛盾,才故意刁难的。"这,大概也属于"窝里斗",因为闹个人意气,便在公务上借故发泄。不过,到底他还不曾命令我们逐个打开箱笼提包,总算手下留情。

五时,又回到了朝外八里庄全国作协招待所。

入夜,与几位城里的友人通电话报平安,同时也有一些鲁迅文学院的学生闻讯赶来探望。

睡不踏实,因之早睡也无益。思前想后,联邦德国许多朋友的音容笑貌,历历如在目前。

然而,我怎么也想不到某些"革命同志"耍的卑劣把戏——竟全都是围绕着我的西德之行展开的。

有人告诉我,就在我离开合肥来到北京待命出发的一周间,安徽——阴谋的中心估计离不开我所在的省文联——某"老革命"拿出了杀手锏,"检举揭发"公刘的两大罪状:①公刘煽动学生闹事;②公刘一贯鼓吹资产阶级自由化,并且掐头去尾地复印了我的一篇论文《创作自由臆说》为证。这帮"人面东西"(鲁迅语)居然要求在我登上飞机之前,予以"扣留""撤换"云云。幸亏当时主持中央宣传部的贺敬之部长处事慎重,他立即着令安徽省委调查并上报初步结论。而安徽的有关方面也并未草率表态,相反地,以最快的速度进行了多方面的核实,汇报是公正的,客观的,实事求是的。这样,我才得以顺利出访,继续担任团长。

这帮"人面东西"编排了什么"反党罪证"呢?我既不曾进过科技大学的校园,也不认识方励之,更没有策划罢课与游行于密室——不错,我的同情在学生一边,我认为他们是爱国青年,是改革、开放、现代化能否成功的希望之所系。我从未隐瞒自己的观点,然而,观点和行动,毕竟不能画等号。

至于"鼓吹资产阶级自由化",无非是摘录了我在那篇长文中的几句话:一是对雷锋的全面评价;二是建议解禁电影《太阳和人》,我认为解禁利多害少。作为一名有良心的作家,言论自由是受到宪法保障的基本权利;这样两点个人见解,与"四项基本原则"何干?生活中总有那么一批以告密为专业的丑类,巴不得历史倒退,倒退到"文化大革命",倒退到一九五七年,他们才有升官发财的机会。

另外还有一支暗箭,是从波恩射来的。密码电传以绝对现代化的高速度,赶在我们回国之前送到。其分发范围甚广,上自赵紫阳,下到中宣部、外交部、文化部和全国作协。批评我率领的作家代表团,表现欠佳,有辱国格,具体举的例证有:一是不尊重德国主人的安排,再三要求逛大城市,包括西柏林等;二是违背外交礼仪,拒绝出席德国人在波恩举办的饯别宴会。这么两条,当然纯属诬告。作为一个堂堂的驻德使馆,竟会如此下流,实在令人齿冷!我想都不必想,就可以断定,这满篇鬼话,准是那位S君的杰作,也难为他挖空心思了。

总之,这一前一后、一里一外的无端中伤,都只起了帮助我擦亮眼睛的作用,我得向他们深深鞠躬感谢才是。

作协的领导人十分重视后者。在听取了我们全团人员的据实申述后,嘱咐我们立即写出书面辩护材料。

于是,我执笔撰写了出访过程,重点放在S君的种种失职、渎职及泄露使领馆内部纷争的错误言行上;赵长天撰写有关"红灯区事件"的前后始末;刘祖慈撰写了德国朋友对代表团的工作评价。作协同志阅罢,放下一百个心,马上吩咐打印公函,将这三份材料作为附件上报,上送中央有关领导,抄送各有关单位。

孰真孰假,一望便知。满天疑云,不吹自散。而S君偷鸡不成蚀把米,以害人始,害己终。

人心不可测,这倒是今后应该牢记的一条教训。

上述的一切,都是睡下后听见传达,匆匆披衣起床连夜处理的。虽然,交卷在翌晨,全国作协的明确表态更在第二日的午后。

有时,想做一个好人多么难!想做一件好事又多么难!读者诸君,读到这儿,你们想必也会深有感触吧。

         1987年7月,写完三分之一,合肥
         1989年4月,全文脱稿,杭州

彼岸四题

一、三赴火鸡宴

十一月二十五日,是美国人的传统佳节——感恩节。英语叫作 Thanks Giving,如果直译,就是"感谢(您的)赐予"。

感谢谁呢?其说不一。有的说,那对象是二百年前美洲当地的土著印第安人,是他们,善良的红皮肤的男女老幼,向涉渡重洋、初来乍到、饥寒交迫、濒临绝境的欧洲移民,馈赠了火鸡和其他食物,拯救了登陆者的性命。依我看,这种说法是不诚实的,因为它无法解释何以被杀得所剩无几的原先的主人至今被圈进了所谓的保留地。有的说,无疑是赞美上帝显示了奇迹,是上帝送来了火鸡;那么,又难免产生新的问题了,火鸡是上帝亲自喂养的吗?火鸡是美妙的特产,这岂不是等于说上帝的家园原来就在这片"蛮荒之地"?换句话说,上帝与之同在的竟是这帮"野蛮人"?此说之荒谬无稽,是断乎不能接受的,否则,白人的种族优越感,天主教和基督教的宗教神圣感,只好扫地以尽了。至于感谢火鸡本身,而且用火烤、油淋,然后加以肢解的方式来表示感谢,那实在是对感谢的嘲弄,更加难以启齿了。

还是不必考证它的来源吧,不如视同中国人究竟为什么端午节吃粽子、中秋节吃月饼一样,永远也纠缠不清的。既然来了美国,既然赶上了感恩节,那就跟上吃火鸡好了。

说来也怪有意思,感恩节虽只有一个,我却过了三遍。

第一次,距节日还差三天,即十一月二十二日之夜,在纽约,在诗人鲍勃·罗森梭尔先生家中。国际诗歌协会举办的首届中国诗歌节定于二十三日正式降下帷幕,我们几个来自大陆的中国诗人即将劳燕分飞,各自东西;何时重聚?主客双方,别情依依。怀着怅惘的心情,从我们步入美国之日开始就一直陪伴大家、寸步未离的鲍勃,终于想出了好主意:提前过节,让火鸡宴增添一点欢乐,冲淡彼此间相对黯然的气氛。

我们当然都心领神会,只是谁也不忍捅破这张精巧的薄纸罢了。

负责领路的是另一位诗人西蒙·彼得先生,他的光景看来相当拮据,上衣和裤子都破了,哪怕登台朗诵,始终不曾换过。由他统一买了地铁车票后,我们每人立刻归还他一美元。

纽约地铁确乎是一座迷宫。记得有一位美国作家说过:"只有你坐上去以后,才能判断自己是否搭错了车。"真是绝对真理。尽管我兜里掖着一张线路图,也仅能当作参考;按图索骥,那"骥"恐怕未必得以如愿"索"到,关键还在于一定得有真正老资格的"纽约客"领路。看来,西蒙正是这样的一位"纽约客"。

一行人跟着他,进站,上车,下车,再上车,再下车,第三次上车,下车,出站,横穿马路,七绕八拐,又横穿马路,又七绕八拐,终于立定于一扇窄窄的大门外,到了。

和我在中国的住处一样,鲍勃·罗森梭尔先生也是四楼。忽然间我产生了一种幻觉,仿佛敲开门,就会看见我的女儿和我熟悉的一切。

实际当然并非如此。

迎接我们的是身材匀称、面庞清癯、目光中透露着灵气的熟朋友——鲍勃。"哈啰!"一声欢呼,将客人一一让进了起居室。没有握手,因为他的双手像翅膀一样抰挚着,他正在帮太太干活儿。

又一次见到了他娇小的夫人。第几次了?记不清楚。我掏出一把"长命锁";她示意我看看她手上的油腻,便低下头,叫我往脖子上套,趁我尚未撒手的工夫,又赶快用牙叼住观赏起来,同时笑得乐不可支。

两个小淘气——都是男孩儿——却不知打哪儿扑进人群,钻进钻出的,十分惹人喜爱;嘿!哥儿俩!咱们可是初次见面,幸会幸会。不必仔细观察,马上就能发现:这一对小家伙都性格外向,自来熟,完全适合我们中国的为人父母者嗔怪儿女时常用的那句心疼的话:人来疯。

文静的王屏小姐待在客厅,她多次担任过我的翻译。另外一位合作者艾未未先生差不多是踏着我们的鞋后跟来到的,虽然我们并未事先约定。

西蒙·彼得先生及其夫人权充男女主人的代表,不断地为中国诗人们端咖啡,送饮料,上点心。

一贯彬彬有礼的鲍勃·罗森梭尔先生也时不时放下手头的活儿,从连着大门的那间兼作厨房和餐厅的房子,跑进这摆满沙发和种种家用电器的外间来搭几句茬,明晃晃的玻璃镜片下笑意荡漾。

鲍勃的笑独具魅力,温文尔雅,又略带羞怯。

不一会儿,男女主人双双登场,宣布万事妥帖,宴会开始。

自助餐。有紫红色的樱桃酱,有肉桂色的红薯泥,有胡萝卜丁以及奶油拌匀的色拉,有一种叫不来名字、形状接近莲子而体积稍大的小洋白菜(它有点类似于当菜吃的小玉米;不过,小玉米中国已经引种了,这种小洋白菜却似乎没有上过国内的酒席);有豌豆火腿汤,居中的主菜便是火鸡。还有用五色米做的饭,稀罕得很,不可不提。

有啤酒,可口可乐,威士忌。

大家围着桌子,边吃边聊,很是开心;也许是来自大陆的女士们和男士们过分饕餮,不知不觉,所有的盘儿、碗儿,全部底朝天了。我还有点难为情呢,女主人却得意非凡,认为这是对她的最高赞扬。

饭菜吃罢,回到起居室,点心又上来了。孩子们也成了运输队员,尾随着爸爸妈妈,小心翼翼地捧着摔不烂的易拉罐;望着他们那慎重其事的认真劲儿，比之于他们拖出来的各种玩具、乐器，连献艺带捣乱的咋呼劲儿，是更其令人叫绝的"节目"。

这个家庭是幸福的，亲情融洽，环流如血管中的血。我由此而憬悟到：人类的某些基本天性，是相通的，不论他们分属于什么种族、民族、国家和阶级……这里面蕴藏着诗，毋宁说，这本身便是诗。我巡视了他们的温暖的鸽子窝。原来，里外四开间，完全像一根环套环的扣链。从厨房兼饭厅的所在往里走，先是孩子们的住处，最后边的纵深部位才是诗人和他妻子的卧室。

波兰籍的女诗人本来大概也是被请来当助手的，这会儿却干脆"罢工"了。她不知从哪儿找来一张很大的中国地图："公刘先生，能不能告诉我，您的家在哪儿？"接着又提了一大串颇带儿童趣味的问题。我一一解答着，女诗人饶有兴味地听着，瞪着又大又圆的眼睛，表示惊讶和神往。

诗人，在某种意义上说，就是孩子，永远也长不大的孩子，眼前这一位再一次提供了活证。

她赠给我一束线香，是用棕色花网袋子装着。

我却没有准备到回敬的礼品，十分抱歉。

突然，大诗人艾伦·金斯伯格先生驾到。

大家起立欢迎。

他仿佛早已获悉，中国人将在鲍勃这儿过感恩节，笑嘻嘻地问道："火鸡好吃吗？如果你们都满意，我将来就去中国开一爿火鸡店……"接着，便坐下来大口大口地呷酒。

艾伦·金斯伯格先生十分随便，喝完了酒，就用自己的手背胡乱蹭了蹭胡髭覆盖着的厚厚的嘴唇，又用年轻人才有的快速动作，打开随身携带的一只塑料包。啊！好神气的豪华精装本《嚎叫》！他一一签名，并且画了一些太阳、月亮、菩萨之类的图案，分送给我、江河和李钢。

这真是锦上添花！感恩节，我们倒真该感鲍勃·罗森梭尔先生和艾伦·金斯伯格先生之恩了！

艾伦·金斯伯格先生立起身来,弯腰做了一个邀请的姿势,却又不由分说地使用了命令式语气:"通通上我家去!走!现在就走!"

除了中途告辞的西蒙·彼得夫人和必须留下"打扫战场"的鲍勃·罗森梭尔夫人以及应该上床睡觉的孩子们外,全部结队前往。

关于与艾伦·金斯伯格先生的交往(不止这一次),我将单独写一篇印象记,这里暂且一笔带过,略而不叙吧。

十一月二十三日,我应刘宾雁、朱洪夫妇的邀约,乘火车前往波士顿附近的剑桥——他们卜居于桑奈尔路十四号,著名的哈佛大学校园近在咫尺。

好友相逢,且在异国,其欢悦自不待言;还带去一双好儿女对父母的问安,还带去无数好同志对友人的眷念,拳拳爱心,同样不必细表。只是当我由于激动而杂乱无章地叙述了自己耳闻目睹的万方忧乐之后,我就不敢保证,此行到底是缓解了游子的乡愁还是恰好相反,越发撩拨起他们难以排解的家国之思了……

我们在扯不尽的缕缕话头中度过了两个白昼和两个黑夜。

那正正规规的感恩节即将来临了。

宾雁对我说,几天以前,尼曼基金会的现任主持人霍华德·西蒙斯先生曾经向他和夫人朱洪发出请柬,约他们夫妇届时赏光,共度佳节。宾雁建议我也一道赴宴,而且不等我表明态度,便拨通了电话,将我的到来向霍华德·西蒙斯先生做了通报。不曾料到的是,霍华德·西蒙斯先生居然毫不犹豫地惠然概允:"我和我太太期待着公刘先生与你们二位一道光临。"

就这样,我充当了一名不速之客。

所幸,受到邀请的客人不多,计有:长着一部大胡子的美国记者派特·道格尔梯先生,八分之一印第安血统的另一位美国记者古姆·卓尔佩先生,爱笑的墨西哥女记者玛尔塔·特蕾芬萝小姐和肯尼亚女记者卡扎琳·古愉鲁小姐,再有,便是中国大陆的著名记者刘宾雁和夫人朱洪了。

全是记者,而且全是建功立业,引起过轰动的记者。尼曼基金会原本是一个新闻界的纯学术性机构,每年都从世界各国邀请一批为保卫新闻自由这样神圣权利做过贡献的杰出人物,到此进行为期一年的业务进修。那性质,和访问学者差不多。生活有保障,还有少量补贴;假如你还想过得舒适宽裕一点,你还可以在不影响完成课题的条件下,通过正当途径自找外快。

决定前来"沾光"之前,我从箱子里翻出剩下的唯一一座"太白醉酒"的竹雕工艺品,作为见面礼。霍华德·西蒙斯先生端详了半天,愉快地收下了。

从大得几乎可以组织小型家庭舞会的书斋兼客厅里,可以直接望见灶台边忙碌的女主人。像许多上了年纪的美国妇女一样,这位老太太也开始发胖了。深色的围裙与浅色的头发形成了明显的反差。室内充溢着从她手中散发出来的芳香,人们有理由指望,马上将会变出许许多多令人垂涎欲滴的佳肴美味来。我忍不住时不时看她一眼,这位富态的主妇简直就是一位老练的乐队指挥;你就看吧,那高高地悬挂在不锈钢横竿之上的各色各样的平底煎锅,那长短不一的铲子、勺子和漏斗,一律晶光锃亮,多么像交响乐团的大小乐器啊!

所有的赴宴者都卷进了热烈的交谈。朱洪英语很棒,早已进入角色。刘宾雁偶尔插话,他的听力和会话能力远胜于我。我费了九牛二虎之力,说完了有关李太白的几句话,便没说词儿了。我有点发窘,便信手捧起茶几上放着的几大册《美洲鸟类图谱》浏览起来。

他们的交谈虽然相当热闹,相当有趣,墨西哥女记者且不断发出笑声(她从来没有忘记掩住嘴),但整个的过程却像一场"窃窃私语",根本没有喧哗或者得意忘形之举——而在我们中国,每逢这种场合,照例是要"吵塌天"的。

主妇一声招呼:"请尊贵的客人们入席吧!"

霍华德·西蒙斯先生带头欠身起立,做了一个手势,众人便依次在早已备妥的湿毛巾上擦净双手,挨个儿坐定。我和朱洪、印第安后裔,还有大胡子,并排坐在一边,对面是男主人、刘宾雁以及穿插其中的两位女士。主席位置空着,那是属于代表上帝供应我们吃喝的女主人的。

菜肴与鲍勃·罗森梭尔先生家基本相同,只不过樱桃酱换成了更为符合传统的蔓越莓酱,此外,还多了一道可口的冰淇淋。还有一点区别是,鲍勃家的火鸡不声不响地早已码好,霍华德·西蒙斯先生家的火鸡却是现场表演"片"开的。火鸡有烧乳猪大小,色泽也极其相似。不到半米的距离,肥嘟嘟而油汪汪,在摇曳的灯光下连它的每一个粗糙的毛孔都能看得一清二楚。女主人从刀架——美国人家里,绝不会不具备这么一座刀架的——上,抽出一柄利刃来,动作麻利地"片"着,她的手就是秤,每个人的碟子里都一一堆满,而且分量大致相等。

说起烛光,也是西方人使我心折的做派之一。不知为了什么,电灯一灭,蜡烛一亮,家庭氛围立刻十足,朦朦胧胧,安安静静,亲亲切切,仿佛陷落在一个梦幻之中。我以为,如果想渲染某种情调,以达到宾主共沉醉的效果,倒不妨学习一番。

我不眨眼地注视着女主人,安详,慷慨,喜悦,自豪,那熟练的"片"功,那准确的"堆"功,无不给人留下温暖的感觉。

这是一个美国高级知识分子家庭的标准的感恩节。

不知美国农家和其他阶层的感恩节,又有何等特色?

热情好客而又举止适度,是上一次和这一次不同主人的相同态度。而且,先后两次经历又一再印证了早先人们向我介绍过的洋人过节的基本倾向:这儿的节日静悄悄,比不是节日的平常日子更加静悄悄。这种情况,不容易为中国人理解和接受,但又是普遍的事实。社会发展到"后工业文明"时期,除了更多地保留了原始部落"胎记"的某个狂欢节日,不妨用发泄的方式求得心理的补偿外,一般都被公众视为属于个人生活中的难得时机,或家人团圆,或好友聚会,或松弛全身的细胞,眯缝起眼睛听音乐,或集中最大的注意力,赶读早就想读却一直没有机会去细读的好书……总之是各自活动,互不干扰。

尽管,街市的灯火彻夜长明,教堂的钟声也到点一准敲响;由于家家户户一概庭院深闭,汽车也不大来回穿梭,这天上的灯火似乎便比往常更其淡漠,这人间的钟声似乎也便比往常更加遥远了。

　　造成这样一种感觉的根本原因,在于令社会运转的紧张节奏。所有的人都处在生存竞争之中,只有竞争胜利,才能活得更好。拿美国的教授、学者来说,在美国,固然为大众所仰慕,但人们也实事求是地把这批精英人物称作"满负荷工作者"。他们教学、科研双肩挑,每天早上进入办公室,通常要干到傍晚七时才离开。有的学校和科研单位,甚至硬性规定,新来者三年内拿不出成果,就要另请高就。在个人利益与社会进步如此密切结合的氛围中,又怎么能不把放假的节日当作额外的赏赐而特别珍惜呢?

　　难怪不少被社会主义优越性即"大锅饭"和"铁饭碗"惯懒了的大陆人士,对此猛摇其头,惊呼"吃不消""看不惯"了。

　　再说一说第三次过感恩节。

　　这一次很简单,因为节日过去已经五天了,我来到了旧金山,被一位亲戚接去借住在她家中。

　　这位亲戚完全是出于好意,不论我怎么告白,已经过两遍了,她还是坚持要"补过","让你尝尝我们来美国学会做的火鸡。"

　　又是火鸡!

　　坦白地说,火鸡肉并没有普通的鸡肉好吃,尤其比不上我们中国乡下野地里放养的鸡肉那么鲜嫩。吃火鸡仅仅是一种风俗习惯,一种文化象征,一种怀旧情绪;之所以一再赴宴,固然包含了好奇的成分,但主要还是出于对美国人民的尊重、理解以及礼仪上的考虑。

　　不过,这毕竟是一个纯粹中国血统的"华裔"家庭。因此,除了桌子正中供着的神圣的火鸡外,周围尽是些正宗广东味的叉烧、腊肠和凤爪之类,倒不失为"土洋结合"。

　　面对餐桌,我不由得暗自思忖:也许,再过一个年,两个年,不同质的东西方文化,将会通过互补而趋认同,而趋融合,从而形成你中有我、我中有你的崭新体系。其实,经济制度和政治制度,又何尝不可以选择这种取向!汲取有益的,淘汰有害的;更大的宽容将导致更大的和谐。当然,文化上、经济上、政治上能否实现这一前景,还取决于能否用人类之爱代替盲目的集团仇恨。这个炎黄子孙之家接受了火鸡,同时并不抛弃叉烧、腊肠和凤爪,是不是也算得上某种可喜的开端呢?

听说,旧金山的和美国各大城市的唐人街(中国城)都早已不放炮仗了。承认放炮仗会带来污染,会引发火灾,用西方式的"节日静悄悄"取代中国式的喧嚣和浪费,我个人是举双手赞成的。我想,谁也无法否认,这是一种进步,国民素质的进步。

这第三次火鸡宴,那收获应该说不属于肠胃,而属于大脑。从这个角度看,恐怕更为值得纪念。

二、哈佛遇地震

小时候,在地理课本上就读到过,美国有两条活跃的地震带,一条沿洛基山脉南走,延伸到内华达州、加利福尼亚州乃至新墨西哥州全境;另一条则位于美利坚与加拿大接壤的五大湖区,与当地著名的陷落地槽相重叠。我逗留过的波士顿和剑桥,正处在第二地震带的东南边缘。

十一月二十五日傍晚,我在刘宾雁家里做客,主妇朱洪刚把一大盘煮熟的水饺端上桌,笑着招呼我:"公刘,这是咱们中国人的感恩节。"话音未了,楼板和墙壁突然摇晃起来,一匹唐三彩马在书橱上跳跃,似乎奋蹄欲行,杯盘叮当,吊灯扭摆,脚下起初感到踩在筛子上,紧接着又仿佛换成了簸箕,左右上下地颠荡,很不好受。

宾雁低低地喊了一声:"地震!"同桌就餐的几个人,刚从国内出来的阮铭,早已进入《美洲华侨日报》工作的李春生,还有他的女友曹南微(宾雁曾经帮助她胞兄曹天宇跳出绝境,崭露头角,为国争光),这时便中断了谈话,屏息凝神,不约而同地静观事态的发展,谁也没有夺门奔逃的意思。

终于,周遭恢复了常态。

宾雁笑了起来:"公刘,阮铭,你们算是赶上了;打我们来美国的第一天到现在,这还是头一回体验到西半球地震的滋味儿!"

我当时看过表:六时四十六分。

地震持续了半分钟。

多么漫长的半分钟!

四五分钟之后,电视中便出现了新闻报道:这次地震测定为里氏6.4级,系一九三五年以来所仅见,震中位于加拿大魁北克市北面大约90哩处。

人家的大众传播媒介,硬是比我们迅速。

第二天,便从报纸上了解了更加详尽的情况:包括魁北克市在内,加拿大魁北克省的大部分地区电力和电话都中断了;多伦多市的高层建筑发生了剧烈的摇摆,玻璃破碎,货架上的货物滚落地上;距离魁北克市郊35哩的一条公路干线断裂,地下露出了一个深深的洞穴。整个的美国东北部,从缅因州,到俄亥俄州,从纽约城到华盛顿特区,全都承受了程度不等的轻微破坏……

加拿大的地震学家还宣布,早在二十三日,这次遭受地震袭击的地区,其实已经有过一次4.5级的前震。美国地质调查所也说,据他们的检测计算,二十五日黄昏的地震,地心所释放的能量,大约是二十三日前震的175倍。

在国内,我虽说不曾领教过骇人的唐山大地震,但也亲身感受过差不多同样骇人的一九五一年云南丽江大地震——只是由于其时人烟稀少,伤亡不大。那真是大自然的歇斯底里大发作!鱼儿上了树,鸟儿飞倦了摔死在路上,这些我都亲眼所睹;我把那次抗震救灾的感人场面写进了一个中篇小说,但一直没有投寄给任何一家报刊编辑部;冯牧是它的唯一读者。一九五七年,在"伟大的反右斗争"中,我自己将它烧掉了。

话说回来,这次又经历了美国中等规模的地震,固然是"曾经沧海难为水"了。不过,有惊无险,毕竟是万幸。整个的波士顿、剑桥和哈佛大学,都没有出什么乱子。

无论如何,地震总是恐怖的。在地震中,人所面对的,是一种神秘的狂暴的自然力,知之不多,也就难以招架。

据说,这一带的大型建筑物都有特殊加固的抗震结构。不过,像哈佛大学以及其他一些市政大楼、金融中心等,几乎全用清一色的巨型花岗岩砌墙,一旦这也倒塌,那惨状将不堪设想吧。

一个月后,我去坐落于旧金山市金门公园内的自然博物馆参观,见到了一种前所未见的东西——地震模拟台。陈列和开放它的目的,完全在于重现一九〇六年本地发生过的那场毁灭性灾难。在电流暂时中断的片刻,我跨步上去,尽管双手牢牢地抓住了金属栏杆,当"地震"开始之后,依旧不免于惊慌,那狂劲儿委实太大了,与在宾雁寓所中的遭遇相比,简直不可同日而语。我写这篇文章的时候,手头没带资料,估计总有里氏 8 级以上吧。面前就是当年拍下的照片:墙倒屋塌,烈火浓烟,死伤枕藉,这悲惨的景象仿佛一一"复活",重演在我眼前,令人感到,有如世界末日降临。

整个加利福尼亚州都处在地震随时可能发生的阴影笼罩之下。我在这个州,住了一个多月,隔不了几天,便能从报上读到有关地震前兆期种种迹象的报道。最近一段时间,这方面的新闻多半来自洛杉矶,一会儿这儿惊呼下水道错位,一会儿那儿大叫地裂和滑坡,心情紧张的地方当局刚限令所有的危房必须于指定时间内拆毁或者按照法定标准维修。这么一来,那些低收入的、数量多达 40 万户的平民人家,只得纷纷被迫挤进了各种仓房和车库,从而形成了人人关注的社会问题。

至于掌握着产权的业主们,当然也有怨言;然而,羊毛出在羊身上,眼下虽然需要增加投资,日后肯定可以从承租者和购房者手里捞回去的,毋庸多虑。

这真是几家欢乐几家愁啊!

在加利福尼亚州,我先后到过旧金山、柏克利、奥克兰、圣若瑟、洛杉矶、好莱坞等大中小城市;我发现,这些地方的居民都学得非常之"精",除去少量高楼大厦是钢筋水泥建筑而成外,90%的民居都是木构,最高不过三层。一般全预先隔了火巷,安了应变的悬梯,管道煤气的总阀门,也一概埋在户外人行道上,有一块镌刻着"GAS"字样的铁版,随时可以掀开,人跳下去就能将其关闭。凡此种种,显然是着眼于减少地震造成的人员伤亡和财产损失。美国人受过一次教训,考虑起问题来,便如此的细致与周密,可不像我们,总是重复地"交学费",学费交了若干,却什么也不曾学会。

毫无疑问,同样是一个美国,也有令人不可思议的地方;就在加利福尼亚州隔壁的内华达州,在那儿的沙漠、荒丘和被废弃了的煤矿矿井里,连年不断地传来人造地震——地下核试验——的爆炸声浪。一面殚精竭虑地防止自然界的恶作剧,一面又处心积虑地制造并积累地球自我毁灭的因素,人啊人,莫非真有点神经错乱了?!

三、胶卷见人情

我从波士顿到旧金山,搭的是美国德尔塔航空公司的班机。飞机到达中东部航空港辛辛那提时,机上通知,所有旅客带上各人的随身物品,去候机室听候再次起飞的通知。

这当中,我才发觉我的一只照完了的胶卷,遗忘在波士顿的洛庚机场候机室了,糟糕至极!

我拼命回忆事故的全过程。

离开波士顿那天,恰好宾雁、朱洪夫妇也要远走高飞——上南部的维吉尼亚州讲学,而且班机开航的时间比我还早。于是,他俩便把我托付给在哈佛大学东亚研究所工作的华裔女作家木令耆(刘年玲),请木令耆女士不但照料我吃午饭,还得负责开车送我去机场。

吃饭好办,所有的食物早已做好,放在冰箱里,只要拿出来往微波炉里温一温,就一切 OK 啦。

爽快热心的木令耆女士从郊区赶来,吃罢饭,还有两个钟头闲着。她建议,何不把握时机,再参观一两处值得看而没有顾上看的地方? 我欣然同意。于是,在她仔细检点暖气是否关闭严实,电话录音盘是否准备妥帖之后,便帮我拎住箱子、提包,上车出发了。临下楼时,我注意到,她还反复扭动已经锁牢的大门把手,然后又从小拎包里翻出钥匙来再三查看。亏她这般辛苦! 到底是中国人的后代!

我们直奔诗人朗费罗故居,那儿同时又是华盛顿曾小住过的地方。

门票两美元,木令耆女士请客。

一位老小姐导游。在她的带领下,我们先后瞻仰了朗费罗的写作间、书房、举行小型音乐演奏和诗歌朗诵的音乐厅、卧室、客房以及他的终身未嫁的女儿的闺房。楼下还有厨房和很大很大的餐厅。

谢过了老小姐,木令耆女士便接替了导游的职务,径直领我走到一棵周身长满茸毛般青苔的老树下拍照。女作家告诉我:"这就是朗费罗当年在自己的诗篇中一再歌唱过的那棵树。"

接着,连拐了几个弯,便迎面看见了一排古老的木板平房——美国独立战争初期,华盛顿将军用它停放过马车。那年头,小卧车还未曾与显赫人物结下不解之缘呢。

又摄影留念。

木令耆女士指了指卷筒上的阿拉伯数目字:36,"这一卷结束了"。

我接过相机,顺手往脖子上一套,带着意外的满足之情,再次跨进了女作家的私人轿车。

到了洛庚机场。

下车匆匆填了表格,写好并且拎好"飞子",将托运的大件一一交付给身着火红制服的搬运工。

木令耆女士对我说:"公刘先生,您就从这扇门进去吧,找一处离门最近的座位休息,等我停稳车,再去那儿碰头。"

我遵照她的嘱咐行事,有一个沙发位置很理想,既冲着转门,旁边的大立柱上又有航班情况显示牌。

我看了看表,还有二十五分钟。

也是命中注定,这只胶卷该丢;我这个人有个不可救药的毛病,一旦没事干,马上闲得慌。我决定趁此机会换一个新胶卷。

我一面换卷儿,一面留神盯住那川流不息出入于转门的人们。

我把替下来的旧胶卷,放在了沙发上。

新胶卷对准了齿孔,也合上了照相机的后盖,再过一过卷,露出了"1"字。不迟不早,立柱上的显示牌沙沙沙一阵响,上上下下几十块黑塑料片翻动了一遍,哎呀,往波士顿的飞机开始检票登机了。

可是,木令耆女士迟迟没来。

失礼事小,误机事大,我匆匆站起来拔腿便走,关键在于少了一个"回头看"。

事实证明,凡事除了"向前看","回头看"也十分必要。

忽然,木令耆女士迎面奔来。她招着手,示意我加快步子,待到并肩而行时,又对我解释,叙述了由于附近的停车场连针都插不进去一根,只得把车停得老远,步行回来抄近路从另一扇门进候机室的前因后果。我们彼此向对方抱歉,相握而别。

大错业已铸成……

飞机离开辛辛那提再次凌空,我便赶紧找到空中小姐,递上名片,用蹩脚的英语诉说了自己的不慎。空中小姐好歹总算听懂了,立即安慰我,对这个失魂落魄的中国老头儿深表同情。其中的一位麦·玛琅妮小姐跑进驾驶舱,通过与地面联络的专用电话叫通了洛庚机场,恳求那儿的值勤人员代为寻找。据麦·玛琅妮小姐后来告诉我,她特别强调了我向她介绍过的靠近沙发的那只该死的垃圾桶。不过,紧接着她又耸了耸肩,补充道:"诗人先生,即使没有什么人把它扔进垃圾桶,找到它的可能性也非常非常之小,美国的候机室每隔两个小时便彻底清扫一次,……"而此刻的辛辛那提,已是七时二十分了,距波士顿起飞时间,过去了四小时三十五分。我忽然设想,假如这只胶卷丢在中国呢?也许……中国没有任何一个候机室会规定每隔两小时彻底清扫一次……然而,那也不行,因为中国人压根儿不理你的茬,谁替你找?多少报酬?

闻听此言,我是万分沮丧了。

我像进入了追悼会的灵堂一样,对我的那些绝对珍贵的镜头一一鞠躬默哀。它们是:我与诗人鲍勃·罗森梭尔先生及其夫人的合影;我与诗人西蒙·彼得先生及其夫人的合影;我与诗人艾伦·金斯伯格先生(在其寓所)的合影;艾伦·金斯伯格先生坐在自己床头,怀抱印度古琴弹奏并引吭高歌的特写;诗人艾伦·金斯伯格先生在其卧室一角的猩红蒲团上打坐参禅的特写;我与刘宾雁、朱洪的分别合影和三人合影;我与青年作曲家谭盾的合影;我与谭盾的美国女友、谭盾新作歌舞剧《九歌》的舞台总督玛丽·斯奥尔芭茨柯小姐的合影;我与大陆女演员、电影《红衣少女》中饰姐姐一角的罗燕的合影;我与中国留学生刘安民、熊小戈等的合影;以及我自己在"宪法号"古船博物馆、肯尼亚博物馆、大西洋沿岸、哈佛校园等各处的"到此一游"……这一切都从这个世界上永远地消逝了。

我感到悲痛,仿佛自己白来了美国一趟——虽然,我还保存着别的胶卷。谁能解脱我的绝望感?

一位年岁较长的空中小姐,大约是看出了我内心的风暴,她想方设法来转移我的注意力。她顺着机舱首部的那排橱柜上的抽屉,逐个往下搜寻,一会儿给我送来画报,一会儿赠给我扑克,一会儿又塞给我20只一袋的航空纪念章……啊,可敬可亲的空中小姐!我要这些有什么用呢?它们在一起,也代替不了我那只胶卷啊!

着陆旧金山,已是深夜。我强行按捺住急如火燎的心情,捱过了一夜。翌日天蒙蒙亮,(旧金山当地时间较之波士顿早四个钟头),便急急忙忙给木令耆女士挂了一个直拨长途,寻求她的援助。木令耆女士飞车前往洛庚机场,按照我指明的地点(包括那只垃圾桶),仔细搜寻了一遍,然后,又对德尔塔航空公司以及候机室的值班人员申述情况⋯⋯做了最大的努力,两个小时之后,木令耆女士疲倦的语调在电话中宣判了胶卷的死刑:上穷碧落下黄泉,两处茫茫皆不见。

我听清了她在波士顿的一声叹息。

可怜的胶卷啊,你肯定被当成了废物,被送进偌大美利坚的不知哪一个垃圾分类处理站去了。我的天!

可以说,这是我个人旅美之行的一出大悲剧,虽然,在世界舞台上,它渺小得根本谁也发现不了。但我也得到了补偿,那就是,充满人情味的友谊。连素不相识、姓名不知的洛庚机场的公务员女士们和先生们,全都被惊动了。

写出这一段来,是为了不能忘却的感激——感激那个由千百万普通人组合而成的普通的美国!

四、起落便两年

早在纽约的时候,中国诗歌节的活动尚在进行,诗人鲍勃·罗森梭尔先生便替我预订了十二月三十日的旧金山至北京的回程票。按照邀请信上载明的条件,国际航班费用全部由美方承担;而在美国,有个省钱的窍门,预订期愈早,机票售价愈低廉,因之鲍勃抓得很紧。

中国民航的班机,原定下午一时二十五分起飞,由于这一班飞机的终点站洛杉矶一带正在下大雪,耽误到三时半,该机才安全降落于旧金山国际机场,等到再次上天,已经是四点整了。

飞了大约一个钟头,机身上从洛杉矶带来的积雪融化了,从旧金山带来的冻雨也吹干了,视线所及,展开了蓝瓦瓦的万里晴空。

我们一直朝国际换日线飞去。

渐渐地,天色愈来愈晦暗,迅即掉进黑色的染缸——一粒星星也没有的夜。飞机上的壁灯、头灯,一霎时大放光明。我看看手表,又过去了一个钟头……我陷入半睡半醒的状态之中,是哪一刻从十二月三十日进入十二月三十一日即一九八八年除夕的,我不知道。

回国的航线和出国的航线不一样,中途不停东京。空中小姐在广播里曾经报告过,下一站就是上海,全程一万零三百公里。弄不明白的是,这个一万零三百公里,是否包括上海至北京的一段,同时,也不了解从什么岛的上空飞越日本。

在美国一直马不停蹄地奔走了将近两个月,此刻的确觉得疲劳不堪,一切都似乎成为混沌一团,我无意打听任何情况了。

不知别人的体验如何,就我而言,在这种横跨大洋的远航班机上吃饭,往往会变作负担——不仅因为缺少活动、肠胃备受压迫,而且脑子也堵得慌,思维都迟钝了。

话又说回来,吃饭也有一宗妙用:便于估计路程。几顿啦?是不是"正餐"?在时针和分针的位移上无法表明时间概念的混乱情况下,空中小姐分发食盒和收拾餐具,可以收到安慰心灵的神效;感到饥饿的实在并非消化器官啊。

果然,用过了最后一道点心,麦克风中传来了虹桥机场在望的喜讯。

上海!中国!

旧金山时间和北京时间整整相差十七个钟头。

有些旅伴要和我分手了,他(她)们或者是到家了,或者是要从这儿中转别处。

剩下一批飞往北京的朋友,同样必须在此验交入境证。我排在最左边的一列长队里,前面是几位日本妇女,小小窗口,便是"关卡",外宾比我理所当然地受到了更为温煦的接应。

当班的武警战士,态度最多只能打60分;冰霜满脸,也许是朋友昨天和他闹崩了?

此外,排队的地方,无论窗口内外,都既无文字说明,又无路标招贴,等到我找见了休息大厅,扩音器已在招呼全体过境者立即登机了,差一点落下,悬!

验关的时间也未免过久。

富有经验的同志曾经对我介绍过,全国几大关口,数上海"牙牙吾"……难道果真如此么?

零点到了,我们还在继续自己的天路历程。

机长向机上的全体旅客做了简短有力的祝词,没有半点说教,最后还用一句英语收尾:Happy new year!很是得体。我寻思,假如中国民航的工作人员人人都能以这位机长为楷模,大方、热情、有教养——可能也就不会往往给人以空话泛滥、表里不一的印象了。

在云层之上,全部、干净、彻底地送走了一九八八年。机长发表祝词之后半小时,巨大的波音747便平稳地投入了母亲怀抱之中。发动机渐次熄火,终于寂然无声,我也拎起手提物品随着人流走下舷梯;首都机场上,除了跑道路线的标灯外,一片漆黑;遥想国外机场上繁忙热闹的不夜城,这儿似乎全然在做沉沉大梦!

进港的班机很少,传送带上的行李,出现得比白昼快多了。人们的精神为之一振,倦容消失殆尽,每个人都目光炯炯地搜索着、辨认着自己的几大件。

非常幸运,我的第一个到齐,第一个装车(那种手推的轻便行李车),第一个启动,第一个走向"红色通道"……

忽然,一位女同胞,以万分激动的雄姿打斜刺里冲出来,她与我对视一秒钟;我感受到了某种决心的震撼,让步了,我说:"Lady first,您先请吧!"

她的手推车以锐不可当之势擦过我的身子。

瞧她！真格是归心似箭哪！

眼前，几盏并不耀眼的日光灯下，出现了相向而立的两溜桌子，桌子后边有好些位年轻的海关人员。

右侧的一位，首先友好地大声欢呼："欢迎！一九八九年的第一位客人！"

那位夺标的女同胞不无得意地笑着、应承着。

我这时忽然兴起了不平之思：一九八九年第一名海外归来的游子在这儿立着哩！

转念又觉得无聊，第二，也不坏嘛。

这一次我决定与这位女同胞分道扬镳，我选择了左手一侧。

值班的小伙子笑容可掬地接过了我的护照，马上抬起眉眼问道："您是公刘？"

"是的，我是公刘。"

"去美国讲学啦？"

"不，是应对方邀请，去参加他们举办的'中国诗歌节'。"

"您好。我读过您的作品。"

"谢谢。"我送给他一张名片。

小伙子在我的申报单上批了一行字，我接过一看，原来，不过是将携带外币的数目用方块字又重写了一遍。

我很高兴。一个人受到另一个人的善意对待时，都会高兴起来的。这就是情感和友谊的力量。

我和小伙子道别，仍旧推车前进。

下一道环节是将大小行李搬到一条自动传送带上。入口处安装了一部能够透视物品内部的检测仪，如果认为可疑，就会立刻停止运行，把关者便要求你打开，让他察看。我的几件东西没有任何问题，不到一分钟便顺利通过了,几乎等于免检。

　　原先我就担心金属的自由女神像可能会引起麻烦,但竟然没事,这大概也说明我们大陆同样有了自由吧。

　　我满心欣慰地将行李一件一件重新归置于手推车上,一直推到大门口。

　　黑压压的接亲友者们在栏杆外边潮水般涌动。

　　我一眼望见了,人头攒动处十分显眼地高竖着一块类似奥运会入场的牌子,上边用毛笔写着我的名字,立刻又发现了好友戴煌和新华社的司机小温,在那儿对我微笑。

　　戴煌还是两个月前的老样子,身披那件颜色变淡了的军大衣。北京比旧金山冷得多呢。

　　他们放弃了节日的休假,在这个富有象征意味的岁尾年头,苦苦等候我已经好长时间了。

　　他们一直将我送到住处,由于事先关照过,电梯居然给我留着,不曾锁闭。

　　感谢啊,为了这一切!

　　感谢啊,我又回到了我的无比亲切却又似乎生疏的土地上。我的令人发愁、发急、发怵、发火的可爱的祖国!您看见了您的儿子在向您敬礼吗?

1989 年 4 月 30 日　抄改完毕,杭州

论当今中国人所需要的"天天读"
——纪念法国大革命二百周年

中国五四运动七十周年纪念,在特殊的气氛中过去了。法国大革命二百周年纪念,中国将不知以何种姿态迎接。

岁月不居,这一中一西两次群众运动的历史意义,却日益显示其不灭的灿烂光辉,受到了愈来愈多的中国人的注目,引起了愈来愈多的中国人的反思。

中国人口占了人类的六分之一。五四精神和法国大革命精神在中国的普及与发扬,可以被认作是具有世界意义的决定性的伟大进程。其力证之一是,中国共产党的许多主要领导人,如周恩来、邓小平等等,正是通过旅法勤工俭学而最后确定其对马克思学说的信仰和皈依,并为之奋斗终生的。历史选择了巴黎作为奔赴莫斯科的中转站,这一事实绝非偶然。

人们也记得清楚,被"文革"屈杀的彭德怀,他的"反革命"罪证之一便是在抗战初期的一篇讲话中,肯定了自由、平等、博爱这样一个至今依旧令包括中国人民在内的全世界人民为之神往的理想。

时至二十世纪九十年代,我依然不明白,彭德怀错在哪里?自由、平等、博爱又错在哪里?

据说,法国大革命是所谓的资产阶级革命,理由是,它只反对封建贵族的专制统治,而且极不彻底,胜利果实为金融寡头所篡夺,劳动者继续受镇压。

这是不是事实呢?当然是事实。然而,仅仅是一部分事实。

就过去而言,怎么解释工匠们、农民们的流血牺牲?怎么解释巴士底狱的陷落?怎么解释皇帝路易十六的被推上断头台?又怎么解释丹东、马拉以及罗伯斯庇尔不同施政方针的产生、发展与嬗递？就目前而言，怎么解释西方社会的相对稳定？怎么解释现代资本结构的自我调节？怎么解释阶级关系的明显变化？怎么解释福利政策的兴起及其成效和对公众心理的深远影响？

毫无疑问，单靠斯大林主义的僵化模式，已经"套"不住了。

尽管失灵，还是照"套"。

因此，中国就有人竭力贬低五四运动，或者阉割其灵魂，或者故意压抑某一方面，抬高某一方面，或者索性扯起"张扬传统"的旗子，明里主张正确评价孔子（这是对的），暗中实行孔教复兴。

至于对待法国大革命也有人始终贩卖教条，比着苏联的葫芦画中国的瓢，贴政治标签，搞路线斗争，不承认几代启蒙先驱、几代劳苦民众同心协力的奋战，不承认自十九世纪以来迄今存在过和存在着的巨大影响，不承认作为后来者的马克思、恩格斯明明继承了的思想遗产之一的内涵与价值……

抑有进者，更有人总是热衷于开空头支票，习惯性地奢谈"更高级"的民主和"更高级"的人道主义，而绝不脸红。

纸花冒充鲜花，画饼冒充真饼。

试问，在中国，封建特权彻底消灭了吗？法制观念、人权观念牢固树立了吗？有不排斥异己思想的宽容吗？大小官员，都懂得权力来自人民，因而老老实实甘当公仆吗？

没有，至少是眼下还没有。

文件上早就宣布，"文化大革命"被"彻底否定"了。的确，那样子的"革命"，只能算作对"革命"这一神圣字眼的亵渎，在那场造神运动中搞起来的"天天读"，读的什么？

今天，我倒真的巴不得去到巴黎，从那坐落于科学公园中仿造的"巴士底狱"牢墙之上，拆下一块专门供人拆走的特制砖①，带回来置于案头，对着一

---

① 这是法国政府庆祝大典中的纪念活动项目之一。

面刻有200,一面刻有"自由、平等、博爱"的字样,天天读。

我认为,当今全体中国人倒真的需要这样一种"天天读"。不是为了"造神",而是为了造"人"。

1989年5月5日　杭州

圣诞万花筒

——美国见闻杂记之二

中国人当中,除了天主教徒和基督教徒,都是不过圣诞节的。可是,那个乐呵呵、胖墩墩、胡须雪白、身着红袍、头戴红帽、手持拐杖的圣诞老人的形象,则是一般非教徒都熟稔了的。有些画片上,这位面色红润、慈祥可亲的老头儿,不知道为什么,还要和驯鹿拖着的雪橇打交道,仿佛他是一个爱斯基摩人,驾车来自冰天雪地、阒无人烟的北极;车上却莫名其妙地堆着永远也取之不尽的各色礼物,给无数人带来惊喜和希望。按照西方人的传统观念,圣诞老人是儿童的保护神,同时又是水手、旅客和商贾的保护神。有一支家喻户晓的圣诞歌曲:《铃儿响叮当》,就反复提醒人们,别忘了那可爱的驯鹿,并且通过驯鹿将"欢乐"人格化了,这来自它脖颈上的清清脆铃声,以由于激动而显得略为急骤的节奏,号召人们去感谢这位无私的圣诞老人。

圣诞节快要到了,商店的橱窗里立刻就会挂满绒布制作的大小不一的红袜子,火焰一般熠熠耀眼。

为什么会出现红袜子呢?这,又和另外一个传说有关了。

相传,公元二八〇年,土耳其有一对极其富裕的夫妇,结婚三十年才生下一个儿子,取名尼古拉斯。像所有宗教故事里的人物一样,尼古拉斯也是有异禀的。据说,第一次替他洗澡时,他就能自己站立,并且高举双臂,做出赞美上帝的样子。每逢礼拜三和礼拜五的斋戒日,日落之前,小小的尼古拉斯必定拒绝进食,连奶都不吃一口。

当他长到九岁那年,一场瘟疫夺走了他的双亲。于是,尼古拉斯将自己的热爱倾注到全城侥幸活下来的穷苦人身上;他常常趁夜色出门,把食物、衣服和钱财分送给那些奄奄一息的不幸者们。

尼古拉斯诸如此类的善行,不胜枚举。一次,当他获悉有三位可爱的姑娘,因为无力量办嫁妆,竟欲卖身为妓,借以积攒出聘费用时,不禁大为震惊。他又怀着深深的同情,在一个不见星月之夜,偷偷地将黄金塞进她们自己晾在屋外忘记收回的袜子里,终于帮助这三姊妹顺利完婚,这就是最初出现的袜子。

尼古拉斯渐渐长大了,成了一位胸怀大志的少年,他决心去耶路撒冷。朝圣归途中,忽然海上掀起风浪,同船者无不惊慌。只见尼古拉斯不动声色地做了祈祷,霎时风平浪静,海船平安地驶入马拉港。人们纷纷上岸回家,唯独尼古拉斯径直去到教堂感谢上帝的庇佑。恰巧这个地区的主教刚刚去世,众人传说着尼古拉斯创造的奇迹,便一致推举这位少年为新的主教。

又过了若干年,马拉港遭了饥馑,粮食匮乏。这当口上,有几艘路过的运粮船因避风而暂时停泊于港湾,尼古拉斯便找到船长们游说,劝告他们将货舱里的谷物捐献出来,救济百姓;同时又透露给他们,一旦船只抵达目的地,肯定一粒也不会少。船长们早就知道尼古拉斯一再显示奇迹的故事,这时虽然不免将信将疑,但还是把粮食统统卸下来,起锚走了。结果一如尼古拉斯所预言的,舱中又堆满了同样多的谷物。尼古拉斯的名声便像风一样刮遍了远近四方。

这位主教在马拉港担任精神领袖达五十年之久。公元三四三年十二月六日溘然长逝。

此后,世界各地的信徒们都学习他的样子,以尼古拉斯的名义将糖果等等填满袜子,秘密地挂在门上或者置于枕边,给孩子们带来喜悦。

这就是红袜子的来历。

另一方面,许多教区的教民,也就自发地于尼古拉斯离开人间的前夕,即十二月五日,列队游行,以示追念和颂扬。那为首的一人便代表着已故的主教,胯下骑着一匹纯白的高头大马,至于浑身穿戴,则一如前边介绍过的;从此,这种仪式,这个形象,便约定俗成一代一代地承传下来。

这些习尚,至今还能在美国全境完整地看到;而当代美国人的纪念方式,又固然都是他们的祖先从欧洲带来的——祖先们是虔诚的教徒。

我在旧金山度过了一九八八年的圣诞节,一切果然和传说一模一样。

其实,不仅仅是十二月二十五日那一天,在这之前,几乎整整一个月的时间,都投入了迎接节日的准备工作之中。感恩节(十一月二十五日)一过,人们的话题便转移到圣诞节这个热点上了。当时,我所经过的大中城市,街道上的节日氛围可谓与日俱增。店主们纷纷雇请临时工,擦洗、粉刷和油漆;市政当局也开始组织人力,驾驶着一种备有活动梯架的小型卡车,缓缓驰过,往每一盏街灯柱上悬挂印有"**Merry Christmas**"(圣诞快乐)字样的彩带。给我印象最深的是斯坦福大学所在地——帕罗·阿托市,那儿的主要街区,竟用人造柏树枝搭起了无数座中国式的牌坊,并且缀以各色坠饰和流苏,煞是好看。

也遇见过宗教游行。

可以毫不夸张地说,到处都是圣诞老人。

在超级市场斗奇争妍的中心花圃,在大众游乐场所的门口,在码头公园和博物馆的售票处,甚至在跳蚤市场的必经之路上,都转悠着仿佛从一个模子里铸出来的圣诞老人;除了衣着鞋帽相同以外,连手里摇着的铃铛、鼻梁上架着的眼镜,也完全一样。这些圣诞老人站在人群中吆喝叫卖,他们实际上成了活广告,商业化了,早先那种纯朴的象征气味,已经丧失殆尽。

至于照相馆,就更不能缺少"圣诞老人"了。这些"圣诞老人"全部是临时聘来的雇员,其职业动作不过是按住父母们带来的孩子或婴儿,拍一张吉祥照,预祝他(她)新年快乐,健壮成长而已。

除了我在前面介绍过的那种暖乎乎的红袜子——尺寸不一,大的可以填进一个枕芯,小的也超过了中国北方农民喜欢穿的白布袜——外,装点节日景致不可或缺的还有一宗：圣诞树。

孩子们当然渴望，一觉醒来，发现自己枕边摆着一只鼓鼓囊囊的红袜子。那时候，他(她)准会大叫一声，连脸都不洗，便赶紧拎起它来往地上一倒，看看里边究竟藏了一些什么宝贝。

圣诞树也是孩子们醉心的对象，假如不能说更喜欢的话。一棵特别美丽的圣诞树，简直会施行某种魔法，使得男孩子和女孩子不知不觉地吮吸起手指来，双脚像钉牢在地上一般走不动。他(她)痴痴地猜测，那些挂在树上的琳琅满目的小纸包、小纸盒里，究竟是些何等神奇的礼物。据一项调查报告说，几乎百分之百的儿童，都声称夜里梦见过圣诞树……

在美国各地，都设有专门出售圣诞树的营业点，树的高矮大小不同，因而价格也多种多样，然而，保证鲜活，飘散着一股股沁人心脾的清香。你就看吧，在临近圣诞节的日子，许多人开着小货车出去采购圣诞树，把它抬回院中；一般都放在起居室内，最好靠近临街的窗户，让树上缠绕着的彩色电灯泡日夜都亮着，过路的行人远远就能望见。在五颜六色的灯泡的空隙中，照例还披挂长长的彩带，杂以蝴蝶结、塑料星星、小蜡烛，以及精美的"红包"、礼品与电动动物玩具……其中许许多多花了不少钱买来的东西，等到佳节一过，兴致已阑，便统统倒进了垃圾车。自然，具有此等气派的，都是中产阶级以上的家庭。

在旧金山，有个出名的地方，名叫渔人码头。那一带集中了变戏法的、耍猴的、演木偶剧的、拉手风琴或者小提琴的、表演"中国功夫"和"印度瑜伽"的、画像的……还有川流不息的看客、外地旅游者，也有流浪汉、妓女和毒品贩子。

正因为是这么一处热闹地点，全城最高的一棵圣诞树便布置在这儿。我去观赏过，仰起头来，不一定一眼就能看清树梢顶端都吊了些什么，少说也有十米左右吧。后来，又听人讲起，在世界赌城拉斯维加斯还有一棵圣诞树王，比旧金山的更要挺拔。不过，我想，拉斯维加斯天气很热，不可能有风雪做伴,必定气度逊色远矣。

提起风雪,美国朋友都一致认为我交了好运——竟一连赶上了三场差不多席卷全美的雨雪霏霏:第一场的受惠者是东部,从五大湖到墨西哥海,完全是雨水。第二场,雨夹雪,自东而西,直抵洛矶山脉。第三场,则集中于太平洋沿岸即西海岸,包括冰雪罕至的洛杉矶。美国连年干旱,农田和牧场都损失极大,这样的雨雪毋宁是盼望已久的甘霖。

滑雪胜地涌动着欢天喜地的人潮。体育用品商店里,连积压多年的滑雪装备都销售一空了。

凛冽的冷空气,再加上时不时飘洒一阵雪糁,为圣诞节增添了无限动人的气氛。

美国人就是有这么一股疯魔劲儿。愈是不寻常,愈是要开眼,愈是机会难再,愈是绝不放过。因此,说来令人难以置信,圣诞节休假期间,竟有三千二百五十万人开车上路,四处撒野,坐飞机的人数也多达二千二百万!这两个数字,都是破纪录的。想想看吧,总共两亿人口,每四个人当中,就有一个在外边贪玩儿!

每年的圣诞节前夕(十二月二十四日)往上倒数一周,都算作所谓的圣诞节期,在这个星期里,大忙特忙的显然不止于家庭主妇。事实上,差不多有一个月的时间,差不多是所有的人,全都不同程度地沉浸在购物狂潮之中;这狂潮一直奔涌到最后一天的最后一刻,才会不情愿地停歇。

一九八六年和一九八七年,市场情况都不很理想,这个深刻的不愉快的记忆弄得店主们一九八八年不敢放手进货,生怕将来被迫削价求售,无利可图。不料,如今时来运转,爆发了一场前所未见的抢购飓风,很多商店都人粘人,走不动,公路上交通拥挤,停车场为之堵塞,各大报的访员们,共同制造了——不知道谁拥有首创权——一个新名词:最后一分钟现象。百货公司的发言人笑口大开,对记者宣布:"每天都是伟大的一天,没有挑挑拣拣的人,顾客们迫不及待,我们的人忙得不可开交。"数百种花样翻新的圣诞卡,纸张都仿佛在香水中泡过,还扎上缎带,印上豪华得近乎装腔作势的古典花体字,人们还是不计其价格之昂贵,成十打成十打地选购;而那种大众化的"白皮书",倒是百里挑一,难以遇上了。圣诞卡尚且如此,遑论其他!

在这个似乎天上会落金子的国度,战后盛行一种在我看来实在是自欺欺人的"顾客心理学",一言以蔽之,即:凡是该卖一美元的商品,一律将标价改为九十九美分。据说,这是一位"擅贾"的犹太商人想出来的点子。因此,在荧光屏上,在广告里,在一切免费的商业宣传中,都充满了"9"字,甚至荒谬到了 $99999.99 的程度!这难道还不滑稽可笑么?

像这等毫无意思的事,美国人偏偏认为非常有意思,初到美国的中国人,几乎没有一个能不忍俊不禁的,也许,还会咕哝一句:"真他妈的有意思!"

购物税当然完全由顾客承担,税率为每一美元征税六美分。

美国的零售商,又是全体商界人士中最最绝顶聪明的人物。他们不断地想出各色各样的"花头精";比如,发明了一种退换礼物的新经营项目,是针对那些为数可观的收到了自己并不需要的礼物的主人的;商店要求他们在妥善保持原包装的前提下,再掏少量的腰包,换走任何中意的价格略高的商品。请注意"价格略高"四个字,这正是老板们发财致富的关键所在。每一位顾客所费无几,但老板们却两头得利。至于你换给零售商的东西,请放心,转眼之间便会落入别人手中;"没有卖不出去的玩意儿",这便是美国。而且,老板们还真做了好事,他搭了一座桥,互通有无,各得其所,受到全社会的称道和感谢。

也有带政治色彩的买卖。洛杉矶有一位和平运动积极分子杰瑞·鲁宾,他领导的"生存联盟"则准备了大量的玩具动物,专门和孩子们交换玩具武器。他们的交换点也门庭若市,但被吸引者大多为小女孩和年轻的母亲们。我很纳闷,这许多换来的玩具枪(非常逼真)、玩具坦克、玩具兵舰、玩具飞机,怎么处理?因为,尽人皆知,美国人一般是不做赔本买卖的,除非它不归属于流通领域。

而玩具也的确缺售,尤其是几种南朝鲜制的、价格偏高的热门玩具。我女儿童心犹存,她在冯牧同志家看中了一只灰绒 Koala (考拉熊,澳大利亚产的有袋类动物,体形较小,常年栖息于树上。),立刻抱着它照了一张相。冯牧同志告诉她,美国任何一家超级市场都有卖。这话我也听到了,便记在心上;殊不知从洛杉矶一直搜寻到纽约,居然"踏破铁鞋无觅处"——Koala。正是南朝鲜进口的抢手货!最后,我心犹不死,终于在旧金山的一条小马路上的一爿小店遂了心愿。店主人是一位菲律宾妇女,她对我表示祝贺,因为据她所知,全市就只剩下她手头保有的一对了,如今叫我买走一只,而且是"得来全不费工夫"。

每年的圣诞节,美国街头都活跃着成千上万名将绝对会在报纸上扬名天下的"购物狂"。这是一种病。他(她)们的思维方式和行为方式极像赌徒,但人们不可以轻易得出结论:这类心理畸变者准是闲得无聊的亿万富翁或者富孀,或者至少是那种钱来得极其容易的可疑的男男女女。

说来令人难以相信,有的人由于一下子买东西过多而不得不宣告破产;有的人连信用卡都付不起,却还是设法赊购一辆第一流的新车;有的人简直上了瘾,实在买不起新产品,便去逛旧货店:"因为我必须得买一点什么才行。"有的人纯粹是为购物而购物,并无其他任何目的;曼哈顿一家进口公司的副总裁、现年四十三岁的露茜,居然租下一套公寓(她拥有更体面的私宅),堆放"多余的生活用品",包括三套十二人份的餐具、二十只大花瓶,四套灶具和成吨的衬垫、地毯……

这一切,中国人能想象吗?

患有这种奇怪的现代病的"病人",女性倍于男性。贝佛利山庄的精神病医疗专家就举过一个例子,"长岛有一位名叫罗宾的家庭主妇,一口气便挥霍了三万美元,另外还赔进去几个月的房屋贷款,搞了一次个人服装展览"。男人们则大手大脚地添置电子产品和家用劳作工具。纽约的心理医生简妮特·戴曼对此发表过言简意赅的评论:"男人们一门心思想通过采购,特别是在中午时分顾客相对较少的场合大量采购,塑造一种左右市场的权力形象;他们手中的信用卡,犹如酒鬼手中的酒瓶子。"

每年圣诞节前夕,本来花样就够多了的美国总还要翻出些令人瞠目结舌的新花样来,因而,报纸和画刊的编辑、记者们,从来也不会为无法拼凑耸人听闻的版面发愁。

康涅狄格州就出了这么一桩公案,引人悬念。一名劫匪把自己装扮成标准的圣诞老人,粘上以假乱真的白胡子,戴上无可挑剔的白羊羔皮滚边的红帽子,再穿上无可挑剔的同样用白羊羔皮滚边的一整套红衫、红裤子,而且没有忘记登上一双高鞡黑皮靴;就这样,他大模大样地在哈特福市联合银行分行门外来回逡巡,丝毫没有引起人们的怀疑。

早上九点刚过,"圣诞老人"出手了,他从邓巴尔"镖局"(一种私人性质的武装安全公司)的警卫人员手中,一举夺走了两袋现金,总额超过七十万美元。

"圣诞老人"并非单干。他的一名伙伴就守在预先停靠于作案现场附近的一辆灰色的"吉他"牌小车里。当"圣诞老人"跳上车后,车子立即像被踩住又放开的弹簧一样启动了,消失于八十四号公路的尽头。

在我离开美国的时候,此案尚毫无头绪。

面对有组织的黑社会,侦缉工作总是棘手的。至于小偷小摸,尤其是碰上并非惯犯的生手,破案通常都十分迅速,这一规律,大抵适用于全世界。

发生在奥克兰市伯克哈特小学校的一出悲喜剧,便是属于后一种情况的典型事例。

作案者是该校一名十二岁的女学生伙同她的母亲。

被盗窃的东西是一棵圣诞树。

原来,这所学校购置了一些可爱的圣诞树,其中最小的一棵也最漂亮;被它吸引的许多学生当中,就包括后来决心以身试法的这个小女孩。

校长先生早就注意到了这个平素表现不坏的女孩子,注意到了她的渴望的爱慕的目光,她的和年龄已不大相称的吮吸手指的下意识动作。十二月十二日,校长先生决定将那棵小圣诞树送给这位仰慕者,便亲自给她家里打电话,可惜,当时没有人来接听、一次令人激动的美好机遇被错过了。

无巧不成书。就在十二月十二日的午夜,这个不走运的女孩子领上她不走运的妈妈,蹑手蹑脚溜进了学校,将这棵树抬回家去。事情似乎已经得手。两颗怦怦直跳的心何尝知道,学校里的无声报警器正在召唤巡警。她们一出校门,便双双涉嫌被捕了。

审问的结果是:蓄意偷窃。

当母亲的具结暂时获释;小女孩则一度遣送少年犯收容所,但很快也被假释,随时听候传讯。

当记者了解详情时,奥克兰市警察局的少年勤务组警员马克·施密特不无感叹地透露了一个细节:"她们明明是白人,却抹黑了脸庞,假装成黑人的样子,这很不好。"

的确,这很不好。难道,黑人一定都是贼或者都有可能做贼?这傻乎乎的母女俩,看来偷的并不仅仅是一棵圣诞树,同时也剽窃了黑种人的名誉,亵渎了黑种人的尊严啊。

涉及黑人问题的诉讼,还有更其发人深省的例证。

就在我逗留旧金山期间,她的卫星城列治文市打开了这样一桩"官司":现年二十一岁的男性黑人费德,应征前往樱桃山某购物中心摄影部担任"圣诞老人"这一临时职业,专门接待小顾客,并同他(她)们合影。

费德的申诉已经由报界披露,概况如下:他在与摄影部经理派特通话时,曾经申明了自己是所谓的浅色皮肤,意思就是比较白的黑人,亦即黑人血统百分比较低而白人血统百分比较高的黑白混血儿。派特当时并未提出异议,相反地,倒是通知对方翌日前来接受培训。

然而,负责接待费德的秘书,和派特的口径不同;他一口回绝了费德:"我们公司历来不雇用黑人担任圣诞老人。"费德当即要求与经理对证;没有想到,这时经理站到了秘书一边,改口说:"圣诞老人当然是白人,这是传统。"

身陷困境的费德认为自己遭受了戏弄,愤而委托律师上告到联邦加州地方法院。费德气愤地说:"圣诞老人就是圣诞老人,分什么白人黑人!他要求那家时至今日仍旧实行种族歧视的照相馆赔偿一百二十万美元,以弥补名誉、精神和生活等各方面的损失。

全美人权促进会列治文分会会长夏华和其他民权运动人士,都支持费德,纷纷发表声明,愿做后盾。他们认为,标志圣诞老人的是人道精神,而不是肤色。

所有争取种族平等的社会团体,包括亚裔协进会,正密切注视着案情的进展。

在这之前不久,洛杉矶曾经有过类似的诉讼,引起了黑人群众的街头抗议,最后,以黑人同样可以充当"圣诞老人"的判决获胜。

这的确不过是小事一件。然而,不难想见,自从美国南北战争以来,顽固的种族偏见并未彻底铲除;另一方面,主张种族平等乃至种族融合的思潮毕竟渐渐占了主流。而混迹于历史主流中的泥沙便是某些美国政客,他们往往争先恐后地扮演人权卫士的角色,自己的家务事撇开不管,倒要去别人家里插一手,十有八九的可能性是,这个"别人家"固然存在人权问题,但由美国政客自任判断是非的大法官,未免有点荒唐。

也有好的故事。

多年来,人们就传说着有一位神秘的无名氏午夜进入贫民区仗义施财,飘然而来,飘然而去。

今年又准时出现了,这已经是连续第八个年头。

他满头银灰色浓发,接近中年,驾着一辆崭新的棕色的"卡迪拉克"牌小轿车。

照例又是只身步入教堂。那儿,每年的十二月二十二日子夜时分,牧师们总要亲自接待无家可归者用餐,人数将近两千。

卡迪拉克的轻微的排气声,立刻召唤来了一大群在附近守候的妇女和儿童。人人都怀抱希望,相信这好心的人儿不会落下一个圣诞节,不会落下他(她)们。

十元,十元,十元……见人就递给一张十元面额的美钞。

微笑,微笑,微笑……见人就报以一朵无声而温暖的微笑。

这位先生并没有化装成圣诞老人,却被人称作是圣诞老人。

教堂的执事伊米斯兰曾经直率地询问施主:"先生,何不公开一下您的身份?"

答复是含蓄而颇有哲理的一句话:"倘若公开,我也许会得到美名,但我将失去安慰。"

一九八八年十二月二十二日,半个钟头之内,散发了六千元。

无名氏依旧是无名氏。无名氏使我们获得了一种角度,借以切入美国社会,从而窥见更多的无名氏以及他们的彼此之间的关系。

关系就是文化心理结构;这一特定的关系也就是整个文化心理结构中的某一层面。

上边说的只不过是持赠现金的一个例子,而这样的例子到处都有。

还有许许多多馈送礼物的无名氏。

对象一律是低收入家庭。

联合慈善金库是一个全国性的机构,除了遇到自然灾害等特殊情况(既有国内的,也有国际的),每逢圣诞,它从不推诿责任,总是及时发出号召,要求富裕的人们在安排自己家庭节日生活的同时,别忘了也替那些等待周济的不相识者购置若干礼品。

这些呼吁是十分具体的:

①请为少年男女买实用的艺术、科学用品、图书和衣服;

②请为成年人和孩子买结实的牛仔裤、运动鞋、外套、毛衣,乃至肥皂、牙刷、刮胡刀;

③请为流浪汉买便于洗涤的线毯和保护脚踝骨的袜子；

④请为婴儿买尿布和能够保存一段时间的可溶性食物；

⑤也可以采用礼券的方式，让低收入家庭自行选择；

⑥礼物请勿包装，因为联合慈善金库尚有根据对象的实际需要加以调整搭配的工作过程。

顺便不妨提到，联合慈善金库的全体工作人员都是尽义务的，没有任何报酬；而捐献者却甚为踊跃。

……如此等等，构成了一个既冷漠又温馨，既竞争又互助，既毫无心肝又充满人性的半是魔鬼半是天使的美利坚合众国——这才是她的本来面目，稍加打乱分寸，便是偏见和扭曲。

圣诞节这一天，几乎一切单位都实行休假，联邦的、州的、市的和更低级别的行政机关，公务员们全走空了，唯独灯亮着，似乎只有那悬挂着星条旗，因而表明其国营性质的邮政局，还必须分送"限时邮件"和"特级邮件"。私营的银行、证券市场，在坚持营业到最后一秒钟后，也宣告打烊了——这是它们辛苦一年的唯一一次运行暂停。

自然，同时又有更加紧张、更加繁忙的部门，海上和空中监测的国防值勤固不待言，保持八十至一百个频道的电视也是不可或缺的。

圣诞节之神圣，从电视节目的安排上，可以明显地觉察到。十二月二十四日夜晚，我坐在屏幕跟前，欣赏到了饮誉全球的奥地利维也纳"男孩儿合唱团"（童音）访问波士顿的首场演出实况。整整一个钟头，竟一口气播下来，没有穿插任何一个广告镜头。这，在商品经济高度发达的美国，确是非同寻常之举。

二十五日，又欣赏到了洛杉矶迪斯尼的游行场面，五光十色，开放，欢乐，表现了一个民族强大的自信心。还出现了前总统里根夫妇在其新近购置的住宅中，平静度过八年来第一个平民化圣诞节的情景。这所住宅宽敞、幽雅而舒适，它坐落于加州安贝尔市内。

继里根之后入主白宫的布什总统,通过电视发表祝词,他祝愿他的人民Merry Christmas,笑容可掬,倒也平易近人。

布什绝不放过任何一个可以塑造政治形象的机会。圣诞节前后,他的儿子们当中的一个,三十五岁的约翰·布什,领上他的孙子们当中的一个,与爷爷同名的十二岁的乔治·布什,搭乘一架包租的民用DCC-8货机,自纽约肯尼迪机场直接飞往苏联的亚美尼亚。

亚美尼亚刚刚遭受了一场毁灭性的地震。

小布什和小小布什,带去的正是灾区最需要的药品、食物、衣服和玩具,重量总计四十吨。

亚美尼亚官方,也就是苏联官方公布的伤亡数字是:五十五万人丧生,五十万人无家可归。苏联曾经为此呼吁世界各国的人道援助。

布什本人则在华盛顿施展外交手腕,苏联大使杜赛宁向美国人民向美国政府向布什总统一家再三表示感激。

布什说,他宁可放弃阖家团聚共度圣诞的快乐,也要实现帮助苏联的地震受难者分享快乐的私愿,他认为:"这样才公平。"

和里根不一样,布什不是演员出身,人们不会联想到表演。平心而论,排除实用哲学的功利目的,这个举动终归是富有人情味的,因之,毫无疑问的是,布什又得了分。

还有若干其他凑热闹、瞎起哄的趣事,不可不提。

例如,有一个名叫北美法界佛教总会的团体,在华埠报纸上刊登巨幅广告,宣布他们"订于一九八九年一月一日,举行阿弥陀佛圣诞纪念庆祝法会,祈祷世界和平,此功德面向法界众生,离苦得乐,希望各界善信,拨冗参加,同沾法益",云云。把释迦牟尼和耶稣基督嫁接为一体,你不能不佩服主事者的因应得体和绝顶聪明。

至于崇奉拿撒勒城木匠之子的天主教、基督教的各种宗教教派,举行各种宗教仪式,就更是理所应当的了。

钟声不断……

人流不断……

礼拜不断……

在加利福尼亚州的弗雷斯诺城,卢赛尔和艾利克斯小哥儿俩正在为究竟谁有资格去扳动开关而争执不休。

原来,这座小城有一条1.6英里长的圣诞巷,巷子里总共有二万五千颗圣诞灯。

有权啪哒一声的男孩儿都是公推轮换的。一年一度,如此这般,已经有六十八年之久了。

六十八年诚然不算什么,如今的人,一辈子活过六十八岁的不知道有多少;但在美国,六十八年就成了所谓的光荣传统,令人肃然起敬——须知,美国本身才刚刚度过建国二百周年纪念。这个观念和老大帝国的我们对比,自然又大不相同。

圣诞节有如万花筒;通过这只万花筒,似乎也隐隐约约或者清清楚楚地看到了美国社会众生相变化组合的若干片断。

但愿这些片断能说明整体。

1989年5月6日　杭州

贺《人民文学》创刊四十周年

《人民文学》已届不惑之年；除了祝贺之外，我想特别强调一下刊物的品格、素质问题。

不惑，就意味着不感染我国社会政治生活的流行病——心血来潮；

不惑，就意味着对中国文学史尤其是五四以来的新文学史有一个公正的总体把握；

不惑，就意味着对世界文学走向能基本上胸中有数，从而认准自己的道路；

不惑，就意味着既忠于人民，又忠于文学，而不是二者的畸轻畸重和相互抵牾。

1989 年 5 月 18 日

一则新闻和一本旧书

五月二十五日《人民日报》刊登的一则新闻,使我回忆起一九八八年问世,但其叙述止于一九八六年的一本旧书:《波兰危机》(四川人民出版社,《走向未来》丛书,王逸舟、苏绍智著)。

这则新闻报道了波兰现任总理拉科夫斯基五月二十三日在皮瓦省以议员身份向选民公布了自己的经济状况,包括工资收入、住房面积、家庭财产(其中有一小笔存款是他本人早年从事记者工作时积攒下来的)以及享受的公务方便条件诸如汽车、电话之类。拉科夫斯基用如下一段话结束了这次"交代":"这就是我的全部财产;我的一切都是公开的,没有任何东西需要隐瞒。"他的这番言辞博得了全场听众的热烈掌声。

全世界都十分清楚地了解:当政者是不是隐瞒真相,是不是真的对自己的人民实践"公开性"和"透明度"的诺言,已经成了所有社会主义国家一切矛盾的焦点。而具体到政府主要官员从廉政的角度自动置身于群众的道德监督之下,似乎尤其为中国亿万老百姓所看重;那原因也极简单,贪污受贿之风太可怕,"官倒"太可恨,中国亟须文明政治。

为此,作为一个中国人,我实在禁不住也要隔山隔水对拉科夫斯基鼓掌,我甚至猜想,大概在他的全部记者生涯中写下的全部文字,都不及这简简单单、朴朴实实的几句话,如此真挚,如此精彩,如此打动人心。

拉科夫斯基的一席话,确也来之不易;为他这一行动做铺垫的是波兰3700万(也许还应该算上1300万侨居国外的波兰人),近半个世纪以来所采取的充满血泪的种种行动。

这是整个"东方世界"的第一只报春燕;有了第一只,便肯定会有第二只,所以,人们无论如何不可忽略了这一信息的历史意义。

下面,我要接着扼要地介绍那本旧书:《波兰危机》;令人遗憾的是,在浩如烟海的书刊它似乎并不曾引起应有的重视。不过,好书不怕回头读,补课也不迟。

正如书名所揭示的,这个小册子勾勒了1940年至1986年波兰国家道路的基本轨迹:年复一年的内忧外患交织,年复一年的绝望、希望更替……

然而,波兰民族毕竟是伟大的民族,不仅向人类贡献了哥白尼、密兹凯维支、肖邦、显克微支、玛丽·居礼,而且在希特勒的灭绝种族大屠杀中,付出了死亡650万人的惨重代价(这是全世界按人口比例计算牺牲最多的数目字)!另外,必须怀着十二万分的敬意同时指出一个事实,当中国出一汪精卫,法国出现贝当,挪威出现吉林士等败类时,波兰却找不到卖国贼。

不难想象,企图迫使这样一个民族屈服于任何暴政,哪怕是打着社会主义旗号的斯大林式的暴政,都是注定要碰壁的。

于是,任何应急的、表层的、限于人事方面的改组、改良乃至所谓的改革,即,不触动根本政治体制的改革,都一个接一个的失败了;而正是在这个大背景下,上演了历时十五年的哥穆尔卡的悲剧和历时十年的盖茨克的悲剧。

这本书告诉了我们:在国际共产主义运动中,第一个响亮地提出"社会主义波兰式道路"口号,并因此而遭到批判、贬黜,直至送进大牢关押五年之久的哥穆尔卡,怎样在人民群众的保卫与拥戴之中复出,又怎样沉溺于家长制领导,独断专行,逐步走向自己的反面,终于在一次全国性的抗议物价上涨的风潮中黯然下台的过程。

这本书又告诉了我们:哥穆尔卡的继任者盖莱克,曾经一度多么深孚众望,也曾经一度多么大刀阔斧,以及他怎样做出错误的决策,单纯依靠向西方举债400亿美元,向东方举债66亿卢布的办法制造了一个虚假的"繁荣",此后不久,便再一次在物价问题上触礁翻船的过程。

就哥穆尔卡和盖莱克的个人品质而言,大多数波兰人都认为,他们不失为好党员。不过,大多数波兰人又都不认为他们是好领袖。这两个人都出身于血统工人家庭,所谓根正苗红。前者在组织抵抗法西斯的喋血斗争中,功勋卓著,久享崇高的威望;后者是在法国和比利时侨居二十二年的矿工和共产党人,眼界开阔,对那个完全不同的经济——文化环境极其熟悉。然而,他们在给自己带来难以排解的痛苦的同时,也给波兰民族带来难以排解的沮丧。

现任的波兰党领导人,以稳健著称的雅鲁泽尔斯基所继承的,就是这么一个摊子。

根据《波兰危机》引用的大量客观分析,无可辩驳的事实表明,物价问题只是导火索,真正的炸药桶是基本上未加触动的斯大林模式,是"生产资料的公有制并没有变成真正的社会所有制"(布鲁斯语)。波兰人民与波兰党和政府之间,隔阂愈来愈大,以致形成了口头禅式的可悲语汇:"我们"(指民间)和"他们"(指官方)。鸿沟又深又宽,一时半刻似乎尚难填平。

所幸的是,雅鲁泽尔斯基将军终于下决心解除军事管制,中止战时状态;由哥穆尔卡时代的工人委员会演变而来的盖莱克时代的"团结工友",对之做出了积极响应,从地下重新走向公开;再加上精神领域源远流长实力强大的天主教教会的斡旋和参与,终于开成了举世瞩目的"圆桌会议"。圆桌会议的方针可以借用中国的一句成语来描述·求同存异。雅鲁泽尔斯基的评价是:"它既不是我们给反对派的礼物,也不是反对派给我们的礼物,而是全民的需要。"从中,人们不难嗅出有那么一点实用主义的气味,然而,平心而论,这一抉择毕竟是明智的。

根据波兰《人民论坛报》五月十一日公布的统一工人党第二次全国代表会议的决议《关于清除斯大林主义在波兰的残余和后果问题的立场》,波兰党做出了如下的论断:

"波兰与那些走上社会主义道路的其他国家一样,在生活的各个领域惨遭斯大林主义的危害。……它把集中的、官僚主义的执政制度凌驾于社会之上,严重地限制了公民的政治自由。从社会和经济角度看来是必要的工业化受到唯意志论的影响……当遇到农民的反抗时还采用了粗暴的方法。……滥用国家的镇压职能和破坏法制现象比比皆是。……党批判地评价过去。这不是党软弱的表现,恰恰是党在道义上有力量的表现,是党尊重人民,向人民说实话"。仿佛是预言,著名的波兰科学院院士布·明兹教授在这之前发表的文章,早就成了全体波兰爱国者,包括以瓦文萨为首的"团结工会"会员的共同呼声:《对改革加以改革》。显而易见,这是要求真改革,反对假改革,要求全面改革(政治、经济、意识形态……),反对局部改良。一句话,要求釜底抽薪,反对扬汤止沸。

波兰的经验和教训,不值得我们深思吗?

1989 年 5 月 31 日　合肥

不为已甚和见好就收

中国人有句老话,不为已甚,还有一句俗话,见好就收,两句话无非一个意思:莫要把事情做过头;做过头,效果就反而坏了。西方人也有类似的谚语,那就是:真理多走一步乃成谬误。

遗憾的是,纵观古今中外的历史与现实,在生活中,并不是人人都具备这份坦荡通达、审时度势的明智。

常常听到某些歌唱家声嘶力竭的歌唱,非但没有美感,反而台上台下痛苦成了一片,令曾经倾倒于他(她)的听众也不能不为之掩耳。也常常看到某些演员全靠堆砌铅华而勉强登场,硬要以臃肿、迟钝、暗淡、艰涩去表演窈窕、敏捷、光彩照人和青春焕发,其后果自然是使那一度赞美过他(她)们的观众叹息再三。听众和观众前后不同的反应,绝不意味着对这样一种歌唱家和演员的背叛,实在只是惋惜:何以不了解任何人都有历史的局限性,不承认条件既已变化,却自己对自己产生了迷信!这是何苦来!

固然,这样的歌唱家和演员确有值得同情的一面。他(她)们一心希望延长艺术生命,同时,他(她)们也在掌声与鲜花中培养了异常良好的自我感觉,期待这一自我感觉的惯性力量逐步消失,需要时间。

也有正面的例子。大受世人欢迎的日本女演员山口百惠,就在其成就臻于峰巅状态时,毅然与"昨天"告别。

与之相反,最近有报道说,前美国"第一夫人"南希·里根宣布,她打算重操旧业,在银幕或者荧屏上亮相。不过,依我看,这未必就是出于对艺术的忠贞和对观众的尊重,恐怕倒是想发挥随夫入主白宫长达八年之久的"政治优势",利用普通人的好奇心,为自己捞一点外快罢了,创造云乎哉!

还有另外一种必须加以区别的特殊情况,其典型为某体育明星。大家知道,若按本人意愿,他早就决心光荣退役了,无奈某些有权势的人物,硬让他上阵,以致扮演了一个欲哭无泪的悲剧角色,这毋宁是应该寄以同情的。

不独艺术界、体育界如此,政界也相差无几。

战后的日本,佐藤荣作多次蝉联内阁总理大臣,对清理战争废墟,休养生息凝聚国力做出过重大贡献;然而,万事万物终有极限,毕竟在一次政治风潮中大江东去了。

丘吉尔和戴高乐更为人所共知,一个是同盟国三大领袖之一,一个是法兰西第五共和国之父。前者于硝烟尚未散尽之日便让位于年轻的助手艾登;后者大起大落,终于做出了归隐的抉择。以上两位,作为个人而言,谁不是叱咤风云、主宰沉浮的人物?忽焉车马冷落,只能闭门写回忆录,难免凄清寂寞,恍若再世;所幸他们一个一个都挺过来了,最后获得了更为积极的评价。

不可不提到美国革命元勋华盛顿。我认为,他是一切政治家的榜样。正是华盛顿本人力排众议,说服国人,以身作则,才使得总统不得连任两届以上的硬性规定,载入宪法(小罗斯福的突破,是因为当时正在进行世界反法西斯战争)。这成了美国人迄今引为自豪的民主传统的主要内容之一。由此我不免又引起一点联想,绍兴秋瑾故居中展示的先烈手迹:"功成身退"四个字,曾教我受到多么大的震动!遥想当年,孙中山不愿出任民国大总统一职,怕也和这一光明磊落的精神境界有关吧。毫无疑问,在这进退荣谢之间,是不难品出素养之高下优劣来的。政治家毕竟不能与演员、运动员相提并论,他们的一举手一投足,往往能影响千百万人的命运,倘或他们笃信唯意志论,真的以为英雄可以创造历史,那就不堪设想了。

我,区区一个作家;作家有没有"不为已甚"和"见好就收"的问题呢?我看也是有的。钱锺书到中年就停止了小说创作转入学术研究就是名例。但愿我能经得起这样的考验：一旦什么都写不出来了，切莫死乞白赖硬撑，而是主动封笔，以谢读者。

1989年　初夏